Clive Cussler · Im Zeichen der Wikinger

Clive Cussler

Im Zeichen der Wikinger

Roman

Ins Deutsche übertragen
von Oswald Olms

Blanvalet

Die Originalausgabe erschien unter dem Titel »Valhalla Rising«
bei G. P. Putnam's Sons, Penguin Putnam, Inc., New York.

Umwelthinweis
Dieses Buch und der Schutzumschlag wurden auf
chlorfrei gebleichtem Papier gedruckt.
Die Einschrumpffolie (zum Schutz vor Verschmutzung) ist aus
umweltschonender und recyclingfähiger PE-Folie.

Der Blanvalet Verlag
ist ein Unternehmen der Verlagsgruppe Random House

3. Auflage

Satz: Uhl + Massopust, Aalen
Druck und Bindung: Clausen & Bosse, Leck
Printed in Germany
ISBN 3-7645-0146-4
www.blanvalet-verlag.de

Mein herzlichster Dank gilt
Penn Stohr, Gloria Farley, Richard DeRosset,
Tim Firme, der Firma U.S. Submarines und meiner
einheimischen Feuerwehr
für ihre Unterstützung und fachliche Beratung.

Vergangen und vergessen

WIKINGERSCHIFFE IM FJORD

Juni 1035
Irgendwo in Nordamerika

Sie glitten durch den Morgennebel wie Gespenster, lautlos und in schaurig anzuschauenden Geisterschiffen. Hoch und anmutig geschwungen wie ein Schlangenleib, ragten Vor- und Hintersteven auf, gekrönt von kunstvoll geschnitzten Drachenhäuptern mit drohend gefletschten Zähnen, als spähten sie auf der Suche nach Opfern selbst durch den dichtesten Dunst. Angst sollten sie sämtlichen Feinden einjagen, aber die Besatzung glaubte auch, dass die Drachen Schutz vor den bösen Geistern boten, die im Meer hausten.

Über eine grimmige See war die kleine Schar mit ihren langen, schnittigen schwarzen Schiffen gekommen, die elegant wie Bachforellen über die Wellen glitten. Lange Ruder ragten aus den Pforten zu beiden Seiten des Rumpfs, tauchten ins dunkle Wasser und trieben die Schiffe durch die Dünung. Schlaff hingen die rechteckigen, rotweiß gestreiften Segel in der Flaute am Mast. Kleine Klinkerboote, rund fünf Meter lang, in denen zusätzliche Fracht befördert wurde, waren am Heck vertäut.

Sie waren die ersten Einwanderer in diesem Landstrich, Vorläufer all jener, die viel später noch kommen sollten – Männer, Frauen und Kinder mitsamt ihrem Vieh und all ihrer kärglichen Habe. Die gefährlichste aller Routen, auf der die Nordmänner die Meere durchkreuzten, die große Fahrt über den Nordatlantik, hatten sie gemeistert. Ungeachtet aller Schrecken, die sie auf dem weiten, unbekannten Ozean erwarteten, waren sie losgesegelt, hatten Treibeisfelder überwunden und orkanartigen Winden getrotzt, gegen mächtige Wogen gekämpft und heftige Stürme aus Südwest durchgestanden. Die meisten hatten überlebt, doch die See hatte auch ihren Tribut gefordert. Zwei der acht Schiffe, mit denen sie in

Norwegen aufgebrochen waren, waren auf Nimmerwiedersehen verschollen.

Nach langer, beschwerlicher Fahrt erreichten die Kolonisten schließlich die Küste von Neufundland. Doch statt bei L'Anse aux Meadows zu landen, dort, wo einst Leif Eriksson eine Siedlung gegründet hatte, wollten sie weiter nach Süden, in wärmere Gefilde vordringen und sich dort niederlassen. Nachdem sie eine riesige Insel umsegelt hatten, steuerten sie in Richtung Südwest und stießen auf eine lange Landzunge, die sich vom Festland aus gen Norden zog. Sie umrundeten zwei flache Inseln und fuhren dann geschlagene zwei Tage an einem weiten Sandstrand vorbei – ein wundersamer Anblick für diese Menschen, die ihr Lebtag lang nur schroffe Felsenküsten gekannt hatten.

Eine weite Bucht tat sich vor ihnen auf, als sie um die äußerste Spitze des endlos langen Sandstreifens segelten. Unverzüglich nutzte die kleine Flotte die einlaufende Flut und fuhr in Richtung Westen, in ruhigere Gewässer. Doch kurz darauf geriet sie in eine Nebelwand, die sich wie eine dumpfe Decke über das Gewässer breitete. Fahl und verschwommen stand die orangefarbene Sonnenscheibe über dem unsichtbaren Horizont. Mit lauten Zurufen beratschlagten die Bootsführer miteinander und verständigten sich schließlich darauf, hier vor Anker zu gehen, bis zum nächsten Morgen abzuwarten und darauf zu hoffen, dass sich der Nebel bis dahin verzogen hatte.

Als der neue Tag anbrach, hing nur mehr ein leichter Dunst über der Bucht, die gen Westen hin zusehends schmäler wurde und in einen Fjord überging, aus dem ein Fluss ins Meer mündete. Die Männer legten die Ruder aus und pullten in die Strömung, während ihre Frauen und Kinder schweigend auf die düsteren Felswände starrten, die am Westufer hoch über den Masten aus dem dünner werdenden Nebel ragten. Unglaublich riesig kamen ihnen die Bäume in dem bewaldeten Hügelland hinter dem Kamm vor. Zwar hatten sie bislang noch keine Menschenseele zu Gesicht bekommen, doch sie nahmen an, dass zwischen den Bäumen Späher verborgen waren. Jedes Mal, wenn sie an Land gegangen waren, um Wasser zu fassen, waren sie von Skrälingarn behelligt worden, wie sie die Eingeborenen dieses fremden Landes nannten, das sie besiedeln wollten. Allzu freundlich waren ihnen diese Skrälingar offenbar nicht gesonnen, denn mehr als einmal schon hatten sie ihre Schiffe mit einem Pfeilhagel eingedeckt.

Bislang hatten sie ihre übliche Kampfeslust bezähmen müssen, hatte ihnen doch Bjarne Sigvatson, der Führer ihrer fahrenden Schar, keinerlei Gegenwehr erlaubt. Er wusste wohl, dass auch andere Kolonisten aus Vinland und Grönland von den Skrälingar angegriffen worden waren, woran die Wikinger schuld waren, die aus purer Mordgier zahlreiche unschuldige Bewohner dieses Landes umgebracht hatten. Auf dieser Fahrt, so hatte Sigvatson gefordert, sollten die Eingeborenen freundlich behandelt werden. Denn seiner Meinung nach hing das Gedeihen der ganzen Kolonie davon ab, dass sie ohne Blutvergießen Handel mit den Einheimischen treiben, von ihnen Pelze und Nahrungsmittel im Tausch gegen billige Waren erwerben konnten. Trotzdem hatte er, im Gegensatz zu Thorfinn Karlsefni und Leif Eriksson, die bei früheren Fahrten von den Skrälingarn vertrieben worden waren, eine Reihe unerschrockener, bis an die Zähne bewaffneter Männer um sich geschart, lauter kampferprobte Norweger, die sich in zahlreichen Schlachten mit ihren Erzfeinden, den Sachsen, bewährt hatten. Krieger, die mit der einen Hand den Speer führten, mit der anderen die Streitaxt, dazu ein Langschwert um die Schulter geschlungen hatten, und die als die besten Kämpfer ihres Zeitalters galten.

Die Flut stieg bis weit in den Fluss hinauf und erleichterte den Ruderern das Vorankommen in der Strömung, die allerdings aufgrund des geringen Gefälles ohnehin nicht allzu stark war. An der Mündung war der Strom nur etwa eine dreiviertel Meile breit gewesen, doch jetzt waren es gut und gerne zwei Meilen von der Felswand im Westen bis zu dem sanft ansteigenden, von üppig grünen Pflanzen überwucherten Ostufer.

Sigvatson, der den Arm um den mit einem großen Drachenkopf verzierten Vorsteven des führenden Schiffes geschlungen hatte und durch den schwindenden Dunst in die Ferne spähte, deutete auf einen schattigen Fleck in den steilen Felsklippen, die hinter der nächsten Biegung aufragten. »Pullt zum linken Ufer«, befahl er den Ruderern. »Dort scheint mir eine Höhle zu sein, in der wir über Nacht Schutz finden können.«

Als sie näher kamen, sahen sie den dunkel drohenden Eingang einer überfluteten Grotte vor sich, der so breit war, dass ein Schiff hindurchpasste. Sigvatson spähte in das Zwielicht und stellte fest, dass sich hinter dem Höhlenschlund eine Fahrrinne befand, die tief in die Felswand hineinführte. Er gebot den anderen Bootsführern Einhalt und ließ den Mast seines Schiffes umlegen, damit es unter dem niedrigen Bogen aus blankem Gestein hindurchgleiten konnte. Die Einfahrt war voller Strudel und Gegenströmungen, doch die erfahrenen Ruderer meisterten sie mühelos, obwohl sie die Riemen ein Stück einziehen mussten, damit sie nicht links und rechts an die Felsen schlugen.

Die Frauen und Kinder beugten sich unterdessen über die Bordwand und starrten in das kristallklare Wasser, auf den blanken Felsengrund gut fünfzehn Ellen tiefer und die Fischschwärme, die sich darüber tummelten. Beklommen musterten sie die hohe Decke der Höhle, in die gut und gern dreimal so viele Wikingerschiffe passten, als ihre kleine Flotte zählte. Zwar waren bereits ihre Vorfahren zum Christentum bekehrt worden, doch noch immer hielten sie an alten heidnischen Bräuchen fest, wonach Grotten und Höhlen Heimstätten der Götter waren.

Die Wände im Innern der Grotte, die rund zweihundert Millionen Jahre zuvor beim Abkühlen von geschmolzenem Vulkangestein aus den umliegenden Bergen entstanden war, waren von den Wellen eines uralten Meeres ausgefräst und glatt geschliffen worden. Weder Moose noch Flechten hingen von der blanken, wie eine Kuppel gewölbten Decke. Erstaunt stellten sie fest, dass es auch keine Fledermäuse gab und dass ein Großteil dieser unterirdischen Kammer trocken war. Das Wasser endete an einem Felssims, der etwa drei Ellen hoch anstieg und sich nahezu zweihundert Schritte weit ins Innere der Grotte erstreckte.

Sigvatson rief den anderen Bootsführern vom Höhleneingang aus zu, dass sie ihm folgen sollten. Dann hoben seine Ruderer die Riemen aus dem Wasser und ließen das Schiff treiben, bis es mit dem Vorsteven gegen die Felskante der inneren Kammer stieß. Während sich die anderen Schiffe dem Landeplatz näherten, wurden lange Laufplanken ausgelegt, woraufhin sich alle eilends auf trockenen Boden begaben, froh darüber, dass sie sich zum ersten Mal seit Tagen die Beine vertreten konnten. Vor allem aber wollten sie endlich wieder eine warme Mahlzeit zu sich nehmen, die Erste, seit sie hunderte von Meilen weiter nördlich an Land gegangen waren. Die Kinder schwärmten in die zahllosen Grotten und Stollen aus, rannten über die Felsbänke, die das Wasser in Äonen von Jahren aus dem Fels geschliffen hatte, und sammelten Treibholz. Bald darauf hatten die Frauen Feuer entzündet, buken Brot, rührten in großen Eisentöpfen Hafergrütze an oder kochten in ihren Kesseln dicke Fischsuppen. Unterdessen besserten die Männer das verschlissene Tauwerk der Schiffe aus, das auf der beschwerlichen Reise zu Schaden gekommen war, während andere im Fjord die Netze auslegten und ganze Schwärme von Fischen fingen. Mittlerweile waren die Frauen heilfroh darüber, dass sie so einen angenehmen Unterschlupf gefunden hatten, in dem sie vor Wind und Wetter geschützt waren. Die Männer indessen, wilde Gesellen mit zerzaustem Haupthaar und struppigen Bärten, waren Seefahrer, die an das Leben unter freiem Himmel gewöhnt waren und sich in diesem engen Felsenloch ganz und gar nicht wohl fühlten.

Als sie gegessen hatten und sich gerade anschickten, über Nacht in ihre ledernen Schlafsäcke zu kriechen, kamen zwei von Sigvatsons Kindern, ein elfjähriger Junge und ein zehnjähriges Mädchen, aufgeregt rufend angerannt. Sie fassten ihn an den Händen und zerrten ihn zur tiefsten Stelle der Grotte. Nachdem sie Fackeln entzündet hatten, führten sie ihn durch einen langen, röhrenartigen Gang, einen runden Höhlenschacht, der einst vom Wasser ausgespült worden war.

Zunächst mussten sie etliche herabgestürzte Felsbrocken überwinden und umgehen, doch dann führte der Weg gut zweihundert Schritte weit steil nach oben. Die Kinder blieben stehen und deuteten auf eine schmale Felsspalte. »Schau, Vater, schau!«, rief das Mädchen. »Dort ist ein Loch, das nach draußen führt. Du kannst die Sterne sehen.«

Sigvatson sah das Loch, doch es war so schmal, dass nicht einmal die Kinder hindurchkriechen konnten; den Sternenhimmel indes konnte aber auch er erkennen. Am nächsten Tag trug er einigen Männern auf, das Geröll und die Felsbrocken aus dem Höhlenschacht zu räumen und den Spalt zu verbreitern, der in die Außenwelt führte. Als dies geschehen und der Durchgang so weit freigehauen war, dass ein Mann aufrecht hindurchgehen konnte, traten sie hinaus auf fruchtbares Wiesenland, das von stattlichen Bäumen gesäumt war. Hier war es nicht öde und kahl wie in Grönland. Hier gab es Holz im Überfluss, aus dem sie sich Häuser bauen konnten. Hier gab es fruchtbaren Boden voller wilder Blumen und fetter Gräser, auf dem sie ihr Vieh weiden konnten. Auf diesem prachtvollen Land hoch über dem blauen Fjord, in dem es Fische im Überfluss gab, wollte Sigvatson seine Siedlung errichten.

Die Götter hatten den Kindern den Weg gewiesen, und diese hatten die Erwachsenen zu ihrem ersehnten Garten Eden geführt.

Die Nordmänner waren ein lebenslustiges Volk. Auch wenn ihr Dasein hart war, voller Mühe, Arbeit und Todesgefahr. Die See war ihr Element, und ein Mann ohne Boot war für sie kein freier Mann. Zwar waren sie das ganze Mittelalter über wegen ihrer Barbarei gefürchtet, zugleich aber veränderten sie das Antlitz Europas. Ihre verwegenen Scharen drangen nach Russland vor, kämpften am Schwarzen Meer und vor den Toren von Konstantinopel, sie siedelten in Spanien und Frankreich, wo sie Handel trieben oder sich als Söldner verdingten, die berühmt waren für ihre Fertigkeiten mit Schwert und Streitaxt. Rollo der Lange, auch der Gånge-Rolf genannt, wurde Herr über die Normandie, die nach den Nordmännern benannt ist. Sein Nachfahre Wilhelm der Eroberer machte sich England untertan.

Bjarne Sigvatson war das Ebenbild des glorreichen Wikingers, blond das Haupthaar, golden der Bart. Er war nicht groß gewachsen, aber breitschultrig und stark wie ein Ochse. Bjarne war im Jahr 980 auf dem Hof seines Vaters in Norwegen zur Welt gekommen, und wie fast alle jungen Wikinger hatte er sich schon von klein auf danach gesehnt, loszusegeln und festzustellen, was hinter dem Horizont lag. Wissbegierig und kühn, wie er war, zugleich aber auch besonnen, nahm er schon mit fünfzehn an Raubzügen in Irland teil. Mit zwanzig Jahren war er ein in zahlreichen Kämpfen erprobter Seeräuber, der so viele Reichtümer erbeutet hatte, dass er sich ein stattliches Schiff bauen und eine eigene Kriegerschar ausrüsten konnte. Er vermählte sich mit Freydis, einer strammen, selbstbewussten Schönheit mit langem goldenem Haar und blauen Augen. Es war eine glückliche Verbindung, passten die beiden doch zusammen wie Sonne und Himmel.

Nachdem er bei seinen Überfällen auf Städte und Dörfer entlang der Küste Britanniens zahlreiche Narben davongetragen, aber auch ein riesiges Vermögen zusammengerafft hatte, gab er die Seeräuberei auf, wurde Kaufmann und handelte mit Bernstein, dem Diamant der damaligen Zeit. Doch nach ein paar Jahren packte ihn wieder die Unruhe, vor allem, als er die Geschichten von den sagenhaften Erkundungsfahrten eines Erik des Roten und dessen Sohn Leif Eriksson hörte. Die fernen Lande weit im Westen lockten, woraufhin er den Entschluss fasste, sich selbst auf große Fahrt ins Unbekannte zu begeben und eine Kolonie zu gründen. Bald darauf stellte er eine zehn Schiffe umfassende Flotte zusammen, die dreihundertfünfzig Mann mitsamt ihren Angehörigen, dem Vieh und landwirtschaftlichem Gerät befördern konnte. Ein Schiff wurde nur mit Bjarnes Reichtümern beladen, dem Bernstein und den erbeuteten Schätzen, die er fortan im Tausch gegen wichtige Waren und Handelsgüter aus Norwegen und Island zu verwenden gedachte.

Die Grotte eignete sich bestens als Bootshaus und Lager, wie auch als feste Burg, falls es zu Angriffen der Skrälingar kommen sollte. Auf Rollen aus zersägten Baumstämmen wurden die schlanken Schiffe aus dem Wasser gezogen und auf Böcken gelagert, die man auf dem Felssims zurechtgehauen hatte. Die Wikinger bauten herrliche Boote, die zu ihrer Zeit als wahre Wunderwerke galten – Schiffe, die nicht nur über hervorragende Segeleigenschaften verfügten, sondern auch die reinsten Kunstwerke waren, großartig geschnitten und an Bug und Heck mit prachtvollen Schnitzereien verziert. Elegante Schiffe, wie es sie zuvor nie gegeben hatte und seither nur selten.

In ganz Europa begaben sie sich auf ihre Raub- und Kriegszüge mit dem Langschiff, das ungemein schnell, vielseitig verwendbar und mit bis zu fünfzig Rudern bestückt war. Das Arbeitspferd der Wikinger hingegen war der *Knorr*, ein fünfzehn bis zwanzig Meter langer und rund fünf Meter breiter Hochseesegler mit bis zu zehn Rudern für die Fahrt in seichten Küstengewässern, der rund vierzig Tonnen Fracht (die Tonne als Gewichtseinheit geht auf eben jene Holzbehältnisse zurück, in denen die Wikinger ihre Waren wasserdicht verstauten) auch über weite Strecken hinweg befördern konnte.

Vor- und Achterschiff waren mit Planken gedeckt, aber mittschiffs, wo Vieh und Fracht verstaut wurden, war der *Knorr* offen. Die Besatzung und ihre Begleiter mussten unter freiem Himmel ausharren, nur von einem Zelt aus Ochsenhäuten geschützt. Nicht einmal ein Schiffsführer wie Sigvatson hatte eine eigene Unterkunft, denn auf See waren alle Wikinger gleich, und nur bei wichtigen Entscheidungen hatte der Anführer die Befehlsgewalt. Der *Knorr* war für die raue See geschaffen und vermochte selbst bei Sturmwind, hohem Wellengang und allen Unbilden, die ihm die Götter sandten, fünf bis sieben Knoten Fahrt zu machen und somit rund hundertfünfzig Meilen am Tag zurückzulegen.

Der Kiel, eine Erfindung der Wikinger, wurde von den großartigen Werftmeistern mittels Augenmaß und von Hand mit Äxten aus einem langen, starken Eichenstamm gefertigt, auf den man Stützbalken und Querträger setzte, die einzigen geraden Bauteile des Schiffs, die dem Rumpf auch bei schwerer See Stabilität verliehen. Danach fügte man die ebenfalls aus Eichenholz zurechtgehauenen Spanten ein, die entlang der Maserung gespalten und anmutig geschwungen waren. Auf diese wurden in so genannter Klinkerbauweise die Planken gesetzt, die sich vom Vor- bis zum Hintersteven zogen und einander von oben nach unten überlappten. Zum Schluss wurde das gesamte Schiff mit einer Mischung aus Holzpech und Tierhaaren kalfatert. Die ganze Konstruktion wirkte allzu zerbrechlich angesichts der Stürme, die über den Nordatlantik fegten, und dennoch handelte es sich um den zuverlässigsten Schiffstyp des Mittelalters. Der Kiel war biegsam, und der Rumpf konnte sich verwinden, sodass der Bootskörper mühelos und mit nur geringem Wasserwiderstand dahinglitt. Und aufgrund seines geringen Tiefgangs vermochte es selbst riesige Wogen abzureiten.

Auch die Ruderanlage war ein Meisterwerk der Schiffsbaukunst. Sie bestand aus einem starken Steuerruder, *Stjornbordi* genannt, das stets vertikal an der rechten Seite des Achterschiffs angebracht war – woraus sich der Begriff Steuerbord ableitete –, und mittels einer waagerechten Pinne gedreht wurde. Der Rudergänger achtete mit einem Auge auf die See und mit dem anderen auf eine kunstvoll verzierte, bronzene Wetterfahne, die entweder am Vorsteven oder auf dem Mast befestigt war und ihm die Windrichtung anzeigte, sodass er immer den günstigsten Kurs steuern konnte.

Ein wuchtiger Eichenblock diente als Kielschwein, in dem der Mastfuß steckte. Der Mast maß alles in allem fast zehn Meter und trug ein rund hundert Quadratmeter großes, rechteckiges Segel, das etwas breiter als hoch war. Die Segel waren aus grober Wolle gewebt und der Festigkeit halber in zwei Schichten zusammengenäht. Anschließend wurden sie rotweiß eingefärbt, normalerweise mit einem schlichten Streifen- oder Rautenmuster.

Doch die Wikinger waren nicht nur meisterliche Schiffsbauer, sondern auch ausgezeichnete Seefahrer und Navigatoren, die von Geburt an einen sechsten Sinn für die See hatten. Ein Wikinger vermochte sich anhand der Strömungen, der Wolken, der Wassertemperatur, des Windes und der Wellen zu orientieren. Er achtete auf die Fischzüge und den Vogelflug. Bei Nacht steuerte er anhand der Sterne. Tagsüber benutzte er ein Schattenbord, eine Art Sonnenuhr, die aus einer flachen Holzscheibe mit eingekerbten Markierungen und einem Stab in der Mitte bestand, der auf und ab geschoben wurde, sodass sich anhand des Schattens, den er auf die Linien warf, der Stand der Sonne und ihre Abweichung vom Himmelsäquator bestimmen ließ. Die Breitengradschätzungen der Wikinger waren erstaunlich genau. Nur selten kam es vor, dass sich ein Schiff hoffnungslos verirrte. Zu ihrer Zeit waren die Wikinger die uneingeschränkten Herrscher der Meere.

In den darauf folgenden Monaten bauten die Wikinger aus dicken Baumstämmen ihre Langhäuser, deren mit Grassoden gedeckte

Dächer von wuchtigen Balken gestützt wurde. Sie errichteten eine große Gemeinschaftshalle mit einer riesigen Herdstatt, in der sie sich zum Kochen und geselligen Beisammensein trafen, die ihnen aber auch als Lagerhaus und Stallung für ihr Vieh diente. Mit Ackerbau verschwendeten die Nordmänner, die sich nach üppigen Ländereien sehnten, keine Zeit. Sie sammelten Beeren und legten im Fjord ihre Netze aus, wo sie Fische im Überfluss fingen. Die Skrälingar waren zwar neugierig, verhielten sich aber einigermaßen friedlich. Sie tauschten mit ihnen Trinkbecher, Kleidungsstücke und Kuhmilch gegen kostbare Pelze und Wildbret. Vorsichtshalber befahl Sigvatson seinen Männern, dass sie ihre eisernen Schwerter, die Äxte und Speere nicht vorzeigen sollten, damit die Skrälingar nicht habgierig wurden, sie stahlen oder im Tauschgeschäft einforderten. Denn die Skrälingar besaßen lediglich Pfeil und Bogen, ihre übrigen Waffen indes waren noch immer aus Stein gefertigt.

Als der Herbst anbrach, stellten sie sich wie immer auf einen harten Winter ein. Doch die Witterung war für die Jahreszeit ungewöhnlich mild; es gab kaum Schnee und nur leichten Frost. Die Siedler genossen die sonnigen Tage, die zudem länger waren, als sie es aus Norwegen und Island gewöhnt waren, wo sie eine Zeit lang überwintert hatten. Sobald der Frühling anbrach, wollte Sigvatson einen großen Spähtrupp aussenden, der das fremde Land erkunden sollte. Er selbst beschloss zurückzubleiben, sich den Pflichten und Aufgaben zu widmen, die ihm die mittlerweile aufblühende Gemeinschaft abverlangte. Sein jüngerer Bruder Magnus sollte an seiner statt den Spähtrupp führen.

Sigvatson wählte hundert Männer für die Fahrt aus, die seiner Meinung nach lang und beschwerlich werden würde. Nach wochenlanger Vorbereitung setzten die sechs leichtesten Boote die Segel, und die zurückbleibenden Männer, Frauen und Kinder winkten der kleinen Flotte ein letztes Mal zu, als sie stromaufwärts auf der Suche nach den Quellen des Flusses davonfuhr. Aus der vermeintlich zwei Monate langen Erkundungsfahrt indessen wurde eine über ein Jahr währende Odyssee. Sie ruderten auf breiten Strömen dahin und segelten über riesige Seen, die ihnen so groß wie das heimische Nordmeer vorkamen, und gelegentlich zogen sie ihre

Schiffe auf Baumstämmen über Land, um zur nächsten Wasserstraße zu gelangen. Sie befuhren einen Fluss, der weit mächtiger war als jeder, den sie aus Europa oder dem Mittelmeerraum kannten. Nachdem sie rund dreihundert Meilen auf dieser gewaltigen Wasserstraße flussabwärts gereist waren, gingen sie an Land und lagerten im dichten Wald. Hier deckten sie ihre Boote schließlich mit Zweigen ab und verbargen sie im Unterholz. Dann brachen sie zu einem zwölf Monate währenden Marsch durch sanftes Hügelland und endlose Wiesengründe auf.

Die Nordmänner begegneten seltsamen Tieren, wie sie sie noch nie gesehen hatten. Kleinen, hundeartigen Wesen, die des Nachts heulten, großen Katzen mit kurzen Stummelschwänzen und mächtigen, gehörnten Bestien mit massigem Kopf und dichtem Pelz. Letztere erlegten sie mit ihren Speeren und stellten fest, dass ihr Fleisch so köstlich mundete wie bestes Rind.

Da sie nicht lange an einem Ort verweilten, wurden sie von den Skrälingarn nicht als Gefahr betrachtet und blieben unbehelligt. Erstaunt und belustigt zugleich stellten die Männer des Spähtrupps fest, dass es eine Vielzahl höchst unterschiedlicher Stämme gab. Manche wirkten stolz und edel, andere hingegen kamen ihnen vor wie wilde Tiere.

Viele Monate später brachen sie ihren Marsch ab, als sie in der Ferne die Gipfel eines mächtigen Gebirges aufragen sahen. Tief beeindruckt und voller Ehrfurcht vor dem schier endlos weiten Land, beschlossen sie, dass es an der Zeit sei, den Rückweg anzutreten, wenn sie die Kolonie vor dem ersten Schneefall erreichen wollten. Doch als die erschöpften Fahrensmänner im Mittsommer endlich in der Siedlung eintrafen, erwartete sie statt eines fröhlichen Empfangs nur Tod und Verwüstung. Die ganze Kolonie war niedergebrannt, und von ihren Gefährten, ihren Weibern und Kindern waren nur mehr verstreute Knochen übrig geblieben. Welch schreckliche Misshelligkeiten hatten zu diesem Blutbad geführt? Was hatte die Skrälingar dazu bewogen, den Frieden zu brechen, über die Nordmänner herzufallen und sie abzuschlachten? Die Toten konnten ihnen keine Antwort darauf geben.

Magnus und seine erzürnten und trauernden Gefährten stellten fest, dass der Zugang zur Grotte, in der die Schiffe lagerten, von den toten Siedlern mit Felsen und Zweigen abgedeckt worden war, damit ihn die Skrälingar nicht fanden. Irgendwie war es ihnen anscheinend gelungen, ihre kostbarste Habe sowie die Schätze und liturgischen Geräte, die Sigvatson in jungen Jahren auf seinen Raubzügen erbeutet hatte, während des Angriffs auf den Schiffen zu verstauen und vor den Skrälingar zu verbergen.

Die leidgeprüften Krieger hätten dieser Stätte einfach den Rücken zukehren und lossegeln können, doch das war nicht ihre Art. Sie gierten nach Rache, obwohl sie wussten, dass sie dabei höchstwahrscheinlich sterben würden. Doch im Kampf mit dem Feind zu fallen war für einen Wikinger ein ruhmreicher und den Göttern wohlgefälliger Tod. Zudem schreckte sie der Gedanke, dass ihre Weiber und Töchter von den Skrälingarn womöglich als Sklavinnen davongeführt worden waren.

Außer sich vor Kummer und Wut sammelten sie die sterblichen Überreste ihrer Freunde und Verwandten ein, trugen sie durch den Stollen in die Grotte und legten sie in die Schiffe, wie es bei ihnen Brauch war, auf dass die Toten ins Jenseits, ins gepriesene Walhall, fahren konnten. Sie fanden auch den verstümmelten Leichnam von Bjarne Sigvatson, hüllten ihn in einen Mantel, betteten ihn mitsamt den Gebeinen seiner beiden Kinder auf sein Schiff und gaben ihm seine Schätze sowie etliche Körbe mit Nahrungsmitteln für die große Reise mit. Gern hätten sie ihm seine Gemahlin Freydis zur Seite gelegt, doch ihren Leichnam suchten sie vergebens. Und auch ein Tieropfer konnten sie ihm nicht darbringen, denn die Skrälingar hatten alles Vieh davongetrieben.

In ihrer Heimat war es üblich, dass man die Schiffe mitsamt der Toten der Erde übergab, doch das war hier nicht möglich, denn sie befürchteten, dass die Skrälingar die Verblichenen ausgraben und plündern könnten. Deshalb schlugen sie mit Hämmern und Meißeln auf den mächtigen Fels über dem Eingang zur Grotte ein, bis er zersprang und in einer Lawine aus lauter kleinen Blöcken in den Fluss stürzte, sodass die Höhle von Tonnen schweren Gesteinsbrocken verschüttet wurde. Nur unter Wasser blieb ein weiter Spalt offen.

Nachdem die Bestattungsfeierlichkeiten abgeschlossen waren, rüsteten sich die Nordmänner zum Gefecht.

Mut und Mannesehre galten bei ihnen als Tugenden, die den Göttern wohlgefällig waren, und das Wissen darum, dass sie bald in die Schlacht ziehen würden, erfüllte sie mit freudiger Erregung. Denn tief im Herzen hatten sie sich nach dem Kampf gesehnt, dem Klirren der Waffen und dem Geruch nach frisch vergossenem Blut. Auch dies gehörte zu ihrem Brauchtum, waren sie doch von ihren Vätern von klein auf zu Kriegern erzogen worden, zu Meistern in der Kunst des Tötens. Sie schärften ihre langen Schwerter und Streitäxte, die von deutschen Handwerkern aus bestem Stahl geschmiedet worden waren – kostbare und hoch geschätzte Waffen, die sie in Ehren hielten und denen sie Namen gaben, als wären es Wesen aus Fleisch und Blut.

Sie legten ihre prachtvollen Kettenhemden an, die den Oberkörper schützten, und setzten ihre schlichten Rundhelme auf, die manchmal ein Nasenteil besaßen, nie aber mit Hörnern verziert waren. Dann ergriffen sie ihre aus Holz gefertigten und in leuchtenden Farben bemalten Schilde, die vorn mit einem wuchtigen Eisenbuckel bestückt waren und mit den auf der Rückseite angebrachten Armriemen gehalten wurden. Alle Männer führten Speere mit langen, scharfen Spitzen mit. Dazu trugen manche breite, zweischneidige Schwerter, die rund einen Meter lang waren, während andere der schweren Streitaxt den Vorzug gaben.

Als sie bereit waren, führte Magnus Sigvatson die hundert Mann starke Wikingerschar zum Dorf der Skrälingar, das etwa drei Meilen vom Schauplatz des schrecklichen Massakers entfernt lag. Eigentlich war es eher eine primitive Stadt als eine Ortschaft, bestand sie doch aus hunderten von Hütten, in denen nahezu zweitausend Skrälingar hausten. Die Wikinger machten keinerlei Anstalten, sich heimlich anzuschleichen und den Feind zu überlisten. Unter wahnwitzigem Kriegsgeschrei stürmten sie aus dem Wald und brachen durch den niedrigen Palisadenzaun, der eher zum Schutz vor wilden Tieren diente als vor feindlichen Angriffen.

Voller Ingrimm fielen die Nordmänner über die verdutzten Skrälingar her, mähten sie nieder wie Strohgarben und richteten ein verheerendes Blutbad an. Fast zweihundert wurden beim ersten Ansturm abgeschlachtet, ehe sie begriffen, wie ihnen geschah. Rasch aber rotteten sie sich zu kleinen Trupps zusammen, fünf bis zehn Mann stark, und leisteten ersten Widerstand. Zwar kannten auch sie den Speer und wussten die steinerne Streitaxt zu führen, doch ihre Lieblingswaffen waren Pfeil und Bogen, und damit nahmen sie die Wikinger unter Beschuss. Dann warfen sich die Weiber in die Schlacht und ließen einen Steinhagel auf die Nordmänner niederprasseln, der aber gegen deren Brünnen, Helme und Schilde wenig auszurichten vermochte.

Magnus, der an der Spitze seiner Krieger kämpfte, führte mit der einen Hand den Speer und mit der anderen die schwere Streitaxt, beide triefend rot vor Blut. Er benahm sich wie ein *Beserkr* – ein Ausdruck, der sich über die Jahrhunderte hinweg in unserem »Berserker« erhalten hat –, wie die Wikinger einen Mann nannten, der dem Kampfesrausch verfallen war und Furcht und Schrecken unter seinen Feinden verbreitete. Mit aberwitzigem Geschrei warf er sich auf die Skrälingar und streckte sie mit mächtigen Axthieben nieder.

Diese wiederum waren von dem wilden Ansturm entsetzt. Zumal sie mitansehen mussten, wie diejenigen, die zum Nahkampf gegen die Nordmänner antraten, unter schrecklichen Verlusten zurückgeschlagen wurden. Doch obwohl sie zu Dutzenden fielen, ließ ihre Gegenwehr nicht nach. Läufer wurden in die umliegenden Dörfer ausgeschickt und kehrten mit Verstärkung zurück, woraufhin die Skrälingar zurückwichen, ihre Reihen wieder schlossen und sich ihrerseits zum Kampf formierten.

Binnen einer Stunde hatte sich die Schar der Rächer eine blutige Bahn durch das Dorf gehauen, doch die Suche nach den vermissten Frauen blieb vergebens. Nur ein paar Kleiderfetzen fanden sie, mit denen sich die eine oder andere Skrälingarfrau geschmückt hatte. Die Wikinger wussten nicht, dass den fünf Frauen, die das Massaker in der Siedlung überlebt hatten, keinerlei Leid geschehen war, dass man sie nur den Häuptlingen der umliegenden Dörfer zum Geschenk dargebracht hatte. Sie waren außer sich vor Wut und hellem Zorn, weil sie meinten, ihre Weiber wären verzehrt worden, und fielen über die Skrälingar her, bis das ganze Dorf regelrecht in Blut getränkt war. Doch die Skrälingar wurden immer mehr, und allmählich wendete sich das Blatt.

Die Wikinger, mittlerweile hoffnungslos unterlegen, vom Kampf erschöpft und durch zahlreiche Wunden geschwächt, wurden einer nach dem andern niedergestreckt, bis sich nur mehr zehn Mann um Magnus Sigvatson scharten. Die Skrälingar warfen sich jetzt nicht mehr den tödlichen Schwertern und Äxten entgegen. Und auch die gefürchteten Speere der Nordmänner konnten sie nicht mehr schrecken, denn die waren längst zersplittert oder geworfen. Sie sammelten ihre Heerscharen, die immer stärker wurden, bis auf einen Wikinger fünfzig der ihren kamen, blieben außer Reichweite und schossen einen Pfeilhagel nach dem anderen auf das kleine Häufchen Überlebender ab, das sich unter seine Schilde duckte, die bald dicht an dicht mit Geschossen gespickt waren. Dennoch setzten sich die Wikinger weiter zur Wehr und griffen ein ums andere Mal an.

Dann warfen sich die Skrälingar mit vereinten Kräften auf die Nordmänner, rannten wider ihre Schilde an, umzingelten sie und drangen von allen Seiten auf sie ein. Nur wenige waren es noch, die, Rücken an Rücken stehend, bis zum bitteren Ende ausharrten, zahllose Schläge mit Steinäxten einsteckten, bis auch der letzte Widerstand erlosch.

Mannhaft gingen sie zugrunde, Schwert und Axt in der Hand, in Gedanken bei ihren Liebsten, die sie verloren hatten und mit denen sie nach einem ruhmreichen Tod ein Wiedersehen erwartete. Magnus Sigvatson fiel als Letzter, und sein Tod war am folgenschwersten, denn mit ihm starb für die nächsten fünfhundert Jahre auch jegliche Hoffnung auf eine Besiedelung Nordamerikas. Zugleich hinterließ er ein Vermächtnis, das jene, die ihm schließlich nachfolgten, teuer zu stehen kommen sollte. Ehe die Sonne unterging, waren sämtliche Nordmänner niedergestreckt, doch sie hatten auch über tausend Männer, Frauen und Kinder der Skrälingar hingemetzelt, die so auf grausame Art erfahren mussten, dass die weißhäutigen Fremdlinge, die über das Meer kamen, eine tödliche Gefahr darstellten, der man mit aller Gewalt begegnen musste.

Helles Entsetzen machte sich unter den Skrälingarvölkern ringsum breit. Bei keiner Stammesfehde hatten sie je einen derart grauenhaften Blutzoll zahlen müssen, so viele fürchterliche Wunden und Verstümmelungen erlitten. Doch die große Schlacht, als die sie in ihre Legenden einging, war nur ein erster Vorgeschmack auf all die grausamen Kriege, die noch folgen sollten.

Den Wikingern, die auf Grönland, Island und in Norwegen lebten, blieb das Schicksal ihrer Gefährten ein ewiges Rätsel. Niemand hatte überlebt, um ihre Geschichte zu erzählen, und nach ihnen brach keine weitere Schar mehr zur großen Fahrt über die tückische See auf. Die Kolonisten wurden nur beiläufig in den Sagas erwähnt, die aus alter Zeit überliefert wurden, und gerieten schließlich gänzlich in Vergessenheit.

Ein Monster aus der Tiefe

GEHEIMNISVOLLES U-BOOT

2. Februar 1894
Karibisches Meer

Niemand an Bord der *Kearsarge* konnte die Katastrophe vorhersehen, die das alte Kriegsschiff mit seinem noch aus Holz gebauten Rumpf ereilen sollte. Es war in der Karibik eingesetzt, wo es Flagge zeigen und die politischen und wirtschaftlichen Interessen der Vereinigten Staaten sichern sollte, und befand sich gerade auf der Fahrt von Haiti nach Nicaragua, als der Ausguck etwa eine Meile steuerbord voraus einen absonderlichen Schatten entdeckte. Bei klarem Himmel und ruhiger See mit allenfalls einem halben Meter hohen Wellen herrschte rundum freie Sicht bis zum Horizont. Der schwarze Buckelleib, der wie der Höcker eines unbekannten Meeresungeheuers aus dem Wasser ragte, war mit bloßem Auge zu erkennen.

»Was halten Sie davon?«, fragte Captain Leigh Hunt seinen ersten Offizier, Lieutenant James Ellis, während er durch seinen Messingfeldstecher starrte.

Ellis spähte durch das Teleskop, das er auf die Reling gestützt hatte. »Ich habe es erst für einen Wal gehalten, aber ich habe noch nie einen gesehen, der so stetig seine Bahn durchs Wasser zieht, ohne die Fluke zu zeigen oder abzutauchen. Außerdem ragt kurz vor der Mitte ein sonderbarer Höcker auf.«

»Es muss irgendeine seltene Seeschlange sein«, sagte Hunt.

»Meiner Meinung nach ist das kein Tier«, murmelte Ellis versonnen.

»Aber das kann doch kein Werk von Menschenhand sein.«

Hunt war ein schlanker Mann mit ergrauendem Haar, wettergegerbtem Gesicht und tief liegenden Augen, dem man ansah, dass er viele lange Stunden in Wind und praller Sonne zugebracht hatte. Wie üblich hatte er eine Pfeife im Mund stecken, die er nur selten anzündete. Er war ein erfahrener Marineoffizier, der seit gut einem Vierteljahrhundert zur See fuhr und seine Tüchtigkeit ein ums andere Mal unter Beweis gestellt hatte. Am Bürgerkrieg hatte er nicht teilgenommen, weil er seinerzeit noch zu jung war und erst 1869 die Marineakademie abgeschlossen hatte, aber seither hatte er auf insgesamt achtzehn Kriegsschiffen gedient und war zu immer höherem Rang aufgestiegen, bis man ihn kurz vor der Pensionierung mit dem Kommando über die *Kearsarge* betraut hatte, dem ruhmreichsten Schiff der US-Navy.

Das altehrwürdige Schiff war dreißig Jahre zuvor, mitten im amerikanischen Bürgerkrieg, durch eine große Seeschlacht berühmt geworden, als es vor der französischen Hafenstadt Cherbourg die *Alabama* versenkt hatte, den berüchtigsten Kaperfahrer der Konföderation. Obwohl beide Schiffe einander ebenbürtig waren, hatte die *Kearsarge* die *Alabama* seinerzeit in einem knapp einstündigen Gefecht regelrecht zusammengeschossen. Bei der Rückkehr in den Heimathafen waren ihr Kapitän und die Besatzung in den Nordstaaten wie Helden gefeiert worden, denen die Union ihr ganzes Heil verdankte.

In den Jahren danach war sie rund um die Welt gefahren. Sie war sechzig Meter lang, zehn Meter breit, hatte rund viereinhalb Meter Tiefgang und konnte, von zwei Dampfmaschinen und einer Schraube getrieben, mit elf Knoten durch das Wasser pflügen. Ihre Kanonen waren zehn Jahre nach dem Bürgerkrieg ausgetauscht worden und bestanden jetzt aus einer Batterie von zwei schweren Geschützen mit elf Zoll starkem, glattem Lauf, vier ebenfalls glatten Neunzöllern und zwei Zwanzigpfündern mit gezogenem Lauf. Ihre Besatzung war hundertsechzig Mann stark. Trotz ihres Alters konnte das Schiff noch gewaltig austeilen.

Ellis setzte das Teleskop ab und wandte sich an Hunt. »Wollen wir uns das mal näher ansehen, Sir?«

Hunt nickte. »Lassen Sie den Rudergänger zehn Grad nach Steuerbord beidrehen. Sorgen Sie dafür, dass Chefmaschinist Gribble volle Fahrt voraus macht, sehen Sie zu, dass sich alle Mann auf Gefechtsstation begeben, und schicken Sie einen weiteren Ausguck hoch. Ich möchte nicht, dass wir dieses Monstrum aus den Augen verlieren.«

»Aye, Sir.« Ellis, ein hoch aufgeschossener Mann mit schütter werdendem Haar und einem mächtigen, aber tadellos gestutzten Bart gab seine Befehle weiter, und bald darauf spritzte weiße Gischt vom Bug auf, als die *Kearsarge* gegen den Wind drehte und mit schneller Fahrt durch die Wogen schnitt. Dicker, mit feurigen Funken durchsetzter, schwarzer Qualm stieg aus ihrem Schornstein auf. Die Decksplanken bebten, als fieberte das alte Kriegsschiff förmlich vor Vorfreude, als es die Jagd aufnahm.

Kurz darauf näherte sich die *Kearsarge* dem Fremdling, der seine Geschwindigkeit unverändert beibehielt. Die Bedienungsmannschaft eines Zwanzigpfünders versammelte sich um die Kanone, rammte die Treibladung und das Geschoss in den gezogenen Lauf und trat zurück. Der Artillerieoffizier blickte zu Hunt, der neben dem Rudergänger stand.

»Kanone Nummer zwo geladen und feuerbereit, Sir.«

»Setzen Sie den Schuss fünfzig Meter vor die Nase des Monstrums, Mister Merryman!«, rief Hunt durch sein Megafon.

Merryman winkte zur Bestätigung mit einer Hand, nickte erst dem Kanonier zu, der mit der Abzugsleine in der Hand bereitstand, und dann dem Richtschützen, der die Rohrerhöhungsschraube am Verschlussstück einstellte. »Ihr habt den Käpt'n gehört. Setzt einen Schuss fünfzig Meter vor das Biest.«

Das Rohr wurde ausgerichtet, die Abzugsleine gezogen, woraufhin das schwere Geschütz losbrüllte und zurückschnellte, bis es von dem dicken Anhaltetau, das durch eine Öse an der Rückseite der Lafette gezogen war, gebremst wurde. Es war ein fast zielgenauer Schuss. Direkt vor dem mächtigen Buckel, der scheinbar mühelos durch die Fluten glitt, schoss eine Fontäne hoch, als die Granate aufs Wasser schlug. Doch der Fremdling, sei es ein Tier oder Menschenwerk, behielt unbeirrt seine Geschwindigkeit bei und änderte seinen Kurs nicht im Geringsten.

»Unsere Schießkunst scheint es nicht weiter zu beeindrucken«, sagte Ellis mit einem knappen Grinsen.

Hunt blickte durch sein Fernglas. »Meiner Schätzung nach läuft es mit etwa zehn Knoten, während wir zwölf machen.«

»In zehn Minuten sollten wir längsseits sein.«

»Geben Sie einen weiteren Schuss ab, wenn wir bis auf dreihundert Meter aufgeschlossen haben. Setzen Sie ihn diesmal dreißig Meter vor das Ziel.«

Bis auf die Mannschaft des Maschinenraums standen sämtliche Besatzungsmitglieder an der Reling und starrten auf das Monster vor ihnen, das mit jeder Minute näher kam. Das Wasser rundum war nur leicht gekräuselt, doch es zog eine weiße, wie von einer Schraube aufgewirbelte Schaumspur hinter sich her. Und plötzlich blinkte und glitzerte der aufragende Höcker.

»Wenn ich's nicht besser wüsste«, sagte Hunt, »würde ich meinen, die Sonne spiegelt sich auf einer Art Fenster oder Bullauge.«

»Meeresungeheuer mit verglasten Fenstern gibt's bestimmt nicht«, murmelte Ellis.

Die Bedienungsmannschaft lud die Kanone nach und feuerte ein weiteres Geschoss ab, das etwa fünfzehn bis zwanzig Meter vor dem Monster in einer hohen Fontäne im Wasser aufschlug. Nichts tat sich. Es folgte weiter seinem Kurs, als wäre die *Kearsarge* nur ein lästiger Plagegeist, den es jederzeit wieder loswerden konnte. Mittlerweile war es so nah, dass Captain Hunt und seine Besatzung den sechseckigen Aufbau mit den großen, runden Quarzbullaugen erkennen konnten, der auf dem Monster saß.

»Es ist ein Werk von Menschenhand«, stieß Hunt fassungslos aus.

»Das kann doch nicht sein«, erwiderte Ellis versonnen. »Wer sollte denn so einen Apparat bauen können?«

»Wenn es die Vereinigten Staaten nicht waren, dann vielleicht die Briten oder die Deutschen.«

»Wer weiß? Es führt keine Flagge.«

Plötzlich glitt das sonderbare Wasserfahrzeug vor ihren Augen unter die Wogen, tauchte ab und war verschwunden. Die *Kearsarge* fuhr genau über die Stelle, an der es versunken war, doch es war nirgendwo zu sehen, so sehr die Besatzung auch in die Tiefe starrte.

»Es ist weg, Käpt'n!«, rief einer der Seeleute Hunt zu.

»Haltet gut Ausschau!«, schrie Hunt zurück. »Ein paar Männer in die Takelage. Von dort oben sieht man mehr.«

»Was machen wir, wenn es wieder auftaucht?«, fragte Ellis.

»Wenn es nicht beidreht und sich zu erkennen gibt, verpassen wir ihm eine Breitseite.«

Stunde um Stunde kreuzte die *Kearsarge* in immer weiteren Kreisen um das Suchgebiet, bis bei Sonnenuntergang auch die letzte Hoffnung schwand, dass man das sonderbare Monstrum finden würde. Captain Hunt wollte die Jagd bereits abblasen, als sich ein Ausguck oben in der Takelage meldete.

»Monstrum rund tausend Meter backbord voraus. Hält auf uns zu.«

Die Offiziere und Mannschaften stürzten zur Backbordreling und spähten über das Wasser. Noch war es so hell, dass klare Sicht herrschte. Allem Anschein nach kam das sonderbare Ding mit hoher Geschwindigkeit genau auf die *Kearsarge* zu.

Während der Suche hatten die Bedienungsmannschaften geduldig neben ihren feuerbereiten Vorderladern ausgeharrt. Nun fuhren die Kanoniere an Backbord flugs die Geschütze aus und richteten sie auf den nahenden Gegner. »Zielt auf den Buckel hinter dem Bug, aber bedenkt dabei ihre Fahrt«, wies Merryman sie an.

Die Kanonen wurden ausgerichtet, die Mündungen tiefer gestellt, bis das Monster im Visier auftauchte. »Feuer!«, rief Hunt.

Sechs der insgesamt acht Kanonen der *Kearsarge* brüllten auf, spien Funken und dichten Qualm aus ihren Mündungen. Hunt verfolgte durch sein Fernglas, wie die Geschosse der schweren, elfzölligen Drehbassen zu beiden Seiten des rätselhaften Bootes im Wasser einschlugen, und wie die Neunzöller mit glattem Lauf hohe Fontänen rund um das Ziel aufwarfen. Dann sah er, wie die Granate des Zwölfpfünders mit gezogenem Lauf den Rücken des Monsters traf, abprallte und wie ein Kieselstein über das Wasser tanzte.

»Es ist gepanzert«, sagte er verdutzt. »Unser Schuss ist vom Rumpf abgeprallt, ohne ihm eine Delle zuzufügen.«

Unbeirrt hielt ihr Widersacher weiter auf sie zu, hatte den Bug mitschiffs auf den Rumpf der *Kearsarge* gerichtet und wurde zusehends schneller, als wollte er Schwung holen, bevor er zum Rammstoß ansetzte.

Die Bedienungsmannschaften luden fieberhaft nach, doch als sie bereit zur nächsten Breitseite waren, war das Ding bereits so nahe, dass sie die Läufe ihrer Kanonen nicht tief genug absenken konnten, um es zu treffen. Die Marinesoldaten an Bord eröffneten mit ihren Gewehren das Feuer auf den Angreifer. Etliche Offiziere stiegen auf die Reling, hielten sich mit einer Hand an den Wanten fest und schossen mit der anderen ihre Revolver ab. Doch der Kugelhagel prallte wirkungslos vom gepanzerten Rumpf ab.

Ungläubig starrten Hunt und seine Besatzung auf das zigarrenförmige Boot, das sich anschickte, das Schiff zu rammen. Wie von einem Albtraum gelähmt, umklammerten sie die Reling und wappneten sich für den unvermeidlichen Zusammenprall.

Doch der erwartete Stoß kam nicht. Nur ein leichtes Beben ging durch das Schiff, so als schlage es an einen Kai, begleitet vom dumpfen Knirschen berstenden Holzes, als sich das unheimliche Ding so glatt wie das Messer eines Mörders zwischen den mächtigen Eichenspanten hindurch in die *Kearsarge* bohrte und unmittelbar hinter dem Maschinenraum ein tiefes Loch in den Rumpf riss.

Hunt keuchte erschrocken auf. Durch die großen Bullaugen des sechseckigen Aufbaus konnte er das Gesicht eines bärtigen Mannes erkennen, dessen Miene bekümmert, geradezu bedrückt wirkte, so als bedaure er das Unglück, das sein absonderliches Rammboot herbeiführte.

Dann setzte das geheimnisvolle Wasserfahrzeug rasch zurück und verschwand in der Tiefe.

Hunt wusste, dass die *Kearsarge* dem Untergang geweiht war. Rund zwei Meter unter der Wasserlinie klaffte ein fast kreisrundes Loch im Rumpf, durch das immer mehr Wasser in den hinteren Laderaum und die Kombüse eindrang, infolgedessen das Schiff deutlich nach Backbord krängte. Nur die Schotten, die Hunt den Vorschriften der Marineführung entsprechend hatte schließen lassen, als ob das Schiff in die Schlacht zöge, verhinderten, dass es auf der Stelle kenterte. Noch hielt sich der Wassereinbruch in Grenzen, aber nur so lange, bis die Schotten unter dem gewaltigen Druck nachgaben.

Hunt fuhr herum und musterte die flache Koralleninsel, die keine zwei Meilen weit entfernt war. Er wandte sich an den Rudergänger und rief: »Halten Sie Kurs auf das Riff steuerbord voraus!« Dann befahl er den Maschinisten, volle Kraft zu geben. Er sorgte sich vor allem darum, wie lange die Schotten dem Wasser standhielten, ehe die Fluten in den Maschinenraum einbrachen. Denn so lange die Kessel noch unter Druck standen, konnte er das Schiff vielleicht auf Grund setzen, bevor es sank.

Allmählich schwang der Bug herum, und das Schiff nahm Fahrt auf und steuerte seichtes Gewässer an. Lieutenant Ellis ließ unterdessen die Boote und die Gig des Kapitäns zum Aussetzen bereitmachen, ohne dass Hunt es ihm eigens befehlen musste. Bis auf die Mannschaft des Maschinenraums war die gesamte Besatzung an Bord angetreten und starrte auf das flache, öde Korallenriff, das quälend langsam näher kam, während die Heizer fieberhaft Kohlen in die Feuertüren der Kessel schaufelten, ein Auge auf die offene Gräting gerichtet, das andere auf das knarrende Schott, das Einzige, das sie noch vor einem schrecklichen Tod bewahrte.

Die Schraube wirbelte das Wasser auf und trieb das Schiff auf das Eiland zu, von dem sich alle Rettung erhofften. Der Rudergänger rief nach einem Helfer, denn durch das eindringende Wasser neigte sich das Schiff mittlerweile bereits sechs Grad nach Backbord und ließ sich immer schwerer steuern.

Die Besatzung stand bei den Booten, bereit, sie auf Hunts Befehl hin zu besteigen und das sinkende Schiff zu verlassen. Unruhig traten sie von einem Bein aufs andere, als sich das Deck bedrohlich unter ihren Füßen neigte. Ein Lotgast wurde zum Bug geschickt, wo er das Senkblei auswarf und die Wassertiefe erkundete.

»Zwanzig Faden und steigend«, sang er mit kaum verhohlener Zuversicht.

Doch der Boden musste noch gut dreißig Meter seichter ansteigen, ehe der Kiel der *Kearsarge* auf Grund stieß. Und Hunt kam es vor, als ob sich das Schiff im Schneckentempo auf das kleine Koralleneiland zubewegte.

Von Minute zu Minute sank die *Kearsarge* tiefer ins Wasser. Sie hatte jetzt nahezu zehn Grad Schlagseite und ließ sich kaum noch auf geradem Kurs halten. Doch das Riff kam näher. Sie konnten bereits die Wellen sehen, die an die Korallen brandeten und gleißend in der Sonne versprühten.

»Fünf Faden«, sang der Lotgast, »und rasch steigend.«

Hunt dachte nicht daran, das Leben seiner Männer aufs Spiel zu setzen. Er wollte gerade den Befehl zum Verlassen des Schiffes geben, als die *Kearsarge* auf die Korallen auflief, mit ihrem Kiel und Rumpf durch das Riff pflügte, bis sie jäh zum Stillstand kam, sich zur Seite neigte und mit fünfzehn Grad Schlagseite liegen blieb.

»Gelobt sei der Herr, wir sind gerettet«, murmelte der Rudergänger, der noch immer die Speichen des Rades umklammerte, obwohl seine Arme vor Erschöpfung wie taub waren und sein Gesicht vor Anstrengung rot angelaufen war.

»Sie sitzt fest«, sagte Ellis zu Hunt. »Außerdem ist Ebbe, sodass sich das alte Mädchen nicht von der Stelle bewegen wird.«

»Stimmt«, bestätigte Hunt bitter. »Wäre ein Jammer, wenn man sie nicht retten könnte.«

»Mit Bergungsschleppern kann man sie vielleicht vom Riff freibekommen, vorausgesetzt, der Boden ist nicht aufgerissen.«

»Das verdammte Monstrum ist daran schuld. Wenn es einen Gott gibt, wird er es dafür büßen lassen.«

»Vielleicht hat es das bereits«, erwiderte Ellis leise. »Nach dem Zusammenstoß ist es ziemlich rasch gesunken. Es muss sich den Bug beschädigt und Wasser genommen haben.«

»Ich frage mich nur, weshalb der Kapitän nicht einfach beigedreht und erklärt hat, was er hier treibt.«

Ellis blickte nachdenklich über das türkisfarbene Wasser der Karibik. »Ich meine mich zu erinnern, dass ich einmal etwas über eine rund dreißig Jahre zurückliegende Begegnung eines unserer Kriegsschiffe, der *Abraham Lincoln*, mit einem rätselhaften Metallmonster gelesen habe. Es hat ihr das Ruder abgerissen.«

»Wo war das?«, fragte Hunt.

»Ich glaube, es war im Japanischen Meer. Außerdem sind in den letzten zwanzig Jahren mindestens vier britische Kriegsschiffe unter rätselhaften Umständen verschollen.«

»Die Marineführung wird uns nie und nimmer glauben, was hier vorgefallen ist«, sagte Hunt, während er sich zusehends wütender auf seinem gestrandeten Schiff umblickte. »Ich werde mich glücklich schätzen dürfen, wenn ich nicht vor ein Kriegsgericht gestellt und unehrenhaft aus dem Dienst entlassen werde.«

»Es gibt hundertsechzig Zeugen, die Ihre Aussage bestätigen können«, versicherte ihm Ellis.

»Kein Kapitän möchte sein Schiff verlieren, und schon gar nicht durch ein unbekanntes mechanisches Monstrum.« Er hielt inne, blickte hinab in die See und widmete sich dann den anstehenden Pflichten. »Lassen Sie die Vorräte in die Boote laden. Wir gehen an Land und warten dort ab, bis wir gerettet werden.«

»Ich habe die Karten studiert, Sir. Wir befinden uns vor dem Roncador-Riff.«

»Ein erbärmlicher Ort. Und ein erbärmliches Ende für so ein ruhmreiches Schiff«, erwiderte Hunt wehmütig.

Ellis salutierte kurz und formlos und wies dann die Besatzung an, Lebensmittel, Segeltuch für Zelte und persönliche Habseligkeiten auf das flache Koralleneiland zu schaffen. Im Schein des Halbmondes arbeiteten die Männer die ganze Nacht hindurch bis in die Morgenstunden, schlugen ein Lager auf und kochten schließlich die erste Mahlzeit an Land.

Hunt verließ die *Kearsarge* als Letzter. Kurz bevor er die Leiter in das wartende Boot hinabstieg, hielt er inne und starrte in das rastlose Wasser. Der Anblick des bärtigen Mannes, der ihn aus dem schwarzen Monster angeschaut hatte, würde ihn bis in den Tod begleiten. »Wer bist du?«, murmelte er vor sich hin. »Hast du überlebt? Und wenn ja, wer wird dann dein nächstes Opfer sein?«

Jedes Mal, wenn ihm in den nächsten Jahren eine Meldung zu Ohren kam, dass ein Kriegsschiff mit Mann und Maus verschwunden war, fragte sich Hunt unwillkürlich, ob der Mann in dem Monster dafür verantwortlich war.

Die Offiziere und Mannschaften der *Kearsarge* harrten zwei Wochen auf dem Eiland aus, ohne Not leiden zu müssen, bis sie eines Tages eine Rauchfahne am Horizont entdeckten. Hunt schickte seinen Ersten Offizier mit einem Boot los, und Ellis hielt einen vorbeifahrenden Dampfer an, der Hunt und seine Männer aufnahm und nach Panama brachte.

Eigenartigerweise mussten sich Hunt und seine Besatzung bei ihrer Rückkehr in die Vereinigten Staaten nicht vor einem Untersuchungsausschuss verantworten – ein äußerst ungewöhnlicher Umstand. Es war, als wollten das Marineministerium und die Admiralität den Vorfall stillschweigend unter den Teppich kehren. Zu seinem Erstaunen wurde Hunt sogar in den Rang eines Vollkapitäns erhoben, bevor man ihn ehrenvoll in den Ruhestand verabschiedete. Lieutenant Ellis wurde ebenfalls befördert, mit dem Kommando über die *Helena* betraut, dem neuesten Kanonenboot der US-Navy, und diente während des spanisch-amerikanischen Krieges in kubanischen Gewässern.

Der Kongress bewilligte 45 000 Dollar, um die vor dem Roncador-Riff liegende *Kearsarge* zu bergen und zu einer heimischen Werft zu schleppen. Doch man stellte fest, dass die Bewohner der nahe gelegenen Inseln sie in Brand gesteckt und sämtliche Messing-, Kupfer- und Eisenteile abmontiert hatten. Der Bergungstrupp baute die Kanonen aus, kehrte in den Hafen zurück und überließ das Wrack dem Verfall.

ERSTER TEIL

Inferno

Blick von oben auf die Rundkonstruktion
EMERALD DOLPHIN
DIE EMERALD DOLPHIN

15. Juli 2001
Südlicher Pazifischer Ozean

1

Selbst wenn das Unglück Monate voraus sorgfältig geplant und fachmännisch vorbereitet worden wäre, hätte es verheerender nicht sein können. Als es darauf ankam, ging so viel schief, dass es jede Vorstellung überstieg. Das luxuriöse Kreuzfahrtschiff *Emerald Dolphin* brannte, und niemand an Bord hatte auch nur den leisesten Verdacht oder ahnte etwas von der drohenden Gefahr. Doch langsam verzehrten die Flammen das Innere der Hochzeitskapelle, die mittschiffs lag, unmittelbar vor dem noblen Shopping-Bereich.

Die Offiziere, die auf der Brücke Wache hatten, bemerkten nichts von der sich anbahnenden Katastrophe. Keine der doppelt und dreifach ausgelegten Warnanlagen, weder Hitze- noch Rauchmelder zeigten an, dass etwas nicht stimmte. Ein Meer aus grünen Lichtern flimmerte auf der Konsole, auf der das ganze Schiff im Längs- und Querschnitt samt sämtlicher Feuermelder abgebildet war. Nicht ein einziges rotes Lämpchen blinkte auf, das auf einen Brand in der Kapelle hingedeutet hätte.

Es war vier Uhr morgens, und die Passagiere waren längst in ihren Kabinen und schliefen. Die Bars und Salons, das prachtvolle Casino, der Nachtclub und der Tanzsaal waren leer und verlassen, während das Schiff, das auf Kreuzfahrt von Sydney, Australien, nach Tahiti unterwegs war, unverdrossen durch die Südsee pflügte. Die *Emerald Dolphin*, die erst vor einem Jahr vom Stapel gelaufen und anschließend ausgerüstet worden war, befand sich auf ihrer Jungfernfahrt. Sie hatte nicht die fließend eleganten Linien anderer Kreuzfahrtschiffe, sondern wirkte wie ein riesiges Versorgungsboot, auf das man eine überdimensionale Diskusscheibe montiert hatte. Die gesamten Aufbauten mit ihren sechs Decks waren kreisrund, ragten in weitem Bogen zu beiden Seiten fünfundvierzig Meter über den Rumpf hinaus, an Bug und Heck immerhin noch gut fünfzehn Meter, und ähnelten eher dem Raumschiff *Enterprise*. Zumal sie keinen Schornstein trug.

Das neue Schiff, der ganze Stolz der Blue Seas Cruise Line, würde zweifellos sechs Sterne erhalten und sich großen Zuspruchs erfreuen, vor allem aufgrund seiner Ausstattung, die an ein prunkvolles Hotel in Las Vegas erinnerte. Bereits auf ihrer Jungfernfahrt waren sämtliche Kabinen ausgebucht. Mit fünfzigtausend Bruttoregistertonnen bei einer Länge von zweihundertdreißig Metern beförderte sie tausendsechshundert Passagiere, für deren Wohlergehen neunhundert Besatzungsmitglieder sorgten.

Die Schiffsbauingenieure hatten sich bei der Gestaltung der ultramodernen und hypereleganten Speisesäle, der drei Bar- und Salonbereiche, des Casinos, des Ballsaals, des Theaters und der Kabinen selbst übertroffen. Überall war buntes Glas in den unterschiedlichsten Farbtönen verwendet worden, Chrom, Messing und Kupfer zierte Wände und Decken. Sämtliches Mobiliar war von zeitgenössischen Künstlern und prominenten Innenarchitekten entworfen worden. Eine einzigartige Beleuchtung sorgte für eine geradezu himmlische Atmosphäre – jedenfalls nach Ansicht der Ausstatter, die sich bei ihren Himmelsvorstellungen an die Schilderungen Sterbender, die man wieder zum Leben erweckt hatte, gehalten hatten. Niemand musste weite Fußwege zurücklegen, es sei denn, er wollte draußen auf dem Promenadendeck umherspazieren. Ansonsten standen den Passagieren überall Rolltreppen, rollende Rampen und Laufbänder zur Verfügung, und mit ein paar Schritten waren sie bei einem der zahlreichen Aufzüge mit den gläsernen Kabinen, die zwischen den Decks verkehrten.

Auf dem Sportdeck war ein kleiner Golfplatz mit vier Löchern angelegt, dazu ein Schwimmbecken, das jeder Olympianorm entsprach, ein Basketballplatz und ein großes Fitnessstudio. Die Einkaufsstraße, die sich daran anschloss, ragte drei Etagen hoch auf und sah aus, als wäre sie dem Smaragdschloss des Zauberers von Oz nachempfunden.

Darüber hinaus war das Schiff ein schwimmendes Museum, auf

dem allerlei abstrakte und moderne Kunst ausgestellt war, von Paul Klee über Willem de Kooning bis zu Jackson Pollock und anderen berühmten Malern. Bronzeplastiken von Henry Moore standen auf Platinsockeln in den Nischen des Speisesaals. Achtundsiebzig Millionen Dollar hatte die Reederei allein für diese Sammlung ausgegeben.

Die Kabinen waren ebenfalls rund, ohne Ecken und Kanten. Sie waren geräumig und boten allesamt den gleichen Komfort – auf der *Emerald Dolphin* gab es weder kleine Zwischendeckskabinen noch Luxussuiten, denn die Konstrukteure hielten nichts von einer Zweiklassengesellschaft an Bord. Die Einrichtung sah aus, als stammte sie aus einem Science-Fiction-Film. Die Betten mit den extra weichen Matratzen ruhten auf einem hohen Piedestal und wurden vom sanften Lichtschein der Deckenleuchten angestrahlt. Dezent in der Decke angebrachte Spiegel standen all jenen zur Verfügung, die hier die ersten oder zweiten Flitterwochen genießen wollten. Die Badezimmer besaßen eigens eingebaute Kammern, in denen man sich inmitten eines Dschungels blühender Tropenpflanzen, die aussahen, als wären sie auf einem fremden Planeten gewachsen, mit Dunst, Sprühnebel, Regen oder Dampf berieseln lassen konnte. All dies sorgte dafür, dass eine Kreuzfahrt auf der *Emerald Dolphin* ein einzigartiges Erlebnis war.

Zumal sich die Konstrukteure von vornherein darüber im Klaren gewesen waren, aus welchen Kreisen die künftigen Passagiere stammen würden, und das Schiff entsprechend den Vorstellungen wohlhabender jüngerer Menschen gestaltet hatten. Viele von ihnen waren gut betuchte Ärzte, Anwälte und Unternehmer. Die meisten brachten ihre Familien mit, sodass die allein stehenden Passagiere in der Minderheit waren. Aber es gab auch eine ganze Reihe Senioren an Bord, die aussahen, als ob sie sich von ihrem Geld das Beste vom Besten leisten könnten.

Nach dem Abendessen besuchten die Familien mit Kindern das Theater und sahen sich *Sonofagun from Arizona* an, das vom Ensemble des Schiffes dargebotene, neueste Erfolgsmusical vom Broadway, während die jungen Pärchen im Ballsaal zu den Evergreens und aktuellen Hits tanzten, die die Bordkapelle spielte, das

Showprogramm im Nachtclub genossen oder im Casino beim Spiel saßen. Um drei Uhr morgens indes waren die Salons und Promenadendecks leer und verlassen, und keiner der Passagiere, die mittlerweile alle im Bett lagen, hätte sich träumen lassen, dass der grimme Schnitter mit seiner Sense zum tödlichen Streich gegen die *Emerald Dolphin* ausholte.

Kapitän Jack Waitkus unternahm einen kurzen Kontrollgang über die oberen Decks, bevor er sich in seine Kabine zurückzog. Mit seinen fast fünfundsechzig Jahren war Waitkus, der in fünf Tagen Geburtstag hatte, nach den auf Kreuzfahrtschiffen geltenden Maßstäben vergleichsweise alt. Daher gab er sich auch keinerlei Illusionen hin, was seinen weiteren Werdegang auf See anging. Die Direktoren der Reederei hatten ihm bereits mitgeteilt, dass er an Land bleiben müsse, sobald das Schiff von seiner Jungfernfahrt nach Sydney wieder in seinen Heimathafen Fort Lauderdale zurückkehrte. Genau genommen freute sich Waitkus auf den Ruhestand. Er und seine Frau wohnten auf einer herrlichen, zwölf Meter langen Segeljacht, mit der sie schon seit Jahren eine beschauliche Reise rund um die Welt unternehmen wollten. In Gedanken steckte Waitkus bereits einen Kurs ab, der sie quer über den Atlantik zum Mittelmeer führen sollte.

In Anerkennung seiner hervorragenden Verdienste um die Reederei hatte man ihm auf dieser Jungfernfahrt das Kommando über die *Emerald Dolphin* anvertraut. Er war ein stämmiger Mann mit schelmischen blauen Augen und einem freundlichen Lächeln, der stets vergnügt und leutselig wirkte, wie ein Falstaff ohne Bart. Im Gegensatz zu vielen anderen Kapitänen, die sich auf einer Kreuzfahrt nur ungern unter die Passagiere mischten, genoss Waitkus den Kontakt zu ihnen. An seinem Tisch im Speisesaal unterhielt er seine Gäste mit allerhand Geschichten darüber, wie er als Junge in Liverpool von zu Hause durchgebrannt war, um Seemann zu werden, auf Trampdampfern im Orient gefahren war und sich allmählich hochgedient hatte. Er hatte eifrig gelernt und sämtliche Offiziersprüfungen abgelegt, bis er schließlich das Kapitänspatent erhalten hatte. Danach hatte er zehn Jahre lang als Erster und Zweiter Offizier in Diensten der Blue Seas Cruise Line gestanden, bis er zum Kapitän der *Emerald Dolphin* ernannt worden war. Er war sehr beliebt, daher ließen ihn die Direktoren der Reederei nur ungern gehen, aber andererseits hatte er die in der Firma übliche Altersgrenze erreicht, und man wollte seinetwegen keine Ausnahme machen.

Er war müde, aber vor dem Schlafengehen las er grundsätzlich noch ein paar Seiten in einem seiner Bücher über Schätze, die im Meer lagen. Das Wrack eines Schiffes, das mit einer Ladung Gold vor der marokkanischen Küste untergegangen war, hatte es ihm dabei besonders angetan, und auf der Fahrt, die er antreten wollte, sobald er im Ruhestand war, gedachte er vor allem danach zu suchen. Vor dem Einschlafen meldete er sich ein letztes Mal auf der Brücke und erfuhr, dass es keinerlei besondere Vorkommnisse gab.

Um 4 Uhr 10 glaubte Charles McFerrin, der Zweite Offizier, bei einem Routinerundgang durch das Schiff leichten Rauchgeruch wahrzunehmen. Schnüffelnd ging er die Einkaufszeile entlang und stellte fest, dass der Geruch immer stärker und beißender wurde, je näher er dem anderen Ende kam, wo sich die Boutiquen und Geschenkartikelläden befanden. Verwundert, weil kein Feueralarm ertönte, blieb er vor der Tür zur Hochzeitskapelle stehen, spürte dann die Hitze dahinter und zog sie auf.

Der gesamte Innenraum war ein einziges Flammenmeer. Erschrocken torkelte McFerrin vor der durchdringenden Hitze zurück, geriet ins Stolpern und fiel zu Boden. Rasch rappelte er sich wieder auf, meldete sich über sein tragbares Funkgerät auf der Brücke und erteilte eine Reihe von Befehlen. »Wecken Sie Käpt'n Waitkus. Die Kapelle steht in Brand. Geben Sie Alarm, lösen Sie die per Computer gesteuerte Löschanlage aus.«

Vince Sheffield, der Erste Offizier, drehte sich unwillkürlich zu der Konsole mit dem Feuermeldesystem um. Sämtliche Lichter waren grün. »Sind Sie sich sicher, McFerrin? Hier liegen keinerlei Hinweise vor.«

»Glauben Sie mir«, schrie McFerrin in die Sprechmuschel. »Hier unten herrscht das reinste Inferno!«

»Haben sich die Sprinkler eingeschaltet?«, fragte Sheffield.

»Nein, irgendwas ist hier oberfaul. Die Löschanlage funktioniert nicht, und außerdem gab es keinen Feueralarm.«

Sheffield wusste nicht weiter. Die *Emerald Dolphin* besaß das modernste Feueralarm- und Löschsystem, mit dem je ein Schiff ausgestattet worden war. Aber wehe, wenn das nicht funktionierte. Unschlüssig und wie erstarrt stand er vor der Konsole, auf der kein einziges Warnlicht blinkte, musterte sie ungläubig, während kostbare Sekunden verrannen. Er wandte sich an Carl Harding, dem ihm unterstellten Offizier auf der Brücke. »McFerrin meldet einen Brand in der Kapelle. Auf der Feuermeldekonsole ist aber nichts zu sehen. Gehen Sie runter, und sehen Sie mal nach.«

Unterdessen ging weitere Zeit verloren, während McFerrin mit einem Handfeuerlöscher verzweifelt gegen die sich ausbreitende Feuersbrunst kämpfte. Doch es war, als versuchte er mit einem alten Futtersack einen Waldbrand zu ersticken. Machtlos stand er den Flammen gegenüber, die aus der Kapelle schlugen, konnte immer noch nicht glauben, dass die automatische Sprinkleranlage nicht funktionierte. Solange der Löschtrupp nicht anrückte, die Schläuche anschloss und dem Feuer zu Leibe rückte, ließ sich dieser Brand nicht bändigen. Stattdessen tauchte lediglich Harding auf, der gemächlich die Einkaufszeile entlangkam.

Harding war fassungslos, als er das flammende Inferno sah, gegen das McFerrin allein und auf verlorenem Posten ankämpfte. Er meldete sich auf der Brücke. »Herrgott noch mal, Sheffield! Hier unten tobt eine Feuersbrunst, und wir haben bloß ein paar Handfeuerlöscher zur Verfügung. Alarmieren Sie die Bordfeuerwehr, und schalten Sie die Löschanlage ein!«

Sheffield, der immer noch von Zweifeln geplagt wurde, überging die Computerschaltung und löste die Löschanlage in der Kapelle von Hand aus.

»Hier tut sich gar nichts!«, schrie McFerrin. »Beeilung, Mann. Allein können wir das nicht aufhalten.«

Wie benommen griff Sheffield zum Bordtelefon und verständigte den für den Löschtrupp zuständigen Offizier von dem Brand. Dann weckte er Kapitän Waitkus.

»Sir, mir wurde ein Brand in der Kapelle gemeldet.«

Waitkus war auf der Stelle hellwach. »Wird die Löschanlage damit fertig.«

»McFerrin und Harding, die vor Ort sind, haben mir gemeldet, dass die Anlage nicht funktioniert. Sie versuchen den Brand mit Feuerlöschern einzudämmen.«

»Lassen Sie den Löschtrupp ausrücken.«

»Das habe ich bereits veranlasst, Sir.«

»Sorgen Sie dafür, dass die Mannschaften für die Rettungsboote auf Station gehen.«

»Ja, Sir. Wird gemacht.«

Waitkus zog sich in aller Eile an. Er wollte alle erforderlichen Vorkehrungen treffen, auch wenn er sich nicht vorstellen konnte, dass sich das Schiff tatsächlich in Seenot befand und er die zweitausendfünfhundert Passagiere und Besatzungsmitglieder in die Boote befehlen musste. Er stürmte auf die Brücke und musterte die Konsole mit den Feuermeldern. Dort glühten nach wie vor nur grüne Lämpchen. Wenn tatsächlich ein Brand an Bord ausgebrochen war, dann zeigte ihn keiner dieser hypermodernen Detektoren an, und infolgedessen schaltete sich auch die automatische Löschanlage nicht ein.

»Sind Sie sich hundertprozentig sicher«, herrschte er Sheffield an.

»McFerrin und Harding haben bestätigt, dass die Kapelle in hellen Flammen steht.«

»Das darf doch nicht wahr sein.« Waitkus griff zum Bordtelefon und rief im Maschinenraum an.

Joseph Barnum, der Chefmaschinist vom Dienst, meldete sich. »Maschinenraum. Barnum am Apparat.«

»Hier spricht der Kapitän. Zeigt eure Feuermeldeanlage an, dass irgendwo an Bord ein Brand ausgebrochen ist?«

»Einen Moment.« Barnum drehte sich um und schaute auf eine breite Konsole. »Nein, Sir, hier ist alles im grünen Bereich. Wir haben keine Feuermeldung vorliegen.«

»Halten Sie sich bereit, und sorgen Sie dafür, dass Sie die Löschanlage manuell auslösen können«, befahl Waitkus.

In diesem Moment kam ein Besatzungsmitglied auf die Brücke

gerannt und stürmte zu Sheffield. »Sir, ich muss Ihnen mitteilen, dass ich drunten auf dem Backbord-Promenadendeck Rauch gerochen habe.«

Waitkus griff zum Funkgerät. »McFerrin?«

Im Prasseln und Knistern der Flammen hörte der Zweite Offizier kaum das Summen des Apparats. »Was gibt's?«, meldete er sich unwirsch.

»Hier spricht Kapitän Waitkus. Verlassen Sie mit Harding die Kapelle. Ich werde die stählernen Feuertüren schließen und die Kapelle abriegeln.«

»Machen Sie schnell, Sir!«, rief McFerrin. »Ich fürchte, der Brand greift sonst jeden Moment auf die Ladenzeile über.«

Waitkus drückte auf den Schalter, mit dem sich die Feuertüren rund um den Kapellenbereich aktivieren und schließen ließen. Verdutzt stand er da, als die Anzeige nicht aufleuchtete. Wieder rief er McFerrin an. »Haben sich die Feuertüren geschlossen?«

»Nein, Sir. Hier rührt sich nichts.«

»Das darf doch nicht wahr sein«, murmelte Waitkus zum zweiten Mal innerhalb von zwei Minuten. »Ich kann einfach nicht glauben, dass das ganze System zusammengebrochen ist.« Er rief ein weiteres Mal im Maschinenraum an. »Barnum«, brüllte er, »schalten Sie auf Handbedienung um, und schließen Sie die Feuertüren rund um die Kapelle.«

»Die Feuertüren schließen«, bestätigte Barnum. Dann: »Meine Konsole zeigt keine Reaktion an. Das verstehe ich nicht. Das Schaltsystem für die Feuertüren funktioniert nicht.«

»Verdammt!«, stieß Waitkus aus. Er nickte Sheffield kurz zu. »Ich gehe runter und überzeuge mich selbst von der Lage.«

Der Erste Offizier sollte den Kapitän nie wieder sehen. Waitkus trat in den Aufzug auf der Brücke, fuhr hinunter zum A-Deck und näherte sich der Hochzeitskapelle von der dem Löschtrupp gegenüberliegenden Seite. Ohne nachzudenken oder sich der Gefahr bewusst zu sein, riss er die Tür hinter dem Altar auf. Lodernde Flammen schlugen ihm entgegen und hüllten ihn ein, versengten ihm beinahe im gleichen Moment die Lunge und verwandelten ihn in eine menschliche Fackel. Er starb inmitten eines Feuerballs, noch bevor er zu Boden fiel.

Kapitän Waitkus erlitt einen grässlichen Tod, ohne zu ahnen, dass auch sein Schiff dem Verderben geweiht war.

Kelly Egan erwachte aus einem Albtraum. Wie so oft wurde sie dabei von irgendeinem grässlichen Tier oder einem Insekt verfolgt. Diesmal schwamm sie im Meer, und ein riesiger Fisch rieb sich an ihr. Sie stöhnte im Schlaf und schlug die Augen auf, sah aber nur den Schein der Nachtbeleuchtung im Badezimmer.

Langsam setzte sie sich auf und rümpfte die Nase, als sie den leicht brenzligen Geruch wahrnahm. Sie atmete ein und versuchte festzustellen, woher er kam, doch er war zu schwach. Nachdem sie sich davon überzeugt hatte, dass in ihrer Kabine nichts brannte, legte sie sich wieder hin und fragte sich schläfrig, ob sie sich das nur einbildete. Doch nach ein paar Minuten schien der Geruch stärker zu werden. Außerdem meinte sie zu spüren, dass die Temperatur in der Kabine anstieg. Sie schlug die Decke zurück und stellte die Füße auf den Teppichboden. Er kam ihr ungewöhnlich warm vor. Allem Anschein nach strahlte die Hitze vom darunter liegenden Deck aus. Kelly stellte sich auf einen Stuhl und legte die Hand an die mit Kupfer verzierte Decke. Sie fühlte sich kalt an.

Besorgt hängte sie sich den Morgenmantel über die Schultern und tappte zur Tür der angrenzenden Kabine, in der ihr Vater untergebracht war. Dem Schnarchen nach zu schließen, schlief Dr. Elmore Egan tief und fest. Er war ein genialer Techniker und Erfinder, der die revolutionären Maschinen entworfen und konstruiert hatte, von denen die *Emerald Dolphin* angetrieben wurde, und nun aus nächster Nähe miterleben wollte, wie sie sich auf ihrer ersten Fahrt bewährten. Kelly hatte ihn kaum zu Gesicht bekommen, seit sie aus Sydney ausgelaufen waren, so sehr war er mit seiner hochmodernen Technologie beschäftigt gewesen. Gestern hatten sie zum ersten Mal gemeinsam zu Abend gegessen, und er war sichtlich gelöst gewesen, nachdem er sich davon überzeugt hatte, dass die mächtigen, auf Magnetkraft beruhenden Strahltriebwerke problemlos und störungsfrei liefen.

Kelly beugte sich über sein Bett und rüttelte ihn kurz an der Schulter. »Papa, wach auf.«

Egan, der ohnehin sehr unruhig schlief, war sofort wach.

»Was ist los?«, fragte er und blickte zu seiner Tochter auf, die im Zwielicht vor ihm stand.

»Es riecht brenzlig«, antwortete Kelly. »Außerdem ist der Boden heiß.«

»Bist du dir sicher? Ich habe keinerlei Alarm gehört.«

»Überzeug dich doch selbst.«

Egan, der jetzt hellwach war, beugte sich aus dem Bett und legte beide Hände auf den Teppichboden. Er runzelte die Stirn und schnüffelte. Nachdem er einen Moment lang überlegt hatte, wandte er sich an Kelly und sagte: »Zieh dich an. Wir gehen raus aufs Deck.«

Als sie aus ihren Kabinen kamen und vor dem Aufzug standen, war der Brandgeruch bereits durchdringender und deutlich wahrnehmbar.

Unterdessen wichen die Löschmannschaften, die in der Einkaufsstraße auf dem A-Deck gegen die Flammen in der Kapelle ankämpften, langsam zurück. Die Handfeuerlöscher waren aufgebraucht, die automatische Löschanlage funktionierte nicht, nicht einmal die Schläuche konnten sie anschließen, weil die Kappen auf den Hydranten so festsaßen, dass sie sich von Hand nicht abnehmen ließen. McFerrin schickte einen Mann in den Maschinenraum und ließ sich eine Rohrzange bringen, doch es nützte nichts. Selbst als sie es zu zweit versuchten, ließen sich die Kappen nicht lösen. Sie waren wie festgeschweißt.

Der Unmut der Männer, die vergebens gegen das Flammenmeer ankämpften, schlug allmählich in helles Entsetzen um. McFerrin rief auf der Brücke an. »Teilen Sie dem Kapitän mit, dass wir hier unten auf verlorenem Posten stehen. Das Feuer greift auf das Salondeck über und erfasst demnächst das Casino.«

»Könnt ihr nicht verhindern, dass sich der Brand weiter ausbreitet?«, fragte Sheffield.

»Wie denn!«, brüllte McFerrin. »Nichts funktioniert. Die Feuerlöscher sind leer, die Schläuche können wir nicht anschließen und die Sprinkleranlage läuft nicht. Gibt es irgendeine Möglichkeit, die Feuertüren vom Maschinenraum aus per Hand zu schließen?«

»Nein«, antwortete Sheffield, der zusehends besorgter klang. »Das gesamte Feueralarm- und Löschsystem ist zusammengebrochen. Die Computer, die Feuertüren, die Sprinkler – alles ist ausgefallen.«

»Warum haben Sie noch keinen Alarm gegeben?«

»Ohne den ausdrücklichen Befehl des Kapitäns darf ich keinen Alarm auslösen.«

»Wo ist er?«

»Er ist runtergegangen und wollte sich selbst ein Bild von der Lage machen. Haben Sie ihn nicht gesehen?«

McFerrin blickte sich in der näheren Umgebung um, konnte Waitkus aber nirgendwo entdecken. »Hier ist er nicht.«

»Dann ist er wahrscheinlich schon wieder zur Brücke unterwegs«, erwiderte Sheffield, der sich immer unwohler fühlte.

»Lösen Sie vorsichtshalber Alarm aus, rufen Sie die Passagiere zu den Rettungsbooten, und bereiten Sie alles Erforderliche zum Verlassen des Schiffes vor.«

Sheffield war fassungslos. »Ich soll sechzehnhundert Passagiere auffordern, die *Emerald Dolphin* zu verlassen? Sie übertreiben.«

»Sie haben keine Ahnung, was hier unten los ist«, erwiderte McFerrin. »Leiten Sie alles Erforderliche in die Wege, ehe es zu spät ist.«

»Diesen Befehl kann nur Kapitän Waitkus erteilen.«

»Dann lösen Sie in Gottes Namen wenigstens Alarm aus, Mann, und wecken Sie die Passagiere, bevor das Feuer auf die Kabinendecks übergreift.«

Sheffield war hin und her gerissen. Seit achtzehn Jahren fuhr er zur See, aber noch nie hatte er sich mit einem Notfall auseinander setzen müssen. Er war nicht bereit, so viel Verantwortung zu übernehmen. Deswegen hatte er nie Kapitän werden wollen. Was sollte er jetzt bloß tun? »Sind Sie sich auch völlig sicher, dass die Lage so ernst ist?«

»Wenn Sie in den nächsten fünf Minuten die Löschanlage nicht in Gang bringen können, ist das Schiff nicht mehr zu retten!«, rief McFerrin.

Sheffield wusste weder ein noch aus. Zunächst einmal musste er an sich denken, an seinen weiteren Werdegang als Schiffsoffizier. Wenn er jetzt auch nur eine falsche Entscheidung traf...

Seine Untätigkeit sollte letztlich rund hundert Menschenleben kosten.

2

Die Männer, die sich darum bemühten, das Feuer einzudämmen, waren eigens zur Bekämpfung von Schiffsbränden ausgebildet, doch diesmal waren ihnen die Hände gebunden. Trotz der feuerfesten Anzüge, der geschlossenen Helme und der Sauerstoffflaschen, die sie auf dem Rücken trugen, wurde ihre Lage immer verzweifelter. Da sämtliche Löschanlagen und -geräte ausgefallen oder nutzlos waren, konnten sie nur ohnmächtig mit ansehen, wie sich der Brand weiter ausbreitete. Binnen fünfzehn Minuten war das gesamte A-Deck ein loderndes Inferno. Die Flammen verschlangen die Einkaufsstraße und griffen auf die nahe gelegenen Bootsdecks über. Die Besatzungsmitglieder, die sich bereitmachten, die Rettungsboote an Backbord und Steuerbord zu Wasser zu bringen, rannten um ihr Leben, als ein Feuersturm über sie hinwegfegte.

Und noch immer ertönte kein Alarm.

Der Erste Offizier wirkte wie gelähmt. Ängstlich und widerwillig übernahm er das Kommando über das Schiff, wollte sich immer noch nicht damit abfinden, dass Kapitän Waitkus möglicherweise tot war und sie alle in Lebensgefahr schwebten. Wie alle modernen Kreuzfahrtschiffe galt die *Emerald Dolphin* als brandsicher. Darauf hatten die Schiffsbauingenieure bei der Konstruktion großen Wert gelegt. Umso unverständlicher war es, dass sich die Flammen so rasch ausbreiteten.

Sheffield vergeudete weitere wertvolle Zeit, als er Männer losschickte, die den Kapitän suchen sollten, und abwartete, bis sie sich zurückmeldeten und ihm berichteten, dass sie ihn nirgendwo gefunden hätten. Er ging in den Kartenraum und musterte den auf einer großen Seekarte eingezeichneten Kurs. Anhand der letzten Positionsmarkierung, die der Vierte Offizier vor einer halben Stunde per Satellitenpeilung ermittelt und eingetragen hatte, stellte er fest, dass es weit und breit nur einen Flecken Land gab, den er ansteuern konnte: die Tonga-Inseln, über zweihundert Meilen nordöstlich gelegen. Er kehrte zurück und trat hinaus auf die Brückennock. Ein Regenguss prasselte auf das Schiff nieder, und der Wind hatte aufgefrischt, sodass die Wellen, die gegen den Bug anliefen, bis zu anderthalb Meter hoch waren.

Er drehte sich um, blickte nach achtern und sah zu seinem Entsetzen, wie mittschiffs Rauch aufquoll und die Rettungsboote von den Flammen verzehrt wurden. Die Feuersbrunst schien alles zu verschlingen, was sich ihr in den Weg stellte. Wieso waren sämtliche Warn- und Löschanlagen ausgefallen? Die *Emerald Dolphin* galt als eines der sichersten Schiffe der Welt. Unvorstellbar, dass sie am Grund des Meeres enden könnte. Wie von einem Alpdruck geschlagen, löste er endlich Alarm aus.

Inzwischen war das Casino zur lodernden Hölle geworden. In der unglaublichen Hitze der Flammen, die durch keinerlei Löschanlagen gebändigt wurden, schmolz und verglühte die gesamte Einrichtung. Das Feuer fraß sich zum Theater durch und verwandelte es in einen Glutofen, erfasste dann die Bühnenvorhänge, die in einem Funkenregen zerstoben, ehe es sich weiter ausbreitete und nichts als schwarze, verkohlte Trümmer hinterließ. Jetzt lagen die untersten Kabinen nur mehr zwei Decks über dem Brandherd.

Glocken schrillten und Sirenengeheul schallte durchs ganze Schiff – die einzigen Warnanlagen, die auf Anhieb funktionierten. Die tausendsechshundert Passagiere, jählings geweckt und dementsprechend benommen, fragten sich verdutzt, weshalb man sie aus dem Schlaf gerissen hatte. Sie reagierten nur langsam, konnten nicht begreifen, dass morgens um 4 Uhr 25 Seenotalarm ausgelöst worden war. Zunächst waren sie ruhig und gefasst, zogen bequeme Freizeitkleidung an und legten dann die Schwimmwesten an, so wie man es ihnen bei den Übungen gezeigt hatte, bevor sie sich zu den Rettungsbooten begaben. Nur einige, die auf die Veranda traten, um festzustellen, was die ganze Aufregung sollte, begriffen mit einem Mal, wie es um sie bestellt war.

Dichte Rauchwolken quollen inmitten des Lichtermeers, das sich auf dem Wasser spiegelte, aus dem Schiff, und Flammenzungen leckten aus den geschmolzenen und zersprungenen Bullaugen und Fenstern des darunter liegenden Decks. Der Anblick war ebenso atemberaubend wie schrecklich. Erst jetzt machte sich allmählich Angst breit, die in helle Panik umschlug, als die ersten Passagiere, die das Bootsdeck erreichten, eine Feuerwand vor sich sahen.

Dr. Egan führte seine Tochter zum nächsten Aufzug und fuhr mit ihr zum Beobachtungsdeck im oberen Teil der Aufbauten, von wo aus man das ganze Schiff überblicken konnte. Seine schlimmsten Befürchtungen wurden bestätigt, als er die Feuersbrunst sah, die sich mittschiffs, etwa sieben Decks tiefer, immer weiter ausbreitete. Von seiner Warte aus konnte er auch verfolgen, wie sich die Flammen die beiden Decks entlangfraßen, auf denen die Rettungsboote in ihren Davits hingen. Hinten am Heck warfen etliche Besatzungsmitglieder Behälter mit Rettungsflößen ins Meer, wo sie sich öffneten und automatisch aufbliesen. Ein Anblick, der Dr. Egan vorkam wie eine Szene aus einem Monty-Python-Film. Die Leute bedachten offenbar nicht, dass das Schiff nach wie vor Fahrt machte und die leeren Flöße in kürzester Zeit vom Kielwasser davongetrieben wurden.

Erschrocken und mit aschgrauem Gesicht wandte er sich an Kelly und herrschte sie an. »Geh runter in das Café auf dem B-Deck und warte auf der Veranda auf mich.«

»Kommst du nicht mit?«, fragte Kelly, die nur ein Trägerhemd und Shorts trug.

»Ich muss meine Papiere aus der Kabine holen. Geh du schon mal voraus. Ich komme in ein paar Minuten nach.«

Sämtliche Aufzüge waren besetzt, überladen mit Menschen, die aus den unteren Decks nach oben fuhren. Sie mussten die Treppen hinabsteigen, sich zwischen Scharen verängstigter Passagiere hindurchkämpfen, die zu den Aufgängen und den Fahrstühlen strömten wie ein Termitenvolk, dessen Bau von einem Erdferkel angegriffen wird. Menschen, die bislang stets verantwortungsbewusst und diszipliniert gewesen waren, wurden mit einem Mal zu jämmerlichen Egoisten, die nur noch Angst ums eigene Leben hatten. Andere stolperten blindlings umher, ohne zu wissen, wohin sie sich wenden sollten. Viele wirkten wie benommen, als könnten sie nicht fassen, was ihnen widerfuhr. Die Männer fluchten vor sich hin, die Frauen schrien vor Angst. Die Szenen, die sich hier binnen kürzester Zeit abspielten, erinnerten zusehends an Dantes *Inferno*.

Die Mannschaften, die Offiziere und das Kabinenpersonal taten ihr Bestes, um das allgemeine Chaos halbwegs in den Griff zu bekommen. Doch sie standen auf verlorenem Posten. Da keine Rettungsboote mehr vorhanden waren, blieb ihnen nichts anderes übrig, als den Leuten klar zu machen, dass sie über Bord springen mussten. Sie drängten sich durch die verängstigten Menschenmassen, überprüften, ob die Schwimmwesten richtig angelegt waren, und versicherten den Leuten, dass bereits Rettungsschiffe nahten.

Ihre Hoffnung war vergebens. Sheffield, der nach wie vor wie gelähmt war, hatte noch nicht einen Notruf ausgesandt. Dreimal schon war der Cheffunker aus dem Funkraum gestürmt und hatte ihn gefragt, ob er SOS an sämtliche Schiffe in der Umgebung senden sollte, doch Sheffield hatte nicht reagiert.

In ein paar Minuten war es zu spät. Die Flammen waren nur mehr fünfzehn Meter vom Funkhaus entfernt.

Kelly Egan kämpfte sich durch die aufgebrachten Menschenmengen bis zu dem am Heck gelegenen Café auf dem B-Deck durch, musste aber feststellen, dass die Veranda bereits voller Passagiere war. Sie wirkten benommen und hoffnungslos, husteten im Rauch, der nach hinten gewirbelt und auf das Achterdeck gedrückt wurde, da das Schiff noch immer vierundzwanzig Knoten Fahrt machte. Hier waren keine Schiffsoffiziere, die für Ruhe sorgten.

Wie durch ein Wunder waren die meisten Passagiere rechtzeitig aus ihren Kabinen entkommen, bevor die Flammen sie von den Aufgängen und Fahrstühlen abgeschnitten hatten. Zunächst hatten sie den Alarm nicht ernst genommen, doch als sie feststellten, dass sie nicht mehr zu den Rettungsbooten gelangen konnten, hatte sie die Angst gepackt. Die Mannschaften und Offiziere hatten auch in der schlimmsten Feuersbrunst außerordentlichen Mut bewiesen und alle zu den Achterdecks geleitet, wo sie vorübergehend vor den Flammen sicher waren.

Ganze Familien hielten sich hier auf – Väter, Mütter und Kinder, teils noch im Pyjama. Ein paar Kinder weinten vor Angst, während andere das Ganze genossen und für ein großartiges Spiel hielten, bis sie die bangen Blicke ihrer Eltern sahen. Frauen standen im Bademantel und mit zerzausten Haaren herum, andere wiederum hatten sich erst geschminkt, ordentlich angezogen und ihre Handtaschen mitgenommen. Die Männer waren zumeist leger gekleidet. Viele trugen Bermudashorts und hatten sich ein Sportsakko übergezogen. Nur ein junges Pärchen war auf den Sprung in die Wogen vorbereitet. Sie trugen Badesachen. Doch Todesangst hatten sie alle.

Kelly drängte sich bis zur Reling vor und hielt sich daran fest. Noch war es dunkel, aber sie konnte das Kielwasser sehen, das die Schrauben aufwirbelten. Zweihundert Meter weit zog sich die weiße Schaumspur dahin, bis das schwarze Meer und der mit Sternen übersäte Himmel ineinander übergingen. Sie fragte sich, warum das Schiff nicht anhielt.

»Wir werden alle verbrennen!«, schrie eine Frau außer sich vor Angst. »Ich will nicht im Feuer sterben!« Ehe sie jemand aufhalten konnte, war sie über die Reling geklettert und sprang ins Meer. Erschrocken blickten die anderen hinab. Sie sahen lediglich, wie ihr Kopf kurz wieder auftauchte, um dann in der Dunkelheit zu verschwinden.

Kelly machte sich zusehends Sorgen um ihren Vater. Sie überlegte gerade, ob sie zur Kabine zurückkehren und nach ihm suchen sollte, als er mit einem braunen Aktenkoffer in der Hand wieder auftauchte. »Oh, Papa«, rief sie, »ich dachte schon, wir hätten uns verloren.«

»Es ist ein Tollhaus, ein einziges Tollhaus«, sagte er keuchend und mit rotem Gesicht. »Als ob eine Herde durchgegangener Rinder immerzu im Kreis herumläuft.«

»Was nun?«, fragte sie ängstlich. »Wohin gehen wir jetzt?«

»Ins Wasser«, antwortete Egan. »Wir können nur hoffen, dass wir solange wie möglich am Leben bleiben.« Mit ernstem Blick schaute er seiner Tochter in die Augen. Sie funkelten blau wie Saphire, wenn das Licht genau auf sie fiel. Er wunderte sich immer wieder, wie sehr sie ihrer Mutter Lana ähnelte, als sie in diesem Alter gewesen war. Sie war genauso groß, ebenso schlank und hatte die gleiche, nahezu vollkommene Figur. Auch ihr Gesicht, von langen, honigbraunen Haaren umspielt, mit hohen Wangenknochen, wohl geformten Lippen und einer ebenmäßigen Nase, wirkte wie ein Ebenbild ihrer Mutter. Nur ihre Arme und Beine waren kräftiger. Kelly war eher der sportliche Typ, während ihre Mutter sanft und anmutig gewesen war. Sowohl Kelly als auch ihr Vater waren zutiefst betroffen gewesen, als sie ihren langen Kampf gegen den Brustkrebs verloren hatte. Nun, da er auf dem brennenden Schiff stand, wurde ihm schwer ums Herz beim Gedanken daran, dass auch Kelly ums Leben kommen könnte.

Tapfer lächelte sie ihn an. »Wenigstens sind wir in den Tropen, wo das Wasser warm genug zum Schwimmen ist.«

Er drückte ihre Schulter, blickte dann hinunter in die See, die fünfzehn Meter tiefer um den Rumpf strömte. »Solange das Schiff nicht anhält, springen wir auch nicht«, sagte er. »Wir warten bis zum letzten Moment. Vermutlich sind schon längst Schiffe unterwegs, die uns retten.«

Der Erste Offizier stand auf der Brücke, umklammerte die Reling und starrte in die rote Glut, die sich auf den Wogen widerspiegelte. Mittschiffs loderten helle Flammen auf, schlugen aus sämtlichen Bullaugen und Fenstern, die unter der Hitze zersprungen waren. Er meinte förmlich zu hören, wie das große Kreuzfahrtschiff unter der Glut in allen Fugen ächzte. Noch immer konnte er nicht fassen, dass die *Emerald Dolphin*, der Stolz der Blue Seas Cruise Line, in knapp einer Stunde nichts als ein ausgebranntes Wrack sein sollte, das ziellos auf einer türkisfarbenen See dahintrieb. Jeden Gedanken an die Passagiere und Besatzungsmitglieder hatte er längst verdrängt.

Trüben Blickes starrte er über die dunkle See. Nirgendwo konnte er die Lichter eines anderen Schiffes ausmachen. Er stand immer noch wie angewurzelt da, als McFerrin auf die Brücke stürmte. Das Gesicht des Zweiten Offiziers war rußig schwarz, die Uniform voller Brandflecken, Augenbrauen und Haare waren versengt. Er packte Sheffield an der Schulter und riss ihn herum.

»Das Schiff fährt nach wie vor voll in den Wind. Der facht das Feuer an wie ein Blasebalg. Warum haben Sie die Maschinen nicht stoppen lassen?«

»Das ist dem Kapitän vorbehalten.«

»Wo ist Kapitän Waitkus?«

»Ich weiß es nicht«, erwiderte Sheffield. »Er ist weggegangen und nicht mehr zurückgekommen.«

»Dann muss er im Feuer umgekommen sein.« McFerrin erkannte, dass jeder Versuch, sich mit seinem Vorgesetzten zu verständigen, sinnlos war. Er griff zum Bordtelefon und rief den Chefmaschinisten an. »McFerrin am Apparat. Kapitän Waitkus ist tot. Wir haben das Feuer nicht mehr unter Kontrolle. Stellen Sie die Maschinen ab, und schicken Sie Ihre Männer nach oben. Sehen Sie zu, dass sie sich zum Bug oder nach achtern durchschlagen, denn mittschiffs kommt keiner mehr raus. Haben Sie verstanden?«

»Ist der Brand denn wirklich so schlimm?«, fragte Chefmaschinist Raymond Garcia verdutzt.

»Viel schlimmer.«

»Warum gehen wir nicht einfach in die Rettungsboote?«

Das ist doch Irrsinn, dachte McFerrin. Niemand auf der Brücke hatte die Mannschaft im Maschinenraum davon verständigt, dass die Flammen bereits das halbe Schiff zerstört hatten. »Sämtliche Rettungsboote wurden vom Feuer vernichtet. Die *Emerald Dolphin* ist verloren. Geht raus, solange ihr noch könnt. Aber lasst die Generatoren laufen. Wir brauchen beim Verlassen des Schiffes Licht. Außerdem finden dann die Rettungsfahrzeuge leichter zu uns.«

Chefmaschinist Garcia verlor kein überflüssiges Wort mehr. Er befahl sofort, die Maschinen abzustellen. Kurz darauf verließ die Mannschaft den Maschinenraum und begab sich durch die Fracht- und Gepäckräume zum Bug.

Garcia brach als Letzter auf. Er überzeugte sich davon, dass die Generatoren anstandslos liefen, und verzog sich dann in den nächsten Aufgang.

»Haben schon irgendwelche Schiffe auf unseren Notruf reagiert?«, fragte McFerrin Sheffield.

Sheffield starrte ihn verständnislos an. »Notruf?«

»Haben Sie etwa noch nicht unsere Position durchgegeben und um dringenden Beistand gebeten?«

»Ja, wir müssen einen Hilferuf absetzen ...«, murmelte Sheffield.

McFerrin, der Sheffields unentschlossenen Blick und Tonfall sofort zu deuten wusste, war entsetzt. »O mein Gott, jetzt ist es vermutlich zu spät. Die Flammen dürften bereits den Funkraum erreicht haben.«

Er griff zum Bordtelefon und rief im Funkraum an, hörte aber nur statisches Rauschen. Erschöpft und von Brandwunden gezeichnet, ließ er sich an den Fahr- und Kommandostand sinken. »Mehr als zweitausend Menschen droht der Tod in den Flammen oder im Meer, ohne dass es eine Aussicht auf Rettung gibt«, murmelte er verzweifelt. »Und uns bleibt nichts anderes übrig, als mit ihnen unterzugehen.«

3

Zwölf Meilen weiter südlich blickte ein Mann mit leuchtend grünen Augen zum heller werdenden Himmel im Osten, drehte sich dann um und musterte den roten Schein am nördlichen Horizont. Gebannt von dem Anblick, trat er ins Ruderhaus des NUMA-Forschungsschiffes *Deep Encounter*, griff zu einem starken Feldstecher, der auf dem Kommandostand lag, und kehrte auf die Brückennock zurück. Langsam und bedächtig stellte er das Fernglas scharf und spähte in die Ferne.

Er war hoch aufgeschossen, gut einen Meter neunzig groß, und mit etwa achtzig Kilo Körpergewicht eher schlank. Die schwarzen, um die Schläfen von einem ersten Grauschimmer durchsetzten

Haare waren wellig, fast widerspenstig. Das braun gebrannte, wettergegerbte Gesicht deutete darauf hin, dass er sich gern im Freien aufhielt und die See in- und auswendig kannte. Offensichtlich brachte er weit mehr Zeit in der Sonne und unter offenem Himmel zu als in einem von Neonlampen erleuchteten Büro.

Die Tropenluft war auch zu so früher Stunde warm und feucht, sodass er lediglich blaue Jeansshorts zu einem bunt geblümten Hawaii-Hemd trug. Die schmalen Füße steckten in Sandalen. Es war Dirk Pitts Alltagsuniform, wenn er mit einem Unterwasserforschungsprojekt beschäftigt war, vor allem, wenn sein Einsatzort im Umkreis von tausend Meilen rund um den Äquator lag. Als Leiter für Spezialprojekte bei der National Underwater & Marine Agency verbrachte er neun Monate im Jahr auf See. Bei dieser Expedition führten die Wissenschaftler der NUMA im Tonga-Graben geologische Forschungen und Vermessungen am Meeresgrund durch.

Nachdem er drei Minuten lang den Lichtschein gemustert hatte, begab er sich ins Ruderhaus und beugte sich in den Funkraum. Schläfrig blickte der Funker der Nachtschicht auf. »Laut letztem Satellitenwetterbericht ziehen schwere Regenschauer mit einer Windgeschwindigkeit von rund fünfzig Kilometern pro Stunde und einem drei Meter hohen Wellengang auf uns zu«, sagte er ungefragt.

»Hervorragendes Wetter zum Drachensteigen«, erwiderte Pitt lächelnd. Dann wurde seine Miene ernst. »Haben Sie innerhalb der letzten Stunde irgendwelche Notrufe empfangen?«

Der Funker schüttelte den Kopf. »Ich habe gegen ein Uhr ein kurzes Gespräch mit dem Funker eines britischen Containerschiffs geführt. Aber ein Notruf ist nicht eingegangen.«

»Nördlich von uns scheint ein großes Schiff in Brand zu stehen. Sehen Sie zu, ob Sie mit ihm Verbindung aufnehmen können.«

Pitt drehte sich um und tippte Leo Delgado, dem Offizier vom Dienst, an die Schulter. »Leo, ich möchte, dass Sie nach Norden drehen und volle Fahrt voraus geben. Ich glaube, wir haben es mit einem brennenden Schiff zu tun. Wecken Sie Käpt'n Burch und bitten Sie ihn, ins Ruderhaus zu kommen.«

Pitt war zwar Projektleiter und somit Burchs Vorgesetzter, dennoch hatte der Kapitän das Kommando über das Schiff. Kermit Burch, der nur eine gepunktete Shorts trug, kam unverzüglich auf die Brücke. »Was hat es mit dem brennenden Schiff auf sich?«, fragte er Pitt und unterdrückte ein Gähnen.

Pitt deutete auf die Brückennock und reichte ihm das Fernglas. Burch richtete es auf den Horizont, setzte es ab, putzte die Okulare an seiner Shorts und spähte erneut hindurch. »Sie haben Recht. Es lodert wie eine Fackel. Meiner Ansicht nach ist es ein Kreuzfahrtschiff. Ein großes.«

»Komisch, dass es keinen Notruf abgesetzt hat.«

»Das ist wirklich sonderbar. Vielleicht ist das Funkgerät ausgefallen.«

»Ich habe Delgado gebeten, von unserem Kurs abzuweichen und es mit voller Fahrt anzusteuern. Ich hoffe, Sie haben nichts dagegen, dass ich Ihnen ins Handwerk gepfuscht habe. Ich dachte, wir gewinnen dadurch vielleicht ein paar Minuten.«

Burch grinste. »Ich hätte genau den gleichen Befehl erteilt.« Dann begab er sich zum Bordtelefon. »Maschinenraum, haut Marvin aus der Koje. Er soll alles rausholen, was die Maschinen hergeben.« Er schwieg einen Moment und hörte zu. »Warum? Weil wir zu einem Brand fahren. Deswegen.«

Sobald sich die Nachricht verbreitete, erwachte das ganze Schiff zum Leben, und den Besatzungsmitgliedern und Wissenschaftlern wurden ihre jeweiligen Aufgaben zugewiesen. Die beiden zehn Meter langen Beiboote für hydrographische Vermessungen wurden bereit zum Aussetzen gemacht. An den beiden Teleskopkränen an Deck, die dazu dienten, die Tauchboote und Messgeräte zu Wasser zu lassen, wurden Schlingen angebracht, mit denen man mehrere Menschen zugleich aus dem Meer ziehen konnte. Sämtliche Strickleitern und Taue wurden aufgerollt, damit man sie sofort über die Reling auswerfen konnte, desgleichen die Rettungskörbe, mit denen die Kinder und älteren Passagiere an Bord gehievt werden sollten.

Der Schiffsarzt richtete mit Unterstützung der Meeresforscher im Messeraum eine Behandlungs- und Krankenstation ein. Der Koch und sein Kombüsengehilfe hielten Wasserflaschen, Kaffeekannen und Suppentöpfe bereit. Alle Mann an Bord stellten Kleidungsstücke für die Geretteten zur Verfügung. Die Offiziere wiesen ausgesuchte Besatzungsmitglieder an, wohin sie die Überlebenden auf dem Schiff geleiten sollten, damit sie versorgt werden konnten, zugleich aber auch als Ballast dienten. Denn die *Deep Encounter* mit ihren siebzig Metern Länge bei einer Breite von fünfzehn Metern war nicht dafür gebaut, mehr als zweitausend Passagiere aufzunehmen. Wenn die Menschen, die man an Bord erwartete, nicht sorgfältig auf dem ganzen Schiff verteilt wurden, könnte es kentern.

Die Höchstgeschwindigkeit der *Deep Encounter* betrug lediglich sechzehn Knoten, aber Chefmaschinist Marvin House holte alle Kraft aus den beiden großen, dreitausend PS starken, dieselelektrischen Maschinen heraus. Er brachte das Schiff erst auf siebzehn Knoten, dann auf achtzehn und neunzehn, bis es schließlich mit zwanzig Knoten durch die See pflügte, sodass der Bug beinahe aus dem Wasser ragte, wenn es durch die Kämme der Wogen schnitt. Niemand hätte gedacht, dass die *Deep Encounter* so viel Fahrt machen konnte.

Käpitän Burch, der jetzt voll angezogen war, schritt am Deck auf und ab und erteilte detaillierte Befehle, damit jeder einzelne Handgriff saß, wenn die Menschenmenge, die er erwartete, über das Schiff hereinbrach. Er trug dem Funker auf, sich mit allen anderen Schiffen in der Umgebung in Verbindung zu setzen, ihnen in aller Kürze von dem Feuer zu berichten, ihre Position zu erfragen und sich zu erkundigen, wann sie schätzungsweise am Brandort eintreffen könnten. Im Umkreis von hundert Meilen waren nur zwei Schiffe unterwegs. Das eine war die *Earl of Wattlesfield*, das britische Containerschiff, mit dem sie zuvor schon in Funkkontakt gestanden hatte. Ihr Kapitän hatte sofort reagiert und nahte mit voller Kraft von Osten, aber noch war sie siebenunddreißig Meilen weit entfernt. Das zweite Schiff war ein australischer Raketenkreuzer, der ebenfalls den Kurs geändert hatte und von Süden her auf die Position zuhielt, die Burch ihm durchgegeben hatte. Doch er hatte noch dreiundsechzig Meilen vor sich.

Nachdem er sich davon überzeugt hatte, dass er alles bedacht und nichts vergessen hatte, begab sich Burch zu Pitt auf die Brückennock. Alle Mann an Bord der *Deep Encounter*, soweit sie nicht anderweitig beschäftigt waren, waren an der Reling angetreten und starrten auf den roten Glutschein am Himmel, der rasch näher kam. Sie wurden immer kleinlauter, murmelten dann nur noch erschrocken, als sie mit jeder weiteren Meile, die sie zurücklegten, das Ausmaß der Katastrophe begriffen, die sich da zutrug. Fünfzehn Minuten später standen sie angesichts der unglaublichen Tragödie, die sich vor ihnen abspielte, alle wie in Trance da. Das einstmals so luxuriöse Schiff, dieser schwimmende Palast voller fröhlicher, lachender Menschen, war jetzt ein lodernder Scheiterhaufen.

Siebzig Prozent des prachtvollen Kreuzfahrers standen in hellen Flammen. Die Aufbauten waren bereits ein einziges verzogenes Gewirr aus rot glühendem Stahl, von dem das Schiff regelrecht in zwei Hälften geteilt wurde. Der einst smaragdgrün und weiß gestrichene Rumpf war schwarz und versengt. Die Schotten und Spanten im Inneren hatten sich zu einer unbeschreiblichen Masse aus geschmolzenem und ausgeglühtem Metall verzogen. Die Rettungsboote, beziehungsweise ihre kaum noch erkennbaren Überreste, hingen in den Davits.

Das ganze Schiff wirkte wie ein ungeheures, feuriges Monster, wie es selbst der aberwitzigste Horrorschriftsteller nicht hätte ersinnen können.

Fassungslos musterten Pitt und Burch die *Emerald Dolphin*, die breitseitig im aufkommenden Wind und stärker werdenden Seegang trieb, waren sich nicht sicher, ob das Forschungsschiff, die Wissenschaftler und Besatzungsmitglieder an Bord einer derartig gewaltigen Tragödie gewachsen waren.

»Guter Gott«, murmelte Burch, »niemand ist mit den Booten weggekommen.«

»Sieht so aus, als wären sie verbrannt, bevor man sie zu Wasser lassen konnte«, erwiderte Pitt grimmig.

Flammen schossen brüllend zum Himmel auf und spiegelten sich wie grausige Dämonen auf dem Wasser. Antriebslos, wie eine riesige Fackel, lag das Schiff da, als wartete es nur darauf, von seinem Elend erlöst zu werden und in der See zu versinken. Dann ertönte ein Ohren betäubendes Kreischen, das fast wie ein lautes Aufheulen klang, als die Innendecks einbrachen. Eine Hitzewelle breitete sich aus, dass man noch im Umkreis von hundert Metern das Gefühl hatte, als wäre die Tür eines Hochofens aufgerissen worden. Inzwischen war es so hell, dass man die verkohlten Trümmer rund um den brennenden Dampfer erkennen konnte, die grauweiße Ascheschicht, die auf den Wogen trieb, und die durch die Luft wirbelnden Wolken aus glühenden Glasfasersplittern und abgeplatzter Farbe. Zunächst konnte sich niemand an Bord des Forschungsschiffes vorstellen, dass in diesem flammenden Inferno noch irgendjemand am Leben war, doch dann sahen sie die Menschen, die sich auf fünf der offenen Achterdecks des Kreuzfahrers drängten. Beim Anblick der *Deep Encounter* sprangen sie in immer größerer Zahl ins Wasser und schwammen auf sie zu.

Burch richtete sein Fernglas auf die See rund um das Heck der *Emerald Dolphin*. »Die Leute stürzen sich wie die Lemminge von den unteren Decks«, rief er. »Diejenigen, die weiter oben zusammengedrängt sind, wirken wie erstarrt.«

»Kann man ihnen nicht verdenken«, sagte Pitt. »Die oberen Decks sind neun bis zehn Stockwerke hoch. Von dort aus muss es einem so vorkommen, als wäre das Wasser eine Meile weit weg.«

Burch beugte sich über die Reling und rief seiner Besatzung einen Befehl zu. »Setzt die Boote aus. Holt die Leute aus dem Wasser, bevor sie außer Sicht treiben.«

»Können Sie die *Deep Encounter* unter ihr Heck bringen?«, fragte Pitt.

»Meinen Sie, ich soll mit unserem Schiff längsseits gehen?«

»Ja.«

Burch wirkte skeptisch. »Ich kann aber nicht so nah ran, dass die Leute an Bord springen können.«

»Je weiter die Flammen vorrücken, desto mehr werden über Bord springen. Hunderte werden umkommen, bevor wir sie aus dem Wasser ziehen können. Wenn wir unser Schiff an ihrem Heck vertäuen, kann die Besatzung Leinen auswerfen, an denen sich die Passagiere abseilen können.«

Burch schaute Pitt an. »Bei diesem Seegang wird die *Deep En-*

counter gewaltige Schläge abkriegen, wenn sie an den Riesenpott geschmettert wird. Wenn unsere Rumpfplatten zermalmt werden, könnte es passieren, dass wir ebenfalls sinken.«

»Lieber längsseits gehen und ebenfalls sinken, als gar nichts unternehmen«, erwiderte Pitt versonnen. »Ich übernehme die volle Verantwortung für das Schiff.«

»Sie haben natürlich Recht«, pflichtete Burch ihm bei. Er übernahm das Ruder, betätigte die Hebel für die Lenkpropeller und die Steuerschalter der Bugstrahlruder und brachte das Forschungsschiff vorsichtig näher, bis es mit der Steuerbordseite quer unter dem mächtigen Heck der *Emerald Dolphin* lag.

Die Panik und das Entsetzen unter den Passagieren legten sich, als sie auf den Achterdecks vorübergehend Zuflucht vor dem Feuer fanden, doch die Angst blieb. Die Offiziere und Besatzungsmitglieder, vor allem die Frauen, drängten sich durch Menschenmengen, beruhigten die Verzweifelten und trösteten die Kinder. Bevor die *Deep Encounter* wie aus dem Nichts auftauchte, hatten sich fast alle mit ihrem Schicksal abgefunden und sich vorgenommen, lieber ins Wasser zu springen, als bei lebendigem Leib zu verbrennen.

Doch nun, da es so gut wie keine Hoffnung mehr zu geben schien, kam ihnen der Anblick des türkis gestrichenen NUMA-Forschungsschiffes, das im Licht der Morgendämmerung durch die See pflügte, wie ein Wunder Gottes vor. Die mehr als zweitausend Menschen, die auf den Achterdecks zusammengedrängt waren, jubelten lauthals und winkten hektisch, als sie die Rettung nahen sahen. Doch ihre Zuversicht erwies sich als voreilig. Die Offiziere der *Emerald Dolphin* erkannten rasch, dass das Schiff nicht groß genug war, um auch nur die Hälfte der Menschen, die um ihr Leben kämpften, an Bord zu nehmen.

McFerrin, der Zweite Offizier, der mittlerweile die Brücke verlassen und sich mit einem Megafon zum Heck begeben hatte, um die Passagiere zu beruhigen, hatte noch nicht begriffen, was Pitt und Burch vorhatten. »An das Schiff achteraus. Kommt nicht näher. Im Wasser sind Menschen«, rief er.

Pitt konnte inmitten der Menschenmenge nicht erkennen, wer

ihn angepreit hatte. Er schnappte sich ebenfalls ein Megafon. »Verstanden«, rief er zurück. »Unsere Boote nehmen Sie so schnell wie möglich auf. Halten Sie sich bereit. Wir gehen näher neben euch und vertäuen unser Schiff. Sorgen Sie dafür, dass Ihre Besatzung unsere Leinen übernimmt.«

McFerrin traute seinen Ohren kaum. Er konnte nicht glauben, dass der Kapitän und die Besatzung des NUMA-Schiffes bereit waren, Kopf und Kragen für einen Rettungsversuch zu riskieren. »Wie viele könnt ihr an Bord nehmen?«, erkundigte er sich.

»Wie viele seid ihr denn?«, fragte Pitt zurück.

»Über zweitausend. Fast zweieinhalbtausend.«

»Zweitausend«, knurrte Burch. »Wir sinken wie ein Stein, wenn wir zweitausend Mann an Bord nehmen.«

Inzwischen hatte Pitt den Offizier entdeckt, der ihn vom Oberdeck aus anpreite. »Weitere Rettungsschiffe sind unterwegs«, rief er zurück. »Wir übernehmen so viele, wie wir können. Habt ihr Wurfleinen, an denen sich die Passagiere auf unser Deck abseilen können?«

Geschickt betätigte Burch den Hebel für die Lenkpropeller, steuerte das Schiff langsam vorwärts und setzte dann mit sicherer Hand die Bugstrahlruder ein, sodass es beidrehte und sich dem Kreuzfahrer Zentimeter um Zentimeter näherte. Alle Mann an Bord der *Deep Encounter* starrten bang zu dem riesigen Heck auf, das über ihnen emporragte. Dann scharrten Stahlplatten gegeneinander, und dreißig Sekunden später waren die beiden Schiffe fest miteinander vertäut.

Stahltrossen wurden vom Forschungsschiff aus weitergereicht, während die Besatzung des Kreuzfahrers aufgerollte Leinen über die Bordwand auswarf, die von den bereitstehenden Wissenschaftlern eilends ergriffen und an allem festgemacht wurden, das halbwegs stabil wirkte. Sobald der letzte Knoten saß, rief Pitt den Mannschaften auf der *Emerald Dolphin* zu, dass sie die Passagiere abseilen sollten.

»Familien mit Kindern zuerst!«, rief McFerrin der Besatzung per Megafon zu. Seit dem Untergang der *Titanic*, als ein Großteil der Männer mitsamt dem Schiff im Meer versunken war und all die Waisen und Witwen überlebt hatten, hielt man in der modernen Seefahrt nicht mehr viel von der alten Sitte. Statt Frauen und Kinder zuerst zu retten, achtete man heute darauf, dass die Familien beisammen blieben. Die jüngeren, allein stehenden Passagiere traten denn auch tapfer zurück und sahen zu, wie die Familienväter mit ihren Frauen und Kindern zur *Deep Encounter* abgeseilt wurden. Sie landeten auf dem Arbeitsdeck, inmitten der Tauchboote, der Unterwasserroboter und Messgeräte. Danach waren die Älteren an der Reihe, die man buchstäblich dazu zwingen musste, das Schiff zu verlassen – nicht aus Angst, sondern weil sie den Jüngeren den Vortritt lassen wollten, denn die hätten noch ihr ganzes Leben vor sich.

Die Kinder zeigten erstaunlicherweise die geringste Angst, als sie an den Seilen hinabgelassen wurden. Dann ließ der Reiseleiter die Big Band des Schiffes und die Theatertruppe antreten und bekannte Songs aus Broadway-Musicals anstimmen. Eine Zeit lang sangen die Passagiere sogar mit, während die Evakuierung zügig vonstatten ging, doch als das Feuer näher rückte, als die Hitze stärker wurde und man vor Qualm kaum noch atmen konnte, brach wieder Panik unter den Passagieren aus. Plötzlich drängten etliche nach vorn, die ihr Heil lieber im Wasser suchten, statt abzuwarten, bis sie an der Reihe waren und an den Leinen hinuntergelassen wurden. Es waren zumeist jüngere Leute, die von den unteren Decks aus über die Reling kletterten und sprangen. Doch zu viele sprangen zur gleichen Zeit und prallten dabei auf diejenigen, die bereits im Wasser trieben. Etliche verschätzten sich und schlugen am Deck der *Deep Encounter* auf, wo sie schwer verletzt oder tot liegen blieben. Andere fielen zwischen die Schiffe und wurden zermalmt, als die beiden Rümpfe im Seegang aneinander stießen.

Die Besatzung der *Emerald Dolphin* tat ihr Bestes und versuchte, ihnen wenigstens letzte Anweisungen zu geben, wie man springen musste. Dass man beim Aufprall aufs Wasser die Arme nicht hochheben sollte, weil einem sonst die Schwimmweste über den Kopf gerissen wurde. Aber auch umklammern sollte man sie nicht, sonst lief man Gefahr, dass man sich das Genick brach.

Dennoch trieben binnen kurzer Zeit zahlreiche Leichen inmitten der mit Trümmern übersäten See.

Kelly hatte Angst. Das kleine Forschungsschiff war so nah, zugleich aber auch so weit weg. Zehn Leute standen vor ihnen an dem Seil an, das zu dem Schiff dort unten hinabführte. Dr. Egan hatte sich vorgenommen, dem Rauch und der Hitze zu trotzen und sich erst dann mit seiner Tochter auf das Rettungsschiff abseilen zu lassen, wenn sie an der Reihe waren. Doch er wurde von der keuchenden, hustenden Menschenmenge mitgerissen, die zur Reling stürmte. Plötzlich griff ein breitschultriger Mann mit roten Haaren und einem Schnurrbart, der sich quer über die Wangen bis zu den langen Koteletten zog, inmitten des Gedränges nach Egans Lederkoffer und wollte ihn an sich reißen. Der Erfinder erschrak, hielt ihn aber eisern fest und ließ nicht locker.

Entsetzt musste Kelly mit ansehen, wie die beiden miteinander rangen. Ein schwarzer Offizier in einer piekfeinen, wie frisch gebügelt wirkenden Uniform stand unmittelbar daneben und tat so, als ginge ihn das Ganze nichts an. Sein scharf geschnittenes Gesicht wirkte wie aus Obsidian gehauen.

»Unternehmen Sie etwas!«, schrie Kelly ihn an. »Stehen Sie nicht so herum! Helfen Sie meinem Vater!«

Doch der Offizier beachtete sie nicht, sondern trat einen Schritt vor und half zu Kellys Erstaunen dem Rothaarigen bei der Rangelei um den Koffer.

Von beiden Männern mit vereinten Kräften bedrängt, geriet Egan aus dem Gleichgewicht und torkelte rücklings an die Reling, verlor den Halt, kippte über die Bordwand und stürzte mit dem Koffer kopfüber ins Meer. Verdutzt standen der schwarze Offizier und der Rothaarige einen Moment lang wie angewurzelt da, dann mischten sie sich wieder unter die Menge. Kelly schrie auf und stürmte zur Reling, sah aber nur noch, wie das Wasser aufspritzte, als ihr Vater aufschlug.

Sie hielt den Atem an und wartete eine halbe Ewigkeit – so jedenfalls kam es ihr vor, doch es waren nur knapp zwanzig Sekunden –, bis sein Kopf wieder auftauchte. Seine Schwimmweste war weg, vermutlich beim Aufschlag abgerissen, und bestürzt stellte sie fest, dass er offenbar besinnungslos war. Sein Kopf sackte nach vorn und rollte dann kraftlos zur Seite.

Plötzlich und ohne jede Vorwarnung spürte Kelly, wie sich Hände um ihre Kehle schlossen und erbarmungslos zudrückten. Benommen und erschrocken trat sie mit den Füßen nach hinten aus und versuchte zugleich vergebens, die Finger von ihrer Kehle wegzuziehen. Sie landete einen Glückstreffer und traf ihren Angreifer mit dem Fuß im Unterleib. Hinter ihr keuchte jemand auf, und der Druck um ihren Hals ließ nach. Sie fuhr herum und sah, dass sie es erneut mit dem schwarzen Offizier zu tun hatte.

Dann stieß der Rothaarige den Schwarzen beiseite und stürzte sich seinerseits auf Kelly, doch die umklammerte den Kragen ihrer Schwimmweste, sprang über die Reling und stürzte ins Leere, als der Rothaarige nach ihr fassen wollte.

Ringsum verschwamm alles, während sie fiel. Im nächsten Moment schlug sie so heftig auf dem Wasser auf, dass ihr die Luft aus dem Leib gepresst wurde. Salzwasser drang ihr in die Nase, und sie musste sich mühsam beherrschen, um den Mund nicht aufzureißen und Atem zu holen.

Tief tauchte sie inmitten einer Wolke aufkochender Blasen ins Meer ein, das über ihrem Kopf zusammenschlug. Als sie allmählich langsamer sank, blickte sie nach oben und sah die Lichter der beiden Schiffe, die sich über ihr spiegelten. Sie stieß sich nach oben, unterstützt von ihrer Schwimmweste, schnappte ein paarmal nach Luft, als sie auftauchte, suchte nach ihrem Vater und sah ihn rund zehn Meter vor dem schwarz versengten Rumpf des Kreuzfahrtschiffs reglos im Wasser treiben.

Im nächsten Moment wurde er von einer Woge erfasst, und sie verlor ihn aus den Augen. Dann wurde auch sie von einem Wellenkamm emporgetragen, und sie entdeckte ihn wieder, keine fünf Meter von ihr entfernt. Sie kraulte zu ihm, fasste ihn um die Schulter und zog seinen Kopf zurück. »Papa!«, rief sie.

Egan schlug mühsam die Augen auf und starrte sie an. Er verzog das Gesicht, als leide er unter heftigen Schmerzen. »Kelly, du musst dich selbst retten«, stieß er stockend hervor. »Ich schaffe es nicht.«

»Halt durch, Papa«, erwiderte sie. »Wir werden gleich von einem Boot aufgelesen.«

Er schob ihr den Koffer zu, den er nach wie vor eisern festhielt.

»Er ist mir beim Aufprall aufs Wasser unter den Rücken geraten. Ich glaube, ich habe mir das Kreuz gebrochen. Ich bin gelähmt, ich kann nicht mehr schwimmen.«

Ein bäuchlings im Wasser liegender Leichnam wurde gegen Kelly getrieben, die einen kurzen Würgereiz unterdrücken musste, als sie ihn beiseite schob. »Ich halte dich fest, Papa. Ich lass dich nicht los. Wir können uns an deinen Koffer klammern.«

»Nimm ihn«, murmelte er und versuchte, ihr den Koffer aufzudrängen. »Bewahre ihn gut auf, bis der rechte Zeitpunkt gekommen ist.«

»Ich begreife gar nichts.«

»Du wirst es verstehen …« Er brachte kaum noch ein Wort heraus. Dann verzog er das Gesicht, als ob ihn Schmerzen peinigten, und ließ den Kopf sinken.

Kelly erschrak angesichts der Mutlosigkeit ihres Vaters, bis sie begriff, dass er vor ihren Augen starb. Egan wiederum wusste, dass er im Sterben lag. Aber er hatte keine Angst vor dem Tod. Er ergab sich in sein Schicksal. Auch um seine Tochter machte er sich keine Sorgen – sie würde durchkommen. Er bedauerte nur, dass er jetzt nicht mehr erfahren würde, ob die Erfindung, die er zu Papier gebracht hatte, auch in der Praxis funktionierte. Er blickte in Kellys blaue Augen und lächelte matt.

»Deine Mutter wartet auf mich«, flüsterte er.

Verzweifelt sah sich Kelly nach einem Rettungsboot um. Das Nächste war keine fünfzig Meter weit weg. Sie ließ ihren Vater los, schwamm ein paar Meter und winkte wie wild. »Hierher! Kommt hierher!«, rief sie.

Eine Frau, die offenbar vom Rauch benommen war und kraftlos zwischen den Wellen trieb, wies einen Seemann auf sie hin, als sie ins Boot gezogen wurde, doch die Rettungsmannschaften waren mit so vielen anderen beschäftigt, dass sie Kelly nicht sahen. Sie wälzte sich auf den Rücken und kraulte zu ihrem Vater zurück. Doch er war nirgendwo zu sehen – nur der Lederkoffer trieb noch auf dem Wasser.

Sie hielt sich daran fest und rief nach ihrem Vater, aber im gleichen Moment sprang ein Teenager vom Oberdeck. Er verfehlte sie um Haaresbreite, als er im Wasser landete, traf sie aber mit dem Knie am Hinterkopf. Ihr wurde schwarz vor Augen.

4

Anfangs konnten die Besatzung und die Wissenschaftler auf der *Deep Encounter* den immer zahlreicher an Bord strömenden Menschen noch helfen, doch als immer mehr kamen, waren die einundfünfzig Männer und acht Frauen schlichtweg überfordert.

Doch trotz aller Ohnmacht und Verzweiflung angesichts der vielen Toten und Sterbenden, die im Wasser trieben, ließen die Rettungsmannschaften nicht locker. Etliche Meeresforscher und Techniker schlangen sich kurzerhand Leinen um den Leib, sprangen ungeachtet aller Gefahren ins Wasser, ergriffen den nächstbesten Schiffbrüchigen und ließen sich von ihren Bordkameraden wieder auf die *Deep Encounter* ziehen. Ihr Einsatz, durch den zahllose Menschenleben gerettet wurden, sollte in die Annalen der Seefahrtsgeschichte eingehen.

Unentwegt zogen die Bootsmannschaften Menschen aus dem Wasser, doch immer mehr stürzten sich in die See. Binnen kürzester Zeit war das Meer unter dem Heck voller schreiender Männer und Frauen, die die Hände nach den Booten ausstreckten, Angst hatten, man könnte sie übersehen.

Mittlerweile hatte die Besatzung auch die Kräne in Betrieb genommen und ließ Flöße und Netze zu Wasser, an denen sich die Schiffbrüchigen festhalten und aufs Arbeitsdeck hieven lassen konnten. Selbst Schläuche und Strickleitern warfen sie über die Reling aus, damit so viele wie möglich aus eigener Kraft an Bord klettern konnten. Doch trotz ihres unermüdlichen Einsatzes wurden sie von der schieren Anzahl der Menschen, die im Wasser um ihr Leben kämpften, schlichtweg überwältigt. Später allerdings sollten sie sich bittere Vorwürfe wegen all derjenigen machen, die sie nicht rechtzeitig vor dem Ertrinken hatten retten können.

Die Wissenschaftlerinnen nahmen unterdessen die Passagiere in

Empfang, sobald sie an Bord kamen, munterten sie auf und kümmerten sich dann um die Verletzten. Viele von ihnen waren durch den Rauch und die giftigen Dämpfe erblindet und mussten zur Kranken- und Pflegestation in der Messe geführt werden. Keiner der Wissenschaftler kannte sich aus, was die Behandlung von Rauchvergiftungen anging, doch sie bemühten sich nach besten Kräften, lernten rasch dazu und retteten dadurch zahllose Menschenleben.

Sie geleiteten die Unversehrten zu den vorgesehenen Kabinen und Laderäumen und verteilten sie dort gleichmäßig, damit die Balance des Schiffes gewahrt blieb. Außerdem richteten sie einen Sammelraum ein, wo sie die Namen der Überlebenden erfassten und ihnen halfen, ihre Freunde und Verwandten zu suchen, die sich im allgemeinen Durcheinander verloren hatten.

In den ersten dreißig Minuten wurden über fünfhundert Menschen von den Booten aus dem Wasser gezogen. Weitere zweihundert schafften es aus eigener Kraft zu den Flößen längsseits der *Deep Encounter* und wurden mit Hilfe der an den Kränen befestigten Schlingen an Bord gehievt. Die Rettungsmannschaften kümmerten sich ausschließlich um die Überlebenden. Stellten sie fest, dass jemand bereits tot war, wenn er ins Boot gezogen wurde, warfen sie ihn umgehend wieder in die See, um Platz für andere zu schaffen.

Die heillos überladenen Boote, die teilweise doppelt so viele Passagiere beförderten wie erlaubt, steuerten zum Heck der *Deep Encounter*, wo sie mit Hilfe des Ladebaums rasch an Bord gehievt wurden. Dort angekommen, stiegen die Kräftigeren einfach aus, und die Verletzten konnten sofort auf Bahren gebettet und zur Krankenstation gebracht werden. Pitt war auf diese Idee gekommen, weil sie so die erschöpften Schiffbrüchigen nicht einzeln an Bord ziehen mussten und die Boote doppelt so schnell entladen und wieder zu Wasser lassen konnten.

Burch verschwendete kaum einen Gedanken an den Fortgang der Rettungsaktion. Er war mit seinem Schiff beschäftigt, denn er und nur er allein konnte verhindern, dass die *Deep Encounter* mit dem großen Kreuzfahrer zusammenprallte und sich den Rumpf kaputtschlug. Er hätte seine linke Hand dafür gegeben, wenn er die automatische Positionssteuerung hätte einsetzen können, doch die nützte nichts, solange die beiden Schiffe im Wind und der Strömung dahintrieben.

Ständig achtete er auf die Wellen, die von Backbord aus anwogten, und setzte die Bugstrahlruder und Lenkpropeller ein, sobald ein hoher Brecher die *Deep Encounter* an das mächtige Heck der *Emerald Dolphin* zu werfen drohte. Nicht immer gelang es ihm. Aber umso mehr litt er, wenn die Rumpfplatten beim Aufprall knackten und knirschten. Er konnte sich nur zu gut vorstellen, wie das Wasser durch die Risse und Ritzen eindrang. Leo Delgado saß ein paar Meter weiter weg im Kartenhaus und rechnete nach, wie viel Tonnage die *Deep Encounter* noch aufnehmen konnte, während unentwegt weitere Schiffbrüchige an Bord strömten. Immerhin stand die Höchstlademarke schon knapp einen halben Meter tief im Wasser.

Pitt leitete unterdessen die Rettungsaktion. Und er war überall zugleich, so jedenfalls kam es allen Beteiligten vor, gab hier seine Anweisungen per Walkie Talkie, dirigierte dort eine Bootsmannschaft zu Überlebenden, die abgetrieben wurden, zog eigenhändig Schiffbrüchige aus dem Wasser und sprang an den Kranwinden ein, wenn wieder ein Boot an Bord gehievt werden musste. Er lotste all diejenigen, die sich an den Leinen abseilten, zu den Wissenschaftlern, die sie nach unten führten. Fing die Kinder auf, deren Finger so gefühllos geworden waren, dass sie sich aus zwei, drei Metern Höhe fallen ließen. Aber auch er stellte besorgt fest, dass das Schiff allmählich gefährlich überladen war, obwohl noch weitere tausend Passagiere gerettet werden mussten.

Er rannte auf die Brücke, um sich bei Delgado wegen der Gewichtsverteilung zu erkundigen. »Wie sieht's aus?«

Delgado blickte von seinem Computer auf und schüttelte düster den Kopf. »Nicht gut. Noch einen Meter mehr Tiefgang, und wir werden zum U-Boot.«

»Wir haben aber noch weitere tausend Mann vor uns.«

»Bei diesem Seegang spülen uns die Wellen über das Schanzdeck, wenn wir noch fünfhundert mehr aufnehmen. Sag deinen Wissenschaftlern, dass sie mehr Schiffbrüchige zum Bug schicken sollen. Wir werden sonst zu hecklastig.«

Während Pitt die schlechte Nachricht verdaute, blickte er zu den zahllosen Menschen auf, die an den Leinen herunterrutschten oder abgeseilt wurden. Dann schaute er auf das Arbeitsdeck hinab, wo gerade ein Rettungsboot mit weiteren sechzig Schiffbrüchigen entladen wurde. Nie und nimmer konnte er Hunderte von Menschen zum Tod verurteilen, nur weil das kleine Forschungsschiff nicht alle aufnehmen konnte. Dann fiel ihm eine Lösung ein, die zumindest halbwegs funktionieren könnte. Er stürmte aufs Arbeitsdeck und rief etliche Besatzungsmitglieder zu sich.

»Wir müssen das Schiff leichter machen«, sagte er. »Kappt die Ankerketten und lasst die Anker fallen. Hievt die Tauchboote nach draußen und lasst sie im Wasser treiben. Wir können sie später wieder einsammeln. Werft jedes Stück Ausrüstung, das mehr als fünf Kilo wiegt, über Bord.«

Nachdem die Tauchboote ausgebracht waren und davontrieben, wurde der mächtige A-förmige Ladebaum, der zum Aussetzen und Bergen schwerer Messgeräte benutzt wurde, abmontiert und ebenfalls über Bord geworfen. Nur dass *der* nicht trieb. Wie ein Stein sank er zum Meeresgrund, gefolgt von etlichen Winden und tausenden Kilometern von Trossen. Zu seiner Freude sah Pitt, dass sich der Rumpf gut fünfzehn Zentimeter aus dem Wasser gehoben hatte.

Danach wandte er sich an die Männer in den Booten, die gerade längsseits kamen. »Wir sind an der Grenze unserer Ladefähigkeit angelangt. Wenn ihr den letzten Schwung Schiffbrüchiger aufnehmt, lasst ihr euch neben dem Schiff treiben, aber schickt niemand mehr an Bord.«

Die Rudergänger bestätigten mit einem kurzen Winken und steuerten die Boote wieder in das Gewimmel der Menschen, die im Wasser um ihr Leben kämpften.

Pitt blickte auf, als McFerrin ihn von oben anpreite. Von seiner hohen Warte aus hatte der Zweite Offizier gesehen, dass das Forschungsschiff trotz der über Bord geworfenen Ausrüstung noch immer gefährlich tief im Wasser lag. »Wie viele könnt ihr noch an Bord nehmen?«

»Wie viele sind denn noch da droben?«

»Vierhundert ungefähr. Hauptsächlich Besatzungsmitglieder, nachdem die Passagiere jetzt fast alle weg sind.«

»Schicken Sie sie runter«, wies Pitt ihn an. »Sind das alle?«

»Nein«, antwortete McFerrin. »Die Hälfte der Besatzung hat sich zum Bug durchgeschlagen.«

»Können Sie mir eine ungefähre Zahl nennen?«

»Weitere vierhundertfünfzig.« McFerrin blickte zu dem groß gewachsenen Mann auf der *Deep Encounter* hinab, der die Rettungsaktion mit einem schier unglaublichen Engagement leitete. »Darf ich Ihren Namen erfahren, Sir?«

»Dirk Pitt, Leiter für Spezialprojekte bei der NUMA. Und Sie?«

»Zweiter Offizier Charles McFerrin.«

»Wo ist Ihr Kapitän?«

»Kapitän Waitkus wird vermisst«, erwiderte McFerrin. »Vermutlich ist er tot.«

Pitt sah, dass McFerrin Brandwunden erlitten hatte. »Kommen Sie schleunigst runter, Charlie. Ich habe eine Flasche Tequila für Sie bereitstehen.«

»Ich ziehe Scotch vor.«

»Ich lasse eigens eine Flasche für Sie brennen.«

Pitt drehte sich um, hob die Hände, fing ein kleines Mädchen auf, das an einer der Leinen herunterrutschte, und reichte es Misty Graham, einer der drei Meeresbiologinnen der *Deep Encounter*. Die Mutter und der Vater kamen unmittelbar danach und wurden ebenfalls nach unten geführt. Im nächsten Moment zog Pitt Schiffbrüchige aufs Arbeitsdeck, die zu erschöpft waren, um aus eigener Kraft aus den Rettungsbooten zu steigen.

»Fahrt um das Kreuzfahrtschiff herum zur Backbordseite«, befahl er dem Rudergänger des Bootes. »Sammelt dort all diejenigen auf, die von der Strömung und den Wellen weggetragen wurden.«

Der Rudergänger, dessen Gesicht von Erschöpfung gezeichnet war, blickte zu Pitt auf und rang sich ein mattes Grinsen ab. »Bis jetzt hab ich noch kein Trinkgeld gekriegt.«

»Ich seh zu, dass sie später was springen lassen«, sagte Pitt und grinste zurück. »Und jetzt haltet euch ran, bevor –«

Der durchdringende Schrei eines Kindes ertönte unmittelbar unter ihm. Er rannte zur Reling und blickte hinab. Ein kleines Mädchen, allenfalls acht Jahre alt, klammerte sich an ein Tau, das über die Bordwand hing. Sie musste bei der Ankunft auf der *Deep Encounter* irgendwie über Bord gegangen sein, ohne dass es im allgemeinen Durcheinander irgendjemand bemerkt hatte. Pitt legte sich auf den Bauch, griff nach ihr und bekam ihre Handgelenke zu fassen, als sie von einer Welle emporgetragen wurde. Dann zog er sie aus dem Wasser und hievte sie an Deck.

»Hat das Schwimmen Spaß gemacht?«, fragte er, um ihr über den Schreck hinwegzuhelfen.

»Das Meer ist zu rau«, sagte sie und rieb sich die Augen.

»Weißt du, ob deine Eltern auch hier sind?«

Sie nickte. »Die sind mit meinen zwei Brüdern und meiner Schwester aus dem Boot gestiegen. Ich bin ins Wasser gefallen, aber keiner hat mich gesehen.«

»Nimm's ihnen nicht übel«, sagte er und trug sie zu Misty Graham, der Meeresbiologin. »Die sind bestimmt schon ganz krank vor Sorgen um dich.«

Misty lächelte und nahm die Kleine an der Hand. »Komm mit. Wir suchen deine Mama und deinen Papa.«

In diesem Augenblick fiel Pitt ein Schopf hellbraun schimmernder Haare auf, die aufgefächert auf dem Wasser trieben. Das Gesicht konnte er nicht erkennen, aber er sah eine Hand, die sich leicht bewegte, als versuchte sie, im Wasser zu paddeln. Oder wurde sie nur von den Wellen bewegt? Pitt rannte fünf Meter auf dem Deck entlang, um sich die Sache näher anzusehen, hoffte wider besseres Wissen, dass die Frau – den Haaren nach musste es eine Frau sein – noch nicht ertrunken war. Der Kopf hob sich ein Stück aus dem Wasser, weit genug, dass er die beiden wunderschönen blauen Augen sah, die matt und benommen wirkten.

»Zieht sie raus!«, brüllte Pitt dem Rudergänger des Rettungsboots zu und deutete auf die Frau. Doch das Boot war schon halb um das Heck der *Emerald Dolphin* herumgefahren, sodass ihn der Steuermann nicht hören konnte. »Schwimmen Sie zu mir her!«, schrie er der Frau zu. Er sah, dass sie in seine Richtung blickte, ihn aber offenbar nicht bemerkte.

Ohne eine Sekunde zu zögern, stieg Pitt auf die Reling, kämpfte einen Moment lang um sein Gleichgewicht und hechtete dann ins Wasser. Er tauchte nicht gleich wieder auf, sondern stieß sich mit aller Kraft voran, wie ein Wettkampfschwimmer, nachdem er vom Startblock gesprungen ist. Als er kurz nach ihr Ausschau hielt, konnte er den im Wasser versinkenden Kopf kaum noch erkennen. Mit zwei Zügen war er bei ihr, packte sie an den Haaren und zog sie hoch. Obwohl sie aussah wie eine nasse Ratte, erkannte er, dass er es mit einer ausgesprochen attraktiven jungen Frau zu tun hatte. Dann erst bemerkte er, dass sie den Griff eines kleinen Aktenkoffers umklammerte, der voll Wasser gelaufen war und sie in die Tiefe zu ziehen drohte.

»So ein Blödsinn!«, herrschte er sie an. »Lassen Sie ihn los!«

»Kann ich nicht!«, blaffte sie unverhofft und mit einer Entschlossenheit zurück, die ihn überraschte. »Und ich denke auch nicht daran!«

Froh darüber, dass sie offenbar noch recht lebendig war, wollte er nicht weiter mit ihr streiten, sondern packte sie kurzerhand an ihrem Trägerhemd und zog sie zur *Deep Encounter*. Dort angelangt, reckten sich ihnen bereits etliche Helfer entgegen, die sie an den Handgelenken fassten und an Bord zogen, während Pitt die Strickleiter hinaufstieg. Eine der Wissenschaftlerinnen warf der Frau eine Decke über und wollte sie gerade nach unten führen, als Pitt sie aufhielt.

»Was ist in diesem Koffer?«, fragte er sie und schaute in ihre blauen Augen. »Etwas so Wichtiges, dass Sie deswegen fast umgekommen wären?«

Sie warf ihm einen müden Blick zu. »Das Lebenswerk meines Vaters.«

Pitt musterte den Koffer. »Wissen Sie, ob Ihr Vater gerettet wurde?«

Langsam schüttelte sie den Kopf und blickte trostlos auf die mit Asche übersäte See und die darin treibenden Menschenleiber. »Er ist da unten«, flüsterte sie.

Dann wandte sie sich jäh ab und ging unter Deck.

Als die Bootsmannschaften die letzten Überlebenden, die sie finden konnten, geborgen hatten, kehrten sie zum Forschungsschiff zurück, wo all jene, die dringend in ärztliche Behandlung mussten, an Bord gebracht wurden. Mit all den anderen, immerhin so vielen, wie sie gerade noch verantworten konnten, legten sie wieder ab, damit oben an Bord nicht noch mehr Gedränge herrschte.

Pitt meldete sich über Walkie-Talkie bei den Bootsbesatzungen. »Wir gehen um den Bug und suchen dort nach weiteren Überlebenden. Haltet euch hinter uns.«

Auf der *Deep Encounter* ging es so eng zu wie in einem Ameisenhaufen vor dem Jungfernflug. Überall herrschte wildes Gedränge – im Maschinenraum, in den Arbeitszimmern der Wissenschaftler, den Labors, den Unterkünften für die Besatzung und die Forscher, in sämtlichen Auf- und Niedergängen. Dicht an dicht saßen die Menschen, ob im Aufenthaltsraum, in der Kombüse oder der Messe. Selbst im Ruderhaus, im Karten- und im Funkraum. Sogar in Kapitän Burchs Kabine hatten sich fünf Familien eingenistet.

Die *Deep Encounter* lag so tief im Wasser, dass fast jede Welle, die höher als anderthalb Meter war, über die Bordwand aufs Arbeitsdeck schwappte. Die Besatzungsmitglieder der *Emerald Dolphin* hielten unterdessen wacker die Stellung. Erst als die letzten Passagiere die Achterdecks des Kreuzfahrtschiffes verlassen hatten, seilten auch sie sich auf das überfüllte Forschungsschiff ab. Viele hatten Brandwunden erlitten, weil sie bis zum letzten Moment ausgeharrt und den Passagieren beim Verlassen des Schiffes geholfen hatten, bevor auch sie vor den alles verzehrenden Flammen flüchteten.

Sobald sie auf dem Arbeitsdeck angelangt waren, unterstützten sie die heillos überforderten Wissenschaftler bei ihren Bemühungen, es den Passagieren trotz der Enge so bequem wie möglich zu machen. Doch auch Tote gab es an Bord der *Deep Encounter* zu beklagen. Etliche Schiffbrüchige erlagen den schweren Verletzungen, die sie durch die Flammen oder beim Sturz aufs Wasser erlitten hatten. Ihre Leichen wurden unter leisen Gebeten und vom Weinen der Angehörigen begleitet über Bord befördert. Zu kostbar war der wenige Platz, der den Lebenden zur Verfügung stand.

Pitt schickte die Offiziere zum Ruderhaus, wo sie sich bei Kapitän Burch meldeten. Einmütig boten sie ihre Dienste an, die dankbar angenommen wurden.

McFerrin verließ das Schiff als Letzter.

Pitt nahm den völlig erschöpften Mann in Empfang und fasste ihn am Arm, damit er nicht ins Stolpern geriet und fiel. Er musterte die versengte Haut an McFerrins Fingern. »Schade, dass ich einem so tapferen Mann nicht die Hand schütteln kann«, sagte er.

McFerrin betrachtete seine verbrannten Hände, als gehörten sie jemand anderem. »Ja, ich glaube, das wird noch eine Weile dauern.« Dann wurde seine Miene düster. »Ich habe keine Ahnung, wie viele von den armen Kerlen, die sich zum Bug durchgeschlagen haben, noch am Leben sind.«

»Wir werden's bald erfahren«, erwiderte Pitt.

McFerrin blickte sich auf dem Forschungsschiff um und sah, dass die Wellen über das Arbeitsdeck spülten. »Kommt mir so vor«, sagte er ruhig, »als ob ihr in einer äußerst gefährlichen Lage seid.«

»Wir tun, was wir können«, erwiderte Pitt mit einem grimmigen Lächeln.

Er schickte McFerrin zur Krankenstation und drehte sich dann zu Burch um, der auf der Brückennock stand. »Das war der letzte Mann vom Achterdeck, Skipper!«, rief er. »Alle anderen sind am Bug.«

Burch nickte kurz und stellte die Bugstrahlruder ab. Dann begab er sich ins Ruderhaus. »Übernehmen Sie«, sagte er zum Rudergänger. »Bringen Sie uns um den Bug herum, aber schön langsam und vorsichtig. Wir wollen unseren Rumpf nicht noch mehr beschädigen.«

»Ich werde sie so sanft wie einen Schmetterling behandeln«, versicherte ihm der junge Mann am Ruder.

Burch war zutiefst erleichtert, als sich sein Schiff von dem Kreuzfahrer entfernte. Er schickte Leo Delgado nach unten, damit er feststellte, ob durch die Schläge Rumpfplatten beschädigt und Lecks aufgetreten waren. Während er auf dessen Bericht wartete, meldete er sich beim Chefmaschinisten Marvin House. »Marvin, wie sieht's bei euch unten aus?«

Chefmaschinist House stand auf dem Bedienungssteg zwischen den Maschinen und betrachtete den dünnen Wasserstrom, der sich um die Einbettungen sammelte. »Meiner Schätzung nach haben wir irgendwo weiter vorn schwere Schäden am Rumpf, vermutlich in einem der Lagerräume. Ich lasse die Hauptpumpen mit voller Kraft laufen.«

»Werden Sie mit dem eindringenden Wasser fertig?«

»Ich habe meinen Männern befohlen, Hilfspumpen aufzustellen und zusätzliche Schläuche auszulegen.« House stockte und ließ den Blick über die Schiffbrüchigen schweifen, die sich auf jedem freien Quadratzentimeter seines geliebten Maschinenraums drängten. »Wie sieht's bei euch oben aus?«, fragte er.

»Voll wie auf dem New Yorker Times Square an Silvester«, antwortete Burch.

Delgado kehrte auf die Brücke zurück, doch Burch sah seine grimmige Miene und wusste, dass er wenig Erfreuliches zu berichten hatte.

»Mehrere Rumpfplatten sind eingedrückt und gerissen«, keuchte er, um Atem ringend, nachdem er aus dem Bauch des Schiffes wieder nach oben gerannt war. »Wir haben schwere Wassereinbrüche. Noch werden die Pumpen damit fertig, aber wenn die See rauer wird, schaffen sie es nicht mehr. Bei über zweieinhalb Meter hohen Wellen garantiere ich für nichts.«

»Chief House sagt, er hat Hilfspumpen aufstellen lassen und versucht, der Flut Herr zu werden.«

»Hoffentlich reicht das«, sagte Delgado.

»Trommeln Sie einen Reparaturtrupp zusammen, und flicken Sie den Rumpf. Verstärken Sie die Platten, und dichten Sie die Risse ab, so gut Sie können. Halten Sie mich ständig auf dem Laufenden, und machen Sie mir unverzüglich Meldung, wenn der Wassereinbruch schlimmer wird.«

»Ja, Sir.«

Besorgt betrachtete Burch die grauen Wolken, die sich im Südwesten auftürmten, als Pitt ins Ruderhaus zurückkehrte. Pitt verfolgte den Blick des Kapitäns. »Was sagt der letzte Wetterbericht?«, fragte er.

Burch lächelte und deutete durch ein Oberlicht auf die dreieinhalb Meter messende Kuppel mit dem Doppler-Radargerät. »Ich weiß auch ohne die aktuellen Vorhersagen der Wetterfrösche und ihre Computerberechnungen über den Verlauf von Stürmen, dass uns innerhalb der nächsten zwei Stunden eine mächtig steife Brise um die Ohren pfeifen wird.«

Pitt blickte zum Horizont. Noch war es hell, doch die aufgehende Sonne wurde bereits durch die dräuenden Wolken verdeckt, die allenfalls noch zehn Meilen weit entfernt waren. »Vielleicht zieht er vorbei.«

Burch leckte seinen Zeigefinger an und hielt ihn hoch. »Nach meinem Computer hier nicht.« Düster fügte er hinzu: »Das überstehen wir nie und nimmer.«

Müde wischte sich Pitt die Stirn mit dem bloßen Arm ab. »Wenn wir davon ausgehen, dass sämtliche Männer, Frauen und Kinder an Bord durchschnittlich sechzig Kilo auf die Waage bringen, dann hat die *Deep Encounter* derzeit rund hundertzwanzig Tonnen Übergewicht, die Wissenschaftler und die Besatzung nicht eingerechnet. Wir können nur darauf hoffen, dass wir uns so lange über Wasser halten, bis wir den Großteil der Überlebenden auf ein anderes Schiff umladen können.«

»Bis zum nächsten Hafen schaffen wir's jedenfalls nicht«, fügte Burch hinzu. »Nach spätestens einer Seemeile sinken wir.«

Pitt trat in den Funkraum. »Irgendwas von den Aussies und dem Frachter gehört?«

»Laut Radarecho ist die *Earl of Wattlesfield* nur noch zehn Meilen entfernt. Das australische Kriegsschiff hält mit voller Fahrt auf uns zu, hat aber noch dreißig Meilen vor sich.«

»Teilen Sie ihnen mit, dass sie sich ranhalten sollen«, sagte Pitt. »Wenn der Sturm losbricht, bevor sie hier sind, gibt's womöglich nichts mehr zu retten.«

5

Die Aufbauten der *Emerald Dolphin* sackten in einem Flammenmeer zusammen, als die Schotten und Stützstreben nachgaben und ein Deck auf das nächste stürzte. Knapp zwei Stunden nach Ausbruch des Brandes waren die Eingeweide des Schiffes ein Raub der Flammen geworden. Von all der Pracht, der eleganten Einkaufsstraße mit ihren schicken Geschäften, der achtundsiebzig Millionen Dollar teuren Kunstsammlung, dem schmucken Casino, den Speisesälen und Salons, den luxuriösen Kabinen ebenso wie von den Sportplätzen, dem Kabarett und dem Theater, waren nichts als schwelende Aschereste geblieben.

Alle Mann, die sich an Bord der *Deep Encounter* drängten, Passagiere wie Besatzungsmitglieder, selbst die Männer und Frauen der NUMA, die alle Hände voll zu tun hatten, hielten inne und blickten mit einer Mischung aus Trauer und Faszination auf das flammende Inferno, als Kapitän Burch das Forschungsschiff um das Heck des gewaltigen Kreuzfahrers steuerte und Kurs auf dessen Bug nahm.

Inzwischen war es nicht mehr in einen Feuerball gehüllt, sondern ähnelte eher einer verglühenden Esse. Die Flammen hatten sämtliche brennbaren Materialien verzehrt, alles, dessen sie habhaft werden konnten, und fanden keine weitere Nahrung. Die Glasfaserrümpfe der Rettungsboote waren so verzogen und teilweise weggeschmolzen, dass sie kaum noch zu erkennen waren. Die mächtigen Runddecks waren zusammengesunken und hingen am Rumpf herunter wie die schlaffen Schwingen eines toten Geiers. Der Aussichtssalon und ein Großteil der Brücke waren eingestürzt und verschwunden, als wären sie von einer mächtigen Erdspalte verschlungen. Und von den letzten Überresten hingen bizarre Eiszapfen, als das geschmolzene Fensterglas abkühlte und erstarrte.

In einer gewaltigen Qualmwolke brachen die gesamten Aufbauten in sich zusammen. Dann schlugen frische Flammen aus dem Schiffsbauch, als der Rumpf von etlichen Explosionen erschüttert wurde. Die *Emerald Dolphin* erbebte wie ein riesiges Tier, das unter unsäglichen Qualen litt. Aber noch wollte sie nicht untergehen. Zäh und beharrlich trieb sie auf der aschgrauen See, die zusehends rauer wurde. Nie wieder würden in dieser ausgeglühten Hülle Passagiere über die Promenadendecks schreiten, angeregte Gespräche führen oder ausgelassen lachen. Nie wieder würde sie, das stolzeste Schiff, das es je gab, fremde, exotische Häfen anlaufen. Selbst wenn die Rumpfplatten der ungeheuren Hitze standhalten sollten und sie nicht sank, würde sie demnächst zu ihrem letzten Bestimmungsort geschleppt und dort abgewrackt werden.

Tief bedrückt sah Pitt zu, wie die *Emerald Dolphin* zugrunde ging. Er spürte die Hitze auf seiner Haut, die sie noch immer über das Wasser hinweg ausstrahlte, und fragte sich, warum so ein herrliches Schiff dem Tod geweiht war. Warum manche Schiffe dreißig Jahre und mehr ohne jeden Zwischenfall die Weltmeere befuhren, bis sie eines Tages beim Abwracker landeten, während andere, wie die *Titanic* oder auch die *Emerald Dolphin*, auf ihrer Jungfernfahrt dem Verhängnis anheim fielen. Vermutlich gab es einfach Schiffe, die vom Glück begünstigt wurden, während andere von vornherein dem Untergang geweiht waren.

Vornüber gebeugt und gedankenverloren stand er an der Reling, als sich McFerrin zu ihm gesellte. Der Zweite Offizier des Kreuzfahrtschiffes wirkte merkwürdig still und in sich gekehrt, als die *Deep Encounter*, gefolgt von den überladenen Booten, langsam an diesem aberwitzigen Inferno vorbeifuhr.

»Was machen Ihre Hände?«, fragte Pitt schließlich.

McFerrin hielt sie hoch und zeigte ihm die dicken Verbände, die aussahen, als hätte man ihm weiße Fäustlinge übergezogen. Sein mit Brandblasen übersätes Gesicht war mit Antiseptikum eingepinselt worden und sah aus wie eine Horrormaske zu Halloween. »Damit aufs Klo zu gehen, das ist ganz schön schwierig, das kann ich Ihnen sagen.«

Pitt lächelte. »Kann ich mir vorstellen.«

McFerrin, den Tränen nah, starrte wie gebannt auf die grausige Flammengruft. »Das hätte nie und nimmer passieren dürfen«, sagte er mit bebender Stimme.

»Wodurch wurde der Brand Ihrer Meinung nach ausgelöst?«

McFerrin wandte sich von der glühenden, verzogenen Hülle ab. »Höhere Gewalt war es jedenfalls nicht. Das kann ich Ihnen versichern.«

»Meinen Sie etwa, es war ein Anschlag?«, fragte Pitt ungläubig.

»Daran gibt's für mich überhaupt keinen Zweifel. Das Feuer hat sich zu rasch ausgebreitet. Das war kein Unglücksfall. Außerdem haben sich weder die automatischen Brandmelder noch die Löschanlagen eingeschaltet. Und als wir sie per Hand auslösen wollten, haben sie nicht funktioniert.«

»Ich begreife nicht, warum euer Kapitän keinen Notruf abgesetzt hat. Wir haben Kurs auf euch genommen, als wir den Glutschein am Horizont gesehen haben. Auch als wir uns per Funk nach eurer Lage erkundigen wollten, hat niemand geantwortet.«

»Das lag am Ersten Offizier, an Sheffield.« McFerrin spie den Namen förmlich aus. »Er war unfähig, eine Entscheidung zu treffen. Als ich herausfand, dass kein Notruf abgesetzt worden war, habe ich mich mit dem Funkraum in Verbindung gesetzt, aber es war schon zu spät. Das Feuer hatte ihn bereits erreicht, und die Funker waren geflüchtet.«

Pitt deutete zum hoch aufragenden Bug des Kreuzfahrtschiffes. »Da oben bewegt sich was.«

Sie sahen eine Schar menschlicher Gestalten, die aufgeregt von der Vorpiek des Schiffes herabwinkten, wohin sich mehr als fünfzig Passagiere und zahlreiche Besatzungsmitglieder geflüchtet hatten. Sie hatten Glück, denn der Bug war gut fünfzig Meter von den vordersten Aufbauten entfernt, und der Wind blies in Gegenrichtung und trieb die Flammen und den beißenden Qualm nach achtern.

McFerrin richtete sich auf, schirmte mit einer Hand die Augen ab und spähte in der aufgehenden Sonne zu den winzigen, wild gestikulierenden Gestalten hoch über dem Bug. »Größtenteils Besatzungsmitglieder, dazu ein paar Passagiere. Sieht so aus, als könnten sie da oben noch eine Weile aushalten. Das Feuer breitet sich in die andere Richtung aus.«

Pitt nahm ein Fernglas und suchte das Wasser rund um den Bug ab. »Anscheinend ist niemand gesprungen. Ich sehe nirgendwo Leichen oder Leute, die im Wasser treiben.«

»Solange sie vor dem Feuer in Sicherheit sind«, sagte Burch, der aus dem Ruderhaus kam, »sollten wir sie lieber dort oben lassen, bis ein anderes Schiff kommt oder das Wetter wieder besser wird.«

»Wir können uns jedenfalls bei rauer See nicht über Wasser halten, wenn wir noch weitere Menschen an Bord nehmen«, pflichtete Pitt ihm bei. »Schon jetzt laufen wir Gefahr, dass wir kentern und sinken.«

Der Wind frischte zusehends auf und pfiff mit gut fünfzig Kilometern pro Stunde über das Meer. Weiße Schaumkappen krönten die Wellen, die sich mittlerweile nahezu drei Meter hoch auftürmten und wie eine feindliche Phalanx auf das Schiff zuwälzten. Aber es war nur der erste Vorgeschmack dessen, was noch kommen sollte.

Pitt stürmte von der Brücke und rief den Mannschaften und den Wissenschaftlern zu, dass sie so viele Leute wie möglich vom Arbeitsdeck schaffen und diejenigen, die zurückblieben, sichern sollten, bevor die Wogen über die Bordwand brachen und sie wegspülten. Dadurch wurde das Gedränge unter Deck zwar binnen kürzester Zeit noch unerträglicher, doch es gab keinen anderen Ausweg. Die Menschen bei einem aufziehenden Sturm auf dem offenen Deck zu lassen, wo sie ungeschützt dem Wüten der Elemente ausgesetzt waren, würde für hunderte von ihnen den sicheren Tod bedeuten.

Besorgt musterte Pitt die beiden Boote, die sich im Kielwasser des Schiffes hielten. Die See war bereits zu aufgewühlt, als dass sie noch längsseits gehen und ihre Passagiere umladen konnten. Pitt wandte sich an Burch. »Ich schlage vor, dass wir beidrehen und auf die Leeseite des Kreuzfahrtschiffes steuern, Skipper, damit wir wenigstens halbwegs vor dem Sturm geschützt sind. Wenn wir die Bootsbesatzungen und die Schiffbrüchigen schon nicht an Bord nehmen können, sollten wir sie wenigstens in ruhigeres Wasser bringen, bevor es zu spät ist.«

Burch nickte. »Ein guter Vorschlag. Womöglich ist das auch für uns die einzige Rettung.«

»Können wir sie denn nicht an Bord nehmen?«, fragte McFerrin.

»Das sind über hundert Menschen«, erwiderte Burch trocken. »Genau der Tropfen, der das Fass zum Überlaufen bringt.«

McFerrin schaute ihn an. »Wir dürfen aber nicht Gott spielen.«

Burch musterte ihn mit gequälter Miene. »Dürfen wir wohl, wenn es um das Leben all derer geht, die bereits an Bord sind.«

»Ganz meine Meinung«, bestätigte Pitt. »Wenn wir in den Windschatten der *Emerald Dolphin* gehen, sind sie bei diesem Sturm in den Booten besser aufgehoben als auf der *Deep Encounter*.«

Burch starrte einen Moment lang auf das Deck hinab und überlegte hin und her. Schließlich nickte er müde. »Vertäuen wir die Boote am Heck, damit wir sie sofort einholen können, wenn die Lage kritisch wird.« Dann wandte er sich ab und blickte zu der grauen Wolkenwand, die wie ein Heuschreckenschwarm über das Wasser zog. »Hoffentlich können wir dagegen bestehen.«

Brüllend raste der Sturm auf das kleine Schiff mit all den Menschen an Bord zu. Ein paar Minuten noch, dann brach er über sie herein. Längst war die Sonne verschwunden, und mit ihr jedes Blau am Himmel. Gischt und weißer Schaum spritzten von den Kämmen der Wellen, die sich wie tanzende Derwische näherten. Warmes grünes Wasser ergoss sich über das Arbeitsdeck und durchnässte all jene, für die unten kein Platz mehr gewesen war, obwohl man so viele Menschen wie möglich in die Auf- und Niedergänge gezwängt hatte.

Wenn nicht bald Hilfe nahte und die *Deep Encounter* unterging, würde es nur wenige Überlebende geben.

»Wissen Sie, ob da oben jemand ein Funkgerät hat?«, fragte Pitt McFerrin.

»Sämtliche Offiziere haben Walkie-Talkies.«

»Welche Frequenz?«

»Zwoundzwanzig.«

Pitt hielt das Funkgerät dicht an den Mund und schirmte es mit seiner Jacke vor dem immer lauter heulenden Wind ab. »*Emerald Dolphin*, hier spricht die *Deep Encounter*. Kann mich einer eurer Offiziere hören? Over.« Mehrmals wiederholte er die Anfrage, empfing aber nur starkes Rauschen, bis sich endlich jemand meldete.

»Ich höre Sie, *Deep Encounter*«, erwiderte eine Frauenstimme. »Nicht gut, aber so weit, dass ich Sie verstehen kann.«

»Ich habe eine Frau am Apparat«, sagte Pitt zu McFerrin gewandt.

»Klingt wie Amelia May, unser Chefpurser.«

»Das Feuer stört den Funkverkehr. Ich kann sie kaum verstehen.«

»Fragen Sie sie, wie viele Menschen auf der Vorpiek sind«, befahl Burch.

»Spreche ich mit Amelia May?«, erkundigte sich Pitt.

»Ja, woher wissen Sie meinen Namen?«

»Euer Zweiter Offizier steht neben mir.«

»Charles McFerrin?«, rief sie. »Gott sei Dank. Ich dachte, Charlie wäre in den Flammen umgekommen.«

»Können Sie mir sagen, wie viele Passagiere und Besatzungsmitglieder noch an Bord sind?«

»Meiner Meinung nach dürften es etwa vierhundert Besatzungsmitglieder und rund sechzig Passagiere sein. Wann können wir das Schiff verlassen?«

Burch blickte mit bedrückter Miene am Bug empor. »Wir können sie auf keinen Fall an Bord nehmen«, sagte er und schüttelte düster den Kopf.

»Wie man's auch dreht und wendet«, sagte Pitt, »aber etwas anderes bleibt uns gar nicht übrig. Der Wind und der Seegang werden immer stärker. Unsere Boote können sie nicht aufnehmen. Sie müssten runterspringen und zum Schiff schwimmen, und das wäre der reinste Selbstmord.«

Burch nickte bestätigend. »Wir können nur hoffen, dass das britische Containerschiff oder die Australier innerhalb der nächsten halben Stunde hier eintreffen. Danach sind wir in Gottes Hand.«

»Miss May«, rief Pitt in das Funksprechgerät. »Hören Sie mir bitte zu. Unser Schiff ist bereits heillos überladen. Außerdem haben wir uns den Rumpf beschädigt und drohen zu sinken. Ihr müsst da droben aushalten, bis sich das Wetter bessert oder ein Rettungsschiff eintrifft. Haben Sie verstanden?«

»Ja, ich habe verstanden«, meldete sie. »Der Wind weht die Flammen nach achtern, sodass die Hitze einigermaßen erträglich ist.«

»Nicht mehr lange«, warnte Pitt. »Die *Dolphin* wird sich im Wind und in der Strömung quer stellen. Dann rücken die Flammen näher, und der Qualm zieht über die Steuerbordseite.«

Amelia schwieg einen Moment lang. »Dann müssen wir eben ein Grillfest veranstalten«, erwiderte sie ungerührt.

Pitt blickte am Bug empor und kniff die Augen zusammen, als ihm der Wind die Gischt ins Gesicht trieb. »Sie sind eine tapfere Frau. Ich hoffe, wir lernen uns kennen, wenn das hier vorbei ist. Das Essen geht auf mich.«

»Vielleicht…« Sie stockte einen Moment lang. »Aber erst müssen Sie mir Ihren Namen verraten.«

»Ich heiße Dirk Pitt.«

»Kein schlechter Name. Gefällt mir. Over und aus.«

McFerrin rang sich ein mattes Grinsen ab. »Sie ist große Klasse, Pitt. Die lässt sich von keinem Mann unterkriegen.«

Pitt grinste ebenfalls. »Dagegen habe ich nicht das Geringste einzuwenden.«

Der Regen kam wie eine glitzernde Wand auf sie zu und brach dann mit einem Mal sintflutartig über sie herein. Und immer noch brannte die *Emerald Dolphin*. Dichte Dampfwolken stiegen auf, als die Regentropfen auf den rot glühenden Rumpf trafen, und hüllten in kürzester Zeit das ganze Schiff ein.

»Bringen Sie uns bis auf fünfzig Meter an sie ran, aber langsam und sachte«, befahl Burch dem Rudergänger. Das Rollen und Stampfen seines Schiffes, das von zusehends höheren Wellen gebeutelt wurde, machte ihm Sorgen. Und noch mehr Sorgen machte er sich, als sich Chefmaschinist House auf der Brücke meldete.

»Das alte Mädchen geht uns hier unten langsam in die Brüche«, berichtete er. »Die Lecks werden größer. Wir kommen trotz aller Hilfspumpen mit dem Auslenzen nicht mehr nach.«

»Wir gehen unter den Rumpf des Kreuzfahrtschiffs«, erwiderte Burch. »Ich kann nur hoffen, dass wir in seinem Windschatten vor den schlimmsten Sturmböen verschont bleiben.«

»Hauptsache, es nützt was.«

»Tun Sie Ihr Bestes.«

»Leicht gesagt«, grummelte House. »Wenn man ständig über Leute steigen muss, die hier eng wie die Ölsardinen liegen.«

Burch wandte sich an Pitt, der mit dem Fernglas in den grauen Dunst spähte. »Irgendwas von dem Containerschiff oder den Australiern zu sehen?«

»Bei dem Regen hat man so gut wie keine Sicht. Aber laut Radar ist das Containerschiff bis auf tausend Meter zu uns herangekommen.«

Burch zog ein altes Schnupftuch heraus und wischte sich die Regentropfen von Stirn und Nacken. »Hoffentlich ist der Kapitän ein guter Seemann mit viel Erfahrung, denn er wird sein ganzes Können aufbieten müssen.«

Malcolm Nevins, Kapitän des in Diensten der Collins & West Shipping Lines stehenden Containerschiffs *Earl of Wattlesfield*, saß auf einem hohen Drehstuhl, hatte die Füße auf den Kommandostand gelegt und betrachtete den Radarschirm. Noch vor zehn Minuten hatten sie Sichtkontakt mit dem brennenden Schiff gehabt, doch seit dieser von heftigen Regenfällen begleitete Sturm mit erstaunlicher Geschwindigkeit aufgezogen war, war nichts mehr zu erkennen. Mit einer lässigen Handbewegung, die von viel Übung zeugte, fischte er ein Zigarettenetui aus Platin aus seiner Hosentasche, entnahm ihm eine Dunhill und steckte sie sich in den Mund. Das Feuerzeug, mit dem er sie anzündete, ein altes, zerkratztes und verbeultes Zippo, das er bei sich trug, seit er in Diensten der Royal Navy am Falkland-Krieg teilgenommen hatte, passte indessen nicht recht zu der teuren Zigarette.

Nevins' rötliches Gesicht, das normalerweise immer von zahllosen Lachfältchen durchzogen war, wirkte angespannt und konzentriert; die funkelnden grauen Augen waren zusammengekniffen und unstet. Er fragte sich, was für ein Inferno er vorfinden würde. Die Funksprüche des amerikanischen Forschungsschiffes, denen zufolge über zweitausend Menschen von dem brennenden Kreuzfahrtschiff zu fliehen versuchten, verhießen nichts Gutes. Seit dreißig Jahren fuhr er zur See, aber an eine derartige Katastrophe konnte er sich nicht erinnern.

»Dort!«, rief Arthur Thorndyke, sein Erster Offizier, und deutete durch die Brückenverglasung nach Steuerbord voraus.

Die Regenschleier rissen einen Moment lang auf und gaben den Blick auf das brennende, in Dampf- und Rauchschwaden gehüllte Kreuzfahrtschiff frei. »Maschinen auf langsame Fahrt voraus«, befahl Nevins.

»Aye, Sir.«

»Sind die Bootsmannschaften bereit?«, fragte Nevins, als der riesige Dampfer im Regenguss auftauchte.

»Boote und Mannschaften sind bereit zum Ausbringen«, antwortete Thorndyke. »Ich beneide sie ehrlich gesagt nicht darum, wenn wir sie bei dreieinhalb Meter hohen Wellen zu Wasser lassen.«

»Wir gehen so nah wie möglich ran, damit sie keine allzu große Strecke zurücklegen müssen.« Er griff zu einem Fernglas und spähte auf das Wasser rund um das Kreuzfahrtschiff. »Ich sehe nirgendwo jemanden schwimmen, und Rettungsboote sind auch nicht zu erkennen.«

Thorndyke deutete mit dem Kopf auf die verkohlten Überreste der Boote. »Mit denen ist keiner mehr vom Schiff weggekommen.«

Nevins erstarrte, als er sich ausmalte, dass sich in dieser brennenden Hülle Tausende von Toten befinden könnten. »Das muss entsetzlich viele Menschenleben gefordert haben«, sagte er düster.

»Ich sehe das amerikanische Forschungsschiff nirgendwo.«

Nevins erkannte sofort, was los war. »Gehen Sie um das Schiff herum. Die Amerikaner müssen im Windschatten liegen.«

Die *Earl of Wattlesfield* stampfte unverwandt durch das aufgewühlte Wasser, als könnten ihr weder der starke Seegang noch das Toben der Elemente etwas anhaben. Mit 68 000 Bruttoregistertonnen war sie über eine Straßenzeile lang, und auf ihren Decks stapelten sich die Frachtcontainer mehrere Stockwerke hoch. Seit zehn Jahren war sie auf sämtlichen Weltmeeren unterwegs, ohne dass sie auch nur ein Stück Frachtgut oder einen Mann verloren hatte. Sie galt als glückliches Schiff, vor allem nach Ansicht ihrer Eigner, die dank ihrer Zuverlässigkeit Millionen von Pfund verdient hatten.

Nach diesem Tag sollte sie genauso berühmt werden wie die

Carpathia, das Schiff, das die Überlebenden der *Titanic* gerettet hatte.

Der Wind erreichte allmählich Orkanstärke, und die Wellen wurden immer höher, doch dem Containerschiff konnten sie wenig anhaben. Nevins allerdings hatte kaum noch Hoffnung, dass sie irgendwelche Passagiere oder Besatzungsmitglieder retten konnten. All jene, die dem Feuer entronnen sind, dachte er, sind über Bord gesprungen und bei dem starken Seegang längst ertrunken. Als die *Earl of Wattlesfield* den hohen, steil aufragenden Bug umfuhr, blickte er zu den erhabenen, grün gestrichenen Lettern auf, die dort prangten – *Emerald Dolphin*. Beklommen dachte er daran, dass er das herrliche Schiff gesehen hatte, als es von Sydney aus in See gestochen war. Dann riss er die Augen auf und starrte ungläubig auf den gänzlich unverhofften Anblick, der sich ihm bot.

Schwerfällig rollte die fast bis zum Schanzkleid eingesunkene *Deep Encounter*, deren Deck von zusammengeduckten Gestalten überquoll, in dem vom rotorangefarbenen Flammenschein erleuchteten Wasser. Keine zwanzig Meter dahinter schaukelten zwei Beiboote, die ebenfalls voller Menschen waren. Das Schiff sah aus, als würde es jeden Augenblick untergehen.

»Guter Gott!«, murmelte Thorndyke. »Sie sieht aus, als ob sie sinkt.«

Der Funker beugte sich aus seinem Kabuff. »Sir, ich habe jemand von dem amerikanischen Schiff am Apparat.«

»Stellen Sie auf Bordsprechanlage um.«

Im nächsten Moment dröhnte eine Stimme aus den Lautsprechern. »An den Kapitän und die Besatzung des Containerschiffs. Wir sind heilfroh, euch zu sehen.«

»Hier spricht Kapitän Nevins. Spreche ich mit dem Kapitän?«

»Nein. Kapitän Burch ist im Maschinenraum und erkundigt sich, wie schlimm der Wassereinbruch ist.«

»Und wer sind Sie?«

»Dirk Pitt, Leiter für Spezialprojekte bei der National Underwater and Marine Agency.«

»Wie ist es um euch bestellt? Ihr seht aus, als ob ihr gleich untergeht.«

»Viel fehlt nicht mehr«, antwortete Pitt unverblümt. »Wir haben uns die Rumpfplatten eingeschlagen, als wir am Heck des Kreuzfahrtschiffs festgemacht haben, um die Passagiere und die Besatzung zu retten. Das Wasser dringt so schnell ein, dass die Pumpen nicht mehr nachkommen.«

»Wie viele Überlebende habt ihr an Bord?«, fragte Nevins, der immer noch verdutzt auf die zahllosen Menschen blickte, die sich auf dem Arbeitsdeck festklammerten, damit sie nicht über Bord gespült wurden.

»Um die neunzehnhundert, dazu weitere hundert, die noch in den Booten sind.«

»Meine Güte!«, stieß Nevins leise und fassungslos, fast im Flüsterton aus. »Wollen Sie damit etwa sagen, dass ihr zweitausend Überlebende gerettet habt?«

»Ein paar fünfzig mehr oder weniger vielleicht.«

»Wo, um alles auf der Welt, habt ihr die untergebracht?«

»Kommen Sie rüber und schauen Sie sich's an«, erwiderte Pitt.

»Kein Wunder, dass ihr ausseht wie eine Gans, die sich an einer Hantel verschluckt hat«, murmelte Nevins ungläubig.

»Auf der Vorpiek des Kreuzfahrtschiffes sind immer noch fast vierhundert Passagiere und Besatzungsmitglieder, die gerettet werden müssen. Wir konnten sie einfach nicht mehr aufnehmen, ohne all die anderen zu gefährden.«

»Sind sie womöglich schon verbrannt?«

»Wir stehen mit den Offizieren in Verbindung, und die haben uns berichtet, dass für sie keine unmittelbare Gefahr besteht«, erklärte Pitt. »Ich würde vorschlagen, Kapitän, dass wir zuallererst so viele Menschen wie möglich auf Ihr Schiff bringen, solange wir uns noch über Wasser halten können. Wir wären Ihnen dankbar, wenn Sie zunächst diejenigen aufnehmen könnten, die in unseren Beibooten sind. Die mussten am meisten aushalten.«

»Wird gemacht. Ich lasse meine Boote zu Wasser und sorge dafür, dass die Überlebenden von Ihrem Schiff zu meinem befördert werden. Wir haben hier drüben bestimmt mehr Platz. Sobald eure Boote entladen sind, können sie die Leute aufnehmen, die sich noch oben am Bug des Kreuzfahrtschiffes befinden. Vielleicht können sie sich abseilen.«

»Das haben wir mittlerweile aus dem Effeff drauf.«

»Dann sollten wir uns lieber ranhalten.«

»Nur noch eines, Kapitän Nevins«, warf Pitt ein. »Sie können sich gar nicht vorstellen, wie dankbar wir sind, dass Sie rechtzeitig hierher gekommen sind.«

»Ich bin froh, dass wir in der Nähe waren.«

Nevins wandte sich mit nach wie vor ungläubiger Miene an Thorndyke.

»Ein Wunder, dass sie all diese Leute auf so einem kleinen Schiff untergebracht haben.«

»Das reinste Wunder«, murmelte Thorndyke, der ebenso fassungslos war. »Um es frei nach Winston Churchill auszudrücken: Niemals zuvor wurden so viele von so wenigen gerettet.«

6

Kelly saß am Boden eines Stauraums der *Deep Encounter* und hatte die Knie bis zum Kinn hochgezogen. Sie kam sich vor wie in den Slums von Kalkutta. Der kleine Raum war so voller Menschen, dass nur die Frauen sitzen konnten. Niemand schien sie zu beachten, als sie das Gesicht in den Händen vergrub und weinte. Mit einem Mal übermannte sie die Trauer um ihren Vater. Dass sie hilflos zusehen musste, wie er nur eine Armeslänge entfernt zu Tode kam, schmerzte sie zutiefst.

Aber warum war es dazu gekommen? Wer war der Rothaarige, und weshalb hatte er mit ihrem Vater gerungen? Und der schwarze Offizier? Wieso war er nicht dazwischengegangen, sondern hatte dem Angreifer auch noch geholfen? Allem Anschein nach hatten sie es auf den Koffer ihres Vaters abgesehen. Sie blickte auf den ledernen Aktenkoffer, fleckig vom Salzwasser, den sie immer noch an ihre Brust drückte, und fragte sich, was er so Wichtiges enthalten mochte, dass ihr Vater deswegen hatte sterben müssen.

Sie wehrte sich gegen die Müdigkeit und zwang sich, wach zu bleiben, falls der Rothaarige wieder auftauchen und erneut versuchen sollte, ihr den Koffer abzunehmen. Doch inmitten der dicht an dicht gedrängten Körper, der Hitze und der Feuchtigkeit, gegen die die Klimaanlage kaum etwas ausrichten konnte, wurde sie dösig und fiel schließlich in einen unruhigen Schlaf.

Sie wachte jäh auf, saß immer noch an einen Spind gelehnt am Boden, doch der Stauraum war merklich leerer geworden. Eine Frau, die sich vorher als Meeresbiologin vorgestellt hatte, beugte sich herab und strich Kelly die feuchten Haare aus den Augen, als wäre sie ein Kind. Die Frau wirkte müde, doch sie brachte ein mitfühlendes Lächeln zustande.

»Zeit zum Aufbruch«, sagte sie leise. »Ein britisches Containerschiff ist eingetroffen, und wir bringen jetzt alle zu ihm rüber.«

»Ich bin Ihnen und Ihrer Besatzung so dankbar, vor allem dem Mann, der ins Wasser gesprungen ist und mich vor dem Ertrinken gerettet hat.«

»Ich weiß, wer das war«, sagte die Frau, eine hübsche Rothaarige mit braunen Augen.

»Kann ich nicht an Bord des Schiffes bleiben?«, fragte Kelly.

»Leider nicht. Wir sind leck geschlagen, und noch weiß niemand, ob wir den Sturm überstehen.« Sie half Kelly auf die Beine. »Beeilen Sie sich lieber, sonst verpassen Sie Ihr Boot.«

Die Frau verließ den Stauraum und scheuchte die anderen Passagiere nach oben, damit sie sich in die Boote des Containerschiffes begaben. Allein gelassen, mit steifen Gliedern und schmerzendem Rücken, rappelte Kelly sich auf. Sie war fast an der Tür, als sie von einem großen Mann aufgehalten wurde. Sie zögerte, blickte auf und sah die eiskalte Miene des Rothaarigen vor sich, der auf dem Kreuzfahrtschiff mit ihrem Vater gerungen hatte. Er trat in den Stauraum und zog langsam die Tür zu.

»Was wollen Sie?«, flüsterte sie ängstlich.

»Den Koffer«, antwortete er leise und mit tiefer Stimme. »Wenn du ihn hergibst, passiert dir nichts. Sonst muss ich dich umbringen.«

Kelly sah den entschlossenen Blick seiner kalten, ausdruckslosen schwarzen Augen. Und noch etwas anderes. Dieser Mann hatte vor, sie umzubringen, egal, ob sie ihm den Koffer gab oder nicht.

»Die Unterlagen meines Vaters? Was wollen Sie damit machen?«

Er zuckte die Achseln. »Ich bin nur ein Handlanger. Ich habe die Aufgabe, den Koffer zu besorgen und zu übergeben, das ist alles.«

»Und an wen ...?«

»Das spielt keine Rolle«, erwiderte er unwirsch.

»Haben Sie vor, mich zu erschießen?«, fragte Kelly, die ihn verzweifelt hinzuhalten versuchte.

»Ich benutze weder Schusswaffen noch Messer.« Er hob die mächtigen, schwieligen Hände und grinste. »Das ist alles, was ich dazu brauche.«

Sie bekam es mit der Angst zu tun und wich langsam zurück. Er kam auf sie zu, und sie sah die weißen Zähne unter dem roten Schnurrbart, als er den Mund zu einem boshaften Grinsen verzog. Seine Augen funkelten selbstzufrieden wie bei einem Tier, das seine Beute in die Enge getrieben hat. Ihre Angst schlug in Entsetzen um, ihr Herz hämmerte wie wild, während sie keuchend um Luft rang. Sie spürte, wie ihre Beine weich wurden und sie kaum noch trugen. Die langen Haare hingen ihr über die Augen und ins Gesicht, als sie unwillkürlich zu weinen anfing.

Er streckte die Arme aus, krümmte die Hände wie Klauen und packte sie. Sie stieß einen schrillen Schrei aus, der in dem kleinen Stauraum mit seinen stählernen Wänden widerhallte, riss sich los und fuhr herum. Es war, als ließe er sie absichtlich los, damit er mit ihr spielen konnte wie eine Katze mit der Maus, bevor sie sie verschlingt. Sie konnte keinen Widerstand mehr leisten, spürte, wie ihr die Sinne schwanden, sank zu Boden und kauerte zitternd in der einen Ecke des Stauraums.

Sie konnte ihn lediglich mit ihren großen, tränennassen blauen Augen anstarren, als er langsam auf sie zukam. Er bückte sich, fasste sie unter den Armen und hob sie mühelos hoch. Ein lüstern hämisches Grinsen spielte um seine Mundwinkel. Wie in Zeitlupe presste er seinen Mund auf ihre Lippen. Sie riss die Augen weit auf und versuchte erneut, zu schreien, brachte aber nur ein gedämpftes Schluchzen heraus. Dann zog er sich zurück und grinste wieder.

»Ja«, sagte er mit hartem, gleichgültigem Tonfall. »Schrei, so viel du willst. Bei dem Sturm draußen kann dich keiner hören. Ich mag es, wenn Frauen schreien. So was erregt mich.«

Er hob sie vom Boden auf, als wiege sie nicht mehr als eine mit Schaumstoff gefüllte Schaufensterpuppe. Dann drückte er sie an die Wand und begrapschte sie am ganzen Leib, grub die Finger roh und grob in ihre Haut. Kelly, die vor Entsetzen wie betäubt war, erschlaffte und stieß den uralten Hilferuf aller Frauen aus.

»Bitte nicht, Sie tun mir weh.«

Die mächtigen Hände glitten zu ihrem Hals und schlossen sich um ihre Kehle. »Ich versprech dir eines«, sagte er eiskalt. »Du wirst schnell und schmerzlos sterben.«

Kelly wurde schwarz vor Augen, als er zudrückte. »Nein, bitte nicht«, flehte sie, brachte jedoch kaum mehr als ein heiseres Röcheln zustande.

»Träume süß, meine Liebe.«

»Deine Liebeskünste lassen sehr zu wünschen übrig«, sagte jemand hinter ihm.

Der rothaarige Killer ließ Kelly los und fuhr geschmeidig wie eine Katze herum. Eine undeutliche Gestalt, deren Gesicht in dem von hinten aus dem Gang fallenden Licht nur in Umrissen zu sehen war, stand unter der Tür und hatte die Hand lässig auf dem Pistolenknauf liegen. Der Killer ging blitzschnell in Kampfposition, hob die Hände wie ein Karatekämpfer und trat mit dem Fuß nach dem Eindringling.

Ohne dass Kelly oder der Killer etwas bemerkten, hatte Pitt leise die Tür geöffnet, nachdem er die Schreie gehört hatte, war ein paar Sekunden lang da gestanden, hatte die Lage eingeschätzt und sich eine entsprechende Taktik zurechtgelegt. Er hatte keine Zeit, Hilfe zu holen. Bis jemand kam, der ihn unterstützen konnte, war die Frau tot. Aber er spürte auch sofort, dass dieser Mann tödlich gefährlich war. Und dass es einen bestimmten Grund dafür geben musste, wenn er kaltblütig eine wehrlose Frau ermorden wollte. Er machte sich auf den Angriff gefasst, der jeden Moment erfolgten konnte.

Dann wirbelte er jäh herum, hinaus auf den Gang, als der Fuß des

Killers durch die Luft schnitt. Der Tritt verfehlte seinen Kopf um Zentimeter und traf stattdessen den Türrahmen. Mit einem hörbaren Knacken brach der Knöchel.

Jeder andere hätte sich vor Qual gewunden. Doch nicht dieser Kerl, dieser Muskelberg, dem man offenbar jedes Schmerzempfinden ausgetrieben hatte. Der Killer blickte den Gang auf und ab, um sicher zu gehen, dass Pitt allein war, und rückte dann vor, bewegte die Hände wie ein Karatekämpfer. Dann stürzte er sich auf sein Opfer und hieb wie mit Äxten nach ihm.

Pitt stand wie erstarrt da, tat so, als hätte er Angst. Im allerletzten Moment ließ er sich fallen und rollte sich auf den Angreifer zu, der durch den eigenen Schwung aus dem Gleichgewicht geriet, über Pitt stolperte und zu Boden stürzte. Pitt warf sich mit seinem ganzen Gewicht auf ihn, pinnte ihn aufs Deck, trieb ihm das Knie in den ungeschützten Rücken und hieb ihm mit beiden Händen heftig auf die Ohren.

Die Trommelfelle des Killers platzten, als hätte ihm jemand einen Eispfriem in den Schädel gestoßen. Der Mann heulte grässlich auf, warf sich krampfhaft zur Seite und schleuderte Pitt gegen eine verschlossene Tür. Pitt war zunächst fassungslos angesichts der brutalen Kraft des Angreifers, der anscheinend gegen jeden Schmerz gefeit war. Halb auf dem Rücken liegend, keilte er mit beiden Beinen aus, zielte aber nicht auf den Unterleib des Killers, sondern trat gegen den angebrochenen Knöchel.

Diesmal schrie er nicht. Er knurrte mit zusammengebissenen Zähnen und verzog das Gesicht zu einer hässlichen Fratze, während seine Augen vor Wut funkelten. Er war jetzt angeschlagen, ernsthaft angeschlagen. Aber noch war er im Vorteil, und wieder rückte er auf Pitt vor, zog seinen gebrochenen Fuß nach, während er sich eine andere Taktik überlegte und seine Kräfte für den nächsten Angriff sammelte.

Pitt brauchte keine hellseherischen Fähigkeiten, um zu erkennen, dass er kein ebenbürtiger Gegner für einen bestens ausgebildeten Killer mit einer Statur wie eine Abrissbirne war. Er wich zurück, war sich darüber im Klaren, dass seine Schnelligkeit jetzt, da sein Gegner nur noch ein Bein einsetzen konnte, sein einziger

Vorteil war und er unter allen Umständen vermeiden musste, dass er am Kopf getroffen wurde.

Kampfsport hatte Pitt nie gelernt. Auf der Offiziersakademie der Air Force hatte er geboxt, aber Siege und Niederlagen hatten sich in etwa die Waage gehalten. Allerdings hatte er bei einer ganzen Reihe von Kneipenschlägereien ein paar taktische Grundregeln gelernt, die er seither bei allen handfesten Auseinandersetzungen beherzigte. Unter anderem, das hatte er frühzeitig begriffen, durfte man sich nie auf einen Nahkampf mit bloßen Fäusten einlassen. Man musste mit Köpfchen kämpfen und mit jedem Gegenstand, dessen man habhaft werden konnte, sei es eine Flasche, ein Stuhl oder was auch immer – Hauptsache, man konnte ihn werfen, damit zustoßen und auf jemanden eindreschen. Wer bei einer Auseinandersetzung auf Abstand achtete, kam für gewöhnlich weitaus glimpflicher davon.

Plötzlich tauchte Kelly unmittelbar hinter dem Killer unter der Tür auf. Sie hatte den Lederkoffer an die Brust gedrückt, als wäre er angewachsen. Der Rothaarige war so mit Pitt beschäftigt, dass er sie gar nicht bemerkte.

Pitt erkannte die günstige Gelegenheit. »Los!«, schrie er Kelly zu. »Rennen Sie die Treppe rauf und raus aufs Oberdeck!«

Der Killer zögerte einen Moment, wusste nicht genau, ob Pitt nicht bloß einen uralten Bauerntrick probierte. Aber er war ein echter Profi, der auf die Augen seiner Gegner achtete. Er sah, wie Pitt kurz den Blick abwandte, und fuhr herum, als Kelly zur Treppe rannte, die hinauf zum Deck führte. Sofort konzentrierte er sich wieder auf seine eigentliche Aufgabe, unterdrückte den Schmerz, der durch den gebrochenen Knöchel schoss, und lief teils rennend, teils hüpfend hinter Kelly her.

Darauf hatte Pitt gehofft.

Jetzt war er am Zug. Er sprintete los und sprang dem Killer ins Kreuz. Es war ein brutales Tackling, mit dem er den Gegner wie beim Football mit vollem Körpereinsatz von hinten zu Fall brachte, sich mit seinem ganzen Gewicht auf ihn warf und ihn mit dem Gesicht voran zu Boden rammte.

Pitt hörte, wie der Kopf des Killers mit einem scheußlich dumpfen Schlag und lautem Knacken auf den dünnen Belag des Stahldecks knallte, und spürte, wie seine Glieder erschlafften. Eine Gehirnerschütterung hat er auf alle Fälle davongetragen, dachte er, wenn nicht sogar einen Schädelbruch. Einen Moment lang blieb er schwer atmend auf dem Mann liegen und wartete, bis sein Herz wieder langsamer schlug. Er zwinkerte kurz, als ihm Schweißtropfen in die Augen liefen, und wischte sich mit dem Jackenärmel über das Gesicht.

Erst dann fiel ihm auf, dass der Kopf des Killers sonderbar verdreht dalag und seine blicklosen Augen weit offen standen.

Pitt legte die Finger an seine Halsschlagader. Er spürte nicht den geringsten Pulsschlag. Der Killer war tot. Er musste schräg mit dem Kopf aufgeprallt sein, sodass er zur Seite gedrückt worden war, und sich das Genick gebrochen haben. Pitt setzte sich wieder hin, lehnte sich an die geschlossene Tür des Stauraums, in dem die Batterien aufbewahrt wurden, und dachte nach. Schlau wurde er aus dem Ganzen nicht. Er wusste lediglich, dass er zufällig dazugekommen war, als jemand eine Frau ermorden wollte, die er vor dem Ertrinken gerettet hatte. Und jetzt hockte er da und hatte einen Fremden vor sich liegen, den er umgebracht hatte, auch wenn es keine Absicht gewesen war. »Ich bin keinen Deut besser als du«, murmelte er vor sich hin, während er in die blicklosen Augen des Mannes starrte.

Dann dachte er an die Frau.

Pitt rappelte sich auf, trat über den am Boden liegenden Leichnam hinweg und stürmte die Treppe hinauf. Das Arbeitsdeck war voller Schiffbrüchiger, die sich an den von der Besatzung der *Deep Encounter* gespannten Sicherungsleinen festhielten. Klaglos standen sie im Regen, der auf sie einprasselte, und warteten, bis sie an der Reihe waren, und stiegen dann in die Rettungsboote der *Earl of Wattlesfield*, die sie zu dem Containerschiff brachten.

Pitt lief an der Reihe entlang und hielt Ausschau nach der Frau mit dem Lederkoffer, doch sie war wie vom Erdboden verschluckt. Er warf einen Blick auf die anderen Boote, die gerade ihre Fracht entladen hatten und wieder auf dem Rückweg zum Forschungsschiff waren. Mit denen konnte sie die *Deep Encounter* nicht verlassen haben. Sie musste also noch an Bord sein.

Und er musste sie unbedingt finden. Wie sollte er Kapitän Burch sonst erklären, was es mit dem Toten auf sich hatte, der drunten im Niedergang lag. Und wie sollte er sonst je erfahren, was hier vor sich ging?

7

Auf der *Deep Encounter* sah die Lage inzwischen wieder besser aus. Bis zum späten Nachmittag waren die Überlebenden der *Emerald Dolphin* bis auf rund hundert Mann und zehn Verletzte, die nicht transportfähig waren, auf die *Earl of Wattlesfield* gebracht worden. Ohne die Menschenmassen an Bord lag das Schiff anderthalb Meter höher im Wasser. Zumal sich inzwischen die Reparaturtrupps ans Werk begeben und die beschädigten Rumpfplatten verstärkt und so weit geflickt hatten, dass die Pumpen mit dem eindringenden Wasser fertig wurden.

Unterdessen war auch der australische Raketenkreuzer eingetroffen, dessen Boote beim Übersetzen der Schiffbrüchigen halfen, die Überlebenden aufnahmen, die sich vom Bug des Kreuzfahrtschiffes abseilten, und die erschöpften Bootsmannschaften der *Deep Encounter* ablösten. Zudem war der Sturm ebenso schnell abgezogen, wie er aufgekommen war, und die See beruhigte sich wieder halbwegs.

McFerrin verließ als Letzter das Forschungsschiff. Bevor er sich an Bord des Containerschiffes begab, bedankte er sich persönlich bei der Besatzung und den Wissenschaftlern. »Eure Rettungsaktion wird in die Annalen der Seefahrtsgeschichte eingehen«, sagte er zu den Männern und Frauen, die ihn verlegen und mit betretener Miene umstanden.

»Ich bedaure nur, dass wir nicht alle retten konnten«, sagte Burch leise.

»Das, was ihr getan habt, grenzt an ein Wunder.« Dann drehte sich McFerrin um und legte die bandagierten Hände auf Pitts Schulter. »Dirk, es war mir eine Ehre. In meinem Haus wird man

Sie fortan in Ehren halten. Ich hoffe sehr, dass wir uns mal wieder sehen.«

»Müssen wir wohl«, entgegnete Pitt. »Ich schulde Ihnen eine Flasche Scotch.«

»Auf Wiedersehen, meine Damen und Herren von der NUMA. Gott schütze Sie.«

»Wiedersehen, Charles. Sie sind schwer in Ordnung.«

McFerrin stieg in das Rettungsboot der *Earl of Wattlesfield* hinab und salutierte ein letztes Mal, als es ablegte.

»Was nun?«, fragte Pitt, an Burch gewandt.

»Zuerst sammeln wir die Tauchboote ein, sonst lässt uns der Admiral auf den Stufen des Kapitols öffentlich enthaupten.« Er bezog sich auf Admiral James Sandecker, den Leiter der NUMA. »Anschließend nehmen wir Kurs auf Wellington, den nächsten Hafen mit einer Werft und einem Trockendock, in dem man unsere Schäden reparieren kann.«

»Wenn wir die *Ancient Mariner* nicht mehr finden, wäre das kein großer Verlust – sie ist ein altes Arbeitspferd und hat sich längst bezahlt gemacht. Aber die *Abyss Navigator* ist auf dem neuesten Stand der Technik, frisch von der Fabrik, und hat zwölf Millionen Dollar gekostet. Die darf uns auf keinen Fall abhanden kommen.«

»Wir werden sie schon finden. Ihre Peilsignale sind laut und deutlich.«

Er musste beinahe schreien, um sich in dem Lärm verständlich zu machen, der plötzlich vom Himmel dröhnte. Über den Schiffen wimmelte es von Flugzeugen, die aus Neuseeland, von den Tonga-, den Fidschi-Inseln und von Samoa kamen und größtenteils von internationalen Presseagenturen und Kamerateams gechartert worden waren, die über die größte Rettungsaktion in der Geschichte der Seefahrt berichten wollten. Über Funk ging unterdessen eine wahre Flut von Anfragen ein, sei es von Regierungsvertretern, besorgten Angehörigen der Schiffbrüchigen, leitenden Angestellten der Blue Seas Cruise Line oder von Seiten der Versicherungsgesellschaften, die für die *Emerald Dolphin* hafteten. Zeitweise waren die Funkgeräte so überlastet, dass sich die Kommandanten der drei Schiffe nur per Walkie Talkie oder Blinkzeichen miteinander verständigen konnten.

Burch seufzte, als er sich in seinem hohen Kapitänsstuhl niederließ und seine Pfeife anzündete. Dann rang er sich ein schmales Lächeln ab. »Meinen Sie, der Admiral geht in die Luft, wenn er hört, was wir mit seinem Forschungsschiff angestellt haben?«

»Der alte Seebär wird die Gunst der Stunde nutzen und aus dem Ruhm und der allgemeinen Aufmerksamkeit so viel herausschlagen, wie er nur kann.«

»Ist Ihnen schon etwas zu dem Toten da unten eingefallen, falls die Behörden eine Erklärung verlangen?«, fragte Burch.

»Ich kann nur das sagen, was ich weiß.«

»Schade, dass die Frau keine Aussage machen kann.«

»Ich kann immer noch nicht begreifen, dass ich sie nirgendwo gesehen habe, als die Schiffbrüchigen von Bord gebracht wurden.«

»Genau genommen ist Ihr Problem bereits bereinigt«, sagte Burch mit einem verschmitzten Grinsen.

Pitt musterte den Kapitän eine Zeit lang. »Bereinigt?«

»Ich lege großen Wert darauf, dass auf meinem Schiff Sauberkeit und Ordnung herrschen«, erklärte Burch. »Ich habe Ihren Freund höchstpersönlich über Bord geworfen. Er ruht bei all den anderen armen Kerlen, die bei der Katastrophe ums Leben kamen. Was mich angeht, ist die Sache damit erledigt.«

»Skipper«, sagte Pitt und warf ihm einen funkelnden Blick zu, »Sie sind in Ordnung. Egal, was die Leute über Sie sagen.«

Der völlig überforderte Funker kam kurz aus seiner Kammer. »Sir, eine Nachricht von Captain Harlow, dem Kommandanten des australischen Raketenkreuzers. Wenn Sie wollen, können Sie Ihre Position verlassen. Er bleibt hier, sucht weiter nach Überlebenden und Toten und wartet bei dem Kreuzfahrtschiff, bis die Bergungsschlepper eintreffen.«

»Bestätigen Sie, und bestellen Sie dem Kapitän und seiner Besatzung meinen aufrichtigen Dank für ihren Beistand.«

Einen Moment später kehrte der Funker zurück. »Captain Harlow wünscht Ihnen gute Fahrt und ruhige See.«

»Das ist wahrscheinlich das erste Mal in der Geschichte, dass ein Raketenkreuzer fünfhundert Zivilisten an Bord nimmt«, sagte Pitt.

»Ja«, entgegnete Burch bedächtig, drehte sich um und blickte auf den ausgebrannten Koloss.

Der Regenguss hatte gegen das Feuer kaum etwas ausrichten können. Noch immer schlugen Flammenzungen empor, stiegen dichte Rauchwolken zum Himmel auf. Der ganze Rumpf war bis auf einen schmalen Streifen vorn am Bug schwarz verbrannt. Die stählernen Platten waren geborsten, die Aufbauten nur mehr ein Wirrwarr aus verzogenen Schotten und ausgeglühten, geschmolzenen Trägern. Die gesamte Ausstattung war von den Flammen verzehrt worden, die nichts als Schlacke und Aschereste hinterließen. Diesem Schiff könnte kein Brand etwas anhaben, hatten die Ingenieure versichert, die bei seinem Bau nur feuerfeste Materialien verwendet hatten. Doch sie hatten nicht mit einer derart gewaltigen Hitze gerechnet, einem Flammenmeer, das sich binnen kürzester Zeit zu einem Feuersturm auswuchs, unter dem selbst Metallstreben schmolzen.

»Ein weiteres großes Rätsel der See«, sagte Pitt versonnen.

»Jahr für Jahr brechen weltweit erschreckend viele Brände auf Schiffen aus.« Burch sprach, als hielte er eine Vorlesung. »Aber dieses Inferno auf der *Emerald Dolphin* übertrifft alles, was ich bislang gehört habe. Auf einem Schiff dieser Größe hätte sich das Feuer niemals so rasch ausbreiten dürfen.«

»McFerrin, der Zweite Offizier, hat durchblicken lassen, dass es außer Kontrolle geriet, weil sowohl die Brandmelder als auch die Löschanlagen nicht funktioniert haben.«

»Meinen Sie, es handelt sich um Sabotage?«

Pitt deutete mit dem Kopf auf den ausgeglühten, noch immer schwelenden Rumpf. »Ich kann mir kaum vorstellen, dass es nur eine Verkettung unglücklicher Umstände war.«

»Käpt'n«, unterbrach sie der Funker erneut. »Kapitän Nevins von der *Earl of Wattlesfield* möchte Sie sprechen.«

»Legen Sie ihn auf die Bordsprechanlage.«

»Wird gemacht, Sir.«

»Kapitän Burch hier.«

»Hier spricht Kapitän Nevins. Falls ihr vorhabt, Wellington anzulaufen, gebe ich euch unterwegs gern Geleit, da das der nächste Hafen ist, in dem wir die Schiffbrüchigen absetzen können.«

»Sehr freundlich von Ihnen, Kapitän«, erwiderte Burch. »Ich nehme Ihr Angebot an. Wir nehmen ebenfalls Kurs auf Wellington. Ich hoffe nur, wir halten euch nicht zu sehr auf.«

»Wir können doch nicht zulassen, dass die Helden und Heldinnen des Tages unterwegs sinken.«

»Unsere Pumpen werden mit dem Wassereinbruch fertig. Wenn wir nicht in einen schweren Taifun geraten, sollten wir Wellington in halbwegs gutem Zustand erreichen.«

»Sobald ihr Fahrt aufnehmt, folgen wir euch.«

»Wie kommt ihr mit achtzehnhundert Leuten an Bord zurecht?«, fragte Pitt.

»Wir haben den Großteil in unseren leeren Laderäumen untergebracht. Die Übrigen sind auf dem ganzen Schiff verteilt, unter anderem auch in den halb leeren Containern. Der Proviant in unserer Kombüse reicht für eine anständige Mahlzeit. Danach werden alle, die Besatzung und ich eingeschlossen, auf strenge Diät gesetzt, bis wir Wellington erreichen.« Nevins hielt einen Moment lang inne. »Ach, und noch was. Könntet ihr vielleicht zwischen meinem Schiff und dem australischen Kreuzer hindurchfahren, damit wir euch einen würdigen Abschiedsgruß mit auf den Weg geben können? Over und aus.«

Burch wirkte verdutzt. »Einen Abschiedsgruß?«

Pitt lachte. »Vielleicht wollen sie Aloha sagen und ein paar Luftschlangen werfen.«

Burch griff zum Bordtelefon. »Chief, sind Sie so weit, dass wir Fahrt aufnehmen können?«

»Ich kann das alte Mädchen aber allenfalls mit acht Knoten laufen lassen«, antwortete House. »Bei schnellerer Fahrt leckt sie wie ein rostiger Eimer.«

»Dann also acht Knoten.«

Für die todmüden Besatzungsmitglieder und Wissenschaftler des NUMA-Schiffes, die nach zwölfstündigem pausenlosem Einsatz körperlich und geistig ausgelaugt waren, war es die reinste Qual, auf eigenen Füßen zu stehen, und doch standen sie stolz und aufrecht, als Pitt sie auf dem Arbeitsdeck antreten ließ. Die Seeleute bauten sich auf der einen Seite des Decks auf, die Wissenschaftler, Männer wie Frauen, auf der gegenüberliegenden. Alle waren dabei, denn Burch hatte darauf bestanden, dass auch die Maschinenraummannschaft nach oben kommen sollte. Chefmaschinist House weigerte sich zunächst, die Pumpen unbeaufsichtigt zu lassen, doch der Kapitän setzte sich durch. Nur der Rudergänger stand allein im Ruderhaus und steuerte das Forschungsschiff zwischen der *Earl of Wattlesfield* und dem australischen Raketenkreuzer hindurch, die nicht mehr als zweihundert Meter voneinander entfernt lagen.

Neben den beiden großen Schiffen wirkte die *Deep Encounter* winzig. Sie fuhr mit vollem Flaggenschmuck, hatte die NUMA-Fahne am Radarmast aufgezogen und ein großes, stramm im Wind knatterndes Sternenbanner am Heckflaggenstock.

Pitt und Burch standen nebeneinander, schauten nach oben und stellten erstaunt fest, dass die Besatzung des Kreuzers wie zum Appell angetreten war. Dann, als die *Deep Encounter* zwischen den beiden Schiffe hindurchfuhr, wurde die Tropenstille vom Heulen der Schiffssirenen und den Jubelrufen der mehr als zweitausend Überlebenden zerrissen, die sich an den Relings des Containerschiffes und des Kreuzers drängten. Männer, Frauen und Kinder winkten wie wild, riefen irgendwelche Worte, die im allgemeinen Lärm untergingen, und warfen aus zerfetzten Zeitungen und Illustrierten hergestellte Schnipsel in die Luft wie bei einer Konfettiparade. Erst in diesem Augenblick wurde einem jeden an Bord der *Deep Encounter* vollends bewusst, was für eine große Tat sie vollbracht hatten.

Sie hatten mehr als zweitausend Menschen gerettet, aber darüber hinaus hatten sie auch bewiesen, dass sie bereit waren, ihr eigenes Leben zu opfern, um andere vor dem Tod zu bewahren. Nun ließen sie ihren Tränen freien Lauf, ohne sich dessen zu schämen.

Noch lange danach konnten die Männer und Frauen an Bord des Forschungsschiffes nicht genau beschreiben, was vorgefallen war. Sie waren viel zu bewegt, als dass sie das Ereignis in vollem Umfang begreifen konnten. Selbst die Rettungsaktion mit all ihren Mühen und Gefahren kam ihnen vor wie ein längst vergangener Albtraum. Vergessen würden sie das Ganze nie, doch sie fanden auch nie die richtigen Worte dafür.

Dann wandten sich alle um und warfen einen letzten Blick auf die traurigen Überreste des einstmals so prachtvollen Schiffes. Auch Pitt konnte sich kaum davon losreißen. Kein Seemann sieht es gern, wenn ein Schiff von einem derart schrecklichen Schicksal getroffen wird. Unwillkürlich fragte er sich, wer für diese Schandtat verantwortlich sein mochte. Und aus welchem Grund.

»Ich gäbe sonst was dafür, wenn ich Ihre Gedanken lesen könnte«, sagte Burch.

Pitt schaute ihn verständnislos an. »Meine Gedanken?«

»Ich wette den Rosenkranz meiner Großmutter, dass Sie vor Neugier schier vergehen.«

»Ich komme nicht ganz mit.«

»Uns alle beschäftigt doch die gleiche Frage«, erklärte Burch. »Aus welchem wahnwitzigen Grund sollte jemand zweieinhalbtausend Männer, Frauen und Kinder ermorden wollen? Aber sobald sie in den Hafen von Sydney geschleppt wird, wird ein ganzer Schwarm von Brandexperten und Versicherungsspezialisten die Aschereste durchkämmen und die entsprechenden Antworten finden.«

»Die werden nicht mehr viel finden, das sie durchkämmen können.«

»Unterschätzen Sie diese Leute nicht«, sagte Burch. »Sie sind tüchtig. Wenn jemand die Brandursache feststellen kann, dann die.«

Lächelnd drehte sich Pitt zu Burch um. »Hoffentlich haben Sie Recht, Skipper. Ich bin bloß froh, dass ich mich nicht damit rumschlagen muss.«

Bis Ende der Woche sollte Dirk Pitt feststellen, dass er sich geirrt hatte, auch wenn er sich nicht hätte träumen lassen, dass ausgerechnet er das Rätsel lösen würde.

8

Die *Audacious* von der Quest Marine Offshore Company war der erste Schlepper, der bei der *Emerald Dolphin* eintraf. Mit einer Länge von achtundfünfzig Metern und einer Breite von achtzehn

Metern war sie einer der größten Bergungsschlepper der Welt. Ihre beiden Hunnewell-Dieselmaschinen brachten eine Gesamtleistung von 9800 Pferdestärken. Da sie in Wellington stationiert war, dem nächst gelegenen Hafen, hatte sie den Wettlauf gegen zwei andere Hochseeschlepper aus Brisbane gewonnen.

Der Kapitän der *Audacious* hatte sein Schiff gescheucht wie einen schwergewichtigen Windhund, der hinter dem Hasen her ist, als er auf die Position zuhielt, die von dem australischen Raketenkreuzer durchgegeben worden war. Während der rasenden Fahrt durch den Südpazifik hatte er Funkstille gehalten, wie es unter Schlepperkapitänen üblich ist, wenn sie das gleiche Wrack ansteuern, da der Sieger den Bergungsauftrag und fünfundzwanzig Prozent vom Wert des betroffenen Schiffes erhält.

Nun, da er in Sichtweite des qualmenden Kreuzfahrtschiffes und des australischen Raketenkreuzers war, nahm Kapitän Jock McDermott Verbindung mit Vertretern der Blue Seas Cruise Line auf, die sich nach einer halben Stunde harter Verhandlungen auf einen Bergungsvertrag mit der Quest Marine einließen, der sie nur im Fall eines Erfolgs zur Zahlung des entsprechenden Bergegeldes verpflichtete.

McDermott und seine Besatzung waren wie vom Donner gerührt, als sie sich der immer noch rot glühenden Hülle näherten und das ganze Ausmaß der Katastrophe erkannten. Von dem einstmals so prachtvollen Kreuzfahrtschiff war nichts als ein Haufen verbrannter Trümmer übrig geblieben, die auf der rastlosen türkisfarbenen See trieben. Der Pott sah aus wie Hiroshima nach dem von der Atombombe ausgelösten Feuersturm – schwarz, unförmig und verzogen.

»Die ist allenfalls noch den Schrottpreis wert«, knurrte Herm Brown, der Erste Offizier der *Audacious*, ein ehemaliger Rugby-Profi, der zur See gefahren war, als seine Knie nicht mehr mitspielen wollten. Eine zottelige blonde Mähne krönte seinen Kopf, stämmige Beine ragten aus den Shorts, und zwischen den offenen Knöpfen seines Hemdes, das sich stramm um die Schultern spannte, war seine behaarte Brust zu sehen.

McDermott schob seine Brille auf die Nasenspitze und spähte

über die Gläser hinweg. Er war gebürtiger Schotte, hatte rotblonde Haare, eine schmale Hakennase und grünbraune Augen. Seit zwanzig Jahren fuhr er auf Hochseeschleppern, aber wenn man von dem vorspringenden Kinn und den durchdringenden Augen einmal absah, wirkte er eher wie ein Buchhalter. »Die Reedereileitung wird nicht viel Freude an diesem Auftrag haben, so viel steht mal fest. Ich hätte nie gedacht, dass ein so großes Schiff dermaßen ausbrennen kann.«

McDermott griff zum Hörer, als das Schiffstelefon summte. »An den Kapitän des Schleppers. Hier spricht Captain Harlow von dem Kreuzer steuerbord voraus. Mit wem spreche ich?«

»Mit Jock McDermott, dem Kapitän des in Diensten der Quest Marine stehenden Schleppers *Audacious*.«

»Nachdem Sie eingetroffen sind, Kapitän, kann ich meine Position verlassen und Kurs auf Wellington nehmen. Ich habe fünfhundert Schiffbrüchige an Bord, die es kaum abwarten können, wieder festen Boden unter die Füße zu kriegen.«

»Da hatten Sie ja alle Hände voll zu tun, Captain«, erwiderte McDermott. »Wundert mich, dass Sie nicht schon vor zwei Tagen losgefahren sind.«

»Wir waren damit beschäftigt, die Toten zu bergen, die im Wasser trieben. Außerdem hat mich die Internationale Seefahrtskommission gebeten, in der Nähe zu bleiben und die Position des Wracks durchzugeben, da man der Ansicht war, dass es eine Gefahr für andere Schiffe darstellt.«

»Viel Ähnlichkeit mit einem Schiff hat es nicht mehr.«

»Ein Jammer«, sagte Harlow. »Sie war mal eines der schönsten Schiffe, die je zur See fuhren.« Er schwieg einen Moment. »Können wir Ihnen beim Abschleppen irgendwie behilflich sein?«, schob er dann nach.

»Nein, besten Dank«, antwortete McDermott. »Das schaffen wir schon.«

»Sie sieht schlimm aus. Hoffentlich hält sie sich über Wasser, bis Sie den nächsten Hafen erreichen.«

»Solange ich nicht weiß, wie es um ihren Rumpf bestellt ist, möchte ich nicht darauf wetten.«

»Da die ganze Innenausstattung verbrannt ist, müsste sie deutlich leichter sein als vorher. Sie liegt auch viel höher im Wasser. Dürfte nicht allzu schwer abzuschleppen sein.«

»Abschleppen ist immer schwer, Captain. Bereiten Sie sich schon mal auf ein Empfangskomitee und Scharen von Reportern vor, wenn Sie in Wellington einlaufen.«

»Ich kann's kaum erwarten«, erwiderte Harlow trocken. »Ich wünsche Ihnen viel Glück.«

McDermott wandte sich an Arle Brown, seinen Ersten Maat. »Nun gut, dann sollten wir uns mal an die Arbeit machen.«

»Wenigstens ist die See ruhig«, sagte Brown mit einem Blick durch die Brückenverglasung nach draußen.

McDermott starrte eine Zeit lang auf das Wrack. »Ich habe das Gefühl, dass eine ruhige See möglicherweise das Einzige ist, was uns entgegenkommt.«

McDermott verlor keine Zeit. Nachdem er das Wrack einmal umrundet und dabei festgestellt hatte, dass das Ruder allem Anschein nach auf Geradeausfahrt stand, brachte er die *Audacious* bis auf dreißig Meter an den Bug der *Emerald Dolphin* heran. Er konnte nur hoffen, dass das Ruder festsaß. Denn wenn es sich bewegte, scherte das Wrack aus und geriet außer Kontrolle.

Die Motorbarkasse des Schleppers wurde zu Wasser gelassen, und Brown und vier Besatzungsmitglieder tuckerten zu dem Kreuzfahrtschiff, bis sie direkt unter dem riesigen, schräg aufragenden Bug waren. Sie hatten Gäste. Rund um das Wrack wimmelte es von Haien. Sie wussten instinktiv, dass immer ein paar Leckerbissen im Wasser trieben, wenn ein Schiff unterging.

Brown und seine Männer mussten auf den Havaristen klettern, doch das war alles andere als einfach. Er war noch immer zu heiß, als dass sie mittschiffs an Bord gehen konnten, doch der Bug war vom Feuer halbwegs verschont geblieben. Zudem hingen mindestens dreißig Taue von der Reling herab, darunter auch zwei Jakobsleitern mit hölzernen Sprossen. Der Rudergänger steuerte schräg auf das Fallreep zu und achtete dabei darauf, dass der Bug gegen die Wellen gerichtet war, damit er das Boot jederzeit im Griff hatte.

Brown ging als Erster an Bord. Ohne die Haie aus den Augen zu lassen, trat er auf das Schanzkleid, balancierte kurz, streckte dann die Arme aus, ergriff das Fallreep und zog es auf sich zu. Als die Barkasse von einem Wellenkamm emporgetragen wurde, trat er auf die unterste Sprosse und kletterte dann in knapp drei Minuten rund fünfzehn Meter senkrecht nach oben. Dort angelangt, hielt er sich an der Reling fest und zog sich auf die Vorpiek. Danach nahm er eine der Leinen, an denen sich die Schiffbrüchigen vom Bug abgeseilt hatten, und warf sie den Männern im Boot zu, die sie auffingen und mit einem weiteren Tau verknoteten, das die Barkasse vom Schlepper aus mitgezogen hatte.

Nachdem drei weitere Männer über die Jakobsleiter zur Vorpiek emporgeklettert waren, wurde die Leine hochgezogen und um einen mächtigen Schleppoller geschlungen, dessen Konstrukteure vermutlich nie damit gerechnet hatten, dass er einst zu diesem Zweck benutzt würde. Danach wurde das Ende des Taus zu einem Mann im Boot hinuntergelassen, der es festband. Brown sah zu, wie die Barkasse zu dem Schlepper zurückkehrte, wo die Hievleine eingeholt und an einer Trosse befestigt wurde, die an einer mächtigen Winde aufgerollt war. Bevor Brown das Zeichen zum Einsatz der Winde gab, sorgte er dafür, dass einer seiner Männer den Poller mit Fett einschmierte.

Da auf der *Emerald Dolphin* weder Strom noch Motorkraft zur Verfügung standen, war es keine leichte Aufgabe, die mächtige, acht Zoll starke Schlepptrosse, die auf hundert Meter Länge gut drei Tonnen wog, an Bord zu holen. Unter Einsatz der Winde wurde zunächst eine zwei Zoll starke, mit der Hievleine verbundene Trosse abgespult, um den Poller gelegt, der als Talje diente, und dann zum Schlepper zurückgezogen. Dort befestigte man die schwere Acht-Zoll-Trosse an dem Kabel und zog sie zum Bug des Kreuzfahrtschiffes, wo sie mit einer Reihe von U-Bolzen an der Ankerkette festgemacht wurde, denn auf dem Vordeck des Dampfers gab es keine Ankerwinde. Die befand sich auf einem der unteren Decks, das ausgebrannt und nicht zugänglich war.

»Schlepptrosse gesichert«, meldete Brown McDermott über Walkie-Talkie. »Wir kommen wieder an Bord.«

»Bestätigt.«

Normalerweise blieben ein paar Mann Besatzung an Bord des ins Schlepptau genommenen Havaristen, doch in diesem Fall war das zu gefährlich, da keiner wusste, wie stark der Rumpf der *Emerald Dolphin* durch das Feuer in Mitleidenschaft gezogen worden war. Falls das Schiff unverhofft untergehen sollte, hätten sie kaum eine Chance, sich rechtzeitig in Sicherheit zu bringen, bevor sie vom Sog erfasst und mit in die Tiefe gerissen wurden.

Brown und seine Männer stiegen über das Fallreep hinab ins Boot. Sobald die Barkasse mitsamt der Mannschaft wieder an Bord des Schleppers war, befahl McDermott langsame Fahrt voraus. Brown, der die mächtige Schleppwinde bediente, spulte die Trosse ab, bis das Kreuzfahrtschiff rund vierhundert Meter achteraus lag. Dann setzte er die Feststellbremse, woraufhin sich die Trosse straffte, als die *Audacious* langsam weiterfuhr.

Alle Mann an Bord des Schleppers hielten den Atem an, blickten zur *Emerald Dolphin* und warteten gespannt ab, wie sie reagierte. Langsam, Meter um Meter wie ein Elefant, der sich von einer Maus führen lässt, setzte sie sich in Bewegung, bis der Bug durch die Wellen schnitt. Niemand rührte sich von der Stelle, denn noch traute man dem Frieden nicht, doch der riesige Dampfer schob sich schnurgerade ins aufgewühlte Kielwasser des Schleppers. Als die Besatzung sah, dass das immer noch brennende Wrack in Fahrt kam, ohne auszubrechen, ließ die Anspannung an Bord des Schleppers allmählich nach.

Zehn Stunden später schleppten die schweren Dieselmaschinen der *Audacious* die riesige Hülle mit beachtlichen zwei Knoten durch den Südpazifik. Das Feuer war mittlerweile weitgehend erloschen. Nur ein paar vereinzelte Flammen züngelten noch inmitten der verzogenen und eingesackten Aufbauten. Eine dichte Wolkendecke verhüllte den Mond, und die Nacht war so schwarz, dass man Himmel und Meer kaum voneinander unterscheiden konnte.

Der starke Suchscheinwerfer des Schleppers war auf die *Emerald Dolphin* gerichtet und strahlte ihren Bug und die ausgeglühten Aufbauten an. Die Besatzung schob abwechselnd Wache an der

Winde und behielt den Havaristen im Auge. Nach Mitternacht war der Koch an der Reihe. Er ließ sich in einem Klappliegestuhl nieder, den er für gewöhnlich an Deck trug, um die Sonne zu genießen, wenn er nicht in der Kombüse beschäftigt war. Es war zu heiß und schwül für einen Kaffee, deshalb hatte er etliche Dosen Diet Pepsi dabei, die in einem Eimer voller Eis lagen. Er nahm eine in die Hand, zündete sich eine Zigarette an, lehnte sich zurück und blickte pflichtbewusst auf den schwerfälligen Koloss in ihrem Schlepptau.

Zwei Stunden später kämpfte er mit der zehnten Zigarette und dem dritten Pepsi gegen die Müdigkeit an und konnte sich trotzdem kaum noch wach halten. Die *Emerald Dolphin* war immer noch dort, wo sie sein sollte. Der Koch setzte sich auf und reckte sich, als ein dumpfes Grollen aus dem Schiffsrumpf drang, das wie ferner Donner klang – kein einzelner Knall, sondern eine Reihe kurz aufeinander folgender Schläge. Er kniff die Augen zusammen, konnte aber nichts erkennen, und meinte bereits, er hätte sich alles nur eingebildet, als er bemerkte, dass sich doch etwas getan hatte. Es dauerte einen Moment, bis ihm klar wurde, dass das Schiff tiefer im Wasser lag.

Dann erstarrte der Koch vor Schreck. Das ausgebrannte Kreuzfahrtschiff scherte leicht nach Steuerbord aus, bevor es schwerfällig wieder auf Kurs kam. Der Suchscheinwerfer erfasste eine dichte Rauchwolke, die mittschiffs aus dem Wrack aufstieg und in die Dunkelheit trieb.

Die *Emerald Dolphin* ging unter, und allem Anschein nach sank sie rasch.

Aufgeschreckt rannte der Koch auf die Brücke. »Sie sinkt!«, schrie er. »Heilige Mutter Gottes, sie geht unter!«

McDermott stürmte aus seiner Kabine, als er das Geschrei hörte. Er musste den Koch nicht fragen, was los war. Mit einem Blick erkannte er, dass die *Audacious* mitsamt ihrer Besatzung von dem sinkenden Kreuzfahrtschiff in die Tiefe gezogen wurde, wenn sie die Trosse nicht kappten. Kurz darauf stieß Brown zu ihm, der die Lage ebenfalls auf Anhieb erfasste. Gemeinsam rannten sie zu der riesigen Winde.

Hektisch lösten sie die Feststellbremse, damit die starke Trosse ablaufen konnte, sahen, wie sie sich zusehends steiler nach unten spannte, als sich der Bug des Schiffes immer tiefer ins Wasser bohrte. Schneller und immer schneller spulte sich die Trosse ab. Sie konnten nur hoffen, dass sie sich von der Trommel losriss, wenn sie abgelaufen war. Sonst wurde die *Audacious* mit dem Heck voran zum Meeresgrund hinabgezogen.

Das zerstörte Kreuzfahrtschiff sank schnell, beängstigend schnell. Schon tauchte der Bug ins Wasser ein, flach noch, aber bald neigte sich das ganze Deck um fünfzehn Grad nach vorn. Ein scheußliches Knirschen hallte aus dem geborstenen Rumpf, als die Schotten und Spanten unter der Last der eindringenden Fluten nachgaben. Dann ragten bereits das Ruder und die Schubstrahler aus dem Wasser. Einen Moment lang stand das Heck noch senkrecht vor dem Nachthimmel, ehe es in einem Strudel aufquellender Luftblasen in der schwarzen See versank.

Die Trosse war fast abgelaufen, straffte sich dann jäh und zog das Heck des Schleppers nach unten. Schreckensstarr stand die gesamte Mannschaft da, starrte auf die Winde und wähnte sich bereits in den Fängen des Todes. Ein letztes Mal drehte die Trommel durch und blieb dann endgültig stehen.

Mit einem Schlag, schrill und markerschütternd, riss die Trosse ab und peitschte hinaus auf die See. Der Bug des Schleppers, der kurz zuvor noch unter der Last hochgezogen worden war, tauchte tief in die Wellen ein. Dann richtete sich der Rumpf allmählich wieder auf, während die Besatzung immer noch wie betäubt dastand und kaum fassen konnte, dass sie dem Untergang im letzten Moment entronnen war.

»Ich hätte nie gedacht, dass ein Schiff derart schnell sinken kann«, murmelte Brown, als die Angst, die er in den letzten Minuten ausgestanden hatte, allmählich abklang.

»Ich auch nicht«, erwiderte McDermott. »Kommt mir fast so vor, als ob mit einem Mal der ganze Boden weggebrochen ist.«

»Und unsere Trosse ist auch fort. Die war mehrere Millionen Pfund wert. Die Reedereileitung wird darüber nicht besonders erfreut sein.«

»Wir konnten nichts dagegen unternehmen. Es ging viel zu schnell.« Dann hielt McDermott inne und hob die Hand. »Hört mal!«, sagte er scharf.

Alle blickten zu der Stelle, an der die *Emerald Dolphin* versunken war. Draußen in der Nacht schrie jemand um Hilfe.

McDermott dachte zunächst, eines der Besatzungsmitglieder wäre im Eifer des Gefechts über Bord gefallen, doch mit einem raschen, prüfenden Blick über das Deck stellte er fest, dass alle Mann an Bord waren. Wieder ertönte der Schrei, nur dass er diesmal schwächer und kaum noch wahrnehmbar war.

»Da draußen ist jemand«, sagte der Koch und deutete in die Richtung, aus der der Ruf kam.

Brown rannte zum Suchscheinwerfer, schwang ihn herum und ließ den Strahl über das Wasser streichen. In der ebenholzschwarzen See war das dunkle Gesicht des Mannes, der knapp dreißig Meter hinter dem Heck trieb, kaum zu sehen. »Können Sie zum Boot schwimmen?«, brüllte Brown.

Der Mann gab keine Antwort, doch er wirkte nicht erschöpft. Mit kräftigen, gleichmäßigen Zügen kraulte er auf den Schlepper zu.

»Werft ihm eine Leine zu«, befahl Brown einem Besatzungsmitglied, »und zieht ihn raus, bevor ihn die Haie kriegen.«

Ein Tau wurde über die Bordwand ausgeworfen. Der Mann bekam es zu fassen, woraufhin ihn zwei Seeleute zum Heck zogen und an Bord hievten.

»Es ist ein Aborigine«, sagte Brown, ein gebürtiger Australier.

»Nicht mit dem Kraushaar«, stellte McDermott fest. »Eher ein Afrikaner.«

»Er trägt die Uniform eines Schiffsoffiziers.«

McDermott, der nicht damit gerechnet hatte, so spät noch auf einen Überlebenden zu stoßen, schaute den Mann fragend an. »Darf ich fragen, woher Sie kommen?«

Der Fremde schenkte ihm ein breites Lächeln. »Ich dachte, das wäre offensichtlich. Ich bin, beziehungsweise war der für die Betreuung der Passagiere zuständige Offizier der *Emerald Dolphin*.«

»Wieso sind Sie an Bord geblieben, nachdem alle Schiffbrüchigen evakuiert waren?«, fragte Brown. Er konnte kaum glauben, dass der Mann keinerlei Brandverletzungen davongetragen hatte. Zumal er auch ansonsten in ganz guter Verfassung zu sein schien, von der klatschnassen Uniform einmal abgesehen.

»Ich bin gestürzt und habe mir den Kopf angeschlagen, als ich den Passagieren beim Verlassen des Schiffes half. Offenbar haben mich alle für tot gehalten und liegen lassen. Als ich wieder zu mir kam, hatten Sie das Schiff bereits im Schlepptau.«

»Sie müssen fast vierundzwanzig Stunden lang bewusstlos gewesen sein«, sagte McDermott skeptisch.

»So ungefähr.«

»Kaum zu glauben, dass Sie nicht verbrannt sind.«

»Ich hatte ein Riesenglück. Ich bin in einen Niedergang gestürzt, der von dem Feuer verschont blieb.«

»Sie sprechen mit amerikanischem Akzent.«

»Ich bin aus Kalifornien.«

»Wie heißen Sie?«, fragte Brown.

»Sherman Nance.«

»Nun denn, Mister Nance«, sagte McDermott. »Sie sollten lieber zusehen, dass Sie aus der nassen Uniform rauskommen. Sie haben in etwa die gleiche Größe wie Mister Brown, mein Erster Offizier. Er kann Ihnen trockene Sachen leihen. Danach gehen Sie in die Kombüse. Sie müssen völlig ausgetrocknet und halb verhungert sein. Ich sorge dafür, dass Ihnen der Koch was zu trinken gibt und eine ordentliche Mahlzeit zubereitet.«

»Ja, vielen Dank, Kapitän ...«

»McDermott.«

»Ich bin ziemlich durstig.«

Nachdem Nance nach unten geleitet worden war, wandte sich Brown an den Kapitän. »Sonderbar, dass er so einen Großbrand überstanden hat, ohne sich auch nur eine Augenbraue zu versengen.«

McDermott rieb sich nachdenklich das Kinn. »Ja, sehr sonderbar.« Dann seufzte er. »Das soll nicht unsere Sorge sein. Ich habe jetzt die unangenehme Aufgabe, die Reedereileitung davon zu verständigen, dass wir unseren Havaristen und die teure Schlepptrosse verloren haben.«

»Das hätte einfach nicht passieren dürfen«, knurrte Brown geistesabwesend.

»Was?«

»Dass sie eben noch hoch im Wasser liegt und dann von einem Moment zum anderen untergeht. So schnell hätte sie nicht sinken dürfen. Das ist nicht normal.«

»Ganz meine Meinung«, sagte McDermott mit einem Schulterzucken. »Aber wir können es nicht ändern.«

»Die Versicherungen werden alles andere als begeistert sein, wenn es nichts zu untersuchen gibt.«

McDermott nickte müde. »Da sich nichts mehr nachweisen lässt, wird ihr Untergang für immer eines der großen Rätsel der See bleiben.«

Dann ging er zu dem Suchscheinwerfer und schaltete ihn aus, und die Stelle, an der das Kreuzfahrtschiff sein nasses Grab gefunden hatte, versank in tiefer Dunkelheit.

Als die *Audacious* Wellington erreichte, war der Mann, den McDermott nach dem Untergang der *Emerald Dolphin* aus dem Meer gezogen hatte, spurlos verschwunden. Die Beamten der Einwanderungsbehörde, die am Kai warteten, versicherten, dass er das Schiff nicht über die Gangway verlassen habe, sonst hätten sie ihn festgehalten, bis die Ermittlungen zur Brandursache und dem Untergang des Kreuzfahrtschiffes abgeschlossen waren. McDermott kam zu dem Schluss, dass Sherman Nance nur über die Bordwand gesprungen sein konnte, als das Schiff in den Hafen einlief.

Nachdem McDermott den Ermittlern der Versicherung Bericht erstattet hatte, erfuhr er, dass auf der Musterrolle der *Emerald Dolphin* kein Besatzungsmitglied oder Offizier namens Sherman Nance aufgeführt war.

9

Die *Earl of Wattlesfield* blieb in der Nähe, als die Besatzung der *Deep Encounter* die Funksignale der im Meer treibenden Tauchboote anpeilte und sie an Bord nahm. Sobald sie sicher verstaut waren, gab Burch Kapitän Nevins Bescheid, und die beiden Schiffe nahmen Kurs auf Wellington.

Obwohl er nach der Bergung der Tauchboote todmüde war, räumte Pitt erst seine Kabine auf und beseitigte den Müll, den die vierzig Leute hinterlassen hatten, die es irgendwie geschafft hatten, sich während der Evakuierung des Kreuzfahrtschiffes in diesem kleinen Raum zusammenzudrängen. Sämtliche Muskeln taten ihm weh, was ihm, wie er feststellte, mit zunehmendem Alter immer mehr zu schaffen machte. Er warf seine Kleidung in einen Wäschesack, trat dann in die kleine Duschkabine, drehte den Heißwasserhahn auf und stellte die Düse so ein, dass sie in die eine Ecke spritzte, während er sich rücklings auf den Boden legte und die langen Beine zu der Seifenschale emporstreckte. Prompt döste er in dieser Stellung ein. Als er zwanzig Minuten später erfrischt und ausgeruht, aber immer noch mit schmerzenden Gliedern, wieder aufwachte, seifte er sich ein und spülte sich ab, bevor er sich abtrocknete, aus der Dusche trat und in den Spiegel über dem Messingwaschbecken blickte.

Der Körper und das Gesicht, das ihm entgegenblickte, sahen nicht mehr ganz so aus wie noch vor zwanzig Jahren. Er hatte noch immer dichte, wellige schwarze Haare, ohne den Ansatz einer Glatze, aber an den Schläfen wurden sie allmählich grau. Die durchdringend grünen Augen unter dicken Brauen funkelten wie eh und je. Die Augen hatte er von seiner Mutter geerbt. Sie hatten etwas Hypnotisches an sich, dem sich niemand entziehen konnte, der je mit ihm in Kontakt kam. Vor allem Frauen waren davon angetan. Sie spürten die Ausstrahlung, die ihnen verriet, dass er ein Mann war, der mit beiden Beinen auf dem Boden stand, dem man vertrauen konnte.

Dem Gesicht indessen sah man langsam, aber unaufhaltsam die

Spuren des Alters an. Die Lachfältchen um die Augenwinkel wurden tiefer. Die Haut war nicht mehr so straff wie in jüngeren Jahren und wirkte zusehends wettergegerbt. Die markante Stirn und die Wangen wurden allmählich schärfer und ausgeprägter. Die Nase wirkte noch einigermaßen gerade, wenn man bedachte, dass sie bereits dreimal gebrochen war. Er sah nicht unbedingt so gut aus wie ein Errol Flynn, aber sein Auftreten sorgte dafür, dass die Leute sich umdrehten und in seine Richtung schauten, wenn er irgendwo auftauchte.

Ja, dachte er, das Gesicht stammt vom mütterlichen Zweig der Familie, während der Humor, die zuversichtliche Einstellung zum Leben, die Größe und die schlanke Statur ein Erbteil des Vaters und der Vorfahren väterlicherseits sind.

Er strich mit den Fingern einer Hand über die Narben, die sich auf seinem Körper verteilten, Andenken an die zahlreichen Abenteuer, die er in seiner zwanzigjährigen Dienstzeit bei der National Underwater & Marine Agency überstanden hatte. Er hatte zwar die Offiziersakademie der Air Force besucht und war nach wie vor Major der amerikanischen Luftwaffe, doch als sich ihm die Chance bot, unter Admiral James Sandecker bei der neu gegründeten Meeresforschungsbehörde zu dienen, hatte er sofort zugegriffen. Geheiratet hatte er nie, auch wenn es im Laufe seiner langjährigen Beziehung mit der Kongressabgeordneten Loren Smith ein paarmal fast so weit gewesen wäre. Aber letztlich waren sie nie auf einen gemeinsamen Nenner gekommen, weil sowohl er von seinem Job bei der NUMA wie auch sie durch ihre Arbeit im Kongress zu sehr in Beschlag genommen waren.

Zwei seiner früheren Geliebten waren unter tragischen Umständen ums Leben gekommen – Summer Moran bei einem verheerenden Seebeben vor Hawaii, und Maeve Fletcher war vor der Küste von Tasmanien von ihrer Schwester erschossen worden.

Summer suchte ihn nach wie vor in seinen Träumen heim. Er sah sie immer noch vor sich, wie sie in die Tiefe tauchte, um ihren Vater zu suchen, der in einer Unterwasserhöhle festsaß, sah ihren zauberhaften Körper und die langen, fließenden Haare in den grünen Fluten des Pazifik verschwinden. Als er seinerzeit aufgetaucht war, um Luft zu holen, und festgestellt hatte, dass sie nicht bei ihm war, hatte er nach ihr tauchen wollen, doch die Männer in dem Boot, die ihn gerettet hatten, wussten, dass es aussichtslos war, und hatten ihn gewaltsam daran gehindert.

Seit dieser Zeit lebte er nur mehr für seine Arbeit im Dienst der Meeresforschung. Die See war seine Geliebte geworden. Von den wenigen geruhsamen Stunden einmal abgesehen, die er zu Hause in seinem alten Hangar in einer abgelegenen Ecke des Ronald Reagan Airport in Washington verbrachte, wo er auch seine Sammlung alter Autos und Flugzeuge aufbewahrte, fühlte er sich immer dann am wohlsten, wenn er auf einem Forschungsschiff die sieben Meere befahren konnte.

Er seufzte, zog einen Frotteebademantel an und legte sich auf sein Bett. Kurz bevor er in den wohlverdienten Schlaf döste, fiel ihm plötzlich etwas ein, und er setzte sich auf. Die junge Frau mit dem Lederkoffer ihres Vaters kam ihm mit einem Mal wieder in den Sinn. Je länger er darüber nachdachte, desto unwahrscheinlicher schien es ihm, dass sie in einem der Boote des Containerschiffs weggebracht worden war, ohne dass er sie gesehen hatte. Dann wurde ihm mit einem Mal alles klar.

Sie war nicht weg. Sie versteckte sich immer noch irgendwo an Bord der *Deep Encounter*.

Trotz aller Müdigkeit widerstand er den Verlockungen des Schlafs, stieg aus dem Bett und zog sich rasch an. Fünf Minuten später war er im Unterdeck und begann hinten am Heck mit der Suche, durchkämmte sämtliche Ecken und Winkel, schaute im Generatorenraum nach, im Windenraum, im Maschinenraum und im Stauraum für die Messgeräte und das wissenschaftliche Zubehör. Es war eine mühselige und langwierige Angelegenheit, weil es inmitten der Kisten und Kästen viele Verstecke gab.

Er schaute in die Bordwerkstatt und hätte es fast übersehen – erst im letzten Moment fiel ihm auf, das irgendetwas nicht so war wie sonst. Dann bemerkte er etliche Fünf-Liter-Eimer mit Schmieröl, die ordentlich auf einer Werkbank übereinander gestapelt waren. Auf den ersten Blick schien das nicht weiter ungewöhnlich zu sein. Doch er wusste, dass sie normalerweise in einer Holzkiste verstaut waren. Auf leisen Sohlen ging er zu der Kiste und hob den Deckel an.

Kelly Egan schlief so fest, dass sie Pitt überhaupt nicht wahrnahm. Sie hatte einen Arm über den Lederkoffer gelegt, der an der Kistenwand lehnte. Er lächelte, nahm ein Klemmbrett vom Haken, riss ein Blatt von dem Notizblock ab und schrieb eine kurze Nachricht.

Meine Liebe,
kommen Sie bitte in meine Kabine, wenn Sie aufwachen. Kabine Nummer acht auf Deck zwo.

Dirk Pitt

Dann überlegte er kurz, womit er sie locken könnte, und fügte hinzu:

Für Speis und Trank ist gesorgt.

Vorsichtig legte er die Nachricht auf ihre Brust, setzte sacht den Deckel wieder auf die Kiste und verließ auf Zehenspitzen die Werkstatt.

Kurz nach sieben Uhr abends klopfte Kelly leise an die Tür von Pitts Kabine. Er öffnete und sah sie vor sich im Gang stehen, betreten zu Boden blickend, die Finger noch immer um den Griff des Lederkoffers gekrallt. Er nahm sie am Ellbogen und führte sie herein. »Sie müssen halb verhungert sein«, sagte er lächelnd, um ihr zu zeigen, dass er weder ärgerlich noch ungehalten war.

»Sind Sie Dirk Pitt?«

»Ja, und Sie sind –?«

»Kelly Egan. Tut mir Leid, dass ich Ihnen so viele –«

»Keine Ursache«, unterbrach er sie. Er deutete auf den Schreibtisch, auf dem ein Tablett mit Sandwiches und einem Milchkrug stand. »Nicht unbedingt ein Feinschmeckergericht, aber immerhin das Beste, was der Koch aus unserem letzten Proviant zurechtzaubern konnte.« Er hielt eine Damenbluse und Shorts hoch. »Eine unsere Wissenschaftlerinnen war der Meinung, dass Sie in etwa ihre

Größe haben müssten, und stellt Ihnen freundlicherweise ein paar von ihren Sachen zur Verfügung. Essen Sie erst was, und danach gehen Sie unter die Dusche. In einer halben Stunde bin ich wieder da. Dann reden wir miteinander.«

Als Pitt zurückkehrte, hatte Kelly geduscht und bereits sämtliche Sandwiches mit Käse und Schinken verschlungen. Auch der Milchkrug war so gut wie leer. Er setzte sich ihr gegenüber hin. »Kommen Sie sich allmählich wieder menschlicher vor?«

Sie nickte lächelnd und wirkte dabei wie ein Schulmädchen, das bei einem Streich ertappt worden ist. »Sie fragen sich vermutlich, wieso ich immer noch auf dem Schiff bin.«

»Das trifft es in etwa.«

»Ich hatte Angst.«

»Wovor? Vor dem Mann, der Sie und Ihren Vater angegriffen hat? Da kann ich Sie beruhigen. Er befindet sich bei den anderen Opfern, die die Schiffskatastrophe gefordert hat.«

»Da war noch ein anderer Mann«, sagte sie zögernd. »Ein Schiffsoffizier. Er war anscheinend ein Komplize von dem Rothaarigen, der mich ermorden wollte. Die beiden haben versucht, meinem Vater den Koffer zu entreißen, und ich glaube, sie wollten ihn auch umbringen. Aber bei der Rangelei haben sie nichts weiter erreicht, als dass er über Bord –«

»Und seinen Koffer mit sich genommen hat«, sagte Pitt.

»Ja.« Kelly stiegen die Tränen in die Augen, als sie ihren sterbenden Vater wieder vor sich sah. Pitt griff in die Hosentasche und reichte ihr ein Taschentuch. Sie musterte es, als sie sich die Tränen abgewischt hatte. »Ich hätte nie geglaubt, dass Männer noch so was bei sich haben. Ich dachte immer, heutzutage kriegt man bestenfalls ein Tempo.«

»Ich stamme noch aus der alten Schule«, sagte er leise. »Man kann ja nie wissen, ob man nicht einer Frau begegnet, die Trost braucht.«

Sie warf ihm einen versonnenen Blick zu und rang sich ein mattes Lächeln ab. »Jemanden wie Sie habe ich noch nie kennen gelernt.«

»Unsereins ist eben kein Herdentier.« Er wandte sich wieder dem eigentlichen Thema zu. »Können Sie diesen Offizier beschreiben?«

»Ja. Es war ein großer Schwarzer, ein Afroamerikaner, nehme ich an, da das Schiff einer einheimischen Reederei gehörte und der Großteil der Besatzungsmitglieder aus den Vereinigten Staaten stammte.«

»Schon komisch, dass sie erst dann zugeschlagen haben, als das Schiff brannte.«

»Es war aber nicht das erste Mal, dass man Papa belästigt hat«, erwiderte sie aufgebracht. »Er hat mir erzählt, dass man ihn schon mehrmals bedroht hat.«

»Und worauf hatten sie es abgesehen, was könnte für die so wichtig gewesen sein, dass Ihr Vater deswegen sterben musste?«, fragte Pitt und deutete auf den Koffer, der neben ihr auf dem Boden stand.

»Mein Vater, Dr. Elmore Egan, ist« – sie stockte kurz –, »war ein hochintelligenter Mann. Er war sowohl Ingenieur als auch Chemiker.«

»Der Name ist mir bekannt«, erwiderte Pitt. »Dr. Egan war ein bekannter Erfinder, nicht wahr? Er hat allerlei Schiffsmaschinen konstruiert. Soweit ich mich entsinnen kann, hat er außerdem einen hochleistungsfähigen Dieseltreibstoff entwickelt, der im Transportwesen viel verwendet wird.«

»Das wissen Sie?«, fragte sie sichtlich beeindruckt.

»Ich bin Ingenieur für Meerestechnologie«, erwiderte er. »Ich würde bei der nächsten Prüfung eine glatte Sechs kriegen, wenn ich noch nie etwas von Ihrem Vater gehört hätte.«

»Papas jüngstes Projekt war die Entwicklung magnetohydrodynamischer Maschinen.«

»Zum Beispiel die Antriebssysteme der *Emerald Dolphin*.«

Sie nickte schweigend.

»Ich muss gestehen, dass ich keine Ahnung von magnetohydrodynamischen Maschinen habe. Ich habe ein bisschen was darüber gelesen, aber demzufolge dauert es noch gut dreißig Jahre, bis die Technologie ausgereift ist. Deswegen war ich überrascht, als ich gelesen habe, dass man sie in der *Emerald Dolphin* eingebaut hat.«

»Jeder war überrascht. Aber Papa gelang ein entscheidender Durchbruch, eine revolutionäre Entdeckung. Er polte die im Meerwasser vorhandene Elektrizität um, bevor er sie durch ein Rohrbündel leitete, das von einem starken Dauermagnetfeld durchsetzt war und mittels flüssigem Helium auf den absoluten Nullpunkt gekühlt wurde. Der elektrische Strom, der dabei entsteht, liefert die Energie, mit der das Meerwasser durch die Antriebsdüsen gepumpt wird.«

Pitt, der aufmerksam zuhörte, wurde bei ihren Worten zusehends gespannter. »Wollen Sie damit etwa sagen, dass Meerwasser der einzige Treibstoff ist, mit dem seine Maschinen gespeist werden?«

»Meersalz hat ein sehr schwaches elektrostatisches Feld. Mein Vater hat eine Methode entdeckt, wie man es um ein Vielfaches verstärken kann, damit es Energie liefert.«

»Kaum vorstellbar – eine Maschine, die mit einem Treibstoff läuft, der nie zur Neige gehen kann.«

Kellys Miene spiegelte den ganzen Stolz auf ihren Vater wider. »Soweit er mir erklärt hat –«

»Arbeiten Sie nicht mit ihm zusammen?«, warf Pitt ein.

»Wohl kaum.« Sie lachte zum ersten Mal. »Er war schrecklich enttäuscht, fürchte ich. Aber ich kann nicht abstrakt denken. Für Mathematik hatte ich noch nie etwas übrig. Ich war ein hoffnungsloser Fall, wenn es darum ging, Gleichungen zu lösen. Ich habe in Yale Betriebswirtschaft studiert und mein Diplom gemacht. Ich bin als Warenanalystin bei einer Beraterfirma tätig – unsere Kundschaft besteht größtenteils aus Warenhäusern und Supermärkten.«

Pitt rang sich ein schmales Grinsen ab. »Nicht ganz so aufregend wie das Erfinden neuer Energieformen.«

»Das vielleicht nicht«, sagte sie und warf den Kopf zurück, so dass ihre hellbraunen Haare um Hals und Schultern flogen, »aber ich verdiene auch nicht schlecht.«

»Worin bestand dieser Durchbruch, der dazu führte, dass Ihr Vater die zur Nutzung magnetohydrodynamischer Maschinen nötige Technologie meistern konnte?«

»Bereits in einem frühen Stadium seiner Forschungen stieß er auf ein Hindernis. Seine Versuchsmaschine lieferte zwar mehr Kraft und Energie als erwartet, aber die Reibung bereitete ihm unverhoffte Schwierigkeiten. Bei hoher Drehzahl hatten die Maschinen nur eine Lebensdauer von wenigen Stunden, bevor sie sich festfraßen. Er und ein guter Bekannter und Freund der Familie, ein Chemiker namens Josh Thomas, entwickelten daraufhin ein neues Öl, das hundertmal leistungsfähiger war als alle herkömmlichen, handelsüblichen Schmieröle. Damit hatte Papa eine Kraftquelle, die quasi unbegrenzt nutzbar war, ohne dass es selbst bei jahrelangem Betrieb zu messbaren Verschleißerscheinungen kam.«

»Dieses Superöl war also die Voraussetzung dafür, dass Ihr Vater seine magnetohydrodynamische Maschine vom Reißbrettentwurf in die Wirklichkeit umsetzen konnte.«

»Ganz recht«, bestätigte sie. »Nachdem der Prototyp erfolgreich getestet worden war, wandte sich die Geschäftsleitung der Blue Seas Cruise Line an Papa und bat ihn, die entsprechenden Maschinen für die *Emerald Dolphin* zu konstruieren, die seinerzeit auf einer Werft in Singapur gebaut wurde. Sie wollten auch ein luxuriöses Passagierunterseeboot bauen, aber ich habe den Namen vergessen. Jedenfalls hat man ihm einen Exklusivvertrag angeboten und mit der Herstellung der Maschinen betraut.«

»Kann man dieses Öl nicht nachmachen, wenn man die chemische Formel kennt?«

»Die Formel nützt nichts, man muss auch das genaue Herstellungsverfahren kennen. Und das lässt sich unmöglich kopieren.«

»Ich nehme an, er hat sich seine Erfindungen patentieren lassen.«

Kelly nickte energisch. »O ja. Man hat ihm und Josh Thomas mindestens dreißig Patente für ihre Konstruktionen erteilt.«

»Was ist mit der Ölformel?«

Sie zögerte, schüttelte dann den Kopf. »Die wollte er lieber für sich behalten. Er traute nicht einmal dem Patentamt.«

»Doktor Egan hätte allein durch die Tantiemen ein sehr reicher Mann werden können, wenn er die Lizenzen für das Öl und die Maschinen vergeben hätte.«

Kelly zuckte die Achseln. »Papa war nicht wie andere Männer.

Er ging immer seinen eigenen Weg, genau wie Sie. Er wollte, dass seine Erfindungen aller Welt zugute kommen, und er war bereit, sie herzugeben. Außerdem war er bereits mit etwas anderem beschäftigt. Er hat mir erzählt, dass er an einem noch größeren Projekt arbeitet, das unglaubliche Auswirkungen auf die Zukunft hat.«

»Hat er Ihnen erzählt, was das ist?«

»Nein«, antwortete sie. »Er tat sehr geheimnisvoll und sagte, es wäre besser, wenn ich es nicht wüsste.«

»Ein vernünftiger Gedanke«, sagte Pitt. »Er wollte Sie schützen, für den Fall, dass jemand unter allen Umständen an seine Geheimnisse rankommen will.«

Ein bekümmerter, fast verzweifelter Ausdruck trat in Kellys Augen. »Papa und ich standen uns nicht besonders nahe, nachdem Mama gestorben war. Im Grunde genommen war er ein guter, fürsorglicher Vater, aber seine Arbeit kam zuerst, und in der ging er vollkommen auf. Ich glaube, er hat mich zur Jungfernfahrt der *Emerald Dolphin* eingeladen, damit wir uns wieder näher kommen.«

Pitt saß fast eine Minute lang nachdenklich und schweigend da. Dann nickte er zu dem Lederkoffer hin. »Meinen Sie nicht, dass es an der Zeit ist, ihn zu öffnen?«

Sie schlug die Hände vors Gesicht, um ihre Verwirrung zu verbergen. »Ich möchte ja«, sagte sie zögernd, »aber ich habe Angst.«

»Wovor?«, fragte er leise.

Sie errötete, nicht aus Verlegenheit, sondern aus Besorgnis, weil sie nicht wusste, was sie darin vorfinden würde. »Ich weiß es nicht.«

»Wenn Sie Angst haben, dass ich ein Bösewicht bin, der mit den kostbaren Unterlagen Ihres Vaters abhauen will, kann ich Sie beruhigen. Ich setze mich auf die andere Seite der Kabine, während Sie den Deckel hochklappen und einen Blick reinwerfen, so dass ich nichts sehen kann.«

Mit einem Mal kam ihr das Ganze nur noch lächerlich vor. Sie nahm den Lederkoffer auf den Schoß und kicherte leise. »Wissen Sie, ich habe nicht die leiseste Ahnung, was drin sein könnte. Soweit ich weiß, könnte er auch Papas Wäsche oder ein paar Notizblöcke mit seinem nicht entzifferbaren Gekritzel enthalten.«

»Dann kann's ja nichts schaden, wenn Sie nachschauen.«

Sie saß eine Zeit lang da, zögerte immer noch. Dann ließ sie die Schlösser aufschnappen und klappte langsam, so als öffnete sie eine Schachtel mit einem Springteufel, den Deckel auf.

»Ach, du guter Gott!«, japste sie.

Pitt setzte sich auf. »Was ist los?«

Wie in Zeitlupe drehte sie den Koffer um und ließ ihn zu Boden fallen. »Das begreife ich nicht«, flüsterte sie. »Ich habe ihn nicht einmal aus der Hand gegeben.«

Pitt bückte sich und blickte in den Lederkoffer.

Er war leer.

10

Bis Wellington waren es noch etwa zweihundert Meilen, und die Meteorologen sagten für die nächsten vier Tage ruhige See und klaren Himmel voraus. Da die *Deep Encounter* nun nicht mehr in unmittelbarer Gefahr war, leck zu laufen und zu sinken, ließ Kapitän Nevins sein Containerschiff vorausfahren und so rasch wie möglich den Hafen anlaufen. Je früher die *Earl of Wattlesfield* in Wellington eintraf, desto besser. Immerhin hatte sie zweitausend Passagiere an Bord, mit denen niemand gerechnet hatte, und der Proviant wurde allmählich knapp.

Die Passagiere und Besatzungsmitglieder der *Emerald Dolphin* winkten zum Abschied, als das große Schiff vorbeizog. Jemand stimmte einen Woody-Guthrie-Song an, und bald fielen über tausend weitere Stimmen ein und brachten den Männern und Frauen an Bord des kleinen Forschungsschiffes ein Ständchen mit *So long, it's been good to know yuh*.

Es war ein bewegender Augenblick, als sie die letzte Zeile des Refrains sangen… *An' I've got to be driftin' along*. Noch ehe die nächste Stunde verstrichen war, verschwand die *Earl of Wattlesfield* hinter dem Horizont.

Kapitän Nevins lief sechs Stunden vor der *Deep Encounter* in

Wellington ein, wo ihm ein freudiger, doch zugleich auch ernster Empfang zuteil wurde. Tausende von Menschen säumten das Hafenbecken und sahen schweigend oder leise miteinander tuschelnd zu, als das Containerschiff langsam seinen Liegeplatz ansteuerte. Ganz Neuseeland weilte in Gedanken bei denen, die den schlimmsten Schiffsbrand der Seefahrtsgeschichte überlebt hatten.

Eine Welle des Mitgefühls erfasste das ganze Land. Die Schiffbrüchigen wurden mit offenen Armen empfangen. Lebensmittel und Kleidung in Hülle und Fülle wurden für sie gespendet. Die Zollbeamten fertigten sie mit ein paar wenigen Fragen ab, da ohnehin fast alle ihre Pässe bei dem Brand verloren hatten. Die Fluglinien stellten zusätzliche Maschinen bereit, um sie in ihre Heimatstädte zu fliegen. Hochrangige Mitglieder der neuseeländischen Regierung sowie der amerikanische Botschafter führten das Empfangskomitee an. Scharenweise belagerten die Nachrichtenreporter die Überlebenden, die so schnell wie möglich an Land gehen wollten, um ihre Freunde und Verwandten von ihrer Rettung zu verständigen. Für die Presse war es das größte Ereignis in der jüngeren Geschichte des Landes, zumal sie mit der heroischen Rettungsaktion durch die Besatzungsmitglieder und Wissenschaftler an Bord der *Deep Encounter* eine Aufsehen erregende Schlagzeile hatten.

Die Ermittlungen zu der Brandkatastrophe waren bereits in die Wege geleitet. Der Großteil der Passagiere beantwortete bereitwillig alle Fragen zum Verhalten der Mannschaft. Den überlebenden Besatzungsmitgliedern, die von den Anwälten der Reederei zum Stillschweigen aufgefordert worden waren, wies man für unbegrenzte Zeit Quartiere zu, bis sie im Zuge der Untersuchungen vernommen worden waren und ihre Aussagen gemacht hatten.

War die Stimmung bei der Ankunft der *Earl of Wattlesfield* eher gedämpft gewesen, so geriet der Empfang, den man der *Deep Encounter* bereitete, zu einem wilden, ausgelassenen Volksfest. Als das Forschungsschiff die Cook-Straße passierte und Wellington anlief, kam ihm eine kleine Flotte privater Jachten entgegen, die sich bald zu einer Armada von Schiffen jedweder Bauart auswuchs, als es in den Hafen einfuhr. Löschboote sprühten hohe Wasserschleier in die Luft, die wie Regenbogen in der gleißenden Sonne schillerten, während sie das Schiff zum Kai geleiteten.

Die Menschen, die sich um das Hafenbecken drängten, sahen den zerkratzten türkisfarbenen Anstrich und die geplatzten Platten am Rumpf, den sich das Schiff im Laufe der Rettungsaktion an dem Kreuzfahrer eingeschlagen hatte. Kapitän Burch musste zum Megafon greifen, um inmitten der Luftschlangen und Konfettischauer, der Jubelrufe, dem tausendfachen Hupen der Autos, dem Läuten der Kirchenglocken und dem Heulen der Schiffssirenen seine Befehle für das Anlegemanöver zu erteilen.

Die Besatzung und die Wissenschaftler hatten keine Ahnung, dass sie über Nacht weltberühmt geworden waren und als Helden gefeiert wurden. Erstaunt standen sie angesichts des lautstarken Empfangs da und konnten kaum glauben, dass er ihnen galt. Müde und mitgenommen wirkten sie allerdings auch nicht mehr. Beim Anblick der Armada, die sie in Empfang nahm, hatten sie sich alle in kürzester Zeit zurechtgemacht und ihre besten Sachen angezogen. Die Frauen trugen Kleider, die männlichen Wissenschaftler lange Hosen und Sportsakkos, die Besatzung die NUMA-Uniform. Alle waren auf dem Arbeitsdeck angetreten, auf dem sich nur mehr die beiden Tauchboote befanden, und winkten zurück.

Kelly, die hoch oben auf der Brückennock neben Pitt stand, war bei dem Anblick einerseits freudig erregt, andererseits aber auch bedrückt, weil sie wünschte, ihr Vater könnte all das miterleben. Sie wandte sich um und schaute Pitt in die Augen. »Ich nehme an, jetzt heißt es Abschied nehmen.«

»Fliegen Sie in die Staaten zurück?«

»Sobald ich einen freien Platz bekomme, fliege ich mit der nächstbesten Maschine heim.«

»Wo sind Sie daheim?«, fragte er.

»In New York«, erwiderte sie und fing eine Luftschlange, die auf sie herabsegelte. »Ich besitze ein Brownstone-Haus an der Upper West Side.«

»Leben Sie allein?«

»Nein.« Sie lächelte. »Ich habe eine getigerte Katze namens Zippy und einen Basset, der Shagnasty heißt.«

»Ich komme nicht oft in die Stadt, aber wenn ich das nächste Mal da bin, lade ich Sie zum Essen ein.«

»Nichts dagegen.« Sie schrieb ihre Telefonnummer auf ein Blatt Papier und gab es ihm.

»Sie werden mir fehlen, Kelly Egan.«

Sie blickte in diese unglaublichen Augen und sah, dass er es ernst meinte. Mit einem Mal stieg ihr das Blut zu Kopf, und sie spürte, wie ihre Knie weich wurden. Sie hielt sich an der Reling fest, fragte sich, was mit ihr los war. Ohne zu wissen, wie ihr geschah, stellte sie sich auf die Zehenspitzen, schlang die Arme um Pitts Hals, zog ihn zu sich herab und küsste ihn lang und innig auf den Mund. Sie hatte die Augen geschlossen, wie er verwundert feststellte, als er seine angenehm überrascht aufriss.

Dann ließ sie ihn los und versuchte, so gefasst wie möglich zu wirken. »Vielen Dank, Dirk Pitt, dass Sie mir das Leben gerettet haben, und noch für viel, viel mehr.« Sie entfernte sich ein paar Schritte und drehte sich dann um. »Der Aktenkoffer meines Vaters.«

»Ja?«, sagte er, wusste nicht recht, was sie damit meinte.

»Der gehört Ihnen.«

Damit wandte sich Kelly um und stieg den Niedergang zum Arbeitsdeck hinab. Sobald die Gangway ausgelegt wurde, begab sie sich an Land und verschwand inmitten der Meute wartender Reporter.

Pitt ließ Burch und die anderen ihren Ruhm auskosten. Während sie bei allerlei eilends organisierten Banketts gefeiert wurden, blieb er an Bord, meldete sich über sein Globalstar-Satellitentelefon bei Admiral Sandecker in der NUMA-Zentrale in Washington und erstattete ihm Bericht.

»Die *Deep Encounter* ist ziemlich angeschlagen«, erklärte er. »Ich habe bei der Werft vorgesprochen und dafür gesorgt, dass sie morgen früh ins Trockendock kommt. Der Werftmeister meint, dass es etwa drei Tage dauern wird, bis die Schäden behoben sind.«

»Sämtliche Zeitungen berichten von der Rettungsaktion, und im Fernsehen laufen von früh bis spät die Bilder«, erwiderte der

Admiral. »Die Flugzeuge haben großartige Aufnahmen von dem brennenden Kreuzfahrtschiff und der *Encounter* gemacht. Sämtliche Telefonleitungen in der NUMA-Zentrale sind überlastet, weil uns alle Welt beglückwünschen will, und im ganzen Gebäude wimmelt es von Reportern. Ich möchte mich bei Ihnen und der ganzen Besatzung der *Encounter* im Namen aller Mitarbeiter unserer Behörde bedanken.«

Pitt konnte sich gut vorstellen, wie der Admiral mit stolzgeschwellter Brust in seinem Büro stand und das allgemeine Aufsehen auskostete. Er sah ihn förmlich vor sich mit seinen feuerrot gefärbten Haaren, aus denen jeder Grauschimmer getilgt war, dem dazu passenden, spitz zurechtgestutzten Knebelbart, den blauen Augen, die vor Genugtuung funkelten. Und er meinte den beißenden Geruch von Sandeckers Zigarren zu spüren, die eigens für ihn gedreht wurden.

»Heißt das, dass wir alle eine Gehaltserhöhung kriegen?«, fragte er spöttisch.

»Kommen Sie mir bloß nicht auf dumme Gedanken«, erwiderte Sandecker. »Ruhm ist mit keinem Geld der Welt zu bezahlen.«

»Aber eine Prämie wäre eine nette Geste Ihrerseits.«

»Übertreiben Sie's nicht. Sie können froh sein, dass ich Ihnen die Reparaturkosten für das Schiff nicht vom Lohn abziehe.«

Pitt fiel nicht auf die schroffe Erwiderung herein. Sandecker galt als ausgesprochen großzügig, was die Mitarbeiter der NUMA anging. Er hätte wetten können, dass der Admiral bereits die Prämien für alle Beteiligten ausrechnete, und er hatte Recht. Nicht dass Sandecker leichtsinnig war, wenn es um seine geliebte NUMA ging, aber Pitt wusste genau, dass der Admiral bereits überlegte, wie er die Rettungsaktion und die daraus resultierende allgemeine Aufmerksamkeit ausschlachten konnte, um dem Kongress weitere fünfzig Millionen Dollar für den nächsten Etat abzutrotzen.

»Das ist aber noch nicht alles«, erwiderte Pitt ungerührt. »Wir mussten auch sämtliche Kräne und Geräte über Bord werfen, um uns halbwegs über Wasser zu halten.«

»Auch die Tauchboote?« Sandecker klang plötzlich besorgt.

»Wir haben sie ausgesetzt, konnten sie hinterher aber wieder auffischen.«

»Gut, die werden Sie nämlich noch brauchen.«

»Ich komme nicht ganz mit, Admiral. Die Hälfte unserer Ausrüstung liegt auf dem Meeresgrund. Ohne die können wir aber unseren eigentlichen Auftrag, die Vermessung des Tonga-Grabens, nicht weiter verfolgen.«

»Ich erwarte auch nicht, dass Sie den Tonga-Graben vermessen«, sagte er bedächtig. »Ich möchte, dass Sie zur *Emerald Dolphin* tauchen. Sie haben jetzt einen neuen Auftrag. Suchen Sie in den Überresten des Wracks nach Spuren, die in Zusammenhang mit dem Brand und dem rätselhaft schnellen Untergang stehen könnten.« Er hielt kurz inne. »Sie wissen doch, dass sie aus unerklärlichen Gründen gesunken ist, als sie abgeschleppt wurde.«

»Ja, Kapitän Burch und ich haben den Funkverkehr zwischen dem Schlepper und seiner Reederei mitgehört.«

»Die *Deep Encounter* ist das einzige Schiff im Umkreis von tausend Meilen, das diese Aufgabe übernehmen kann.«

»Mit einem Tauchboot ein riesiges Kreuzfahrtschiff zu erkunden, das in über sechstausend Meter Tiefe liegt, ist aber ein bisschen was anderes, als in den Ascheresten eines abgebrannten Hauses rumzuwühlen. Außerdem mussten wir unseren Kran über Bord werfen.«

»Kaufen oder leihen Sie sich einen neuen. Tun Sie Ihr Bestes, und sehen Sie zu, dass Sie mit etwas Verwertbarem zurückkommen. Der Kreuzfahrttourismus wird sowieso darunter leiden, ob Sie etwas finden oder nicht, und die Versicherungsgesellschaften sind mehr als bereit, für den Aufwand und die Mühen der NUMA aufzukommen.«

»Ich bin kein Brandsachverständiger. Wonach genau soll ich denn suchen?«

»Keine Sorge«, sagte Sandecker. »Ich schicke Ihnen jemanden, der Erfahrungen mit Schiffskatastrophen hat. Außerdem ist er ein Fachmann für Tiefseetauchboote.«

»Jemand, den ich kenne?«, fragte Pitt.

»Anzunehmen«, erwiderte Sandecker zugeknöpft. »Er ist immerhin Ihr Stellvertreter bei Spezialprojekten.«

»Al Giordino!«, rief Pitt aus. »Ich dachte, der ist noch mit dem Atlantis-Projekt in der Antarktis beschäftigt.«

»Nicht mehr. Er ist derzeit in der Luft und sollte morgen früh in Wellington landen.«

»Sie hätten keinen Besseren schicken können.«

Sandecker genoss die Plänkelei mit Pitt. »Ja«, sagte er schelmisch. »Ich dachte mir schon, dass Sie das sagen.«

11

Albert Giordino, der einen altmodischen, mit Hotelaufklebern aus aller Herren Länder übersäten Überseekoffer auf seine kräftigen Schultern geladen hatte, trottete über die Gangway, die von der Oberkante des Trockendocks zum Deck der *Deep Encounter* führte. Die eine Hand hatte er um einen Riemen an der von hell lackierten Holzbändern zusammengehaltenen Metallkiste geschlungen, in der anderen hielt er eine ebenso alte Ledertasche. Oben an der Gangway angelangt, blieb er stehen und setzte seine Last ab. Er ließ den Blick über das verlassene Arbeitsdeck hinweg zur Brückennock schweifen. Abgesehen von den Werftarbeitern, die den Rumpf reparierten, hielt sich allem Anschein nach keine Menschenseele auf dem Schiff auf.

Giordino war genauso groß wie breit, jedenfalls um die Schultern. Er maß um die einsfünfundsechzig und brachte siebenundsiebzig Kilo reine Muskulatur auf die Waage. Die olivbraune Haut, die schwarz gelockten Haare und die walnussfarbenen Augen verrieten seine italienische Abstammung. Mit seiner geselligen, schnoddrigen und leutseligen Art und seinem bissigen Humor brachte er die Menschen in seiner Umgebung ständig zum Lachen, sofern sie nicht vor Letzterem zurückschreckten.

Pitt und Giordino, die seit ihrer Kindheit miteinander befreundet waren, hatten auf der High School und der Offiziersakademie der Air Force im gleichen Football-Team gespielt. Wenn der eine irgendwo hinging, war der andere garantiert nicht weit weg. Daher hatte Giordino nicht lange überlegt, sondern sich kurzerhand Pitt angeschlossen, als der sich zur National Underwater & Marine Agency meldete. Die Abenteuer, die sie über und unter Wasser gemeinsam bestanden hatten, waren längst Legende. Doch im Gegensatz zu Pitt, der in einem Flugzeughangar voller Oldtimer hauste, lebte Giordino in einer Eigentumswohnung, deren Ausstattung jeden Innenarchitekten in den Selbstmord getrieben hätte. Als fahrbarer Untersatz diente ihm eine alte Corvette. Neben seiner Arbeit galt Giordinos ganze Leidenschaft den Frauen. Er fand es völlig in Ordnung, wenn er den Gigolo spielte.

»Schiff ahoi!«, rief er. Er wartete kurz und wollte gerade wieder rufen, als jemand aus dem Ruderhaus kam und ein bekanntes Gesicht von der Brückennock zu ihm herabblickte.

»Kannst du dich nicht zusammenreißen?«, sagte Pitt mit gespieltem Ernst. »Wir lassen nicht jeden Barbaren auf unser elegantes Schiff.«

»Wenn das so ist, habt ihr ja Glück«, sagte Giordino und grinste übers ganze Gesicht. »Dann könnt ihr einen ungehobelten Radaubruder wie mich gut gebrauchen, damit ein bisschen Leben in die Bude kommt.«

»Bleib, wo du bist«, sagte Pitt. »Ich komme runter.«

Eine Minute später umarmten sie sich ungeniert. Obwohl Giordino dreimal so stark war, machte sich Pitt immer einen Spaß daraus, den kleinen Kerl hochzuheben.

»Was hat dich aufgehalten? Sandeckers Worten zufolge solltest du gestern Morgen eintreffen.«

»Du kennst doch den Admiral. Er war zu geizig, um mir einen NUMA-Jet zu borgen, deshalb musste ich per Linie fliegen. Wie zu erwarten, hatten sämtliche Flüge Verspätung, sodass ich in San Francisco meinen Anschluss verpasst habe.«

Pitt schlug seinem Freund auf den Rücken. »Schön, dich zu sehen, mein Guter. Ich dachte, du wärst noch bei dem Atlantis-Projekt in der Antarktis.« Dann trat er zurück und musterte Giordino mit fragendem Blick. »Meines Wissens warst du doch verlobt und wolltest heiraten?«

Giordino breitete schicksalsergeben die Arme aus. »Sandecker hat mich von dem Projekt abgezogen, und meine Liebste hat sich ohne mich davongemacht.«

»Was ist passiert?«

»Keiner von uns war bereit, seinen Job aufzugeben und in ein Haus im Grünen zu ziehen. Außerdem hat man ihr einen zweijährigen Forschungsauftrag in China angeboten, wo sie alte Inschriften entziffern sollte. Sie wollte sich die Gelegenheit nicht entgehen lassen und ist mit der erstbesten Maschine nach Beijing, dem guten alten Peking, geflogen.«

»Freut mich, dass du die Abfuhr so gut weggesteckt hast.«

»Ach ja, es ist allemal besser, als ausgepeitscht, mit der Zunge an einen Baum genagelt und in den Kofferraum eines 1951er Nash Rambler geschmissen zu werden.«

Pitt nahm die Tasche, machte aber keine Anstalten, den Überseekoffer aufzuheben. »Komm mit, ich zeige dir unsere Suite.«

»Suite? Als ich das letzte Mal auf der *Encounter* war, waren die Kabinen kaum größer als Besenkammern.«

»Seither ist nur die Bettwäsche gewechselt worden, um die Unschuldigen vor großem Übel zu beschützen.«

»Der Kahn ist ja die reinste Gruft«, sagte Giordino und deutete über das verlassene Schiff. »Wo sind die Leute?«

»Nur Chefmaschinist House und ich sind an Bord. Die anderen wohnen im besten Hotel der Stadt, lassen sich feiern und geben Interviews und nehmen Orden in Empfang.«

»Soweit ich gehört habe, bist du doch der Mann der Stunde.«

Pitt zuckte die Achseln. »Ist nicht meine Art.«

Giordino musterte ihn bewundernd und voller Hochachtung. »Das passt mal wieder. Du spielst immer den Bescheidenen. Das mag ich so an dir. Du bist der einzige Typ, den ich kenne, der keine Fotos sammelt, auf denen er neben Prominenten steht, und sich weder Pokale noch Preise ins Badezimmer stellt.«

»Wer sollte die auch sehen? Ich gebe kaum Partys. Und außerdem, wer schert sich darum?«

Giordino schüttelte kurz den Kopf. Pitt ändert sich nie mehr, dachte er. Selbst wenn ihm der Präsident der Vereinigten Staaten den höchsten Orden verleihen wollte, würde Pitt ihm sein Bedauern mitteilen und behaupten, er wäre an Typhus erkrankt.

Nachdem Giordino ausgepackt und seine Sachen verstaut hatte, betrat er Pitts Kabine und sah seinen Freund an einem kleinen Schreibtisch sitzen, wo er die Deckpläne der *Emerald Dolphin* studierte.

»Hier, ich habe dir ein Geschenk mitgebracht.«

»Ja, ist denn schon Weihnachten?«, fragte Pitt lachend. Er öffnete die Schachtel und seufzte. »Albert, du bist ein feiner Kerl. Eine Flasche Don Julio Reserve, feinster Tequila aus blauen Agaven.«

Giordino hielt zwei Becher aus Sterlingsilber hoch. »Wollen wir ihn ausprobieren und uns davon überzeugen, ob er unseren Ansprüchen genügt.«

»Was würde der Admiral dazu sagen? Willst du dich über sein zehntes Gebot hinwegsetzen? Kein Alkohol an Bord eines NUMA-Schiffes.«

»Wenn ich nicht demnächst eine hochprozentige Medizin kriege, scheide ich womöglich dahin.«

Pitt zog den Korkstöpsel und goss die hellbraune Flüssigkeit in die beiden Silberbecher. »Auf eine erfolgreiche Tauchfahrt zum Wrack der *Emerald Dolphin*«, sagte er, als sie anstießen.

»Und auf eine unversehrte Rückkehr ans Sonnenlicht«, erwiderte Giordino, während er einen Schluck Tequila auf der Zunge zergehen ließ. »Wo genau ist sie untergegangen?«

»An der westlichen Abbruchkante des Tonga-Grabens.«

Giordino zog die Augenbrauen hoch. »Dort ist es ziemlich tief.«

»Ich schätze, dass sie in etwa fünftausendachthundert Metern liegt.«

Giordino riss die Augen auf. »Welches Tauchboot willst du benutzen?«

»Die *Abyss Navigator*. Sie wurde für solche Einsätze gebaut.«

Giordino zögerte einen Moment, während seine Miene zusehends mürrischer wurde. »Du bist dir natürlich darüber im Klaren, dass sechstausend Meter das Äußerste sind, was sie schafft, und dass sie in dieser Tiefe erst noch erprobt werden muss.«

»Das ist doch die beste Gelegenheit, um festzustellen, ob die Konstrukteure was von ihrem Handwerk verstehen«, erwiderte Pitt leichthin.

Giordino reichte Pitt seinen leeren Becher. »Ich glaube, ich brauche noch eine Ration. Wenn ich's mir recht überlege, brauche ich eher zehn oder zwölf, sonst mach ich von hier bis zum Tonga-Graben kein Auge zu, weil ich ständig von implodierenden Tauchbooten träume.«

Bis Mitternacht saßen sie in Pitts Kabine, tranken den alten Tequila, erzählten sich Kriegsgeschichten und wärmten die Abenteuer auf, die sie im Lauf der Jahre gemeinsam erlebt hatten. Pitt berichtete ihm von der brennenden *Emerald Dolphin*, der Rettungsaktion und dem rechtzeitigen Eintreffen der *Earl of Wattlesfield*, schilderte ihm dann, wie er Kelly aus dem Wasser gezogen und den Killer ausgeschaltet hatte, der sie ermorden wollte, und erzählte ihm schließlich vom Funkspruch des Kapitäns der *Audacious*, als er den Untergang des Schiffes gemeldet hatte.

Als er fertig war, stand Giordino auf und wollte sich in seine Kabine begeben. »Du warst ja schwer beschäftigt.«

»Ich möchte das nicht noch mal durchmachen.«

»Bis wann will die Werft den Rumpf repariert haben?«, fragte er.

»Kapitän Burch und ich hoffen, dass wir übermorgen auslaufen können und etwa vier Tage später vor Ort sind.«

»Genügend Zeit, um meine in der Antarktis verblasste Bräune wieder aufzufrischen.« Er bemerkte den in der einen Ecke der Kabine stehenden Lederkoffer. »Ist das der erwähnte Koffer, der einst Doktor Egan gehört hat?«

»Genau.«

»Und du sagst, er war leer?«

»Wie ein Banktresor, nachdem Butch Cassidy davongeritten ist.«

Giordino hob ihn auf und strich mit der Hand über das Leder. »Feine Narbung. Ziemlich alt. In Deutschland hergestellt. Egan hatte einen guten Geschmack.«

»Willst du ihn? Du kannst ihn haben.«

Giordino setzte sich wieder hin und nahm den Lederkoffer auf den Schoß. »Ich stehe auf alte Gepäckstücke.«

»Das ist mir schon aufgefallen.«

Giordino ließ die Schlösser aufschnappen und hob den Deckel an – und prompt rannen ihm fast zwei Liter Öl über den Schoß und auf den Teppichboden. Sprachlos vor Überraschung saß er da, während das Öl seine Hosen durchtränkte und sich zu seinen Füßen sammelte. Nachdem er den ersten Schreck überwunden hatte, warf er Pitt einen wütenden Blick zu.

»Ich habe gar nicht gewusst, dass du was für dumme Streiche übrig hast.«

Pitt schaute ihn mit verdutzter Miene an. »Hab ich nicht.« Er sprang auf, stürmte quer durch die Kabine und blickte in den Koffer. »Glaube mir. Ich habe damit nichts zu tun. Der Koffer war leer, als ich das letzte Mal reingeschaut habe. Außer Chefmaschinist House und mir ist in den letzten vierundzwanzig Stunden niemand an Bord gewesen. Ich begreife nicht, warum sich jemand hier reinschleichen und ihn mit Öl füllen sollte. Was soll das?«

»Und woher kommt es dann? Es kann doch nicht einfach aus dem Nichts aufgetaucht sein.«

»Ich habe nicht die leiseste Ahnung«, erwiderte Pitt. Ein sonderbarer Ausdruck war in seine Augen getreten. »Aber ich wette, wir finden es raus, ehe die Fahrt vorüber ist.«

12

Die Frage nach der Herkunft des Öls in Egans Lederkoffer wurde vorerst zurückgestellt, da Pitt und Giordino mit der Überprüfung und Erprobung der Geräte und der Elektronik der *Sea Sleuth* begannen, dem Tauchroboter des Forschungsschiffes, einem so genannten Autonomous Underwater Vehicle oder AUV. Während der Fahrt zu der Stelle, an der die *Emerald Dolphin* untergegangen war, besprachen sie mit Kapitän Burch und den Schiffsingenieuren an Bord, wie sie bei der Erkundung des Wracks vorgehen sollten. Alle waren der Meinung, dass aus Sicherheitsgründen statt der bemannten *Abyss Navigator* zunächst das AUV in die Tiefe geschickt werden sollte.

Die *Sea Sleuth* wirkte ganz und gar nicht elegant oder stromlinienförmig. Nützlichkeit und Zweckmäßigkeit hatten bei der Konstruktion im Vordergrund gestanden, sodass eine Marssonde im Vergleich mit ihr das reinste Kunstwerk war. Sie war etwa zwei Meter hoch, einen Meter achtzig breit, rund zwei Meter lang und wog knapp drei Tonnen. Die Außenhaut bestand aus einer Titanschicht, und von weitem sah sie aus wie ein großes, in die Länge gezogenes Ei, das auf beiden Seiten offen war. Auf der Oberseite befand sich ein runder Höcker, in dem die Luft- und Ballasttanks untergebracht waren.

Zwischen den offen liegenden Stützrohren und -streben im Inneren waren, fast so, als wären sie von einem Kind mit einem Legokasten gebastelt worden, eine Video- und Fotokamera mit hoher Bildauflösung, ein Computergehäuse und Sensoren montiert, die die Temperatur sowie den Salz- und Sauerstoffgehalt des Wassers aufzeichneten. Ein druckfester, von leistungsstarken Mangan-Alkali-Batterien gespeister Gleichstrommotor sorgte für den Antrieb, zehn Scheinwerfer lieferten das nötige Licht. Hochmoderne Wandler übertrugen die erfassten Daten und Bilder aus der Tiefsee zum Mutterschiff und empfingen wiederum die von dort ausgesandten Steuerimpulse.

Auf der einen Seite des AUV ragte ein wie ein Monster aus einem Science-Fiction-Film wirkender Robotarm, ein so genannter Manipulator. Er war stark genug, um einen zweihundert Kilogramm schweren Anker zu heben, zugleich aber so empfindlich, dass er eine Teetasse greifen konnte.

Im Gegensatz zu früheren Tauchrobotern hing die *Sea Sleuth* nicht an einem Verbindungskabel, einer so genannten Nabelschnur, sondern konnte sich frei bewegen. Der Antrieb und die Kameras wurden von der Leitzentrale in der *Deep Encounter* über Tausende von Metern hinweg gesteuert.

Ein Besatzungsmitglied kam zu Pitt, als er gerade Giordino beim Ausrichten des Greifarms half. »Kapitän Burch lässt Ihnen ausrichten, dass wir noch drei Meilen vom Zielgebiet entfernt sind.«

»Vielen Dank«, sagte Pitt. »Bestellen Sie dem Skipper bitte, dass Al und ich gleich zu ihm kommen.«

Giordino warf zwei Schraubenzieher in den Werkzeugkasten, stand auf und reckte sich. »Die sollte so weit bereit sein.«

»Dann begeben wir uns auf die Brücke und schauen uns mal an, wie die *Dolphin* über Side-Scan-Sonar aussieht.«

Burch und etliche andere Ingenieure und Wissenschaftler der NUMA waren in der Leitzentrale unmittelbar hinter dem Ruderhaus. Sie sahen unheimlich aus im violetten Schein der Deckenlampen, der sich auf ihren Händen und Gesichtern widerspiegelte. Aber bei jüngsten Untersuchungen hatte man festgestellt, dass der rötlichblaue Wellenbereich des Lichtes für die Augen viel angenehmer ist, wenn man über einen längeren Zeitraum hinweg elektronische Instrumente ablesen muss.

Alle drängten sich um den Computerbildschirm des Aufzeichnungsgerätes, eines Klein System 5000, und betrachteten die Farbaufnahmen vom Meeresboden, der sechstausend Meter unter ihnen lag und noch einigermaßen eben war, bevor er in den Tiefseegraben abfiel. Burch drehte sich um, als Pitt und Giordino eintraten, und deutete auf die digitale Anzeige des Global Positioning Systems, des Satellitenpeilgerätes, das die Entfernung zum Zielgebiet anzeigte.

»Noch gut eine Meile, dann müssten wir sie sehen«, bemerkte er.

»Ist das die GPS-Position, die der Schlepper durchgegeben hat?«, fragte Giordino.

Burch nickte. »Die Stelle, an der die Schlepptrosse gerissen ist, als sie unterging.«

Aller Augen waren auf den Bildschirm des Klein-Geräts gerichtet. Der Meeresboden tief unter dem Sonar, das die *Deep Encounter* hinter sich herzog, sah aus wie eine öde Wüste, flach und trostlos, mit graubraunem Schlick überzogen. Eine eintönige Landschaft, aus der weder Fels noch Hügel aufragten. Dennoch starrten alle wie gebannt auf den Monitor und warteten darauf, dass dort unten irgendetwas auftauchte.

»Noch fünfhundert Meter«, gab Burch bekannt.

Die Männer und Frauen, Wissenschaftler wie Ingenieure, die sich in der Leitzentrale aufhielten, verstummten. Totenstille herrschte rundum. Für einen Laien mochten die Bilder vom Meeresgrund todlangweilig sein, doch nicht für einen Meeresforscher. Sie wussten, dass man Geduld haben musste, dass es mitunter wochenlang dauern konnte, bis man etwas Interessantes entdeckte, sei es ein gesunkenes Schiff oder ein frisch aufgeworfener Höhenzug, der sich mit einem Mal vor einem auftat. Und sie waren es gewöhnt, dass man für gewöhnlich nichts als den endlos eintönigen Meeresboden vor sich sah.

»Da kommt irgendwas«, sagte Burch, der den Bildschirm am besten im Blick hatte.

Langsam tauchte auf dem Monitor ein fester Umriss auf – eindeutig ein Werk von Menschenhand, auch wenn es zerfetzt und verzogen wirkte, viel zu klein, als dass es das Wrack des riesigen Kreuzfahrtschiffes sein konnte, mit dem alle gerechnet hatten.

»Das ist sie«, stellte Pitt fest.

Burch grinste wie ein glücklicher Bräutigam. »Wir haben sie auf Anhieb erwischt.«

»Die Positionsangabe des Schleppers war punktgenau.«

»Von der Größe her kann das aber nicht die *Emerald Dolphin* sein«, wandte Giordino ein.

Burch deutete mit dem Finger auf den Bildschirm. »Al hat Recht. Das ist nur ein Stück von ihr. Da kommt der nächste Teil.«

Nachdenklich musterte Pitt die Bilder auf dem Monitor. »Sie ist auseinander gebrochen, entweder beim Untergang oder beim Auftreffen auf dem Meeresboden.«

Ein großes Rumpfstück, das Heck, wie Burch erkannte, glitt über den Bildschirm. Ein weites, mit allerlei nicht erkennbaren Gegenständen übersätes Trümmerfeld, das aussah, als wäre ein Tornado darüber hinweggefegt, erstreckte sich zwischen den Wrackteilen.

Giordino hatte einen Block gezückt und zeichnete rasch eine Lageskizze. »Allem Anschein nach ist sie in drei Teile zerbrochen.«

Pitt musterte Giordinos Zeichnung und verglich sie mit den Bildern auf dem Monitor. »Sie liegen etwa vierhundert Meter voneinander entfernt.«

»Vermutlich ist sie auf dem Weg in die Tiefe auseinander gebrochen, weil die tragenden Teile durch das Feuer in Mitleidenschaft gezogen waren«, sagte Burch.

»Wäre nichts Neues«, erwiderte einer der Wissenschaftler. »Die *Titanic* ist beim Untergang auch in zwei Teile zerbrochen.«

»Aber die ist steil vornüber gekippt«, wandte Burch ein. »Ich habe mit dem Kapitän des Hochseeschleppers gesprochen, der die *Dolphin* bergen wollte. Er behauptet, sie sei zwar sehr schnell, aber in einem verhältnismäßig flachen Winkel von nicht mehr als fünfzehn Grad untergegangen. Die *Titanic* ist mit fünfundvierzig Grad gesunken.«

Giordino blickte durch die Brückenverglasung auf die vor ihnen liegende See. »Meiner Meinung nach gibt's dafür nur eine Erklärung. Sie ist in einem Stück gesunken und beim Auftreffen auf dem Meeresgrund auseinander gebrochen. Vermutlich ist sie mit einer Geschwindigkeit von schätzungsweise fünfzig bis sechzig Stundenkilometern aufgeprallt.«

Pitt schüttelte den Kopf. »Dann müssten die Wrackteile näher beisammenliegen. Sie sind aber über den ganzen Meeresboden verteilt.«

»Aber warum ist sie beim Untergang zerbrochen?«, fragte Burch versonnen.

»Mit etwas Glück«, sagte Pitt bedächtig, »finden wir das raus, wenn die *Sea Sleuth* hält, was ihr Name verspricht.«

Orange und gleißend ging die Sonne am blassblauen Himmel im Osten auf, als die *Sea Sleuth* an dem neuen, auf der Werft montierten Kran hing. Erst wenige Stunden zuvor hatte die Besatzung die Winde und die Trosse angebracht. Gespannt schauten jetzt alle auf das AUV, das über das Heck hin ausgeschwenkt wurde. Bei einer Wellenhöhe von knapp einem Meter war die See einigermaßen ruhig.

Der Zweite Offizier des Schiffes, der das Manöver leitete, gab dem Matrosen an der Winde ein Zeichen, als das AUV weit genug vom Heck entfernt war. Dann winkte er, woraufhin die *Sea Sleuth* bis knapp über den Wasserspiegel abgelassen wurde. Nachdem ein letztes Mal die Elektronik überprüft worden war, wurde sie langsam in den blauen Pazifik abgesenkt. Sobald sie im Wasser war, wurde ein Schalter betätigt, mit dem die elektronische Aufhängung gelöst und der Tauchroboter von der Zugtrosse abgekoppelt wurde.

Unterdessen saß Giordino in der Leitzentrale vor einer Konsole mit einer Reihe von Knöpfen und Schaltern, die rund um einen Joystick angebracht waren. Er sollte die *Sea Sleuth* bei ihrer Fahrt in die Tiefe steuern, hatte er doch in dem Team mitgearbeitet, das die Computer-Software für die Sonde geschrieben hatte, und zudem war er als leitender Ingenieur mit Konstruktion und Bau betraut gewesen. Kaum jemand kannte sich besser mit den Tücken und Unwägbarkeiten aus, die beim Steuern eines AUV rund sechstausend Meter unter dem Meeresspiegel auftreten können. Während er den Monitor im Auge behielt, der ihm zeigte, dass der Tauchroboter im Wasser trieb, öffnete er die Ventile des Ballasttanks und sah zu, wie das AUV in den Wellen verschwand.

Pitt saß neben ihm an einem Keyboard und gab eine Reihe von Befehlen für den Computer an Bord des AUV ein. Während Giordino für Antrieb und Steuerung zuständig war, bediente Pitt die Kameras und die Scheinwerfer. An einem Tisch schräg hinter ihnen saß Misty Graham und musterte eine Kopie der Baupläne, die die Konstrukteure der *Emerald Dolphin* per Flugzeug geliefert hatten. Alle anderen hatten den Blick auf eine Reihe von Monitoren gerichtet, auf denen die Bilder auftauchen würden, die die *Sea Sleuth* vom Meeresboden sandte.

Misty war eine zierliche Frau, die vor Temperament sprühte. Mit ihren schwarzen Haaren, die sie der leichteren Pflege wegen an Bord stets kurz geschnitten trug, hätte sie fast jungenhaft wirken können, wenn ihre wohl entwickelten weiblichen Formen nicht gewesen wären. Misty war ledig, was jedoch nicht an ihrem Aussehen lag, den hellbraunen Augen, der kessen kleinen Nase und den weichen Lippen. Aber als leidenschaftliche Wissenschaftlerin und eine der besten Meeresbiologinnen in Diensten der NUMA verbrachte sie weitaus mehr Zeit auf See als in ihrer Eigentumswohnung in Washington und kam nur selten dazu, sich mit jemandem zu verabreden.

Sie blickte von den Plänen auf und wandte sich an Burch. »Wenn der Rumpf unter dem eigenen Gewicht zusammengebrochen ist, dürfte es für die *Sea Sleuth* schwierig werden, irgendetwas Verwertbares zu finden.«

»Das erfahren wir erst, wenn wir vor Ort sind«, erwiderte er bedächtig.

Wie auch bei anderen Unterwassersuchaktionen üblich, unterhielten sich die Beteiligten jetzt, da die Sonde unterwegs war, zwanglos miteinander. Denn in den dreieinhalb Stunden, die das AUV brauchte, bis es den Meeresboden erreichte, fielen allenfalls eintönige Routineaufgaben an. Und zu sehen gab es auch nur wenig, es sei denn, eine absonderliche Fischart, die in der Tiefsee lebte, schwamm zufällig vor der Kamera vorbei.

Viele Menschen sind der Meinung, eine Suchaktion unter Wasser wäre eine spannende Angelegenheit. Tatsächlich aber ist es schlichtweg langweilig. Viele Stunden lang wartet man nur darauf, dass sich endlich etwas tut – dass es zu einem »Event« kommt, wie es in der Fachsprache heißt. Trotzdem harren alle aus und hoffen, dass auf den Sonar- oder Kameramonitoren irgendetwas Ungewöhnliches auftaucht. Nur zu oft findet man allerdings überhaupt nichts.

Dennoch hatten die Bilder aus der Tiefe etwas Hypnotisches an sich, sodass sich die Wissenschaftler und Ingenieure nicht von den Monitoren losreißen konnten. Zudem kannte man in diesem Fall die per Satellitenpeilung ermittelte Position der Untergangsstelle und konnte bis auf wenige hundert Meter genau errechnen, wo das Wrack nach seiner knapp sechstausend Meter langen Fahrt zum Meeresboden liegen musste.

Giordino achtete unterdessen mit einem Auge auf den Steuermonitor, an dessen unterem Rand die Kursdaten, die Tauchtiefe und der Abstand zum Meeresboden digital eingeblendet wurden. Sobald das AUV am Grund angelangt war, konnte er das Wrack direkt ansteuern, ohne erst lange danach suchen zu müssen.

Laut las er die Angaben vor, die ihm vom Altimeter der Sonde übermittelt wurden. »Zweitausendfünfhundert Fuß.«

Alle zehn Minuten meldete er, wie weit die *Sea Sleuth* auf ihrem Weg in den schwarzen Abgrund tief unter dem Kiel des Forschungsschiffes vorgedrungen war. Schließlich, nach etwa zweieinhalb Stunden, zeigten die Sensoren an, dass der Abstand zum Meeresgrund zusehends geringer wurde.

»Noch fünfhundert Fuß bis zum Boden.«

»Schalte die unteren Scheinwerfer ein«, erwiderte Pitt.

Giordino ließ die *Sleuth* jetzt langsamer tauchen, mit nur noch rund einem halben Meter pro Sekunde – eine Vorsichtsmaßnahme, falls sie direkt auf das Wrack stoßen sollte. Sie durfte auf keinen Fall zwischen die verzogenen Trümmer geraten, sonst verhedderte sie sich womöglich und ging verloren. Kurz darauf war auf den Monitoren der mit grauem Schlick bedeckte Meeresboden zu sehen. Giordino fing die Sonde ab und ließ sie rund dreißig Meter darüber schweben.

»Welche Tiefe?«, fragte Burch.

»Sechstausend und zwoundzwanzig Meter«, antwortete Giordino. »Sehr gute Sicht. Rund fünfzig Meter.«

Jetzt begann für ihn die eigentliche Arbeit. Er starrte auf den Monitor und steuerte die *Sea Sleuth* mit Hilfe der Knöpfe und des Joysticks, als ob er zu Hause vor dem Computer säße und Flugsimulator spielte. Quälend langsam glitt der Meeresboden vorbei, denn wegen der extremen Druckverhältnisse machte die *Sleuth* kaum mehr als einen Knoten Fahrt.

Pitt hackte unterdessen auf sein Keyboard ein und gab dem Bordcomputer der *Sleuth* den Befehl, die Kameras am Bug und am Kiel auszurichten. Links neben ihm saß Burch, der auf die Position des AUV achtete und dafür sorgte, dass die *Deep Encounter* genau über dem Wrack stand.

»Wie weit noch?«, erkundigte sich Giordino bei Burch.

»Halten Sie auf achtzehn Grad voraus. Noch rund hundertzwanzig Meter, dann müssten Sie auf das erste Rumpfstück stoßen.«

Giordino brachte die *Sleuth* auf den angegebenen Kurs. Zehn Minuten später ragte ein undeutlicher Schatten auf, eine dunkle dräuende Masse, die zusehends größer wurde, bis sie den ganzen Monitor ausfüllte. »Ziel unmittelbar voraus«, gab er bekannt.

Allmählich ließen sich Einzelheiten erkennen. Die Anker zum Beispiel, die sich bei dem modernen Kreuzfahrtschiff ein gutes

Stück hinter dem Bug befanden und nicht so hoch über der Wasserlinie hingen wie bei älteren Passagierdampfern.

Pitt schaltete die starken Suchscheinwerfer ein, die durch die Düsternis schnitten und einen Großteil der Bugsektion ausleuchteten. »Kameras in Betrieb, Videoband läuft.«

Normalerweise herrschte ausgelassene Stimmung an Bord, wenn man ein Wrack gefunden hatte, doch diesmal lachte oder jubelte niemand. Alle schwiegen bedrückt, als blickten sie in ein offenes Grab, scharten sich aber wie magisch angezogen um die Monitore. Sie konnten erkennen, dass die *Emerald Dolphin* nicht auf ebenem Kiel lag. Sie hatte sich vielmehr in spitzem Winkel in den Schlick gebohrt, sodass fast der ganze Unterboden zu sehen war.

Giordino steuerte die *Sleuth* behutsam an dem Rumpfstück vorbei und achtete unentwegt auf hervorstehende Trümmer, in denen sie sich verheddern könnte. Seine Vorsicht zahlte sich aus. Rund fünf Meter vor einem riesigen Loch, das von ausgezackten, kaum noch erkennbaren Platten umgeben war, brachte er das AUV zum Stehen.

»Zoom dich ran. Das wollen wir uns doch mal genauer ansehen«, sagte er zu Pitt.

Der gab den entsprechenden Befehl ein, woraufhin die Kameras das ausgefranste Loch aus unterschiedlichen Blickwinkeln aufnahmen. Unterdessen zog Giordino den Tauchroboter herum, bis der Bug genau auf die geborstenen Stahlplatten gerichtet war.

»Position halten«, wies Pitt ihn an. »Das sieht ja sehr interessant aus.«

»Von dem Brand kann das nicht verursacht worden sein«, sagte einer der Ingenieure.

»Irgendetwas muss im Innern des Schiffes explodiert sein«, stellte Pitt fest.

Burch rieb sich die Augen und starrte auf den Monitor. »Vielleicht ist ein Treibstofftank hochgegangen?«

Pitt schüttelte den Kopf. »Die magnetohydrodynamischen Maschinen sind nicht mit fossilen Brennstoffen betrieben worden.« Er wandte sich an Giordino. »Al, fahr weiter, bis wir in etwa mittschiffs sind.«

Giordino tat, wie geheißen, und lotste die *Sea Sleuth* mit dem Joystick am Rumpf entlang, bis sie auf ein zweites, noch größeres Loch stieß. Auch hier waren die Rumpfplatten nach außen geborsten, und alles deutete auf eine Explosion im Innern des Schiffes hin.

»In diesem Bereich befanden sich die Aggregate für die Klimaanlage«, teilte ihnen Misty mit. »Aber ich begreife nicht, wodurch diese Schäden entstanden sein könnten.«

»Ich auch nicht«, bestätigte Pitt.

Giordino steuerte die *Sea Sleuth* ein Stück nach oben, bis das Bootsdeck in Sicht kam. Etliche Rettungsboote hatten sich beim Untergang des Schiffes losgerissen, doch die Mehrzahl hing, wenn auch bis zur Unkenntlichkeit verbrannt, noch immer an den Davits. Kaum vorstellbar, dachte Pitt, dass auf einem Schiff, das nach dem neuesten Stand der Technik gebaut wurde, innerhalb kürzester Zeit sämtliche Rettungsboote zerstört werden.

Anschließend fuhr das AUV an der Bruchstelle vorbei. Allerlei Rohre, verzogene Spanten, geborstene Träger und Deckplatten ragten daraus auf, so als sei die *Emerald Dolphin* von gewaltigen Kräften entzweigerissen worden.

Der mittlere Teil des Rumpfes, der danach ins Bild kam, war bis zur Unkenntlichkeit zerstört. Von ihm war nichts als ein Haufen ausgeglühter, verbogener Trümmer übrig geblieben. Giordino steuerte das AUV weiter, bis die Kameras wieder den öden Meeresboden erfassten.

»Wie komme ich zum Heck?«, fragte er Burch.

Der Kapitän warf einen Blick auf die Kursdaten, die auf seinem Monitor eingeblendet wurden. »Gehen Sie auf neunzig Grad West, dann müssten Sie nach etwa hundert Metern darauf stoßen.«

»Gehe auf neunzig Grad West«, wiederholte Giordino.

Der Meeresboden war jetzt mit allerlei Trümmern übersät, die zumeist bis zur Unkenntlichkeit verbrannt waren. Nur das Geschirr schien den Untergang halbwegs heil überstanden zu haben. Teller, Schüsseln und Tassen, viele davon noch übereinander gestapelt, ruhten in Reih und Glied im Schlick. In der Leitzentrale waren alle sonderbar berührt, als sie das zerbrechliche Porzellan sahen, das weder im Feuer geborsten noch beim Untergang in rund sechstausend Meter Tiefe in tausend Stücke zersprungen war.

»Heck unmittelbar voraus«, sagte Giordino an, als das AUV das Trümmerfeld allmählich hinter sich ließ und die Scheinwerfer das hintere Rumpfstück der *Emerald Dolphin* erfassten. Mit einem Mal hatten alle wieder die albtraumhaften Bilder vor Augen, die Menschen, die sich auf den Achterdecks des brennenden Schiffes drängten, ins Meer sprangen oder sich auf die *Deep Encounter* abseilten.

»Ich hätte nie gedacht, dass ich mir das noch einmal anschauen muss«, murmelte eine der Frauen.

»So was vergisst man nicht so leicht«, sagte Pitt. »Geh jetzt weiter nach vorn, zu der Bruchstelle.«

»Gehe nach vorn.«

»Zieh sie runter, bis auf etwa anderthalb Meter über dem Boden. Ich will mir den Kiel ansehen.«

Giordino steuerte die *Sea Sleuth* langsam um den Boden des Hecks herum, das fast aufrecht am Meeresgrund lag. Vorsichtig tastete er sich über und um die Trümmer herum, stoppte das AUV dann und hielt es an einer Stelle in der Schwebe, an der das Achterschiff aufgerissen war. Der mächtige stählerne Kiel steckte nicht im Schlick, sodass die verzogenen und nach unten gewölbten Platten an der Bruchkante deutlich zu sehen waren.

»Das kann nur Sprengstoff gewesen sein«, stellte Pitt fest.

»Sieht allmählich so aus, als ob der Boden weggesprengt wurde«, sagte Giordino. »Die Spanten und Streben im Rumpf, die durch das Feuer und die Explosion in Mitleidenschaft gezogen wurden, sind dann durch den zunehmenden Wasserdruck beim Untergang auseinander gebrochen.«

»Das würde auch das jähe Sinken erklären«, warf Burch ein. »Nach Aussage des Schlepperkapitäns ist sie so schnell untergegangen, dass sie sein Boot fast mit in die Tiefe gerissen hätte.«

»Was wiederum darauf schließen lässt, dass irgendjemand einen Grund hatte, das Schiff in Brand zu setzen und es dann an der tiefsten Stelle des Meeres zu versenken, damit niemand das Wrack untersuchen kann.«

»Eine durchaus berechtigte Vermutung«, sagte Jim Jakubek, der Hydrograph des Teams. »Aber wo sind die Beweise? Wie lässt sich das vor Gericht untermauern?«

Pitt zuckte die Schultern. »Gar nicht, schlicht und einfach.«

»Und was unternehmen wir nun?«, fragte Misty.

Nachdenklich starrte Pitt auf die Monitore. »Die *Sea Sleuth* hat ihre Aufgabe erledigt und uns gezeigt, dass die *Emerald Dolphin* nicht durch höhere Gewalt zerstört wurde. Jetzt müssen wir tiefer schürfen und genügend Beweise für ein Ermittlungsverfahren beibringen, Beweise, die uns zu der Mörderbande führen, die verantwortlich dafür ist, dass ein herrliches Schiff untergegangen ist und mehr als hundert Menschen in den Tod gerissen hat.«

»Tiefer schürfen?«, fragte Giordino und grinste, als wüsste er die Antwort bereits.

Pitt warf seinem Freund einen verschwörerischen Blick zu. »Wir zwei tauchen mit der *Abyss Navigator* zum Wrack und holen uns was Handfestes.«

13

»Wir sind ausgeklinkt«, sagte Giordino und deutete zu dem Taucher draußen vor dem dicken Fenster, der den Haken und die Trosse von der *Abyss Navigator* gelöst hatte. Dann wartete er, bis der Mann das Tauchboot ein letztes Mal überprüfte, ehe er die Ballasttanks flutete und die langsame Fahrt zum Meeresgrund antrat. Nach ein paar Minuten beugte sich der Taucher vor eines der vier Bullaugen und reckte den Daumen hoch.

»Alle Systeme sind klar«, teilte Pitt der Besatzung der *Deep Encounter* mit, die von der Leitzentrale aus die Tauchfahrt überwachte.

»Von hier aus sieht alles gut aus«, erwiderte Burch. »Wir sind bereit.«

»Flute jetzt die Tanks«, sagte Giordino.

Die *Abyss Navigator* sank in die Tiefe, sobald die oberen Ballasttanks mit Wasser gefüllt wurden. Am Meeresgrund allerdings war der Außendruck zu hoch, als dass sie leer gepumpt werden konnten, deshalb wurden am Boden des Tauchboots angebrachte Gewichte abgeworfen, damit es wieder an die Oberfläche trieb.

Das Nervenzentrum der viersitzigen *Abyss Navigator* war eine aus einer Titanlegierung bestehende Kugel, in der der Pilot und der Techniker saßen, der die Lebenserhaltungssysteme überwachte und die Außenscheinwerfer, die Kameras und die beiden Greifarme bediente. Letztere ragten unter dem runden Druckkörper hervor wie Roboterarme aus einem Science-Fiction-Film. Unter den mechanischen Klauen befand sich ein Metallkorb, in dem am Meeresgrund aufgelesene Gegenstände verstaut werden konnten. An dem Rohrrahmen rund um die kugelförmige Steuerzentrale waren die druckfesten Gehäuse für die Elektronik, die Batterien und die Funkanlage angebracht. Obwohl sie ähnlichen Zwecken dienten und im Grunde genommen über die gleichen Geräte verfügten, gab es einen wesentlichen Unterschied zwischen der *Navigator* und der *Sleuth* – Letztere war ein Roboter, während in der *Navigator* Menschen saßen.

Auf dieser Fahrt waren es drei Personen. Misty Graham hatte sich Pitt und Giordino aus zweierlei Gründen angeschlossen. Erstens, weil sie sich mit Feuereifer auf sämtliche Aufgaben stürzte, die sie in Angriff nahm, und jede freie Minute genutzt hatte, um sich mit den Bauplänen der *Emerald Dolphin* zu befassen, sodass sie die einzelnen Sektionen besser als jeder andere an Bord des Forschungsschiffes kannte. Und zum Zweiten, weil sich ihr dadurch die Gelegenheit bot, die Lebewesen der Tiefe zu studieren.

Sobald Pitt die Kameras eingeschaltet und erprobt hatte, überprüfte er die Lebenserhaltungssysteme, ließ sich dann auf einem schmalen Klappsitz nieder und nahm ein Kreuzworträtsel zur Hand, das er auf der ebenso langen wie langweiligen Tauchfahrt zum Meeresboden lösen wollte. Gelegentlich blickte er auf und schaute aus einem der Bullaugen, als nach und nach die Rot-, Grün- und Gelbtöne des von oben einfallenden Lichts verblassten, bis das Wasser dunkelblau und schließlich pechschwarz wurde. Er schaltete einen der Außenscheinwerfer ein, doch es gab nichts zu sehen.

Keine neugierigen Meeresbewohner machten sich die Mühe, das sonderbare Vehikel zu erkunden, das in ihren Lebensraum eindrang.

Sie erreichten jetzt den Abyssus, die lichtlose Region von etwa siebenhundert Metern über dem Meeresboden. Und hier zeigte sich der erste Besucher.

Pitt legte das Kreuzworträtsel beiseite, blickte aus dem Backbordbullauge und sah sich Auge in Auge mit einem Anglerfisch, der neben der *Navigator* herschwamm. Kaum ein anderer Fisch war so bizarr und hässlich wie dieser Tiefsee-Anglerfisch mit seinen großen Knopfaugen, die wie graue Perlen wirkten. Von seiner Schnauze ragte eine Rute mit einem Leuchtorgan an der Spitze auf, einem Köder, mit dem er in der ewigen Dunkelheit seine Beute anlockt.

Im Gegensatz zu seinen entfernten Verwandten, die in weniger tiefen Meeresregionen leben, besaß er keine Schuppen, und seine runzlig braune Haut sah aus wie faulendes Pergament. Ein riesiges Maul mit hunderten kleiner, nadelspitzer Zähne zog sich wie ein gähnender Höllenschlund um den halben Kopf. Wenn ein Piranha einem Angerlerfisch begegnete, dürfte er vermutlich, obwohl beide ungefähr gleich groß sind, auf der Stelle kehrt machen und die Flucht ergreifen.

Pitt lächelte. »Ein ausgezeichnetes Beispiel für den alten Spruch von dem Gesicht, das nur eine Mutter lieben kann.«

»Verglichen mit anderen Bewohnern der Tiefsee«, erwiderte Misty, »ist der Anglerfisch geradezu eine Schönheit.«

Der zutrauliche kleine Räuber verlor bald das Interesse an ihnen und verschwand wieder in der Dunkelheit.

Ab einer Tiefe von etwa fünfhundert Metern gerieten sie in das Reich absonderlicher Meereslebewesen, der so genannten Siphonophoren, gallertartige Räuber, die in allerlei Formen und Größen vorkommen, mitunter nur ein paar Zentimeter lang sind, aber auch bis zu fünfunddreißig Meter messen können. Ihr Lebensraum umfasst rund fünfundneunzig Prozent aller Wasservorkommen auf Erden, und dennoch sind sie für die Meeresforscher noch immer ein Rätsel, werden nur selten gesehen und so gut wie nie gefangen.

Misty war in ihrem Element, als sie eine bemerkenswert schöne Tiefsee-Siphonophore entdeckte. Wie ihre Verwandten, die im Oberflächenwasser lebenden Quallen, sind sie durchsichtig und schillern in allerlei leuchtenden Farben. Siphonophoren zählen zu den Staats- oder Röhrenquallen und sind frei schwimmende Tierstöcke aus zahllosen Einzelwesen, die infolge von Arbeitsteilung verschieden gestaltet sind. Fresspolypen und Taster sind polypenähnlich, Gasflaschen, Schwimmglocken, Deckstücke und Geschlechtstiere quallenähnlich. Der Magenraum der Fresspolypen geht in ein alle Einzelwesen verbindendes Hohlraumsystem über. Manche Arten besitzen lange, feine Tentakeln, die sie wie ein Spinnennetz bis zu dreißig Meter hinter sich herziehen, um damit Fische zu fangen. Bei anderen wiederum wirken sie fast federartig, und manchmal sehen sie aus wie ein Staubwedel.

Siphonophoren bewegen sich mit Hilfe der so genannten Schwimmglocken voran. Sie saugen das Wasser ein, ziehen sich dann zusammen und stoßen es wie bei einem Strahlenantrieb wieder aus.

»Siphonophoren scheuen helles Licht«, sagte Misty zu Pitt. »Kannst du die Lampen etwas dämpfen.«

Pitt tat, wie ihm geheißen, bis die Scheinwerfer nur mehr schwach glommen, woraufhin die ganze schillernde Farbenpracht des Tieres erst richtig zur Geltung kam.

»Eine Apolemia«, flüsterte Misty ehrfürchtig, während sie zusah, wie das Wesen vorbeischwebte und seine dreißig Meter langen Tentakeln wie ein tödliches Netz hinter sich herzog.

Auf den nächsten dreihundert Metern wiederholte sich dieses Schauspiel mehrere Male, und jedes Mal zückte Misty ihren Block und machte sich wie wild Notizen, während Pitt mit Video- und Fotokameras alles festhielt. Allmählich aber begegneten sie nur noch wenigen Lebewesen, und die wurden immer kleiner. Sie lebten in einer Tiefe, in der ein gewaltiger Druck auf sie einwirkte, dem sie nur standhalten konnten, weil sie ihm einen nicht minder starken Innendruck entgegensetzten.

Pitt war so in den Anblick vertieft, dass er überhaupt nicht mehr an sein Kreuzworträtsel dachte. Erst als Giordino ihn anstupste, wandte er sich vom Bullauge ab.

»Wir nähern uns dem Boden.«

Draußen wirbelten zahllose Flocken durch das Wasser, der so genannte Meeresschnee – winzige hellgraue Partikel, teils abgestorbene Organismen, teils Ausscheidungen von Tieren, die weiter oben lebten. Den Insassen des Tauchboots kam es vor, als gerieten sie in einen leichten Blizzard. Pitt fragte sich, weshalb ihm das Gestöber viel dichter vorkam als tags zuvor im Scheinwerferlicht der *Sea Sleuth*.

Er schaltete sämtliche Lampen ein und blickte durch das im Boden der *Navigator* eingelassene Bullauge nach unten. Langsam, wie eine Landzunge, die sich aus dem Dunst schält, kam der Boden in Sicht, dann glitten die Schatten der Schlittenkufen des Tauchboots im Scheinwerferlicht über den Schlick.

»Wir sind am Grund«, warnte er Giordino.

Der warf zwei Gewichte ab, sodass der Abtrieb ausgeglichen wurde und sie nur noch langsam sanken, bis das Boot rund fünf Meter über dem Boden schwebte. Giordino hatte das Tauchboot punktgenau nach unten gesteuert und eine Bilderbuchlandung hingelegt, wie man in der Fliegersprache sagte.

»Gut gemacht«, sagte Pitt.

»Eine meiner zahllosen Fertigkeiten«, erwiderte Giordino großspurig.

»Wir sind am Boden und warten auf weitere Anweisungen«, meldete sich Pitt bei Burch, der knapp sechstausend Meter höher in der Leitzentrale saß.

»Sie liegt etwa zweihundert Meter südöstlich von euch«, gab der Kapitän durch. »Geht auf hundertvierzig Grad, dann müsstet ihr genau auf die Bruchstelle am Heck stoßen.«

Giordino stellte die Strahltriebwerke an, griff zum Steuerknüppel und brachte die *Navigator* mit Hilfe des Kompasses auf den angegebenen Kurs. Vierzehn Minuten später kam der zerborstene Rumpf des Schiffes in Sicht. Aus nächster Nähe wirkten die Schäden, die das infernalische Feuer angerichtet hatte, noch weitaus erschreckender als auf dem Monitor. Vor ihnen tat sich ein einziges Chaos auf, eine riesige Höhle, die voller aufgetürmter, ausgeglühter Trümmer lag. Lediglich anhand der Umrisse des Rumpfs ließ sich erkennen, dass es sich um ein Stück von einem Schiff handelte.

»Wohin jetzt?«, fragte Giordino.

Misty zog die Baupläne der *Emerald Dolphin* zu Rate, brauchte aber einen Moment, bis sie sich orientiert hatte. Dann kreiste sie die betreffende Stelle ein und reichte Giordino den Bogen.

»Willst du rein?«, fragte er Pitt, obwohl er von vornherein wusste, dass ihm die Antwort ganz und gar nicht schmecken würde.

»So weit es geht«, erwiderte Pitt. »Wenn es irgendwie möglich ist, möchte ich gern bis zur Kapelle vordringen, in der das Feuer nach Aussage der Besatzung ausgebrochen ist.«

Unschlüssig musterte Giordino den schwarz und bedrohlich wirkenden Bauch des Schiffes, der sich vor ihnen auftat. »Da drin könnten wir aber jederzeit stecken bleiben.«

Pitt grinste. »Dann kann ich wenigstens mein Kreuzworträtsel lösen.«

»Ganz recht«, knurrte Giordino. »Und zwar bis in alle Ewigkeit.« Doch er mimte nur den Missmutigen. Wenn es darauf ankäme, würde er mit Pitt die höchste Brücke erklimmen und notfalls sogar mit ihm herunterspringen. Er fasste den Steuerknüppel fester und gab mit der anderen Hand vorsichtig Gas. »Sag mir Bescheid, wann es wohin gehen soll.«

Misty versuchte, nicht auf die Frotzeleien zu achten, doch die Vorstellung, einsam am tiefsten Grund des Meeres zu sterben, wo man sie niemals finden würde, war alles andere als angenehm.

Bevor Pitt Bescheid gab, rief er noch einmal die *Deep Encounter*, um über ihre Lage zu berichten. Doch er bekam keine Antwort.

»Komisch«, sagte er verdutzt. »Die melden sich nicht.«

»Vermutlich ist das Funkgerät gestört«, erwiderte Giordino ruhig.

Pitt, der keine Zeit vergeuden wollte, unternahm keinen weiteren Versuch, die Leitzentrale zu erreichen. Er überprüfte die Sauerstoffanzeige der Lebenserhaltungssysteme. Sie konnten noch eine Stunde am Grund bleiben. »Geh rein«, befahl er. Giordino nickte kurz, betätigte die Steuerung des Tauchboots und lotste es langsam in die Öffnung.

Schon war allerlei Meeresgetier in das Wrack vorgedrungen und hatte sich dort häuslich niedergelassen. Sie entdeckten etliche Fische mit langen Rattenschwänzen, eine Krabbenart und eine Meeresschnecke, die den Weg in die schartigen Trümmer gefunden hatten.

Das ausgebrannte Innere des Schiffes sah bedrohlich aus, zumal eine leichte Strömung ging, doch Giordino hatte keine Mühe, die *Navigator* auf Kurs zu halten. Undeutliche Umrisse tauchten aus der Düsternis auf – die Überreste der Decks und Schotten. Pitt musterte die Pläne, blickte immer wieder aus dem Bullauge und versuchte festzustellen, über welches Deck sie zur Kapelle gelangen konnten.

»Geh hoch zu Deck vier«, ordnete Misty an. »Dort ist die Einkaufsstraße, die zur Kapelle führt.«

»Mal sehen, ob wir dort reinkommen«, sagte Pitt.

Langsam steuerte Giordino das Tauchboot mit Hilfe der Strahltriebwerke nach oben, ohne weitere Gewichte abzuwerfen. Sobald sie das von Misty vorgeschlagene Deck erreicht hatten, hielt er die *Navigator* etwa eine Minute in der Schwebe, während beide Männer in das Wrack starrten, das jetzt von den vier vorderen Scheinwerfern ausgeleuchtet wurde. Überall hingen geschmolzene Rohre und Stromkabel herab, die wie verhedderte Tentakel wirkten. Pitt schaltete die Kameras ein und nahm das Chaos auf.

»Da kommen wir nie und nimmer vorbei«, sagte Giordino.

»Vorbei nicht«, erwiderte Pitt, »aber durch. Stoß mit dem Bug gegen die Rohre vor uns.«

Ohne zu widersprechen, lenkte Giordino das Tauchboot in das Gewirr aus geschmolzenen Rohren, die vom darüber liegenden Deck herunterhingen. Sie gaben nach, zerbröselten, als wären sie aus billigem Gips gemacht, und lösten sich in einer Aschewolke auf, durch die das Boot mühelos hindurchglitt.

»Recht hast du gehabt«, murmelte Giordino.

»Ich dachte mir doch, dass sie porös sein müssten, nachdem sie einer derart starken Hitze ausgesetzt waren.«

Sie schwebten durch die verkohlten Überreste der Einkaufsstraße. Nichts war von dem einstmals drei Stockwerke hohen Prachtboulevard mit seinen schicken Boutiquen übrig geblieben – alles war bis zur Unkenntlichkeit verbrannt. Nur mehr schwarze und verzogene Schotten deuteten darauf hin, wo sie sich einst befunden hatten. Vorsichtig steuerte Giordino um und über die Trümmerhaufen, die wie mit schartiger schwarzer Lava überzogene Hügelketten aufragten.

Misty war unheimlich zumute, mehr noch als den beiden Männern, als sie sich vorstellte, dass hier einst Menschen umhergeschlendert waren, Männer vor den Schaufenstern gestanden hatten, während die Frauen einkauften; dass hier Kinder lachend vor ihren Eltern hergelaufen waren. Sie meinte fast, die Geister zu sehen, die hier umgingen. Die meisten Passagiere waren dem Tod entronnen und befanden sich mittlerweile auf dem Weg nach Hause, doch sie nahmen Erinnerungen mit, die sie bis an ihr Lebensende verfolgen würden.

»Viel gibt's nicht zu sehen«, sagte Giordino.

Pitt betrachtete das Werk der Zerstörung. »Auf diesen Schrotthaufen wird kein Wracksucher Zeit oder Geld verschwenden.«

»Da würde ich nicht drauf wetten. Du weißt doch, wie es läuft. In zwanzig Jahren wird irgendwer behaupten, im Safe des Zahlmeisters wäre beim Untergang eine Million Dollar in bar gewesen. Fünfzig Jahre später sind daraus fünfzig Millionen Dollar in Silberbarren geworden. Und in zweihundert Jahren wird es heißen, sie wäre mit Gold im Wert von einer Milliarde Dollar gesunken.«

»Schon verblüffend, wenn man bedenkt, dass im letzten Jahrhundert weitaus mehr Geld für Suchaktionen unter Wasser ausgegeben wurde, als man je gefunden hat.«

»Bezahlt gemacht haben sich eigentlich nur die *Edinburgh*, die *Atocha* und die *Central America*.«

»Die berühmten Ausnahmen von der Regel«, meinte Pitt.

»Das Meer birgt mehr Schätze als nur schnödes Gold«, sagte Misty.

»Genau«, erwiderte Pitt. »Schätze, die erst noch entdeckt werden müssen und die nicht von Menschenhand stammen.«

Sie verstummten, als etliche heruntergestürzte Träger den Weg versperrten. Behutsam lotste Giordino die *Navigator* durch das Gewirr, konnte aber nicht verhindern, dass die Farbe an einer der

Schlittenkufen zerkratzt wurde. »Das war knapp«, stöhnte er. »Jetzt wird's bloß noch kitzlig, wenn wir wieder raus wollen.«

»Wir kommen zur Kapelle.«, meldete Misty.

»Wie kannst du das in diesem Chaos feststellen?«, fragte Pitt.

»Es gibt immer noch ein paar Anhaltspunkte, an denen ich mich anhand der Pläne orientieren kann«, erwiderte sie mit angespannter Miene. »Halte nach etwa zehn Metern an.«

Pitt legte sich auf den Bauch und spähte durch das Bullauge im Boden, während Giordino die letzten Meter zurücklegte und das Tauchboot dann stoppte. Wie ein Hubschrauber schwebte es in der entweihten Kapelle. Nur noch die geschmolzenen Halterungen, an denen die Bankreihen im Boden verankert gewesen waren, deuteten darauf hin, dass sie an der richtigen Stelle waren.

Pitt beugte sich über die kleine Konsole, mit der er den Greifarm steuern konnte. Mit einem leichten Antippen der Knöpfe und Hebel bewegte er ihn nach unten, bis die Metallfinger in den verkohlten Trümmern herumtasteten.

Nachdem er ein etwa zehn Quadratmeter großes Gebiet abgesucht hatte, ohne etwas zu finden, wandte er sich an Giordino. »Fahr anderthalb Meter nach vorn.«

Giordino tat, wie befohlen, und wartete geduldig ab, bis Pitt ihn aufforderte, das nächste Suchgebiet anzusteuern. Jeder wurde so von seiner Aufgabe in Anspruch genommen, dass sie sich kaum unterhielten. Eine halbe Stunde später hatte Pitt den Großteil der Kapelle durchsucht. Wie es der Zufall wollte, entdeckte er im letzten Suchgebiet das, wonach er Ausschau hielt. Ein sonderbar aussehender kleiner Klumpen, knapp fünfzehn Zentimeter lang und fünf Zentimeter breit, lag am Boden. Er war eigenartig verdreht, sah aber nicht so aus, als wäre er in der Hitze geschmolzen, sondern wirkte eher glatt und abgerundet. Auch die Farbe war seltsam, war er doch nicht schwarz oder graubraun verkohlt, sondern hatte einen Stich ins Grüne.

»Die Zeit ist um«, warnte Giordino. »Wenn wir sicher nach oben kommen wollen, haben wir keine großen Sauerstoffreserven mehr.«

»Ich glaube, wir haben das gefunden, was wir uns holen wollten«, sagte Pitt. »Gib mir noch fünf Minuten.«

Behutsam betätigte er die Klauen des Greifarms und schob sie langsam unter das eigenartige Material, das halb in der Asche ruhte. Als sie den Klumpen erfasst hatten, hob Pitt ihn mit einer Hebelbewegung aus den verbrannten Trümmern. Anschließend zog er den Greifarm ein und legte den Fund vorsichtig in den Metallkorb. Erst dann öffnete er die Klauen und brachte den Arm wieder in Ruhestellung.

»Jetzt fahren wir heim.«

Giordino vollführte mit der *Navigator* eine langsame Kehrtwendung und steuerte sie durch die Einkaufsstraße zurück.

Plötzlich ertönte ein dumpfes Scheppern, und das Tauchboot kam jäh zum Stehen. Einen Moment lang sagte keiner ein Wort. Misty fasste sich im ersten Schreck mit beiden Händen an die Brust. Pitt und Giordino blickten einander lediglich an und überlegten kurz, ob sie möglicherweise für alle Ewigkeit an diesem grässlichen Ort festsaßen.

»Ich glaube, du hast irgendwas gerammt«, sagte Pitt leichthin.

»Scheint fast so«, erwiderte Giordino, der etwa so aufgeregt wirkte wie ein Dreizehenfaultier, dem das Blatt nicht schmeckt, das es gerade kaut.

Pitt bog den Kopf zurück und blickte durch das obere Bullauge in der Decke. »Sieht so aus, als ob der Ballasttank an einem Träger hängen geblieben ist.«

»Den hätte ich eigentlich sehen müssen.«

»Der war noch nicht da, als wir reingefahren sind. Ich nehme an, er ist erst hinterher runtergefallen.«

Misty hatte Angst. Sie konnte nicht begreifen, dass die beiden Männer eine derart tödliche Gefahr einfach auf die leichte Schulter nahmen. Sie wusste nicht, dass Pitt und Giordino im Laufe ihrer langjährigen Freundschaft schon weitaus schwierigere Situationen erlebt hatten und dass ihre Sprüche und Witzeleien nur dazu dienten, die Angst zu bannen und einen klaren Kopf zu behalten.

Sachte zog Giordino die *Navigator* zurück und drückte sie nach unten. Ein Furcht erregendes Kreischen ertönte. Dann war das Tauchboot frei, und in dem unheimlichen Wrack kehrte wieder Stille ein.

»Der Tank sieht nicht gut aus«, meldete Pitt seelenruhig. »Er ist schwer eingedellt und allem Anschein nach oben eingedrückt.«

»Wenigstens kann er nicht lecken, weil er sowieso voller Seewasser ist.«

»Zum Glück brauchen wir ihn nicht für die Heimfahrt.«

Nach außen hin wirkte Giordino völlig gelassen, doch insgeheim war er zutiefst erleichtert, als er den Wirrwarr aus herunterhängenden Trümmern hinter sich hatte und die *Navigator* ins offene Wasser steuerte. Sobald sie aus dem Wrack waren und Giordino die Gewichte abwarf und den Aufstieg einleitete, funkte Pitt erneut das Forschungsschiff an. Nachdenklich blickte er vor sich hin, als er wieder keine Antwort erhielt.

»Ich begreife nicht, warum das Funkgerät nicht funktioniert«, sagte er bedächtig. »Auf unserer Seite ist alles in Ordnung, und die sind weit besser gerüstet, falls es irgendwelche Schwierigkeiten gibt.«

»Laut einem gewissen Mister Murphy kann immer und überall irgendwas schief gehen«, erwiderte Giordino gleichmütig.

»Ich glaube nicht, dass es etwas Ernstes ist«, sagte Misty, die mehr als erleichtert war, als sie sich wieder auf dem Weg an die Wasseroberfläche befanden.

Pitt gab seine vergeblichen Funkversuche auf. Er schaltete die Kameras und die Außenscheinwerfer ab, um die Batterien für den Notfall zu schonen. Dann ließ er sich auf seinen Sitz zurücksinken und nahm sich wieder sein Kreuzworträtsel vor. Bald hatte er es bis auf 22 waagerecht fertig. Vertracktes Wort. Anschließend machte er ein Nickerchen.

Drei Stunden später wurde das Wasser allmählich dunkelblau, dann zusehends heller, bis auch die anderen Farben des Spektrums wieder durchdrangen. Durch das obere Bullauge konnten sie bereits den in der Sonne flimmernden und funkelnden Wasserspiegel sehen. Knapp eine Minute später tauchte die *Abyss Navigator* auf. Zufrieden stellten sie fest, dass die Wellen lediglich gut einen halben Meter hoch waren und das Boot, das nach wie vor mit dem Großteil des Rumpfes unter Wasser lag, nur geringfügig rollte und stampfte.

Noch immer hatten sie keine Verbindung mit dem Forschungsschiff. Sehen konnten sie es auch nicht, da die beiden seitlichen Bullaugen unter der Wasseroberfläche lagen und durch das obere nur der Himmel zu erkennen war, nicht aber der Horizont. Sie warteten darauf, dass die Taucher kamen und die Hebetrosse einhakten, doch nach zehn Minuten ließ sich immer noch niemand blicken. Irgendetwas lief nicht nach Plan.

»Immer noch keine Verbindung«, sagte Pitt. »Kein Taucherteam. Schlafen die etwa alle?«

»Vielleicht ist das Schiff gesunken«, meinte Giordino scherzhaft und gähnte.

»Sag das nicht«, wies Misty ihn zurecht.

Pitt grinste sie an. »Nicht sehr wahrscheinlich. Bestimmt nicht bei ruhiger See.«

»Die Wellen schwappen nicht über den Turm. Warum machen wir nicht die Luke auf und schauen nach?«

»Ein sehr vernünftiger Vorschlag«, sagte Misty. »Ich habe den Geruch nach Männerschweiß gründlich satt.«

»Das hättest du ja auch früher sagen können«, erwiderte Giordino. Er brachte eine nagelneue Dose Raumspray zum Vorschein und nebelte die Druckkammer des Tauchboots ein. »Weiche von hinnen, stickige Luft.«

Pitt musste unwillkürlich lachen. Er stand in der engen Röhre, die durch den beschädigten Ballasttank zur Turmluke führte, und machte sich Sorgen, dass sie sich bei dem Zusammenstoß mit dem Träger womöglich verklemmt haben könnte. Doch nachdem er das Rad gedreht hatte, mit dem sie arretiert war, ließ sie sich mühelos aufklappen. Er kroch hinaus, bis Kopf und Schultern aus der Luke ragten, atmete die frische Seeluft ein und hielt Ausschau nach dem Forschungsschiff und den Beibooten mit den Tauchern. Dann suchte er rundum den Horizont ab.

Zuerst traute er seinen Augen kaum, war zunächst verdutzt, dann fassungslos und zu guter Letzt nur noch erschrocken.

Einsam und verlassen lag die See ringsum da. Die *Deep Encounter* war verschwunden.

14

Sie kamen fast im gleichen Moment an Bord, in dem die *Abyss Navigator* den Meeresboden erreichte und Pitt Bericht erstatten wollte. Die Besatzung ging ihren alltäglichen Aufgaben nach, während die Wissenschaftler in der Leitzentrale waren und auf den Bildschirmen verfolgten, wie Pitt und Giordino zur *Emerald Dolphin* tauchten. Der Überfall erfolgte so plötzlich und unverhofft, dass niemand an Bord der *Deep Encounter* begriff, was sich da abspielte.

Burch hatte sich auf seinem Stuhl zurückgelehnt, die Arme verschränkt und die Augen auf die Monitore gerichtet, als Delgado, der neben dem Radarsichtgerät stand, einen Leuchtpunkt auf dem Bildschirm bemerkte, der sich mit hoher Geschwindigkeit aus nordöstlicher Richtung näherte. »Wir kriegen Besuch.«

»Vermutlich ein Kriegsschiff«, sagte Burch, ohne sich von den Monitoren abzuwenden. »Wir befinden uns rund zwei Meilen abseits der üblichen Schifffahrtswege.«

»Sieht aber nicht so aus wie ein Kriegsschiff«, erwiderte Delgado. »Aber allem Anschein nach ist es ziemlich schnell, und es hält direkt auf uns zu.«

Burch zog die Augenbrauen hoch. Ohne Delgado eine Antwort zu geben, griff er zum Feldstecher und ging hinaus auf die Brückennock. Er richtete das starke Glas in die Ferne und sah ein leuchtend orange und weiß gestrichenes Boot, das zusehends größer wurde, als es durch das Wasser pflügte und auf die *Deep Encounter* zukam. Kein Grund zur Besorgnis. Das nahende Boot stellte allem Anschein nach keine Gefahr dar.

»Was ist das Ihrer Meinung nach?«, fragte Delgado.

»Ein Arbeitsboot, offenbar ein Bohrinselversorger von einer Ölfirma, ziemlich groß«, erwiderte Burch. »Und der Gischt nach zu schließen, die über den Bug fliegt, auch ziemlich schnell. Macht mindestens dreißig Knoten.«

»Ich frage mich bloß, woher es kommt. Hier gibt's im Umkreis von tausend Meilen keine Bohrinsel.«

»Mich interessiert eher, was die von uns wollen.«

»Hat es einen Namen oder ein Firmenzeichen am Rumpf?«

»Eigenartig«, erwiderte Burch bedächtig, »der Name am Bug wurde überstrichen, desgleichen das Firmenemblem.«

Wie auf Stichwort kam der Funker auf die Brückennock gestürmt. »Ich habe den Skipper des Arbeitsbootes einer Ölfirma am Apparat«, sagte er.

Der Kapitän klappte einen wasserdichten Kasten auf und schaltete die Lautsprecher auf der Brückennock ein. »Hier spricht Kapitän Burch vom NUMA-Schiff *Deep Encounter*. Schießen Sie los.«

»Kapitän Wheeler vom Arbeitsboot *Pegasus* der Mistral Oil Company. Haben Sie einen Arzt an Bord?«

»Bestätigt. Worum geht es?«

»Wir haben einen Schwerverletzten.«

»Gehen Sie längsseits. Ich schicke unseren Schiffsarzt rüber.«

»Wir bringen ihn lieber an Bord Ihres Schiffes. Wir haben weder eine Krankenstation noch Medikamente oder Verbandszeug.«

Burch schaute Delgado an. »Haben Sie das gehört?«

»Höchst sonderbar«, erwiderte Delgado.

»Ganz meine Meinung«, bestätigte Burch. »Dass ein Arbeitsboot keinen Arzt an Bord hat, kann ich ja verstehen. Aber kein Verbandsmaterial? Das kann nicht sein.«

Delgado stieg den Niedergang hinab. »Ich trommle ein paar Mann zusammen und lasse eine Tragbahre ausbringen.«

Das Arbeitsboot drehte etwa fünfzehn Meter neben dem Forschungsschiff bei. Ein paar Minuten später wurde ein Beiboot mit vier Mann Besatzung und der quer über eine Sitzreihe gelegten Bahre mit dem in Decken gehüllten Verletzten zu Wasser gelassen. Kurz darauf lag es im Seegang schaukelnd neben dem Rumpf der *Deep Encounter*. Im nächsten Moment sprangen drei der Männer an Bord, stießen die Besatzungsmitglieder der *Deep Encounter* rüde beiseite und hievten den Verletzten aufs Arbeitsdeck.

Sie rissen die Decken weg, griffen zu den automatischen Waffen, die darunter versteckt waren, und richteten sie auf Burchs Leute. Der Mann auf der Bahre sprang auf, ließ sich ein Sturmgewehr reichen und stürmte über den Aufgang an Steuerbord zum Brückendeck.

Burch und Delgado war sofort klar, dass es sich um einen Überfall handelte. Wenn sie auf einem Handelsschiff oder einer Privatjacht gewesen wären, hätten sie sofort den Waffenschrank aufgesperrt und die Gewehre ausgeteilt. Doch nach internationalem Seerecht durfte ein Forschungsschiff keine Waffen an Bord haben. Daher blieb ihnen nichts anderes übrig, als hilflos abzuwarten, bis der Seeräuber auf die Brücke kam.

Er sah nicht aus wie der klassische Pirat – er hatte weder ein Holzbein noch eine Augenklappe oder einen Papagei, der auf seiner Schulter hockte. Er wirkte eher wie ein leitender Angestellter. Vorzeitig ergraute Haare, das Gesicht leicht von der Sonne gebräunt, mittelgroß, schlank um Bauch und Taille. Er war leger gekleidet, trug ein Golfhemd und Bermudashorts, war es aber offenbar gewohnt, dass man ihm gehorchte. Er wirkte geradezu höflich. Er legte die Waffe nicht auf Burch und Delgado an, sondern hielt sie lässig nach oben gerichtet im Arm.

Einen Moment lang musterten sie einander argwöhnisch. Dann würdigte der Seeräuber Delgado keines Blickes mehr und wandte sich an Burch. »Kapitän Burch, nehme ich an«, sagte er auf Englisch mit amerikanischem Akzent.

»Und wer sind Sie?«

»Mein Name spielt keine Rolle«, erwiderte der Seeräuber mit schnarrendem Tonfall, der an eine Eisensäge erinnerte. »Ich gehe davon aus, dass Sie keinen Widerstand leisten.«

»Was, zum Teufel, haben Sie auf meinem Schiff verloren?«, herrschte Burch ihn an.

»Wir beschlagnahmen es«, erwiderte der Seeräuber schroff. »Niemand wird zu Schaden kommen.«

Burch starrte ihn ungläubig an. »Dieses Schiff ist Eigentum der amerikanischen Regierung. Niemand gibt Ihnen das Recht, einfach an Bord zu gehen und es zu beschlagnahmen.«

»Aber selbstverständlich.« Er hielt die Waffe hoch. »Das ist unser Recht.«

Unterdessen trieben die drei Bewaffneten die Besatzung auf dem Arbeitsdeck zusammen. Kurz darauf kehrte das Beiboot mit zehn weiteren Männern zurück, die sich auf dem ganzen Schiff verteilten.

»Das ist doch Wahnsinn«, knurrte Burch ungehalten. »Was wollen Sie denn damit erreichen?«

Der große Mann mit dem leicht gebräunten Teint lächelte missbilligend. »Das soll nicht Ihre Sache sein.«

Ein weiterer Bewaffneter trat zu ihm. »Sir, das Schiff ist in unserer Hand. Sämtliche Besatzungsmitglieder und Wissenschaftler werden in der Messe festgehalten.«

»Und der Maschinenraum?«

»Erwartet Ihre Befehle.«

»Dann lassen Sie volle Fahrt voraus geben.«

»Man wird Sie erwischen. Sie kommen nicht schnell genug weg«, sagte Delgado. »Mehr als zehn Knoten schafft sie nicht.«

Der Seeräuber lachte. »Zehn Knoten? Sie beleidigen Ihr Schiff, Sir. Ich weiß zufällig, dass sie doppelt so schnell gefahren ist, als sie der *Emerald Dolphin* zu Hilfe kam. Dennoch, auch zwanzig Knoten sind zu langsam.« Er hielt inne und deutete zum Bug, wo inzwischen das Arbeitsboot in Position gegangen war und sich anschickte, das Forschungsschiff in Schlepptau zu nehmen. »Mit vereinten Kräften sollten wir mehr als fünfundzwanzig Knoten schaffen.«

»Wohin bringen Sie uns?«, fragte Delgado, der so aufgebracht war, wie Burch ihn noch nie erlebt hatte.

»Das soll nicht Ihre Sorge sein«, antwortete der Mann. »Geben Sie mir Ihr Wort, Kapitän, dass Sie und Ihre Mannschaft unseren Befehlen keinen Widerstand leisten werden?«

»Sie haben Schusswaffen«, erwiderte Burch kurz und knapp. »Wir haben nichts als Küchenmesser.«

Während sie miteinander sprachen, wurde eine Trosse an Bord gezogen und um den vorderen Poller der *Deep Encounter* geschlungen. Burch schreckte mit einem Mal auf.

»Wir können nicht weg!«, rief er. »Noch nicht!«

Der Seeräuber musterte ihn, versuchte, ihm am Gesicht abzulesen, ob er irgendetwas im Schilde führte. Er sah keinerlei Hinweise. »Sie widersetzen sich bereits jetzt meinen Befehlen.«

»Das können Sie nicht wissen«, sagte Delgado. »Aber wir haben ein Tauchboot mit zwei Männern und einer Frau dort unten. Wir dürfen sie nicht zurücklassen.«

»Schade drum.« Der Pirat zuckte die Schultern. »Dann müssen sie eben zusehen, wie sie aus eigener Kraft an Land finden.«

»Unmöglich. Das ist glatter Mord.«

»Haben sie kein Funkgerät an Bord.«

»Nur ein kleines Walkie-Talkie und das Unterwasserfunkgerät«, erklärte Delgado. »Damit können sie sich mit keinem anderen Schiff oder Flugzeug in Verbindung setzen, es sei denn, die sind allenfalls zwei Kilometer entfernt.«

»Herr im Himmel, Mann.« Burch flehte ihn geradezu an. »Wenn sie auftauchen, und wir sind nicht mehr da, kann niemand sie retten. Nicht hier, weit abseits aller Schifffahrtswege. Das wäre das reinste Todesurteil.«

»Das soll nicht meine Sache sein.«

Burch war außer sich, trat einen Schritt auf den Seeräuber zu, woraufhin der sofort die Waffe senkte und ihm die Mündung vor die Brust stieß. »Sie sollten sich lieber nicht mit mir anlegen, Kapitän.«

Burch ballte ohnmächtig die Fäuste, starrte den Mann an, als wäre er von Sinnen, wandte sich dann ab und blickte geistesabwesend auf die See hinaus, dorthin, wo er die *Abyss Navigator* zum letzten Mal gesehen hatte. »Gott steh Ihnen bei, wenn die drei da draußen sterben«, sagte er mit eisig schneidender Stimme. »Denn dafür werden Sie bitter büßen.«

»Falls es je zu einer Vergeltung kommen sollte«, erwiderte der Pirat kalt, »werden Sie nicht derjenige sein, der sie übt.«

Trotz aller Niedergeschlagenheit und Verzweiflung, die sie beim Gedanken an Pitt, Giordino und Misty überkam, mussten sich Burch und Delgado damit abfinden, dass sie nichts unternehmen konnten, keinerlei Verhandlungsmöglichkeit hatten, dass ihnen nichts anderes übrig blieb, als sich von einem bewaffneten Posten in die Messe führen zu lassen.

Lange bevor die *Abyss Navigator* wieder auftauchte, war die *Deep Encounter* im Nordosten am Horizont verschwunden.

15

Sandecker saß an seinem Schreibtisch und war so in seine Arbeit vertieft, dass er Rudi Gunn nicht gleich bemerkte, als dieser in sein Büro kam und ihm gegenüber Platz nahm. Gunn war ein kleiner Mann, doch er besaß geniale Fähigkeiten. Mit seiner dicken Hornbrille, den wenigen verbliebenen Haarsträhnen, die er quer über den Kopf gekämmt hatte, und der billigen Armbanduhr an seinem Handgelenk wirkte er wie ein langweiliger, farbloser Bürohengst, der tagein, tagaus in einem Kabuff hinter dem Wasserspender mehr oder weniger unauffällig vor sich hinwerkelt.

Doch Gunn war alles andere als farblos. Er war Bester seines Jahrgangs auf der Marineakademie in Annapolis gewesen und hatte mit Auszeichnung bei der US-Navy gedient, bevor er sich Sandecker anschloss und als stellvertretender Direktor und Einsatzleiter zur NUMA ging. Bekannt für seinen messerscharfen Verstand wie auch für seine praktische Veranlagung und sein Organisationstalent, sorgte er dafür, dass die NUMA so rationell und zugleich leistungsfähig war wie keine andere Regierungsbehörde. Gunn war ein guter Freund von Pitt und Giordino, und häufig unterstützte und deckte er deren wilde, abenteuerliche Unternehmungen, auch wenn sie Sandeckers Anweisungen zuwiderliefen.

»Entschuldigen Sie die Störung, Admiral, aber wir haben ein ernstes Problem.«

»Worum geht's denn diesmal?«, fragte Sandecker. »Überziehen wir mal wieder bei einem Projekt unseren Etat?«

»Ich fürchte, es handelt sich um etwas weit Schlimmeres.«

Erst jetzt blickte der Admiral von seinen Papieren auf. »Was liegt an?«

»Die *Deep Encounter* ist mit allen Mann an Bord spurlos verschwunden.«

Der Admiral verzog keine Miene. Er ließ sich keinerlei Überraschung anmerken, schaute ihn nicht fragend an. Wiederholte auch nicht das Wort »verschwunden«. Er saß ruhig da und wartete darauf, dass Gunn ihn aufklärte.

»Sämtliche Anfragen über Funk und Satellitentelefon blieben unbeantwortet –«, fuhr Gunn fort.

»Dafür könnte es hunderte von Gründen geben. Vielleicht sind die Fernmeldeanlagen ausgefallen«, warf Sandecker ein.

»Sie haben Ersatzanlagen«, sagte Gunn geduldig. »Die können nicht alle versagen.«

»Seit wann haben sie sich nicht mehr gemeldet?«

»Seit zehn Stunden.« Gunn machte sich auf den Ausbruch gefasst, der mit Sicherheit kam.

Diesmal reagierte Sandecker wie erwartet. »Zehn Stunden! Ich habe ausdrücklich die Anweisung gegeben, dass sich jedes Forschungs- und Vermessungsschiff im Einsatz alle zwei Stunden bei unserer Fernmeldeabteilung melden, seine Position durchgeben und Bericht erstatten soll.«

»Ihre Anweisungen wurden vorschriftsmäßig eingehalten. Die *Deep Encounter* hat sich regelmäßig gemeldet.«

»Ich kann Ihnen nicht ganz folgen.«

»Jemand, der behauptet, er wäre Kapitän Burch, hat alle zwei Stunden Verbindung mit uns aufgenommen und uns über die Untersuchung des Wracks der *Emerald Dolphin* auf dem Laufenden gehalten. Wir wissen aber, dass es nicht der Kapitän war, weil unser Sprachaufzeichnungssystem in der Fernmeldeabteilung das Stimmprofil nicht angenommen hat. Jemand hat versucht, ihn zu imitieren. Und er hat sich dabei ziemlich dilettantisch angestellt.«

Sandecker achtete auf jedes einzelne Wort und überlegte unterdessen, welche Folgen sich aus dem, was Gunn ihm berichtete, ergeben könnten. »Sind Sie sich dessen sicher, Rudi?«

»Absolut sicher. Das kann ich offen und ehrlich sagen.«

»Mir leuchtet nicht ein, dass sich das Schiff mitsamt der Besatzung einfach in Luft aufgelöst hat.«

Gunn nickte. »Als mich unsere Fernmeldeabteilung darauf aufmerksam gemacht hat, habe ich mir die Freiheit genommen und einen Freund bei der National Oceanic Atmospheric Agency Fotos von Wettersatelliten aus der Gegend auswerten lassen, in der die *Deep Encounter* im Einsatz war. Auf den Vergrößerungen ist im Umkreis von hundert Meilen kein Schiff zu sehen.«

»Wie waren die Wetterverhältnisse?«

»Klarer Himmel und ruhige See bei einer Windgeschwindigkeit von etwa sechzehn Kilometern pro Stunde.«

Sandecker versuchte trotz aller Zweifel sämtliche Unwägbarkeiten durchzugehen. »Das Schiff kann nicht einfach gesunken sein. Es hatte keine Chemikalien an Bord, die es hätten zerstören können. Unmöglich, dass es einfach in die Luft geflogen ist. Ein Zusammenstoß mit einem anderen Schiff vielleicht?«

»Sie befand sich abseits aller Schifffahrtswege, und kein anderes Schiff war in der Nähe.«

»Jemand, der sich mit verstellter Stimme bei uns meldet.« Der Admiral musterte Gunn mit durchdringendem Blick. »Was Sie da sagen, Rudi, deutet darauf hin, dass die *Deep Encounter* entführt wurde.«

»Es sieht allmählich so aus«, bestätigte Gunn. »Wenn sie nicht von einem unbekannten U-Boot versenkt wurde, was ich mir beim besten Willen nicht vorstellen kann, ist das die einzige Möglichkeit. Jemand muss sie in seine Gewalt gebracht und weit weg geschafft haben, bevor die Wettersatelliten das betreffende Gebiet überflogen.«

»Aber wohin hat man sie gebracht, wenn sie entführt wurde? Wie konnte sie in knapp zwei Stunden spurlos verschwinden? Ich weiß aus Erfahrung, dass die Höchstgeschwindigkeit der *Deep Encounter* bei knapp über fünfzehn Knoten liegt. Seit ihrer letzten Positionsmeldung kann sie allenfalls hundertfünfzig Seemeilen zurückgelegt haben.«

»Mein Fehler«, sagte Gunn. »Ich hätte darum bitten müssen, dass man auch die Aufnahmen des umliegenden Seeraumes auswertet. Aber zu dem Zeitpunkt hatte ich noch nicht die geringste Ahnung, dass die *Deep Encounter* entführt sein könnte.«

Sandecker lehnte sich zurück und begrub einen Moment lang das Gesicht in den Händen. Dann fuhr er hoch. »Pitt und Giordino, die sind doch an diesem Projekt beteiligt.« Es war eher eine Feststellung als eine Frage.

»Dem letzten Bericht zufolge, den uns Kapitän Burch persönlich durchgegeben hat, waren Pitt und Giordino an Bord der *Abyss Navigator*. Sie wollten hinunter zum Wrack tauchen.«

»Das ist doch der reinste Wahnsinn«, fluchte Sandecker. »Wer wagt es, mitten im Südpazifik ein Schiff zu entführen, das sich im Besitz der amerikanischen Regierung befindet? In diesem Teil der Welt findet derzeit weder ein Krieg noch eine Revolution statt. Deshalb begreife ich nicht, was dahinterstecken könnte.«

»Ich auch nicht.«

»Haben Sie sich an die australischen und neuseeländischen Behörden gewandt und sie um eine umfassende Suchaktion gebeten?«

Gunn nickte. »Sie haben mir vollste Unterstützung zugesichert. Jedes Schiff, das sich in der Nähe des in Frage kommenden Seeraums befindet, ob Fregatte oder Frachter, hat sich bereit erklärt, vom vorgesehenen Kurs abzuweichen und Ausschau nach ihr zu halten.«

»Sehen Sie zu, dass Sie weitere Fotos beschaffen, sei es von den Wetterfröschen oder von einem unserer Nachrichtendienste – Bilder, auf denen ein rund zwei Quadratkilometer großes Gebiet von diesem Teil des Pazifischen Ozeans erfasst wird. Ich will mir das alles haargenau ansehen. Die *Deep Encounter* muss irgendwo da draußen sein. Ich glaube einfach nicht, dass sie untergegangen ist.«

Gunn stand auf und ging zur Tür. »Ich kümmere mich darum.«

Sandecker saß eine Zeit lang da und betrachtete die Fotos, die an der Wand hingen. Sein Blick blieb an einer Farbaufnahme von Pitt und Giordino hängen, die neben einem Tauchboot standen, aus einer Sektflasche tranken und die Entdeckung eines mit dem chinesischen Staatsschatz beladenen Schiffes am Grunde des Michigan-Sees feierten. Außerdem fiel ihm auf, dass Giordino eine der eigens für ihn gedrehten Zigarren rauchte.

Die drei Männer verband eine tiefe Freundschaft. Pitt und Giordino waren für ihn wie die Söhne, die ihm selbst nie vergönnt waren. Er konnte sich schlichtweg nicht vorstellen, dass sie ums Leben gekommen waren. Sandecker drehte sich auf seinem Stuhl herum und ließ den Blick vom obersten Stockwerk der NUMA-Zentrale aus über den Potomac schweifen.

»In welchen Schlamassel«, murmelte er leise vor sich hin, »habt ihr euch denn diesmal reingeritten?«

16

Nachdem sie sich damit abgefunden hatten, dass die *Deep Encounter* in der Weite des Pazifiks verschwunden war, stellten sie sich darauf ein, dass sie längere Zeit in der engen Druckkapsel des Tauchboots ausharren und sich darauf konzentrieren mussten, am Leben zu bleiben. Sie hatten weder Treibgut noch eine Öllache entdeckt, daher fassten sie neue Zuversicht, gingen davon aus, dass das Schiff aus irgendeinem Grund davongefahren war und bald zurückkehren würde.

Doch die Nacht verstrich, und die Sonne ging auf und wieder unter, ohne dass das Mutterschiff in Sicht kam. Allmählich machten sie sich Sorgen und nahmen das Schlimmste an, als sie Stunde um Stunde den endlosen Horizont absuchten und nichts als die grüne See und den blauen Himmel sahen. Weder ein Schiff noch eine hoch fliegende Düsenmaschine ließen sich blicken. Anhand des Satelliten-Navigationssystems an Bord stellten sie fest, dass sie über die internationale Datumsgrenze getrieben waren und weiter nach Süden gerieten, abseits der Schifffahrtswege. Die Hoffnung auf eine Rettung schwand zusehends.

Außerdem machten sie sich nichts vor. Ein vorbeifahrendes Schiff müsste sie regelrecht rammen, um den kleinen Turm der *Abyss Navigator* zu entdecken. Ihr Peilsender hatte zwar eine Reichweite von zwanzig Meilen, war aber so programmiert, dass sein Signal nur von der *Deep Encounter* empfangen werden konnte. Dass es von einem anderen Schiff oder Flugzeug erfasst wurde, war höchst unwahrscheinlich. Nur wenn sie sich ihnen bis auf zwei Meilen näherten, konnten sie ihr schwaches Funkgerät einsetzen und auf Rettung hoffen.

Zunächst aber mussten sie sich um Wasser kümmern. Glücklicherweise gingen häufig Regenschauer nieder. Sie breiteten eine Kunststoffmatte, die den Boden des Tauchboots bedeckte, über der Turmluke aus, fingen den Regen ein und leiteten ihn durch eine Falte in die Wasserflaschen, die sie bei der Tauchfahrt mitgenommen hatten. Nachdem sie die Sandwiches verzehrt hatten, begaben sie sich auf Fischfang. Mit Hilfe der an Bord vorhandenen Werkzeuge stellte Pitt eine Reihe von Haken her, während Misty ihre ganze Kunstfertigkeit aufbot und aus allerlei Materialien, derer sie habhaft werden konnte, bunte Köder bastelte. Giordino wiederum baute etliche Kabel und Drähte aus, befestigte sie an Haken und Ködern und funktionierte sie zu Angelschnüren um. Sie legten gleich mehrere davon aus und wurden prompt mit drei kleinen Fischen belohnt – Fregattenmakrelen, wie Misty feststellte –, die sie sofort zerteilten und als Köder verwendeten, um weitere Beute anzulocken. Innerhalb von zehn Stunden hatten sie einen erklecklichen Vorrat an Fischen gefangen, die Misty gekonnt abschuppte und ausnahm, worauf sie sie roh, nach Sushi-Art, verzehrten, ohne auch nur eine Faser übrig zu lassen. Sie schmeckten nicht besonders, doch niemand beklagte sich, denn immerhin hatten sie Nährwert.

Nachdem sie anfangs immer wieder hin und her überlegt hatten, wo die *Deep Encounter* mitsamt ihrer Besatzung und den Wissenschaftlern an Bord geblieben sein könnte, gaben sie es schließlich auf und wandten sich anderen Themen zu, unterhielten sich über alles Mögliche, von der Politik übers Essen bis zur Meerestechnologie, Hauptsache, es half gegen die Langeweile. Einer von ihnen stand unterdessen immer in der Turmluke, um Regenwasser aufzufangen und die See nach Schiffen abzusuchen, während die anderen den Kurs ermittelten, auf dem sie abtrieben, und die Angelschnüre auslegten.

Den verdächtigen Klumpen, den sie im Wrack gefunden hatten, hatten sie kurz nach dem Auftauchen vorsichtig aus dem Korb geholt und in einem Plastikbeutel verstaut. Stundenlang hatten sie seither darüber gerätselt, um was für eine chemische Verbindung es sich dabei handeln könnte.

»Wie weit sind wir schon abgetrieben?«, fragte Misty zum hundertsten Mal und schirmte mit der Hand die Augen vor der gleißenden Sonne ab, während sie mit Pitt sprach, der unter ihr im Boot stand.

»Seit gestern um diese Zeit fast zweiunddreißig Meilen in Richtung Südost«, antwortete er.

»Bei diesem Tempo müssten wir in sechs Monaten die Küste von Südamerika erreichen«, sagte sie grimmig.

»Oder die Antarktis«, grummelte Giordino.

»Dort waren wir schon mal«, sagte Pitt. »Und ich konnte mich noch nie dafür begeistern, zweimal am gleichen Ort Urlaub zu machen.«

»Ich werde dem Wind und den Meeresströmungen Bescheid geben.«

»Vielleicht könnten wir die Bodenmatte als Segel aufziehen«, sagte Misty.

»Da Tauchboote zu fünfundneunzig Prozent unter Wasser liegen, haben sie nicht gerade berauschende Segeleigenschaften.«

»Ich frage mich, ob Admiral Sandecker über unsere Lage Bescheid weiß«, sagte Misty leise.

»Da wir ihn ganz gut kennen«, erwiderte Pitt zuversichtlich, »gehe ich jede Wette ein, dass er bereits Himmel und Hölle in Bewegung setzt, um eine Such- und Rettungsaktion auf die Beine zu stellen.«

Giordino lag zusammengerollt auf einem Sitz und träumte von einem dicken, rosig gebratenen Porterhouse-Steak. »Ich gäbe ein Jahresgehalt dafür, wenn ich wüsste, wo die *Deep Encounter* in diesem Moment steckt.«

»Sinnlos, sich darüber weiter den Kopf zu zerbrechen«, sagte Pitt. »Da wir nicht den geringsten Anhaltspunkt haben, werden wir das erst erfahren, wenn man uns aufgefischt hat.«

Düsterer Himmel erwartete sie, als der vierte Morgen anbrach. An ihrem Tagesablauf aber änderte sich nichts. So viel Regen sammeln wie möglich, so viele Fische fangen wie möglich, jeweils abwechselnd zwei Stunden Wache schieben und ständig den Horizont absuchen. Die Bedingungen verschlechterten sich nicht, wurden aber auch nicht besser. Da der Turm des Tauchboots nur rund knapp anderthalb Meter aus dem Wasser ragte, wurde derjenige, der auf Posten stand, klatschnass, wenn die Wogen über den Lukenrand schwappten. Giordino hatte sämtliche Gewichte abgeworfen, dennoch geriet das schwerfällige Boot immer wieder unter die Wellenkämme. Zudem stampfte und rollte die *Abyss Navigator* ganz fürchterlich. Aber glücklicherweise hatten die Insassen fast ihr halbes Leben auf dem Meer verbracht, sodass sie schon seit langem gegen Seekrankheit gefeit waren.

Pitt ließ sich das Klemmbrett geben, auf dem sich Misty Notizen gemacht hatte, und schnitzte mit seinem Schweizer Offiziersmesser aus der Plastikauflage eine Speerspitze. Während Giordinos Wache harpunierte er damit einen rund neunzig Zentimeter langen Weißspitzen-Marderhai. Anschließend gönnten sie sich ein Festmahl und spülten das tranig schmeckende Fleisch mit ihrem letzten Wasser hinunter.

Als Misty Wache hielt, tauchte ein Flugzeug auf und näherte sich ihnen bis auf etwa eine Meile. Aber obwohl sie wie wild mit der Bodenmatte winkte, flog es weiter. »Das war ein Suchflugzeug!«, rief sie und konnte ihre Erregung kaum bezähmen. »Es ist genau über uns hinweggeflogen, ohne uns zu sehen.«

»Wir sind ziemlich schwer auszumachen«, erinnerte Pitt sie.

Giordino nickte zustimmend. »Aus über hundertfünfzig Metern Höhe entdecken sie uns nie und nimmer. Unser Turm ist zu klein. Von da oben sehen wir aus wie ein Fliegenschiss auf einem Scheunentor.«

»Oder wie ein Penny auf einem Golfplatz«, ergänzte Pitt.

»Wie sollen sie uns denn dann jemals finden?«, fragte Misty, die zusehends die Fassung verlor.

Pitt schenkte ihr ein aufmunterndes Lächeln und nahm sie in die Arme. »Das Gesetz der Wahrscheinlichkeit spricht für uns«, sagte er. »Irgendwann müssen sie auf uns stoßen.«

»Außerdem«, fiel Giordino ein, »sind wir Glückspilze. Stimmt's, mein Guter?«

»Die größten, die es gibt.«

Misty wischte sich die feuchten Augen ab, zupfte ihre Bluse und die Shorts zurecht und fuhr sich mit der Hand durch die kurzen Haare. »Verzeiht mir. Aber ich bin nicht so taff, wie ich dachte.«

In den nächsten beiden Tagen mussten sich Pitt und Giordino mächtig anstrengen, um ihre gute Laune zu behalten, als drei weitere Maschinen über sie hinwegflogen, ohne sie zu entdecken. Pitt versuchte, sie per Walkie-Talkie zu erreichen, aber sie waren zu weit entfernt. Der Anblick der Maschinen, die die See absuchten und ihnen so nahe kamen, ohne sie zu entdecken, schlug ihnen aufs Gemüt. Nur das Wissen darum, dass der Admiral mit Sicherheit seinen ganzen Einfluss geltend machte, um eine umfassende Suchaktion in die Wege zu leiten, gab ihnen neuen Mut.

Der graue Himmel, unter dem sie den ganzen Tag dahingetrieben waren, klarte bei Sonnenuntergang auf, färbte sich im Westen orange, wurde dann zusehends fahler und nahm im Osten einen samtigen Blauton an. Giordino hatte sich über die Brüstung des Turmes gebeugt und hielt Wache. Nach kurzer Zeit verfiel er in seine alte Angewohnheit und machte gelegentlich ein kurzes Nickerchen, um eine Viertelstunde später, fast auf die Minute genau, wieder aufzuwachen. Nachdem er bereits zum zehnten Mal den Horizont abgesucht hatte, ohne irgendwo ein Licht zu sehen, döste er wieder ein.

Als er das nächste Mal zu sich kam, hörte er Musik. Zunächst meinte er zu träumen. Er streckte die Hand aus und spritzte sich eine Ladung Seewasser ins Gesicht.

Er hörte immer noch Musik.

Jetzt erkannte er auch die Melodie. Es waren die »Geschichten aus dem Wienerwald«. Da draußen in der Nacht erklang ein Strauß-Walzer. Dann bemerkte er ein Licht. Zunächst sah es aus wie ein Stern, aber es bewegte sich langsam am Horizont im Westen voran. Bei Nacht und auf dem Wasser ließ sich die Entfernung nur schwer einschätzen, aber Giordino hätte schwören können, dass die Musik und das Licht allenfalls vierhundert Meter weit weg waren.

Er sprang nach unten, schnappte sich die Stablampe und kletterte wieder durch die Turmluke hinauf. Jetzt konnte er die undeutlichen Umrisse eines kleinen Bootes erkennen, die gedämpften Lichter, die durch viereckige Fenster fielen. Ein ums andere Mal, so schnell er den Daumen bewegen konnte, schaltete er die Lampe ein und aus und brüllte dabei wie ein wild gewordener Bock.

»Hierher! Hierher!«

»Was ist los?«, rief Pitt von unten.

»Da draußen ist irgendein Boot!«, schrie Giordino zurück. »Ich glaube, es kommt auf uns zu!«

»Schieß eine Leuchtrakete ab!«, rief Misty aufgeregt.

»Wir haben keine Leuchtraketen an Bord, Misty. Wir tauchen grundsätzlich nur am Tag und in Sichtweite des Mutterschiffes«, erklärte Pitt ruhig. Dann nahm er das Walkie-Talkie zur Hand und funkte nacheinander auf fünf verschiedenen Frequenzen.

Misty wollte unbedingt sehen, was da draußen vor sich ging, doch auf dem Turm war nur für eine Person Platz. Daher blieb ihr nichts weiter übrig, als unruhig abzuwarten, während Pitt das Boot zu erreichen versuchte und Giordino von oben Meldung machte.

»Sie haben uns nicht gesehen«, stieß Giordino aus, brüllte dann wieder über das Wasser und winkte wie wild mit der Stablampe, deren Batterien inzwischen so schwach waren, dass sie nur mehr einen trüben Schein aussandte. »Sie fahren vorbei.«

»Hallo, hallo, bitte melden.« Pitt flehte geradezu.

Doch er empfing nur statisches Rauschen.

Vornüber gebeugt, so als hätte ihm jemand eine klamme, klatschnasse Decke über die Schultern gehängt, und zutiefst enttäuscht, sah Giordino zu, wie die Lichter allmählich in der Dunkelheit verschwanden. Niemand hatte sie bemerkt, stellte er verbittert fest, als sich das vorbeifahrende Boot in Richtung Nordwesten entfernte.

»So nah und doch so weit weg«, murmelte er bedrückt.

Plötzlich ertönte eine Stimme aus dem Bordlautsprecher des Tauchboots. »Mit wem spreche ich?«

»Mit Schiffbrüchigen!«, entgegnete Pitt. »Sie sind an uns vorbeigefahren. Ändern Sie bitte Ihren Kurs.«

»Haltet aus. Ich drehe bei.«

»Er wendet!«, rief Giordino aufgeregt. »Er kommt zurück.«

»Wie finde ich zu euch?«, meldete sich die Stimme wieder.

»Al!«, brüllte Pitt nach oben. »Er will unsere Position wissen.«

»Sag ihm, er soll zwanzig Grad nach Backbord steuern.«

»Steuern Sie zwanzig Grad nach Backbord, dann sollten Sie uns sehen«, gab Pitt durch.

Eine Minute später kam die nächste Durchsage. »Habe euch gesehen – ein schwacher Lichtschein, etwa hundert Meter voraus.«

Der Kapitän des Bootes schaltete eine Reihe Lampen ein, darunter einen starken Suchscheinwerfer, der über das Wasser strich, bis er schließlich Giordino erfasste, der nach wie vor in der Turmluke stand und wie wild mit der Stablampe winkte.

»Erschreckt nicht«, meldete sich die Stimme wieder. »Ich fahre über euch und halte an, wenn sich euer Turm in Höhe meines Hecks befindet. Ich habe eine Leiter ausgebracht, damit ihr an Bord klettern könnt.«

Pitt begriff überhaupt nichts. »Über uns fahren?«, fragte er. »Das verstehe ich nicht.«

Er bekam keine Antwort, aber draußen schrie Giordino verdutzt auf. »Ich glaube, der will uns über den Haufen fahren!«

Pitt dachte zunächst, jemand wollte sie umbringen, vielleicht die Hintermänner von dem Kerl, der Kelly Egan hatte ermorden wollen. Er nahm Misty in die Arme. »Halte dich beim Aufprall an mir fest. Danach kletterst du schleunigst rauf zur Luke. Ich schubse dich raus.«

Sie wollte etwas sagen, begrub dann das Gesicht an seiner Brust und schmiegte sich in seine starken Arme. »Sag Bescheid, wenn du sicher bist, dass er uns rammt«, befahl er Giordino. »Danach springst du ab!«

Giordino stützte sich auf der Brüstung des Turms ab und bereitete sich zum Absprung vor, starrte zugleich aber wie gebannt auf das hell erleuchtete Boot, das auf ihn zuhielt. Eine Hochseejacht offenbar, auch wenn er so eine noch nie gesehen hatte. Von vorn wirkte sie wie ein übergroßer, grünweißer Manta oder Teufelsrochen, der durch das Plankton pflügte und mit den breiten, löffelartigen Fortsätzen zu beiden Seiten seines Mauls unmittelbar auf ihn zuhielt. Zugleich aber auch ungemein elegant, mit einem anmutig ansteigenden Deck, das in ein breit geschwungenes Panoramafenster und ein abgerundetes Ruderhaus überging und nach hinten wieder ebenso sanft abfiel.

Beklommen starrte er auf das nahende Boot, war aber sehr erleichtert, als die beiden Rümpfe des Katamarans mit gut anderthalb Metern Abstand zu beiden Seiten des Tauchboots vorbeiglitten und sich das ausladende Deck über ihn schob, bis sich das Tauchboot unmittelbar unter dem Heck befand. Augenblicklich griff er nach der verchromten Leiter, die keine Armeslänge von ihm entfernt war.

Erst jetzt beugte er sich nach unten und sagte Pitt und Misty Bescheid. »Keine Sorge. Es ist ein Katamaran. Wir sind genau unter seinem Heck.« Dann war er verschwunden.

Misty schwang sich im nächsten Moment aus der Turmluke, blieb dann verdutzt stehen, wusste nicht recht, wie ihr geschah, als sie das luxuriöse Achterdeck mit den bequemen Sitzmöbeln und Tischen sah.

Pitt schaltete den Peilsender des Tauchboots wieder ein und schloss die Luke, bevor er sich an Bord des Katamarans begab. Eine Zeit lang standen sie allein dort herum. Niemand nahm sie in Empfang, weder Passagiere noch Besatzungsmitglieder waren zu sehen. Das Boot setzte sich unterdessen wieder in Bewegung, ließ das Tauchboot hinter sich und hielt rund zweihundert Meter weiter an. Dann sahen sie, wie jemand aus dem Ruderhaus kam.

Es war ein hoch aufgeschossener Mann, etwa so groß wie Pitt, aber gut fünf, sechs Kilo schwerer. Außerdem war er etwa dreißig Jahre älter. Die Haare und der Bart waren so grau wie das Fell einer alten Hafenratte. Doch die blaugrünen Augen funkelten, und er lächelte übers ganze Gesicht, während er den Fang musterte, den er da an Land gezogen hatte.

»Ihr seid ja zu dritt«, sagte er verdutzt. »Ich dachte, auf dem kleinen Floß wäre bloß ein Mann.«

»Von wegen Floß«, erwiderte Pitt. »Das ist ein Tiefseetauchboot.«

Der alte Mann wollte etwas sagen, verwarf es dann und erwiderte lediglich: »Meinetwegen.«

»Wir haben das Wrack eines gesunkenen Kreuzfahrtschiffes erkundet«, erklärte Misty.

»Ja, die *Emerald Dolphin*. Ich habe es mitbekommen. Ein schreckliches Unglück. Das reinste Wunder, dass so viele Menschen überlebt haben.«

Pitt ließ sich nicht weiter über die Rettungsaktion aus, sondern berichtete lediglich, wie sie in Seenot geraten waren.

»Euer Schiff war nicht mehr da, als ihr wieder aufgetaucht seid?«, fragte ihr Gastgeber ungläubig.

»Es war verschwunden«, versicherte ihm Giordino.

»Wir müssen uns unbedingt bei unserer Zentrale in Washington melden und dem Leiter der NUMA mitteilen, dass man uns gefunden hat.«

Der alte Mann nickte. »Selbstverständlich. Kommen Sie mit ins Ruderhaus. Sie können entweder den Schiffsfunk benutzen oder das Satellitentelefon. Wenn Sie wollen, können Sie sogar eine E-mail verschicken. Die *Periwinkle* ist diesbezüglich auf dem neuesten Stand der Technik.«

Pitt musterte den Alten. »Irgendwo sind wir uns schon mal begegnet.«

»Ja, kommt mir auch so vor.«

»Mein Name ist Dirk Pitt.« Er drehte sich zu den anderen um. »Das sind meine Weggefährten, Misty Graham und Al Giordino.«

Der Alte schüttelte allen die Hand. Dann wandte er sich wieder um und grinste Pitt an.

»Ich bin Clive Cussler.«

17

Pitt musterte den Alten. »Sie kommen ganz schön herum.«

»Wir haben jedenfalls ein Riesenglück gehabt, dass Sie zufällig vorbeigekommen sind«, sagte Misty, die heilfroh war, dass sie nicht mehr in dem engen Tauchboot sitzen musste.

»Ich bin auf einem Törn rund um die Welt«, erklärte Cussler. »Der letzte Hafen, den ich angelaufen habe, war Hobart, auf Tasmanien. Eigentlich bin ich nach Papeete, Tahiti, unterwegs, aber ich glaube, ich sollte lieber einen kleinen Umweg machen und euch auf der nächstbesten Insel absetzen, auf der es einen Flughafen gibt.«

»Und wo wäre das?«, fragte Giordino.

»Auf Rarotonga.«

Pitt blickte sich unterdessen auf dem Katamaran um. »Ich sehe keine Besatzung.«

»Ich bin allein unterwegs«, antwortete Cussler.

»Mit einer so großen Motorjacht?«

Cussler lächelte. »Die *Periwinkle* ist keine gewöhnliche Jacht. Sie wird vollautomatisch gesteuert, navigiert per Computer und fährt praktisch von allein.«

»Dürfte ich vielleicht auf Ihr Angebot zurückkommen und kurz Ihr Satellitentelefon benutzen?«, fragte Pitt.

»Selbstverständlich.«

Cussler führte sie über eine Treppe hinauf in ein Ruderhaus, wie es keiner der NUMA-Mitarbeiter je gesehen hatte. Rundum zogen sich dunkel getönte Fenster, durch die man freien Blick in alle Himmelsrichtungen hatte. Aber auch die Ausstattung war ungewöhnlich. Es gab keinerlei herkömmliche Instrumente oder Armaturen, weder Ruderrad noch Gashebel. Ein großer, gepolsterter Schreibtischsessel stand vor fünf Flüssigkristall-Bildschirmen, die in eine mit knorrigem Walnussholz getäfelte Konsole eingelassen waren. An der rechten Armlehne des Sessels befand sich eine Computer-Rollkugel, an der linken ein Joystick. Der ganze Kommandostand wirkte so modern und elegant wie die Brücke des Raumschiffs *Enterprise*.

Cussler winkte Pitt zu dem Sessel. »Das Globalstar-Telefon ist in dem Paneel rechts von Ihnen eingelassen. Drücken Sie einfach auf den blauen Knopf, dann können Sie jederzeit mit Ihrem Partner am anderen Ende sprechen.«

Pitt dankte ihm und wählte die Nummer von Sandeckers Privatanschluss in der NUMA-Zentrale. Wie immer meldete sich der Admiral beim ersten Klingeln. »Sandecker.«

»Admiral, hier ist Dirk.«

Zunächst herrschte bedeutungsvolles Schweigen. Dann ergriff der Admiral langsam und bedächtig das Wort. »Sind Sie wohlbehalten?«

»Ich sehne mich nach einer anständigen Mahlzeit und bin ein bisschen ausgetrocknet, aber ansonsten gesund.«

»Und Al?«

»Er und Misty Graham von der *Deep Encounter* stehen neben mir.«

Pitt hörte, wie der Admiral erleichtert aufseufzte. »Rudi ist gerade in meinem Büro. Ich schalte auf Lautsprecher um.«

»Dirk!«, dröhnte Rudis Stimme aus dem Hörer. »Du kannst dir gar nicht vorstellen, wie froh ich bin, dass du noch unter uns weilst. Wir haben sämtliche verfügbaren Rettungsmannschaften aus ganz Australien und Neuseeland auf die Suche nach euch und dem Schiff angesetzt.«

»Wir hatten Glück und sind von einer vorbeifahrenden Jacht aufgelesen worden.«

»Sie sind nicht auf der *Deep Encounter*?«, fragte Sandecker scharf.

»Wir waren mehrere Stunden am Meeresboden und haben das Wrack der *Emerald Dolphin* untersucht, und als wir wieder aufgetaucht sind, war das Schiff mitsamt der Besatzung spurlos verschwunden.«

»Dann wissen Sie also nicht Bescheid?«

»Worüber?«

»Wir sind uns noch nicht ganz sicher, aber es sieht so aus, als ob die *Deep Encounter* entführt wurde.«

»Wie kommen Sie denn auf die Idee?«

»Vor ziemlich genau sechs Tagen stellten wir dank unserer Sicherheitssysteme fest, dass es bei Kapitän Burchs regelmäßigen Rückmeldungen an die NUMA-Zentrale Abweichungen vom üblichen Stimmprofil gab. Bis dahin fiel uns bei den Aufzeichnungen nichts Ungewöhnliches auf. Wir hatten keinerlei Grund, argwöhnisch zu sein.«

»Als wir das Schiff verließen, ging alles seinen gewohnten Gang.«

»In dem letzten Bericht, der tatsächlich von Kapitän Burch stammte, teilte man uns mit, dass die *Abyss Navigator* zu Wasser gelassen werden sollte. Wir wissen jetzt, dass die Entführer an Bord kamen, als Sie am Meeresboden waren.«

»Habt ihr eine Ahnung, wohin man das Schiff gebracht hat?«, fragte Giordino.

»Nein«, erwiderte Gunn offen und ehrlich.

»Es kann sich doch nicht einfach in Luft aufgelöst haben«, sagte Misty. »Und von Außerirdischen wurde es bestimmt nicht entführt.«

»Wir befürchten«, sagte Sandecker düster, »dass sie vorsätzlich versenkt wurde.« Er verkniff sich jede Andeutung darauf, dass sie womöglich mitsamt der Besatzung am Meeresgrund liegen könnte.

»Aber warum?«, hakte Giordino nach. »Was können Piraten denn mit einem Forschungs- und Vermessungsschiff anfangen? Das Schiff hat keine Schätze an Bord, und für Schmuggelfahrten eignet es sich auch nicht. Es ist zu langsam und zu auffällig. Wo also ist das Motiv?«

»Das Motiv …«, wiederholte Pitt bedächtig und ließ das Wort im Raum stehen. »Die Leute, die das Kreuzfahrtschiff abgefackelt und anschließend versenkt haben, wollten verhindern, dass wir Beweise für eine Brandstiftung finden.«

»Konntet ihr das Wrack erkunden?«, fragte Gunn.

Pitt nickte. »Es gibt nicht den geringsten Zweifel, dass der Boden der *Emerald Dolphin* an mindestens sechs verschiedenen Stellen von innen gesprengt wurde, damit das Schiff am Grund des Tonga-Grabens landet.«

»Soweit ich gehört habe«, sagte Sandecker, »hätte sie den Schlepper um ein Haar mit in die Tiefe gezogen.«

»Ein sechstausend Meter tiefer Meeresgraben«, erwiderte Giordino bedächtig, »gibt ein hervorragendes Versteck ab.«

»Die Mörderbande hat nicht damit gerechnet, dass ein Forschungsschiff der NUMA in dieser Gegend im Einsatz ist«, sagte Gunn. »Eines, das zudem über zwei Tauchboote verfügt, die bis auf sechstausend Meter Tiefe gehen können.«

Misty wirkte mit einem Mal tief betroffen. »Wir müssen also möglicherweise befürchten, dass alle Mann an Bord der *Deep Encounter* umgebracht wurden, um die Sache zu vertuschen.«

Auf der Jacht wie auch im zehntausend Meilen weit entfernten Washington kehrte Stille ein. Niemand wollte diese Möglichkeit auch nur in Betracht ziehen. Doch sie waren sich durchaus bewusst, dass jemand, der ein Kreuzfahrtschiff in Brand steckte, ohne zu zögern auch ein Forschungsschiff mitsamt der Besatzung auf den Meeresgrund schicken würde.

Pitt sah allmählich klarer. Nachdem er alle Möglichkeiten durchgegangen war, meinte er fast, wetten zu können, dass die Piraten ihren mörderischen Plan noch nicht in die Tat umgesetzt hatten. »Rudi?«

Gunn nahm seine Brille ab und polierte die Gläser. »Ja.«

»Die Piraten hätten die *Deep Encounter* doch einfach versenken können, nachdem sie sie gekapert hatten. Aber du sagst, sie haben Burchs Stimme nachgeahmt und sich weiterhin regelmäßig gemeldet, damit niemand Verdacht schöpft. Warum hätten sie sich die Umstände machen sollen, wenn das Schiff bereits versenkt war?«

»Wir wissen nicht, ob es versenkt ist«, erwiderte Gunn.

»Mag sein, aber wir haben keinerlei Öllachen oder Treibgut entdeckt, als wir aufgetaucht sind. Und wir haben unter Wasser auch kein Geräusch gehört, wie es entsteht, wenn ein Schiff auf dem Weg in die Tiefe unter dem zunehmenden Druck auseinander bricht. Ich nehme an, beziehungsweise hoffe inständig, dass sie das Schiff mit allen Mann an Bord in irgendein Versteck gebracht haben, damit sie ein Faustpfand haben, falls ihr Vorhaben misslingt.«

»Und wenn sie den Eindruck haben, dass sie es geschafft haben und niemand hinter ihnen her ist«, fuhr Gunn fort, »werden sie sich aller Zeugen und Beweise entledigen.«

»Das dürfen wir nicht zulassen«, rief Misty entsetzt. »Wenn Dirk mit seiner Vermutung Recht hat, haben wir nur noch wenig Zeit, um unsere Freunde zu retten.«

»Aber wo sollen wir sie suchen?«, sagte Sandecker.

»Gibt es nirgendwo eine Spur?«, fragte Misty.

»Nicht die geringste.«

»Nicht einmal von dem Piratenschiff?«

»Nein«, erwiderte Sandecker.

»Ich glaube, ich weiß, wie wir die beiden Schiffe finden«, sagte Pitt im Brustton der Überzeugung.

Sandecker und Gunn starrten einander an. »Worauf wollen Sie hinaus«, fragte der Admiral argwöhnisch.

»Wir dehnen die Suche aus«, erwiderte Pitt.

»Ich komme nicht ganz mit«, sagte Gunn.

»Angenommen, das Piratenschiff und die *Deep Encounter* waren außer Reichweite der Satellitenkameras, weil die einen zu schmalen Streifen abgesucht haben.«

»Das kann ich jederzeit bestätigen«, räumte Sandecker ein.

»Vermutlich habt ihr sie auf der nächsten Umlaufbahn ein breiteres Gebiet absuchen lassen.«

»Ganz recht«, entgegnete Gunn.

»Aber ihr habt trotzdem keine Spur von einem der Schiffe gefunden.«

»Nicht die geringste.«

»Wir wissen also immer noch nicht, wo sich die *Deep Encounter* befindet. Aber wir wissen, wo sie nicht ist.«

Sandecker zupfte an seinem tadellos gestutzten Bart. »Ich weiß, worauf Sie hinaus wollen, aber Ihre Vermutung haut nicht hin.«

»Ich muss dem Admiral beipflichten«, sagte Gunn. »Die Höchstgeschwindigkeit der *Deep Encounter* liegt bei allenfalls fünfzehn Knoten. Sie kann unmöglich außer Reichweite der Satellitenkameras gefahren sein.«

»Chefmaschinist House hat zwanzig Knoten aus ihr rausgeholt, als wir dem brennenden Kreuzfahrtschiff zu Hilfe gekommen sind«, teilte ihm Pitt mit. »Zugegeben, es ist weit hergeholt, aber wenn die Entführer ein schnelles Schiff hatten, haben sie unseres möglicherweise ins Schlepptau genommen und dadurch vielleicht weitere vier bis sechs Knoten herausgeholt.«

Sandecker klang skeptisch. »Das ändert gar nichts. Auch als die Satellitenkameras ein breiteres Suchgebiet erfassten, war nach wie vor keine Spur von der *Deep Encounter* zu sehen.«

Pitt spielte seinen Joker aus. »Stimmt, aber ihr habt auf dem Wasser gesucht.«

»Wo hätten wir denn sonst suchen sollen?«, fragte Sandecker, der allmählich neugierig wurde.

»Dirk könnte Recht haben«, sagte Gunn nachdenklich. »Wir haben die Kameras nicht aufs Land gerichtet.«

»Entschuldigt die Frage«, warf Giordino ein, »aber auf welches Land? Das nächstgelegene Festland ist die Nordspitze von Neuseeland.«

»Nein«, erwiderte Pitt leise und mit Nachdruck. »Es sind die Kermadec-Inseln, allenfalls zweihundert Seemeilen südlich von der Untergangsstelle des Kreuzfahrtschiffes gelegen. Mit fünfundzwanzig Knoten Fahrt erreicht man die mühelos in etwa acht Stunden.« Er drehte sich zu Cussler um.

»Kennen Sie die Kermadec-Inseln?«

»Ich habe sie umfahren«, antwortete Cussler. »Viel gibt's dort nicht zu sehen. Drei kleine Inseln und der L'Esperance Rock. Raoul Island ist die größte, aber auch das ist nur ein dreizehn Quadratmeilen großer Felshaufen mit Lavaklippen, die steil zum Mount Mumukai ansteigen.«

»Irgendwelche Bewohner oder Ansiedlungen?«

»Es gibt eine kleine Wetter- und Fernmeldestation, aber die ist voll automatisiert. Nur alle sechs Monate kommen Wissenschaftler hin, um die Geräte zu überprüfen und zu reparieren. Die einzigen ständigen Bewohner sind Ziegen und Ratten.«

»Gibt es einen Hafen, der groß genug ist, um mit einem Schiff vor Anker zu gehen?«

»Eher eine Art Lagune«, erwiderte Cussler, »aber die eignet sich durchaus als sicherer Ankerplatz für zwei, drei kleinere Schiffe.«

»Wie sieht's mit Laubbäumen aus, die man zur Tarnung benutzen kann?«

»Raoul ist fruchtbar und dicht bewaldet. Dort kann man jederzeit zwei kleine Schiffe verstecken, ohne dass sie auffallen, wenn man nicht genau danach sucht.«

»Habt ihr das gehört?«, sagte Pitt ins Telefon.

»Ich habe es gehört«, erwiderte Sandecker. »Ich werde darum bitten, dass man die Satellitenkameras auf der nächsten Umlaufbahn auf die Kermadecs richtet. Aber wie kann ich Sie erreichen?«

Pitt wollte Cussler gerade fragen, doch der Alte hatte die Nummern bereits aufgeschrieben und reichte ihm den Zettel. Pitt gab sie Sandecker durch und unterbrach die Verbindung.

»Bestünde vielleicht die Möglichkeit, dass Sie einen Umweg über die Kermadecs machen?«, fragte Pitt.

Die blaugrünen Augen funkelten. »Haben Sie eine Schandtat im Sinn?«

»Sie haben nicht zufällig eine Flasche Tequila an Bord?«

Cussler nickte. »Doch. Eine Kiste vom Besten. Ab und zu gönnen ich mir einen kleinen Schluck vom blauen Agavenwasser, das hält mich frisch und munter.«

Nachdem die Gläser mit Porfirio-Tequila gefüllt waren – Misty zog allerdings einen Margarita vor –, teilte Pitt dem Alten mit, was er vorhatte, allerdings nur so viel, wie er unter den gegeben Umständen für ratsam hielt. Schließlich, dachte er, während er sich auf der eleganten Jacht umblickte, würde niemand, der bei Verstand war, ein derart prachtvolles Schiff für ein so verwegenes Unternehmen aufs Spiel setzen.

18

Die malachitgrüne See mischte sich in der schmalen Fahrrinne mit dem dunkleren Wasser der weitläufigen Lagune, die sich, zwischen den Lavaklippen von Raoul Island eingebettet, dahinter auftat und einen kleinen, aber durchaus beachtlichen Ankerplatz abgab. Ein Bach, der an den schroffen Hängen des Mount Mumukai herabströmte, mündete an dem hufeisenförmigen, mit schwarzen, verwitterten Lavafelsen übersäten und von Kokospalmen gesäumten Sandstrand in die Lagune.

Vom Meer aus konnte man zwischen den Klippen hindurch, die zu beiden Seiten der Fahrrinne aufragten, nur einen schmalen Streifen von der Lagune sehen. Hoch auf der westlichen Seite der Einfahrt, gut hundert Meter über der donnernden Brandung, stand eine kleine, aus Palmwedeln gebaute Hütte gefährlich nah an der Felskante. Sie wirkte wie eine Eingeborenenbehausung, doch der Eindruck täuschte. Hinter den Palmwedeln verbargen sich Betonwände, dunkel getönte Fenster und ein klimatisierter Innenraum. In dem anheimelnden kleinen Haus saß ein Wachposten auf einem weichen Bürosessel vor einem Computer, einem Funkgerät und einem Videomonitor und suchte mit einem starken, auf einem Stativ montierten Fernglas den weiten Ozean nach Schiffen ab. Er war Kettenraucher und hatte einen Aschenbecher voller ausgedrückter Kippen neben sich stehen. In einem Ständer an der gegenüberliegenden Wand lagerten in Reih und Glied vier Raketenwerfer und zwei Sturmgewehre. Mit diesem Waffenarsenal konnte er notfalls eine kleine Flottille aufhalten, falls jemand gewaltsam in die Lagune eindringen sollte.

Beinahe geistesabwesend blickte er auf die funkelnde See und rieb sich mit der Hand über die frischen Bartstoppeln. Er war dreißig Jahre alt, blond und blauäugig, drahtig und durchtrainiert und hatte früher bei den Special Forces gedient, bis er vom Sicherheitsdienst eines großen Unternehmens engagiert worden war, über das er wenig wusste und auch nicht mehr erfahren wollte. Er wurde weltweit eingesetzt und musste gelegentlich jemanden beseitigen, aber er wurde gut dafür bezahlt. Und das war das Einzige, worauf es ankam.

Er gähnte und legte eine neue CD in sein Abspielgerät ein. Er war nicht besonders wählerisch, hörte aber am liebsten klassischen Rock und Soft-Rock. Kaum hatte er die Abspieltaste gedrückt, als ihm neben der Felsnase, die unmittelbar hinter der Hütte steil abbrach, eine Bewegung auffiel. Er schwenkte das Fernglas herum und richtete es auf den hellen, grünweißen Punkt, der draußen über das Wasser glitt und rasch näher kam.

Es war eine Jacht, die sonderbarste Jacht, die er je gesehen hatte – kein Segelboot, sondern ein Motorkreuzer in Katamaran-Bauweise, dessen Doppelrumpf mit gut und gern vierzig Knoten durch das im Schein der Sonne gleißende Wasser pflügte. Er rieb sich die Augen und starrte dann wieder durch den großen, starken Feldstecher.

Das Boot war seiner Schätzung nach rund zwanzig Meter lang. Er war sich nicht ganz schlüssig, ob es ihm gefiel, doch je länger er es musterte, desto eleganter und ausgefallener kam es ihm vor. Es erinnerte ihn an ein Paar Schlittschuhe, auf die man ein rundes Ruderhaus montiert hatte. Zwei Personen, ein Mann und eine Frau, saßen in einem Jacuzzi auf dem Oberdeck, hatten hohe Gläser in der Hand und lachten. Sämtliche Fenster der Jacht waren dunkel getönt, sodass er keine weiteren Passagiere oder Besatzungsmitglieder sehen konnte.

Er drehte sich um, schaltete das Funkgerät ein und meldete sich.

»Hier spricht Pirat. Habe eine Privatjacht gesichtet, die sich aus Nordosten nähert.«

»Aus Nordosten, sagst du?«, erwiderte ein Mann mit schnarrender Reibeisenstimme.

»Vermutlich auf Kreuzfahrt von Tahiti nach Neuseeland.«

»Irgendwelche Waffen oder Bewaffnete zu sehen?«

»Nein.«

»Sie sieht also nicht so aus, als ob sie uns gefährlich werden könnte?«, fragte der Mann mit der rauen Stimme.

»Nein, es sei denn, Sie halten zwei Nackte, die in einem Jacuzzi sitzen, für gefährlich.«

»Steuert sie die Fahrrinne an?«

Der Wachposten musterte den Doppelbug und versuchte, den Kurs festzustellen. »Sieht so aus, als ob sie vorbeifährt.«

»Bleib in Verbindung und melde jedes verdächtige Manöver. Du weißt, was du zu tun hast, wenn sie in die Fahrrinne steuert.«

Der Posten warf einen Blick auf die Raketenwerfer. »Wäre ein Jammer, wenn man so eine schmucke Jacht vernichten müsste.« Er drehte sich auf seinem Stuhl herum, betrachtete das Boot wieder durch sein Glas und stellte zufrieden fest, dass es seinen bisherigen Kurs beibehielt, ohne die Fahrrinne anzulaufen. Er beobachtete es, bis es nur mehr ein winziger Punkt am Horizont war. Dann meldete er sich wieder über Funk. »Hier spricht Pirat. Die Jacht ist weg. Allem Anschein nach ist sie in der offenen Lagune an der Südspitze von Macaulay Island vor Anker gegangen.«

»Dann will sie nichts von uns«, erwiderte der Mann mit der schnarrenden Stimme.

»Kommt mir auch so vor.«

»Achte nach Einbruch der Dunkelheit auf ihre Lichter und überzeuge dich davon, dass sie sich nicht von der Stelle rührt.«

»Ich nehme an, dass sie über Nacht dort liegen bleibt. Vermutlich wollen sich die Passagiere und die Besatzung am Strand ein paar Steaks grillen. Sie kommen mir vor wie Urlauber auf einem Törn durch den Südpazifik.«

»Ich mache mit dem Hubschrauber einen Erkundungsflug und schau mir die Sache aus der Nähe an.«

Misty und Giordino saßen keineswegs nackt in dem mit heißem Wasser gefüllten Zuber. Sie trugen Badesachen, die Cussler ihnen zur Verfügung gestellt hatte. Der Rum-Collins, den sie tranken, während das Boot die steilen Klippen von Raoul Island passierte, war allerdings echt. Cussler und Pitt hatten es weniger glücklich getroffen. Der Alte saß am Ruder, hatte eine Seekarte auf dem Schoß liegen und achtete ständig auf das Echolot, das ihm die Korallenriffe anzeigte, die den Doppelrumpf der *Periwinkle* wie ein Rasiermesser aufschlitzen konnten. Pitt hatte die unangenehmste Aufgabe. Er lag schwitzend unter einem Haufen Kissen und Handtücher auf dem unteren Sonnendeck und filmte mit einer Videokamera die hoch oben auf den Klippen stehende Hütte, die die Zufahrt zur Lagune bewachte.

Sobald die Jacht vor Anker lag, ließen sich alle im Salon nieder und sahen sich am Fernseher das Videoband an. Die per Teleobjektiv durch die getönten Fenster aufgenommenen und mit Videozoom vergrößerten Bilder waren leicht unscharf, aber doch so deutlich, dass der Posten, der sie mit einem starken Fernglas beobachtete, klar zu erkennen war. Zudem konnten sie das von Cusslers hochmodernen Abhörgeräten aufgezeichnete Funkgespräch zwischen dem Wachposten und seinem irgendwo an der Lagune von Raoul Island sitzenden Kollegen mit der heiseren Stimme verfolgen.

»Wir haben sie getäuscht«, rief Misty.

»Schwein gehabt, dass wir nicht mit fliegenden Fahnen in die Fahrrinne vorgestoßen sind«, sagte Giordino und drückte sich eine kalte Bierflasche an die Stirn.

»Die machen nicht gerade den Eindruck, als ob sie Fremde freundlich aufnehmen«, pflichtete Pitt ihm bei.

Wie zur Bestätigung dröhnte das Knattern eines Rotors, begleitet von Turbinengeheul, durch die Kabine, als ein Hubschrauber auf die Jacht zuflog.

»Der Mann hat gesagt, er will uns aus der Nähe sehen. Was dagegen, wenn wir rausgehen und ihm zuwinken?«

Ein rotgelb lackierter Hubschrauber, dessen Zulassungsnummer ebenso mit Klebeband verdeckt war wie der Name des Eigners, hing knapp dreißig Meter über dem Heck der *Periwinkle*. Zwei Männer mit geblümten Hemden nahmen die Jacht in Augenschein.

Pitt lag auf einem Sofa am Salondeck, während Giordino, teils durch die Aufbauten gedeckt, den Hubschrauber mit einer Kamera filmte, die er unter Hemd und Achselhöhle geklemmt hatte. Misty und Cussler standen neben dem Jacuzzi und winkten den Männern zu. Pitt hob das Glas, als wollte er die beiden Insassen einladen. Ihr letzter Argwohn war offenbar verflogen, als sie die Frau und den grauhaarigen Alten mit dem Bart sahen. Jedenfalls winkte der Pilot zurück, überzeugt davon, dass sie es mit harmlosen Touristen zu tun hatten, zog den Hubschrauber einmal um die Jacht herum und nahm Kurs auf Raoul Island.

Als der Helikopter nur mehr ein fahler Fleck am blauen Himmel war, begaben sie sich wieder in den Salon. Giordino holte die Kamera unter seinem Hemd hervor, nahm die Kassette heraus und schob sie in den Videorecorder. In der Nahaufnahme war deutlich ein rotblonder Mann mit Zottelbart zu erkennen, der am Steuer saß, daneben sein schwarzer Copilot.

»Jetzt wissen wir, wie die Leute aussehen, mit denen wir's zu tun haben«, sagte Giordino versonnen.

Cussler schaltete das Gerät per Fernbedienung aus. »Wie geht's jetzt weiter?«

»Sobald es dunkel ist, bauen wir ein kleines Floß und bringen ein paar Lampen darauf an, damit es von weitem aussieht wie ein erleuchtetes Boot. Dann kehren wir zur Fahrrinne zurück und gehen so nah ran, bis wir knapp außer Sichtweite des Postens sind. Auf dem Video ist nirgendwo ein Radargerät zu sehen, also werden sie das Boot auch nicht entdecken. Anschließend steigen Al und ich ins Wasser, schwimmen in die Lagune und sehen uns dort ein bisschen um. Wenn unsere Vermutung stimmt und die *Deep Encounter* unter einem Tarnnetz verborgen ist, schleichen wir uns an Bord, überwältigen die Entführer, befreien unsere Freunde und segeln davon.«

»Das ist der ganze Plan?«, fragte Giordino und kniff die Augen zusammen, als sehe er eine Fata Morgana.

»Das ist der ganze Plan«, wiederholte Pitt.

Misty schaute ihn fassungslos an. »Das kann doch nicht dein Ernst sein? Ihr zwei wollt gegen über fünfzig bewaffnete Entführer antreten? Das ist der wahnwitzigste Plan, den ich je gehört habe.«

Pitt zuckte die Schultern. »Ich gebe zu, dass ich das eine oder andere vielleicht eine Idee zu einfach dargestellt habe. Aber ich wüsste nicht, wie wir die Sache anders anpacken sollten.«

»Wir könnten die Aussies verständigen, damit sie einen Kommandotrupp schicken«, schlug Cussler vor. »In vierundzwanzig Stunden könnten die hier sein.«

»So viel Zeit haben wir womöglich nicht«, sagte Pitt. »Wenn die Entführer die *Deep Encounter* nicht längst mit Mann und Maus versenkt haben, besteht die Gefahr, dass sie es heute nach Einbruch der Dunkelheit nachholen. In vierundzwanzig Stunden könnte es schon zu spät sein.«

»Das ist doch Wahnsinn. Ihr könnt doch euer Leben nicht einfach wegwerfen«, beharrte Misty.

»Wir haben keine andere Wahl«, erwiderte Pitt entschieden. »Die Zeit läuft uns davon.«

»Wie sieht's mit Waffen aus?«, fragte Giordino so beiläufig, als erkundigte er sich nach dem Preis für eine Tüte Eis.

»Ich habe zwei Sturmgewehre, die ich zu meinem eigenen Schutz mitführe«, entgegnete Cussler. »Aber ich weiß nicht, wie gut Waffen und Munition funktionieren, wenn sie meilenweit durchs Wasser gezogen werden.«

Pitt schüttelte den Kopf. »Danke, aber wir schwimmen lieber ohne Ballast. Um die Bewaffnung kümmern wir uns, wenn es so weit ist.«

»Wie sieht's mit Tauchausrüstung aus? Ich habe vier volle Pressluftflaschen und zwei Atemregler.«

»Je weniger Geräte, desto besser. Die Tauchausrüstung würde uns nur behindern, wenn wir an Land gehen. Wir schnorcheln in die Lagune. Aus mehr als fünf Metern Entfernung entdeckt uns in der Dunkelheit keiner.«

»Ihr müsst aber weit schwimmen«, sagte Cussler. »Von der Stelle aus, an der ich vor Anker gehen werde, ist es über eine Meile bis in die Lagune.«

»Mit etwas Glück sind wir bis Mitternacht dort«, grummelte Giordino.

»Ihr könnt es zwei Stunden schneller schaffen.«

Pitt schaute Cussler an. »Wie?«

»Ich habe einen Tauch-Scooter, der euch durchs Wasser zieht. Den könnt ihr auch zu zweit benutzen.«

»Danke, das wäre eine große Hilfe.«

»Gibt es denn gar nichts, mit dem ich euch zur Vernunft bringen kann?«, sagte Misty fast flehentlich.

»Nein«, erwiderte Pitt und schenkte ihr ein knappes, aufmunterndes Lächeln. »Diese Sache muss erledigt werden. An der Einfahrt zur Lagune stünde kein Wachposten, wenn da drin nicht irgendetwas wäre, das jemand verstecken will. Wir müssen feststellen, ob es die *Deep Encounter* ist.«

»Und wenn ihr euch irrt?«

Pitt wurde schlagartig wieder ernst. »Wenn wir uns irren, werden unsere Freunde an Bord des Schiffes sterben, weil wir sie nicht retten konnten.«

Die drei Männer fingen kurz nach Sonnenuntergang an, doch es dauerte drei Stunden, bis sie die Stämme etlicher Palmen zu einem Floß zusammengebunden und aus aufgelesenem Treibholz einen Aufbau zurechtgezimmert hatten, der in etwa den Umrissen der *Periwinkle* entsprach. Abschließend hängten sie eine Lichterkette daran auf und schlossen sie an eine kleine Batterie an. Danach wurde das Floss auf der dem Land zugewandten Seite der Jacht verankert.

»Keine schlechte Attrappe, muss ich sagen«, stellte Cussler fest.

»Schön ist sie nicht«, sagte Giordino, »aber aus fünf Meilen Entfernung wird sie den Wachmann droben in seiner Hütte täuschen.«

Pitt spritzte sich Meerwasser ins Gesicht und wischte den Schweiß ab, der ihm in der feuchtschwülen Luft über die Stirn rann. »Wir schalten die Beleuchtung auf dem Floß im gleichen Moment ein, in dem wir die Lichter auf der Jacht ausschalten.«

Wenige Minuten später warf Cussler die schweren Maschinen der *Periwinkle* an, fuhr langsam los und betätigte mit einem Knopfdruck die Winde, mit der der Anker eingeholt wurde. Dann schaltete er die Lichter auf dem Floß ein und ließ die Jacht in Dunkelheit versinken. Er steuerte das Schiff über das Riff hinaus, achtete dabei ständig auf das Echolot und versuchte abzuschätzen, wie hoch die Korallen aufragten, die wie mörderische Zähne unter Wasser lauerten, so als warteten sie nur darauf, den Rumpf zu zerfetzen.

Per Radar steuerte er Raoul Island an, blickte ab und zu nach hinten, um sich davon zu überzeugen, dass das Boot keine Leuchtalgen aufwirbelte, die in seinem Kielwasser phosphoreszierten. Er fuhr knapp unter zehn Knoten und war dankbar, dass kein Mond am Sternenhimmel stand. Pitt leistete ihm im Ruderhaus Gesellschaft, und kurz darauf stieß auch Misty zu ihnen, die sich inzwischen mit dem Unternehmen abgefunden und in der Kombüse einen Imbiss zubereitet hatte. Sie reichte die Happen herum und setzte sich neben Al, der einen Kopfhörer aufhatte und die schnarrende Stimme des Mannes nachzuahmen versuchte, der sich auf dem Band mit dem abgehörten Funkspruch mit dem Wachposten unterhielt.

Cussler breitete eine Karte aus, auf der die Wassertiefe rund um die Insel eingezeichnet war, und richtete den Doppelbug auf den winzigen Lichtpunkt aus, der von der Hütte des Postens hoch oben auf den Klippen stammte. »Ich bringe uns zwischen die aufragenden Felsen, genau vor die Fahrrinne«, erklärte er. »Von dort aus müsst ihr mit dem Skooter zurechtkommen. Haltet euch von der Brandung an den Klippen fern, bis ihr in ruhigem Wasser seid.«

Zum ersten Mal ließ sich Cussler eine gewisse Beklommenheit anmerken. Nur ab und zu warf er einen Blick aus dem Fenster in die stockdunkle Nacht, achtete gelegentlich auf den Kompass. Er saß auf seinem Stuhl, hatte die Hände am Joystick und an der Rollkugel und steuerte die Jacht fast ausschließlich mit Hilfe von Echolot und Radar. Als er ein Fenster aufschob, hörte er das unverkennbare Donnern der Brandung, die sich an den Felsen brach.

Pitt hörte es ebenfalls. Sie befanden sich hinter dem aufragenden Fels und somit außer Sichtweite des Wachpostens. Das Wasser hinter der Brandungslinie war erstaunlich ruhig. Mit einem Knopfdruck am Joystick nahm Cussler das Gas zurück, bis sie nur mehr langsam vorankrochen, und tastete sich an die Felsen heran. Nachdem er sich davon überzeugt hatte, dass er sich nicht weiter vorwagen durfte, schaltete er die Maschinen auf Leerlauf und wandte sich an Pitt. Das ist gar keine gute Idee, besagte sein Blick, doch er sprach es nicht aus.

Stattdessen schaute er wieder auf das Echolot, musterte den zerklüfteten Boden knapp fünf Meter unter dem Doppelrumpf der *Periwinkle*, betrachtete nachdenklich die Abdriftanzeige und löste den Anker. Sobald das Boot sicher vertäut und mit dem Bug in die auflaufende Flut ausgerichtet war, nickte er.

»Weiter geht's nicht.«

»Wie lange können Sie hier bleiben?«, fragte Pitt.

»Am liebsten würde ich sagen, bis ihr wieder zurück seid. Aber in drei Stunden und zwanzig Minuten setzt die Ebbe ein. Dann muss ich weiter von der Küste weg, wenn ich mein Boot nicht aufs Spiel setzen will, und um die Insel herumfahren, damit ich außer Sichtweite des Postens bleibe.«

»Wie finden wir Sie in der Dunkelheit wieder?«

»Ich habe einen Unterwassersender, den ich gelegentlich benutze, um festzustellen, wie die Fische auf unterschiedliche Töne reagieren. In zwei Stunden spiele ich eine Platte von Meat Loaf.«

Misty blickte ihn an. »Sie hören Meat Loaf?«

Cussler lachte. »Darf ein alter Knacker etwa nicht auf Rockmusik stehen?«

»Lockt der nicht die Haie an?«, fragte Giordino argwöhnisch.

Cussler schüttelte den Kopf. »Die ziehen Tony Bennett vor.«

Pitt und Giordino legten die geborgten Flossen und Taucherbrillen an. Dann brachte Cussler die Leiter am Heck aus, trat zurück und gab beiden einen Klaps auf die Schulter. »Denkt dran, dass ihr euch von den Felsen am Eingang der Fahrrinne fern halten müsst. Wartet die richtige Welle ab, und lasst euch von ihr hineintragen. So spart ihr Kraft und schont die Batterien des Scooters.« Er schwieg einen Moment lang. »Viel Glück. Ich warte, so lange ich kann.«

Das warme, tintenschwarze Wasser spritzte kaum auf, als sie sich fallen ließen, Pitt voran und Giordino unmittelbar hinter ihm, und ein Stück vom Boot wegschwammen. Pitt schätzte die Wassertemperatur auf knapp unter siebenundzwanzig Grad. Ein leicht ablandiger Wind ging, sodass die Dünung bei auflaufender Flut etwas kabbelig war. Nachdem sie ein paar Minuten lang durchs Wasser gekrault waren, hielten sie inne und blickten zurück. Aus rund dreißig Metern Entfernung war die *Periwinkle* bereits nicht mehr zu erkennen. Pitt hob die Hand und musterte das leuchtende Zifferblatt und die Zeiger des Kompasses, den ihm der Alte geliehen hatte. Er tippte Giordino an den Kopf und deutete nach vorn. Giordino schlang die Arme um Pitts Beine und hielt sich an ihm fest, als er den Scooter einschaltete, der sie mit leise surrendem Motor mit fast drei Knoten durch das Wasser zog.

Pitt konnte sich nur anhand des kleinen Kompasses und der Brandung orientieren, die sich mit dumpfem Donner an den Felsen brach. Doch wie weit die gefährlichen Klippen entfernt waren, ob dreißig oder fünfzig Meter, konnte er in der Dunkelheit nicht feststellen.

Dann meinte er zwei Donnerschläge zu hören, die in kurzem Abstand aufeinander folgten, was darauf hindeutete, dass vor ihnen die Fahrrinne lag, an deren beiden Seiten die Wellen anbrandeten. Er zog den Scooter herum und steuerte auf die Insel zu, bis sich die Brandung eindeutig nur mehr zur Linken und zur Rechten brach, aber nicht mehr voraus. Dann erinnerte er sich an Cusslers Tipp, schaltete den Scooter aus und ließ sich und Giordino von den Wellen in die Einfahrt tragen. Der Alte hatte sie nicht schlecht beraten.

Trotz der steilen Felswände zu beiden Seiten türmten sich in der Fahrrinne keine riesigen Brecher auf, da das Wasser ziemlich tief war und die Wellen ungehindert ausrollen konnten, ohne sich gischtend zu überschlagen. Sie mussten sich nur in die hoch aufwallenden Wogen legen und zwischen den Klippen hindurchtragen lassen.

Pitt trieb mit dem Gesicht nach unten im Wasser, atmete flach, aber regelmäßig durch den Schnorchel und hatte die Beine locker gespreizt wie eine Schildkröte, die schlafend in der Dünung schwimmt. Giordino hatte Pitt vorübergehend losgelassen und ließ sich neben ihm dahintreiben. Dank des Scooters hatten sie sich bislang noch nicht anstrengen müssen.

Keiner der beiden Männer rollte sich auf den Rücken, um nachzusehen, ob man sie entdeckt hatte. Darüber brauchten sie sich keine Sorgen zu machen. Wenn sie den Wachmann droben am Klippenrand nicht sehen konnten, waren sie von dort oben aus im dunklen Wasser erst recht nicht zu erkennen. Mittlerweile aber fragte sich Pitt, ob die Entführer womöglich Posten um die Lagune aufgestellt hatten. Er bezweifelte, dass sie so sicherheitsbewusst waren. Es war unmöglich, dass jemand im Dunkeln die Klippen rund um die Insel erklimmen und dann zu Fuß über das schroffe Lavagestein durch den Dschungel vordringen konnte. Er war sich fast sicher, dass nur der Wachmann auf den Felsen über der Fahrrinne Ausschau nach Eindringlingen hielt.

Pitt hatte zwar nur einen kurzen Blick in die Lagune werfen können, als die *Periwinkle* vor etlichen Stunden die Einfahrt passiert hatte, doch seiner Schätzung nach war der Kanal, in dem sie schwammen, ungefähr fünfhundert Meter lang und führte geradewegs in die Lagune. Dann spürte er, wie die Wucht der Wellen nachließ, wie sie allmählich ausliefen, bis sie nur mehr rund einen halben Meter hoch waren. Er machte Giordino darauf aufmerksam, dass er sich wieder an ihn hängen sollte, und schaltete den Scooter ein.

Knapp fünfzehn Minuten später breitete sich über ihnen wieder der weite Sternenhimmel aus, als sie unter den hohen Klippen vorbei in die offene Lagune vordrangen. Pitt zog den Scooter schräg zur Seite und steuerte den Strand an, ließ den Motor aber laufen, bis er den Sand unter den Füßen spürte. Erst dann stellte er ihn ab.

Nichts deutete darauf hin, dass sich hier irgendwo ein verstecktes Gebäude oder ein verborgener Unterstand befand, doch die Lagune war alles andere als einsam und verlassen. Mitten im Wasser lagen nebeneinander vertäut zwei Schiffe, in der Dunkelheit nur anhand des schwachen Lichtscheins zu erkennen, der durch ein paar Bullaugen fiel. Wie Pitt vermutet hatte, war ein Tarnnetz über sie gespannt, das sämtliche Aufbauten und Umrisse verdeckte. Von weitem ließ sich unmöglich feststellen, ob eines der beiden Schiffe die *Deep Encounter* war.

»Nimm die Taucherbrille ab«, flüsterte Pitt Giordino zu. »Die Lichter könnten sich auf dem Glas spiegeln.«

Sie ließen den Scooter am Strand und schwammen auf das größere der beiden Schiffe zu, das mit dem Bug in Richtung Fahrrinne vor Anker lag. Es hatte einen schnittigen Bug, genau wie das Forschungsschiff, doch sie mussten sich davon überzeugen, dass es sich tatsächlich um die *Deep Encounter* handelte. Ohne einen Moment zu zögern, streifte Pitt die Flossen ab, reichte sie Giordino und kletterte an der Ankerkette empor. Sie war feucht, aber einigermaßen rostfrei und kaum veralgt. Er zog sich hinauf, bis er in Höhe der Ankerklüse war, und hielt sich dort etwa eine Minute lang fest.

Im Lichtschein, der aus einem offenen Bullauge fiel, konnte er mit Mühe und Not den Namen erkennen, der am Bug prangte.

Deep Encounter stand dort.

19

Die Ankerklüse befand sich gut drei Meter unter der Oberkante der Bordwand. Ohne Tau und Wurfhaken, stellte Pitt fest, kamen er und Giordino nie und nimmer aufs Vordeck, weder hier noch an einer anderen Stelle des Rumpfs. Nirgendwo war ein Vorsprung, an dem sie Halt finden und an Bord klettern konnten. Pitt verfluchte sich dafür, dass er darauf nicht vorbereitet war.

Er ließ sich wieder an der Ankerkette hinab. »Es ist die *Deep Encounter*«, teilte er Giordino ruhig mit.

Giordino blickte nach oben und schaute ihn dann im schwachen Lichtschein fragend an. »Und wie kommen wir ohne Laufplanke oder Fallreep an Bord?«

»Gar nicht.«

»Du weißt natürlich schon einen Ausweg«, sagte er.

»Selbstverständlich.«

»Dann lass die schlechte Nachricht hören.«

Pitts schmales Grinsen war in der Dunkelheit kaum zu erkennen. »Das Piratenschiff ist kleiner. Vermutlich können wir dort am

Heck hinaufklettern und uns dann an Bord der *Deep Encounter* vorarbeiten.«

Pitt war ruhig, ausgeglichen und mit sich im Reinen. Er hatte richtig geraten. Das Piratenschiff war kein mit Kanonen bestückter Rahsegler, sondern ein rund vierzig Meter langes Arbeitsboot, dessen Heck so niedrig war, dass sie hinaufklettern konnten. Zumal jemand freundlicherweise eine Bordleiter angebracht hatte, die auf eine kleine Plattform für Taucher führte.

»Ich hoffe, wir finden irgendwo ein schönes, altbewährtes Stück Rohr, mit dem wir ein paar Schädel einschlagen können«, murmelte Giordino. »Mit bloßen Händen komme ich mir nackt vor.«

»Darum mache ich mir keine Sorgen«, erwiderte Pitt leichthin. »Ich habe gesehen, was du mit diesen Speckseiten anrichten kannst. Außerdem hast du eines vergessen: Wir haben das Überraschungsmoment auf unserer Seite. Die rechnen nicht mit Besuchern, und schon gar nicht mit verrufenen Gestalten wie uns, die sich einfach durch die Hintertür reinschleichen.«

Pitt wollte gerade über die Heckreling klettern, als sich Giordinos Finger in seinen Arm gruben. »Was ist los?«, murmelte er und rieb sich den Unterarm.

»Jemand steht beim hinteren Deckhaus und raucht eine Zigarette«, flüsterte ihm Giordino ins Ohr.

Pitt reckte vorsichtig den Kopf, bis er das Arbeitsdeck überblicken konnte. Giordino hatte gute Augen, zumal bei Nacht. Eine kaum sichtbare Gestalt, in der Dunkelheit nur in Umrissen zu erkennen, als sie sich bewegte, um an der Zigarette zu ziehen, war über die Reling gebeugt und genoss die Tropennacht. Der Mann wirkte nicht besonders wachsam, sondern eher gedankenverloren.

Lautlos wie ein Geist kletterte Giordino über die Heckreling, hoffte, dass das Rascheln der Palmwedel, die sich im leichten Wind wiegten, das von ihm tropfende Wasser übertönte, während er leise über das Deck tappte, die mächtigen Hände um den Hals des Mannes legte und ihm die Luft abschnürte. Er wehrte sich kurz, dann wurde er schlaff. Nahezu geräuschlos zerrte Giordino den Seeräuber zum Heck und legte ihn hinter eine schwere Winde.

Pitt durchsuchte seine Kleidung und fand ein großes Klappmesser und einen Revolver mit kurzem Lauf. »Wir sind gerüstet«, gab er bekannt.

»Er atmet noch«, sagte Giordino. »Was machen wir mit ihm?«

»Leg ihn auf die Taucherplattform. Dort ist er außer Sicht.«

Giordino nickte, hob den Piraten mühelos über die Reling und ließ ihn auf die Plattform fallen, wo er unmittelbar vor der Kante, nur wenige Zentimeter über dem Meer, liegen blieb.

»Hoffen wir, dass er noch mindestens eine Stunde weiterschläft.«

»Garantiert.« Giordino starrte in die Dunkelheit und suchte das offene Deck ab. »Was meinst du, wie viele an Bord sind?«

»Die NUMA hat zwei ähnliche Arbeitsboote, die etwa genauso groß sind. Normalerweise haben sie eine fünfzehnköpfige Besatzung, können aber mehr als hundert Mann aufnehmen.«

Pitt reichte Giordino das Messer, das dieser mürrisch musterte. »Warum krieg ich nicht die Knarre?«

»Du bist doch derjenige, der sich immer die alten Filme mit Errol Flynn anschaut.«

»Der hatte ein Schwert, kein billiges Schnappmesser.«

»Dann tu einfach so als ob.«

Giordino verkniff sich jedes weitere Murren, während sie vorsichtig über das weitläufige Fracht- und Arbeitsdeck zu einer Luke an der Rückwand des Deckhauses schlichen. Sie war geschlossen – vermutlich wegen der Luftzirkulation, weil drinnen die Klimaanlage auf vollen Touren lief. Spätestens jetzt hätte ihnen mulmig werden müssen. Doch sie fürchteten sich nicht vor dem, was sie erwartete, sondern hatten lediglich Angst davor, dass sie zu spät kommen könnten, um die Männer und Frauen auf der *Deep Encounter* zu retten. Pitt war auf das Schlimmste gefasst, aber er scherte sich nicht darum, wollte es genauso wenig wahrhaben wie die Sorge um das eigene Leben.

Kurz bevor sie zu der Laufplanke kamen, die zwischen den beiden Schiffen ausgelegt war, hielten sie inne und warfen einen verstohlenen Blick durch eines der Bullaugen, aus denen Licht drang. Pitt zählte zweiundzwanzig Seeräuber in einer geräumigen Messe, die Karten spielten, lasen oder vor dem Satellitenfernseher saßen. An den Wänden rundum hingen so viele Waffen, dass man damit eine Revolution hätte vom Zaum brechen können. Keiner der Männer schien mit ungebetenen Besuchern zu rechnen, geschweige denn einen Gedanken darauf zu verschwenden, dass ihre Gefangenen flüchten könnten. Pitt wurde bei ihrem bloßen Anblick unbehaglich zumute. Die Entführer wirkten überaus sorglos, zu sorglos, wenn man bedachte, dass sie fünfzig Geiseln in ihrer Hand hatten.

»Erinnere mich dran, dass ich keinen von diesen Jungs anheure, wenn ich irgendwann mal meine Habseligkeiten bewachen lassen will«, grummelte Giordino.

»Der Kleidung nach zu schließen, sind das eher professionelle Söldner als Piraten«, murmelte Pitt.

Er verbot sich jeden Gedanken daran, die Entführer an Bord ihres eigenen Bootes zur Rechenschaft zu ziehen. Mit einem sechsschüssigen Revolver und einem Messer hatten sie gegen mehr als zwanzig schwer bewaffnete Männer denkbar schlechte Karten in der Hand. Außerdem mussten sie zuallererst feststellen, ob auf dem Forschungsschiff noch jemand am Leben war, und dann die Rettungsaktion in die Wege leiten, falls das überhaupt möglich war. Er und Giordino drückten sich eine Zeit lang flach an die Backbordaufbauten, lauschten und spähten in die Dunkelheit. Als sie nichts Verdächtiges bemerkten, huschten sie lautlos über das Deck. Bis Pitt plötzlich stehen blieb.

Giordino hielt neben ihm inne und flüsterte: »Irgendwas gesehen?«

Pitt deutete auf einen breiten, überstrichenen Streifen Pappkarton, der mit Klebeband provisorisch an die Aufbauten geheftet war. »Mal sehen, was es dort zu verstecken gibt.«

Langsam und vorsichtig zog er das Klebeband ab, mit dem der Karton an dem Metall befestigt war. Als er den Großteil abgelöst hatte, rollte er die Pappe hoch und musterte die Zeichen, die im fahlen Licht, das durch die Bullaugen fiel, kaum zu erkennen waren.

Mit Mühe und Not konnte er eine Art Wappen erkennen, einen stilisierten Hund mit drei Köpfen und einem Schlangenschweif. CERBERUS stand unmittelbar darunter. Er konnte nichts damit anfangen, daher klebte er den Karton wieder fest.

»Irgendwas gesehen?«, fragte Giordino.

»Es reicht.«

Sie rückten zu der schmalen, eisernen Laufplanke vor, die zwischen den beiden Schiffen ausgelegt war, und überquerten sie vorsichtig, rechneten fast damit, dass jeden Moment irgendwelche Seeräuber aus der Dunkelheit auftauchen und sie mit Schnellfeuerwaffen unter Beschuss nehmen könnten.

Doch niemand hielt sie auf, als sie an Deck des Forschungsschiffes traten, in den Schatten huschten und stehen blieben. Jetzt war Pitt auf heimischem Boden. Die *Deep Encounter* kannte er in- und auswendig, hier fand er sich notfalls auch mit verbundenen Augen zurecht.

Giordino legte Pitt die Hand ans Ohr und flüsterte: »Sollen wir uns trennen?«

»Nein«, erwiderte Pitt leise. »Wir blieben lieber beisammen. Los, wir fangen im Ruderhaus an und arbeiten uns nach unten vor.«

Sie hätten über die Außentreppe hinauf zum Ruderhaus steigen können, entschieden sich aber dagegen, weil sie dort womöglich gesehen werden konnten, wenn einer der Seeräuber zufällig aus der Messe treten sollte. Stattdessen drückten sie sich durch eine Luke und rückten über einen Aufgang zum vier Decks höher gelegenen Ruderhaus vor. Es war dunkel und menschenleer. Pitt ging in den Funkraum und schloss die Tür, während Giordino draußen Wache stand. Er griff zum Globalstar-Telefon und wählte Sandeckers Handynummer. Wartete darauf, dass die Verbindung zustande kam, und warf unterdessen einen Blick auf das orangefarbene Zifferblatt der Doxa-Taucheruhr. Zwei Minuten nach zehn. Er überschlug kurz den Zeitunterschied, etwa acht Stunden. Demnach war es in Washington sechs Uhr früh. Vermutlich war der Admiral gerade unterwegs und lief seine üblichen fünf Meilen am Tag.

Dann meldete sich Sandecker. Er hatte drei Meilen hinter sich, atmete aber noch ganz normal. Die Zeit war zu knapp, als dass sich Pitt in unverfänglichen Andeutungen hätte ergehen können, auch wenn die Gefahr bestand, dass jemand mithörte. Er berichtete kurz und knapp, dass sie die *Deep Encounter* gefunden hatten, und gab die genaue Position durch.

»Was ist mit meinen Leuten?«, fragte der Admiral, als handelte es sich um Familienangehörige.

»Das steht noch nicht fest«, erwiderte Pitt, wie weiland Major Deverieux kurz vor dem Fall von Wake. »Sobald ich Bescheid weiß, melde ich mich wieder.« Dann unterbrach er die Verbindung.

Er trat aus dem Funkraum. »Irgendwas gehört oder gesehen?«

»Still wie ein Grab.«

»So was solltest du lieber nicht sagen«, erwiderte Pitt unwirsch.

Sie verließen das Ruderhaus und stiegen ein Deck tiefer. Die Mannschaftsunterkünfte und die Krankenstation waren einsam und verlassen. Pitt trat in seine Kabine, fummelte in einer Schublade herum und war selbst überrascht, als er seinen altbewährten halbautomatischen Colt noch dort vorfand, wo er ihn hinterlassen hatte. Er schob ihn in den Bund seiner Badeshorts und reichte Giordino den Revolver, der ihn wortlos entgegennahm. Danach holte er eine kleine Stiftlampe heraus, schaltete sie ein und ließ den Strahl einmal durch den Raum kreisen. Alles war unversehrt. Nur Dr. Egans Lederkoffer stand nicht mehr in dem Kleiderschrank, in dem er ihn aufbewahrt hatte. Er lag offen auf dem Bett.

In Giordinos Kabine war es nicht anders. Keine seiner Habseligkeiten war durchsucht oder durcheinander gebracht worden.

»Aus diesen Typen werde ich einfach nicht schlau«, sagte Giordino leise. »Ich hab noch nie gehört, dass Piraten ein Schiff kapern, ohne es auszuplündern.«

Pitt richtete die Lampe in den Niedergang. »Weiter geht's.«

Sie stiegen zum nächsten Deck hinunter, auf dem sich acht weitere Kabinen, die Messe, die Kombüse, der Konferenzraum und der Salon befanden. Auf den Tischen in der Messe stand noch das schmutzige Geschirr mit den verdorbenen Überresten der letzten Mahlzeit, auf den Tischen und Sofas im Salon lagen Illustrierte herum, als wären sie erst unlängst zugeschlagen worden. Bis zum Filter abgebrannte Zigaretten türmten sich in den Aschenbechern im Konferenzraum. Auf dem Herd in der Kombüse standen allerlei Töpfe und Pfannen, deren Inhalt mit grünem Schimmel überzogen war. Es war, als hätten sich alle Mann an Bord vom einen Moment zum anderen in Luft aufgelöst.

Pitt und Giordino hatten keine Ahnung, wie lange sie hier herumsuchten, verzweifelt darauf hofften, irgendein Lebenszeichen zu entdecken. Vielleicht fünf Minuten, vielleicht auch zehn. Vielleicht warteten sie auf eine Stimme oder einen Laut, irgendein Geräusch. Aber vielleicht hatten sie auch nur Angst, sie könnten gar nichts finden. Pitt zog den 45er aus dem Hosenbund und richtete ihn nach vorn, bereit, sofort zu schießen, falls sie angegriffen werden sollten, auch wenn er dadurch die ganze Seeräuberbande aufschreckte, die auf ihrem Schiff herumlungerte.

Als sie in den Maschinen- und Generatorenraum hinabstiegen, ohne irgendwo auf Wachposten zu stoßen, glaubte Pitt allmählich, dass sich seine schlimmsten Befürchtungen bewahrheiteten. Jemand müsste doch Wache stehen, auf die Gefangenen aufpassen, falls hier überhaupt noch jemand festgehalten wurde. Außerdem brannte nirgendwo Licht. Normalerweise saßen Wachposten nicht im Dunkeln herum. Langsam verlor er die letzte Hoffnung, bis sie zu den Kabinen der Maschinenraummannschaft kamen und das Licht sahen, das aus der Unterkunft des Chefmaschinisten fiel.

»Wenigstens einer«, grummelte Giordino, »der was sehen will.«

Am anderen Ende des Ganges befand sich die Tür zum Maschinen- und Generatorenraum. Sie bauten sich zu beiden Seiten der Wand auf und rückten zur Tür vor. Als sie noch etwa drei Meter davon entfernt waren, hörten sie Stimmen. Sie schauten sich einen Moment lang an. Pitt legte das Ohr kurz an die Tür und lauschte. Die Stimmen klangen höhnisch, fast verächtlich. Ab und zu hörte er Gelächter.

Er drückte den langen, eisernen Türgriff ein paar Millimeter herunter. Lautlos ließ er sich bewegen. Bedanke dich bei Chefmaschinist House, dachte er, dass er die Schlösser regelmäßig ölen lässt. Unendlich langsam drückte er den Griff nach unten, damit es drinnen niemand bemerkte. Als er am Anschlag war, schob er die Tür behutsam einen Spalt weit auf, so als erwartete ihn dahinter eine Horde außerirdischer Ungeheuer, die sich von Menschenfleisch ernährten.

Jetzt konnten sie die Stimmen deutlich hören. Es waren insgesamt vier. Zwei davon kannten sie nicht, doch die anderen beiden waren ihnen umso vertrauter. Da drin fand alles andere als eine zwanglose Unterhaltung statt. Und allem Anschein nach verhöhnten die beiden Fremden alle anderen Männer.

»Lang wird's nicht mehr dauern, dann wisst ihr, wie es ist, wenn man ersäuft.«

»Ja, das ist nicht so wie im ewigen Eis, wo man einfach einschläft«, warf der Zweite gehässig ein. »Man hat das Gefühl, als ob einem der Schädel zerspringt. Die Augen treten einem aus den Höhlen. Die Trommelfelle platzen, als ob ein Dorn reingestochen wird. Die Kehle wird abgeschnürt, als ob sie einem rausgerissen wird, und die Lunge brennt, als würde Salpetersäure reingeschüttet. Ihr kriegt die volle Dröhnung.«

»Ihr elendes Dreckspack«, erwiderte Kapitän Burch.

»Wer so was im Beisein von Frauen ausspricht, ist verkommener als jedes Vieh«, hörten sie Chefmaschinist House sagen.

»Hey, Sam, hast du gewusst, dass wir verkommen sind?«

»Erst seit letzter Woche.«

Daraufhin lachten beide schallend.

»Wenn ihr uns umbringt«, sagte Burch aufgebracht, »werdet ihr von sämtlichen Polizeibehörden dieser Welt gejagt, und die kriegen euch hundertprozentig.«

»Ohne Zeugen und Beweise bestimmt nicht«, erwiderte der mit Sam angesprochene Seeräuber spöttisch.

»Ihr geht einfach mit Mann und Maus unter, so wie zahllose andere Schiffe auch.«

»Bitte«, meldete sich eine der Wissenschaftlerinnen zu Wort. »Wir alle haben Angehörige zu Hause. So etwas können Sie doch nicht tun.«

»Tut mir Leid, gute Frau«, versetzte Sam kühl. »Aber den Leuten, die unsern Lohn bezahlen, ist euer Leben schnurzegal.«

»Unsere Leute müssten in etwa einer halben Stunde an Bord kommen«, sagte Sams Spießgeselle. Dann schwieg er einen Moment und wandte sich aus Pitts Blickfeld ab. »In zwei Stunden, meine Damen und Herren von der NUMA, können Sie die Bewohner der Tiefsee aus nächster Nähe erforschen.«

Durch den schmalen Türspalt konnte Pitt erkennen, dass die

Entführer Schnellfeuergewehre im Anschlag hatten. Er nickte Giordino zu. Beide Männer beugten sich vornüber, bereiteten sich auf den Kampf vor, drückten dann die Tür auf und rückten nebeneinander in den Maschinenraum vor.

Die beiden Seeräuber spürten, dass jemand hinter ihnen war, doch sie drehten sich nicht um, dachten, es wären bereits ihre Freunde vom Exekutionskommando. »Ihr seid früh dran«, sagte Sam. »Weshalb die Eile?«

»Wir haben Befehl erhalten, in Richtung Guam in See zu stechen«, sagte Giordino, der den Tonfall des Seeräubers mit der schnarrenden Stimme so gut wie möglich nachahmte.

»Das wär's dann«, sagte Sam lachend. »Fangt schon mal an zu beten. Denn bald werdet ihr eurem Schöpfer gegen –«

Weiter kam er nicht. Giordino packte ihn am Kopf, hob ihn hoch und schmetterte ihn ans nächste Schott. Im gleichen Moment holte Pitt mit dem 45er aus, hieb ihn dem anderen Wachmann seitlich an die Kinnlade und schickte ihn zu Boden, wo er wie ein Haufen Lumpen liegen blieb.

Danach ging es mit einem Mal hoch her wie auf einer Party. Lediglich die Luftballons und der Sekt fehlten.

Alle waren da, die gesamte Mannschaft der *Deep Encounter*. Wie Galeerensklaven hockten sie rund um den Schiffsgenerator am Boden, die Knöchel in Fußeisen gelegt und mit einer langen Kette aneinander geschmiedet, die an der Einbettung der schweren Maschine befestigt war. Pitt zählte sie rasch durch, während alle wie erstarrt dasaßen und die beiden Männer anschauten, die sie für tot und verschollen gehalten hatten. Burch, House, die Besatzung wie auch die Wissenschaftler sahen aus, als träumten sie. Dann rappelten sie sich nach und nach auf und brachen im nächsten Moment in laute Jubelrufe aus, bis Pitt die Hände hob. »Leise!«, zischte er. »Um Himmels willen, seid still, sonst kommt gleich eine Horde bewaffneter Wachmänner angestürmt.«

»Wo, zum Teufel, kommt ihr her?«, fragte Burch.

»Von einer Luxusjacht«, antwortete Giordino. »Aber das ist eine andere Geschichte.« Er wandte sich an Chefmaschinist House. »Haben Sie irgendwas, mit dem man die Kette kappen kann?«

House deutete in einen Nebenraum. »In der Werkzeugkammer. Dort hängt ein Bolzenschneider an der Wand.«

»Mach zuerst die Besatzung los«, sagte Pitt zu Giordino. »Wir müssen klar zum Auslaufen sein, bevor die Entführer an Bord kommen.«

Giordino kehrte dreißig Sekunden später zurück und machte sich fieberhaft an den Ketten zu schaffen. Inzwischen war Pitt aufs Oberdeck gestürmt und hatte sich davon überzeugt, dass die Rettungsaktion noch nicht entdeckt worden war. Soweit er feststellen konnte, waren die Decks des Piratenschiffs nach wie vor menschenleer. Die hocken wahrscheinlich noch alle in der Messe, dachte er, lecken sich die Lefzen wie ein Rudel hungriger Hyänen und freuen sich schon darauf, die *Deep Encounter* mitsamt der Mannschaft in ein nasses Grab zu schicken.

Als er zurückkehrte, waren House und seine Männer bereits auf Station. »Ich lass euch jetzt allein«, sagte er zu Burch.

Der Kapitän schaute ihn verständnislos an. Selbst Giordino drehte sich um und warf Pitt einen verdutzten Blick zu.

»In einer Hütte auf den Klippen über der Fahrrinne sitzt ein Wachtposten. Meiner Ansicht nach hält er nicht nur Ausschau nach Eindringlingen, sondern ist auch so schwer bewaffnet, dass er jedes Schiff aufhalten kann, das die Lagune verlässt.«

»Wie kommst du denn darauf?«, fragte Giordino.

»Wenn man's nicht besser wüsste, könnte man meinen, die Entführer hüten hier einen Ziergarten, damit keine wilden Hirsche einfallen. Zwei Wächter für fünfzig Mann, während die anderen herumhocken, als wären sie im Urlaub? Höchst unwahrscheinlich. Die müssen sich sehr sicher sein, dass das Schiff niemals die offene See erreichen kann, selbst wenn es der Besatzung irgendwie gelingen sollte, die Aufpasser zu überwältigen. Die Fahrrinne ist in der Mitte gut hundertzwanzig Meter tief. Wenn die *Deep Encounter* dort versenkt wird, findet man sie nie, und das Piratenschiff hat trotzdem noch so viel Wasser unter dem Kiel, dass es mühelos aus der Lagune rauskommt.«

»Die Nacht ist stockdunkel«, sagte Burch. »Wir könnten uns hinaus auf See schleichen, ohne dass uns der Posten entdeckt.«

»Funktioniert nicht«, widersprach Pitt. »Die Entführer drüben auf dem anderen Schiff bekommen es sofort mit, wenn ihr ausläuft, und nehmen die Verfolgung auf. Sobald der Anker gelichtet wird und die Maschinen anspringen, wissen sie Bescheid. Und zuallererst verständigen sie den Posten, der die Fahrrinne bewacht. Ich muss vorher dort sein und ihn ausschalten.«

»Ich komme mit«, sagte Giordino bestimmt.

Pitt schüttelte den Kopf. »Du bleibst hier und schlägst die Enterkommandos zurück, bis das Schiff in Fahrt kommt. Dafür bist du der beste Mann.«

»Horatio auf der Brücke – das bin ich.«

»Das schaffen Sie nie und nimmer rechtzeitig«, sagte House. »Bis dorthin ist es gut eine halbe Meile, immer bergauf und quer durch den Dschungel.«

Pitt hielt seine kleine Stiftlampe hoch. »Die wird mir den Weg leuchten. Außerdem haben die Seeräuber höchstwahrscheinlich einen Trampelpfad zur Wachhütte angelegt.«

Giordino schüttelte Pitt die Hand. »Viel Glück, mein Guter.«

»Desgleichen.«

Damit verschwand Pitt.

20

So schnell wie möglich, aber auch so ruhig, als legten sie vom Kai in San Francisco ab, wandte sich die Besatzung ihren Aufgaben zu. Keiner verlor ein überflüssiges Wort, niemand redete über die Gefahr, in der sie schwebten. Sie ließen sich weder Angst noch Unruhe anmerken. Die Wissenschaftler, die niemandem in die Quere kommen wollten, begaben sich unterdessen in ihre Kabinen und blieben dort.

Kapitän Burch kauerte sich auf die Brückennock und starrte durch die Dunkelheit auf das Arbeitsboot der Entführer. »Wir sind so weit, Chief«, sagte er leise in das mobile Bordtelefon.

»Dann lassen Sie den Anker lichten«, erwiderte House. »Sagen

Sie mir Bescheid, sobald er los ist, dann bringe ich die Maschinen auf höchste Drehzahl.«

»Bleiben Sie dran«, sagte Burch. In früheren Zeiten mussten die Anker von den Besatzungsmitgliedern mit Hebeln und Winden eingeholt werden. Burch hingegen, der an Bord der *Deep Encounter* über modernstes Gerät verfügte, brauchte lediglich einen Befehl in den Computer einzugeben. Alles Weitere erfolgte automatisch. Doch weder er noch irgendjemand anders konnte das Rasseln und Klirren dämpfen, als die Kette scharrend und scheppernd durch die Ankerklüse lief.

Aufgrund seiner jahrelangen Erfahrung wusste Burch sofort Bescheid, als sich der Anker vom Boden löste. »Okay, Chief. Volle Fahrt voraus. Bringen Sie uns schleunigst von hier fort.«

Unten in seinem Reich ließ Chefmaschinist House die Hände über das Steuerpult gleiten. Er spürte, wie die Schrauben durch das Wasser wirbelten, das Heck tiefer zogen, und stellte dann zufrieden fest, dass sich das Schiff in Bewegung setzte.

Giordino nahm die erbeuteten Sturmgewehre der beiden Entführer, die er und Pitt überwältigt hatten, und ging ein paar Schritte von der zum Piratenschiff führenden Laufplanke entfernt hinter der Bordwand in Stellung. Er legte sich aufs Deck, hielt das eine Gewehr in der Armbeuge und hatte das andere und den Revolver neben sich liegen. Er machte sich nichts vor, wusste, dass er ein schweres Feuergefecht nicht gewinnen konnte. Aber sobald sich das Forschungsschiff in Bewegung setzte, hatte er freies Schussfeld und konnte mühelos jeden in Schach halten, der es entern wollte. Er hätte auch die Laufplanke ins Wasser stoßen können, ließ es aber sein, weil er keinen unnötigen Lärm machen wollte. Außerdem fiel sie von allein hinunter, wenn die *Deep Encounter* ablegte.

Er spürte, wie das Deck erbebte, als Chefmaschinist House die schweren Generatoren anwarf und die dieselelektrischen Maschinen auf volle Touren brachte. Zwei Besatzungsmitglieder des Forschungsschiffes krochen im Schutz der stählernen Bordwand zum Steuerbordbug, lösten die Vertäuleinen des Arbeitsboots von den Pollern und verzogen sich dann wieder in die Aufbauten.

Jetzt wird's lustig, dachte Giordino, als er das Rasseln der Ankerkette hörte. Den Männern und Frauen an Bord der *Deep Encounter* kam es so laut vor, als schlügen zwanzig Hämmer zugleich auf einen Amboss ein. Wie erwartet, kamen drei Entführer aus der Messe gestürmt, um festzustellen, woher der Lärm rührte.

Verdutzt, wie er war, als er sah, dass die *Deep Encounter* den Anker lichtete, aber ohne zu wissen, dass seine Spießgesellen überwältigt worden waren, schrie einer von ihnen mit gellender Stimme: »Halt! Halt! Ihr dürft nicht vorzeitig auslaufen. Nicht ohne Mannschaft!«

Still liegen zu bleiben war nicht Giordinos Art. »Ich brauche keine Mannschaft«, erwiderte er mit kratziger Stimme, ahmte immer noch den Entführer nach, der so klang, als hätte er einen Frosch im Hals. »Das schaff ich allein.«

Drüben herrschte unterdessen noch mehr Verwirrung, als weitere Seeräuber aufs Deck stürmten. Dann ertönte eine inzwischen wohlbekannte, schnarrende Stimme. »Wer bist du?«

»Sam!«

»Du bist nicht Sam. Wo ist er?«

Giordino spürte, wie das Stampfen der Maschinen stärker wurde und das Schiff sich langsam in Bewegung setzte. Noch ein paar Sekunden, dann müsste sich die Laufplanke lösen. »Sam, du bist 'n sabbernder Schwachkopf, der nicht mal den Klodeckel richtich hochklappen kann.«

Die Seeräuber fluchten und schrien wild durcheinander, dann stürmte ein ganzer Trupp zur Laufplanke. Zwei schafften es und hatten schon fast den halben Weg hinter sich, als Giordino sorgfältig zielte und ihnen in die Knie schoss. Der eine fiel aufs Arbeitsboot zurück, der andere sank zusammen, klammerte sich ans Geländer der Laufplanke und schrie vor Schmerz auf. In diesem Moment rutschte die Laufplanke weg, als das Forschungsschiff Fahrt aufnahm und den Kanal ansteuerte.

In kürzester Zeit hatten sich die Seeräuber wieder gefangen. Die *Deep Encounter* war noch keine hundert Meter weit gekommen, als das Arbeitsboot den Anker lichtete, das Heck ins Wasser grub und die Verfolgung aufnahm. Kurz darauf hallte die erste Salve von den Lavafelsen wider, woraufhin Giordino einen kurzen Feuerstoß durch die Brückenverglasung des Arbeitsbootes jagte.

Dann steuerte das Forschungsschiff um die ersten Klippen herum und stieß in die Fahrrinne, sodass es eine Zeit lang außer Schussweite war. Giordino nutzte die kurze Feuerpause und rannte hinauf ins Ruderhaus.

»Mit denen ist nicht gut Kirschen essen«, sagte er zu Burch, der das Ruder bediente.

»Mit ihren Kugeln können sie uns nichts anhaben«, stieß Burch durch zusammengebissene Zähne aus, ohne die Pfeife loszulassen, die er mit dem Kopf nach unten im Mund stecken hatte. »Und so leicht wie beim ersten Mal lassen wir uns von denen nicht mehr entern.«

Sie stampften jetzt durch den Kanal, getrieben von den schweren Diesel- und Elektromaschinen, die House mit voller Kraft laufen ließ. Die Fahrrinne wirkte wie ein finsterer Höllenschlund. Nur anhand der undeutlichen Schatten der Klippen, die hoch über ihnen aufragten und sich vor dem Sternenhimmel abzeichneten, konnten sie halbwegs erkennen, in welche Richtung sie sich halten mussten. Delgado war über das Radargerät gebeugt und gab leise jede Kursänderung durch. Dann warfen alle drei bange Blicke nach hinten, auf die Lichter das Arbeitsbootes, das jetzt ebenfalls in die Fahrrinne stieß.

Es machte fast doppelt so viel Fahrt wie die *Deep Encounter*, ragte bereits düster und drohend vor den Umrissen der Palmen am Strand auf. Dann wandten sich alle um und blickten hinauf zu den steilen Klippen, auf den schwachen Lichtschein, der aus der Hütte des Wachpostens fiel. Und sie fragten sich, ob Pitt es rechtzeitig schaffen würde, bevor sie die Einfahrt zur Lagune erreichten. Nur Giordino wirkte zuversichtlich, während er das rasch näher kommende Arbeitsboot mit weiteren Feuerstößen eindeckte, bis seine Munition aufgebraucht war.

Der Pfad, wenn man ihn denn als solchen bezeichnen konnte, war knapp dreißig Zentimeter breit und führte in endlosen Kurven und Windungen zur Klippe hinauf. Pitt rannte, so schnell er konnte.

Seine Füße bluteten und taten höllisch weh, denn unter den Flossen, die er von dem Alten geborgt hatte, trug er nur Socken, und die waren längst von den Lavafelsen zerfetzt. Er lief mit weit ausholenden Schritten, spürte, wie sein Herz immer schneller schlug, rannte aber unverwandt weiter, ohne auch nur einmal in leichten Trab zu verfallen. Der Schweiß quoll ihm aus sämtlichen Poren und rann ihm über Stirn und Oberkörper.

Er schirmte die Stiftlampe mit der Hand ab, damit der Posten in der Hütte den Lichtschein nicht bemerkte. In solchen Momenten wünschte er immer, er hätte mehr für seine Kondition getan. Sandecker hätte diese Strecke vermutlich in der halben Zeit geschafft, ohne auch nur schwer zu atmen. Pitt hingegen, der für Fitnesstraining nichts übrig hatte, weil er der Meinung war, dass er in seinem Leben ohnehin genug Sport trieb, kam jetzt mächtig ins Keuchen, und seine Füße fühlten sich an, als ginge er auf glühenden Kohlen. Er warf einen kurzen Blick zurück, als er die Schüsse hörte, war aber davon überzeugt, dass sein alter Freund niemanden über die Laufplanke kommen ließ. Anhand der Lichter, die sich auf dem Wasser spiegelten, konnte er erkennen, dass die *Deep Encounter* Fahrt aufnahm. Doch das Geschrei, das von den Felswänden widerhallte, verriet ihm auch, dass die Piraten sofort die Verfolgung aufgenommen hatten. Dann fielen drunten wieder Schüsse, als Giordino eine Breitseite auf die Brücke der Verfolger abfeuerte.

Die Hütte des Wachpostens war keine fünfzig Meter vor ihm. Er hielt inne, lief langsam weiter und erstarrte dann, als er im Lichtschein, der aus dem Fenster fiel, eine dunkle Gestalt sah. Der Posten war soeben aus der Hütte getreten, blieb am Rand der Klippe stehen und blickte hinab auf das Forschungsschiff, das durch die Fahrrinne pflügte. Pitt rückte näher, ohne auf Deckung zu achten. Geduckt rannte er hinter dem Posten vorbei, dessen ganzes Augenmerk dem Geschehen dort unten galt. Die Tür der Wachhütte stand offen, und im Lichtschein, der nach draußen fiel, konnte er erkennen, dass er irgendeine Waffe in Händen hielt. Entweder hatten ihn die in der Lagune widerhallenden Schüsse aufgeschreckt, oder jemand hatte ihn per Funk davon verständigt, dass die Leute von der

NUMA ihr Schiff zurückerobert hatten und in die offene See ausbrechen wollten.

Als Pitt näher kam, erkannte er, dass der Posten mit einem Raketenwerfer bewaffnet war, den er gerade schultern wollte. Und er sah, dass er eine Holzkiste mit weiteren Geschossen neben sich stehen hatte.

An heimliches Anschleichen war nicht mehr zu denken. Er bezweifelte zwar, dass er schnell genug war, um den Wachmann zu überrumpeln, ehe der ihn entdeckte. Aber er kam aus der Dunkelheit, und er griff mit dem Mut der Verzweiflung an, wusste, dass er den Posten aufhalten musste, bevor er eine Rakete auf die *Deep Encounter* abfeuerte und fünfzig Menschen tötete, darunter auch seinen besten Freund. Ohne Rücksicht auf Verluste stürmte er die letzten zehn Meter voran.

Wie ein Todesengel tauchte Pitt aus der dunklen Nacht auf, rannte wild entschlossen vorwärts, mit zusammengebissenen Zähnen, ohne auf seine schmerzenden Füße zu achten. Viel zu spät bemerkte ihn der Posten, der den Raketenwerfer gerade feuerbereit machen wollte. Pitt hechtete durch die Luft, stürzte sich auf ihn und riss ihn herum, als er die Rakete abschoss.

Der Feuerstrahl fauchte über Pitts Kopf hinweg und versengte ihm die Haare, als er die Schulter in die Brust des Postens rammte. Beide landeten am Boden, während die Rakete, durch Pitts Angriff abgelenkt, rund fünfzehn Meter über dem Heck der *Deep Encounter* in die Felswand einschlug. Abgesprengtes Gestein fiel in die Fahrrinne, und ein Hagel aus Lavasplittern prasselte auf die *Deep Encounter* herab, richtete aber kaum Schaden an.

Der Wachmann war benommen, hatte sich mindestens zwei Rippen gebrochen, doch er rappelte sich wieder auf und schlug mit verschränkten Händen zu, verfehlte Pitts Nacken um Haaresbreite, traf ihn aber am Kopf. Um ein Haar hätte Pitt die Besinnung verloren, doch er fing sich sofort wieder, kam auf die Knie und drosch dem Wachmann die Faust mit aller Kraft, die er aufbieten konnte, unmittelbar über dem Unterleib in den Bauch. Der Posten krümmte sich vornüber und stieß grunzend die Luft aus. Dann schnappte sich Pitt den Raketenwerfer und schwang ihn wie eine

Keule, erwischte den Wachmann an der Hüfte und schleuderte ihn zur Seite. Der Mann war zäh, trainiert und durch jahrelange harte Ausbildung gestählt. Trotz seiner Verletzungen fuhr er herum, richtete sich auf und stürzte sich wie ein waidwunder Keiler auf Pitt.

Pitt, der lieber mit Köpfchen statt mit Muskelkraft kämpfte, sprang flugs auf die Beine und trat einen Schritt zur Seite. Der Posten stürmte an ihm vorbei, geriet ins Stolpern und stürzte über den Rand der Klippe. Die Niederlage kam so unverhofft, dass er nicht einmal einen Schrei ausstieß. Nur ein gedämpftes Aufklatschen war zu hören, als er tief unten aufs Wasser schlug. Kühl und entschlossen holte Pitt eine Rakete aus der Holzkiste, schob sie in den Werfer und richtete ihn auf das Piratenschiff, das höchstens hundert Meter hinter der *Deep Encounter* durch die Fahrrinne stampfte. Gott sei Dank war es eine Stinger, wie Pitt feststellte, eine Waffe, die so leicht zu bedienen war, dass jeder schwachsinnige Terrorist damit umgehen konnte. Er richtete das Rohr mit dem Visier auf das Piratenschiff und betätigte den Abzug.

Die Rakete fauchte durch die Nacht und traf das Arbeitsboot mittschiffs am Rumpf, knapp über der Wasserlinie. Einen Moment lang sah es so aus, als hätte die Explosion keinen größeren Schaden angerichtet. Doch das Geschoss hatte die Rumpfplatten durchschlagen und ging im Maschinenraum hoch, zerfetzte die Treibstofftanks und verwandelte das Arbeitsboot in ein flammendes Inferno. Unter donnerndem Getöse schossen Feuerzungen aus dem Schiff, und die gesamten Aufbauten schienen wie von unsichtbarer Hand angehoben zu werden, als das Piratenschiff zerfetzt wurde. Ein orangeroter Feuerball blähte sich auf, tauchte die Fahrrinne samt der hoch aufragenden Klippen in gleißendes Licht und erlosch dann jäh. Der Kanal versank wieder in Dunkelheit, abgesehen von den feurigen Trümmern, die in der Dunkelheit rund um das untergehende Arbeitsboot aufs Wasser regneten. Binnen kürzester Zeit waren die Seeräuber in einem Feuersturm verglüht.

Pitt stand aufrecht da und starrte wie gebannt auf die Fahrrinne hinab, in der noch kurz zuvor ein schnelles Boot durch das Wasser gepflügt war. Doch sein Bedauern hielt sich in Grenzen. Die

Männer an Bord waren Killer gewesen, die sämtliche Besatzungsmitglieder des Forschungsschiffes hatten ermorden wollen. Jetzt konnte der *Deep Encounter* und ihrer Mannschaft niemand mehr etwas anhaben. Und nur darauf kam es seiner Meinung nach an.

Er schleuderte den Raketenwerfer über die Kante der Klippen ins Wasser. Mit einem Mal spürte er wieder seine zerschnittenen, blutenden Füße. Er humpelte zur Wachhütte und kramte in sämtlichen Schränken herum, bis er einen Sanitätskasten fand. Ein paar Minuten später hatte er seine Füße dick mit antiseptischer Salbe eingerieben und so gut verbunden, dass er laufen konnte. Anschließend durchsuchte er die Schubladen der Kommode, auf der das Funkgerät stand, hoffte, irgendwelche Papiere zu finden, entdeckte aber nur ein Notizbuch. Er blätterte kurz darin, stellte fest, dass die Eintragungen von dem Wachposten stammten, und steckte es in die Tasche seiner Shorts. Dann kippte er einen noch halb vollen Kanister mit Benzin aus, mit dem der Generator betrieben wurde, der den Strom für die Lampen und das Funkgerät erzeugte, und nahm eine Streichholzschachtel mit, die neben einem Aschenbecher lag, in dem sich die bis zum Filter heruntergerauchten Kippen türmten.

Pitt trat aus der Wachhütte, setzte die Streichholzschachtel in Brand und warf sie durch die Tür. Als der Innenraum in Flammen aufging, wandte er sich ab und humpelte den Pfad zum Strand hinunter. Dort angekommen, stellte er fest, dass Giordino und Misty ihn bereits erwarteten. Ein von zwei Besatzungsmitgliedern bemanntes Beiboot des Forschungsschiffes lag mit dem Bug voran im Sand.

Giordino kam auf ihn zu und schloss ihn in die Arme. »Eine Zeit lang habe ich fast gedacht, du wärst den Verlockungen einer lüsternen Eingeborenen erlegen.«

Pitt umarmte seinen Freund ebenfalls. »Zugegeben, das war ziemlich knapp.«

»Was ist mit dem Posten?«

»Der liegt bei seinen Kumpanen am Grund der Fahrrinne.«

»Du machst dich nicht schlecht.«

»Irgendwelche Schäden oder Verluste auf dem Schiff?«, fragte Pitt.

»Ein paar Dellen, ein paar Kratzer, aber nichts Ernstes.«

Misty kam angestürmt und schlang die Arme um Pitt. »Ich kann kaum glauben, dass du noch am Leben bist.«

Pitt gab ihr einen sittsamen Kuss und blickte sich dann in der Lagune um. »Seid ihr mit der Schiffsbarkasse gekommen?«

Misty nickte. »Der alte Mann hat mit seiner Jacht an der *Deep Encounter* angelegt und hat mich an Bord gebracht.«

»Wo ist er?«

Misty zuckte die Schultern. »Nach einem kurzen Gespräch mit Kapitän Burch ist er weitergefahren, um seine Weltreise fortzusetzen.«

»Schade«, sagte Pitt, »ich konnte mich nicht mal bei ihm bedanken.«

»Ein komischer alter Kauz«, sagte Giordino. »Er hat gesagt, dass wir uns irgendwann vermutlich mal wieder über den Weg laufen.«

»Wer weiß«, erwiderte Pitt versonnen, »möglich ist alles.«

ZWEITER TEIL

Hüter des Hades

DIE FORD UND DIE FOKKER
Ford

25. Juli 2001
Nuku'alofa, Tonga

21

Auf Befehl von Admiral Sandecker nahm Kapitän Burch direkten Kurs auf den Hafen von Nuku'alofa, der Hauptstadt der Tonga-Inseln, dem letzten verbliebenen polynesischen Königreich. Dort wartete bereits ein Wagen auf Pitt und Giordino, der sie auf schnellstem Weg zum Flughafen von Fua'amotu brachte, wo sie sich unverzüglich an Bord einer nach Hawaii fliegenden Passagiermaschine der Royal Tongan Airlines begaben. Von dort aus sollte sie ein NUMA-Jet nach Washington bringen.

Die Männer und Frauen der *Deep Encounter* nahmen herzlich, wenn auch nicht ohne Tränen von ihnen Abschied. Trotz aller Strapazen, die sie durchmachen mussten, hatte sie sich einmütig dafür entschieden, zu ihrem Einsatzgebiet zurückzukehren und mit der Vermessung des Tonga-Grabens fortzufahren. Misty weinte, Giordino schnäuzte sich fortwährend, Pitt hatte feuchte Augen, und selbst Burch und House sahen aus, als stünden sie am Grab des Familienhundes. Pitt und Giordino mussten sich förmlich losreißen und in den bereitstehenden Wagen springen.

Kaum hatten sie ihre Plätze an Bord der Boeing 747 eingenommen und sich angeschnallt, als die schwere Düsenmaschine auch schon über die Rollbahn donnerte und sich gemächlich in den Himmel hob. Kurz darauf fiel die üppig grüne Landschaft der Tonga-Inseln hinter ihnen zurück, und sie stiegen höher und höher über die indigoblaue See auf, zwischen vereinzelten Wolken hindurch, die so dicht wirkten, als könnte man darauf herumlaufen. Nach einer halben Stunde war Giordino auf seinem Platz am Gang bereits eingeschlafen. Pitt, der am Fenster saß, zog Egans Koffer unter dem Vordersitz hervor, wo er ihn verstaut hatte, und ließ die beiden Schlösser aufschnappen. Vorsichtig klappte er den Deckel auf, so als befürchtete er, dass er wieder voller Öl sein könnte. Ist doch lächerlich, dachte er dann. Das war kein Wunder, da ist allenfalls ein Witzbold am Werk gewesen.

Der Koffer enthielt nur ein Handtuch und die Kassetten mit den Videobildern von der *Emerald Dolphin*, die er mit den Kameras der *Abyss Navigator* aufgenommen hatte. Behutsam wickelte er das Handtuch auf, bis er den sonderbar verformten, grünlich schimmernden Klumpen, den sie am Boden der Kapelle gefunden hatten, vor sich liegen hatte. Er ließ ihn in der linken Hand herumrollen, drehte ihn mit der rechten um. Zum ersten Mal kam er dazu, ihn aus der Nähe anzusehen.

Er fühlte sich eigenartig glatt und geschmeidig an, nicht so rau und zerklüftet wie ausgeglühter Stahl oder verbranntes Plastik – er war eher rundlich, spiralförmig aufgerollt wie ein Schneckenhaus. Pitt hatte keine Ahnung, um was es sich handeln könnte. Er wickelte den Klumpen wieder in das Handtuch ein und legte ihn in den Koffer zurück. Im Labor der NUMA konnte man bestimmt feststellen, woraus dieses Zeug bestand. Sobald er ihn dort abgeliefert hatte, musste er sich nicht mehr damit beschäftigen.

Das Frühstück wurde ausgeteilt, doch er winkte ab, hatte keinen Hunger, und ließ sich nur einen Tomatensaft und eine Tasse Kaffee geben. Er trank einen Schluck Kaffee und blickte wieder aus dem Fenster. Eine Insel glitt tief unter dem Flugzeug vorbei, ein smaragdgrüner Fleck auf der funkelnden See. Er betrachtete sie einen Moment lang, erkannte dann die Umrisse. Es war Tutuila, eine der Samoa-Inseln. Dann konnte er den Hafen von Pago-Pago erkennen, wo er einst mit seinem Vater gewesen war, als der ihn auf eine so genannte Dienstreise mitgenommen hatte, bei der er sämtliche Marinestützpunkte rund um den Pazifik besichtigt hatte.

Er konnte sich noch gut an die Reise erinnern. Er war ein Teenager gewesen, und jedes Mal, wenn sein Vater irgendwelche Marineeinrichtungen besichtigen musste, war er Tauchen gegangen und mit einer Harpunenpistole bewehrt über die Korallen und die bunt schillernden Fische hinweggeglitten. Nur selten hatte er die altmodische Gummischlinge durchgezogen, mit der das dünne Geschoss ausgelöst wurde. Er betrachtete die Wunder der Unterwasserwelt und brachte Tage damit zu, sie zu fotografieren und zu erkunden. Und hinterher lag er im Schatten der Palmen an einem Sandstrand und sann über seine Zukunft nach.

Dann musste er an einen anderen Strand denken, der auf Oahu lag, einer der Hawaii-Inseln. Damals war er noch bei der Air Force gewesen. Er sah den jungen Mann vor sich, der er seinerzeit gewesen war, begleitet von einer Freundin, die er nie vergessen würde – Summer Moran, die bezauberndste Frau, die er jemals kennen gelernt hatte. Er konnte sich noch genau daran erinnern, wie er ihr in der Bar des Ala Moana Hotels am Waikiki Beach zum ersten Mal begegnet war, an ihre betörenden grauen Augen, die langen, feuerroten Haare, die perfekte Figur und das Kleid aus grüner Seide, nach asiatischem Stil eng geschnitten und seitlich geschlitzt. Dann hatte er wieder ihren Tod vor Augen, wie schon tausende Male zuvor. Er hatte sie bei einem Seebeben in einer Stadt unter Wasser verloren, die Frederick Moran, ihr wahnsinniger Vater, errichtet hatte. Sie war hinabgetaucht, um ihn zu retten, und nicht mehr zurückgekehrt.

Er verdrängte die Erinnerung daran, wie er es seither so oft getan hatte, und betrachtete sein Spiegelbild im Fenster. Die Augen strahlten noch so lebhaft wie eh und je, und doch verrieten sie die ersten Spuren des Alters, eine gewisse Müdigkeit zum Beispiel. Er fragte sich, wie es wohl sein würde, wenn er dem jungen Mann begegnete, der er vor zwanzig Jahren gewesen war. Angenommen dieser junge Dirk Pitt käme jetzt daher und setzte sich neben ihm auf eine Parkbank. Wie würde er auf diesen forschen jungen Draufgänger reagieren, der sich als Pilot in Diensten der Air Force ausgezeichnet hatte? Würde er ihn überhaupt erkennen? Und wie würde der junge Mann den alten Dirk Pitt wahrnehmen? Könnte er auch nur annähernd die wilden Abenteuer, die schmerzlichen Verluste, die blutigen Auseinandersetzungen und die Verletzungen vorhersehen, die ihn erwarteten? Der alte Pitt bezweifelte es. Aber angenommen, er könnte es. Würde der junge Pitt angesichts dessen, was vor ihm lag, zurückschrecken und einen gänzlich anderen Lebensweg einschlagen?

Pitt wandte sich vom Fenster ab, schloss die Augen und versuchte, nicht mehr daran zu denken, was aus ihm hätte werden können, wenn er in seiner Jugend so schlau gewesen wäre wie heute. Würde er alles wieder genauso machen, wenn er noch einmal von vorn anfangen könnte? Die Antwort lautete ja, jedenfalls zum größten Teil. Selbstverständlich würde er im Nachhinein manches etwas anders anpacken, hier und da mit etwas mehr Feingefühl vorgehen. Aber insgesamt war er zufrieden mit seinem Dasein und allem, was er erreicht hatte, schlichtweg dankbar dafür, dass er am Leben war, und dabei ließ er es bewenden.

Er wurde aus seinen Gedanken gerissen, da die Maschine in Turbulenzen geriet und kräftig durchgerüttelt wurde. Er schnallte sich an, als der Gong ertönte und die Leuchtschrift mit dem FASTEN YOUR SEAT BELTS aufblinkte. Er blieb wach und las etliche Illustrierte, bis das Flugzeug auf dem John Rodgers International Airport in Honolulu landete. Ein Pilot der NUMA, der sie nach Washington bringen sollte, nahm ihn und Giordino in Empfang. Er brachte sie zu den Förderbändern, damit sie ihr Gepäck abholen konnten, und fuhr sie dann zu einem türkis lackierten Gulfstream-Jet der NUMA, der auf der anderen Seite des Flughafengeländes stand. Im Westen ging die Sonne unter, als sie starteten, und der blaue Himmel im Osten wurde allmählich tiefschwarz.

Giordino schlief fast den ganzen Flug über wie ein Stein, während Pitt nur gelegentlich eindöste, um kurz darauf wieder hochzuschrecken. Tausend Gedanken gingen ihm durch den Kopf. Würde er weiterhin mit der Katastrophe auf der *Emerald Dolphin* befasst sein? Höchstwahrscheinlich setzte ihn Sandecker sofort auf ein neues Projekt an. Er überlegte sich, was er dagegen einwenden könnte. Denn inzwischen war er fest entschlossen, das Rätsel zu lösen. Diejenigen, die den Brand auf dem Kreuzfahrtschiff gelegt hatten, mussten dafür büßen. Man musste ihre Motive herausfinden, sie aufspüren und der gerechten Strafe zuführen.

Nach einer Weile wandte er sich angenehmeren Gedanken zu, zum Beispiel der Aussicht darauf, bald wieder in dem weichen Daunenbett in seinem Apartment über dem Flugzeughangar schlafen zu können. Er fragte sich, ob ihn die Kongressabgeordnete

Loren Smith, seine derzeitige Geliebte, wie sooft am Flughafen abholen würde. Loren mit den zimtroten Haaren und den violetten Augen. Ein paar Mal hätten sie um ein Haar geheiratet, waren aber nie ganz über die letzte Hürde hinweggekommen. Vielleicht war es diesmal so weit. Wer weiß, dachte Pitt, allzu lange kann ich nicht mehr sämtliche sieben Meere befahren und mich ständig auf irgendwelchen groben Unfug einlassen. Er war sich nur zu deutlich bewusst, dass ihm das Alter allmählich in die Knochen kroch, dass er mit der Zeit ein bisschen langsamer wurde, auch wenn es kaum wahrnehmbar war, bis er eines Morgens aufwachen und sich sagen würde: Herrgott, ich habe ja Anspruch auf meine Rentenversicherung.

»Nein!«, stieß er laut aus.

Giordino wachte auf und schaute ihn an. »Hast du gerufen?«

Pitt lächelte. »Bloß im Schlaf vor mich hingeredet.«

Giordino zuckte die Schultern, drehte sich auf die Seite und begab sich wieder ins Reich der Träume.

Nein, dachte Pitt, allerdings ohne einen Ton von sich zu geben. Ich ziehe mich nicht aufs Altenteil zurück, noch lange nicht. Weitere Unterwasserprojekte erwarteten ihn, neue Forschungsaufträge und Abenteuer. Nie und nimmer wollte er aufhören, jedenfalls nicht, bevor der Deckel auf seinen Sarg gelegt wurde.

Als er zum letzten Mal aufwachte, landete die Maschine gerade auf der Langley Air Force Base. Draußen war es nass und düster, und Regenschlieren rannen über die Fenster. Der Pilot rollte zum NUMA-Terminal und hielt unmittelbar vor einem offenen Hangar an. Als Pitt auf den Asphalt trat, hielt er inne und warf einen Blick zu dem nahe gelegenen Parkplatz. Seine Hoffnung war vergebens.

Loren Smith holte ihn diesmal nicht ab.

Giordino begab sich in seine Eigentumswohnung in Alexandria, wo er sich zunächst einmal gründlich duschte und dann seine zahlreichen Freundinnen anrief, um sie wissen zu lassen, dass er wieder im Lande war. Pitt schob die Rückkehr in sein trautes Heim eine Weile hinaus, besorgte sich einen NUMA-Jeep und fuhr zu der auf einem Hügel am Ostufer des Potomac gelegenen Zentrale. Er stellte den Jeep in dem unterirdischen Parkhaus ab und nahm den Aufzug in den zehnten Stock, ins Reich von Hiram Yeager, dem Computergenie der Behörde und Herrn über einen riesigen Rechnerverbund. In Yeagers Datenbank waren sämtliche wissenschaftlichen Erkenntnisse auf dem Gebiet der Meeresforschung gespeichert, dazu alle historischen Ereignisse seit Anfang der Geschichtsschreibung und darüber hinaus.

Yeager stammte aus dem Silicon Valley und war seit fast fünfzehn Jahren bei der NUMA. Mit den ergrauenden, zu einem Pferdeschwanz gebundenen Haaren und seiner Alltagskluft, einer Levi's samt dazugehöriger Jeansjacke und Cowboystiefeln, sah er aus wie ein alter Hippie. Niemand hätte bei seinem Anblick vermutet, dass er ein schickes Haus in einer vornehmen Wohngegend in Maryland besaß, einen BMW 740 il fuhr und zwei Töchter hatte, die auf der Schule mit hervorragenden Leistungen glänzten und nebenbei preisgekrönte Turnierreiterinnen waren. Außerdem hatte er einen hypermodernen Computer konstruiert und ein Programm namens Max entwickelt, ein anhand von Fotos seiner Frau geschaffenes Hologramm, das fast menschlich wirkte und sofort auftauchte, wenn er es ansprach.

Yeager wertete gerade die neuesten Erkenntnisse einer NUMA-Expedition aus, die vor der japanischen Küste auf der Suche nach neuen Lebensformen Tiefenbohrungen am Meeresboden vornahm, als Pitt in sein Allerheiligstes kam.

Er blickte auf, erhob sich dann und bot ihm lächelnd die Hand zum Gruß. »So, so, der Schrecken der Tiefe ist also wieder daheim.« Bestürzt musterte er Pitt. Der Leiter für Spezialprojekte der NUMA sah aus wie ein Tippelbruder. Seine Shorts und das geblümte Hemd waren völlig verlottert, die dick bandagierten Füße steckten in Badelatschen. Obwohl er im Flugzeug etliche Stunden geschlafen hatten, wirkten seine Augen müde und verquollen. Das Gesicht war mit Bartstoppeln übersät und sah aus, als hätte er sich seit einer Woche nicht mehr rasiert. Offensichtlich hatte er einiges durchgemacht. »Für den Mann der Stunde siehst du ziemlich heruntergekommen aus.«

Pitt schüttelte Yeager die Hand. »Ich bin vom Flughafen aus direkt hierher gekommen, um dich ein bisschen zu ärgern.«

»Das glaube ich dir aufs Wort.« Bewundernd blickte er Pitt an. »Ich habe den Bericht über die unglaubliche Rettungsaktion gelesen, die du und die Besatzung der *Deep Encounter* vollbracht haben. Und ich weiß über deinen Kampf mit den Piraten Bescheid. Wieso gerätst du immer wieder in so einen Schlamassel?«

»Es ergibt sich einfach«, erwiderte Pitt und hob beschwichtigend die Hände. »Ganz im Ernst, um die Rettung der Passagiere haben sich vor allem die Männer und Frauen an Bord des Forschungsschiffes verdient gemacht. Die haben geschuftet wie die Wahnsinnigen. Und den Löwenanteil zu ihrer Befreiung hat Giordino beigetragen.«

Yeager wusste nur zu gut, dass Pitt nichts für Lob und Komplimente übrig hatte. Der Kerl ist einfach zu bescheiden, dachte er. Ohne weiter auf die jüngsten Ereignisse einzugehen, winkte er Pitt zu einem Stuhl.

»Hast du den Admiral schon gesprochen? Er hat für dich rund fünfzig Interviews mit Pressevertretern anberaumt.«

»Ich bin noch nicht ganz bereit, mich dem zu stellen. Ich spreche morgen früh mit ihm.«

»Und was führt dich in meine Welt der virtuellen Künste?«

Pitt legte Egans Lederkoffer auf Yeagers Schreibtisch und öffnete ihn. Er wickelte den aus dem Kreuzfahrtschiff geborgenen Klumpen aus und reichte ihn Yeager. »Ich möchte, dass man das untersucht und feststellt, woraus es besteht.«

Yeager musterte das sonderbar verformte Ding einen Moment lang, dann nickte er. »Ich setze unser Chemielabor darauf an. Wenn es sich um keine allzu komplizierte Verbindung handelt, sollte ich in zwei Tagen ein Ergebnis für dich vorliegen haben. Sonst noch was?«

Pitt gab ihm die Videokassetten aus der *Abyss Navigator*. »Sieh zu, dass du sie per Computer digital auswerten und in dreidimensionale Bilder umsetzen kannst.«

»Wird gemacht.«

»Und noch ein Letztes, bevor ich mich auf den Heimweg mache.« Er legte eine Zeichnung auf den Schreibtisch. »Hast du schon mal so ein Firmenemblem gesehen?«

Yeager musterte Pitts grobe Skizze von dem dreiköpfigen Hund mit dem Schlangenschweif und dem Wort *Cerberus*, das darunter stand. Er starrte Pitt verdutzt an. »Weißt du etwa nicht, was das für eine Firma ist?«

»Nein.«

»Wo hast du das gesehen?«

»Auf dem Arbeitsboot der Piraten, allerdings überklebt.«

»Einem Versorgungsboot für eine Bohrinsel?«

»Ja, der gleiche Bootstyp«, erwiderte Pitt. »Sagt dir das etwas?«

»Durchaus«, sagte Yeager versonnen. »Du stichst in ein wahres Wespennest, wenn du meinst, die Cerberus Corporation könnte etwas mit der Entführung der *Deep Encounter* zu tun haben.«

»Die Cerberus Corporation«, sagte Pitt langsam und betonte jede einzelne Silbe. »Ich Dummkopf. Darauf hätte ich selber kommen müssen. Ein Konzern, der den Großteil aller amerikanischen Erdöl-, Kupfer- und Eisenvorkommen ausbeutet und in seinen chemischen Betrieben tausende unterschiedlichster Produkte herstellt. Der dreiköpfige Hund hat mich irritiert. Ich habe den Zusammenhang nicht erkannt.«

»Ist doch durchaus passend, wenn man's recht bedenkt.«

»Warum nehmen die einen dreiköpfigen Hund als Firmenemblem?«

»Jeder Kopf steht für einen Zweig des Unternehmens«, antwortete Yeager. »Einer für das Öl, einer für die Bergwerke und Verhüttungsanlagen und einer für die chemischen Betriebe.«

»Und die Schlange am Schwanz?«, fragte Pitt spöttisch. »Steht die für irgendwas Finsteres und Unkoscheres?«

Yeager zuckte die Schultern. »Wer weiß?«

»Was hat es mit diesem Hund für eine Bewandtnis?«

»Cerberus ... das klingt griechisch.«

Yeager setzte sich an seinen Computer und machte sich am Keyboard zu schaffen. In einem Kabuff gegenüber von seinem Arbeitsplatz tauchte die dreidimensionale Gestalt einer attraktiven Frau auf. Sie trug einen einteiligen Badeanzug.

»Du hast mich gerufen«, sagte sie.

»Hallo, Max. Dirk Pitt kennst du ja.« Die unergründlichen braunen Augen musterten Pitt von unten bis oben. »Ja, ich kenne ihn. Wie geht's Ihnen, Mister Pitt.«

»Halbwegs bis mittelprächtig, wie man in Oklahoma sagt. Und Sie, Max, wie geht's Ihnen?«

Das virtuelle Gesicht zog eine Schnute. »Dieser dämliche Badeanzug, in den mich Hiram gesteckt hat, ist sehr unvorteilhaft.«

»Hättest du lieber etwas anderes?«, fragte Yeager.

»Ein Armani-Kostüm wäre sehr nett, dazu Wäsche von Andra Gabrielle und ein paar Sandalen von Tods, aber mit hohen Absätzen und Knöchelriemchen.«

Yeager lächelte verschmitzt. »Welche Farbe?«

»Rot«, erwiderte Max, ohne zu zögern.

Yeagers Finger flogen über die Tastatur. Dann lehnte er sich zurück, um sein Werk zu bewundern.

Max verschwand einen Moment lang und tauchte dann in einem eleganten roten Kostüm mitsamt Bluse, Rock und Jackett wieder auf. »Viel besser«, sagte sie selig. »Ich kann es nicht ausstehen, wenn ich im Dienst nicht anständig gekleidet bin.«

»Da du jetzt wieder besser gelaunt bist, könntest du mir vielleicht ein paar Auskünfte geben.«

Max strich mit den Händen über ihre neue Kleidung. »Worum geht's?«

»Was weißt du über Cerberus, den dreiköpfigen Hund?«

»Der stammt aus der griechischen Mythologie«, erwiderte Max augenblicklich. »Hercules – das ist der lateinische Name für Herakles, wie ihn die Griechen nannten – wurde von Hera, der Gemahlin des Zeus, mit Wahnsinn geschlagen, woraufhin er seine drei Söhne tötete. Anschließend begab er sich freiwillig in die Verbannung und fragte beim Orakel von Delphi an, was er weiter tun sollte. Der dort verehrte Gott Apollon befahl ihm daraufhin, dass er zur Buße zwölf Jahre lang dem König Eurystheus von Mykene zu Diensten sein und zwölf Arbeiten für ihn erledigen sollte, Aufgaben, die so schwierig waren, dass sie kaum zu vollbringen waren. Er musste einen Löwen erlegen, dem mit Waffen nicht beizukommen war, eine goldene Hirschkuh und einen gewaltigen Eber fangen, Vögel mit stählernen Schwingen und allerlei andere Ungeheuer überwinden, zuletzt das gefährlichste von allen, den Cerberus, was wiederum der lateinische Name für den griechischen Kerberos ist. Das war der dreiköpfige Hund, der die Pforten des Hades hütete und die Toten daran hinderte, der Unterwelt zu entfliehen. Seine drei Köpfe stellten die Vergangenheit, die Gegenwart und die Zukunft dar. Was der Schlangenschweif zu bedeuten hat, entzieht sich meiner Kenntnis.«

»Hat Hercules den Hund niedergemacht?«, fragte Pitt.

Max schüttelte den Kopf. »Am Acheron, einem der vier Flüsse, die in die Unterwelt führen, rang er den Höllenhund nieder, wurde dabei allerdings gebissen, wenn auch nicht von einem der Hundsköpfe, sondern von der Schlange. Daraufhin brachte Herakles den Kerberos nach Mykene, zeigte ihn dem Eurystheus und entließ ihn wieder in die Unterwelt. Soweit in aller Kürze, wobei ich vielleicht noch nachtragen sollte, dass dieses Schlangenmotiv in der griechischen Sagenwelt häufig vorkommt. Unter anderem bei der Medusa, einer der drei Gorgonen, den süßen Schwestern mit dem Schlangenhaar.«

»Was weißt du über die Cerberus Corporation?«

»Welche genau? Es dürfte weltweit etwa ein gutes Dutzend Firmen geben, die nach dem Cerberus benannt sind.«

»Ich meine einen großen Mischkonzern, der sowohl im Ölgeschäft, als auch im Bergbau und in der chemischen Industrie tätig ist.«

»Ach, den meinst du«, erwiderte Max strahlend. »Hast du zehn Stunden Zeit.«

»Haben Sie so viele Daten über Cerberus vorliegen?«, fragte Pitt, der stets aufs Neue über Max' gewaltige Speicherkapazitäten staunte.

»Noch nicht. Aber ich werde sie haben, nachdem ich in ihre Rechner und die der anderen Firmen vorgedrungen bin, die mit ihnen Geschäfte treiben. Und da es sich um einen international tätigen Konzern handelt, müssten auch in zahlreichen Regierungscomputern weltweit umfangreiche Daten über sie aufzufinden sein.«

Pitt warf Yeager einen misstrauischen Blick zu. »Seit wann darf man die Rechner eines freien Unternehmens anzapfen?«

Yeager schaute ihn mit schelmischer Miene an. »Wenn ich Max einen Suchbefehl gegeben habe, habe ich keinerlei Einfluss mehr auf ihre Vorgehensweise.«

Pitt stand auf. »Ich verlasse mich darauf, dass du und Max etwas finden werden.«

»Wir machen uns gleich an die Arbeit.«

Pitt wandte sich zu Max um. »Bis demnächst, Max. Mit dem neuen Kleid sehen Sie klasse aus.«

»Danke, Mister Pitt. Ich mag Sie. Schade, dass wir unsere Schaltkreise nicht vernetzen können.«

Pitt ging zu Max und streckte die Hand aus. »Man kann ja nie wissen, Max. Vielleicht bringt es Hiram eines Tages noch fertig, dass Sie etwas handfester werden.«

»Das will ich doch hoffen, Mister Pitt«, erwiderte Max mit rauchiger Stimme. »Ach, ich wünsche mir das so sehr.«

Der alte Hangar, der in den dreißiger Jahren des zwanzigsten Jahrhunderts für eine längst nicht mehr existierende Fluggesellschaft gebaut worden war, stand in einer abgelegenen Ecke des Ronald Reagan International Airport. Orangebrauner Rost überzog die Wellblechwände und das Dach. Die wenigen Fenster waren mit Brettern vernagelt; von der verwitterten Tür, die einstmals in die Büroräume geführt hatte, blätterte die Farbe ab. Ein unbefestigter Fahrweg, der normalerweise nur für das Wartungspersonal zugänglich war, führte von einem bewachten Tor zu dem lang gestreckten Bau mit dem gewölbten Blechdach.

Pitt parkte den NUMA-Jeep inmitten des hoch aufschießenden Unkrauts vor dem Hangar und blieb vor der Tür stehen. Er blickte kurz zu der Überwachungskamera hinauf, die sich oben an dem hölzernen Laternenmast auf der anderen Seite des Weges drehte, um festzustellen, ob sie stehen geblieben und auf ihn gerichtet war. Dann tippte er einen Nummerncode in ein Zifferblatt ein, wartete, bis sämtliche Schlösser entriegelt waren, und drehte dann den Bronzeknauf um. Lautlos ließ sich die uralte Tür öffnen. Der

Innenraum war in tiefe Dunkelheit gehüllt, von dem matten Schein einmal abgesehen, der durch ein paar Oberlichter in der darüber liegenden Wohnung einfiel. Er schaltete das Licht ein.

Es war immer wieder ein überwältigender Anblick. Gleißend und glänzend, von den Deckenstrahlern inmitten der weiß getünchten Wände und des mit Kunstharz beschichteten Bodens in all ihrer Pracht ausgeleuchtet, standen drei Reihen alter Automobile, alle wunderbar restauriert. Ein Stück weiter an der Wand, so als passten sie nicht ganz zu dieser prunkvollen Sammlung, obwohl sie nicht minder gut erhalten waren, befanden sich ein aufgemotzter 1936er Ford, ein deutscher Düsenjäger aus dem Zweiten Weltkrieg, eine dreimotorige Transportmaschine aus dem Jahr 1929, ein sonderbar aussehendes Segelboot, das auf ein Gummifloß montiert war, ein rund hundert Jahre alter Pullmann-Wagen und eine Badewanne mit einem Außenbordmotor.

Diese Sammlerstücke inmitten der Meisterwerke der Automobilbaukunst kündeten von bestimmten Ereignissen in Pitts Leben. Sie waren sozusagen Relikte seiner persönlichen Geschichte, und dementsprechend hegte und pflegte er sie und zeigte sie nur seinen besten Freunden. Niemand, der auf dem Mount Vernon Memorial Highway am Ronald Reagan Airport vorbeifuhr und einen Blick auf den alten, am Ende der Rollbahnen stehenden Flugzeughangar warf, wäre auf die Idee gekommen, dass er diese geradezu atemberaubenden Schätze enthielt.

Pitt schloss die Tür, sperrte sie ab und unternahm einen kurzen Rundgang, wie immer, wenn er von einer Expedition nach Hause kam. Durch die vielen Regenfälle in den letzten Monaten hielt sich der in den Hangar eingedrungene Staub in Grenzen, aber dennoch hatte sich während seiner Abwesenheit eine dünne Schicht auf dem schimmernden Lack der edlen Karossen abgelagert. Morgen, sagte er sich, nehme ich sie mir mit einem weichen Tuch vor und bringe sie wieder auf Hochglanz. Als er seine Inspektion beendet hatte, stieg er die alte eiserne Wendeltreppe zu seiner Wohnung hinauf, die im ersten Stock an die Rückwand des Hangars grenzte.

Die Einrichtung seines Apartments war nicht minder einzigartig als die Oldtimer, die er unten im Erdgeschoss aufbewahrte. Kein Innenarchitekt, der etwas auf sich hielt, hätte auch nur einen Schritt in dieses Sammelsurium der Seefahrtsgeschichte getan. Die rund hundert Quadratmeter große Wohnung, zu der ein Wohn-, ein Bade-, ein Schlafzimmer und die Küche gehörten, stand voller Gegenstände, die von gesunkenen oder abgewrackten Schiffen stammten, darunter ein Steuerrad mit Holzspeichen von einem alten Teeclipper, das Kompassgehäuse eines Trampdampfers, der einst in Ostasien eingesetzt gewesen war, sowie allerlei Schiffsglocken und Taucherhelme aus Messing und Kupfer. Bunt zusammengewürfelt waren auch die Möbel, ebenfalls alles Stücke aus Schiffen, die im neunzehnten Jahrhundert die sieben Meere befahren hatten. Schiffsmodelle in Glaskästen standen auf niedrigen Regalen, während an den Wänden allerlei Seebilder des angesehenen Malers Richard DeRosset hingen.

Nachdem er sich geduscht und rasiert hatte, ließ er sich in einem kleinen französischen Restaurant, das nur eine Meile vom Hangar entfernt war, einen Tisch reservieren. Er hätte Loren anrufen können, beschloss aber, lieber allein zu speisen. Um sein Privatleben konnte er sich später kümmern, wenn er sich wieder halbwegs eingelebt hatte. Ein köstliches Mahl, das er allein zu sich nahm, und danach eine Nacht in seinem mit Gänsedaunen gefederten Bett sollten ihn so weit erfrischen, dass er für den nächsten Tag gewappnet war.

Als er angezogen war, hatte er noch zwanzig Minuten Zeit, bevor er sich auf den Weg zum Restaurant machen musste. Er holte den Zettel mit Kellys Telefonnummer heraus und rief sie an. Er ließ es fünfmal klingeln, wunderte sich, warum sich der Anrufbeantworter nicht einschaltete, und wollte gerade auflegen, als sie sich meldete.

»Hallo.«

»Hallo, Kelly Egan.«

Er hörte, wie sie tief einatmete. »Dirk! Sie sind wieder zurück.«

»Bin gerade reingekommen und dachte, ich melde mich mal.«

»Ich freue mich sehr darüber.«

»Mir stehen ein paar Tage Urlaub zu. Sind Sie sehr eingespannt?«

»Ich stecke bis über beide Ohren in den Vorbereitungen für eine

Wohltätigkeitsveranstaltung«, antwortete sie. »Ich bin Vorsitzende des Vereins zur Förderung behinderter Kinder. Wir bereiten gerade den alljährlichen Kinder-Flugtag vor, und ich bin für das Ganze verantwortlich.«

»Ich stelle ja ungern dumme Fragen, aber was ist ein Flugtag?«

Kelly lachte. »Eine Art Luftfahrtschau. Allerlei Leute fliegen mit alten Maschinen herum und nehmen die Kinder mit.«

»Genau die richtige Arbeit für Sie.«

»Hören Sie bloß auf«, sagte sie und lachte kurz und keck auf. »Der Mann, der mit den Kindern in einer sechzig Jahre alten Douglas DC-3 einen Rundflug über Manhattan unternehmen sollte, hat Schwierigkeiten mit dem Fahrwerk seiner Maschine und kann nicht teilnehmen.«

»Wo findet der Flugtag statt?«

»Auf einem privaten Flugplatz in der Nähe einer Stadt namens Eaglewood Cliffs, gleich auf der anderen Seite des Hudson in New Jersey gelegen. Nicht weit von Papas Farm und seinem Laboratorium entfernt.« Ihre Stimme klang mit einem Mal bedrückt.

Pitt ging mit dem Mobiltelefon auf den Balkon vor seiner Wohnung und schaute auf die Oldtimer hinab. Sein Blick fiel auf die dreimotorige Transportmaschine aus dem Jahr 1929. »Ich glaube, ich kann Ihnen helfen, was diesen Rundflug angeht.«

»Tatsächlich?«, fragte sie und klang schon wieder munterer. »Wissen Sie etwa, wie man an eine alte Transportmaschine herankommt?«

»Wann findet dieser Flugtag statt?«

»Übermorgen. Aber wie wollen Sie denn in so kurzer Zeit ein Flugzeug beschaffen?«

Pitt lächelte vor sich hin. »Ich kenne jemanden, der schönen Frauen und behinderten Kindern gern einen Gefallen tut.«

22

Pitt stand am nächsten Morgen sehr früh auf, rasierte sich und zog einen dunklen Anzug an, denn Sandecker legte Wert darauf, dass seine Führungskräfte anständig gekleidet waren. Er nahm ein leichtes Frühstück zu sich und fuhr dann über den Fluss zur NUMA-Zentrale. Wie üblich herrschte dichter Verkehr, doch da er es nicht eilig hatte, nutzte er die zahlreichen Staus und Stockungen, um seine Gedanken zu ordnen und den Tagesablauf zu planen. Er fuhr mit dem Aufzug aus dem unterirdischen Parkhaus in den vierten Stock hinauf, in dem sich sein Büro befand, und ging den Flur entlang, auf dessen Mosaikboden allerlei Schiffe auf hoher See abgebildet waren. Weit und breit war niemand zu sehen. Er war der Erste, der morgens um sieben Uhr hier eintraf.

Er trat in sein Eckraumbüro, zog seine Jacke aus und hängte sie an einen altmodischen Garderobenständer. Pitt brachte selten mehr als sechs Monate an seinem Schreibtisch zu. Er arbeitete lieber im Außendienst, denn Verwaltungsarbeit war nicht seine Stärke. Die nächsten zwei Stunden sah er seine Post durch und befasste sich mit Logistik und Planung künftiger NUMA-Expeditionen rund um die Welt. Als Leiter für Spezialprojekte war er hauptsächlich für Unternehmungen zuständig, bei denen es um die technischen Belange der Meeresforschung ging.

Punkt neun Uhr betrat Zerri Pochinsky, seine langjährige Sekretärin, das Vorzimmer. Als sie Pitt am Schreibtisch sitzen sah, kam sie hereingestürmt und gab ihm einen Kuss auf die Wange. »Willkommen daheim. Ich habe gehört, dass man Sie beglückwünschen muss.«

»Fangen Sie bloß nicht damit an«, knurrte Pitt, freute sich aber, Zerri wieder zu sehen.

Zerri war gerade fünfundzwanzig Jahre alt und ledig gewesen, als sie als Pitts Sekretärin angefangen hatte. Inzwischen war sie mit einem Lobbyisten verheiratet, hatte keine eigenen Kinder, aber die beiden hatten fünf Waisen adoptiert. Sie arbeitete nur noch vier Tage die Woche, doch Pitt war das mehr als recht, denn sie war hochintelligent und tüchtig, leistete tadellose Arbeit und war ihm stets zwei Schritte voraus. Außerdem war sie seines Wissens die einzige Sekretärin, die noch stenografieren konnte.

Sie war lebhaft, hatte ein bezauberndes Lächeln, haselnussbraune Augen und schulterlange dunkelblonde Haare, deren Frisur sie in all den Jahren, in denen Pitt sie kannte, nie geändert hatte. Anfangs hatten sie häufig miteinander geflirtet, aber Pitt hielt sich an die eherne Regel, wonach man sich niemals auf ein Techtelmechtel im Büro einlassen sollte. Seither waren sie gute Freunde geblieben, ohne dass sich mehr daraus ergeben hätte.

Zerri trat hinter Pitts Schreibtischstuhl, schlang ihm die Arme um Hals und Schultern und drückte ihn an sich. »Sie haben ja keine Ahnung, wie froh ich bin, Sie gesund und heil wieder zu sehen. Ich sorge mich jedes Mal wie eine Mutter um ihr Kind, wenn ich höre, dass Sie im Einsatz vermisst werden.«

»Unkraut vergeht nicht.«

Sie richtete sich auf, strich ihren Rock glatt und schlug einen förmlichen Tonfall an. »Admiral Sandecker erwartet Sie um Punkt elf Uhr im Konferenzraum.«

»Giordino ebenfalls?«

»Giordino ebenfalls. Außerdem sollten Sie sich für heute Nachmittag nichts vornehmen. Der Admiral hat etliche Interviews mit der Presse anberaumt. Die drehen durch, wenn sie nicht bald einen Augenzeugen über den Brand auf der *Emerald Dolphin* ausquetschen können.«

»Ich habe doch in Neuseeland schon alles erzählt, was ich weiß«, grummelte Pitt.

»Aber jetzt sind Sie nicht nur in den Vereinigten Staaten, sondern überdies in Washington. Für die hiesigen Medien sind Sie ein Held. Sie müssen mitspielen und deren Fragen beantworten.«

»Der Admiral sollte lieber Al darauf ansetzen. Der liebt öffentliches Aufsehen.«

»Aber er ist Ihnen unterstellt, deshalb müssen Sie antreten.«

In den nächsten zwei Stunden verfasste Pitt einen eingehenden Bericht über die wahnwitzigen Ereignisse der letzten zwei Wochen, angefangen von dem Augenblick, als er das brennende

Kreuzfahrtschiff entdeckt hatte, bis zum Kampf mit den Entführern und der Flucht der *Deep Encounter*. Er verkniff sich jeden Hinweis auf die Cerberus Corporation, weil er derzeit noch nicht die leiseste Ahnung hatte, inwieweit der Großkonzern etwas damit zu tun hatte. Diese Spur sollte zunächst einmal Hiram Yeager weiter verfolgen.

Um elf Uhr betrat Pitt das Konferenzzimmer und zog die Tür hinter sich zu. Sandecker und Rudi Gunn saßen bereits an dem langen Konferenztisch, der aus den Planken eines 1882 im Erie-See gesunkenen Schoners gezimmert war. Der große Raum war mit Teakholz getäfelt, mit einem türkisfarbenen Teppichboden ausgelegt und mit einem viktorianischen Kamin ausgestattet. An den Wänden hingen Gemälde von großen Seeschlachten, an denen amerikanische Schiffe beteiligt waren. Pitts schlimmste Befürchtungen wurden wahr, als sich zwei weitere Männer von ihren Stühlen erhoben, um ihn zu begrüßen.

Sandecker blieb sitzen, als er sie vorstellte. »Dirk, ich glaube, die beiden Herren kennen Sie bereits.«

Ein großer, blonder Mann mit Schnurrbart und hellblauen Augen schüttelte Pitt die Hand. »Schön, Sie zu sehen, Dirk. Wann haben wir uns das letzte Mal getroffen? Vor zwei Jahren?«

Pitt drückte Wilbur Hill, einem Abteilungsleiter der CIA, die Hand. »Eher drei.«

Charles Davis, der Stellvertreter des FBI-Direktors, trat vor. Er maß gut und gern einen Meter achtundneunzig und war bei weitem der Größte im Zimmer. Mit seinen traurigen, stets niedergeschlagen wirkenden Augen erinnerte er Pitt immer an einen Hund, der vergebens seinen Futternapf sucht. »Wir sind uns das letzte Mal begegnet, als wir gemeinsam an dieser Sache mit den illegalen chinesischen Einwanderern gearbeitet haben.«

»Ich kann mich noch gut dran erinnern«, erwiderte Pitt aufgeräumt.

Während sie kurz über die alten Zeiten plauderten, kamen Hiram Yeager und Al Giordino in den Raum. »Nun denn, sieht so aus, als ob wir jetzt vollständig wären«, sagte Sandecker. »Wollen wir anfangen?«

Yeager verteilte Aktenordner mit Abzügen der Fotos, die vom Wrack der gesunkenen *Emerald Dolphin* aufgenommen worden waren. »Während die Herrschaften sich die Bilder zu Gemüte führen, lasse ich den Videorecorder laufen.«

Er ließ einen großen, in der Decke eingelassenen Monitor mit drei Bildschirmen herab und betätigte dann die Fernbedienung, woraufhin die von den Videokameras der *Sea Sleuth* aufgenommenen Bilder dreidimensional über eine Projektionsfläche vor dem Gerät glitten. Das am Meeresboden liegende Wrack wirkte gespenstisch und zugleich erschütternd. Die Männer, die rund um den Tisch saßen, trauten ihren Augen kaum, als sie den Trümmerhaufen sahen, der von dem einstmals so prachtvollen Schiff übrig geblieben war.

Pitt ergriff das Wort und kommentierte die Bilder, die der Tauchroboter aufgezeichnet hatte, als er am Rumpf des gesunkenen Kreuzfahrtschiffes entlanggefahren war. »Das Wrack liegt in sechstausend und zwoundzwanzig Metern Tiefe an einer flach abfallenden Stelle am Rande des Tonga-Grabens. Es ist in drei Teile zerbrochen. Die Wrackteile und das Trümmerfeld erstrecken sich über eine Fläche von knapp vier Quadratkilometern. Das Heck und ein Teil der Mittelsektion liegen rund vierhundert Meter von Bug und Vorschiff entfernt. Wir haben uns bei unserer Untersuchung hauptsächlich den hinteren Teil vorgenommen. Zunächst glaubten wir, das Schiff wäre beim Aufprall am Meeresboden auseinander geborsten, aber wenn Sie die aufgeworfenen Ränder rund um die Löcher betrachten, werden Sie feststellen, dass der Rumpf eindeutig von einer Reihe von Explosionen unterhalb der Wasserlinie von innen nach außen zerfetzt wurde. Das muss zu dem Zeitpunkt geschehen sein, als das ausgebrannte Wrack vom Schlepper der Marine Quest an den Haken genommen war. Meiner Meinung nach können wir davon ausgehen, dass der Schiffskörper von einer Reihe gleichzeitig gezündeter Sprengkörper zerstört und beim anschließenden Untergang auseinander gebrochen ist.«

»Könnte der Rumpf nicht auch durch das schwelende Feuer und eine dadurch ausgelöste Explosion der Treibstofftanks zerfetzt worden sein, während das Schiff abgeschleppt wurde?«, fragte Davis.

Wilbur Hill musterte abwechselnd die Fotos und die Videobilder. »Ich habe allerhand Erfahrung, was die Untersuchung von Bombenanschlägen angeht, und ich bin fest davon überzeugt, dass Dirk Recht hat. Der Boden der *Emerald Dolphin* wurde nicht durch eine einzige heftige Explosion zerstört. Wie man anhand der Fotos und Videobilder erkennen kann, sind die Rumpfplatten an mehreren Stellen nach außen ausgefranst. Außerdem sieht es so aus, als ob die Sprengkörper in regelmäßigen Abständen angebracht worden wären. Ein eindeutiger Hinweis darauf, dass das Schiff vorsätzlich versenkt wurde.«

»Aber aus welchem Grund?«, wandte Davis ein. »Warum macht sich denn jemand die Mühe und versenkt ein ausgebranntes Wrack? Besser gesagt, wer hätte so etwas tun können? Als das Schiff an den Haken genommen wurde, war niemand mehr an Bord.«

»Stimmt nicht«, sagte Gunn. »Der Kapitän des Schleppers« – er stockte und warf einen Blick auf seinen Notizblock –, »Jock McDermott heißt er, berichtet, dass sie kurz nach dem Untergang des Kreuzfahrtschiffes einen der Offiziere aus der See geborgen hätten.«

Davis warf ihm einen skeptischen Blick zu. »Wie sollte der Mann denn das Feuer überlebt haben?«

»Gute Frage«, erwiderte Gunn und tippte mit seinem Stift auf den Notizblock. »McDermott konnte sich das auch nicht erklären. Seiner Aussage zufolge benahm sich der Mann, als stünde er unter Schock, bis der Schlepper Wellington erreichte. Dann stahl er sich davon, ehe er vernommen werden konnte, und verschwand spurlos.«

»Konnte McDermott den Mann beschreiben?«, hakte Davis nach.

»Er hat nur gesagt, dass es ein Schwarzer war.«

Sandecker zündete sich eine seiner dicken Zigarren an, die er über alles schätzte und so gut wie niemandem anbot, nicht einmal seinen besten Freunden. Er fragte auch nicht, ob jemand etwas dagegen hätte, wenn er rauchte, denn die NUMA war sein Reich. »Wir können also zunächst einmal festhalten«, sagte er bedächtig und ließ eine Qualmwolke zur Decke aufsteigen, »dass die *Emerald*

Dolphin vorsätzlich versenkt wurde, um eine Untersuchung des Brandherdes durch die Versicherungsgesellschaften zu verhindern. Man wollte durch das Versenken die Brandursache vertuschen. Jedenfalls deutet meiner Meinung nach alles darauf hin.«

Davis schaute Sandecker an. »Wenn Ihre Meinung zutreffen sollte, Admiral, müssten wir daraus folgern, dass möglicherweise auch der Brand vorsätzlich gelegt wurde. Ich kann mir aber beim besten Willen nicht vorstellen, aus welchem Grund jemand ein Kreuzfahrtschiff mit zweieinhalbtausend Passagieren und Besatzungsmitgliedern an Bord vernichten sollte. Selbst wenn Terroristen dahinterstecken sollten, worauf nichts hindeutet. Bislang jedenfalls hat sich keine Terrorgruppe zu dem Anschlag bekannt.«

»Ich gebe zu«, sagte Sandecker, »dass mir die Sache auch schleierhaft ist. Aber wenn alle Anzeichen darauf hindeuten, müssen wir der Spur nachgehen.«

»Welcher Spur?«, fragte Davis. »Wir werden doch nie mehr feststellen können, ob der Brand von Menschenhand, durch einen Unfall oder durch technisches Versagen ausgelöst wurde.«

»Nach Aussage der überlebenden Offiziere des Schiffes, sind sämtliche Brandmelder und Löschanlagen an Bord des Schiffes ausgefallen«, sagte Rudi Gunn. »Sie haben ausdrücklich darauf hingewiesen, dass sie machtlos zusehen mussten, wie sich das Feuer immer weiter ausbreitete. Wir haben es hier mit insgesamt zwölf Warn- und Löschanlagen zu tun, alle unabhängig voneinander geschaltet und doppelt und dreifach abgesichert. Und die sollen alle gleichzeitig ausgefallen sein?«

»Das ist in etwa so wahrscheinlich, wie wenn ich mit meinem Fahrrad die Formel eins gewinne«, warf Giordino spöttisch ein.

»Ich glaube, Dirk und Al haben uns den Beweis dafür geliefert, dass es sich um Brandstiftung handelt«, sagte Yeager.

Alle blickten ihn gespannt an und warteten darauf, dass er fortfuhr. Doch zunächst ergriff Pitt das Wort. »Hat unser Labor etwa schon festgestellt, woraus der Klumpen besteht, den wir gefunden haben?«

»Sie haben bis in die frühen Morgenstunden geackert, bis sie dahinterkamen«, erwiderte Yeager sichtlich stolz.

»Wovon ist hier die Rede?«, fragte Hill.

»Von einer sonderbaren Substanz, die wir gefunden haben, als wir das Wrack mit einem Tauchboot erkundet haben«, erwiderte Giordino. »Wir haben den Klumpen in der Kapelle aufgelesen, dort, wo der Brand nach Auskunft der Schiffsoffiziere ausgebrochen ist, und ihn mitgenommen.«

»Ich möchte Sie nicht mit einer längeren Ausführung darüber langweilen, wie man die chemische Verbindung geknackt hat«, hob Yeager an. »Aber unsere Wissenschaftler haben festgestellt, dass es sich um einen Brandbeschleuniger handelt, um einen Stoff namens Pyrotorch 610. Wenn der erst mal brennt, lässt er sich kaum noch löschen. Das Zeug ist so brisant, dass selbst das Militär die Finger davon gelassen hat.«

Yeager kostete einen Moment lang die Blicke aus, die ihm von allen Seiten zugeworfen wurden, die gespannten Mienen. Pitt streckte den Arm aus und schüttelte Giordino die Hand. »Gute Arbeit, Partner.«

Giordino grinste stolz. »Scheint fast so, als ob sich unser kurzer Abstecher mit der *Abyss Navigator* gelohnt hat.«

»Schade, dass Misty nicht hier ist.«

»Misty?«, fragte Davis.

»Misty Graham«, erwiderte Pitt. »Eine Meeresbiologin auf der *Deep Encounter*. Sie hat Al und mich auf der Tauchfahrt begleitet.«

Sandecker stippte seine Zigarre am Rand eines großen Messingaschenbechers ab. »Meiner Ansicht nach haben wir es hier nicht mehr mit einem Schiffsunglück zu tun, sondern mit einem abscheulichen Verbrechen –« Er stockte, wirkte zunächst verdutzt und dann zusehends ungehalten.

Giordino hatte eine Zigarre, die genauso aussah wie die des Admirals, aus der Brusttasche seines Hemdes gezogen und zündete sie genüsslich an.

»Sie wollten gerade etwas sagen«, hakte Hill nach, der keine Ahnung von der heimlichen Fehde hatte, die Sandecker und Giordino der Zigarren wegen austrugen. Der Admiral war fest davon überzeugt, dass Al seine Zigarren stahl, aber er konnte es nicht beweisen. Allem Anschein nach fehlte nie eine. Und dass Giordino die

Zigarren hinten herum vom gleichen Hersteller beziehen könnte wie er, hielt er für ausgeschlossen.

»Ich wollte damit sagen«, erwiderte Sandecker bedächtig, während er Giordino einen bösen Blick zuwarf, »dass wir es hier mit einem schweren Verbrechen zu tun haben.« Er hielt inne und blickte über den Tisch hinweg zu Hill und Davis. »Ich hoffe doch, meine Herren, dass Sie und Ihre Dienststellen eingehende Ermittlungen anstellen und diejenigen, die sich so eine Schandtat haben zuschulden kommen lassen, zur Rechenschaft ziehen.«

»Da wir nun eindeutig wissen, dass es sich um eine Straftat handelt«, sagte Davis, »sollten wir meiner Meinung nach gemeinsam an der Aufklärung dieses Falles arbeiten.«

»Dann fangen wir doch mal mit der Entführung der *Deep Encounter* an«, warf Pitt ein. »Ich bin fest davon überzeugt, dass das eine etwas mit dem anderen zu tun hat.«

»Ich habe einen kurzen Bericht darüber gelesen«, sagte Hill. »Sie und Al haben sich wacker gehalten, als Sie die Piraten überwältigt und das Schiff befreit haben.«

»Das waren keine Piraten im eigentlichen Sinn. Eher Söldner und gedungene Killer.«

Hill war noch nicht überzeugt. »Aber warum sollte jemand ein Schiff der NUMA entführen?«

»Das war keine bloße Entführung«, erwiderte Pitt giftig. »Die wollten das Schiff versenken und alle Mann an Bord umbringen, fünfzig Männer und Frauen. Wollen Sie wissen, aus welchem Grund? Weil man uns daran hindern wollte, das Wrack zu erkunden. Die hatten Angst, dass wir etwas finden könnten.«

Gunn wirkte nachdenklich. »Wer, in Gottes Namen, könnte denn hinter so etwas stecken?«

»Zum Beispiel die Cerberus Corporation«, sagte Yeager und warf Pitt einen kurzen Blick zu.

»Unsinn«, knurrte Davis unwirsch. »Eines unserer größten und angesehensten Unternehmen soll sich auf der anderen Seite der Erdkugel zu tausendfachem Mord hinreißen lassen? Könnten Sie sich etwa vorstellen, dass General Motors, Exxon oder Microsoft einen Massenmord begehen? Ich jedenfalls nicht.«

»Ich kann Ihnen nur beipflichten«, sagte Sandecker. »Aber die Cerberus Corporation hat nicht unbedingt eine blütenweiße Weste. Die haben sich schon auf einige ziemlich zwielichtige Geschäfte eingelassen.«

»Mehrere Untersuchungsausschüsse des Kongresses haben bereits gegen sie ermittelt«, fügte Gunn hinzu.

»Aber mehr als politische Schaumschlägerei ist dabei nie herausgekommen«, erwiderte Davis.

Sandecker grinste. »Der Kongress kann wohl schwerlich gegen ein Unternehmen vorgehen, das beiden Parteien so viele Wahlkampfspenden zukommen lässt, dass zehn Länder der Dritten Welt damit ihren ganzen Staatshaushalt bestreiten könnten.«

Davis schüttelte den Kopf. »Ich muss erst handfeste Beweise vorliegen haben, bevor ich mich auf eine Ermittlung gegen Cerberus einlasse.«

Pitt bemerkte, wie Yeagers Augen funkelten, als er das Wort ergriff. »Würde es Ihnen weiterhelfen, wenn ich Ihnen mitteile, dass Pyrotorch 610 von Wissenschaftlern entwickelt wurde, die in den chemischen Betrieben der Cerberus Corporation tätig sind?«

»Das will überhaupt nichts heißen«, sagte Davis, der nach wie vor skeptisch klang.

»Bislang ist es keinem anderen Unternehmen auf der Welt gelungen, Pyrotorch 610 zu kopieren oder ein auch nur halb so brisantes Material herzustellen.«

Davis ließ sich nicht beirren. »Das Material könnte irgendwo gestohlen worden sein«, entgegnete er sofort. »Irgendjemand könnte irgendwie an dieses Zeug herangekommen sein.«

»Das FBI hat damit zumindest schon einmal einen Anhaltspunkt«, sagte Sandecker zu Davis. Dann wandte er sich an Hill. »Und wie sieht's mit der CIA aus?«

»Ich glaube, wir sollten zunächst einmal die Überreste des Piratenschiffes bergen und abwarten, was dabei herauskommt.«

»Kann Ihnen die NUMA dabei irgendwie behilflich sein?«, fragte Pitt.

»Nein, danke«, erwiderte Hill. »Wir beschäftigen bei derartigen Bergungsunternehmen grundsätzlich Privatfirmen.«

»Wie Sie wollen«, sagte Sandecker und stieß einen Rauchschwall aus. »Wenn Sie unsere Dienste benötigen, müssen Sie nur Bescheid geben. Die NUMA ist jederzeit zur Mitarbeit bereit.«

»Ich wäre Ihnen sehr verbunden, wenn Sie uns die Erlaubnis erteilen würden, die Besatzung der *Deep Encounter* zu vernehmen«, sagte Davis.

»Jederzeit«, erwiderte Sandecker, ohne zu zögern. »Sonst noch was?«

»Eine Frage noch«, sagte Hill. »Wer war der Eigner der *Emerald Dolphin*.«

»Sie fuhr unter britischer Flagge«, erwiderte Gunn, »aber der Eigner war die Blue Seas Cruise Line, eine Reederei mit Hauptsitz in Großbritannien, deren Aktien sich allerdings größtenteils in amerikanischer Hand befinden.«

Hill lächelte Davis kurz zu. »Das läuft auf eine Ermittlung im Inland wie auch im Ausland hinaus. Sieht fast so aus, als müssten sich unsere beiden Dienste diesmal zusammenraufen.«

Davis und Hill brachen gemeinsam auf. Sandecker schloss die Tür hinter ihnen und setzte sich wieder. Er kniff die Augen zusammen und warf einen funkelnden Blick in die Runde. »Da sich die betreffenden Taten auf See zutrugen und die NUMA in beiden Fällen unmittelbar beteiligt, beziehungsweise betroffen war, dürfen wir uns nicht so einfach abwimmeln lassen. Wir stellen unsere eigenen Ermittlungen an, ohne dass die CIA oder das FBI etwas davon mitbekommen.« Er wandte sich an Pitt und Giordino. »Ihr zwei nehmt euch drei Tage frei und ruht euch aus. Danach macht ihr euch an die Arbeit.«

Pitt blickte den Admiral fragend an, wandte sich dann an die anderen. »Und wo wollen wir anfangen?«

»Das kann ich Ihnen erst sagen, wenn Sie zurück sind. Rudi und Hiram werden sich unterdessen sämtliche Informationen besorgen, derer sie habhaft werden können.«

»Wie gedenkt ihr eure Freizeit zu verbringen?«, wollte Gunn von Pitt und Giordino wissen

»Kurz bevor man mich in den Pazifik geschickt hat, habe ich mir ein zehn Meter langes Segelboot gekauft, das seither in einem Jachthafen in der Nähe von Annapolis liegt. Ich glaube, ich rufe zwei, drei Freundinnen an und lade sie zu einem kleinen Törn auf der Chesapeake Bay ein.«

Gunn wandte sich an Pitt. »Und du?«

»Ich?« Pitt zuckte die Achseln. »Ich gehe zu einer Flugschau.«

23

Das Wetter hätte an diesem Tag, an dem die Flugschau zu Gunsten behinderter Kinder stattfand, nicht besser sein können. Mehr als zehntausend Besucher fanden sich bei kobaltblauem, wolkenlosem Himmel ein und genossen die leichte Brise, die vom Atlantischen Ozean her wehte und die sommerlichen Temperaturen erträglich machte.

Das Gene Taylor Field war ein privater Flugplatz inmitten einer Stadtrandsiedlung, deren sämtliche Bewohner Flugzeuge besaßen. Die Straßen waren so angelegt, dass die Familien mit ihren Maschinen von den Häusern aus zur Start- und Landebahn und wieder zurückrollen konnten. Das unmittelbar angrenzende Gebiet war, anders als bei den meisten Flugplätzen, von Landschaftsarchitekten angelegt worden und mit kleinen Büschen, Hecken und Blumenbeeten bepflanzt. Die asphaltierten Park- und Rastplätze waren von weitläufigen Rasenflächen umgeben, auf denen die Besucher lagern und die Kunststücke verfolgen konnten, die die Piloten mit ihren Maschinen in der Luft vollführten. Sie konnten aber auch zwischen den alten Flugzeugen herumspazieren, die am einen Ende der Rollbahn standen.

Aus insgesamt vier Bundesstaaten waren die behinderten Kinder hergebracht worden, teils von ihren Angehörigen, aber auch von Mitarbeitern der Schulen oder vom Personal der Kliniken, in denen sie untergebracht waren. Zahlreiche freiwillige Helfer, die stolz darauf waren, an diesem Ereignis teilnehmen zu dürfen, führten sie auf dem Gelände herum und zeigten ihnen die zur Schau gestellten Flugzeuge.

Kelly stand unter Hochspannung. Bislang war alles glatt gegangen – ohne jede Panne oder technische Probleme. Die freiwilligen Mitarbeiter waren ungemein hilfreich, die Besitzer und Piloten der rund neunzig Flugzeuge, die sich gern die Zeit genommen hatten und auf eigene Kosten angereist waren, ließen die Kinder bereitwillig ins Cockpit steigen und erklärten ihnen Herkunft und Geschichte ihrer Maschinen.

Nur das Flugzeug, das Kelly am sehnlichsten erwartete, die Transportmaschine, mit der die Kinder über die Wolkenkratzer von Manhattan fliegen sollten, war bisher nicht aufgetaucht. Sie wollte den Kindern gerade die schlechte Nachricht kundtun, als ihre Freundin und Mitarbeiterin Mary Conrow auf sie zukam.

»Tut mir Leid«, sagte sie mitfühlend. »Ich weiß, dass du dich auf ihn verlassen hast.«

»Ich kann es nicht glauben. Dirk hätte mich doch bestimmt angerufen, wenn er die Maschine nicht hätte beschaffen können.«

Mary war eine ausgesprochen attraktive Frau, Mitte dreißig, sehr gepflegt und elegant gekleidet. Sie trug ihre rotblonden Haare in langen Locken, die sich über ihre Schultern ringelten. Mit ihren großen, hellgrünen Augen, den hohen Wangenknochen und dem schmalen Kinn wirkte sie sehr selbstbewusst. Sie wollte etwas sagen, schirmte dann aber plötzlich mit einer Hand die Augen ab und deutete zum Himmel.

»Was fliegt denn da von Süden an?«

Kelly starrte in die Richtung, in die Mary wies. »Ich kann es nicht erkennen.«

»Sieht aus wie eine alte Transportmaschine!«, sagte Mary aufgeregt. »Ich glaube, er kommt!«

Kelly fiel ein Stein vom Herzen, und ihr Herz schlug einen Takt schneller. »Er muss es sein!«, rief sie. »Dirk hat mich nicht hängen lassen.«

Sie, die Kinder und sämtliche Besucher sahen zu, wie das sonderbar aussehende alte Flugzeug langsam, mit kaum mehr als hundertzwanzig Kilometern pro Stunde, nur etwa fünfzig Meter über die Bäume hinwegflog, die rund um den Flugplatz standen. Schwerfällig, zugleich aber auch eigenartig anmutig, wirkte die einschwebende Maschine, die aus diesem Grund einst liebevoll Tin Goose – Blechgans – genannt wurde und das erfolgreichste Linienflugzeug seiner Zeit war.

Die 5-AT Tri-Motor war Ende der zwanziger, Anfang der dreißiger Jahre des zwanzigsten Jahrhunderts von der Ford Motor Company gebaut worden, und Pitt besaß eines der wenigen erhaltenen Exemplare, die noch in Museen oder privaten Sammlungen zu bewundern waren. Die meisten waren in den Farben und mit den Firmenzeichen der alten Fluggesellschaften bemalt, in deren Diensten sie einst gestanden hatten. Seine hingegen trug nur die Registrierung und das Ford-Emblem auf dem blanken, silbern schimmernden Aluminiumwellblech an Rumpf und Tragflächen.

Da die Ford zur Zeit die einzige Maschine war, die sich in der Luft befand, blickten sämtliche Zuschauer, aber auch die Piloten zum Himmel, als sich das berühmte Flugzeug in die Kurve legte und mit wirbelnden, in der Sonne funkelnden Propellern und dem unverkennbaren tiefen Brummen die Landebahn ansteuerte.

Zwei der Motoren waren an den Tragflächen aufgehängt, während der dritte auf der Nase der Maschine saß. Die Tragflächen waren so dick und ausladend, als wären sie für ein doppelt so großes Flugzeug bestimmt. Die nach vorn V-förmig zugeschnittene Windschutzscheibe wirkte unscheinbar, doch die großen Seitenfenster boten dem Piloten genügend Sicht. Einen Moment lang schien die zeitlos schöne Maschine reglos in der Luft zu schweben wie eine echte Gans, kurz bevor sie mit den Füßen voran im Wasser landete. Dann setzte sie behäbig auf, und eine dünne Qualmwolke stieg von den großen Reifen auf, als sie mit kaum hörbarem Quietschen über den Asphalt glitten.

Ein freiwilliger Helfer raste mit einem restaurierten Jeep aus dem Zweiten Weltkrieg über die Rollbahn und lotste die Tri-Motor zu ihrem Stellplatz hinter einer Reihe alter Flugzeuge. Pitt rollte zwischen einer Fokker DR.1, einem Dreidecker aus dem Ersten Weltkrieg, der rot gestrichen war wie einst die berühmte Maschine des Barons von Richthofen, und einer blauen, aus dem Jahr 1932 stammenden Sikorsky S-38 vorbei, die sowohl zu Wasser als auch auf festem Boden landen konnte.

Kelly und Mary ließen sich von einem anderen ehrenamtlichen Helfer in dessen privatem, aus dem Jahr 1918 stammenden Cadillac-Tourenwagen zu der Maschine chauffieren. Sie sprangen heraus und warteten, bis die zweiblättrigen Propeller zum Stillstand kamen. Kurz darauf ging die Passagiertür auf und Pitt beugte sich heraus. Er stellte eine Art Trittschemel auf den Boden und stieg dann aus.

»Sie!«, stieß Kelly aus. »Sie haben mir nicht gesagt, dass das Flugzeug Ihnen gehört.«

»Ich wollte Sie überraschen«, erwiderte er mit einem durchtriebenen Grinsen. »Entschuldigen Sie die Verspätung. Aber ich hatte auf dem ganzen Weg von Washington hierher starken Gegenwind.« Dann fiel sein Blick auf Mary. »Hallo.«

»Oh, verzeihen Sie«, sagte Kelly. »Das ist Mary Conrow, meine beste Freundin. Außerdem ist sie meine rechte Hand bei dieser Veranstaltung hier. Und das ist –«

»Ich weiß schon. Der Dirk Pitt, von dem du ununterbrochen erzählst.« Mary musterte Pitt und war sofort von seinen grünen Augen angetan. »Freut mich, Sie kennen zu lernen«, murmelte sie.

»Ganz meinerseits.«

»Die Kinder können es kaum erwarten, mit Ihrer Maschine zu fliegen«, sagte Kelly. »Sie reden über nichts anderes, seit sie gesehen haben, wie Sie eingeschwebt sind. Wir teilen sie gerade für die Rundflüge ein.«

Pitt schaute zu der Schar behinderter Kinder, viele davon in Rollstühlen, die sich in kleinen Gruppen zusammenscharten. »Wie viele wollen mitkommen? Mehr als fünfzehn Passagiere auf einmal kann die Maschine nicht befördern.«

»Wir haben etwa sechzig Kinder«, erwiderte Mary. »Sie müssten also viermal fliegen.«

Pitt lächelte. »Das lässt sich machen. Aber wenn ich Passagiere befördere, brauche ich einen Copiloten. Mein Freund Al Giordino konnte leider nicht mitkommen.«

»Kein Problem«, sagte Kelly. »Mary ist Pilotin bei der Conquest Airlines.«

»Wie lange schon?«

»Insgesamt zwölf Jahre auf der Sieben-drei-sieben und der Sieben-sechs-sieben.«

»Wie viele Stunden auf Propellermaschinen?«

»Weit über tausend.«

Pitt nickte. »Okay, steigen Sie ein, dann gebe ich Ihnen eine kurze Einweisung.«

Mary strahlte wie ein Kind am Heiligen Abend. »Wenn meine Kollegen erfahren, dass ich mit einer Ford Tri-Motor geflogen bin, werden die alle grün vor Neid.«

Sobald sie in den Schalensitzen im Cockpit angeschnallt waren, erklärte er Mary die Instrumente und Armaturen. Das Instrumentenbrett hätte schlichter und spartanischer kaum sein können. Auf dem wuchtigen schwarzen Paneel, das sich nach oben hin verjüngte, befanden sich lediglich die allernötigsten Schalter und kaum mehr als ein Dutzend der wichtigsten Armaturen. Doch nur die Instrumente für den Frontmotor waren darin eingelassen. Die Drehzahl- und Öldruckmesser sowie die Öltemperaturanzeiger der beiden seitlichen Motoren hingegen waren außerhalb des Cockpits an der Aufhängung angebracht.

Die drei Gashebel für die Motoren befanden sich zwischen den Sitzen. Auf den Steuerknüppeln, mit denen die Quer- und Höhenruder betätigt wurden, saßen runde Handräder mit hölzernen Speichen, die aussahen, als stammten sie aus einem Automobil. Henry Ford, knausrig, wie er war, hatte seinerzeit darauf bestanden, dass man der Sparsamkeit halber das Lenkrad des Ford T-Model verwenden sollte. Mit einer kleinen Kurbel, die über dem Piloten an der Decke angebracht wurde, ließ sich die Trimmung verändern. Und mit dem großen, ebenfalls zwischen den Sitzen aufragenden Bremshebel, konnte man das Flugzeug am Boden nach links oder rechts steuern, je nachdem, in welche Richtung man ihn umlegte.

Pitt ließ die Motoren an, sah, wie die Aufhängung bebte und vibrierte, als sie hustend und spuckend ansprangen, ehe sie auf Touren kamen und rund und gleichmäßig liefen. Nachdem er sie einmal hochgejagt hatte, rollte er zum anderen Ende der Startbahn. Er erklärte Mary, wie sie sich bei Start und Landung verhalten sollte, ehe er ihr das Steuer überließ, und erinnerte sie daran, dass sie eine Maschine mit einem Heckrad flog, keine moderne Düsenmaschine mit einziehbarem Bugfahrwerk.

Sie stellte sich geschickt an, hatte viel Gefühl und lernte rasch mit den Launen und Marotten eines zweiundsiebzig Jahre alten Flugzeugs umzugehen. Pitt zeigte ihr, wie die Maschine bei hundert Stundenkilometern durchsackte, wie sie sich mühelos mit zwei Motoren fliegen ließ, aber auch mit einem noch genug Kraft hatte, um sicher zu landen.

»Ein bisschen mulmig wird einem schon«, sagte sie laut, um das Knattern zu übertönen, »wenn man die offenen Motoren da draußen hängen sieht.«

»Die sind so robust gebaut, dass sie jedem Wetter standhalten.«

»Was für eine Geschichte hat sie?«

»Sie wurde 1929 von der Stout Metal Airplane Corporation gebaut«, erklärte Pitt. »Das war ein Tochterunternehmen der Ford Motor Company. Sie war das erste Ganzmetall-Flugzeug, das in den Vereinigten Staaten hergestellt wurde, und Ford hat insgesamt einhundertsechsundneunzig Exemplare davon gebaut. Das hier lief als Nummer hundertachtundfünfzig vom Band. Etwa achtzehn sind noch erhalten, und drei davon fliegen noch. Anfangs stand sie in Diensten der Transcontinental Air Transport, aus der später die TWA wurde. Sie war auf der Strecke New York-Chicago eingesetzt und beförderte viele Prominente der damaligen Zeit – Charles Lindbergh, Amelia Earhart, Gloria Swanson, Douglas Fairbanks sen. und Mary Pickford. Franklin Roosevelt charterte sie, als er zum Parteitag der Demokraten nach Chicago flog. Jeder, der etwas darstellte, reiste mit ihr. Keine andere Verkehrsmaschine ihrer Zeit konnte so viel Komfort bieten. Die Ford Tri-Motor war das erste Flugzeug, das über eine Toilette an Bord verfügte, und in dem eine Stewardess für das Wohl der Passagiere sorgte. Vielleicht sind Sie sich nicht ganz im Klaren darüber, aber Sie sitzen in einem Flugzeug, mit dem das Zeitalter des modernen Flugverkehrs eingeleitet wurde. Der ersten Königin der Lüfte.«

»Sie hat allerhand erlebt.«

»Als 1934 die Douglas DC-3 in Serie ging, wurde die Old Reliable, so der Spitzname, den sie sich ihrer Zuverlässigkeit wegen im

Laufe der Jahre erwarb, außer Dienst gestellt. In den darauf folgenden Jahren war sie als Passagiermaschine in Mexiko eingesetzt. 1942 kreuzte sie unverhofft auf der Philippinen-Insel Luzon auf, evakuierte rund zwanzig unserer Soldaten und brachte sie von Insel zu Insel bis nach Australien. Danach verlor sich ihre Spur eine Zeit lang, bis sie in Island wieder auftauchte, wo sie sich im Besitz eines Flugzeugmechanikers befand, der mit ihr Versorgungsflüge zu abgelegenen Farmen und Ortschaften unternahm. Ich habe sie 1987 gekauft, nach Washington geflogen und von Grund auf restauriert.«

»Wie sieht's mit den technischen Daten aus?«

»Die drei Pratt-and-Whitney-Motoren leisten vierhundertfünfzig PS«, fuhr Pitt fort. »Sie führt so viel Treibstoff mit, dass sie bei einer Reisegeschwindigkeit von einhundertachtzig Kilometern pro Stunde rund neunhundert Kilometer zurücklegen kann. Wenn man sie scheucht, schafft sie eine Spitzengeschwindigkeit von zweihundertfünfzehn Stundenkilometern. Die Steiggeschwindigkeit liegt bei dreihundertfünfunddreißig Metern pro Minute, die Gipfelhöhe bei fünftausendzweihundertachtzig Metern. Die Flügelspannweite beträgt dreiundzwanzig Komma fünf Meter, die Gesamtlänge fünfzehn Meter. Habe ich irgendwas ausgelassen?«

»Das dürfte so ziemlich alles gewesen sein«, sagte Mary.

»Jetzt sind Sie dran«, sagte Pitt und nahm die Hände vom Steuer. »Aber bedenken Sie eines: Diese Maschine will von Hand geflogen werden. Sie dürfen sie keine Sekunde aus dem Griff lassen.«

»Ich verstehe, was Sie meinen«, sagte Mary, die ihre ganze Kraft aufbieten musste, um das Rad zu drehen und die großen Querruder zu betätigen. Nachdem sie ein paar Minuten lang gekreist und Kurven geflogen war, setzte sie zur Landung an.

Pitt stellte fest, dass Mary mit einem kaum spürbaren Stoß aufsetzte, bevor sie das Heckrad souverän auf den Asphalt brachte. »Sehr gut«, lobte er sie. »Als wären Sie ein alter Hase auf der Tri-Motor.«

»Besten Dank, Sir«, sagte sie und lachte fröhlich auf.

Sobald die Tri-Motor stand, kamen die Kinder an Bord. Die meisten mussten von freiwilligen Helfern durch die Tür gehoben werden, wo Pitt sie in Empfang nahm, auf dem Arm zu ihren Sitzen trug und anschnallte. Der Anblick dieser schwer behinderten Kinder, die trotz ihrer Gebrechen so tapfer und fröhlich waren, rührte Pitt zutiefst. Dann stieg Kelly zu, die sich um die Kinder kümmerte, mit ihnen scherzte und lachte. Nach dem Start deutete sie auf die in der Ferne auftauchenden Wolkenkratzer von Manhattan, als Pitt über den Hudson River flog und Kurs auf die Stadt nahm.

Auf Grund ihrer geringen Geschwindigkeit und dank der großen, viereckigen Fenster, durch die man freie Sicht nach allen Seiten hatte, war die alte Maschine hervorragend für Rundflüge geeignet. Aufgeregt plappernd saßen die Kinder denn auch auf den alten, gepolsterten Korbsitzen und bestaunten die hoch aufragenden Gebäude der Stadt.

Pitt unternahm drei Touren, ließ die Maschine dann auftanken und schaute sich unterdessen den Fokker-Dreidecker an, der unmittelbar neben der Tri-Motor stand. Im Ersten Weltkrieg war er, gesteuert von deutschen Fliegerassen wie Manfred von Richthofen, Werner Voss und Hermann Göring, eine Zeit lang der Schrecken der alliierten Piloten gewesen. Von Richthofen hatte behauptet, er könne klettern wie ein Affe und sei so wendig wie der Teufel.

Er musterte gerade die auf der Motorabdeckung montierten Maschinengewehre, als ein Mann in einer alten Fliegermontur auf ihn zukam. »Wie finden Sie sie?«, fragte er.

Pitt wandte den Kopf und sah einen dunkelhäutigen Mann mit braunen Augen vor sich, dessen scharf geschnittene Züge an ägyptische Pharaonen erinnerten. Auch sein Auftreten wirkte geradezu herrisch. Groß und kerzengerade stand er da, fast wie beim Militär, wie Pitt fand. Dazu der sonderbare Blick, bohrend und forschend, den er auf ihn gerichtet hatte, ohne auch nur einmal nach links oder rechts zu sehen.

Die beiden Männer musterten sich einen Moment lang und stellten fest, dass sie etwa gleich groß und gleich schwer waren. »Ich bin immer wieder überrascht«, sagte Pitt schließlich, »wenn ich sehe, wie klein die alten Jagdmaschinen auf Fotos wirken. Aber wenn man daneben steht, kommen sie einem ziemlich groß vor.« Er deutete auf die beiden Maschinengewehre, die hinter dem Propeller saßen. »Die sehen aus, als wären sie echt.«

Der Mann nickte. »Das sind alte 7,92-Millimeter Spandau-MGs.«

»Und die Munitionsgurte? Da stecken Patronen drin.«

»Nur des Eindrucks wegen«, erwiderte der dunkelhäutige Mann. »Sie war zu ihrer Zeit eine tödliche Kampfmaschine. Ich möchte, dass man ihr das auch ansieht.« Er zog einen Stulpenhandschuh aus und bot Pitt die Hand zum Gruß. »Conger Rand, ich bin der Besitzer dieser Maschine. Sind Sie der Pilot der Tri-Motor?«

»Ja.« Pitt hatte das sonderbare Gefühl, dass der Mann ihn kannte. »Ich heiße Dirk Pitt.«

»Ich weiß«, sagte Rand. »Sie sind bei der NUMA.«

»Sind wir uns schon mal irgendwo begegnet?«

»Nein, aber wir haben einen gemeinsamen Bekannten.«

Ehe Pitt etwas erwidern konnte, rief Kelly nach ihm. »Wir können jetzt die Kinder für den letzten Rundflug an Bord lassen.«

Pitt drehte sich um und wollte gerade sagen: »Tja, ich glaube, ich muss los.« Doch der Pilot der Fokker hatte sich bereits abgewandt und verschwand hinter seiner Maschine.

Sobald der Tankwagen weggefahren war und die Deckel wieder auf den Treibstoffstutzen saßen, wurde die nächste Schar Kinder an Bord der Tri-Motor gebracht, die zu ihrem letzten Rundflug startete. Pitt überließ die Maschine Mary, ging nach hinten und redete mit den Kindern, deutete hinab auf die Freiheitsstatue und auf Ellis Island, während sie in rund dreihundert Meter Höhe darüber kreisten. Dann kehrte er ins Cockpit zurück, übernahm wieder das Steuer und flog in Richtung East River und auf die Brooklyn Bridge zu.

Da die Außentemperatur bei gut dreißig Grad Celsius lag, schob Pitt das Fenster auf seiner Seite auf und ließ den Fahrtwind ins Cockpit strömen. Einen Moment lang hatte er gute Lust, unter der altehrwürdigen Brücke hindurchzufliegen, aber er musste an die Kinder denken, die er an Bord hatte, und außerdem könnte ihn das den Flugschein kosten. Eine Satansidee, stellte er nüchtern fest.

Dann wurde er kurz von einem Schatten abgelenkt, der von oben auf die Tri-Motor fiel.

»Wir haben einen Begleiter«, sagte Mary, und im gleichen Augenblick hörte er das begeisterte Johlen der Kinder im Passagierraum.

Pitt blickte nach oben und sah etwas Rotes am strahlend blauen Himmel funkeln. Der Pilot der Fokker, die keine fünfzig Meter weit entfernt war, trug eine lederne Fliegerhaube und eine Schutzbrille und hatte einen im Wind wehenden weißen Seidenschal um den Hals geschlungen. Die alte Fokker war so nah, dass Pitt die blitzenden Zähne des Piloten sehen konnte, als er den Mund zu einem breiten, fast boshaften Lächeln verzog. Er wollte gerade zurückwinken, als die Maschine plötzlich abscherte.

Pitt sah, wie sie einen Looping drehte und dann unverhofft von links vorn auf die Ford Tri-Motor zuhielt.

»Was treibt dieser Spinner da?«, fragte Mary. »Der kann doch über der Stadt keine Kunstflugmanöver vollführen.«

Das Mündungsfeuer, das wie Laserblitze aus den beiden Spandau-Maschinengewehren schlug, beantwortete ihre Frage. Im ersten Moment meinte Mary, es wäre nur ein Scheinangriff, eine Showeinlage. Doch dann zersplitterte die Windschutzscheibe, ein Schwall heißes Öl spritzte ins Cockpit und eine Qualmwolke quoll aus dem Frontmotor.

24

Pitt ahnte die Gefahr, bevor die ersten Kugeln einschlugen. Er legte die Maschine quer und zog sie steil herum, bis er die Fokker unter sich sah, bevor sie abdrehte und zum nächsten Angriff ansetzte. Er schob die Gashebel bis zum Anschlag nach vorn, ohne dass er sich allzu viel davon versprach. Mit allen drei Motoren hätte er die Fokker mitsamt ihrem durchgeknallten Piloten abhängen können. Immerhin war die Tri-Motor bei Höchstgeschwindigkeit über fünfzig Stundenkilometer schneller als die alte Jagdmaschine. Aber nun, da ein Motor ausgefallen war, konnte ihn die wendige Fokker jederzeit ausmanövrieren.

Dichter Rauch quoll inzwischen aus den Auspuffstutzen des

Frontmotors, der jeden Moment Feuer fangen konnte. Pitt griff nach unten, drehte den Benzinhahn ab, schaltete dann die Zündung aus und sah, wie der Propeller waagrecht stehen blieb.

Marys Gesicht war vor Fassungslosigkeit rot angelaufen. »Der schießt auf uns!«, japste sie.

»Fragen Sie mich bloß nicht, warum«, sagte Pitt.

Kelly tauchte unter der Tür zum Cockpit auf. »Wieso kurven Sie wie wild herum?«, herrschte sie ihn wütend an. »Sie erschrecken die Kinder.« Dann spürte sie den Fahrtwind, der durch das Cockpit pfiff, bemerkte den qualmenden Motor und die zersplitterte Windschutzscheibe. »Was ist passiert?«

»Wir werden von einem Irren angegriffen.«

»Er schießt mit scharfer Munition auf uns!«, rief Mary, die mit der Hand das Gesicht vor dem Fahrtwind abschirmte.

»Aber wir haben Kinder an Bord«, erwiderte Kelly.

»Das weiß er, aber anscheinend ist es ihm egal. Gehen Sie zurück, und beruhigen Sie die Kids. Sehen Sie zu, dass sie das Ganze für ein Spiel halten. Singen Sie irgendwas mit ihnen. Machen Sie meinetwegen, was Sie wollen, aber sorgen Sie dafür, dass sie beschäftigt sind, und spielen Sie die Sache runter.« Er wandte sich kurz zu Mary um und nickte ihr aufmunternd zu. »Klemmen Sie sich ans Funkgerät, und geben Sie einen Notruf durch. Sobald sich jemand meldet, egal wer, erklären Sie ihm, was los ist.«

»Kann uns denn jemand helfen?«

»Nicht rechtzeitig.«

»Was haben Sie vor?«

Pitt sah, wie der rote Fokker-Dreidecker zum nächsten Angriff auf die Tri-Motor ansetzte. »Zusehen, dass wir alle am Leben bleiben.« Kelly und Mary musterten Pitt einen Moment lang, wunderten sich, wie ruhig und ungerührt er wirkte, bis sie seinen grimmig entschlossenen Blick sahen. Mary griff zum Funkgerät und gab ihren Notruf durch, und Kelly ging wieder nach hinten zu den Kindern.

Pitt suchte unterdessen den Himmel ab, hielt Ausschau nach einer Wolke, in die er eintauchen und die Fokker vielleicht abschütteln könnte. Doch die wenigen weißen Fetzen, die am Himmel dahintrieben, waren etliche Meilen weit weg und viel zu hoch für die Tri-Motor. Ohne Wolken kein Versteck, ohne Versteck kein Entrinnen, dachte Pitt. Die alte Transportmaschine war so wehrlos wie ein Lamm, das auf der Weide von einem Wolf angefallen wird. Warum hatte es dieser Pilot, mit dem er vorhin noch gesprochen hatte, auf sie abgesehen? Tausend Fragen gingen ihm durch den Kopf, doch ihm fiel keine einzige Antwort dazu ein.

Pitt überlegte kurz, ob er eine Notwasserung auf dem East River versuchen sollte. Wenn er die Landung so hinbekam, dass niemand verletzt wurde, die Maschine halbwegs heil blieb und sich so lange über Wasser hielt, bis alle ausgestiegen waren – er verwarf den Gedanken sofort wieder. Die Gefahr, dass die Tri-Motor mit ihrem starren Fahrwerk beim Auftreffen auf dem Wasser zu Bruch ging, war einfach zu groß. Außerdem traute er diesem Wahnsinnigen, der die Fokker steuerte, durchaus zu, dass er die hilflosen Passagiere weiterhin mit seinen Maschinengewehren bestrich. Wenn er uns vom Himmel holen will, dachte Pitt, hat er auch keine Skrupel, uns auf dem Wasser zu beschießen.

Er traf seine Entscheidung, zog die Tri-Motor herum und steuerte die Brooklyn Bridge an.

Die rote Fokker stellte sich auf die Flügelspitzen, machte kehrt und folgte der Tri-Motor flussabwärts. Pitt drosselte die beiden verbliebenen Motoren und ließ den Angreifer aufschließen. Im Gegensatz zu modernen, mit Raketen bestückten Düsenjägern, die eine feindliche Maschine aus gut anderthalb Kilometern Entfernung abschießen können, mussten die Kampfflieger des Ersten Weltkriegs bis auf knapp hundert Meter an ihre Gegner ran, ehe sie mit ihren Bordwaffen etwas ausrichten konnten. Daher ging Pitt davon aus, dass der Pilot der Fokker bis zum letzten Moment warten würde, ehe er das Feuer auf die Tri-Motor eröffnete.

Der alte Warnspruch, den man den alliierten Piloten seinerzeit an der Westfront mit auf den Weg gegeben hatte, bewahrheitete sich wieder: Augen auf den Sonnenschein, denn dort lauert stets der Feind. Das galt jetzt noch genauso wie damals. Der Pilot der Fokker zog seine Maschine steil nach oben und setzte dann zu einem flachen Sturzflug aus der Sonne an, stieß auf die Tri-Motor herab und eröffnete aus rund hundert Metern Abstand das Feuer. Unmittelbar hinter dem Motor schlugen die Kugeln in das Aluminiumwellblech der rechten Tragfläche. Doch die Zeit war zu knapp – die beiden Spandau-MGs konnten das Ziel nur knapp zwei Sekunden lang erfassen, ehe Pitt die Tri-Motor fast senkrecht nach unten zog.

Die Maschine stieß auf das Wasser hinab, immer noch von der Fokker verfolgt, doch nicht beschossen, da der Pilot abwartete, bis er sie wieder fest ins Visier fassen konnte. Und Pitt ging immer tiefer, bis die Menschen an beiden Ufern, die Touristen, die sich auf dem Oberdeck eines Ausflugsbootes drängten, und die Feuerwehrleute auf einem vorbeifahrenden Löschboot meinten, die Maschine stürze ins Wasser. Doch im allerletzten Moment zog Pitt den Steuerknüppel zurück, fing die Tri-Motor ab und flog dicht über dem Wasser auf die Brooklyn Bridge zu.

Wie ein riesiges Spinnennetz ragte die berühmte Brücke mit ihrem Geflecht aus Tragkabeln auf. Rund hundertfünfzigtausend Autos, zweitausend Radfahrer und dreihundert Fußgänger überquerten tagtäglich dieses Bauwerk, das 1883 vollendet worden war. Doch jetzt geriet der Verkehr ins Stocken, als die Autofahrer anhielten und wie gebannt auf die beiden alten Flugzeuge starrten, die auf die Brücke zugerast kamen. Auch die Fußgänger und die Radfahrer auf dem höher liegenden, hölzernen Gehweg stürmten ans Geländer und glaubten beim Anblick des roten Dreideckers aus dem Ersten Weltkrieg ihren Augen nicht zu trauen, zumal er allem Anschein nach die alte dreimotorige Transportmaschine unter Beschuss nahm.

»Lieber Gott!«, murmelte Mary. »Sie wollen doch nicht etwa unter der Brücke hindurch.«

»Aufgepasst«, erwiderte Pitt wild entschlossen.

Er nahm die zweiundachtzig Meter hoch aufragenden Türme kaum wahr, achtete nur auf den Abstand zwischen Fahrbahn und Wasserspiegel – rund fünfundvierzig Meter schätzte er, tatsächlich aber waren es nur knapp über vierzig. Mit qualmendem Bugmotor huschte die Tri-Motor unter der Brücke hindurch und schoss auf der anderen Seite um Haaresbreite über einen Schleppzug mit zwei Frachtkähnen hinweg.

Die Kinder wiederum waren hellauf begeistert, als sie die Brücke von unten sahen, dachten, das gehöre zum üblichen Rundflugprogramm. Fröhlich, ohne auch nur zu ahnen, in welch ernster Gefahr sie sich befanden, fielen sie sofort ein, als Kelly ein Lied anstimmte.

Es schickt der Herr den Jockel aus.
Er soll den Hafer schneiden;
der Jockel schneidt den Hafer nicht
und kommt auch nicht nach Haus.

Am La Guardia, am John F. Kennedy Airport und auf etlichen kleineren Flughäfen in der Umgebung empfing man die Hilferufe, die Mary hektisch über Funk durchgab; gleichzeitig gingen bei der Polizei die ersten Meldungen über die Luftschlacht ein. Ein Fluglotse am Kennedy Airport verständigte schließlich seinen Vorgesetzten.

»Ich habe einen Mayday-Ruf von einer Frau in einer alten Tri-Motor vorliegen, die heute an einer Luftfahrtschau teilnimmt. Sie behauptet, sie werden von einem Jagdflugzeug aus dem Ersten Weltkrieg angegriffen.«

Der Oberlotse lachte. »Na klar, und die Marsianer stürmen gerade die Freiheitsstatue.«

»Irgendwas muss an der Sache aber dran sein. Ich habe soeben über Polizeifunk gehört, dass ein roter Dreidecker eine alte Transportmaschine verfolgt, die mit qualmendem Motor unter der Brooklyn Bridge hindurchgeflogen ist.«

Dem Cheflotsen verging das Lachen. »Wissen Sie, ob die Maschine Passagiere befördert?«

»Laut Polizeifunk befinden sich fünfzehn behinderte Kinder an Bord.« Er verstummte, hielt einen Moment lang inne. »Ich … ich kann sie singen hören.«

»Singen?«

Der Fluglotse nickte schweigend.

Sein Vorgesetzter wirkte mit einem Mal gequält. Er ging zu einer Reihe mit Radarbildschirmen und legte dem Lotsen die Hand auf die Schulter. »Was können Sie über Manhattan erkennen?«

»Ich habe soeben noch zwei Flugzeuge über dem East River erfasst, aber das größere ist gerade verschwunden.«

»Abgestürzt?«

»Sieht ganz so aus.«

Der Cheflotse wandte sich ab. »Die armen Kinder«, murmelte er betroffen.

Der Pilot der Fokker zog seine Maschine hoch und schoss um Haaresbreite über die Hängetrossen hinweg. Dann setzte er wieder zum Sturzflug an, nahm Tempo auf, ließ die Kiste über die Flügelspitzen abkippen und hielt genau auf die Tri-Motor zu.

Ehe er das Feuer eröffnen konnte, zog Pitt die Tri-Motor in eine steile Linkskurve, quer über Pier Nummer elf und dreizehn, FDR Drive und South Street hinweg, richtete sie dann wieder auf, jagte in rund fünfzig Metern Höhe unter dem ohrenbetäubenden Geknatter der Pratt-and-Whitney-Motoren, das links und rechts von Mauern und Fenstern widerhallte, über die Wall Street hinweg und stieß auf die Statue von George Washington hinab, der dort unten gerade seinen Amtseid leistete. Die breiten Tragflächen passten mit knapper Not zwischen den Häusern hindurch, als er sie mühsam wieder hochzog, raus aus dieser Schlucht aus Glas und Beton.

Mary saß stocksteif da. Blut quoll aus einer Schramme, die ihr ein herumfliegender Glassplitter zugefügt hatte, und lief in einem dünnen Rinnsal über ihre Wange. »Das ist doch der helle Wahnsinn«, stieß sie aus.

»Tut mir Leid«, erwiderte Pitt mit gepresster Stimme. »Aber uns bleibt kaum was anderes übrig.«

Er zog den Steuerknüppel zurück, als vor ihm eine breite Querstraße auftauchte, allem Anschein nach der untere Broadway, riss die Maschine dann hoch, legte sie in die Kurve und tauchte ein Stück oberhalb der St. Paul's Chapel, etwa einen Häuserblock von der Börse entfernt und ungefähr in Höhe des City Hall Park in die berühmte Nord-Süd-Achse ein. Inzwischen heulten dort unten von allen Seiten Sirenen, nahm ein Polizeiwagen nach dem anderen die Verfolgung auf, doch im dichten Verkehr konnten sie mit dem Flugzeug nicht mithalten.

Der Pilot der Fokker hatte Pitt inmitten der Hochhäuser einen Moment lang aus den Augen verloren. Er kreiste kurz über dem East River, ging dann auf gut dreihundert Meter Höhe, beugte sich aus dem Cockpit und flog über die gesamte Südspitze von Manhattan hinweg, über die großen Hochseeschiffe, die am South Street Seaport vor Anker lagen, und hielt Ausschau nach der Tri-Motor. Dann sah er die silbernen Tragflächen in der Sonne aufblinken, schob die Fliegerbrille hoch und starrte verdutzt auf die Maschine hinab, die auf halber Höhe der Häuser den Broadway entlangflog.

Pitt war sich darüber im Klaren, dass nicht nur die Kinder in Lebensgefahr schwebten, sondern auch die Menschen unten auf den Straßen und Gehsteigen, wenn ihn die rote Fokker abschoss. Er konnte nur hoffen, seinen Gegner eine Zeit lang abzuschütteln und so viel Vorsprung zu gewinnen, dass er aus der Stadt hinausfliegen konnte, während sich der wahnsinnige Fokker-Pilot mit den Polizeihubschraubern herumschlagen musste. Er war wild entschlossen, die Kinder zu retten, als er ihren Gesang hörte.

Da schickt der Herr den Pudel aus,
er soll den Jockel beißen;
der Pudel beißt den Jockel nicht,
der Jockel schneidt den Hafer nicht
und kommt auch nicht nach Haus.

Plötzlich sah er den Asphalt unter der Tri-Motor aufspritzen, als sich die rote Fokker an sein Heck hängte und einen Feuerstoß aus ihren Zwillings-MGs abgab. Die Kugeln schlugen in die gelbe Haube eines Taxis und bohrten sich in einen Briefkasten an der Ecke, ohne einen Passanten zu treffen. Zunächst dachte Pitt, die Tri-Motor wäre ungeschoren davongekommen, doch dann spürte er, dass sie sich merklich schlechter steuern ließ. Er führte einen kurzen Check durch und stellte fest, dass das Seitenruder nur mehr schwerfällig reagierte und die Höhenruder überhaupt nicht mehr ansprachen. Lediglich die Querruder funktionierten noch normal. Offenbar hatte eine Kugel die Seilzüge oder die Verankerung der Steuerseile getroffen, die unter der Außenhaut vom Cockpit zu den Rudern verliefen.

»Stimmt was nicht?«, fragte Mary.

»Der letzte Feuerstoß hat unsere Höhenruder erwischt. Ich kann sie nicht mehr hochziehen.«

Der Angriff der Fokker war fast wie aus dem Lehrbuch gewesen, doch die rundum aufragenden Gebäude hatten den Piloten irritiert, sodass er über die Tri-Motor hinwegschoss, ehe ihr seine MGs Tod und Verderben bringen konnten. Er riss die Maschine steil nach oben, flog eine Immelmann-Rolle, eine hochgezogene Kehrtwende, und kam in entgegengesetzter Richtung zurück. Doch Pitt erkannte sofort, dass sein Gegner zu keinem Frontalangriff ansetzte. Er wollte sich wieder zurückfallen lassen und ans Heck der Tri-Motor hängen.

»Können Sie ihn im Auge behalten?«, fragte Pitt Mary.

»Nicht, wenn er unmittelbar unter uns ist«, erwiderte sie ruhig. Sie löste ihren Sitzgurt, damit sie sich umdrehen konnte. »Ich beuge mich raus, soweit ich kann, und achte auf unseren Schwanz.«

»Braves Mädchen.«

Kelly tauchte unter der Tür auf. »Die Kinder sind unglaublich. Die nehmen die Sache völlig gelassen.«

»Weil sie nicht wissen, dass unsere Uhr fast abgelaufen ist.« Pitt warf einen Blick nach unten. Seiner Schätzung nach flogen sie durch Greenwich Village, dann über den Union Square Park hinweg und näherten sich dem Times Square. Das Theaterviertel musste seines Wissens nach nur einen Straßenzug weiter links liegen. Die Lichter der großen Reklameschilder huschten vorüber, als er über die Statue von George M. Cohan hinwegflog. Er versuchte, die Maschine höher zu ziehen, um sie aus der Innenstadt zu steuern, doch die Höhenruder reagierten nicht auf den Steuerknüppel. Im Augenblick konnte Pitt lediglich die Höhe beibehalten und geradeaus fliegen. Solange der Broadway leicht schräg gen Westen führte, kam er einigermaßen zurecht, aber er wusste, dass er spätestens bei dem Knick in Höhe der 48th Street, unweit der Paramount Plaza, in Schwierigkeiten geraten würde. Die Höhenruder sprachen überhaupt nicht mehr an, und die Fußpedale musste er mit aller Kraft treten, damit das Seitenruder wenigstens ein bisschen reagierte. Nur mehr die Querruder standen ihm zur Verfügung, und wenn er sich dabei verschätzte und das Rad eine Idee zu stark einschlug, krachte die Maschine in eines der Gebäude. Daher musste er die Tri-Motor wohl oder übel ausschließlich mit Hilfe der Gashebel auf geradem Kurs halten.

Pitts Lippen waren staubtrocken, während ihm gleichzeitig der Schweiß übers Gesicht lief. Die Wände der Gebäude kamen ihm so nahe vor, dass er meinte, durch die Fenster greifen zu können. Die Straße vor ihm wirkte endlos und schien immer schmäler und enger zu werden. Die Menschen auf den Gehsteigen und den Straßenkreuzungen blieben wie vom Donner gerührt stehen, als sie von weitem den Ohren betäubenden Lärm hörten und dann die Tri-Motor sahen, die etwa in Höhe des zehnten Stockwerks den Broadway entlangflog. Die Büroangestellten erstarrten förmlich, als sie aus den Fenstern auf die Maschine hinabblickten, trauten ihren Augen kaum und erwarteten, dass sie jeden Moment abstürzte.

Pitt versuchte unterdessen verzweifelt, die Schnauze hochzuziehen, doch die Maschine wollte einfach nicht reagieren. Er nahm das Gas weg, bis er mit nur mehr knapp einhundertundzehn Stundenkilometer flog – noch zehn Sachen weniger, und die Tri-Motor schmierte ab. Der Pilot der roten Fokker war ein ausgezeichneter Flieger und stellte sich so geschickt an wie ein Fuchs, der die Gans beschleicht. Pitt war ihm ebenbürtig, was fliegerisches Können, Geduld und Durchhaltevermögen anging, doch diese Auseinandersetzung verlangte ihm allen Mut und seinen ganzen Trotz ab. Denn er kämpfte nicht nur um sein Leben, sondern auch um das der beiden Frauen und der fünfzehn behinderten Kinder an Bord, von den vielen Menschen ganz zu schweigen, die womöglich umkamen, wenn die Tri-Motor auf die belebte Straße stürzte und mitten in der Stadt explodierte.

Die Kinder hinter ihm bekamen es allmählich mit der Angst zu tun, als sie sahen, wie dicht die Gebäude an den Fenstern vorbeihuschten. Trotzdem sangen sie immer weiter, von Kelly gedrängt, die zu erschrocken war, um hinaus auf die zum Greifen nahen Glasfronten und die fassungslosen Mienen der Angestellten zu blicken.

Der Pilot der Fokker blickte aus rund dreihundert Metern Höhe auf die Tri-Motor hinab, die sich zwischen den Ladenzeilen und

Bürohäusern hindurchschlängelte. Er wartete geduldig wie der Teufel, wenn er auf die Seele eines ehrenwerten Mannes lauert. Er ging davon aus, dass er sich nicht mehr hinabstürzen und die alte Transportmaschine unter Feuer nehmen musste. Aller Wahrscheinlichkeit nach stürzte sie von selbst ab. Trotzdem blickte er gespannt nach unten, als ein Polizeihubschrauber auftauchte, die Verfolgung aufnahm und sich knapp über den Hausdächern zwischen die Fokker und die Ford klemmte.

Ruhig und mit Bedacht drückte er den Steuerknüppel nach vorn und stieß mit der Fokker auf den Helikopter hinab, sah, wie einer der Polizisten auf ihn deutete und irgendetwas schrie. Der Hubschrauber stieg hoch, um dem vermeintlichen Angriff zu begegnen, doch mit ihren Handfeuerwaffen konnte die Besatzung nichts gegen die Zwillings-MGs ausrichten, die einen kurzen Feuerstoß abgaben und einen Kugelhagel in das Triebwerk jagten. Nur ein paar wenige Sekunden dauerte die mit aller Entschlossenheit geführte Attacke. Doch danach war der Hubschrauber nur mehr ein zerfetztes Wrack, das auf das Dach eines Bürogebäudes stürzte.

Etliche Passanten drunten auf den Gehsteigen wurden von umherfliegenden Trümmern getroffen, aber es gab weder Schwerverletzte noch Tote. Auch die beiden Polizisten, die vom Wartungspersonal des Gebäudes aus dem Wrack gezogen wurden, kamen mit ein paar gebrochenen Knochen davon.

Trotzdem war es unmenschlich. Schiere Willkür, unsinnig und überflüssig. Der Pilot der Fokker hätte die Jagd jederzeit abbrechen können, wenn er sich so sicher war, dass die Tri-Motor jeden Moment abstürzte. Aus purem Vergnügen und reiner, kaltblütiger Mordlust hatte er den Polizeihubschrauber abgeschossen. Er warf nur einen kurzen Blick zurück und nahm dann wieder die Verfolgung der Tri-Motor auf.

Pitt hatte keine Ahnung, was sich hinter seinem Heck abspielte. Mary, die sich aus dem Seitenfenster beugte, bekam die ganze Katastrophe mit, war aber starr vor Entsetzen, sodass sie keinen Ton hervorbrachte. Dann musste Pitt sich wieder mit aller Macht auf die Maschine konzentrieren, denn vor ihm lag eine leichte Kurve.

Hinter dem Columbus Square knickte der Broadway nach links

ab. Pitt trat das rechte Ruderpedal hart durch und zog die Maschine herum, sobald sie aus der langen Straßenschlucht herausstieß. Um ein Haar hätte er mit der Flügelspitze die gut zwanzig Meter hohe Statue von Christoph Kolumbus gestreift, als er abdrehte, über Central Park West und die 59th Street hinweg. Am Südwesteingang zum Central Park wich er dem Denkmal zu Ehren der Opfer des Schlachtschiffes *Maine* aus und steuerte dann über den Park hinweg.

Auf den Reitwegen gingen die Gäule durch, bäumten sich auf und versuchten, ihre Reiter abzuwerfen, als die Tri-Motor über sie hinwegdonnerte. Tausende Menschen, die sich im Park tummelten, ließen alles stehen und liegen und verfolgten das Schauspiel, das sich über ihren Köpfen zutrug. Aus sämtlichen Richtungen nahten unter lautem Sirenengeheul zahllose Polizeiwagen. Etliche Polizeihubschrauber, verfolgt von einem Schwarm Helikopter der regionalen Fernsehsender, schwärmten von der Fifth Avenue kommend über dem Park aus.

»Er kommt zurück!«, schrie Mary. »Er ist zweihundertfünfzig Meter über uns und stößt auf unser Heck herab.«

Pitt konnte die Maschine in die Kurve legen und mit Mühe und Not herumziehen, aber mit den zerschossenen, von Kugeln zerfetzten Höhenrudern bekam er sie keinen Meter hoch. Er dachte nach, überlegte hin und her und fasste dann einen Plan – einen Plan, der aber nur gelingen konnte, wenn die rote Fokker direkt auf die Tri-Motor herabstieß, sie mit ihrem Feuer bestrich und über sie hinwegschoss. Er griff nach unten und schaltete Zündung und Benzinzufuhr des Bugmotors wieder ein. Der beschädigte Motor hustete ein paar Mal, sprang dann an und kam langsam auf Touren. Im nächsten Moment zog er die Maschine scharf nach rechts, da ihm klar war, dass der wahnwitzige Angreifer gerade zum nächsten Sturzflug ansetzte. Das jähe Ausweichmanöver überraschte den Piloten der roten Fokker, sodass der Feuerstoß der Zwillings-MGs links vorbeiging.

Trotzdem hatte die alte Transportmaschine keine Chance gegen ein Jagdflugzeug, dessen Wendigkeit einst schon die Fliegerhelden des deutschen Kaisers gerühmt hatten. Sofort drehte der Pilot der

Fokker bei, und Pitt spürte, wie die Kugeln in die Tragfläche der Tri-Motor einschlugen und sich in den Motor bohrten. Im nächsten Moment schlugen Flammenzungen hinten aus der Motorgondel an Steuerbord. Doch noch liefen sämtliche Kolben rund. Er zog die alte Maschine in die entgegengesetzte Richtung und wartete geduldig den richtigen Augenblick ab, da er zum Angriff übergehen konnte.

Plötzlich fegten Kugeln durchs Cockpit und schlugen ins Instrumentenbrett ein. Der Wahnsinnige in der Fokker ahnte offenbar jedes Manöver voraus, das Pitt fliegen wollte. Der Mann war zweifellos gerissen, doch als die rote Fokker über die geborstene Windschutzscheibe der Tri-Motor hinweghuschte und mit donnerndem Motor geradeaus hielt, war Pitt am Zug.

Er stieß alle drei Gashebel bis zum Anschlag nach vorn. Mit zwei Motoren war die Ford etwa so schnell wie die Fokker, mit dem dritten hingegen, dem Bugmotor, der zwar qualmte und Öl verlor, aber auf allen Zylindern lief, schoss sie nach vorn wie ein Vollblutpferd, das aus der Startbox prescht.

Pitt, dessen Gesicht mit Öl verschmiert war, der aus etlichen Schnitten an Stirn und Wangen blutete, wo ihn Glassplitter der Windschutzscheibe getroffen hatten, und durch den Qualm kaum etwas erkennen konnte, stieß einen trotzigen Triumphschrei aus.

»Jetzt bist du dran, roter Baron!«

Viel zu spät fuhr der Mann mit der ledernen Fliegerhaube herum und sah die silberne Tri-Motor, die keine zehn Meter mehr entfernt war und direkt auf ihn zuhielt. Heftig riss er die Fokker herum, stellte sie auf die Flügelspitzen. Es war das falsche Manöver, genau wie Pitt erwartet hatte. Wenn er seine Maschine steil hochgezogen hätte, hätte ihm die Tri-Motor mit ihren beschädigten Höhenrudern nicht folgen können. Aber jetzt, da sie eine scharfe Kurve flog, sodass die drei Steuerbordtragflächen emporragten, war die Fokker verwundbar. Eines der großen Räder am Fahrwerk der Tri-Motor schlug durch die Holzspanten und die Stoffbespannung und zerfetzte den obersten Flügel.

Pitt konnte nur einen kurzen Blick auf den Piloten werfen, als die Fokker ins Trudeln geriet und abschmierte. Er sah, wie er ihm unverfroren mit der Faust drohte, ehe die Maschine außer Sicht geriet und in einen der Bäume rund um die Shakespearean Gardens stürzte. Der hölzerne Propeller zersplitterte in hundert Stücke, als er auf den Stamm einer mächtigen Ulme prallte, der Rumpf und die Tragflächen zerknickten wie ein aus Balsaholz und Pergamentpapier zusammengeleimtes Modellflugzeug. Binnen weniger Minuten war das Wrack von Polizeiwagen umringt, deren rotblaue Blinklichter wie bunte Blitze zuckten.

Und nach wie vor hörte er, wie Kelly mit einer Standhaftigkeit, die er kaum für möglich hielt, die Kinder weiter zum Singen anhielt, während er sich mit aller Kraft darum bemühte, mit der ramponierten Maschine in der Luft zu bleiben.

Da geht der Herre selbst hinaus
Und macht gar bald ein End daraus.

Pitt stellte den Bug- und den Steuermotor ab, bevor sie Feuer fingen und die ganze Tri-Motor in Brand setzten. Wie ein waidwundes Tier, das trotzdem nicht klein beigeben will, hielt sich der alte Vogel in der Luft. Die Maschine zog eine dicke Rauchfahne hinter sich her, als Pitt, der den unversehrten Motor auf vollen Touren laufen ließ, sie in eine flache Kurve legte und auf die größte freie Fläche zuhielt, die weit und breit in Sicht war, eine große Liegewiese namens Sheep Meadow.

Scharen von Menschen, die beim Picknick saßen oder in der Sonne lagen, stürmten davon wie aufgescheuchte Ameisen, als sie das von Kugeln zersiebte Flugzeug sahen, das ständig an Höhe verlor und auf sie zukam. Niemand musste sie eigens darauf hinweisen, dass die Maschine jeden Moment abstürzen und mitten unter ihnen in Flammen aufgehen konnte. Pitt, der sich aus dem Seitenfenster beugte, um dem Qualm zu entgehen, der ins Cockpit trieb, starrte mit zusammengekniffenen Augen auf die grüne Wiese und setzte zur Landung an. Unter normalen Umständen hätte er die Tri-Motor auf kleinster Fläche herunterbringen können, aber jetzt, da sie so gut wie nicht mehr zu steuern war, konnte er für nichts garantieren. Er nahm das Gas weg und ließ sie vorsichtig absacken.

Zweitausend Menschen blieben starr und stumm stehen und starrten wie gebannt, aber auch ungläubig und voller Angst auf die in Rauch gehüllte Maschine, die mit brüllendem Motor über die umstehenden Bäume strich. Viele hielten den Atem an, manche drückten die Daumen, andere wiederum beteten, dass sie es irgendwie schaffen möge, sicher herunterzukommen, ohne zu explodieren. Kaum einer der Augenzeugen konnte hinterher genau beschreiben, was er gesehen hatte, zu verschwommen war die Erinnerung an den unglaublichen Anblick, als das uralte Flugzeug auf die Liegewiese eingeschwebt war.

Die Kinder hinten in der Passagierkabine stimmten unterdessen die letzte Strophe an.

Der Jockel schneidt den Hafer nun
Und kommt sofort nach Haus.

Die Maschine geriet kurz ins Wackeln, als Pitt sie leicht kippte. Dann schien sie einen Moment lang in der Luft zu hängen, ehe die großen Räder den Rasen berührten und ein-, zweimal hochfederten, bis auch das Heckrad aufsetzte. Die Leute trauten ihren Augen kaum, als sie sahen, wie die Tri-Motor nach knapp fünfzig Metern ausrollte.

Als er die auf die Maschine zustürmenden Menschenmassen sah, stellte Pitt den einzigen noch laufenden Motor ab und beobachtete, wie der Propeller langsamer wurde und schließlich waagerecht stehen blieb. Er wandte sich an Mary und wollte etwas zu ihr sagen, sie für ihre Unerschrockenheit loben und sich bei ihr bedanken. Doch er verstummte, als er ihr bleiches Gesicht sah. Er legte ihr die Finger an den Hals, tastete nach ihrem Puls. Dann ließ er die Hand herabsinken und ballte sie zur Faust.

Kelly beugte sich atemlos ins Cockpit. »Sie haben's geschafft!«, stieß sie voller Freude aus.

»Was machen die Kinder?«, fragte Pitt mit tonloser Stimme.

»Alle unversehrt.«

Dann sah sie die Lehne von Marys Sitz, sah die nahezu gleichmäßige Reihe kleiner Löcher, die die Spandau-MGs der Fokker in die Rückseite gestanzt hatten. Kelly blieb reglos stehen und starrte Pitt erschrocken an, der langsam den Kopf schüttelte. Zunächst wollte sie nicht glauben, dass Mary, ihre langjährige Freundin, tot war, doch dann blickte sie nach unten, sah die Blutlache, die sich am Boden des Cockpits ausbreitete, und allmählich wurde die ganze bittere Wahrheit klar.

Voller Trauer, zugleich aber auch mit verständnisloser Miene, wandte sie sich an Pitt. »Wieso?«, murmelte sie geistesabwesend. »Wieso musste das geschehen? Mary hat doch niemandem etwas getan.«

Immer mehr Menschen strömten von allen Seiten herbei und betrachteten staunend das zerschossene alte Flugzeug, winkten laut schreiend dem Piloten zu. Doch Pitt nahm sie kaum wahr, hörte so gut wie keinen Ton. Er hatte das Gefühl, als werde er erdrückt, nicht von den Leuten ringsum, sondern von der Sinnlosigkeit dieser Sache. Er schaute Kelly an. »Sie ist nicht die Einzige, die der Mann in dem roten Dreidecker umgebracht hat. Der hat noch viele andere auf dem Gewissen.«

»Es ist so unsinnig«, murmelte Kelly, schlug dann die Hände vors Gesicht und schluchzte laut.

»Cerberus«, sagte Pitt so leise, dass es inmitten der Jubelrufe, die draußen ertönten, kaum zu hören war. »Irgendjemand – ich weiß noch nicht, wer – muss in den Hades und ihn stellen.«

25

Nachdem Sanitäter die Beulen und blauen Flecken behandelt hatten, die sich die Kinder beim Luftkampf mit der roten Fokker zugezogen hatten, wurden sie zu ihren Eltern und Betreuern zurückgebracht. Pitt stand neben Kelly, die tief betroffen zusah, wie der Leichnam ihrer Freundin Mary Conrow aus der Maschine gehoben wurde. Sobald die Polizei das Flugzeug mit Absperrband gesichert hatte, wurden Pitt und Kelly zu einem Polizeiwagen geleitet und zur Vernehmung ins nächstgelegene Revier gebracht.

Bevor er abgeführt wurde, ging Pitt noch einmal um die alte Ford Tri-Motor herum und war teils erstaunt, teils aber auch erschrocken, als er das ganze Ausmaß des Schadens sah, den sie genommen hatte. Und trotzdem war sie wie durch ein Wunder in der Luft geblieben, bis er sie auf der alten Schafweide mitten im Central Park heruntergebracht hatte. Er musterte den von Kugeln zerfetzten Schwanz, die schnurgerade Reihe von Löchern auf der Tragfläche, die kaputten Zylinderköpfe an den beiden Pratt & Whitney-Motoren, die immer noch qualmten und vor Hitze knisterten.

Er legte die Hand auf das Schutzblech über einem der Räder am Fahrwerk. »Danke«, murmelte er.

Danach wandte er sich an den Einsatzleiter und fragte, ob sie ihn vielleicht erst zum Wrack der Fokker fahren könnten, bevor er aufs Revier gebracht wurde. Der Polizist nickte und deutete zum nächsten Dienstwagen.

Wie ein zerbrochener Drachen wirkte die rote Fokker, die gut sechs Meter hoch in einer mächtigen Ulme hing. Etliche Feuerwehrleute, die auf der Leiter eines Löschwagens standen, musterten das Wrack von unten. Pitt stieg aus dem Polizeiwagen, ging zu dem Baum und blieb unter der zerstörten Maschine stehen, betrachtete zunächst den Motor, der sich aus der Verankerung gerissen und halb in den Rasen gegraben hatte. Erstaunt stellte er fest, dass es nicht etwa ein Nachbau war, sondern das Originaltriebwerk, der alte Oberursel-Motor mit seinen neun Zylindern, der rund 110 PS leistete. Dann schaute er hinauf zum offenen Cockpit.

Es war leer.

Pitt suchte die Äste ab und musterte dann den Boden unter dem Wrack. Eine lederne Fliegerjacke, die Kopfhaube und eine blutverschmierte Schutzbrille waren die einzigen Spuren, die der Pilot hinterlassen hatte.

Er war wie vom Erdboden verschluckt.

Während Kelly vernommen wurde, durfte Pitt einen Flugzeugwartungsdienst anrufen, dem er den Auftrag erteilte, die Tri-Motor zu zerlegen und nach Washington zu transportieren, wo er sie von Spezialisten von Grund auf überholen und restaurieren lassen wollte. Danach rief er Sandecker an und erstattete ihm Bericht.

Nachdem er seine Anrufe erledigt hatte, setzte sich Pitt an einen Schreibtisch und machte sich seelenruhig am Kreuzworträtsel in der *New York Times* zu schaffen, bis er aufgerufen wurde. Er und Kelly umarmten sich kurz, als sie aus dem Büro kam, in dem vier Polizisten in Zivil an einem alten, verschrammten und mit zahllosen Brandflecken übersäten Schreibtisch seiner harrten.

»Mister Pitt?«, fragte ein kleiner Mann mit einem schmalen Schnurrbart. Er hatte seine Jacke ausgezogen und saß in Hosenträgern da.

»Der bin ich.«

»Ich bin Inspektor Mark Hacken. Meine Kollegen und ich möchten Ihnen ein paar Fragen stellen. Haben Sie etwas dagegen einzuwenden, dass wir das Gespräch aufzeichnen?«

»Keineswegs.«

Hacken machte keinerlei Anstalten, die anderen drei Polizisten vorzustellen. Und sie sahen auch nicht so aus wie die Cops in Kino und Fernsehen. Sie wirkten so normal wie der Nachbar von nebenan, der jeden Samstag seinen Rasen mäht.

Zum Auftakt bat Hacken Pitt um ein paar kurze Auskünfte zu seiner Person und seiner Tätigkeit bei der NUMA und erkundigte sich dann, weshalb er mit seiner alten Maschine an der Luftfahrtschau zugunsten behinderter Kinder teilgenommen habe. Die anderen Kripoleute warfen gelegentlich eine Frage ein, machten sich aber hauptsächlich Notizen, während Pitt in allen Einzelheiten schilderte, was auf dem Flug vorgefallen war, angefangen vom Start auf dem Gene Taylor Field bis zur Landung auf der Sheep Meadow im Central Park.

Einer der Kripomänner schaute Pitt scharf an. »Ich bin selber Pilot«, sagte er. »Sie sind sich doch hoffentlich darüber im Klaren, dass Sie wegen solcher Sperenzchen nicht nur Ihren Flugschein verlieren, sondern auch im Gefängnis landen können.«

Pitt rang sich ein schmales, aber nichtsdestoweniger selbstbewusstes Grinsen ab. »Von mir aus, wenn ich mich strafbar gemacht habe, weil ich fünfzehn behinderten Kindern das Leben gerettet habe.«

»Das hätten Sie auch geschafft, ohne über dem Fluss abzudrehen und in die Stadt zu fliegen.«

»Wenn ich nicht im letzten Moment in die Wall Street gestoßen wäre, wären wir mit Sicherheit abgeschossen worden und in den Fluss gestürzt. Und dann hätte es bestimmt keine Überlebenden gegeben.«

»Aber Sie müssen zugeben, dass Sie allerhand riskiert haben.«

Pitt zuckte die Achseln. »Selbstverständlich, aber wenn ich nichts gewagt hätte, säße ich jetzt nicht hier.«

»Können Sie mir vielleicht erklären, weshalb jemand ein altes Jagdflugzeug mit Originalbewaffnung, alles in allem mehrere Millionen Dollar wert, aufs Spiel setzt, um eine Transportmaschine voller behinderter Kinder anzugreifen?«, fragte Hacken.

»Ich wünschte, ich könnte es«, erwiderte Pitt ausweichend.

»Ich auch«, meinte Hacken spöttisch.

»Haben Sie schon irgendeinen Hinweis auf den Piloten?«, fragte Pitt seinerseits.

»Nicht den geringsten. Er hat sich unter die Schaulustigen gemischt und ist entkommen.«

»Das Flugzeug muss ja irgendwo zugelassen sein. Dadurch müsste sich doch der Besitzer feststellen lassen.«

»Unsere Fachleute konnten die Maschine bislang noch nicht näher in Augenschein nehmen.«

»Aber die Veranstalter der Flugschau haben doch bestimmt die Anmeldepapiere vorliegen«, sagte Pitt. »Die mussten sämtliche Teilnehmer ausfüllen ... wegen der Versicherung. Daraus müsste doch irgendetwas ersichtlich sein.«

»Wir stehen diesbezüglich mit den Polizeibehörden in New Jersey in Kontakt. Bislang konnten sie uns lediglich mitteilen, dass sich bei ihnen ein so genannter Sammler gemeldet hat, der behauptet, dass so eine Maschine auf einem Privatflugplatz in der Nähe von Pittsburgh untergestellt sei. Der Besitzer ist angeblich ein gewisser Raul St. Justin.«

»Klingt irgendwie nicht echt«, versetzte Pitt.

»Ganz meine Meinung«, sagte Hacken. »Kennen Sie diesen St. Justin, oder wie immer er tatsächlich heißen mag?«

»Nein.« Pitt schaute Hacken unverwandt an. »Wir haben nur ein paar Worte miteinander gewechselt, bevor ich gestartet bin.«

»Worüber haben Sie sich unterhalten?«

»Über seinen Dreidecker. Weil ich seit jeher an alten Flugzeugen einen Narren gefressen habe. Aber das war alles.«

»Sie sind ihm also vorher noch nie begegnet?«

»Nein.«

»Könnten Sie ihn vielleicht so weit beschreiben, dass wir ein Phantombild von ihm anfertigen lassen können?«

»Jederzeit.«

»Entschuldigen Sie, dass wir Sie und Miss Egan so hart rannehmen mussten. Aber da Mary Conrow gewaltsam ums Leben gekommen ist, ermitteln wir immerhin in einem Mordfall und wegen mehrfachen versuchten Mordes. Es ist das reinste Wunder, dass niemand zu Tode kam, als die rote Maschine das Feuer auf Sie eröffnete oder den Polizeihubschrauber abschoss.«

»Wir können froh sein, dass es halbwegs glimpflich abgegangen ist«, erwiderte Pitt.

»Ich glaube, das wär's vorerst«, sagte Hacken. »Sie und Miss Egan müssen bis auf weiteres in der Stadt bleiben, bis unsere Ermittlungen abgeschlossen sind.«

»Das geht leider nicht, Inspektor.«

Hacken zog die Augenbrauen hoch. Er dachte nicht daran, einen der wichtigsten Zeugen in einem derart Aufsehen erregenden Fall einfach ziehen zu lassen. »Und warum nicht?«

»Weil ich wieder nach Washington muss. Ich arbeite dort in einem Untersuchungsausschuss der Bundesregierung mit, der mit dem Brand auf dem Kreuzfahrtschiff *Emerald Dolphin* und der Entführung eines Forschungsschiffs der NUMA befasst ist.« Pitt schwieg einen Moment lang. »Selbstverständlich können Sie das jederzeit mit meinem Vorgesetzten abklären, mit Admiral Sandecker von der National Underwater and Marine Agency.« Er zückte seine Brieftasche und reichte Hacken seine NUMA-Karte. »Über die Nummer erreichen Sie ihn.«

Hacken reichte die Karte wortlos an einen seiner Untergebenen weiter, der unverzüglich aus dem Zimmer stürmte.

»Liegt sonst noch irgendwas vor? Wenn das nicht der Fall ist, würde ich Miss Egan jetzt gern nach Hause bringen.«

Hacken nickte und deutete zur Tür. »Wenn Sie bitte draußen warten würden, bis uns von Seiten der Regierung bestätigt wird, dass Sie in einem Untersuchungsausschuss mitarbeiten.«

Pitt stieß draußen auf Kelly, die mit hochgezogenen Beinen auf einer Holzbank saß und einsam und verlassen wirkte wie ein kleines Mädchen, das man vor dem Waisenhaus ausgesetzt hat. »Was ist denn los?«

»Ich komme einfach nicht darüber hinweg, dass Mary tot ist«, erwiderte sie. »Sie war viele Jahre lang eng mit meinem Vater befreundet.«

Pitt ließ den Blick kurz durch das geschäftige Polizeirevier schweifen, um festzustellen, ob jemand ihr Gespräch mithörte. Nachdem er sich davon überzeugt hatte, dass niemand in der Nähe war, fragte er: »Und wie eng genau war diese Freundschaft mit Ihrem Vater?«

Sie schaute ihn unwirsch an. »Sie waren jahrelang ein Liebespaar, wenn Sie darauf hinauswollen?«

»Darauf wollte ich nicht hinaus«, erwiderte Pitt versöhnlich. »Wie viel wusste sie über die Projekte Ihres Vaters?«

»Sie wusste darüber Bescheid. Da ich meinen eigenen Beruf hatte und die meiste Zeit fort war, war sie seine engste Vertraute und Sekretärin, zugleich aber auch sein Dienstmädchen und seine Haushälterin, wenn sie nicht für ihre Fluggesellschaft unterwegs war.«

»Hat er mit Ihnen jemals über seine Arbeit gesprochen?«

Sie schüttelte den Kopf. »Papa war sehr verschlossen. Er sagte immer, er könnte seine Arbeit niemandem erklären, der weder Wissenschaftler noch Ingenieur sei. Nur ein einziges Mal, und zwar an Bord der *Emerald Dolphin*, weihte er mich in seine Arbeit ein. Er war sehr stolz auf die von ihm konstruierten Schiffsmaschinen, und erklärte mir eines Abends beim Essen das Prinzip des magnetohydrodynamischen Antriebs.«

»Und das war alles, was er Ihnen erzählt hat?«

»Nachdem wir im Salon ein paar Martinis zu uns genommen hatten, sagte er, ihm sei die größte Erfindung aller Zeiten gelungen.« Kelly zuckte wehmütig die Schultern. »Ich dachte, er redete nur aus einer Schnapslaune heraus.«

»Dann war Mary also der einzige Mensch, der Bescheid wusste, womit Ihr Vater beschäftigt war?«

»Nein.« Sie blickte auf, als sehe sie jemanden vor sich. »Josh Thomas.«

»Wer?«

»Dr. Josh Thomas war der Freund meines Vaters und manchmal auch sein Assistent. Sie besuchten gemeinsam das MIT, das Massachusetts Institute of Technology, wo sie ihren Doktortitel erwarben. Papa als Ingenieur, Josh als Chemiker.«

»Wissen Sie, wo ich ihn erreichen kann?«

»Ja«, antwortete sie.

»Wo befindet sich das Labor Ihres Vaters?«, fragte Pitt.

»Bei seinem Haus, nicht weit vom Gene Taylor Field entfernt.«

»Können Sie Dr. Thomas anrufen? Ich würde ihn gern kennen lernen.«

»Aus einem bestimmten Grund?«

»Na ja, ich möchte unbedingt herausfinden, worum es bei der größten Erfindung aller Zeiten geht.«

26

Admiral Sandecker stand auf einem Podium und beantwortete die Fragen, mit denen ihn die Vertreter der Presse bestürmten. Der Admiral hätte auf diesen Medienrummel gern verzichtet. Zwar hatte er seit jeher ein gutes Verhältnis zu Journalisten und Fernsehreportern und genoss auch ihre Gesellschaft, wenn er unter vier Augen mit ihnen beisammen war, doch er fühlte sich unwohl, wenn er im Rampenlicht stehen, bohrenden Fragen ausweichen oder sich um weitere Nachforschungen herumlavieren musste. Mitunter war Sandecker einfach zu offen und ehrlich für die Welt der Politiker und Bürokraten in Washington.

Umso dankbarer war er, nachdem er vierzig Minuten lang Rede

und Antwort über die Rolle der NUMA bei den Ermittlungen zum Untergang der *Emerald Dolphin* gestanden hatte, als sich die Pressekonferenz allmählich dem Ende zuneigte.

»Können Sie uns mitteilen, was Ihre Leute bei ihrem Vorstoß mit dem Tauchboot im Innern des Wracks gefunden haben?«, fragte ein landesweit bekannter und angesehener Fernsehreporter.

»Wir glauben, einen Hinweis darauf gefunden zu haben, dass der Brand vorsätzlich gelegt wurde«, erwiderte Sandecker.

»Können Sie diesen Hinweis näher beschreiben?«

»Es handelt sich um eine Art Brandbeschleuniger, den wir in einem Bereich entdeckt haben, in dem das Feuer nach Auskunft der Schiffsbesatzung ausgebrochen war.«

»Konnten Sie feststellen, worum es sich handelt?«, fragte ein Reporter der *Washington Post*.

»Die Substanz befindet sich in diesem Moment im Labor des FBI«, entgegnete Sandecker ausweichend.

»Was können Sie uns über den Anschlag und die Entführung Ihres Forschungsschiffes berichten, der *Deep Encounter*?« Die Frage kam von einem Reporter von CNN.

»Nicht viel mehr als das, was Sie bereits aus früheren Berichten wissen. Ich wünschte, ich könnte Ihnen erklären, weshalb ein Haufen Krimineller ein NUMA-Schiff gekapert hat, aber leider konnten wir die Verantwortlichen nicht mehr befragen, da keiner der Piraten überlebt hat.«

Eine Frau in einem blauen Kleid, die für ABC tätig war, hob die Hand. »Wie haben es Ihre Mitarbeiter von der NUMA fertig gebracht, das Piratenschiff mitsamt seiner Besatzung zu vernichten?«

Die Frage war zu erwarten gewesen, und Sandecker hatte sich entsprechend darauf vorbereitet. Er log nur ungern, doch in diesem Fall blieb ihm nichts anderes übrig, wenn er verhindern wollte, dass die Besatzung und die Wissenschaftler des NUMA-Schiffs als Killer dargestellt wurden. »Soweit wir feststellen konnten, feuerte einer der Entführer, der die Zufahrt zur Lagune bewachte, in der Dunkelheit eine Rakete auf die *Deep Encounter* ab. Er verfehlte sie und traf stattdessen das Piratenschiff.«

»Was ist aus dem Wachposten geworden?«, hakte die Frau nach. »Konnte er nicht überwältigt und festgenommen werden?«

»Nein, er kam leider bei einer Rangelei mit meinem Leiter für Spezialprojekte ums Leben, als dieser ihn daran hindern wollte, eine zweite Rakete auf unser Forschungsschiff abzufeuern.«

Ein Reporter der *Los Angeles Times* meldete sich zu Wort. »Wissen Sie, ob zwischen den beiden Zwischenfällen möglicherweise ein Zusammenhang besteht?«

Sandecker hob die Hände und zuckte die Schultern. »Mir ist diese Sache schleierhaft. Diese Frage können Ihnen das FBI und die CIA, deren Ermittlungen derzeit noch andauern, wahrscheinlich eher beantworten.«

Der Reporter der *L.A. Times* winkte erneut, woraufhin Sandecker ihm zunickte.

»Handelt es sich vielleicht um denselben Leiter für Spezialprojekte, der an der Rettungsaktion für die zweieinhalbtausend Überlebenden der *Emerald Dolphin* beteiligt war? Den Mann, der Ihr Forschungsschiff vor der Zerstörung bewahrte und gestern bei einem Luftkampf über New York einer Schar behinderter Kinder das Leben rettete?«

»Ja«, erwiderte Sandecker sichtlich stolz. »Wie Sie sicherlich bereits wissen, heißt er Dirk Pitt.«

Die Frau, die sich im hinteren Teil des Raumes aufhielt, rief die nächste Frage. »Glauben Sie, dass da ein Zusammenhang besteht –?«

»Nein, keineswegs«, fiel Sandecker ihr ins Wort. »Und stellen Sie mir bitte keine weiteren Fragen zu diesem Thema, da ich seit diesem Vorfall noch nicht mit Mister Pitt gesprochen habe und nicht mehr weiß als das, was ich in Ihren Zeitungen gelesen und aus Ihren Nachrichtensendungen erfahren habe.« Er hielt inne, trat vom Podium und hob die Hände. »Meine Damen und Herren, das ist alles, was ich weiß. Besten Dank für Ihr Verständnis.«

Hiram Yeager wartete in Sandeckers Vorzimmer, als der Admiral in sein Büro zurückkehrte. Am Boden neben seinem Stuhl stand Dr. Egans alter Lederkoffer. Yeager hatte einen Narren an dem alten Koffer gefressen, der größer und geräumiger war als jeder herkömmliche Aktenkoffer, und verstaute inzwischen seine Unterlagen darin, wenn er Arbeitsmaterial mit nach Hause nahm. Er erhob sich und folgte Sandecker durch die Tür.

»Was haben Sie für mich vorliegen?«, fragte Sandecker und nahm an seinem Schreibtisch Platz.

»Ich dachte, Sie möchten vielleicht über den neuesten Stand der Erkenntnisse bei der Tauchexpedition der CIA zum Schiff der Entführer Bescheid wissen«, sagte er, öffnete den Koffer und entnahm ihm einen Aktenordner.

Sandecker starrte Yeager mit hoch gezogenen Augenbrauen über den Rand seiner Lesebrille hinweg an. »Woher haben Sie diese Auskünfte? Die CIA hat doch bislang noch nichts preisgegeben. Ich weiß ganz genau, dass sie erst seit« – er hielt kurz inne und warf einen Blick auf seine Armbanduhr –, »seit zehn Stunden zu dem Wrack hinuntertauchen.«

»Der Einsatzleiter besteht darauf, dass jede Stunde Bericht erstattet wird. Man könnte sagen, dass wir ebenso schnell wie die CIA erfahren, was sie entdeckt haben.«

»Wenn die herausfinden, dass Max heimlich die Datenbank der CIA anzapft, machen sie uns die Hölle heiß.«

Yeager grinste verschlagen. »Glauben Sie mir, Admiral, das werden die nie erfahren. Max besorgt sich die Daten vom Computer des Bergungsschiffes, bevor sie verschlüsselt und zur genauen Auswertung an die Zentrale in Langley übermittelt werden.«

Jetzt grinste Sandecker nicht minder verschwörerisch. »Dann verraten Sie mir mal, was Max herausgefunden hat.«

Yeager öffnete den Aktenordner und fing an vorzulesen. »Bei dem Boot der Entführer handelt es sich eindeutig um ein Mannschafts- und Versorgungsboot, das auf dem Hogan and Lashere Boat Yard in San Diego, Kalifornien, gebaut wurde. Eigens konstruiert für den Einsatz auf den Off-Shore-Ölfeldern vor der Küste von Indonesien. Es gilt als vielseitig verwendbar und schnell.«

»Konnte man feststellen, wer der Eigner ist?«, fragte Sandecker.

»Zuletzt war sie bei der Barak Oil Company registriert, einem Ableger der Colexico.«

»Der Colexico«, wiederholte Sandecker. »Ich dachte, die gibt's nicht mehr. Die wurde doch aufgekauft und geschlossen.«

»Was bei der indonesischen Regierung gar nicht gut ankam, weil plötzlich ein Großteil der Erlöse aus dem Erdölgeschäft wegfiel.«

»Wer hat die Colexico aufgekauft?«

Yeager warf ihm einen kurzen Blick zu und lächelte dann. »Die Colexico wurde von der Cerberus Corporation übernommen und abgewickelt.«

Sandecker lehnte sich mit süffisantem Grinsen zurück. »Ich möchte Charlie Davis' Gesicht sehen, wenn er das hört.«

»Man wird keine unmittelbare Verbindung feststellen können«, sagte Yeager. »Das Boot wurde nicht auf den neuen Inhaber überschrieben. Ich bin unsere Aufzeichnungen durchgegangen und habe von 1999 bis heute keinerlei Hinweis auf den Verbleib des Bootes gefunden. Und dass die Entführer auf dem Boot irgendwelche Spuren hinterlassen haben, die auf Cerberus hindeuten, halte ich für höchst unwahrscheinlich.«

»Haben die Leute vom Bergungstrupp der CIA die Entführer schon identifizieren können?«

»Allzu viel ist nicht von ihnen übrig geblieben, und der Posten, der die Zufahrt zur Lagune bewachte, wurde von der Ebbe aufs Meer hinausgetrieben. Wie Dirk schon vermutet hat, wird man anhand der Zahnbilder und der Fingerabdrücke wahrscheinlich feststellen, dass es sich bei diesen Jungs um ehemalige Mitglieder der Special Forces handelt, die den Dienst quittiert und sich als Söldner verdingt haben.«

»Das soll ja heutzutage beim Militär gang und gäbe sein.«

»Da draußen kann man leider viel mehr Geld verdienen als bei der Truppe.«

»Hat Max schon irgendeine Ahnung, ob es möglicherweise einen Grund geben könnte, aus dem sich die Direktoren der Cerberus zu einem Massenmord hätten hinreißen lassen würden?«

»Bislang ist ihr dazu nichts eingefallen, das auch nur halbwegs nachvollziehbar wäre.«

»Vielleicht ist Dr. Egan der Dreh- und Angelpunkt«, sagte Sandecker versonnen.

»Ich werde Max sofort mit den entsprechenden Nachforschungen über den guten Doktor beauftragen.«

Yeager kehrte in sein elektronisches Reich zurück und begab sich an sein Keyboard. Er rief Max auf, saß dann da und starrte ins Leere, während die holographische Gestalt vor ihm auftauchte und geduldig wartete. Schließlich blickte er sie über seine Konsole hinweg an.

»Hat sich irgendwas getan, während ich beim Admiral war?«

»Die Taucher des Bergungsunternehmens haben berichtet, dass sie keinerlei Anhaltspunkte gefunden haben, die auf die Identität der Piraten schließen lassen. Keine persönlichen Habseligkeiten, keine Notizen, nichts als ihre Kleidung und die Waffen. Derjenige, der für die Entführung verantwortlich ist, kennt sich aus und weiß genau, wie man sämtliche Spuren verwischt.«

»Wenn es dir recht ist, möchte ich dich mit einer neuen Aufgabe betrauen. Nimm dir mal Dr. Elmore Egan genauer vor.«

»Den Erfinder?«

»Genau den.«

»Mal sehen, was ich neben den allseits bekannten biographischen Daten über ihn herausfinden kann.«

»Vielen Dank, Max.«

Yeager war müde. Er beschloss, heute früher Feierabend zu machen und nach Hause zu fahren. Er hatte seine Familie sträflich vernachlässigt, seit er in den Fall Dolphin eingespannt war. Nun nahm er sich vor, seine Frau und seine beiden Töchter zum Essen auszuführen und mit ihnen ins Kino zu gehen. Er legte den Lederkoffer auf einen freien Platz auf seiner Computerkonsole und öffnete ihn, um ein paar Akten und Papiere darin zu verstauen.

Yeager ließ sich nicht so leicht aus der Fassung bringen. Er war bekannt für seine Ruhe und Gelassenheit. Aber jetzt war er wie vom Donner gerührt. Vorsichtig, so als greife er in eine Bärenfalle, tauchte er die Hand in die dunkle Substanz, die in dem Koffer schwappte, und verrieb sie zwischen Daumen und Zeigefinger.

»Öl«, murmelte er vor sich hin und starrte verständnislos auf die Flüssigkeit, die den halben Koffer ausfüllte. Das darf doch nicht wahr sein, dachte er verdutzt. Er hatte den Koffer nicht aus der Hand gegeben, seit er Sandeckers Büro verlassen hatte.

27

Kelly fuhr den Highway Nummer 9 am Westufer des Hudson entlang. Es war ein grauer, trüber Tag, und der Wind peitschte fortwährend dichte Regenschleier gegen das Auto, doch sie steuerte ihren Sportwagen, einen Jaguar XK-R mit Hardtop, einem 370 PS starken Motor mit Turbolader, computergesteuerter Einzelradaufhängung und Bodenhaftungskontrolle, mit ruhiger Hand und weitaus schneller, als erlaubt, über die nasse Fahrbahn.

Pitt, der lässig in dem weichen Lederpolster des Beifahrersitzes saß, genoss die Fahrt und warf nur gelegentlich einen Blick nach links auf die Tachonadel. Gern hätte er sich Kellys Fahrkünsten anvertraut, aber er kannte sie noch nicht lange genug und wusste nicht, wie gut sie den Wagen bei Regen beherrschte. Zu seiner Erleichterung war an diesem frühen Sonntagmorgen nur wenig Verkehr. Er ließ sich wieder zurücksinken und betrachtete die vorbeiziehende Landschaft. Der felsige Grund über den Klippen am Fluss war grün und von dichten Wäldern mit hohen Bäumen bestanden, zwischen denen sich nur ab und zu Felder und Wiesen auftaten, sodass er selten mehr als vierhundert Meter freie Sicht hatte.

Er glaubte, mindestens zwei Dutzend Antiquitätenhandlungen gezählt zu haben, als Kelly kurz oberhalb von Stony Point im Staat New York auf eine schmale Asphaltstraße abbog, die in zahlreichen Kurven und Windungen an malerischen Häusern mit Blumengärten und gepflegten Zierrasen vorbeiführte und schließlich vor einem Tor endete. Die Steinmauern zu beiden Seiten, obwohl gut drei Meter hoch, passten halbwegs in die ländliche Umgebung, doch die massiven Stahlstangen des Tores sahen so aus, als hielten sie auch einem mit Blei beladenen Sattelzug stand, der mit voller Wucht dagegenraste. Rund fünf Meter hinter dem Tor standen zu beiden Seiten der Straße zwei hohe Masten, auf denen Videokameras montiert waren, die sich allenfalls mit gut gezielten Gewehrschüssen ausschalten ließen.

Kelly beugte sich aus dem Fenster und gab einen Zifferncode in ein Tastenfeld ein, das in eine Steinsäule neben der Straße eingelassen war. Dann holte sie eine Fernbedienung aus dem Handschuhfach und gab eine weitere Ziffernfolge ein. Erst dann ging das Tor langsam auf. Sobald der Jaguar durchgefahren war, schlossen sich die beiden Flügel so rasch, dass ihm kein anderer Wagen hätte folgen können.

»Ihr Vater hat eindeutig großen Wert auf Sicherheit gelegt. Seine Anlage ist viel raffinierter als meine.«

»Noch haben wir erst einen Teil der Sicherheitsvorkehrungen hinter uns. Es gibt noch vier Wachposten, auch wenn Sie sie nicht sehen können.«

Die Straße schlängelte sich durch Mais-, Luzernen- und Kornfelder und an einem Weinberg vorbei, dessen Reben voller dicker Trauben hingen, bis plötzlich eine Barriere vor ihnen aus dem Boden schoss. Kelly, die auf das Hindernis gefasst war, hatte vorher abgebremst. Sobald der Wagen stand, trat ein mit einem Schnellfeuergewehr bewaffneter Mann aus einem mächtigen Baumstamm, beugte sich herab und spähte in den Wagen.

»Schön, Sie mal wieder zu sehen, Miss Egan.«

»Hallo, Gus. Wie geht's der Kleinen?«

»Wir haben sie aus Versehen mit dem Bad ausgeschüttet.«

»Sehr klug von Ihnen.« Sie deutete nach vorn, auf ein Haus, das inmitten eines Wäldchens kaum zu sehen war. »Ist Josh da?«

»Ja, Ma'am«, antwortete der Wachmann. »Mister Thomas hat das Grundstück nicht mehr verlassen, seit Ihr Vater ums Leben gekommen ist. Mein herzliches Beileid. Er war ein großartiger Mann.«

»Danke, Gus.«

»Einen schönen Tag noch.« Im nächsten Moment war der Wachmann wieder in dem Baumstamm verschwunden.

Pitt blickte sie fragend an. »Was sollte dieser Spruch über die Kleine, die mit dem Bad ausgeschüttet wurde?«

»Eine Parole«, erklärte Kelly lächelnd. »Wenn ich mich nach seinem Sohn erkundigt hätte, wäre er davon ausgegangen, dass Sie mich als Geisel genommen haben, und hätte Sie auf der Stelle erschossen und die anderen Wachmänner verständigt.«

»Sind Sie in diesem Umfeld aufgewachsen?«

Kelly lachte. »Um Himmels willen, nein. Als ich klein war, waren solche Sicherheitsvorkehrungen noch nicht nötig. Meine Mutter starb, als ich zehn war, und da Papa ganz in seiner Arbeit aufging und kaum Zeit für mich hatte, hielt er es für besser, mich bei meiner Tante in der Stadt unterzubringen. Ich bin sozusagen auf den Straßen von New York aufgewachsen.«

Kelly stieß mit dem Jaguar auf die in weitem Bogen zu einem großen, einstöckigen Haus im Kolonialstil führende Auffahrt und hielt vor dem hohen Säulenportal an. Pitt schwang sich aus dem Wagen und stieg hinter ihr die Stufen zu der wuchtigen hölzernen Doppeltür hinauf, die mit allerlei Wikingermotiven verziert war.

»Was hat das zu bedeuten?«

»Nichts Geheimnisvolles. Die Geschichte der Wikinger war eine von Papas großen Leidenschaften. Eines der Hobbys, das er sich neben seiner Arbeit gönnte.« Sie hielt einen Schlüssel hoch, drückte aber auf die Türglocke. »Ich könnte zwar selber aufschließen, aber ich klingle lieber Josh raus.«

Wenig später öffnete ein nahezu kahlköpfiger Mann die Tür. Er war etwa Anfang sechzig, trug eine Weste, ein gestreiftes Hemd und eine Fliege, hatte einen tadellos gestutzten grauen Schnurrbart und eine große, knollige Nase, deren tiefrote Farbe auf regelmäßigen Alkoholgenuss hindeutete. Die wenigen verbliebenen Haarsträhnen waren ebenfalls grau, und die blauen Augen wirkten gedankenverloren.

Als er Kelly sah, lächelte er über das ganze Gesicht, trat einen Schritt vor und schloss sie in die Arme. »Kelly, ach, wie wunderbar, dich wieder zu sehen.« Dann wich er zurück und musterte sie mit bedrückter Miene. »Die Sache mit Elmore tut mir ja so Leid. Es muss schrecklich für dich gewesen sein.«

»Danke, Josh«, sagte Kelly leise. »Ich weiß, dass es dich nicht minder schwer getroffen hat.«

»Ich habe nicht damit gerechnet, dass er von uns geht, nicht auf diese Weise. Ich hatte immer befürchtet, dass sie ihm etwas antun.«

Pitt nahm sich vor, Josh Thomas zu fragen, wenn er mit »sie« meinte. Er ergriff die ihm zum Gruß dargebotene Hand, als Kelly sie einander vorstellte. Der Händedruck war nicht so fest, wie Pitt es sich gewünscht hätte, aber ansonsten wirkte Thomas ganz umgänglich.

»Freut mich, Sie kennen zu lernen. Kelly hat mir am Telefon schon viel über Sie erzählt. Ich danke Ihnen, dass Sie ihr gleich zweimal das Leben gerettet haben.«

»Ich bedaure nur, dass ich Dr. Egan nicht helfen konnte.«

Thomas' Miene spiegelte seine ganze Trauer wider. Dann legte er Kelly den Arm um die Schulter. »Und Mary. Was für eine bezaubernde Frau. Warum sollte sie irgendjemand umbringen wollen?«

»Ihr Tod trifft uns beide schwer«, sagte Kelly tonlos.

»Kelly hat mir erzählt, dass Sie ein enger Vertrauter ihres Vaters waren«, sagte Pitt, der von dem schmerzlichen Thema ablenken wollte.

Thomas winkte sie ins Haus. »Ja, ja. Elmore und ich haben mit ein paar Unterbrechungen über vierzig Jahre lang miteinander gearbeitet. Er war der klügste Mensch, den ich jemals kennen gelernt habe. Er konnte sich durchaus mit Albert Einstein und Nikola Tesla messen. Mary war ebenfalls blitzgescheit. Wenn sie nicht für ihr Leben gern geflogen wäre, hätte sie eine erstklassige Wissenschaftlerin abgegeben.«

Thomas führte sie in das gemütliche, mit viktorianischen Möbeln ausgestattete Wohnzimmer und bot ihnen ein Glas Wein an. Ein paar Minuten später kehrte er mit einem Tablett zurück, auf dem eine Flasche Chardonnay und drei Gläser standen. »Ich komme mir komisch vor, wenn ich Kelly in ihrem eigenen Haus bewirte.«

»Es wird noch eine Weile dauern, bis sämtliche Nachlassfragen geregelt sind«, erwiderte Kelly. »Betrachte es bis dahin bitte als dein Zuhause.« Sie hob ihr Glas. »Cheers.«

Pitt musterte kurz den Wein in seinem Glas und ergriff dann das Wort. »Sagen Sie mal, Mister Thomas, woran hat Dr. Egan gearbeitet, bevor er starb?«

Thomas blickte zu Kelly, die ihm zunickte. »Sein wichtigstes Projekt war die Entwicklung und Konstruktion eines leistungsfähigen und zuverlässigen magnetohydrodynamischen Antriebssystems.« Er stockte und schaute Pitt in die Augen. »Kelly hat mir erzählt, dass Sie Ingenieur für Meerestechnologie bei der NUMA sind.«

»Ja, das stimmt.« Pitt hatte das unbestimmte Gefühl, dass Thomas ihm irgendetwas verheimlichen wollte.

»Dann hat sie Ihnen sicher erzählt, dass Dr. Egan an der Jungfernfahrt der *Emerald Dolphin* teilnahm, weil das Kreuzfahrtschiff mit den Maschinen ausgerüstet war, die von ihm entworfen und unter seiner Leitung gebaut wurden.«

»Kelly hat mich darauf hingewiesen. Aber ich würde gern wissen, was Dr. Egans Beitrag dazu war. Magnetohydrodynamische Maschinen werden seit rund zwanzig Jahren im Versuchsstadium erprobt. Die Japaner haben ein Schiff gebaut, das nach diesem Prinzip angetrieben wird.«

»Stimmt, aber es war nicht leistungsfähig. Das Schiff war zu langsam und wirtschaftlich nicht nutzbar. Elmore hingegen hat eine Antriebsmöglichkeit erfunden, die die gesamte Seefahrt revolutionieren könnte. In etwas mehr als zwei Jahren konstruierte er ein von Grund auf völlig neues Antriebssystem. Eine erstaunliche Leistung, wenn man bedenkt, dass er allein daran arbeitete. Normalerweise dauern die Forschung und die Entwicklung über ein Jahrzehnt, aber ihm gelang es, in knapp fünf Monaten ein funktionsfähiges Modell zu bauen. Elmores experimentelle Maschinen waren weit ausgereifter als jegliche bislang vorhandene, magnetohydrodynamische Technologie. Zudem waren sie sparsam und brauchten keinerlei Wartung.«

»Ich habe Dirk bereits erklärt, dass Papas Maschinen Seewasser beziehungsweise die daraus gewonnene Energie als Treibstoff für die Schubstrahler nutzen«, sagte Kelly.

»Eine wahrhaft revolutionäre Idee«, fuhr Thomas fort. »Doch die ersten Maschinen funktionierten nicht richtig und liefen auf Grund der extrem hohen Reibungstemperaturen regelmäßig heiß. Elmore und ich machten uns an die Arbeit und suchten nach einer Lösung. Gemeinsam kamen wir auf eine chemische Formel für ein neues Öl, das auch bei extremster Hitze und Reibung seine Schmierfähigkeit behält. Damit wiederum war der Weg für Maschinen bereitet, die nahezu unbegrenzt laufen können, ohne kaputtzugehen.«

»Ihr beide habt also eine Art Superöl erfunden«, sagte Pitt.

»Ja, so könnte man es bezeichnen.«

»Welche Vorteile brächte es, wenn man es für herkömmliche Verbrennungsmotoren benutzt?«

»Ein Auto, dessen Motor damit geschmiert wird, könnte theoretisch über drei Millionen Kilometer laufen, ehe irgendwelche Reparaturen anfallen«, erwiderte Thomas gelassen. »Bei schweren Dieselmotoren dürften es bis zu fünfzehn Millionen Kilometer sein. Auch Düsentriebwerke hätten eine erheblich höhere Lebensdauer bei weitaus geringerem Wartungsaufwand. Das Gleiche gilt für jegliche Art von Nutzfahrzeugen, vom Gabelstapler bis zur Planierraupe.«

»Von Bootsmotoren und Schiffsmaschinen gar nicht zu sprechen«, warf Pitt ein.

»Solange keine vollkommene Technologie entwickelt wird, die bei der Erzeugung und Übertragung von Kraft ohne bewegliche Teile auskommt«, sagte Thomas, »wird dieses Öl, das Elmore und ich scherzhaft Slick Sixty-six genannt haben, unabsehbare Konsequenzen für sämtliche Motoren und Antriebssysteme haben, für deren Betrieb Schmierstoffe nötig sind.«

»Wie hoch sind die Herstellungskosten?«

»Pro Liter etwa anderthalb Cent höher als bei herkömmlichem Öl. Wie finden Sie das?«

»Ich kann mir vorstellen, dass die Ölfirmen über diese Erfindung nicht gerade begeistert sind. Das könnte sie Millionen, in einigen Jahren sogar Milliarden von Dollar kosten. Es sei denn, sie kaufen Ihnen die Formel ab und vermarkten das Produkt selber.«

Thomas schüttelte bedächtig den Kopf. »Dazu wird es niemals kommen«, sagte er entschieden. »Elmore wollte damit kein Geld verdienen. Er hatte vor, seine Erfindung der gesamten Menschheit zur Verfügung zu stellen.«

»Ihren Worten nach zu schließen, haben Sie etwa ebenso viel wie Dr. Egan zu der Formel beigetragen. War es auch in Ihrem Sinn, dass man diesen Schmierstoff aller Welt zugänglich macht?«

Thomas lachte leise auf. »Ich bin fünfundsechzig Jahre alt, Mister Pitt. Ich leide an Diabetes, schwerer Arthritis, einer vermehrten

Eisenablagerung im Organismus, einer so genannten Hämochromatose, sowie an Leber- und Bauchspeicheldrüsenkrebs. Ich kann froh sein, wenn ich in fünf Jahren noch unter den Lebenden weile. Was soll ich denn mit einer Milliarde Dollar anfangen?«

»Ach, Josh«, sagte Mary bedrückt. »Du hast kein Wort gesagt...«

Er beugte sich vor und tätschelte ihre Hand. »Selbst dein Vater wusste nichts davon. Ich habe es allen verschwiegen. Aber jetzt spielt es keine Rolle mehr.« Thomas verstummte und griff zur Weinflasche. »Noch einen Schluck, Mister Pitt?«

»Danke, im Moment nicht.«

»Kelly?«

»Ja, bitte. Nach dem, was du gerade erzählt hast, kann ich eine kleine Stärkung gebrauchen.«

»Ich habe gesehen, dass Sie hier höchste Sicherheitsvorkehrungen getroffen haben«, sagte Pitt.

»Ja«, erwiderte Thomas. »Man hat mehrmals gedroht, Elmore und mich zu töten. Ich wurde am Bein verletzt, als ein Dieb in unser Labor einzubrechen versuchte.«

»Wollte etwa jemand Ihre Formel stehlen?«

»Nicht irgendjemand, sondern ein riesiger Industriekonzern.«

»Wissen Sie, um wen es sich handelte?«

»Um die gleiche Firma, die Elmore und mich kurzerhand vor die Tür setzte, nachdem wir fünfundzwanzig Jahre lang treue Dienste für sie geleistet hatten.«

»Man hat Sie beide entlassen?«

»Etwa zu der Zeit, als Papa und Josh die letzten Feinheiten an ihrer Ölformel ausarbeiteten«, warf Kelly ein. »Die Firmenleitung war etwas voreilig und stellte sich bereits vor, wie sich das Superöl möglichst kostengünstig herstellen und mit hohem Profit vermarkten ließe.«

»Elmore und ich wollten nichts davon wissen«, sagte Thomas. »Wir waren beide der Meinung, dass diese Erfindung zu umwälzend sei, als dass nur jene davon profitieren sollten, die es sich leisten konnten. Dass sie dem Wohle der gesamten Menschheit dienen sollte. Die Geschäftsleitung war so töricht, anzunehmen, dass die anderen Chemiker und Ingenieure über das nötige Wissen verfügten, um das Produkt in eigener Regie herzustellen. Deshalb gab man uns den Laufpass und drohte uns mit allen nur erdenklichen rechtlichen Schritten, falls wir unsere Experimente fortführen sollten. Es gab auch ein paar mehr oder weniger unverhohlene Drohungen gegen unser Leben. Aber wir haben trotzdem weitergemacht.«

»Glauben Sie, dass womöglich Ihre alten Arbeitgeber versucht haben, die Formel zu stehlen?«, fragte Pitt.

»Wer wusste denn sonst, womit wir befasst waren«, entgegnete Thomas, so als könnte sich Pitt die Antwort selbst zusammenreimen. »Wer hatte denn das beste Motiv, weil er sich am meisten davon versprechen durfte? Als sie unsere Formel nicht knacken konnten, herrschte dort zunächst Untergangsstimmung. Danach hatten sie es auf uns abgesehen.«

»Wer sind ›sie‹?«

»Die Cerberus Corporation.«

Pitt hatte das Gefühl, als hätte ihm jemand einen Holzhammer auf den Kopf gehauen. »Die Cerberus Corporation«, wiederholte er.

»Kennen Sie die etwa?«, fragte Thomas.

»Es gibt gewisse Hinweise darauf, dass sie etwas mit dem Brand auf der *Emerald Dolphin* zu tun haben könnten.«

Thomas wirkte ganz und gar nicht überrascht. »Zuzutrauen wär's ihnen«, erwiderte er ruhig. »Der Mann, der den Konzern leitet und mittels Aktienmehrheit auch den Kurs bestimmt, schreckt vor nichts zurück, wenn es um die Wahrung seiner Interessen geht. Auch nicht vor einer Brandstiftung auf einem Kreuzfahrtschiff.«

»Das klingt, als sollte man sich den lieber nicht zum Feind machen. Was ist mit den anderen Aktionären? Wissen die etwa nicht, was da vor sich geht?«

»Weshalb sollte sie das kümmern, solange sie hohe Dividenden einstreichen? Außerdem haben sie so gut wie kein Mitspracherecht. Curtis Merlin Zale, der Mann, der an der Spitze des Konzerns steht, besitzt achtzig Prozent aller Aktien.«

»Eine schreckliche Vorstellung, dass ein amerikanisches Unternehmen bereit sein sollte, um des eigenen Profits willen Menschen zu ermorden.«

»Sie haben ja keine Ahnung, was dort vor sich geht, Mister Pitt. Ich kann Ihnen die Namen etlicher Männer nennen, die etwas mit der Cerberus Corporation zu tun hatten und aus unerfindlichen Gründen verschwanden oder zu Tode kamen. Ein paar sollen angeblich Selbstmord begangen haben.«

»Sehr sonderbar, dass die Regierung die Firma noch nicht genauer unter die Lupe genommen hat.«

»Die Cerberus Corporation hat ihre Finger in sämtlichen Behörden stecken, bei der Bundesregierung ebenso wie bei den einzelnen Staaten. Die schmieren ohne weiteres auch einen kleinen Beamten mit einer Million Dollar, wenn er heimlich für sie arbeitet und sie mit wichtigen Informationen versorgt. Und jeder Politiker, der sich für Cerberus einsetzt, kann damit rechnen, dass er ausgesorgt hat, wenn er sich in den verdienten Ruhestand zurückzieht, weil irgendwo, in irgendeinem Steuerparadies, ein Vermögen für ihn hinterlegt wurde.« Thomas schwieg einen Moment lang und goss sich ein weiteres Glas Wein ein. »Und glauben Sie ja nicht, dass jemand irgendwann einmal auspackt, weil er vielleicht reinen Tisch machen möchte. Bei Cerberus hat man vorgesorgt. Die wissen, wie man verhindert, dass in aller Öffentlichkeit schmutzige Wäsche gewaschen wird. Zunächst droht man dem Abtrünnigen damit, dass seinen Angehörigen etwas zustoßen könnte. Wenn der Informant danach immer noch nicht spurt, wird sein Sohn oder seine Tochter vielleicht in einen Unfall verwickelt und bricht sich womöglich den Arm oder ein Bein. Gibt er danach immer noch keine Ruhe, begeht er womöglich Selbstmord. Oder man verpasst ihm inmitten einer Menschenmenge heimlich eine Spritze, woraufhin er einem tödlichen Herzleiden erliegt. Sie würden sich wundern, wenn Sie wüssten, wie viele Fernseh- und Zeitungsreporter von ihren Chefredakteuren zurückgepfiffen wurden, nachdem die sich mit leitenden Angestellten der Cerberus Corporation getroffen hatten. Einmal hat ein Journalist die bittere Erfahrung machen müssen, dass seine Töchter bei einem Überfall auf offener Straße übel zugerichtet wurden. Eines können Sie mir glauben, Mister Pitt. Mit diesen Leuten ist nicht zu spaßen.«

»Wen setzen sie für ihre Dreckarbeit ein?«

»Eine geheime Kampftruppe, die so genannten Vipern. Sie sind Zale persönlich unterstellt. Ich weiß das, weil Elmore von einem alten Freund, einem Mitglied der Vipern, gewarnt wurde, dass wir beide auf deren Abschussliste stünden.«

»Was ist aus diesem Freund geworden?«

»Er ist spurlos verschwunden«, sagte Thomas, als verstünde sich das von selbst.

Pitt schoss mit einem Mal ein Gedanke durch den Kopf. »Die Schlange am Schwanz des Cerberus, dem Hüter des Hades.«

Thomas warf Pitt einen scharfen Blick zu. »Wissen Sie etwa über den dreiköpfigen Hund Bescheid?«

»Das Emblem der Firma. Aber der Schweif des Hundes endet in einem Schlangenkopf.«

»Es ist das Sinnbild des Unternehmens geworden«, erwiderte Thomas.

»Wie sieht's mit der Arbeitsmoral der Angestellten aus?«, fragte Pitt.

»Die werden indoktriniert wie bei einer Sekte, sobald sie ihren Job antreten. Sie müssen nur vier Tage die Woche arbeiten, genießen allerhand Vergünstigungen, die ihnen kein anderes Unternehmen bieten kann, und bekommen zum Jahresende eine üppige Prämie. Manchmal kommt es mir fast so vor, als ließen sie sich versklaven, ohne sich dessen bewusst zu sein.«

»Hat Cerberus keine Schwierigkeiten mit den Gewerkschaften?«

»Die Gewerkschaften haben bei Cerberus bislang kein Bein auf den Boden gebracht. Wenn irgendein Funktionär dort vorspricht, wird von Seiten der Geschäftsleitung sofort klargestellt, dass zwar niemand entlassen wird, der sich gewerkschaftlich organisiert, aber er verliert seine Prämien und Vergünstigungen, und die machen, wie ich bereits sagte, einen Gutteil seines Gehalts aus. Wenn ein alter Angestellter ausscheidet oder stirbt, tritt für gewöhnlich eines seiner Kinder seinen Posten an. Daher ist es schwer, das innere Gefüge der Firma aufzubrechen. Das Verhältnis zwischen Firmenleitung und Angestellten, bis hinunter zum Pförtner, ist fast so ähnlich wie zwischen einem Pfarrer und seiner Gemeinde. Das Unternehmen genießt eine geradezu religiöse Verehrung. Nach Ansicht der Mitarbeiter kann Cerberus nichts Übles tun.«

»Wie haben Sie und Dr. Egan es geschafft, nach Ihrem Ausscheiden aus der Firma so lange zu überleben?«

»Weil uns der Mann, der das Unternehmen leitet, in Ruhe ließ, da er vorhatte, die Formel für das Öl und die Entwürfe für Elmores Maschinen zu stehlen, wann es ihm beliebte.«

»Aber warum hat er gewartet, bis Dr. Egans Maschinen so weit ausgereift waren, dass sie in die *Emerald Dolphin* eingebaut wurden?«

»Damit man das Schiff zerstören und die Schuld auf die Maschinen schieben kann«, erwiderte Thomas. »Wenn die Maschinen als unzuverlässig gelten, schreckt das mögliche Käufer ab, und die Firma kann die Patente für ein Butterbrot ergattern.«

»Aber der Brand ist nicht im Maschinenraum ausgebrochen.«

»Das habe ich nicht gewusst«, erwiderte Thomas verblüfft. »Wenn das so ist, kann ich nur vermuten, dass der Brandanschlag auf das Schiff irgendwie missglückt ist, nicht so ablief, wie vorgesehen. Doch das ist nur eine Mutmaßung.«

»Aber möglicherweise gar nicht so schlecht«, meinte Pitt. »Wir haben einen Brandsatz in der Schiffskapelle gefunden, wo nach Aussage der Besatzung das Feuer ausbrach. Vielleicht hat man eine ganze Reihe davon angebracht, die nach und nach gezündet werden sollten, im Maschinenraum angefangen und dann weiter zu den oberen Decks, bis schließlich die Schiffskapelle in Flammen aufgehen sollte. Aber irgendwas ist dabei schief gegangen.«

Pitt sprach es nicht aus, aber mit einem Mal wurde ihm klar, dass dieser fehlgeschlagene Versuch, die magnetohydrodynamischen Maschinen für die Katastrophe verantwortlich zu machen, ein weiterer Grund dafür sein könnte, dass das Schiff versenkt wurde, bevor es zu einer offiziellen Untersuchung kam.

Als Thomas wieder das Wort ergriff, sprach er so leise, dass Pitt ihn kaum verstehen konnte. »Hoffentlich unternehmen sie auf die *Golden Marlin* nicht ebenfalls einen Anschlag.«

»Das neue Luxus-Unterseeboot für Kreuzfahrten unter Wasser?«

»Ja, es läuft in zwei Tagen zu seiner Jungfernfahrt aus.«
»Wieso machst du dir Sorgen?«, fragte Kelly.
Thomas blickte sie an. »Weißt du etwa nicht Bescheid?«
»Worüber?«
»Die *Golden Marlin* ist im Besitz der Blue Seas Cruise Lines. Auch sie ist mit den Maschinen ausgerüstet, die Elmore und ich entwickelt haben.«

28

Pitt verständigte unverzüglich Admiral Sandecker, der einen NUMA-Jet losschickte und ihn am Gene Taylor Field abholen ließ. Kelly fuhr auf dem Rückweg noch schneller und traf trotzdem nur wenige Minuten vor der Landung der Maschine ein. Sie bestand darauf, dass sie von Nutzen sein könnte, und ließ sich trotz Pitts Einsprüchen nicht davon abbringen, ihn nach Washington zu begleiten.

Giordino und Rudi Gunn warteten bereits auf dem Vorfeld, als die Maschine aus dem Langley Field ausrollte. Sobald sie an Bord waren, startete der Jet wieder und flog in Richtung Süden, nach Fort Lauderdale, Florida, zum Hauptsitz der Blue Seas Cruise Lines. Gunn hatte dafür gesorgt, dass dort ein Lincoln Town Car für sie bereitstand, und nur wenige Minuten nach der Landung des Jets saß Giordino am Steuer und fuhr sie in Richtung Hafen.

Das Verwaltungsgebäude der Blue Seas stand auf einer Insel und ragte rund zweihundertsiebzig Meter über den Kais auf, an denen die Kreuzfahrtschiffe der Reederei lagen. Mit dem außen angebrachten, großen Fahrstuhlschacht, der wie ein Mast zum Himmel ragte, und den geschwungenen, größtenteils verglasten Wänden wirkte es wie ein riesiges Segelboot. Die blauen, mit einem Mittelstück aus strapazierfähigem weißem Material verstärkten Glaswände hielten Windgeschwindigkeiten von bis zu dreihundert Stundenkilometern stand. In den vierzig unteren Stockwerken des Gebäudes waren die Büros der Reederei untergebracht, während sich in den oberen fünfzig Stockwerken ein Hotel befand, in dem die Passagiere untergebracht wurden, bevor sie sich an Bord der Kreuzfahrtschiffe begaben.

Giordino stieß in einen Tunnel, der unter Wasser zu der Insel führte, auf der das gewaltige Bauwerk stand. Nachdem sie einem Parkwächter den Wagen überlassen hatten, stiegen sie in einen der Aufzüge an der Außenseite und fuhren drei Stockwerke hinauf zum Foyer, einem Lichthof, der auf allen Seiten von gut zweihundert Meter hoch aufragenden Wänden umgeben war. Die Sekretärin des Vorstandsvorsitzenden der Blue Seas Cruise Lines erwartete sie und brachte sie mit einem der Geschäftsleitung vorbehaltenen Fahrstuhl in die Chefetage im vierzigsten Stockwerk. Warren Lasch, der Präsident der Reederei, kam hinter seinem Schreibtisch hervor und begrüßte sie.

Nachdem Rudi Gunn sie vorgestellt hatte, nahmen alle Platz.

»Nun denn.« Lasch, ein hoch aufgeschossener, leicht korpulenter Mann mit ergrauendem Haar, sah aus, als hätte er auf dem College Football gespielt. Er hatte dunkle, kaffeebraune Augen, mit denen er abwechselnd zwischen Pitt, Kelly, Giordino und Gunn hin und her blickte. »Worum geht es denn überhaupt? Admiral Sandecker klang am Telefon sehr entschieden, als er darauf drängte, dass wir das Auslaufen der *Golden Marlin* verschieben sollten.«

»Es steht zu befürchten, dass das Schiff das gleiche Schicksal erleidet wie die *Emerald Dolphin*«, erwiderte Gunn.

»Bislang liegt mir noch kein Bericht vor, in dem steht, dass es sich um etwas anderes als einen Unglücksfall gehandelt hat«, sagte Lasch mit zweifelnder Miene. »Ich halte es für unmöglich, dass es zu einer weiteren Katastrophe kommt.«

Pitt beugte sich ein Stück vor. »Ich kann Ihnen versichern, Sir, dass die NUMA Spuren gefunden hat, die darauf hindeuten, dass das Feuer vorsätzlich gelegt wurde. Zudem haben wir eindeutige Erkenntnisse, dass das Schiff mit Hilfe von Sprengstoff versenkt wurde, als es abgeschleppt wurde.«

»Das höre ich zum ersten Mal.« Lasch klang plötzlich ungehalten. »Die Versicherungsgesellschaft hat bislang weder mir noch einem meiner Kollegen in der Geschäftsleitung mitgeteilt, dass der

Brand vorsätzlich gelegt wurde. Man hat uns lediglich erklärt, dass aus irgendeinem Grund sämtliche Alarm- und Löschanlagen ausgefallen sind. Die Blue Seas wird selbstverständlich Klage gegen die Unternehmen führen, die diese Anlagen hergestellt haben.«

»Das dürfte schwierig werden, wenn sich nachweisen lässt, dass die Löschanlagen mit Absicht unbrauchbar gemacht wurden.«

»So eine Märchengeschichte nehme ich Ihnen nie und nimmer ab.«

»Glauben Sie mir«, betonte Pitt, »das ist kein Märchen.«

»Aus welchem Grund sollte denn jemand die *Emerald Dolphin* zerstören und Tausende von Menschen in Lebensgefahr bringen?«

»Wir glauben, dass es darum ging, Dr. Elmore Egans magnetohydrodynamische Maschinen zu ruinieren«, erklärte Giordino.

»Warum sollte jemand die großartigste Antriebstechnologie des neuen Jahrhunderts zerstören wollen?«, fragte Lasch sichtlich verdutzt.

»Um die Konkurrenz auszuschalten.«

»Offen gesagt, meine Herren« – er warf einen Blick zu Kelly und lächelte –, »und meine Dame, finde ich Ihre Geschichte sehr unglaubwürdig.«

»Ich wünschte, wir könnten Ihnen nähere Einzelheiten erklären«, sagte Gunn. »Aber im Moment sind uns die Hände gebunden, bis das FBI und die CIA ihre Erkenntnisse öffentlich bekannt geben.«

Lasch war kein Dummkopf. »Dann handelt es sich also nicht um eine offizielle Nachforschung der NUMA, und Sie haben auch keinerlei Vollmachten.«

»Ehrlich gesagt, nein«, antwortete Gunn.

»Ich hoffe doch, Sie gehen mit solch abwegigen Spekulationen nicht an die Öffentlichkeit.«

»Admiral Sandecker war damit einverstanden, dass kein offizieller Bericht herausgegeben werden sollte, bis alle beteiligten Behörden ihre Untersuchungen abgeschlossen haben«, sagte Pitt. »Außerdem darf ich hinzufügen, dass es seiner Meinung nach dem gesamten Kreuzfahrttourismus schadet, wenn die Presse den Vorfall hochspielt und Geschichten über Terroristen veröffentlicht, die Schiffe zerstören und Passagiere umbringen.«

»In diesem Punkt kann ich ihm nur von ganzem Herzen beipflichten«, erwiderte Lasch. »Aber warum soll ausgerechnet die *Golden Marlin* nicht auslaufen? Warum gilt das nicht für hunderte andere Kreuzfahrtschiffe? Warum verständigt er nicht sämtliche anderen Reedereien weltweit, wenn die *Emerald Dolphin* auf Grund eines Terroranschlags gesunken ist?« Lasch hob die Hände. »Sie können mich nicht davon überzeugen, die Jungfernfahrt der *Golden Marlin* zu verschieben. Sie ist das erste Unterwasser-Kreuzfahrtschiff und wird eine neue Ära der Luxusreisen einleiten. Seit über zwei Jahren haben sich unsere Gäste für diese Fahrt vormerken lassen. Ich kann die vierhundert Passagiere, die diese Reise gebucht haben, beim besten Willen nicht enttäuschen. Viele sind bereits eingetroffen und in unserem Hotel abgestiegen. Tut mir Leid. Die *Golden Marlin* wird morgen wie geplant auslaufen.«

»Offenbar konnten wir Sie nicht überzeugen«, sagte Pitt. »Aber können wir Sie wenigstens dazu überreden, die Sicherheitsvorkehrungen zu verstärken und einen Trupp Schifffahrtsinspekteure an Bord zu nehmen, die während der Fahrt sämtliche Geräte und Anlagen des Schiffes ständig überprüfen?«

»Des Bootes«, warf Lasch grinsend ein. »Unterwasserfahrzeuge werden als Boote bezeichnet.«

»Ist es denn kein Luxusdampfer?«, fragte Kelly.

»Wenn es über Wasser fährt. Aber die *Golden Marlin* wurde für Kreuzfahrten unter Wasser gebaut.«

»Wären Sie mit besonderen Sicherheitsvorkehrungen und einem Inspektionstrupp einverstanden?«, hakte Gunn nach.

»Ja, selbstverständlich«, erklärte Lasch, der wieder so freundlich und umgänglich wie eh und je war.

Pitt hatte noch ein weiteres Anliegen. »Ich möchte außerdem, dass ein Taucherteam den Rumpf unterhalb der Wasserlinie untersucht.«

Lasch nickte kurz und knapp. »Das lässt sich regeln. Wir haben unsere eigenen Taucher für Reparatur- und Wartungsarbeiten sowohl an den Schiffen als auch am Gebäude.«

»Besten Dank für Ihr Entgegenkommen«, sagte Gunn.

»Ich bin zwar nach wie vor der Meinung, dass diese Vorsichtsmaßnahmen überflüssig sind, aber ich möchte unter keinen Umständen, dass sich eine Katastrophe wie auf der *Emerald Dolphin* wiederholt. Wenn Lloyds of London nicht wäre, müsste die Blue Seas den Bankrott anmelden.«

»Giordino und ich würden gern an der Fahrt teilnehmen, wenn Sie nichts dagegen haben«, sagte Pitt.

»Ich ebenfalls«, warf Kelly ein. »Immerhin bin ich persönlich betroffen, da die Maschinen das Werk meines Vaters sind.«

Lasch erhob sich. »Das sollte sich bewerkstelligen lassen. Trotz aller Meinungsverschiedenheiten bin ich gern bereit, Ihnen ein Quartier zu besorgen. Die Passagierkabinen sind zwar ausnahmslos ausgebucht, aber vielleicht gibt es ein paar Absagen. Wenn nicht, lässt sich sicher in den Mannschaftsunterkünften ein Platz für Sie finden. Das Boot wird morgen um sieben Uhr am Kai vor dem Hotel anlegen. Dann können Sie sich an Bord begeben.«

Gunn schüttelte Lasch die Hand. »Vielen Dank, Mister Lasch. Ich hoffe, wir haben Sie nicht über Gebühr beunruhigt, aber Admiral Sandecker war der Ansicht, dass man Sie auf die mögliche Gefahr hinweisen sollte.«

»Ganz meine Meinung. Richten Sie dem Admiral bitte aus, dass ich sehr dankbar für seine Besorgnis bin. Aber aller Voraussicht nach sollte es zu keinerlei ernsthaften Schwierigkeiten kommen. Die *Golden Marlin* wurde ausgiebig auf ihre Seetüchtigkeit überprüft, und sowohl Dr. Egans Maschinen als auch sämtliche Sicherheitssysteme haben sich dabei bestens bewährt.«

»Danke, Mister Lasch«, sagte Pitt. »Wir halten Sie auf dem Laufenden, falls sich etwas Neues ergeben sollte.«

Giordino seufzte, als sie Laschs Büro verlassen hatten und mit dem Aufzug nach unten fuhren. »Tja, wir haben's versucht.«

»Mich wundert das nicht«, sagte Gunn. »Die Reederei ist nach der Katastrophe auf der *Emerald Dolphin* schwer angeschlagen. Wenn sie die Jungfernfahrt der *Golden Marlin* verschoben hätten, hätten sie die Firma gleich dichtmachen können. Lasch und den anderen Direktoren bleibt doch gar nichts anderes übrig, als das Schiff auslaufen zu lassen und darauf zu hoffen, dass es zu keinen Zwischenfällen kommt.«

Nachdem Gunn zum Flughafen gefahren war, um nach Washington zurückzukehren, ließen sich Pitt, Giordino und Kelly von Warren Laschs Sekretärin über Nacht im hauseigenen Hotel unterbringen. Sobald Pitt auf seinem Zimmer war, rief er Sandecker an.

»Wir konnten Lasch leider nicht dazu überreden, die Jungfernfahrt zu verschieben«, erklärte Pitt.

»Ich dachte, ihr schafft es vielleicht.« Sandecker seufzte.

»Al und ich, aber auch Kelly, fahren auf dem Boot mit.«

»Habt ihr das mit Lasch abgeklärt?«

»Er war sofort einverstanden.«

Pitt hörte am Telefon, wie der Admiral mit irgendwelchen Papieren auf seinem Schreibtisch herumhantierte. Dann meldete er sich wieder zur Wort. »Ich habe ein paar Neuigkeiten für Sie. Das FBI glaubt, den Mann, der hinter dem Brand auf der *Emerald Dolphin* stecken könnte, anhand der Beschreibungen, die etliche Passagiere geben konnten, identifiziert zu haben.«

»Wer ist es?«

»Ein ganz schlimmer Finger. Mit richtigem Namen heißt er Omo Kanai. Geboren in Los Angeles. Mit achtzehn hatte er bereits, ein fünf Seiten dickes Vorstrafenregister. Hat sich dann zur Army gemeldet, um einer Anklage wegen schwerer Körperverletzung zu entgehen. Hat sich allmählich hoch gedient, wurde dann Offizier und ließ sich zu einer streng geheimen Einheit namens CEASE versetzen.«

»Nie gehört.«

»Die dürfte auch angesichts der Aufgaben dieser Truppe nur ein paar wenigen Mitarbeitern der Regierung bekannt sein«, sagte Sandecker. »CEASE steht für Covert Elite Action for Select Elimination – es handelt sich also um eine geheime Elitetruppe für gezielte Mordanschläge.«

»Trotzdem habe ich noch nie was von ihr gehört«, sagte Pitt.

»Sie wurde ursprünglich als Antiterror-Einheit gegründet, die mögliche Terroristenführer ausschalten sollte, bevor sie Anschläge gegen amerikanische Staatsbürger unternehmen konnten. Aber vor zehn Jahren hat der Präsident die Mittel gestrichen und die Auflösung der Truppe befohlen. Womit er nicht gut beraten war, wie sich herausstellen sollte. Denn Omo Kanai, mittlerweile im Rang eines Captain und bestens ausgebildet in der hohen Kunst des heimtückischen, politischen Mordes, quittierte mit zwölf seiner Männer den Dienst und gründete ein eigenes Dienstleistungsunternehmen.«

»Eine Firma für Mord und Totschlag.«

»So in etwa. Man kann dort Morde in Auftrag geben. In den letzten zwei Jahren gab es eine ganze Reihe ungeklärter Todesfälle. Bei den Opfern handelte es sich um Politiker und Unternehmer oder um bestimmte Prominente. Selbst Mafia-Bosse wurden beseitigt.«

»Hat man sie noch nicht genauer unter die Lupe genommen?«, fragte Pitt.

»Das FBI hat Akten über sie angelegt, aber die sind gewitzt. Sie hinterlassen keinerlei Spuren, die auf eine Beteiligung ihrerseits hindeuten. Die Ermittler sind völlig frustriert, weil sie Kanai und seiner Mörderbande bislang noch nicht das Geringste nachweisen konnten. Zumal man allgemein befürchtet, dass die in nächster Zukunft zu erwartenden wirtschaftlichen Auseinandersetzungen auch zum Einsatz von Killertrupps führen könnten.«

»Mit Mord und Totschlag lässt sich die Wirtschaft wohl kaum wieder ankurbeln.«

»So scheußlich es auch klingen mag«, warf Sandecker im Plauderton ein, »aber es gibt ein paar Unternehmer, die vor nichts zurückschrecken, wenn es um Macht und Marktführung geht.«

»Womit wir bei Cerberus wären.«

»Ganz recht«, erwiderte Sandecker kurz angebunden. »Zumal es immer mehr Hinweise darauf gibt, dass Kanai nicht nur hinter dem Brand an Bord der *Emerald Dolphin* und dem anschließenden Sprengstoffanschlag steckt, sondern dass er auch der Schiffsoffizier war, der die Brandmelder und die Löschanlagen sabotierte.«

»Ein Mann allein kann das aber nicht geschafft haben«, erwiderte Pitt skeptisch.

»Kanai arbeitet nicht immer allein. Deshalb möchte ich Sie und Al ja auch warnen. Seien Sie stets wachsam, solange Sie auf der *Golden Marlin* sind.«

»Wir behalten die Besatzung im Auge und achten darauf, ob sich jemand verdächtig benimmt.«

»Achten Sie lieber auf Omo Kanai.«

»Da komme ich nicht ganz mit«, erwiderte Pitt.

»Er ist zu sehr von sich überzeugt, als dass er so eine Sache einem Untergebenen überließe. Ich gehe jede Wette ein, dass er den Anschlag selbst durchführt.«

»Haben Sie irgendeine Ahnung, wie er aussieht?«

»Das sollten Sie am besten wissen. Sie haben ihn schließlich kennen gelernt.«

»Ich habe ihn kennen gelernt? Wo und wann?«

»Die mit den Ermittlungen betrauten Kriminalbeamten aus New York haben mir soeben Bescheid gegeben. Omo Kanai war der Pilot des alten Jagdflugzeugs, das Sie abschießen wollte.«

29

Die *Golden Marlin* hatte nicht die geringsten Ähnlichkeiten mit einem herkömmlichen Kreuzfahrtschiff. Sie hatte keine Promenadendecks, keinerlei Balkons vor den Luxuskabinen, weder Schornsteine noch Lüfterköpfe. Es war ein stromlinienförmiges Schiff mit mehreren Reihen runder Bullaugen, einem kuppelartigen Aufbau am Bug, in dem sich die Brücke und das Ruderhaus befanden, und einer hohen Flosse über dem Salon und dem rundum verglasten Casino am Heck.

Mit rund hundertzwanzig Metern Länge und zwölf Metern Breite war sie etwa so groß wie die meisten herkömmlichen Kreuzfahrtschiffe. Dennoch setzte die *Golden Marlin* völlig neue Maßstäbe. Denn bislang mussten sich Touristen, die die Unterwasserwelt erkunden wollten, mit kleinen U-Booten begnügen, die nur eine begrenzte Reichweite hatten und nicht allzu tief tauchen konnten. Die *Golden Marlin* indessen konnte mit den von Dr. Egan konstruierten Maschinen in einer Tiefe von rund dreihundert Metern gut zwei Wochen lang durch das Karibische Meer fahren, ehe sie einen Hafen anlaufen musste, um Proviant an Bord zu nehmen.

Da immer breitere Bevölkerungsschichten nach attraktiven Freizeitangeboten verlangten und ihnen das Wirtschaftswachstum gleichzeitig immer höhere Einkommen bescherte, waren Kreuzfahrten zu einem zusehends bedeutenderen Bereich im Reise- und Tourismusgeschäft geworden, bei dem weltweit immerhin rund drei Billionen Dollar jährlich umgesetzt wurden. Nun, da ein Kreuzfahrtschiff für Unterwasserreisen zur Verfügung stand, eröffneten sich den Veranstaltern ungeahnte neue Möglichkeiten.

»Sie ist wunderbar«, rief Kelly, als sie frühmorgens am Kai stand und zu dem einzigartigen Schiff emporblickte.

»Ein bisschen viel Gold«, grummelte Giordino, der seine Sonnenbrille zurechtrückte und die Aufbauten betrachtete, die im Licht der aufgehenden Sonne glänzten.

Pitt musterte schweigend den nahtlos zusammengefügten Titanrumpf. Er konnte keinerlei Platten oder Nieten erkennen, wie sie bei anderen Schiffen üblich waren. Das große Touristen-Unterseeboot war ein Wunderwerk der Schiffsbautechnik. Während er die ausgezeichnete Arbeit bestaunte, die man auf der Werft geleistet hatte, kam ein Schiffsoffizier vom Fuß der Gangway auf sie zu.

»Entschuldigen Sie bitte, sind Sie die Leute von der NUMA?«

»Die sind wir«, antwortete Giordino.

»Ich bin Paul Conrad, der Erste Offizier des Boots. Mister Lasch hat Kapitän Baldwin davon benachrichtigt, dass Sie uns auf der Jungfernfahrt begleiten. Haben Sie Gepäck?«

»Nur das, was wir bei uns haben«, sagte Kelly, die sich bereits darauf freute, das Boot von innen zu sehen.

»Sie bekommen eine Passagierkabine, Miss Egan«, sagte Conrad höflich. »Mister Pitt und Mister Giordino müssen sich eine Kabine in den Mannschaftsunterkünften teilen.«

»Neben den Revuegirls, die im Theater auftreten?«, fragte Giordino, ohne eine Miene zu verziehen.

»So viel Glück haben Sie leider nicht.« Conrad lachte. »Wenn Sie mir bitte folgen würden.«

»Ich bin gleich wieder da«, sagte Pitt. Er drehte sich um und ging am Kai entlang zu einer Leiter, die ins Wasser führte. Ein Mann und eine Frau, die Neopren-Anzüge trugen, überprüften gerade ihre Tauchausrüstung, bevor sie die Leiter hinabstiegen. »Sind Sie das Taucherteam, das den Boden des Rumpfes untersuchen soll?«

Ein schlanker, gut aussehender Mann blickte zu ihm auf und lächelte. »Ja, ganz recht.«

»Mein Name ist Dirk Pitt. Ich bin der Mann, der um Ihre Dienste gebeten hat.«

»Frank Martin.«

»Und die Dame?«

»Meine Frau Caroline. Schatz, das ist Dirk Pitt von der NUMA. Bei ihm können wir uns für den Auftrag bedanken.«

»Freut mich, Sie kennen zu lernen«, sagte eine bezaubernde Blondine, die in ihrem Taucheranzug eine hervorragende Figur machte.

Pitt schüttelte ihr die Hand und staunte, wie fest sie zudrückte. »Sie sind bestimmt eine erfahrene Taucherin.«

»Ich mache das schon seit fünfzehn Jahren.«

»Sie taucht genauso gut wie jeder Mann«, sagte Martin stolz.

»Können Sie uns genauer erklären, wonach wir suchen sollen?«, fragte Caroline.

»Richtig, reden wir nicht lange um den heißen Brei herum«, erwiderte Pitt. »Sie sollen nach verdächtigen Gegenständen suchen, die am Rumpf angebracht sind, genauer gesagt, nach Sprengkörpern.«

Martin ließ sich keine Regung anmerken. »Und wenn wir einen finden?«

»Wenn Sie einen finden, werden Sie auch weitere finden. Fassen Sie sie nicht an. Wir fordern dann ein Unterwassersprengkommando an, das sie entfernt.«

»Wen sollen wir verständigen?«

»Den Kapitän des Schiffes. Er trägt diesbezüglich die Verantwortung.«

»War mir ein Vergnügen, Sie kennen zu lernen, Mister Pitt«, sagte Martin.

»Desgleichen«, fügte Caroline mit einem bezaubernden Lächeln hinzu.

»Viel Glück«, entgegnete Pitt freundlich. »Ich wäre heilfroh, wenn Sie nichts finden.«

Als er die Gangway betrat, waren die Martins bereits im Wasser und tauchten unter den Rumpf der *Golden Marlin*.

Der Erste Offizier führte Kelly durch eine luxuriöse Sonnenliegehalle und brachte sie dann in einem gläsernen, mit tropischen Fischen verzierten Aufzug zu einer komfortablen Kabine auf dem Manta-Deck. Dann geleitete er Pitt und Giordino zu einer kleinen, unter den Passagierdecks gelegenen Kajüte in den Mannschaftsunterkünften.

»Ich würde gern Kapitän Baldwin sprechen, sobald es ihm recht ist«, sagte Pitt.

»Der Kapitän erwartet Sie in einer halben Stunde zum Frühstück in der Offiziersmesse. Die Offiziere des Bootes sowie ein Inspektionsteam der Werft wird ebenfalls anwesend sein.«

»Ich möchte, dass auch Miss Egan daran teilnimmt«, sagte Pitt in förmlichen Ton.

Conrad wirkte einen Moment lang unsicher, fasste sich aber rasch wieder. »Ich werde Kapitän Baldwin fragen, ob er gestattet, dass die Dame an der Sitzung teilnimmt.«

»Da es dieses Boot ohne die geniale Erfindung ihres Vaters gar nicht gäbe«, erwiderte Giordino kurz angebunden, »gehört es sich meiner Meinung nach, dass sie zugegen ist.«

»Er wird sicher damit einverstanden sein«, sagte Conrad hastig, ehe er die Kabine verließ und die Tür schloss.

Giordino blickte sich in der spartanischen Kabine um, die eher an eine Kleiderkammer erinnerte. »Ich habe den Eindruck, dass wir hier nicht willkommen sind«, sagte er.

»Ob willkommen oder nicht«, meinte Pitt, »wir müssen für die Sicherheit des Bootes und der Passagiere sorgen.« Er griff in seinen Seesack und reichte Giordino ein Walkie-Talkie. »Setz dich mit mir in Verbindung, wenn du irgendwas findest. Ich melde mich umgekehrt bei dir.«

»Wo fangen wir an?«

»Wie würdest du vorgehen, wenn du das Boot mit Mann und Maus versenken willst?«

Giordino wirkte einen Moment lang nachdenklich. »Wenn ich den Brand auf der *Emerald Dolphin* gelegt und damit mein Ziel erreicht hätte, würde ich das Gleiche noch mal versuchen. Aber wenn ich sie ohne viel Federlesens versenken wollte, würde ich entweder ein Loch in den Rumpf oder in die Ballasttanks sprengen.«

»Ganz meine Meinung. Folglich suchst du das Schiff nach Sprengkörpern ab.«

»Und wonach siehst du dich um?«

Pitt lächelte. »Ich halte Ausschau nach dem Mann, der den Sprengstoff zündet.«

Falls Pitt gehofft hatte, dass der Kapitän der *Golden Marlin* sie mit offenen Armen empfangen würde, wurde er enttäuscht. Kapitän Morris Baldwin war ein resoluter Mann, der sich durch nichts beirren ließ. Er achtete darauf, dass an Bord alles seinen geregelten Gang ging, und hatte nicht vor, sich von Außenstehenden ins Handwerk pfuschen zu lassen. Das Schiff, auf dem er diente, war sein einziges Zuhause. Er hatte weder Frau noch Kinder, weil er das für Zeitverschwendung hielt, und kam sich an Land vor wie eine Auster ohne Schale.

Sein rötliches Gesicht wirkte streng und angespannt, so als sei er zu keiner freundlichen Miene fähig. Er hatte dunkelbraune Augen und dichte Brauen, die er grimmig zusammengezogen hatte. Lediglich die vollen silbergrauen Haare verliehen ihm etwas Ehrwürdiges, Erhabenes. Er war ebenso breitschultrig wie Giordino, um die Taille allerdings ein gutes Stück korpulenter. Er trommelte mit den Fingern auf den Tisch der Offiziersmesse und starrte unverwandt auf Pitt, der seinen Blick erwiderte, ohne mit der Wimper zu zucken.

»Sie sagen also, das Schiff befindet sich in Gefahr?«

»Ganz recht«, erwiderte Pitt. »Admiral Sandecker und eine Reihe hochrangiger Mitarbeiter von FBI und CIA sind der gleichen Meinung.«

»Unsinn«, sagte der Kapitän entschieden und packte die Armlehnen seines Stuhles so fest, dass sich seine Knöchel weiß verfärbten. »Nur weil eines unserer Schiffe einer Katastrophe zum Opfer fiel, heißt das noch lange nicht, dass sich dergleichen wiederholt. Dieses Boot ist so sicher wie nur irgend möglich. Ich persönlich habe es Zentimeter für Zentimeter untersucht. Verdammt, ich habe sogar den Bau überwacht.« Mit gereiztem Blick musterte er Pitt, Giordino und die vier Männer vom Inspektionstrupp der Werft. »Machen Sie von mir aus, was Sie für nötig halten. Aber ich warne Sie. Mischen Sie sich auf dieser Fahrt nicht in den Betriebsablauf an Bord dieses Bootes ein, sonst setze ich Sie im nächsten Hafen an Land, und zwar ohne Rücksicht darauf, ob ich von der Geschäftsleitung dafür zur Rechenschaft gezogen werde.«

Rand O'Malley, ein Mann, der ebenso schroff wirkte wie Baldwin, lächelte spöttisch. »Als Leiter des Inspektionstrupps versichere ich Ihnen, Kapitän, dass wir Ihnen nicht in die Quere kommen werden. Aber ich erwarte, dass Sie mit uns zusammenarbeiten, falls wir auf irgendeine Störung bei den Sicherheitssystemen stoßen sollten.«

»Suchen Sie, so viel Sie wollen«, grummelte Baldwin. »Ich garantiere Ihnen, dass Sie nichts finden werden, was dieses Boot gefährden könnte.«

»Ich schlage vor, dass Sie abwarten, bis Sie eine Rückmeldung von den Tauchern erhalten, die den unteren Teil des Rumpfes untersuchen«, sagte Pitt.

»Ich wüsste nicht, weshalb ich warten sollte«, blaffte Baldwin.

»Es besteht immerhin die Möglichkeit, dass sie am Schiffskörper etwas finden, was dort nicht hingehört.«

»Wir befinden uns hier im wirklichen Leben, Mister Pitt«, erwiderte Baldwin ungerührt, »nicht in einem fantastischen Fernsehfilm.«

Fast eine halbe Minute lang herrschte Stille, absolute Stille. Dann stand Pitt auf, stützte sich mit beiden Händen auf die Tischplatte, verzog den Mund zu einem frostigen Lächeln und schaute Baldwin mit bohrendem Blick an.

Giordino kannte die Miene und die Haltung. Jetzt geht's los, dachte er voller Vorfreude. Guter, alter Dirk, mach dem eingebildeten Fatzke die Hölle heiß.

»Allem Anschein nach haben Sie keine Ahnung, in welcher Gefahr Ihr Boot schwebt«, sagte Pitt ernst und voller Nachdruck. »Ich bin der Einzige an diesem Tisch, der das ganze Desaster miterlebt hat, das das Feuer an Bord der *Emerald Dolphin* angerichtet hat. Ich habe Männer, Frauen und Kinder zu Dutzenden sterben sehen, ich habe gesehen, wie sie teils bei lebendigem Leib verbrannt, teils ertrunken sind, bevor wir sie retten konnten. Der Meeresgrund liegt voller Schiffe, deren Kapitäne meinten, sie wären unfehlbar und gegen jedes Unheil gefeit. Ob bei der *Titanic*, der *Lusitania* oder der *Morro Castle* – in all diesen Fällen achteten die Kapitäne nicht auf die schlechten Vorzeichen und die Warnsignale, und sie mussten bitter dafür büßen. Wenn es dieses Schiff trifft, und dazu wird es mit Sicherheit kommen, wird es blitzschnell geschehen, ehe Sie und Ihre Besatzung reagieren können. Es wird Sie unvermutet treffen, ehe Sie wissen, was geschieht. Und dann werden die *Golden Marlin* und alle, die sich an Bord befinden, verloren sein, und Sie werden das auf Ihre Kappe nehmen müssen.«

Pitt hielt inne und richtete sich auf. »Die Leute, die fest entschlossen sind, Ihr Schiff zu vernichten, sind höchstwahrscheinlich bereits an Bord, geben sich möglicherweise als Schiffsoffiziere, Besatzungsmitglieder oder vielleicht auch als Passagiere aus. Haben Sie das kapiert, Kapitän Baldwin?«

Seltsamerweise ließ sich Baldwin keinerlei Unmut anmerken. Er wirkte eher verschlossen, zeigte keine Gemütsregung. »Danke, dass Sie uns Ihre Meinung kundgetan haben, Mister Pitt«, sagte er dann gepresst. »Ich werde über Ihre Worte nachdenken.« Dann stand er auf und ging zur Tür. »Vielen Dank, meine Herren. Wir laufen in genau siebenunddreißig Minuten aus.«

Als alle Offiziere weg waren, lehnte sich Giordino zurück und legte dreist die Füße auf den Tisch. »Wir laufen in genau siebenunddreißig Minuten aus«, äffte er Baldwin nach. »Ein pingeliger alter Kauz, was?«

»Stur wie ein Bock«, stellte O'Malley fest.

Pitt mochte den Mann auf Anhieb, desgleichen Giordino. »Ich hoffe, Sie nehmen uns ernster als Kapitän Baldwin.«

O'Malley grinste übers ganze Gesicht. »Jederzeit, denn falls Sie

Recht haben sollten, was ich nicht bestreiten will, möchte ich nicht auf diesem lächerlichen Luxuskahn zu Tode kommen.«

»Das klingt so, als ob Sie nicht allzu viel von dem Boot halten«, erwiderte Pitt und warf ihm einen verschmitzten Blick zu.

»Es ist völlig verplant«, knurrte O'Malley. »Man hat mehr Geld und Sorgfalt für allerlei Schnickschnack aufgewendet als für die eigentliche Technik. Trotz aller gelungenen Erprobungsfahrten würde es mich nicht wundern, wenn es nach dem Abtauchen nicht mehr hochkommt.«

»Irgendwie wird mir ein bisschen mulmig zumute, wenn ich so was von jemandem höre, der sich mit Schiffsbau auskennt«, grummelte Giordino.

Pitt verschränkte die Arme. »Eine von Menschenhand ausgelöste Katastrophe bereitet mir viel mehr Kopfzerbrechen.«

O'Malley schaute ihn an. »Ist Ihnen klar, an wie vielen Stellen ein Irrer Sprengstoff anbringen könnte, wenn er diesen Kahn versenken will?«

»Wenn sich das Boot tief unter Wasser befindet, würde schon ein Riss an einer x-beliebigen Stelle am Rumpf genügen.«

»Oder ein Loch in den Ballasttanks.«

»Ich hatte noch keine Zeit, mich eingehend mit den Plänen und technischen Daten des Bootes zu befassen«, sagte Pitt. »Aber es muss doch Rettungssysteme für eine Evakuierung unter Wasser geben.«

»Gibt es auch«, antwortete O'Malley, »und zwar ein sehr gutes System. Die Passagiere steigen nicht in Boote, sondern in Rettungskapseln, die fünfzig Menschen aufnehmen können. Dann werden die Einstiegsluken geschlossen und verriegelt. Gleichzeitig öffnen sich außen in den Rumpf eingelassene Pforten, und die Kapseln werden von einer Pressluftanlage aus dem Schiff katapultiert und treiben an die Oberfläche.«

»Wie würden Sie vorgehen, wenn Sie das Rettungssystem lahm legen wollten?«

»Kein angenehmer Gedanke.«

»Wir sollten sämtliche Möglichkeiten in Betracht ziehen.«

O'Malley kratzte sich am Kopf. »Ich würde dafür sorgen, dass die Pressluftanlage ausfällt.«

»Ich wäre Ihnen dankbar, wenn Sie mit Ihren Leuten ganz genau überprüfen, ob sich jemand an dieser Anlage zu schaffen gemacht hat«, sagte Pitt.

O'Malley blickte ihn mit halb geschlossenen Augen an. »Bei einer Untersuchung, von der mein Leben abhängt, leiste ich mir garantiert keine Schlampereien.«

Giordino musterte eingehend seine Fingernägel. »Ein wahres Wort. Hoffen wir das Beste.«

Die Vertäutrossen wurden von Hafenarbeitern von den Pollern gelöst und an Bord der *Golden Marlin* eingeholt. Wenige Sekunden später wurden die Steuerbordstrahlruder eingeschaltet, und das Boot glitt seitwärts vom Kai weg. Über tausend Menschen waren zum Hafen gekommen, um der Jungfernfahrt des ersten Unterwasser-Kreuzfahrtschiffes beizuwohnen. Der Gouverneur von Florida sowie andere Amtspersonen und Prominente, die auf einem Aussichtspodest standen, hielten ein paar kurze Ansprachen. Die Kapelle der University of Florida spielte ein Potpourri aus Seemannsliedern und wurde dann von einer karibischen Band mit Marimbas und Steel Drums abgelöst. Als das Schiff ablegte, stimmten beide Bands und die Schiffskapelle gemeinsam das traditionelle Seefahrerlied »Until We Meet Again« an. Luftschlangen und Konfetti wurden geworfen, und die Passagiere und die Zuschauer an Land winkten sich unter lauten Hochrufen zu. Es war ein bewegender Augenblick. Pitt war erstaunt, als er sah, wie viele Frauen sich verstohlen die Tränen aus den Augen wischten. Selbst Kelly war von diesem mitreißenden *Bon Voyage*-Spektakel ergriffen.

Pitt konnte die Taucher nirgendwo sehen. Er rief auf der Brücke an, aber Kapitän Baldwin meldete sich nicht und rief auch nicht zurück. Er war zutiefst beunruhigt, konnte aber das Auslaufen des Schiffes nicht mehr verhindern.

Das Boot befand sich noch in der Fahrrinne und steuerte die offene, blaugrüne See vor der Küste von Florida an, als alle Passagiere ins Theater gebeten wurden, wo ihnen Paul Conrad, der Erste Offizier, einen Vortrag über die Technik des Unterwasser-Kreuzfahrtbootes hielt und das Rettungssystem erklärte. Kelly saß auf der einen Seite des Parketts in der ersten Reihe, Pitt auf der anderen weit hinten. Sechs schwarze Familien befanden sich an Bord, aber es war niemand darunter, der Omo Kanai auch nur im Entferntesten ähnelte. Als der Vortrag vorüber war, ertönte eine Reihe von Gongs, woraufhin die Passagiere zu ihren Rettungskapseln geleitet wurden.

Giordino suchte gemeinsam mit dem Inspektionstrupp nach Sprengkörpern oder Schäden an den technischen Anlagen, während Pitt und Kelly mit dem Zahlmeister die Namen der Passagiere durchgingen und sie den jeweiligen Kabinen zuordneten. Sie kamen nur langsam voran. Zur Mittagszeit hatten sie erst knapp die Hälfte der Passagierliste geschafft, waren aber noch nicht dazu gekommen, sich mit den Besatzungsmitgliedern zu befassen.

»Ich zweifle allmählich daran, dass er an Bord ist«, sagte Kelly müde.

»Entweder das, oder er hat sich irgendwo versteckt«, sagte Pitt, während er die Bilder der Passagiere musterte, die der Schiffsfotograf aufgenommen hatte, als sie an Bord kamen. Er hielt ein Foto ans Licht und betrachtete die Züge des Mannes, der darauf abgebildet war. Dann reichte er es Kelly. »Kommt Ihnen der bekannt vor?«

Sie schaute sich das Foto ein paar Sekunden lang an, las den Namen und lächelte dann. »Eine gewisse Ähnlichkeit besteht durchaus. Der Haken dabei ist nur, dass Mister Jonathan Ford weiß ist.«

Pitt zuckte die Achseln. »Ist mir klar. Nun gut, machen wir uns wieder an die Arbeit.«

Um vier Uhr nachmittags ertönten wieder Gongs und über die Bordlautsprecher wurde der Song »By the Sea, By the Beautiful Sea« abgespielt. Es war das Zeichen, dass das Schiff auf Tauchfahrt ging. In aller Eile suchten die Passagiere ihre Sitzplätze an den Bullaugen auf. Widerstandslos und ohne seine Geschwindigkeit spürbar zu verringern, glitt das Boot langsam unter Wasser, begleitet von einem Strudel von Luftblasen, die bald darauf ebenso verschwanden wie der Himmel und die strahlende Sonne, sodass ringsum nur mehr die tiefblaue See zu sehen war.

Die magnetohydrodynamischen Maschinen liefen lautlos und ohne jede Erschütterung. Nur das an den Bullaugen vorbeiströmende Wasser deutete darauf hin, dass sich das Boot fortbewegte. Die Luftgeneratoren saugten das Kohlendioxid ab und sorgten für frische Atemluft im Boot.

Obwohl es zunächst nur wenig zu sehen gab, blickten alle wie gebannt hinaus in eine völlig fremde, ungewohnte Welt. Doch bald tauchten die ersten Fische auf, bunte Tropenfische in leuchtenden Rot-, Gelb- und Lilatönen, die an den Bullaugen vorbeischwammen, ohne dem riesigen Schiff, das in ihr Reich eindrang, allzu viel Beachtung zu schenken. Diese Bewohner der Ozeane waren weitaus prachtvoller als ihre Artgenossen in Flüssen und Seen. Dann verschwanden sie im blauen Wasser, als das Boot tiefer tauchte.

Ein Schwarm Barrakudas, deren lange, schlanke Leiber funkelten, als wären sie mit Silberstaub überzogen, schwamm träge neben dem Boot her, während sie mit ihren starren schwarzen Augen Ausschau nach Beute hielten, und das Maul mit dem vorstehenden Unterkiefer leicht geöffnet hatten. Scheinbar mühelos folgten sie dem Boot. Dann schossen sie im Bruchteil einer Sekunde davon und waren verschwunden.

Die Passagiere auf der Steuerbordseite bekamen einen großen Sonnenfisch zu sehen, auch Mola-Mola genannt. Der mächtige ovale Leib, der gut drei Meter lang und fast genauso hoch war und um die drei Tonnen gewogen haben dürfte, schimmerte metallisch weiß und orangefarben. Bald blieb auch dieser sonderbar aussehende Fisch mit seiner hoch aufragenden Rückenflosse und dem scheibenförmigen Körper, der wie zu kurz geraten wirkte, hinter dem Boot zurück.

Meeresbiologen, die von der Reederei eigens eingeladen worden waren, wiesen auf die Fische hin und erklärten ihre typischen Eigenschaften, ihr Verhalten und ihr Verbreitungsgebiet. Auf den Sonnenfisch folgte ein Paar kleiner, allenfalls anderthalb Meter langer Hammerhaie. Die Passagiere staunten über die breiten Köpfe mit den weit auseinander stehenden Augen und fragten sich, welche Laune der Natur zu dieser sonderbaren Form geführt haben mochte. Die Haie waren neugierig, schwammen eine Zeit lang neben den Bullaugen her und starrten mit einem Auge auf die sonderbaren Wesen auf der anderen Seite. Bald aber verloren auch sie das Interesse an dem riesigen Eindringling und verschwanden mit einem eleganten Schlag ihrer Schwanzflosse im Dämmerlicht.

Zu beiden Seiten eines jeden Bullauges waren digitale Anzeigen angebracht, auf denen die Tauchtiefe des U-Bootes angegeben wurde. Als der Erste Offizier über Lautsprecher bekannt gab, dass sie sich in hundertachtzig Metern Tiefe befänden und dem Grund näherten, beugten sich das Passagiere näher an die Bullaugen und spähten nach unten, wo langsam der Meeresboden in Sicht kam. Es war eine sonderbare Landschaft, einst von Korallen bewachsen, ehe der Meeresspiegel angestiegen war, aber jetzt mit alten Muschelschalen, Schlick und durcheinander liegenden Lavabrocken bedeckt, auf denen allerlei Seegetier wucherte. Da in diese Tiefe keine Rot- und Gelbtöne mehr durchdrangen, wirkte alles wie in grünlichbraune Farbe getaucht. Staunend betrachteten die Passagiere diese fremde, von Myriaden von Fischen bewohnte Welt, die bei einer Sichtweite von rund fünfzig Metern an ihnen vorüberzog.

Von dem kuppelförmigen Aufbau des hinter dem Bug, der als Brücke und Ruderhaus diente, steuerte Kapitän Baldwin die *Golden Marlin* rund fünfzehn Meter über dem Grund entlang und achtete auf unverhoffte Erhebungen am Meeresboden. Das Radargerät und das Side-Scan-Sonar tasteten das Terrain eine halbe Meile voraus und zu beiden Seiten ab, sodass notfalls genügend Zeit blieb, den Kurs zu ändern oder aufzusteigen, falls plötzlich Felsen aufragen sollten. Zudem war der Kurs für die zehntägige Fahrt sorgfältig ausgearbeitet und abgesteckt worden. Ein privates Vermessungsschiff, das eigens zu diesem Zweck angeheuert worden war, hatte den Meeresboden zwischen den Inseln untersucht und die jeweilige Tauchtiefe ermittelt, sodass das Boot von den Bordcomputern auf einem vorprogrammierten Kurs gehalten wurde.

Mit einem Mal fiel der Meeresboden steil ab, als das Boot, dessen äußerste Tauchtiefe nach Angaben der Reederei bei rund dreihundert Metern lag, über einen gut neunhundert Meter tiefen Graben vorstieß. Baldwin übergab das Ruder seinem Dritten Offizier und wandte sich dem Funkoffizier zu, der auf ihn zukam und ihm eine Nachricht überreichte. Er las sie, blickte dann mit verständnisloser Miene auf.

»Suchen Sie Mister Pitt, und schicken Sie ihn auf die Brücke«, befahl er einem Matrosen, der wie gebannt nach draußen starrte.

Pitt und Kelly hatten noch keine Zeit gehabt, die Unterwasserwelt zu bestaunen. Sie saßen noch immer im Büro des Zahlmeisters und überprüften die Personalakten der Besatzungsmitglieder. Als man ihm mitteilte, dass der Kapitän ihn sprechen wollte, ließ er Kelly allein und begab sich auf die Brücke. Kaum war er durch die Tür getreten, als Baldwin ihm die Nachricht hinhielt.

»Was halten Sie davon?«, wollte er wissen.

Pitt las die Meldung laut vor. »Nehmen Sie bitte zur Kenntnis, dass die Leichen der Taucher gefunden wurden, die den Boden Ihres Schiffes untersuchen sollten. Sie waren unterhalb des Wasserspiegels an Duckdalben in der Fahrrinne gefesselt. Erste Ermittlungen ergaben, dass sie von einem oder mehreren Tätern hinterrücks mit einem Messer erstochen wurden, dessen Klinge ihr Herz durchbohrte. Erwarte Rückmeldung.«

Unterzeichnet war sie von Detective Lieutenant Del Carter von der Polizei in Fort Lauderdale.

Pitt war tief betroffen, machte sich bittere Vorwürfe, weil er nur zu genau wusste, dass er es gewesen war, der Frank und Caroline Martin unwissentlich in den Tod geschickt hatte.

»Wie tief sind wir?«, fragte er schroff.

»Wie tief?«, wiederholte Baldwin. »Wir haben den Kontinentalsockel hinter uns gelassen und befinden uns in tiefem Wasser.« Er deutete auf einen über den Bullaugen angebrachten Tiefenanzeiger. »Überzeugen Sie sich selbst. Der Meeresboden liegt siebenhundertdreißig Meter unter unserem Kiel.«

»Machen Sie sofort kehrt!«, befahl Pitt kurz und knapp. »Steuern Sie seichteres Wasser an, bevor es zu spät ist.«

Baldwins Miene verhärtete sich. »Worauf wollen Sie hinaus?«

»Die Taucher wurden ermordet, weil sie Sprengkörper gefunden haben, die am Rumpf des Bootes angebracht wurden. Diesmal bitte ich Sie nicht, Kapitän. Ich fordere Sie auf, kehrtzumachen und seichte Gewässer anzusteuern, ehe es zu spät ist. Es geht um das Leben aller Menschen, die an Bord sind.«

»Und wenn ich das nicht tue?«, herrschte Baldwin ihn an.

Pitts grüne Augen wurden eiskalt, als er Baldwin mit durchdringendem Blick anschaute. »Dann«, sagte er mit schneidender Stimme, »und das schwöre ich Ihnen bei aller Menschenliebe, bringe ich Sie um und übernehme das Kommando über das Schiff.«

Baldwin zuckte zurück, als hätte jemand mit einem Speer nach ihm gestoßen. Langsam, ganz langsam fing er sich wieder und verzog den Mund zu einem schmalen Lächeln. Er drehte sich zum Rudergänger um, der wie vom Donner gerührt dastand und die Augen weit aufgerissen hatte. »Gehen Sie auf Gegenkurs, und fahren Sie volle Kraft voraus.« Dann wandte er sich wieder um. »Sind Sie damit zufrieden, Mister Pitt?«

»Ich schlage vor, dass Sie Alarm geben und die Passagiere zu den Rettungskapseln schicken.«

Baldwin nickte. »Wird erledigt.« Dann wandte er sich an Conrad. »Lassen Sie die Ballasttanks anblasen«, befahl er dem Ersten Offzier. »Aufgetaucht können wir doppelt so schnell fahren.«

»Beten Sie, dass wir es rechtzeitig schaffen«, sagte Pitt, dessen Anspannung etwas nachließ. »Sonst können wir uns aussuchen, ob wir lieber ertrinken oder ersticken wollen, während wir uns die Fische anschauen.«

Kelly saß im Büro des Zahlmeisters und ging die Personalakten der Besatzungsmitglieder durch, als ihr mit einem Mal auffiel, dass sie nicht mehr allein war. Sie blickte auf und sah einen Mann, der lautlos in den Raum gekommen war. Er trug ein Golfhemd und Shorts und lächelte Unheil verkündend. Sie erkannte ihn sofort – es war der Passagier, über den sie und Pitt am frühen Nachmittag kurz gesprochen hatten. Sie musterte sein Gesicht, als er vor ihr stand, ohne etwas zu sagen, und spürte, wie sie von hellem Entsetzen gepackt wurde. »Sie sind Jonathan Ford.«

»Kennen Sie mich?«

»Nein, eigentlich … nicht«, stammelte sie.

»Das sollten Sie aber. Wir sind uns auf der *Emerald Dolphin* kurz begegnet.«

Kelly war verwirrt. Das Gesicht erinnerte sie an den schwarzen Schiffsoffizier, der sie und ihren Vater hatte umbringen wollen, doch der Mann, der vor ihr stand, war weiß. »Sie können doch nicht …«

»Oh, der bin ich aber.« Das Lächeln wurde breiter. »Wie ich sehe, stehen Sie vor einem Rätsel.« Er verstummte und zog ein Taschentuch aus seiner Hosentasche. Er befeuchtete die eine Ecke mit der Zungenspitze und rieb damit auf seiner linken Hand herum. Die weiße Schminke löste sich ab, und darunter kam braune Haut zum Vorschein.

Kelly sprang auf und wollte zur Tür stürmen, doch der Mann packte sie an den Armen und drückte sie an die Wand. »Ich heiße Omo Kanai. Ich habe den Befehl, Sie mitzunehmen.«

»Wohin wollen Sie mich mitnehmen?«, krächzte sie erschrocken und hoffte verzweifelt, dass Pitt und Giordino durch die Tür kämen.

»Oh, nach Hause natürlich.«

Sie wurde aus der Antwort nicht recht schlau. Doch sie nahm seinen bösen Blick wahr, als er ihr ein mit einer sonderbar riechenden Flüssigkeit getränktes Tuch aufs Gesicht drückte. Dann wurde ihr schwarz vor Augen, und sie verlor die Besinnung.

30

Es war ein Wettlauf mit dem Tod. Pitt war inzwischen davon überzeugt, dass Sprengkörper am Rumpf angebracht waren. Die Martins hatten sie entdeckt, waren aber ermordet worden, ehe sie Kapitän Baldwin hatten verständigen können. Pitt meldete sich über Walkie-Talkie bei Giordino. »Du kannst die Suche abbrechen und die Inspektoren zurückrufen. Die Sprengkörper sind nicht im Innern des Schiffes.«

Giordino bestätigte lediglich und eilte auf die Brücke. »Weißt du etwas, das ich nicht weiß?«, fragte er, als er, gefolgt von Rand O'Malley, durch die Tür gestürmt kam.

»Wir haben gerade Bescheid bekommen, dass die Taucher umgebracht wurden«, teilte Pitt ihnen mit.

»Damit ist alles klar«, grummelte Giordino wütend.

»Die Taucher, die den Boden des Bootes untersuchen sollten?«, fragte O'Malley.

Pitt nickte. »Allmählich sieht es so aus, als ob die Sprengkörper hochgehen sollen, während wir im tiefen Wasser sind.«

»Genau da sind wir jetzt«, sagte Giordino leise und starrte unruhig auf den Tiefenanzeiger.

Pitt wandte sich an Baldwin, der mit dem Rudergänger an der Steuerkonsole stand. »Wie lange dauert es noch, bis wir in seichteres Wasser kommen?«, fragte er.

»In zwanzig Minuten sind wir über dem Rand des Grabens und auf dem Kontinentalsockel«, antwortete Baldwin, dessen Gesicht nun, da er einsah, dass sein Boot tatsächlich in Gefahr schwebte, die ersten Spuren der Anspannung zeigte. »In zehn Minuten sind wir an der Wasseroberfläche, und dann können wir mit doppelter Fahrt seichteres Wasser ansteuern.«

Plötzlich meldete sich der Matrose, der an der Schaltkonsole des Schiffes stand. »Kapitän, irgendwas ist mit den Rettungskapseln los.«

Baldwin und O'Mally gingen zu ihm und starrten erschrocken auf die Konsole. Fünfzehn der insgesamt sechzehn Lichter, die die Rettungskapseln darstellten, blinkten rot auf; nur eines leuchtete noch grün. »Sie wurden aktiviert«, stieß Baldwin aus.

»Und zwar, bevor jemand an Bord gehen konnte«, fügte O'Malley grimmig hinzu. »Jetzt kriegen wir die Mannschaften und die Passagiere nie mehr aus dem Boot.«

Die Vorstellung, dass der Rumpf durch eine Explosion platzen, Wasser eindringen und das Boot mitsamt seinen siebenhundert Passagieren und Besatzungsmitgliedern in die Tiefe ziehen könnte, war kaum zu ertragen, doch als bloßes Hirngespinst konnte man sie jetzt nicht mehr abtun.

Pitt war klar, dass derjenige, der die Rettungskapseln aktiviert hatte, das Boot in einer davon verlassen hatte, was wiederum hieß, dass die Sprengkörper jeden Moment hochgehen konnten. Er trat vor das Radarsichtgerät, neben dem der Bildschirm des Side-Scan-Sonars lag. Das Kontinentalschelf stieg an, aber zu langsam. Noch hatten sie gut dreihundert Meter Wasser unter dem Kiel. Der Rumpf der *Golden Marlin* war so stabil gebaut, dass er dem Wasserdruck in dieser Tiefe standhalten konnte, aber eine Rettung von dort unten war so gut wie ausgeschlossen. Alle starrten auf die Tiefenanzeige, zählten lautlos die Sekunden mit.

Quälend langsam stieg der Meeresboden an. Nur noch dreißig Meter, dann müsste das Boot auftauchen. Alle Mann seufzten erleichtert auf, als sie über den Rand des Kontinentalsockels hinwegfuhren und der Meeresboden bis auf knapp zweihundert Meter anstieg. Das Wasser draußen vor den Bullaugen wurde jetzt heller, dann konnte man bereits die Sonnenstrahlen auf ihm funkeln sehen.

»Tiefe unter dem Rumpf bei hundertfünfzig Meter und steigend«, sang Conrad aus.

Kaum hatte er Meldung gemacht, als das Boot plötzlich von einer heftigen Erschütterung durchgerüttelt wurde. Niemand konnte rechtzeitig reagieren, etwas gegen die Katastrophe unternehmen. Das Boot geriet ins Schlingern, lief völlig aus dem Ruder. Dann blieben die hypermodernen Maschinen stehen, als die See durch die beiden Löcher einbrach, die von Unterwasserbomben aufgerissen worden waren.

Die *Golden Marlin* lag antriebslos da, wiegte sich in der leichten Strömung, aber sie sank auch Meter um Meter tiefer zum Meeresboden. Tonnenschwere Wassermassen drangen in den Rumpf ein, ohne dass die Männer auf der Brücke auch nur eine Ahnung hatten, wo das Boot beschädigt war. Dabei war der funkelnde Meeresspiegel schon so verlockend nah, dass es einem vorkam, als könnte man ihn fast mit der Hand greifen.

Baldwin wusste sofort Bescheid. Sein Boot ging unter. »Rufen Sie im Maschinenraum an und bitten Sie den Chef um eine Schadensfeststellung«, raunzte er seinen Zweiten Offizier an.

Die Rückmeldung kam fast unverzüglich. »Der Chefmaschinist berichtet, dass Wasser in den Maschinenraum eindringt. Auch der Gepäckraum leckt, aber der Rumpf ist noch intakt. Er sagt, er lässt die Pumpen auf voller Leistung laufen. Außerdem meldet er, dass die Pumpenanlage für die Ballasttanks durch die Explosion im vorderen Bereich des Schiffes beschädigt wurde, sodass durch die Ablasstutzen Wasser in die Tanks eindringt. Seine Leute kämpfen mit aller Kraft dagegen an, aber das Wasser steigt weiter, sodass sie den Maschinenraum möglicherweise räumen müssen. Tut mir Leid, Sir, aber der Chefmaschinist sagt, er kann das Boot nicht mehr lange auf ebenem Kiel halten.«

»O Gott«, murmelte ein junger Offizier, der an der Steuerkonsole stand, »wir sinken.«

Baldwin hatte sich rasch wieder im Griff. »Sagen Sie dem Chef, er soll dort unten sämtliche wasserdichten Schotten schließen und zusehen, dass die Generatoren so lange wie möglich laufen.« Dann wandte er sich an Pitt, blickte ihn schweigend und mit ausdrucksloser Miene an. »Nun, Mister Pitt«, sagte er schließlich, »ich glaube, jetzt können Sie mich darauf hinweisen, dass Sie Recht hatten.«

Pitt wirkte gefasst, eher nachdenklich als angespannt, so als dächte er über sämtliche Mittel und Möglichkeiten nach, mit denen man das Schiff und seine Passagiere vielleicht retten könnte. Giordino hatte diese Miene schon oft gesehen. Langsam schüttelte er den Kopf. »Ich lege keinen Wert auf Rechthaberei.«

»Grund kommt näher.« Conrad, der Erste Offizier, hatte Side-Scan-Sonar und Radarsichtgerät keinen Moment aus den Augen gelassen. Kaum hatte er Meldung gemacht, als die *Golden Marlin* mit einem lauten Ächzen und Knacken auf den Meeresboden stieß, sich mit dem Kiel voran knirschend in den Schlick grub und eine riesige Schlammwolke aufwühlte, die sich vor die Bullaugen legte.

Selbst die Passagiere, die noch nie in einem Katastrophenfilm gewesen waren, begriffen sofort, dass sich ein schweres Unheil anbahnte. Aber da das Wasser noch nicht auf die Kabinendecks vorgedrungen war und die Besatzung sich bislang keinerlei Angst anmerken ließ, kam es zu keiner Panik – zumal alle zum ersten Mal in einem Unterseeboot saßen und sich nicht darüber im Klaren war, wie schlecht es tatsächlich um sie bestellt war. Kapitän Baldwin meldete sich über die Bordsprechanlage und erklärte, dass die *Golden Marlin* einen Maschinenschaden habe, versicherte aber zugleich, dass in Bälde alles wieder seinen gewohnten Gang ginge. Doch Passagiere und Besatzung glaubten ihm kein Wort, zumal einige bemerkt hatten, dass fast alle Kammern, in denen die Rettungskapseln ruhten, leer waren. Die einen liefen ziellos hin und her. Andere blieben an den Bullaugen sitzen und betrachteten die Fische, die draußen auftauchten, als sich die Schlickwolke wieder gelegt hatte. Manch einer zog sich in den Salon zurück und bestellte sich den einen oder anderen Drink, den es auf Kosten des Hauses gab.

Kapitän Baldwin und seine Offiziere zogen das von der Reederei herausgegebene Handbuch für Verhalten in Notfallsituationen zu Rate, mussten aber feststellen, dass es offenbar von jemandem verfasst war, der keine Ahnung davon hatte, wie man sich auf einem Unterwasser-Kreuzfahrtschiff verhielt, das mit siebenhundert Mann an Bord hilflos am Meeresgrund lag. Während der Rumpf abgeklopft wurde, um sicherzugehen, dass er größtenteils noch wasserdicht war, und die Schotten geschlossen wurden, setzten die Maschinisten sämtliche Pumpen in Betrieb, um mit dem in den Maschinenraum und das Gepäckabteil eindringenden Wasser fertig zu werden. Glücklicherweise waren außer dem Antrieb allem Anschein nach keine weiteren Systeme durch die Explosion beschädigt worden.

Baldwin saß wie benommen im Funkraum. Nur mühsam konnte er sich dazu aufraffen, sich mit Lasch in der Firmenzentrale in Verbindung zu setzen sowie die Küstenwache und sämtliche Schiffe im Umkreis von fünfzig Meilen von dem Unglück zu verständigen. Er setzte einen Notruf ab und gab die Position der *Golden Marlin* durch, lehnte sich dann zurück und begrub das Gesicht in den Händen. Zunächst machte er sich Sorgen, dass dies das Ende seiner langjährigen Laufbahn als Seemann bedeuten könnte. Dann wurde ihm klar, wie unwichtig seine Karriere unter diesen Umständen war. Zuallererst hatte er sich um die Passagiere und die Besatzung zu kümmern. »Scheiß auf die Karriere«, murmelte er vor sich hin. Er stand auf und verließ die Brücke, begab sich zunächst in den Maschinenraum, wo er sich umfassend Bericht erstatten ließ, und ging dann durch das ganze Schiff und versicherte den Passagieren, dass sie sich nicht in unmittelbarer Gefahr befänden. Es gäbe lediglich ein paar technische Probleme mit den Ballasttanks, erzählte er ihnen, aber die notwendigen Reparaturen seien bereits in die Wege geleitet.

Pitt, Giordino und O'Malley stiegen unterdessen zu dem Deck hinunter, auf dem die Rettungskapseln untergebracht waren. O'Malley öffnete die Schaltkästen und überprüfte die gesamte Anlage. Der stämmige Ire strahlte etwas eigenartig Beruhigendes aus. Er wusste genau, was er zu tun hatte, und machte keinen überflüssigen Handgriff. Knapp fünf Minuten, nachdem er mit seiner Untersuchung begonnen hatte, trat er von den offenen Schaltkästen zurück, setzte sich auf einen Stuhl und seufzte. »Derjenige, der die Rettungskapseln aktiviert hat, kannte sich aus. Er hat die Schaltkreise kurzgeschlossen, die zur Brücke führen, und die Kapseln von Hand ausgelöst, wie das eigentlich nur in Notfällen vorgesehen ist. Glücklicherweise sieht es so aus, als ob eine Kapsel sich nicht gelöst hat.«

»Ein schwacher Trost«, grummelte Giordino.

Pitt schüttelte bedrückt den Kopf. »Die sind uns von Anfang an zwei Schritte voraus gewesen. Was die Planung angeht, haben sie ganze Arbeit geleistet, das muss man ihnen lassen.«

»Wer sind die?«, fragte O'Malley.

»Männer, die bereit sind, Kinder umzubringen, ohne mit der Wimper zu zucken.«

»Ich begreife das nicht.«

»Das kann ein normaler Mensch auch nicht begreifen.«

»Wir haben immer noch eine Kapsel, in der wir die Kinder unterbringen können«, sagte Giordino.

»Den Befehl dafür zu geben, ist Sache des Kapitäns«, sagte Pitt, während er die verbliebene Kapsel musterte. »Fragt sich bloß, wie viele wir reinkriegen.«

Eine Stunde später traf ein Kutter der Küstenwache am Ort des Geschehens ein, barg die von der *Golden Marlin* ausgebrachte orangefarbene Markierungsboje, an der ein Telefonkabel angebracht war, und nahm Verbindung mit dem Boot auf. Erst danach ließ Baldwin die Passagiere ins Theater kommen und erklärte ihnen die Lage. Er bemühte sich darum, die Gefahr so weit wie möglich herunterzuspielen, und gab bekannt, dass es auf Grund der von der

Reederei erlassenen Vorschriften üblich sei, bei einem Notfall die jüngsten Gäste an Bord zuerst nach oben zu schicken. Niemand glaubte es ihm. Etliche Passagiere wollten Genaueres wissen, andere regten sich auf, doch der Kapitän konnte nichts weiter tun, als die Aufgeregten zu beschwichtigen und den Ängstlichen gut zuzureden.

Anschließend setzten sich Pitt und O'Malley an einen Computer im Büro des Zahlmeisters und rechneten aus, wie viele Personen sie über die vom Hersteller vorgegebene Gewichtsbeschränkung hinaus in der Kapsel unterbringen konnten, ohne sie so zu überladen, dass sie nicht mehr nach oben trieb.

Während sie sich in ihre Arbeit vertieften, begab sich Giordino auf die Suche nach Kelly.

»Wie viele Kinder sind an Bord?«, fragte O'Malley.

Pitt zog die Passagierliste zu Rate und zählte sie zusammen. »Vierundfünfzig unter achtzehn Jahren.«

»Die Kapseln fassen fünfzig Personen mit einem durchschnittlichen Gewicht von zweiundsiebzig Kilogramm. Die höchste Belastungsfähigkeit liegt also bei dreitausendsechshundert Kilogramm. Wenn wir mehr reinladen, treiben sie nicht mehr nach oben.«

»Dann können wir etwa vom halben Gewicht ausgehen. Die Kinder dürften durchschnittlich etwa fünfunddreißig Kilo oder weniger wiegen.«

»Damit wären wir bei einem Gesamtgewicht von rund eintausendachthundert Kilo. Wir haben also noch Platz für ein paar Mütter«, sagte O'Malley, dem mulmig bei dem Gedanken daran war, dass er darüber befinden sollte, wer gerettet werden konnte.

»Wenn wir von einem durchschnittlichen Gewicht von etwa zweiundsechzig Kilo ausgehen, haben wir Platz für etwa neunundzwanzig Mütter.«

O'Malley gab die Namen der Familien ein und stellte die Anzahl der Kinder fest. »Wir haben siebenundzwanzig Mütter an Bord«, sagte er und klang wieder eine Spur zuversichtlicher. »Gottlob können wir alle mitsamt der Kinder evakuieren.«

»Heutzutage ist es üblich, dass man die Familien beisammenhält, aber darüber müssen wir uns hinwegsetzen«, sagte Pitt. »Die Männer wiegen zu viel.«

»Einverstanden«, sagte O'Malley beklommen.

»Wir haben also noch Platz für zwei weitere Personen.«

»Wir können die übrigen sechshundertundsiebzehn Passagiere aber nicht antreten und Strohhalme ziehen lassen.«

»Nein«, erwiderte Pitt. »Wir müssen jemanden hinaufschicken, einen von uns, der die Lage hier unten genau schildern kann. Über Unterwassertelefon ist das nur begrenzt möglich.«

»Ich werde hier unten dringender gebraucht«, sagte O'Malley entschieden.

In diesem Augenblick kehrte Giordino zurück. Seine Miene verhieß nichts Gutes. »Kelly ist verschwunden«, stellte er fest. »Ich habe einen Suchtrupp zusammengestellt, aber wir konnten nicht die geringste Spur von ihr finden.«

»Verdammter Mist«, fluchte Pitt. Er zweifelte nicht einen Moment daran, dass Giordino Recht hatte und Kelly tatsächlich verschwunden war. Sein Gefühl sagte ihm, dass es stimmte. Plötzlich hatte er das Foto des Passagiers vor Augen, das er sich mit ihr angesehen hatte. Er rief die Passagierliste am Computer auf und gab den Namen Jonathan Ford ein.

Das Bild, das von Ford aufgenommen worden war, als er von der Gangway trat, tauchte am Monitor auf. Anschließend gab Pitt den Druckbefehl ein und wartete, bis das Farbfoto aus dem Drucker lief. Während O'Malley und Giordino schweigend daneben standen, musterte er das Gesicht, überlegte kurz, wie der Pilot der roten Fokker ausgesehen hatte, den er bei der Flugschau kennen gelernt hatte, und verglich es damit. Er ging mit dem Bild zu einem Schreibtisch, nahm einen Bleistift zur Hand und schraffierte das Gesicht des Mannes. Als er fertig war, hatte er das Gefühl, als hätte ihm jemand mit der Faust in die Magengrube geschlagen.

»Er war hier an Bord, und ich habe ihn übersehen.«

»Von wem reden Sie?«, fragte O'Malley verständnislos.

»Von dem Mann, der mich und ein ganzes Flugzeug voller Kinder um ein Haar über New York abgeschossen hätte. Dem Mann, der dafür verantwortlich ist, dass wir hilflos am Meeresgrund liegen, nachdem er die leeren Rettungskapseln aktiviert hat. Ich fürchte, er ist in einer der Kapseln geflohen und hat Kelly mitgenommen.«

Giordino legte Pitt die Hand auf die Schulter. Er konnte nachempfinden, wie Pitt zumute war. Auch ihm ließ das Gefühl, versagt zu haben, keine Ruhe.

Pitt prägte sich die Nummer von Fords Kabine ein und stürmte auf den Gang hinaus, gefolgt von Giordino und O'Malley. Pitt hatte weder Zeit noch Lust, die für die Passagierkabinen zuständige Stewardess um den Schlüssel zu bitten. Er warf sich nach vorn und trat kurzerhand die Tür auf. Die Stewardess hatte die Kabine hergerichtet, aber nirgendwo war Gepäck zu sehen. Pitt riss sämtliche Schubladen auf. Sie waren leer. Giordino öffnete den Kleiderschrank und sah etwas Weißes auf dem obersten Regalbrett liegen. Er griff hinauf, holte eine dicke Papierrolle herunter und breitete sie auf dem Bett aus.

»Die Baupläne von dem Boot«, murmelte O'Malley. »Wie ist er denn an die rangekommen?«

Pitt überlief es eiskalt, als ihm klar wurde, dass Ford unter anderem auch den Auftrag gehabt hatte, Kelly in seine Gewalt zu bringen. »Er wird von einem hervorragenden Nachrichtendienst unterstützt. Er konnte sich mit sämtlichen Systemen und Geräten vertraut machen, kannte jede Einzelheit, sämtliche Decks, Schotten und Spanten.«

»Was wiederum erklärt, woher er wusste, wie er die Rettungskapseln von Hand aktivieren konnte und wo er die Sprengkörper anbringen musste«, sagte O'Malley.

»Hier können wir jedenfalls nichts mehr tun«, sagte Giordino, »außer die Küstenwache zu verständigen, dass sie Ausschau nach einem Schiff halten soll, das sich in der Gegend rumtreibt, um diesen Typ und Kelly aus der Kapsel zu fischen.«

Pitt fiel es schwer, sich damit abzufinden, dass Ford tatsächlich entkommen war und Kelly entführt hatte, ohne dass er irgendetwas unternehmen konnte, um sie zu retten. Er kam sich völlig ohnmächtig und hilflos vor. Deprimiert ließ er sich auf einen Stuhl sacken. Dann überlief es ihn erneut eiskalt, und diesmal hatte es nichts mit Kelly zu tun. Sämtliche Kapseln waren fort, unwiederbringlich verloren. Folglich gab es keinerlei Hoffnung für die mehr als sechshundert Menschen, die sich noch auf dem gesunkenen Kreuzfahrtschiff aufhielten. Er saß einen Moment lang teilnahmslos da, dann blickte er zu O'Malley auf, der ihn schweigend, mit erwartungsvoller Miene anschaute, und sagte leise: »Sie kennen doch jeden Winkel von dem Boot.« Es war eher eine Feststellung als eine Frage.

O'Malley zögerte kurz, wusste nicht genau, was Pitt wollte.

»Ja, ich kenne mich hier ganz gut aus.«

»Gibt es noch ein anderes Rettungssystem außer den Kapseln?«

»Mir ist nicht ganz klar, was Sie damit meinen.«

»Hat man auf der Werft eine zusätzliche Luftschleuse für eine Rettung aus dem Boot eingebaut?«

»Sie meinen, ob es eine eigens dafür vorgesehene Ausstiegsluke oben auf dem Rumpf gibt?«

»Genau.«

»Ja, es gibt eine, aber über die können unmöglich alle sechshundert Mann an Bord gerettet werden. Vorher geht uns die Luft aus.«

»Wie das?«, fragte Giordino. »Die Rettungsaktion läuft doch schon.«

»Sie wissen also nicht Bescheid?«

»Erst, wenn Sie's uns verraten«, erwiderte Pitt barsch.

»Die *Golden Marlin* ist nicht dafür gebaut, länger als vier Tage am Stück unter Wasser zu bleiben. Danach geht die Atemluft rasch zur Neige.«

»Ich dachte, die Luftregeneratoren erneuern ständig die Atemluft hier drin«, sagte Giordino verdutzt.

O'Malley schüttelte den Kopf. »Sie sind erstklassig, was das Aufbereiten der Atemluft angeht. Aber nach einer gewissen Zeit können sie die Unmengen von Kohlendioxid, die entstehen, wenn sechshundert Menschen auf engstem Raum atmen, nicht mehr herausfiltern. Dann wird die Luft nach und nach immer schlechter.« Unwirsch zuckte er die Schultern. »Aber diese Überlegungen sind sowieso hinfällig, wenn das Wasser die Generatoren erreicht und der Strom ausfällt. Dann bricht die ganze Luftaufbereitungsanlage zusammen.«

»Vier Tage, wenn wir Glück haben«, sagte Pitt versonnen. »Dreieinhalb, genauer gesagt, da wir seit dem Abtauchen bereits zwölf Stunden unter Wasser sind.«

»Die US-Navy hat ein Rettungstauchboot, das uns rausholen könnte«, sagte Giordino.

»Ja, aber bis man das klargemacht, samt der Besatzung hierher geschafft und sämtliche Vorbereitungen für die Rettungsaktion getroffen hat, sind die vier Tage längst vergangen.« O'Mally sprach langsam, voller Nachdruck. »Wenn sie es runtergelassen und an unsere Luftschleuse angekoppelt haben, ist es zu spät. Dann retten sie allenfalls noch eine Hand voll von uns.«

Pitt wandte sich an Giordino. »Al, du musst mit den Müttern und Kindern auftauchen.«

Etwa fünf Sekunden lang stand Giordino ungläubig und mit versteinerter Miene da. Dann erst begriff er, worum es ging. »Mrs. Giordinos Sohn ist kein Feigling«, sagte er entrüstet. »Ich verlasse doch nicht wie eine Ratte das sinkende Schiff.«

»Glaub mir, mein Guter«, bedrängte ihn Pitt, »du kannst viel mehr für uns tun, wenn du mir von oben beistehst.«

Giordino wollte ihn fragen, warum er nicht selber ginge, ließ es dann aber lieber sein und fand sich stillschweigend damit ab, dass Pitt vermutlich Recht hatte. »Okay, und was mache ich, wenn ich oben bin?«

»Wir müssen zuallererst eine Verbindung hier runterlegen, um für frische Atemluft zu sorgen.«

»Und woher soll ich den hundertfünfzig Meter langen Schlauch und die Pumpe nehmen, die stark genug ist, um sechshundertsiebzehn Mann mit Luft zu versorgen, bis man sie retten kann? Und wie soll ich ihn an das gesunkene Boot anschließen?«

Pitt schaute seinen alten Freund, den er seit fast vierzig Jahren kannte, grinsend an. »Wie ich dich kenne, fällt dir bestimmt was ein.«

31

Innerhalb von fünf Stunden trafen vier Schiffe an der Stelle ein, an der die *Golden Marlin* gesunken war. Der Kutter *Joseph Ryan* von der Küstenwache, der Öltanker *King Zeus*, der Hochseeschlepper *Orion* von der US-Navy und der Küstenfrachter *Compass Rose*. Bald darauf wurden sie von einer Flotte von Segel- und Motorbooten aus Miami und Fort Lauderdale umlagert, die sich eher aus Neugier als aus Hilfsbereitschaft einfanden. Admiral Sandecker hatte ein in Savannah liegendes Bergungschiff der NUMA losgeschickt, das aber erst in zwölf Stunden vor Ort sein konnte.

Das Tiefseerettungsboot *Mercury* samt Besatzung wurde mittlerweile von seinem Mutterschiff, der *Alfred Aultman*, mit voller Fahrt von Puerto Rico aus, wo es eben noch an einer Übung teilgenommen hatte, zur Unfallstelle gebracht. Kapitän Baldwin stand über den Kutter der Küstenwache bereits in ständigem Funkkontakt mit dem Kapitän der *Aultman* und konnte ihm die Lage auf dem Boot in allen Einzelheiten schildern.

Unterdessen wurden drunten auf der *Golden Marlin* die Mütter mit ihren Kindern in die Rettungskapsel verfrachtet, nachdem O'Malley die schadhafte Schaltung repariert hatte. Unter Tränen nahmen sie Abschied von ihren Männern, den Vätern, mitunter auch den Großeltern. Etliche Kinder schrien Zeter und Mordio, als sie in die enge Kapsel steigen sollten, und wollten sich um nichts auf der Welt wieder beruhigen.

Giordino, der sich darum bemühte, die schreienden Bälger und ihre Mütter zum Schweigen zu bringen, wirkte bedrückt wie selten zuvor. »Ich komme mir wie jemand vor, der sich in Frauenkleidern in ein Rettungsboot der *Titanic* schleicht.«

Pitt legte ihm den Arm um die Schulter. »Du wirst bei der Rettungsaktion da droben dringend gebraucht.«

»Aber dass du mir ja durchkommst, hast du gehört«, erwiderte Giordino. »Ich halte das sonst nicht aus. Wenn irgendwas schief geht, und du schaffst es –«

»Ich werde es schon irgendwie schaffen«, versicherte ihm Pitt. »Aber nur, wenn du die Rettungsaktion da droben leitest.«

Sie gaben sich noch einmal die Hand, dann schob Pitt ihn auf den letzten freien Platz in der Rettungskapsel. Er konnte sich kaum ein kurzes Grinsen verkneifen, als eine genervte Mutter ihr plärrendes Kind in Giordinos offene Arme warf. Der taffe kleine Italiener, der sich sichtlich unwohl fühlte, sah aus, als säße er auf Glasscherben. Noch nie hatte Pitt ihn mit einer solchen Leidensmiene erlebt wie in diesem Moment, als sich zischend die Einstiegsluke der Rettungskapsel schloss und der Abschussmechanismus aktiviert wurde. Sechzig Sekunden später zündeten die Pressluftdüsen, und die Kapsel war auf dem Weg nach oben, auch wenn sie langsam aufstieg, weil sie bis an die Belastungsgrenze beladen war.

»Jetzt können wir nur noch abwarten«, sagte O'Malley, der hinter Pitt stand.

»Nein«, widersprach Pitt. »Wir bereiten schon mal alles Notwendige vor.«

»Wo fangen wir an?«

»Bei der Luftschleuse.«

»Was wollen Sie wissen?«

»Kann ein Rettungstauchboot der Navy an der Luke andocken?«

O'Malley nickte. »Ich weiß genau, dass man sich beim Bau an die technischen Daten der Navy gehalten hat, damit deren Tauchboote und Rettungsglocken im Notfall andocken können.«

Pitt war bereits an der Tür. »Bringen Sie mich hin. Ich will es mir selber ansehen.«

O'Malley brachte ihn mit dem Fahrstuhl zum Oberdeck, auf dem sich der Speisesaal befand, und führte ihn durch die Küche, zwischen dem Küchenpersonal hindurch, das hier kochte und vorbereitete, als ob das Schiff noch immer auf Kreuzfahrt wäre. Es war ein aberwitziger Anblick, jedenfalls in Anbetracht der Umstände. Pitt folgte dem Schiffsingenieur über eine schmale Leiter in eine enge Kammer, deren Wände von Sitzbänken gesäumt waren. Über einem Podest in der Mitte befand sich eine Leiter zu einer etwa anderthalb Meter breiten Röhre, die zu der Ausstiegsluke führte. O'Malley kletterte hinauf und untersuchte die Luke, brauchte nach Pitts Geschmack viel zu lange dafür. Dann kam er wieder herunter und hockte sich müde auf das Podest.

Er blickte zu Pitt auf und sagte: »Ihr Bekannter hat ganze Arbeit geleistet.«

»Was meinen Sie damit?«

»Der Rahmen ist so eingedellt und verzogen, dass die Luke festsitzt. Die kriegt man allenfalls mit zehn Pfund Plastiksprengstoff wieder auf.«

Pitt blickte in die Röhre hinauf, betrachtete die verbeulte und verklemmte Luke, und mit einem Mal wurde ihm klar, was das zu bedeuten hatte. »Dann gibt es also kein Entkommen, auch nicht in ein Rettungsboot.«

»Hier jedenfalls nicht«, sagte O'Malley, der sich bewusst war, dass es für die sechshundertsiebzehn Menschen an Bord so gut wie keine Hoffnung mehr gab. Er sah sich noch einmal um. »Hier jedenfalls nicht«, wiederholte er, »und anderswo auch nicht.«

Pitt und O'Malley begaben sich auf die Brücke und überbrachten Kapitän Baldwin die schlechte Nachricht. Der reagierte so stoisch und ungerührt wie eh und je. »Die Ausstiegsluke lässt sich also nicht mehr öffnen? Sind Sie sich dessen sicher?«

»Mit einem Schneidbrenner könnte man sie vielleicht aufschweißen«, erwiderte Pitt, »aber dann dringt von draußen Seewasser ein. Und in dieser Tiefe haben wir es mit etwa siebzehn Atmosphären Druck zu tun – alle zehn Meter eine Atmosphäre, das ist die Faustregel. Das heißt, dass pro Quadratzoll rund einhundertundzehn Kilogramm Wasserdruck auf dem Rumpf lasten. Dort kommt kein Passagier lebend raus.«

Baldwin zog eine finstere Miene. Er, der sich nur selten eine Gefühlsregung anmerken ließ, konnte immer noch nicht glauben, dass er und alle Mann an Bord der *Golden Marlin* dem Tod geweiht waren. »Besteht keinerlei Hoffnung, dass man uns rettet?«

»Hoffnung besteht immer«, erwiderte Pitt unverzagt, »aber mit den üblichen Methoden sind wir nicht zu retten.«

Baldwin ließ die Schultern hängen und starrte geistesabwesend auf das Deck. »Dann können wir also nur zusehen, dass wir so lange wie möglich überleben.«

Conrad, der Erste Offizier, reichte Pitt ein Telefon. »Mister Giordino meldet sich von oben.«

Pitt hielt den Hörer ans Ohr. »Al?«

»Ich bin auf dem Kutter der Küstenwache«, ertönte die vertraute Stimme, wenn auch knisternd und knackend.

»Wie war die Fahrt nach oben?«

»Eine Horde plärrender Kinder bin ich nicht gewöhnt. Mir sind fast die Trommelfelle geplatzt.«

»Ging alles gut?«, fragte Pitt.

»Sämtliche Kinder und ihre Mütter sind wohlauf. Sie wurden von einem Küstenfrachter an Bord genommen, der besser dafür ausgestattet ist als der Kutter. Sie sind auf dem Weg zum nächsten Hafen. Eines kann ich dir sagen – die Frauen waren alles andere als froh darüber, dass sie ihre Männer zurücklassen mussten. Ich habe mehr böse Blicke einstecken müssen als 'ne Klapperschlange in einer Eisdiele.«

»Irgendwas gehört, wann das Rettungstauchboot eintrifft?«

»Angeblich in sechsunddreißig Stunden«, erwiderte Giordino. »Wie sieht's drunten bei euch aus?«

»Nicht gut. Unser Freund Kanai hat die Ausstiegsluke verrammelt, bevor er sich abgesetzt hat.«

Giordino antwortete nicht gleich. »Wie schlimm?«, fragte er dann.

»Sie ist völlig verkeilt. O'Malley sagt, die bringen wir auch mit Gewalt nicht auf, ohne das halbe Schiff unter Wasser zu setzen.«

Giordino wollte sich nicht damit abfinden, dass es für die Menschen, die noch auf der *Golden Marlin* waren, keine Rettung geben sollte. »Bist du dir sicher?«

»Todsicher.«

»Wir werden doch hier nicht das Handtuch werfen«, sagte Giordino entschieden. »Ich rufe Yeager an und sag ihm, er soll Max auf die Sache ansetzen. Es muss eine Möglichkeit geben, wie wir euch rausholen können.«

Pitt spürte, dass Giordino zusehends besorgter wurde. Er beschloss, die Sache vorerst auf sich beruhen zu lassen. »Melde dich wieder«, sagte er scherzhaft, »aber führ kein R-Gespräch.«

Die Besatzung und die Passagiere an Bord des gesunkenen Unterwasser-Kreuzfahrtschiffes hatten keine Ahnung von dem Wirbel, der sich über ihnen anbahnte. Nachdem die Zeitungen und Nachrichtensender eine Woche lang ununterbrochen vom Unglück auf der *Emerald Dolphin* berichtet hatten, wandten sie ihr Augenmerk nun dem Untergang der *Golden Marlin* und dem Wettlauf mit der Zeit zu, zu dem die Rettung all derer zu werden drohte, die auf dem U-Boot eingeschlossen waren. Auch etliche Politiker und Prominente ließen sich vor Ort blicken.

Boote voller Kameraleute tauchten unverhofft auf, dazu Scharen von Reportern in leichten Flugzeugen und Hubschraubern. Keine zwei Tage, nachdem das Unterwasser-Kreuzfahrtschiff zum Meeresgrund gesunken war, trieb eine Flotte aus fast hundert Schiffen und Booten über der Unglücksstelle. Gerade noch rechtzeitig konnte die Küstenwache all jene verscheuchen, die keine akkreditierten Journalisten an Bord hatten.

Der Brand auf dem Kreuzfahrtschiff hatte sich in einer abgelegenen Gegend des Pazifischen Ozeans zugetragen. Doch diesmal sah es anders aus. Die *Golden Marlin* war nur siebenundneunzig Meilen vor der Küste von Florida untergegangen. Hier konnte man aus nächster Nähe genauestens über alles berichten. Die Erregung stieg von Stunde zu Stunde, während das Ende für die Menschen tief unten im Meer immer näher rückte. Am dritten Tag gab es kein Halten mehr für die Journalistenmeute, die sich für den tragischen Schlusspunkt bereitmachte.

Sie probierten jeden noch so ausgefallenen Trick, um sich mit irgendjemandem auf dem gesunkenen Boot in Verbindung zu setzen. Manche versuchten, die mit der Boje verbundene Telefonleitung anzuzapfen, doch die Küstenwache ließ es nicht zu. Sie setzte dem einen oder anderen Boot mit Pressevertretern sogar einen Schuss vor den Bug, damit sie den Helfern nicht in die Quere kamen, die hektisch damit beschäftigt waren, die 617 an Bord verbliebenen Menschen zu retten.

Die Frauen und Kinder, die mit der Kapsel entkommen waren, wurden unentwegt interviewt. Auch mit Giordino versuchten sich die Reporter in Verbindung zu setzen, doch der hatte sich an Bord des NUMA-Bergungsschiffs begeben, sobald es eingetroffen war, und verweigerte jedes Gespräch. Er und die Besatzung machten sich unverzüglich an die Arbeit und schickten ein ROV, ein ferngesteuertes Tauchboot namens *Sea Scout*, ein Schwesterfahrzeug der *Sea Sleuth*, nach unten, um den Rumpf der *Golden Marlin* von außen zu erkunden und zu untersuchen.

Doch als er das ROV mit Hilfe der Fernsteuerung, die er auf dem Schoß stehen hatte, zum U-Boot lotste und über der Ausstiegsluke oben auf dem Rumpf schweben ließ, wurde ihm die ganze Aussichtslosigkeit des Unternehmens bewusst. Die Bilder auf dem Videoschirm bestätigten das, was Pitt ihm mitgeteilt hatte. Die Luke war hoffnungslos verklemmt. Die ließ sich allenfalls mit Sprengstoff oder einem Schneidbrenner öffnen, doch dann brach das Wasser durch die so entstandene Öffnung ein, bevor irgendjemand lebend herauskam. Auch ein Andockmanöver mit einem Rettungsfahrzeug war unmöglich. Es gab keinen anderen Fluchtweg.

Am nächsten Morgen traf das Marineversorgungsschiff mit dem Rettungstauchboot ein. Daraufhin setzte Giordino auf die *Alfred Aultman* über, deren Besatzung unverzüglich damit begann, das Rettungsfahrzeug für den Abstieg zu dem gesunkenen Boot bereit zu machen. Der Kapitän des Schiffes, Lieutenant Commander Mike Turner, begrüßte Giordino, als er an Bord kam.

»Willkommen auf der *Aultman*«, sagte er und schüttelte Giordino die Hand. »Die Navy ist jederzeit gern bereit, mit der NUMA zusammenzuarbeiten.«

Die meisten Schiffskommandeure gaben sich unnahbar, so als hätten sie ihr Schiff aus der eigenen Tasche bezahlt, und ließen nur auserwählte Gäste an Bord. Turner hingegen, der haselnussbraune Augen und schüttere blonde Haare mit tiefen Geheimratsecken hatte, wirkte ausgesprochen freundlich, und sein Verhalten verriet eine hohe Intelligenz.

»Ich wünschte nur, die Umstände wären weniger traurig«, erwiderte Giordino.

»So ist es«, räumte Turner mit ernster Miene ein. »Ich lasse Sie von einem meiner Offizier zu Ihrer Unterkunft bringen. Möchten Sie etwas essen? Wir lassen die *Mercury* erst in etwa einer Stunde zu Wasser.«

»Ich hoffe doch, Sie lassen mich mitfahren, wenn ich Ihnen nicht unnötig Platz wegnehme.«

Turner lächelte. »Wir bringen bis zu zwanzig Mann darin unter. Sie nehmen uns also überhaupt keinen Platz weg.«

»Uns?«, erkundigte sich Giordino, der sich wunderte, dass der Kapitän keinen Untergebenen auf die Tauchfahrt schickte. »Kommen Sie ebenfalls mit?«

Turner nickte, und sein freundliches Lächeln verschwand. »Ist nicht das erste Mal, dass ich mit der *Mercury* zu einem gesunkenen Boot voller Menschen tauche, deren einzige Hoffnung unser Rettungsgerät ist.«

Wie eine von einem modernen Künstler gemalte Banane, aus deren Schale allerlei Wucherungen herausragten, hing der gelb gestrichene und mit einem roten Querstreifen verzierte Rumpf der *Mercury* vor dem Ausbringen über dem Arbeitsdeck der *Aultman*. Sie war elfeinhalb Meter lang, drei Meter hoch, rund zweieinhalb Meter breit und hatte eine Wasserverdrängung von dreißig Tonnen. Ihre äußerste Tauchtiefe lag bei dreihundertsechzig Metern, die Höchstgeschwindigkeit betrug zweieinhalb Knoten.

Kapitän Turner kletterte, gefolgt von einem Besatzungsmitglied, über eine Leiter durch die Haupteinstiegsluke. Dort stellte er Giordino seinen Co-Piloten vor, Chief Warrant Officer Mack McKirdy, einen grauhaarigen Seebären mit einem Bart wie einst die Matrosen auf einem alten Klipper. Er begrüßte ihn mit einem kurzen Nicken und kniff eines seiner blauen Augen zusammen.

»Ich habe gehört, dass Sie ein alter Tauchbootmann sind«, sagte McKirdy zu Giordino.

»Ich habe schon manch eine Stunde drin zugebracht.«

»Es heißt, dass Sie das Wrack der *Emerald Dolphin* untersucht haben, das in sechstausend Metern Tiefe liegt.«

»Ja, das stimmt«, erwiderte Giordino. »Gemeinsam mit meinem Freund Dirk Pitt und Misty Graham, einer Meeresbiologin der NUMA.«

»Dann sollte diese Tauchfahrt auf nur rund hundertfünfzig Meter für Sie ein Kinderspiel sein.«

»Das zeigt sich erst, wenn wir an der Rettungsluke ankoppeln können.«

McKirdy bemerkte Giordinos ernsten Blick. »Wir bringen Sie genau darüber.« Dann, so als wollte er ihn beruhigen, fügte er hinzu: »Keine Sorge. Wenn jemand die Luke aufkriegt, dann sind das ich und die *Mercury*. Wir haben das nötige Gerät dabei.«

»Das will ich doch hoffen«, murmelte Giordino. »Ach, hoffentlich haut das hin.«

Die *Mercury*, von Chief McKirdy gesteuert, war in knapp fünfzehn Minuten bei dem versunkenen Boot. Der Co-Pilot lotste das Rettungsfahrzeug am Rumpf entlang, der wie ein riesiges totes Tier wirkte. Den drei Männern war mehr als unheimlich zumute, als sie auf die Bullaugen blickten und die Gesichter sahen, die ihnen aus der *Golden Marlin* entgegenstarrten. Einmal meinte Giordino Pitt gesehen zu haben, der ihm zuwinkte, doch das Boot fuhr zu rasch vorbei, als dass er sich hätte sicher sein können.

Drei Stunden lang untersuchten sie das im Schlick eingesunkene Schiff von allen Seiten, ließen die Video- und die Standbildkameras laufen, die alle zwei Sekunden ein Foto schossen.

»Interessant«, sagte Turner leise. »Wir haben jeden Quadratmeter des Rumpfes abgesucht, aber ich habe nur ein paar Blasen gesehen.«

»Sehr ungewöhnlich«, pflichtete McKirdy bei. »Wir mussten bislang glücklicherweise erst zweimal gesunkenen U-Booten zu Hilfe kommen. Der deutschen *Siegen* und der *Tawda*, einem russischen Unterseeboot. Beide sind nach einem Zusammenstoß mit einem anderen Schiff untergegangen. In beiden Fällen sind noch lange nach dem Zusammenstoß jede Menge Luftblasen aus den Rissen im Rumpf gequollen.«

Giordino starrte durch das Bullauge. »Das Wasser ist nur in den Maschinenraum und ins Frachtabteil eingedrungen. Vermutlich sind sie völlig überflutet, sodass keine Luft entweichen kann.«

McKirdy steuerte das Tauchboot näher an die beschädigten Stellen, wo der Rumpf durch die Explosionen nach innen geborsten war. »Erstaunlich, wie klein die Löcher im Grunde genommen sind.«

»Groß genug, um sie zu versenken.«

»Wurden die Ballasttanks aufgerissen?«, fragte Turner.

»Nein«, antwortete Giordino. »Die sind ganz geblieben. Kapitän Baldwin hat sie sogar abkoppeln lassen, aber das Boot wurde trotzdem von dem Wasser runtergezogen, das durch die Risse im Rumpf eingedrungen ist. Die Pumpen wurden mit derartigen Massen nicht mehr fertig. Gerettet wurde das Boot nur durch die wasserdichten Schotten, die rechtzeitig geschlossen wurden, sodass nur der Maschinen- und der Frachtraum überflutet wurden.«

»So ein Jammer«, sagte Turner langsam und deutete durch das Bullauge auf zwei Risse im Rumpf. »Einen viertel bis einen halben Meter kleiner, und sie hätte es noch nach oben geschafft.«

»Sir, ich schlage vor, dass wir die Ausstiegsluke überprüfen«, sagte McKirdy, »bevor wir wieder aufsteigen müssen.«

»Unbedingt, Chief. Bringen Sie uns darüber, dann wollen wir doch mal sehen, ob wir dort andocken können. Wenn wir Glück haben, können wir einen Arbeitstrupp runterholen und sie aufstemmen.«

McKirdy lotste das Rettungsfahrzeug über die *Golden Marlin* und brachte es schräg über der Luke zum Stehen. Sowohl er als auch Turner betrachteten die durch die Sprengkörper verursachten Schäden.

Turner wirkte nicht allzu zuversichtlich. »Der Dichtungsring unten um die Luke ist völlig zerfetzt. Daran können wir mit der Luftschleuse der Rettungskammer nie und nimmer andocken. Das heißt, dass wir die Luke auch nicht reparieren können, weil der Rumpf zu sehr beschädigt ist, als dass wir luftdicht ankoppeln, das Wasser abpumpen und uns mit Schneidbrennern an die Arbeit machen könnten.«

»Was ist mit Tauchern?«, fragte Giordino. »Die arbeiten doch oft in dieser Tiefe.«

»Sie müssten in mehreren Schichten rund um die Uhr arbeiten, und sich unterdessen in einer Dekompressionskammer aufhalten. Bis wir eine Kammer hier haben und mit der Arbeit fertig sind, vergehen mindestens vier Tage. Bis dahin …« Er ließ den Satz verklingen.

Alle drei betrachteten den verbeulten Rumpf rund um die Ausstiegsluke eine ganze Zeit lang, so jedenfalls kam es ihnen vor. Giordino wurde mit einem Mal unsäglich müde. Er wusste nicht, ob es an der zunehmend schlechter werdenden Luft lag oder an der Verzweiflung, die ihm immer mehr zusetzte. Ihm als ausgebildetem Ingenieur war nur zu klar, dass es keine Möglichkeit gab, die Luke gewaltsam zu öffnen, ohne dass ein Schwall Wasser ins Boot einbrach und alle ertrinken würden, die an Bord waren. Jeder Versuch war sinnlos. Trotzdem schwebte McKirdy noch eine Minute lang über der Ausstiegsluke.

»Wir müssen eine Druckkammer auf den Rumpf hinunterlassen, sie hermetisch abdichten und dann ein Loch in die Platten schneiden, das groß genug ist, damit wir die Leute an Bord der *Mercury* nehmen können.« Turner stellte die Vorgehensweise so leicht dar, dass er sich anhörte wie ein Lehrer, der die Hausaufgaben stellt.

»Wie lange dauert das?«, fragte Giordino.

»In achtundvierzig Stunden sollten wir die Sache geschaukelt haben.«

»Zu spät«, erwiderte Giordino unverblümt. »Die Luft da drin reicht allenfalls noch dreißig Stunden. Danach öffnen Sie nur noch einen riesigen Sarg.«

»Sie haben Recht«, räumte Turner ein. »Aber laut der Baupläne des Bootes, die uns die Werft per Helikopter zukommen ließ, gibt es an der Außenhülle einen Lufteinlassstutzen für derartige Notfälle. Der Anschluss für einen Luftschlauch befindet sich unmittelbar vor der Flosse am Heck. Wir haben den entsprechenden Schlauch und eine Pumpe, die einen Druck von rund drei Tonnen pro Quadratzentimeter erzeugt. Wenn wir die in Betrieb nehmen, können wir in« – er stockte und warf einen Blick auf die Uhr –, »in spätestens drei Stunden Frischluft zuführen.«

»Damit«, sagte McKirdy, »erhalten wir die armen Teufel da drin wenigstens am Leben, bis wir uns einen Zugang verschaffen und sie retten können.«

Giordino war noch längst nicht überzeugt. »Ja, ich weiß über diesen Lufteinlassstutzen Bescheid«, sagte er. »Aber überprüfen Sie lieber diesen Außenanschluss, bevor Sie sich zu viel davon versprechen.«

McKirdy wartete nicht auf Turners Befehl. Er zog das Tauchboot scharf herum und steuerte den vorderen Teil der hoch aufragenden Flosse an, in der sich der Salon des Bootes befand. Über einem kleinen, runden Höcker am Fuß der Flosse hielt er an.

»Ist das das Gehäuse für den Lufteinlassstutzen?«, fragte er.

»Das müsste es sein«, sagte Turner und zog die Baupläne zu Rate. »Sieht so aus, als ob alles intakt wäre.«

»Gott sei Dank«, sagte McKirdy, der plötzlich wieder auflebte. »Jetzt können wir den Schlauch anschließen und so viel Luft hineinpumpen, dass die Leute da drin überleben, bis wir sie nach oben holen.«

»Sie haben doch Greifarme«, sagte Giordino, dem noch nicht nach Feiern zumute war. »Warum schrauben Sie nicht sicherheitshalber den Deckel ab und überzeugen sich davon, dass euer Schlauch auf den Stutzen passt?«

»Von mir aus«, sagte Turner. »Da wir schon mal hier sind, können wir das Anschließen schon vorbereiten. Das spart uns später Zeit.« Er wandte sich von der Steuerkonsole ab, griff zu einer kleinen Fernsteuerung mit Handreglern und betätigte die beiden Greifarme. Vorsichtig löste er die vier Verschlussbügel rund um das Gehäuse. Dann hob er den mit einem Scharnier versehenen Deckel an.

Mit dem Anblick, der sich ihnen bot, hatten sie nicht gerechnet. Die Muffe zum Anflanschen des Luftschlauches fehlte. Es sah so aus, als wäre sie mit Hammer und Meißel weggeschlagen worden.

»Wer, um alles auf der Welt, macht denn so was?«, fragte Turner verbittert.

»Ein ganz gerissener Schweinehund«, grummelte Giordino voller Mordlust vor sich hin.

»Das können wir nie und nimmer austauschen und reparieren, bevor denen die Luft ausgeht«, sagte McKirdy, der den beschädigten Stutzen eingehend musterte.

»Soll das etwa heißen, dass über sechshundert Männer und Frauen sterben müssen, während wir wie die Ölgötzen dastehen und zuschauen?«, fragte Giordino mit regloser Miene.

Turner und McKirdy schauten aneinander an wie zwei Männer, die sich im Schneesturm verirrt haben. Sie wussten nicht, was sie sagen sollten. Konnten nicht fassen, dass ihr Plan auf ganzer Linie gescheitert war. Mit diesem Ausmaß an Tücke hatten sie nicht gerechnet.

Das darf doch nicht wahr sein, dachte Giordino. Schlimm genug, wenn man seinen besten Freund bei einem Unfall verlor, aber einfach darauf zu warten, dass ein kerngesunder Mensch starb, weil man ihm nicht helfen, weil man trotz modernster Wissenschaft und Technik nicht zu ihm vordringen konnte, damit wollte er sich nicht abfinden. Ein schwer geprüfter Mensch trotzt den Göttern, und Giordino war fest entschlossen, etwas zu unternehmen, irgendetwas, auch wenn er dazu höchstpersönlich hundertsechzig Meter tief zu dem Wrack hinabtauchen musste.

Voller böser Vorahnungen und ohne Turners Befehl abzuwarten, blies McKirdy die Ballasttanks an, trimmte das Tauchboot und nahm Kurs nach oben. Die drei Männer wollten nicht daran denken, doch ihnen war klar, dass die Passagiere und die Besatzung der *Golden Marlin* zusahen, wie sich das Rettungsboot entfernte und im trüben Wasser verschwand, ohne zu wissen, dass mit ihm auch ihre letzte trügerische Hoffnung dahinging.

32

Die Stimmung an Bord der *Golden Marlin* war gespenstisch. Die Passagiere fanden sich nach wie vor regelmäßig zu den Mahlzeiten im Speisesaal ein, spielten im Casino, tranken im Salon ihre Cocktails, saßen lesend in der Bibliothek und gingen zur üblichen Schlafenszeit ins Bett, als ob sie immer noch auf Kreuzfahrt wären. Etwas anderes blieb ihnen auch nicht übrig. Falls jemandem auffiel, dass der Sauerstoffgehalt der Luft geringer wurde, so ließ er es sich nicht anmerken. Sie redeten so beiläufig über ihre Lage, als unterhielten sie sich über das Wetter.

An Bord des Bootes befanden sich hauptsächlich ältere Menschen, dazu ein paar jüngere, aber kinderlose Ehepaare, zwei Dutzend allein stehende Männer und Frauen und die Väter, die zurückgeblieben waren, nachdem ihre Frauen und Kinder mit der letzten Rettungskapsel aufgestiegen waren. Das Personal nahm wie gewohnt seine Aufgaben wahr, bediente die Gäste, kochte die Mahlzeiten, machte die Kabinen sauber und sorgte dafür, dass im Theater nach wie vor Unterhaltungsprogramme geboten wurden. Nur die Mannschaft im Maschinenraum arbeitete unermüdlich, wartete die Pumpen und hielt die Generatoren in Schuss, die nach wie vor Strom lieferten. Glücklicherweise waren sie in einem eigenen Raum untergebracht, der unmittelbar nach der Explosion durch wasserdichte Schotten vom Maschinenraum abgeriegelt worden war.

Nachdem Pitt mit angesehen hatte, wie das Rettungstauchboot zur Wasseroberfläche zurückgekehrt war, bestätigten sich seine schlimmsten Befürchtungen, als Giordino ihm per Telefon die schlechte Nachricht überbrachte. Stunden später saß er am Kartentisch auf der Brücke, sah ein ums andere Mal die Baupläne des Schiffes durch und suchte nach jedem noch so kleinen Hinweis darauf, ob es nicht doch eine andere Rettungsmöglichkeit gab. Baldwin kam an den Tisch und nahm ihm gegenüber Platz. Er hatte seine Fassung halbwegs wieder gefunden, doch die nahezu aussichtslose Lage belastete ihn zusehends. Außerdem fiel ihm das Atmen merklich schwerer.

»Sie haben seit drei Tagen kein Auge zugetan«, sagte er zu Pitt. »Warum schlafen Sie nicht ein bisschen?«

»Wenn ich mich schlafen lege, wenn sich irgendeiner von uns schlafen legt, wachen wir nie wieder auf.«

»Bislang konnte ich den Leuten vormachen, dass bereits Hilfe unterwegs ist«, sagte Baldwin gequält. »Aber allmählich begreifen sie die ganze Wahrheit. Zu einer hässlichen Auseinandersetzung ist es nur deshalb noch nicht gekommen, weil sie zu müde sind, um allzu viel zu unternehmen.«

Pitt rieb sich die geröteten Augen, trank einen Schluck kalten Kaffee und musterte zum hundertsten Mal die Baupläne. »Es muss eine Lösung geben«, sagte er leise. »Es muss eine Möglichkeit geben, den Schlauch anzuschließen und frische Luft ins Boot zu pumpen.«

Baldwin zog ein Taschentuch heraus und wischte sich die Stirn ab. »Nicht mit verklemmter Luke und kaputtem Anschlussstutzen. Und jeder Versuch, ein Loch in den Rumpf zu brechen, führt nur dazu, dass auch das übrige Schiff überflutet wird. Wir müssen der traurigen Tatsache ins Auge sehen. Bis die Navy den Schaden reparieren, luftdicht andocken, in den Rumpf eindringen und uns herausholen kann, ist unsere Atemluft aufgebraucht.«

»Wir könnten die Generatoren abschalten. Dadurch gewinnen wir ein paar Stunden.«

Müde schüttelte Baldwin den Kopf. »Lassen wir lieber den Strom an, damit die armen Leute so normal wie möglich leben können, bis es zu Ende geht. Außerdem müssen die Pumpen laufen, sonst dringt das Wasser aus den überfluteten Abteilungen weiter vor.«

Dr. John Ringer kam auf die Brücke. Der Schiffsarzt hatte mittlerweile alle Hände voll zu tun, weil immer mehr Passagiere auf die Krankenstation kamen und über Kopfschmerzen, Schwindelgefühle und Übelkeit klagten. Ringer kümmerte sich nach besten Kräften um sie, ohne ihnen mitzuteilen, woher die Beschwerden kamen und was ihnen noch bevorstand.

Pitt starrte den Arzt an, der sichtlich erschöpft war und kurz vor dem Zusammenbruch stand. »Sehe ich genauso schlecht aus wie Sie, Doc?«

Ringer rang sich ein Lächeln ab. »Schlechter, falls Sie das glauben können.«

»Aufs Wort.«

Schwerfällig ließ sich Ringer auf einen Stuhl sinken. »Uns allen droht der Tod durch Ersticken. Wir nehmen nicht genügend Sauerstoff auf und scheiden zu wenig Kohlendioxid aus, was letztlich zu Atemnot führt.«

»Wo liegen die Grenzwerte?«, fragte Pitt.

»Beim Sauerstoff bei zwanzig Prozent. Beim Kohlendioxid bei null Komma drei Prozent.«

»Und wo stehen wir im Moment?«

»Achtzehn Prozent Sauerstoff«, antwortete Ringer. »Und knapp über vier Prozent Kohlendioxid.«

»Und ab wann wird's gefährlich?«, erkundigte sich Baldwin mit steinerner Miene.

»Bei sechzehn, beziehungsweise fünf Prozent. Danach wird die Kohlendioxidkonzentration kritisch.«

»Kritisch bis tödlich gefährlich«, sagte Pitt.

Baldwin stellte Ringer die Frage, vor der ihnen allen graute. »Wie viel Zeit haben wir noch?«

»Sie spüren den Sauerstoffmangel doch genauso wie ich«, erwiderte Ringer leise. »Zwei Stunden, vielleicht auch zweieinhalb, aber mehr bestimmt nicht.«

»Ich danke Ihnen für Ihre Offenheit, Doktor«, sagte Baldwin. »Können Sie mit den Atemgeräten der Bordfeuerwehr wenigstens ein paar Leute länger am Leben erhalten?«

»Wir haben etwa zehn Personen an Bord, die jünger als zwanzig sind. Die werde ich mit Sauerstoff versorgen, so lange es geht.« Ringer stand auf. »Ich sollte mich lieber wieder auf die Krankenstation begeben. Vermutlich stehen die Leute dort bereits Schlange.«

Als der Schiffsarzt weg war, widmete sich Pitt wieder den Bauplänen des Bootes. »Für jedes schwierige Problem gibt es eine einfache Lösung«, sagte er versonnen.

»Sagen Sie mir Bescheid«, erwiderte Baldwin mit einem aufgesetzten Grinsen, »wenn Sie sie gefunden haben.« Er erhob sich und ging zur Tür. »Wird Zeit, dass ich mich wieder im Speisesaal blicken lasse. Viel Glück.«

Pitt nickte ihm nur kurz und wortlos zu.

Allmählich beschlich ihn eine lähmende Angst – nicht seinetwegen, sondern weil ihm beim bloßen Gedanken daran bang wurde, dass ihm ausgerechnet jetzt, wenn so viele Menschenleben davon abhingen, keine Lösung einfallen könnte. Doch einen Moment lang schärfte diese Angst auch seinen Verstand, putschte ihn auf, sodass er wieder klar denken konnte. Unmittelbar darauf kam ihm eine Idee, die so verblüffend war, dass er sie zunächst selbst kaum fassen konnte. Die Lösung war ganz einfach. Geradezu bestechend leicht. Und wie so oft, wenn man eine plötzliche Eingebung hat, fragte er sich, warum er nicht früher darauf gekommen war.

Er sprang so schnell auf, dass er seinen Stuhl umwarf, als er zum Telefon stürzte, über das er mit der Außenwelt in Verbindung stand. »Al! Bist du da?«, rief er.

»Schon dran«, erwiderte Giordino ruhig.

»Ich glaube, mir ist was eingefallen! Nein, ich weiß genau, dass das die Lösung ist.«

Giordino war zunächst verdutzt, weil Pitt so hektisch klang. »Moment, ich stell die Lautsprecher an, damit Kapitän Turner und die Besatzung mithören können.« Kurz darauf meldete er sich wieder. »Okay, schieß los.«

»Wie lange braucht ihr, um die Pumpe aufzubauen und den Schlauch herunterzuschaffen?«

»Sie wissen doch, Mister Pitt, dass wir den Schlauch nicht anschließen können«, erwiderte Turner, dessen Gesicht so grau wie Regenwolken war.

»Ja, ja, das weiß ich alles«, erwiderte Pitt ungeduldig. »Wie lange dauert es, bis ihr pumpen könnt?«

Turner wandte sich an McKirdy. Der starrte auf das Deck, als betrachtete er all das, was darunter lag. »In drei Stunden sind wir so weit.«

»Sehen Sie zu, dass Sie's in zwei schaffen, sonst können Sie die Sache vergessen.«

»Was soll das denn bringen? Wir können den Schlauch nirgendwo anschließen.«

»Haben Sie eine Pumpe, die gegen den Wasserdruck hier unten ankommt?«

»Sie leistet drei Tonnen pro Quadratzentimeter«, antwortete McKirdy. »Das ist mehr als das Doppelte vom Wasserdruck in dieser Tiefe.«

»Na gut«, krächzte Pitt. Allmählich wurde ihm schwindlig. »Schafft den Schlauch so schnell wie möglich runter. Hier fallen schon die ersten Leute um. Macht die Greifarme von eurem Tauchboot schon mal bereit.«

»Wollen Sie uns nicht erklären, was Sie im Sinn haben?«, fragte Turner.

»Das erkläre ich Ihnen in allen Einzelheiten, wenn Sie vor Ort sind. Melden Sie sich, wenn Sie da sind und weitere Anweisungen brauchen.«

O'Malley, der benommen auf die Brücke torkelte, bekam gerade noch den Schluss von Pitts Gespräch mit der *Alfred Aultman* mit. »Was für ein Ass haben Sie denn noch im Ärmel stecken?«

»Eine großartige Idee«, erwiderte Pitt, der immer zuversichtlicher wurde. »Eine der Besten, die ich je hatte.«

»Und wie wollen Sie Luft hier reinkriegen?«

»Will ich gar nicht.«

O'Malley schaute Pitt an, als wäre er bereits jenseits von Gut und Böse. »Und was soll dann an dieser Idee so großartig sein?«

»Ganz einfach«, erwiderte Pitt. »Wenn der Prophet nicht zum Berg kommt…«

»Sie reden wirres Zeug.«

»Warten Sie's ab«, sagte Pitt ungerührt. »Es handelt sich um eines der ersten physikalischen Experimente, die man in der Schule durchnimmt.«

Die *Golden Marlin* drohte zu einem Beinhaus zu werden, einer Gruft tief unten im Meer. Die Luft war mittlerweile so schlecht, dass die ersten Passagiere und Besatzungsmitglieder jeden Moment in Ohnmacht fallen konnten, auf die unweigerlich der Tod folgte.

Denn der Kohlendioxidgehalt stieg binnen kürzester Zeit auf lebensgefährliche Werte an. Auch Pitt und O'Malley, die Einzigen, die noch auf der Brücke waren, ging es zusehends schlechter.

Die Passagiere, die durch den Sauerstoffmangel immer benommener wurden, benahmen sich wie Zombies, als wären sie nicht mehr Herr ihrer Sinne. Niemand drehte in diesen letzten Momenten durch, weil keiner mehr begriff, wie nah das Ende war. Baldwin redete den Leuten im Speisesaal gut zu, obwohl er wusste, dass jedes Wort vergebens war. Er wollte sich gerade wieder auf die Brücke begeben, als er plötzlich zusammenbrach. Ein älteres Ehepaar ging an ihm vorbei, warf einen verständnislosen Blick auf den am Boden liegenden Kapitän und begab sich dann zu ihrer Kabine.

O'Malley murmelte droben auf der Brücke nur mehr vor sich hin, konnte sich kaum mehr verständlich machen und befürchtete, jeden Moment die Besinnung zu verlieren. Pitt atmete tief durch und versuchte, so viel Sauerstoff wie nur möglich aufzunehmen. »Wo seid ihr?«, keuchte er in das Telefon. »Wir machen es nicht mehr lange.«

»Wir kommen.« Giordino klang verzweifelt. »Schau durch das Bullauge. Wir halten genau auf den Brückenaufbau zu.«

Pitt schleppte sich zur Steuerkonsole und sah die *Mercury* von oben nahen. »Habt ihr den Schlauch dabei?«

»Selbstverständlich. Und die Pumpe legt sofort los, wenn Sie uns Bescheid sagen«, erwiderte McKirdy. Kapitän Turner war an Bord der *Aultman* geblieben und leitete die Rettungsaktion von oben.

»Geht bis auf den Meeresboden und fahrt zu dem Riss auf der anderen Seite des Maschinenraums.«

»Wird gemacht«, sagte Giordino, ohne zu fragen, was Pitt vorhatte.

»Wir befinden uns unmittelbar vor dem Riss«, meldete sich McKirdy fünf Minuten später.

Pitt fand es höchst sonderbar, dass er hier um Atem rang, während da draußen, nur ein paar Meter entfernt, jede Menge Luft zur Verfügung stand. Keuchend gab er seine Anweisungen. »Führt den Schlauch mit den Greifarmen so tief wie möglich in den Maschinenraum ein.«

McKirdy warf Giordino, der mit ihm im Tauchboot saß, einen kurzen Blick zu und zuckte die Schultern. Giordino fasste mit beiden Greifarmen den Schlauch, führte ihn durch den Riss in den Rumpf ein und achtete darauf, dass er an den schartigen Rändern nicht aufgerissen wurde. Obwohl er so schnell wie möglich arbeitete, dauerte es fast zehn Minuten, bis er spürte, wie der Schlauch an die Rückwand stieß und zwischen den Maschineneinbettungen festsaß.

»Er ist drin«, meldete er.

»Okay …« Pitt musste bei jedem Wort tief durchatmen. »Fangt … an … zu … pumpen.«

Wieder gehorchten die beiden Männer in dem Rettungstauchboot widerspruchslos. McKirdy gab Turner Bescheid, und keine zwei Minuten später schoss der erste Luftschwall aus dem Schlauch, der im Maschinenraum verkeilt war.

»Was machen wir hier eigentlich?«, fragte Giordino verständnislos und zugleich voller Sorge, weil er befürchtete, er hätte soeben die letzten Worte seines Freundes gehört.

Pitt brachte kaum mehr als ein krächzendes Geflüster zustande. »Ein Schiff sinkt, wenn Wasser in den Rumpf eindringt und die Luft verdrängt. Aber mit eurer Pumpe erzeugt ihr doppelt so viel Druck, wie das Wasser in dieser Tiefe ausübt, sodass ihr es rausblasen könnt.«

Die Erklärung kostete ihn die letzte Kraft, die er noch hatte. Er sackte neben O'Malley zusammen, der bereits die Besinnung verloren hatte.

Giordino fasste mit einem Mal neuen Mut, als er sah, wie das Wasser aus dem Maschinenraum sprudelte, von dem gewaltigen Druck herausgepresst, den die Pumpe oben erzeugte. »Es funktioniert!«, rief er. »Die Luft bildet da drin eine Blase.«

»Ja, aber die anderen Abteilungen von dem Boot kriegen nicht das Geringste davon ab«, sagte McKirdy.

Doch Giordino begriff mit einem Mal, was Pitt mit all seinem Wahnsinn bezweckte. »Dem geht es nicht um Luftzufuhr. Er will das Boot heben.«

McKirdy blickte nach unten, auf den tief im Schlick eingesunkenen Rumpf, und bezweifelte, dass sie das Boot frei bekamen. Kurz darauf sagte er leise: »Ihr Freund meldet sich nicht mehr.«

»Dirk!«, brüllte Giordino ins Telefon, »rede gefälligst mit mir.« Doch niemand antwortete ihm.

Lieutenant Commander Turner schritt auf und ab, während er von der Brücke der *Alfred Aultman* aus das Gespräch mithörte, das dort unten stattfand. Auch er erkannte, wie genial Pitts Plan war. Seiner Ansicht nach fast zu simpel, als dass er funktionieren könnte.

Acht Männer hielten sich auf der Brücke des Versorgungsschiffes auf. Angst und Niedergeschlagenheit lasteten wie ein nasses Laken auf ihnen. Alle meinten, dort unten wäre das Ende nah und die *Golden Marlin* werde in diesem Augenblick zu einem riesigen Sarg aus Titan. Und doch konnten sie nicht glauben, dass sechshundertsiebzehn Menschen keine zweihundert Meter unter ihnen die letzten Atemzüge taten. Sie versammelten sich um die Lautsprecher, unterhielten sich so leise, als wären sie in der Kirche, und warteten auf eine Meldung von der *Mercury*.

»Wird man die Leichen rausholen?«, sagte einer von Turners Offizieren versonnen.

Turner zuckte bedrückt die Schultern. »Eine Bergung in dieser Tiefe kostet Millionen. Vermutlich lässt man sie dort unten.«

Ein junger Offiziersanwärter hieb plötzlich mit der Faust an eine Konsole. »Warum melden die sich nicht? Warum teilt uns McKirdy nicht mit, was dort unten los ist?«

»Ruhig, mein Junge. Die haben genug zu tun. Machen wir ihnen das Leben nicht noch schwerer.«

»Sie kommt hoch. Sie kommt hoch.« Sechs Worte waren es nur, die der Beobachter ausstieß, der den Blick nicht ein einziges Mal vom Sichtgerät des Side-Scan-Sonars abgewandt hatte.

Turner beugte sich über die Schulter des Sonar-Beobachters und starrte mit offenem Mund auf den Bildschirm. Die *Golden Marlin* hatte sich tatsächlich bewegt. »Jawohl, sie kommt hoch«, bestätigte er.

Ein lautes Ächzen drang aus den Lautsprechern, ein sicheres Zeichen dafür, dass Metall belastet wurde und sich ausdehnte, als das Boot vom Meeresgrund aufstieg. Dann ertönte McKirdys Stimme. »Bei Gott, sie ist freigekommen! Sie ist auf dem Weg nach oben. Die Luft, die wir in den Maschinenraum gepumpt haben, hat das bewirkt. Sie hat so viel Auftrieb bekommen, dass sie sich aus dem Schlick gelöst hat.«

»Wir versuchen, auf gleicher Höhe zu bleiben«, mischte sich Giordino ein, »damit wir mit dem Schlauch weiter Luft reinpumpen können, sonst sinkt sie wieder.«

»Wir halten uns bereit!«, rief Turner.

Er erteilte seinen Technikern den Befehl, sich sofort an Bord des Kreuzfahrtbootes zu begeben, sobald es auftauchte, ein Loch in den Rumpf zu schneiden und Luft hineinzupumpen. Dann funkte er sämtliche Boote im Umkreis von zwanzig Meilen an, die Wiederbelebungs- und Sauerstoffgeräte an Bord hatten, und forderte sie auf, so schnell wie möglich zu Hilfe zu kommen. Außerdem bat er sämtliche Ärzte, sich bereitzuhalten und sich sofort an Bord der *Golden Marlin* zu begeben, sobald sich seine Männer Zugang verschafft hatten. Jetzt kam es auf jede Sekunde an. Sie mussten schleunigst ins Boot gelangen, wenn sie die Passagiere und Besatzungsmitglieder retten wollten, die wegen Sauerstoffmangels das Bewusstsein verloren hatten.

Die Stimmung auf den Schiffen, die über der *Golden Marlin* in Position gegangen waren, schlug jäh um. Wo eben noch tiefe Niedergeschlagenheit geherrscht hatte, brandete nun heller Jubel auf, als sich herumsprach, dass sie auf dem Weg nach oben war. Tausende Augenpaare richteten sich auf die von Schiffen und Booten umringte, offene Wasserfläche, als plötzlich ein Schwall Blasen aufbrodelte, die in der Morgensonne in sämtlichen Regenbogenfarben zerplatzten. Dann tauchte die *Golden Marlin* auf, brach aus dem Wasser wie ein riesiger Korken, bevor sie mit einem lauten Aufklatschen wieder zurücksank und eine Welle aufwühlte, die auf die Schiffe rundum zurollte und die kleineren Jachten durchschüttelte wie Blätter, die der Sturmwind vom Baum fegt.

»Sie ist oben!«, schrie Turner überschwänglich, fast so als fürchtete er, eine Fata Morgana zu sehen. »An die Rettungsboote!«, rief er von der Brückennock aus per Megafon den Barkassen zu, die bereits im Wasser waren. »Begebt euch schleunigst rüber.«

Jubelrufe schallten durch die fast windstille Luft. Rundum schrien sich die Menschen heiser, andere pfiffen durch die Finger, während sämtliche Schiffshörner und Sirenen ertönten. Den meisten ging es wie Turner – sie trauten ihren Augen kaum. Die *Golden Marlin* tauchte so plötzlich und unverhofft auf, dass viele nicht darauf gefasst waren. Binnen kürzester Zeit kümmerten sich die Kameraleute und Reporter in den Booten, Flugzeugen und Hubschraubern nicht mehr um Turners Befehle oder die Drohungen des Kutterkapitäns der Küstenwache und drangen in das Sperrgebiet ein, darunter auch ein paar, die fest entschlossen waren, an Bord des Kreuzfahrtbootes zu gelangen.

Sobald die *Golden Marlin* ruhig im Wasser lag, hielt eine ganze Armada aus Rettungsfahrzeugen auf sie zu. Die Boote der *Alfred Aultman* erreichten sie zuerst, gingen längsseits und wurden von ihren Besatzungen vertäut. Turner rief die Männer mit den Schweißgeräten und Schneidbrennern zurück und befahl seinen Rettungstrupps, sich kurzerhand Zugang durch die Einstiegs- und Frachtluken zu schaffen, die jetzt, da kein Wasser mehr eindringen konnte, gefahrlos von außen geöffnet werden konnten.

Die *Mercury* tauchte neben dem großen Boot auf, von McKirdy mit viel Fingerspitzengefühl gesteuert, damit sich der Schlauch nicht löste, mit dem Luft in den Maschinenraum geblasen und das eingedrungene Wasser verdrängt wurde. Giordino stieß die Turmluke auf, hechtete vom Tauchboot, bevor McKirdy ihn aufhalten konnte, und schwamm zum Boot eines Rettungstrupps, der gerade die Einstiegsluke an Steuerbord entriegelte. Glücklicherweise erkannte einer der Navy-Männer Giordino, sonst hätte man ihn vermutlich weggescheucht. Giordino wurde ins Boot gehievt und machte sich sofort mit ganzer Kraft an der Luke zu schaffen, die mit Schlick verkrustet war und sich kaum hochklappen ließ.

Sie drückten sie einen spaltbreit auf, stemmten sich erneut mit aller Kraft dagegen. Und sie schwang auf und schlug mit knirschenden Scharnieren an den Rumpf. Einen Moment lang standen sie nur stumm da und spähten ins Innere, aus dem ihnen ein muffiger, abgestandener Geruch entgegenschlug. Diese Luft, das war ihnen sofort klar, konnte kein Mensch mehr atmen. Obwohl sie wussten, dass die Generatoren noch liefen, war ihnen mulmig zumute, als sie sahen, dass das Boot hell erleuchtet war.

Im gleichen Moment hebelte der Rettungstrupp auf der anderen Seite die Backbordluke auf, sodass ein Durchzug entstand, frische Luft eindringen und die verbrauchte entweichen konnte. Beide Trupps stiegen ins Innere, stießen auf die ersten Opfer, die am Boden lagen, und versuchten sofort, sie wiederzubeleben. Giordino musterte sie kurz, erkannte aber nur Kapitän Baldwin.

Giordino ließ sich nicht aufhalten; er hatte etwas Wichtigeres vor. Er stürmte in die Lobby, wandte sich nach rechts, rannte den Gang entlang in Richtung Bug und die Treppe zur Brücke hinauf. Mit jedem Schritt wurde ihm banger zumute, während er keuchend die abgestandene Luft einatmete, die nur langsam wieder mit frischem Sauerstoff angereichert wurde. Beklommen stürmte er auf die Brücke, voller Angst, er könnte zu spät kommen, um seinen besten Freund zu retten.

Er stieg über den leblosen O'Malley hinweg und kniete sich neben Pitt hin, der lang ausgestreckt am Boden lag, die Augen geschlossen hatte und allem Anschein nach nicht mehr atmete. Giordino tastete nicht lange nach dem Puls, sondern beugte sich sofort über ihn und wollte ihn von Mund zu Mund beatmen. Doch mit einem Mal öffneten sich die funkelnd grünen Augen, und jemand flüsterte: »Ich hoffe doch, dass damit der unterhaltsame Teil des Programms beendet ist.«

Selten waren so viele Menschen zugleich so nah am Rande des Todes gewesen. Und selten hatten so viele Menschen dem alten Mann mit der Sense und dem dreiköpfigen Hund, der den Hades hütete, ein Schnippchen geschlagen. Es war knapp gewesen, und es grenzte fast an ein Wunder, dass keiner der Passagiere oder Besatzungsmitglieder der *Golden Marlin* gestorben war. Alle wurden buchstäblich im letzten Moment gerettet. Nur siebzehn, zumeist ältere Männer und Frauen, mussten von Hubschraubern der Küstenwache zu Kliniken in Miami geflogen werden, wo sie nach einigen

Tagen wieder zu Kräften kamen. Zwei, die einen Schock erlitten hatten und über heftige Kopfschmerzen klagten, konnten nach einer Woche wieder entlassen werden.

Die meisten kamen wieder zu sich, als die frische Luft durch das Boot zirkulierte. Nur zweiundfünfzig Personen mussten mit Beatmungsgeräten wiederbelebt werden. Kapitän Baldwin wurde von der Presse wie auch von der Geschäftsführung der Blue Seas Cruise Lines als Held gefeiert, der das Seine dazu beigetragen hatte, dass eine große Katastrophe verhindert wurde. Desgleichen John Ringer, der Schiffsarzt, dessen Mut und unermüdlicher Einsatz ausschlaggebend dafür waren, dass es keine Todesopfer zu beklagen gab. Aber auch Lieutenant Commander Turner und seine Besatzung wurden von der Navy-Führung für ihren Anteil an der Rettungsaktion belobigt und ausgezeichnet.

Nur wenige wussten, welche Rolle Pitt und Giordino bei der Rettung des Schiffes samt aller Passagiere und Besatzungsmitglieder gespielt hatten. Als die Presse dahinter kam, dass der Mann, durch dessen Einsatz über zweitausend Menschen von der *Emerald Dolphin* gerettet werden konnten, auch an der Hebung der *Golden Marlin* beteiligt war, waren er und Giordino bereits von einem NUMA-Hubschrauber auf dem Landeplatz am Heck der *Alfred Aultman* abgeholt worden.

Vergebens versuchten die Reporter, Pitt aufzuspüren und zu einem Interview zu bewegen. Er war wie vom Erdboden verschwunden.

DRITTER TEIL

Eine tausend Jahre alte Spur

RUNENSTEIN

31. Juli 2001
Tohono Lake, New Jersey

33

Der Tohono Lake lag abseits der üblichen Ausflugsziele, so weit das bei einem See in New Jersey überhaupt möglich war. Kein Ferienhaus säumte seine Ufer. Denn das gesamte Land rundum befand sich im Besitz der Cerberus Corporation, deren Führungskräfte hier ausspannen konnten. Für die Angestellten stand rund dreißig Meilen weiter weg ein eigenes Seegrundstück zur Verfügung. Da der See so abgelegen war, hatte man ihn nicht mit einem Zaun umgeben. Lediglich die Straße, die fünf Meilen entfernt durch das Hügelland und die dichten Wälder zu einem heimeligen, zweistöckigen Blockhaus führte, war durch ein Eisentor versperrt. Das Blockhaus selbst lag direkt am See, hatte einen eigenen Anlegesteg und ein Bootshaus, in dem allerlei Kanus und Ruderboote lagerten. Motorboote waren auf dem See nicht erlaubt.

Fred Ames war keine Führungskraft der Cerberus Corporation. Er war nicht einmal ein einfacher Angestellter. Aber er wohnte hier in der Gegend, und wie etliche Einheimische scherte er sich nicht um die Verbotsschilder, sondern marschierte einfach zum See, schlug im Schutz der Bäume, die das Ufer säumten, sein kleines Lager auf und wollte die Angel auslegen. In dem See wimmelte es von Breitmaulbarschen, die ständig neu eingesetzt wurden, obwohl hier kaum jemand angelte, sodass ein alter Profi nicht lange brauchte, bis er etliche fünf bis zehn Pfund schwere Barsche gefangen hatte. Er wollte gerade mit seinen schenkelhohen Gummistiefeln ins Wasser waten und die Rute auswerfen, als er die lange schwarze Limousine bemerkte, die zum Bootssteg fuhr und an der Rampe anhielt. Zwei Männer mit Angelausrüstung stiegen aus, während der Chauffeur eines der Boote, die an der Rampe lagen, zu Wasser ließ.

Schon sonderbar, dachte Ames, dass so hohe Tiere keinen Außerbordmotor benutzen. Stattdessen ruderte einer der beiden, bis das Boot mitten auf dem See lag, wo er es treiben ließ, während beide Männer die Wobbler an den Schnüren anbrachten und die Ruten auswarfen. Ames zog sich in den Wald zurück und beschloss, sich zunächst eine Kanne Kaffee auf seinem Gaskocher aufzubrühen, ein Taschenbuch zu lesen und zu warten, bis die beiden Angler wieder weg waren.

Der Mann, der auf der mittleren Bank saß und ruderte, war knapp einen Meter achtzig groß und um die sechzig Jahre alt, wirkte aber erstaunlich fit. Er hatte rötlichbraune Haare, ohne eine einzige graue Strähne, und ein braun gebranntes Gesicht. Die ganze Gestalt, vom ebenmäßigen Kopf und der edlen Nase bis zu den feingliedrigen Armen, Händen und Füßen, wirkte wie eine Marmorstatue aus dem alten Griechenland. Die Augen waren blassblau, fast wie bei einem Husky, wirkten aber keineswegs stechend, sondern eher sanft. Fast freundlich, wie manche meinten, während er sie bereits mit Blicken sezierte. Jede seiner Bewegungen – ob beim Rudern, beim Aufziehen des Wobblers oder beim Auswerfen – wirkte genau bemessen, ohne überflüssigen Kraftaufwand.

Curtis Merlin Zale war ein Perfektionist. Nichts erinnerte mehr an den Jungen, der einst über die Maisfelder marschiert war, um seine Pflicht zu erfüllen. Der nach dem Tod seines Vaters mit zwölf Jahren die Schule verlassen hatte, um die Farm seiner Familie zu bewirtschaften, und sich selber fortgebildet hatte. Als er zwanzig war, hatte ihm die größte Farm im ganzen Bezirk gehört, sodass er einen Verwalter eingestellt hatte, der sie für seine Mutter und die drei Schwestern bewirtschaftete.

Schlau und durchtrieben, aber auch hartnäckig, wie er war, hatte er sich mit gefälschten Schulzeugnissen Zugang zu einer der angesehensten wirtschaftswissenschaftlichen Universitäten von New England verschafft. Trotz seiner mangelnden Bildung war Zale hochintelligent, und er hatte ein fotografisches Gedächtnis. Er schloss das Studium mit Auszeichnung ab und erwarb anschließend einen Doktortitel in Wirtschaftswissenschaften.

Von da an verhielt er sich immer nach dem gleichen Muster: Er gründete Firmen, baute sie auf, bis sie überaus erfolgreich waren, und verkaufte sie. Mit achtunddreißig Jahren war er einer der neun reichsten Männer Amerikas und besaß ein Privatvermögen, das auf mehrere Milliarden Dollar geschätzt wurde. Er erwarb eine Ölgesellschaft, die wenig Profit abwarf, aber viele Förderrechte im ganzen Land besaß, unter anderem auch in Alaska. Zehn Jahre später fusionierte er mit einem alteingesessenen, gediegenen Chemieunternehmen. Und schließlich verschmolz er seine Firmen zu einem riesigen Konzern namens Cerberus.

Niemand kannte Curtis Merlin Zale näher. Er hatte keine Freunde, ging weder auf Partys, noch nahm er am gesellschaftlichen Leben teil, heiratete nicht und zog keine Kinder auf. Seine ganze Liebe galt der Macht. Er kaufte und verkaufte Politiker, als handelte es sich um Rassehunde. Er war rücksichtslos, knallhart und eiskalt. Keiner seiner Konkurrenten konnte sich wirtschaftlich gegen ihn behaupten. Die meisten waren hinterher ruiniert und schmutzigen Auseinandersetzungen zum Opfer gefallen, die gegen jede Sitte und Moral verstießen.

Da Curtis Merlin Zale überaus gerissen und vorsichtig war, kam nie auch nur der leiseste Verdacht auf, dass er seinen Erfolg mit Mord und Erpressung errungen haben könnte. So sonderbar es auch sein mochte, aber keiner seiner Geschäftspartner, weder die Presse noch seine Gegner kamen je auf die Idee, sich zu fragen, weshalb zahlreiche Menschen, die sich mit ihm anlegten, ums Leben kamen. Viele, die ihm im Weg standen, starben allem Anschein nach eines natürlichen Todes – an Herzanfällen, Krebs oder anderen alltäglichen Krankheiten. Einige kamen bei Unfällen um – im Straßenverkehr, beim Hantieren mit Schusswaffen oder beim Baden. Ein paar verschwanden einfach. Und nie führte eine Spur zu Zale.

Curtis Merlin Zale war ein kaltblütiger Psychopath ohne einen Hauch von Gewissen. Er konnte ein Kind ebenso unbekümmert töten, wie er eine Ameise zertrat.

Er richtete die blassblauen Augen auf den Leiter seines Sicherheitsdienstes, der unbeholfen seine Angelschnur zu entwirren versuchte. »Ich finde es höchst merkwürdig, dass drei wichtige Projekte, die mit aller Sorgfalt geplant und per Computeranalyse ausgearbeitet wurden, scheitern konnten.«

James Wong, der für einen Asiaten erstaunlich groß war, verfügte nicht über die seinesgleichen zugeschriebene Gabe, eine undurchdringliche Miene aufzusetzen. Er war ehemaliger Major der Special Forces, hervorragend ausgebildet, blitzschnell und so tödlich wie eine Puffotter und eine Schwarze Mamba zusammen. Er war der Leiter von Zales Abteilung für schmutzige Tricks und Gewaltmaßnahmen, den so genannten Vipern.

»Wir hatten keinerlei Einfluss auf die Zwischenfälle«, erwiderte er unwirsch, wütend wegen des Knotens in seiner Schnur. »Die Sache mit der *Emerald Dolphin* ging schief, als diese NUMA-Wissenschaftler unverhofft aufkreuzten und dann auch noch hinabtauchten und das Wrack untersuchten. Als wir daraufhin die Schiffsbesatzung entführten, gelang ihnen die Flucht. Und nun waren es nach Auskunft unserer nachrichtendienstlichen Quellen wieder Mitarbeiter der NUMA, die eine wichtige Rolle bei der Rettung der *Golden Marlin* spielten. Die kommen mir allmählich vor wie eine Seuche.«

»Wie können Sie sich das erklären, Mister Wong? Das ist eine meereswissenschaftliche Forschungsbehörde – weder eine militärische Organisation noch ein Nachrichtendienst oder eine Polizeitruppe. Wie sollten die in der Lage sein, Unternehmungen zu durchkreuzen, die von den besten Söldnern, die man für Geld kaufen kann, geplant und durchgeführt wurden?«

Wong legte seine Angelrute hin. »Mit der Beharrlichkeit der NUMA konnte ich beim besten Willen nicht rechnen. Es war schlicht und einfach Pech.«

»Ich bin nicht gewillt, derartige Fehler auf die leichte Schulter zu nehmen«, sagte Zale tonlos. »Unliebsame Zwischenfälle beruhen zumeist auf mangelhafter Planung, aber Pfusch entsteht durch Unfähigkeit.«

»Niemand bedauert diese Fehlschläge mehr als ich«, erwiderte Wong.

»Außerdem finde ich diesen törichten Auftritt von Omo Kanai in New York überaus beunruhigend. Ich begreife immer noch nicht, wie er ein kostbares altes Flugzeug aufs Spiel setzen konnte, um eine

Maschine voller Kinder abzuschießen. Wer hat ihm die Erlaubnis dazu erteilt?«

»Er hat es ganz und gar aus eigenen Stücken getan, nachdem er Pitt zufällig über den Weg gelaufen ist. Ihren Anweisungen zufolge müssen alle, die unseren Plänen im Wege stehen, beseitigt werden. Hinzu kam natürlich noch, dass sich Kelly Egan an Bord befand.«

»Warum sollte sie getötet werden?«

»Sie könnte Kanai wiedererkennen.«

»Wir dürfen uns glücklich schätzen, wenn die Polizei keine Verbindung herstellen kann, die zu den Vipern und über sie zu Cerberus führt.«

»Das werden sie auch nicht«, versicherte Wong. »Wir haben so viele falsche Fährten gelegt, dass die Spur gründlich verwischt wurde – so wie bei hundert anderen Unternehmungen, die wir zur Sicherung unser Macht durchführen mussten.«

»Ich wäre trotzdem anders vorgegangen«, sagte Zale mit eisigem Unterton.

»Nur die Ergebnisse zählen«, wandte Wong ein. »Egans Maschinen werden nicht mehr als ernsthafte Konkurrenz zu herkömmlichen Antriebsaggregaten betrachtet werden. Jedenfalls nicht, bis die Untersuchungen über den Untergang der *Emerald Dolphin* und der *Golden Marlin* abgeschlossen sind, und das kann ein Jahr oder länger dauern. Und da er tot ist, wird sich die Formel für Slick sechsundsechzig bald in Ihrem Besitz befinden.«

»Vorausgesetzt, Sie können sie mir beschaffen.«

»Das ist schon so gut wie erledigt«, meinte Wong keck. »Ich habe Kanai damit beauftragt. Diesmal wird er nicht versagen.«

»Was ist mit Josh Thomas? Er wird sie niemals preisgeben.«

Wong lachte. »Der alte Säufer wird uns die Formel schon sehr bald überlassen. Das verspreche ich Ihnen.«

»Sie scheinen ja sehr zuversichtlich zu sein.«

Wong nickte. »Kanai hat seinen unbedachten Einsatz wieder gutgemacht. Er hat Kelly Egan von der *Golden Marlin* entführt, nachdem er dafür gesorgt hatte, dass das Boot sinkt. Er fliegt mit ihr zum Haus ihres Vaters in New Jersey.«

»Wo er sie, wie ich vermute, vor Thomas' Augen foltern wird, um ihn dazu zu zwingen, die Formel für das Öl herauszugeben.«

»Nicht gerade ein genialer Plan, aber wir werden dadurch jede Menge Auskünfte bekommen.«

»Was ist mit den Wachposten rund um die Farm?«

»Wir haben eine Möglichkeit gefunden, wie wir die Sicherheitsvorkehrungen überwinden können, ohne Alarm auszulösen.«

»Kanai hat Glück gehabt, dass Sie ihn zurückgerufen haben, bevor seine Männer auf den Kermadec-Inseln mitsamt dem Schiff in die Luft flogen.«

»Ich habe ihn aus anderen Gründen hier gebraucht.«

Zale saß einen Moment lang schweigend da. »Ich möchte, dass diese Sache ein für alle Mal erledigt wird«, sagte er dann. »Unsere Projekte müssen ohne weitere Einmischung von außen zum Abschluss gebracht werden. Es darf keine weiteren Fehlschläge mehr geben. Vielleicht sollte ich mir jemand anderen besorgen, der die Einsätze der Vipern ohne Zwischenfälle leiten kann.«

Ehe Wong etwas erwidern konnte, bog sich Zales Rute plötzlich durch, als ein kapitaler Barsch anbiss. Der Fisch sprang aus dem Wasser und schlug dann laut klatschend wieder auf. Wong schätzte, dass er an die sieben Pfund wog. Beide Männer schwiegen, während Zale den Fisch langsam müde kämpfte, dann die Schnur einholte und ihn zum Boot zog. Als er sich unmittelbar daneben befand, fischte Wong ihn mit einem Kescher aus dem Wasser und betrachtete ihn, während er zappelnd zu seinen Füßen herumschnellte.

»Guter Fang«, beglückwünschte er Zale.

Der Vorstandsvorsitzende der Cerberus Corporation wirkte zufrieden, als er den Drillingshaken samt dem rotweißen Wobbler aus dem Maul des Fisches löste. »Ein alter Bassarino, bewährt und oft erprobt – auf die kann man sich verlassen.« Er warf die Rute nicht wieder aus, sondern griff in seine Gerätekiste und tat so, als suchte er umständlich nach einem anderen Wobbler. »Die Sonne steigt höher. Ich glaube, ich versuch's mal mit einem Winnow.«

Wong war mit einem Mal beunruhigt. Er blickte Zale in die Augen und versuchte, dessen Gedanken zu lesen. »Sie haben anklingen lassen, dass ich als Chef der Vipern nicht mehr von Nutzen bin.«

»Meiner Meinung nach sind andere vielleicht eher dazu in der Lage, künftige Unternehmungen zu einem erfolgreichen Abschluss zu bringen.«

»Ich habe Ihnen zwölf Jahre lang treue Dienste geleistet«, sagte Wong mit mühsam verhohlenem Unmut. »Zählt das etwa gar nichts?«

»Glauben Sie mir, ich bin Ihnen sehr dankbar –« Plötzlich deutete Zale hinter Wong aufs Wasser. »Bei Ihnen hat einer angebissen.«

Wong drehte sich um und wurde sich viel zu spät darüber klar, dass seine Schnur nach wie vor verheddert war und er sie gar nicht ausgeworfen hatte. Blitzschnell riss Zale eine Injektionsspritze aus seinem Gerätekasten, stieß die Nadel in Wongs Nacken und drückte den Kolben durch.

Das Gift wirkte fast augenblicklich. Ehe Wong Widerstand leisten konnte, wurden seine Gliedmaßen taub, und kurz darauf trat der Tod ein. Erschrocken riss er die Augen auf, als die Beine unter ihm nachgaben, und fiel rücklings ins Boot.

Zale tastete seelenruhig nach dem Puls, und als er keinen mehr feststellen konnte, band er ein Seil um Wongs Knöchel, das am Bootsanker befestigt war, einem großen, mit erstarrtem Beton gefüllten Blechkanister. Dann warf er den Anker aus und schob Wongs Leiche über die Bordwand. Ungerührt blickte er aufs Wasser, bis keine Blasen mehr aufstiegen.

Der Fisch zappelte nach wie vor am Boden des Bootes herum, doch allmählich schwanden seine Kräfte. Zale warf ihn ebenfalls über die Bordwand.

»Tut mir Leid, mein Freund«, sagte er, während er auf das grüne Wasser starrte. »Aber Fehler führen zu weiteren Fehlern. Wenn der Scharfsinn nachlässt, wird es höchste Zeit, dass man abgelöst wird.«

Fred Ames, der allmählich ungeduldig wurde, ging vorsichtig zum See, blieb aber im Schutz der Bäume. Am Ufer angekommen, starrte er zu dem Angler, der einsam und allein zu der wartenden Limousine ruderte.

»Komisch«, murmelte er vor sich hin, »ich hätte schwören können, dass vorhin zwei Mann in dem Boot waren.«

34

Die Mitglieder des neu organisierten Vipern-Teams, das jetzt von Omo Kanai geleitet wurde, hatten die Wachablösung auf der Egan-Farm abgepasst und dabei herausgefunden, wann die neuen Posten durch das Tor fuhren und ihre Kollegen nach Hause gingen. Anschließend hatten sie die Neuankömmlinge per Videokamera aus der Luft zu ihren versteckten Unterkünften verfolgt. Danach verkleideten sie sich als Deputy-Sheriffs, fuhren in einem Auto vor, das wie die Streifenwagen des Bezirks gespritzt war, und verschafften sich auf diese Weise Zugang zum Gelände. Nachdem sie den arglosen Posten am Straßenrand erschossen hatten, drangen sie ins Haus ein, brachten Josh Thomas in ihre Gewalt und riefen die übrigen Wachmänner zu einer Besprechung, bei der es angeblich um neue Sicherheitsvorkehrungen ging.

Sobald die Wachmänner zum Haus kamen, wurden sie kurzerhand erschossen und in den Wetterkeller unter der Scheune geworfen.

Als Omo Kanai mit einer Privatmaschine, die der Cerberus Corporation gehörte, auf einem nahe gelegenen Flugplatz landete, lud er die unter starken Beruhigungsmitteln stehende Kelly in den Kofferraum seines Wagens und fuhr mit ihr zur Farm ihres Vaters, die jetzt von seinem Söldnertrupp bewacht wurde. Er schleppte sie durch die Haustür und ließ sie unmittelbar vor Josh Thomas, der gefesselt und geknebelt auf einem Schreibtischsessel saß, zu Boden fallen.

Thomas warf sich gegen die Stricke und murmelte unverständliche Flüche, erntete damit aber nur allgemeines Gelächter von Seiten der fünf Männer, die ihre falschen Sheriff-Uniformen abgelegt hatten und wieder ihre übliche schwarze Dienstkluft trugen.

»Alles klargegangen?«, fragte Kanai.

Ein Hüne von einem Mann, fast zwei Meter groß und gut zweieinhalb Zentner schwer, nickte. »Egans Wachen hatten nicht viel auf dem Kasten. Sie haben uns auf der Stelle abgenommen, dass wir Sheriffs sind.«

»Wo sind sie?«

»Aus dem Weg geschafft.«

Kanai blickte seinen Kollegen an, musterte das vernarbte Gesicht, die gebrochene Nase, das Blumenkohlohr und die Zahnlücken in dem zu einem schiefen Grinsen verzogenen Mund. »Du machst gute Arbeit, Darfur.«

Dunkle, boshafte Augen funkelten unter einer dichten schwarzen Haarmähne auf. Kanai und Darfur arbeiteten seit vielen Jahren zusammen, nachdem sie sich im Kampf gegen eine im Iran ansässige Terrorgruppe kennen gelernt hatten. Der riesige Araber deutete auf Thomas.

»Überzeuge dich bitte. Er hat keinen Kratzer, aber ich glaube, ich habe ihn so weich gekriegt, dass er dir alles verrät, was du von ihm wissen willst.«

Kanai musterte Thomas und bemerkte die schmerzverzerrte Miene, die darauf hindeutete, dass er harte Schläge hatte einstecken müssen. Höchstwahrscheinlich hatte Darfur dem Wissenschaftler etliche Rippen gebrochen. Doch ihm fiel auch sein wütender Blick auf, als er Kelly benommen und halb bewusstlos am Boden liegen sah. Kanai lächelte Thomas zu, ging zu Kelly und trat ihr brutal in den Bauch. Ihr Gesicht zuckte gequält, dann schrie sie jämmerlich auf und öffnete die Augen.

»Kommen Sie zu sich, Miss Egan. Wird höchste Zeit, dass Sie Mister Thomas dazu überreden, uns die Ölformel Ihres Vaters zu verraten.«

Kelly rollte sich zusammen und schlug die Hände um den Bauch, rang nach Luft. Noch nie im Leben hatte sie so einen Schmerz aushalten müssen. Kanai wusste genau, wohin er mit seiner Stiefelspitze treten musste, um die empfindlichsten Stellen zu treffen. Nach etwa einer Minute stützte sie sich auf den Ellbogen und blickte zu Thomas. »Verrate diesem Abschaum nichts, Josh –«

Weiter kam sie nicht. Ihr wurde der Atem abgeschnürt, als Kanai ihr den Stiefel auf den Hals setzte und ihren Kopf auf den Teppich drückte. »Sie sind zu widerspenstig, junge Frau«, sagte er kalt. »Genießen Sie etwa den Schmerz? Sie werden noch viel mehr zu spüren bekommen.«

Einer von Kanais Männern kam mit einem Walkie-Talkie in der Hand herein. »Der Posten am Tor meldet, dass sich ein Auto nähert. Sollen wir ihm den Zutritt verwehren?«

Kanai dachte einen Moment lang nach. »Lassen wir sie lieber herein und stellen fest, um wen es sich handelt, statt sie abzuweisen und möglicherweise Verdacht zu erregen.«

»Okay, du Schlauberger«, sagte Giordino gähnend. Er war nach dem überstürzten Abflug aus Miami immer noch müde. »Wie willst du jetzt das Burgtor aufbringen?«

»Ich gebe den Zifferncode ein«, antwortete Pitt, der am Steuer des alten Ford Pick-up saß, den sie bei einem Landmaschinenhändler geliehen hatten.

»Kennst du ihn?«

»Nein.«

»Knapp eine Stunde, nachdem ich dich von der *Golden Marlin* getragen habe, schleppst du mich hierher, bloß weil du in deinem vernebelten Hirn so eine Ahnung hast, dass Kanai Kelly zum Labor ihres Vaters geschafft haben könnte. Und jetzt weißt du nicht mal den Zifferncode?«

»Das ist genau der richtige Ort, um ihr und Thomas die entsprechenden Auskünfte abzupressen. Die Formel muss irgendwo im Labor versteckt sein.«

»Und mit welch schlauem Hilfsmittel willst du da reinkommen?«, fragte Giordino, während er das massive Tor und die hohe Mauer musterte.

Ohne ihm zu antworten, beugte sich Pitt aus dem Fenster und drückte eine Reihe von Tasten auf dem Zifferblatt am Tor. »Das muss reichen. Kelly hatte allerdings noch eine Fernsteuerung mit einem anderen Code.«

»Angenommen, Kanai und seine Spießgesellen haben tatsächlich das Sicherheitssystem geknackt und die Wachposten überwältigt. Wie kommst du auf die Idee, dass sie uns das Tor aufmachen?«

»Weil ich Cerberus als Code eingegeben habe.«

Giordino verdrehte die Augen. »Wenn ich nur einen Funken gesunden Menschenverstand hätte, müsste ich jetzt aussteigen.«

Pitts grüne Augen funkelten grimmig auf. »Wenn ich mich irre und das Tor nicht aufgeht, sind wir umsonst hierher gefahren und haben Kellys Spur endgültig verloren.«

»Wir werden sie finden«, erwiderte Giordino unverdrossen. »Wir suchen einfach so lange, bis wir sie haben.«

Sie wollten gerade wieder wegfahren, als das mächtige Tor langsam aufging.

»Ich glaube, wir haben den richtigen Ton getroffen«, sagte Pitt.

»Du bist dir selbstverständlich darüber im Klaren, dass die im nächsten Hinterhalt auf uns lauern und uns in Fetzen schießen.«

Pitt legte den Gang ein und fuhr durch das Tor. »Wir sind auch bewaffnet.«

»Na klar. Du mit deinem uralten 45er Colt und ich mit einem Schraubenzieher, den ich im Handschuhfach gefunden habe. Die Jungs, gegen die wir hier vorrücken, sind aber mit Schnellfeuergewehren bewaffnet.«

»Vielleicht können wir uns unterwegs irgendeines schnappen.«

Pitt fuhr durch die Äcker und Wiesen, nahm dann den Fuß vom Gas, als er zum Weinberg kam, und wartete darauf, dass die Absperrung aus der Asphaltdecke sprang. Prompt ging sie hoch, woraufhin einer von Kanais Männern in der Uniform des Wachpersonals zum Wagen kam, das Schnellfeuergewehr schräg vor der Brust hielt und sich zum Fenster herabbeugte. »Kann ich Ihnen behilflich sein, meine Herren?«

»Wo ist Gus?«, fragte Pitt arglos.

»Der hat sich krank gemeldet«, antwortete der Posten. Er suchte den Wagen nach Waffen ab und war sichtlich beruhigt, als er keine sah.

»Wie geht's der Kleinen?«

Der Posten zog kurz die Augenbrauen hoch. »Die wächst und gedeiht, so weit ich –«

Er brach jäh ab, als Pitt ihm den Kolben seines Colts, den er unter dem rechten Oberschenkel versteckt hatte, quer über die Stirn zog, verdrehte die Augen und sackte dann an der Tür zusammen.

Kaum war der falsche Wachmann zu Boden gegangen, als Pitt und Giordino ihn bereits zwischen den Weinstöcken hindurch zu einem dicken Baumstamm und dort acht Stufen hinab in einen unterirdischen Videoüberwachungsraum schleppten. Zwanzig Monitore waren an der einen Wand angebracht, alle mit Kameras verbunden, die das Farmland absuchten, aber auch Bilder aus dem Haus übertrugen. Pitt stand wie gebannt da, als er den gefesselten Thomas sah und Kelly, die sich am Boden wand. War einerseits wütend, weil sie misshandelt wurde, und zugleich erleichtert, dass sie noch lebte und nur ein paar hundert Meter weit weg war. Die fünf Vipern, die sich im Zimmer aufhielten, hatten anscheinend keine Ahnung, dass sie von Kameras überwacht wurden.

»Wir haben sie gefunden!«, rief Giordino, dessen Stimmung sich sofort besserte.

»Sie ist am Leben«, sagte Pitt mit wachsendem Unmut, »aber es sieht so aus, als ob ihr das Dreckspack schwer zugesetzt hat.«

»Wir preschen aber jetzt nicht da rein wie Custers Siebte Kavallerie am Little Big Horn«, sagte Giordino. »Mit der Überwachungsanlage haben wir von hier aus die ganze Farm samt dem Haus im Blick und können feststellen, wo Kanais übrige Männer postiert sind.«

»Wir müssen uns aber beeilen. Die warten bestimmt, dass der Kerl dort am Boden Meldung über uns macht.«

Giordino setzte sich an die Konsole, während Pitt sich umsah und die schwarze Kleidung des gedungenen Mörders fand, die dieser ausgezogen hatte, als er in die Uniform von Egans Wachmann geschlüpft war. Er musterte die reglose Gestalt und schätzte, dass sie in etwa die gleiche Größe hatten. Rasch legte er seine Straßenkleidung ab und schlüpfte in die schwarze Hose und den Pullover. Die Stiefel waren eine Nummer zu klein, aber er zwängte seine Füße hinein und zog sich zum Schluss eine Skimaske über Kopf und Gesicht.

»Die Typen schrecken vor keinem Mord zurück«, sagte Giordino, als auf einem der Monitore die Leichen von Egans Wachmännern auftauchten, die im Keller unter der Scheune wie Getreidesäcke übereinander gestapelt waren. Er schaltete von einer Kamera zur nächsten um und suchte nach Kanais Männern. »Neben den fünf Männern im Haus habe ich noch zwei weitere entdeckt. Einer bewacht die Hintertür und hat den Fluss im Blick, der andere ist bei der Scheune.«

»Das sind insgesamt acht, wenn man unseren Freund dort am Boden mitzählt.«

»Wird höchste Zeit, dass wir Verstärkung holen.«

Pitt nickte zu einem der Telefone hin, die auf der Konsole standen. »Verständige die Sheriff-Dienststelle, schildere ihnen die Lage und sag ihnen, sie sollen ein Sondereinsatzkommando schicken.«

»Und du? Was hast du vor?«

»In dieser Kluft halten sie mich für einen der Ihren«, sagte Pitt. »Einen Freund im Haus zu haben, kann nicht schaden, wenn's hier hart auf hart geht.«

»Und ich?«

»Bleib hier, überwache die Lage und weise das Einsatzkommando an.«

»Und wenn Kanai anruft und fragt, was aus den Insassen des Autos geworden ist?«

»Mach ihm was vor. Sag ihm, es waren zwei Düngemittelvertreter und dass du dich bereits um sie gekümmert hast.«

»Wie willst du von hier zum Haus gelangen?«

»Der Weinberg reicht fast bis an die Vorderseite des Hauses. Ich rücke zwischen den Weinstöcken vor und schleiche mich hinter den Säulen zum Portal. Kitzlig wird lediglich das Überqueren des schmalen Rasenstreifens.«

»Bring uns bloß nicht wieder in einen Riesenschlamassel, Stanley«, sagte Giordino mit einem schmalen Grinsen.

»Ich verspreche, brav zu sein, Ollie.«

Giordino wandte sich wieder den Monitoren zu, als Pitt die Treppe im Innern des alten Baumstammes hinaufstieg und sich durch den Weinberg vorpirschte.

Pitt hatte Angst, er könnte Kelly nicht zu Hilfe kommen, bevor Kanais Schläger sie erneut bearbeiteten, und außerdem hatte er eine unbändige Lust auf Rache. Für ihn war es schier unfassbar, mit welcher Skrupellosigkeit die Cerberus Corporation und ihre mörderische Vipern-Bande Menschen umbrachten. Und wozu? Des Profits wegen? Aus Machtgier? Niemand lebte lange genug, als dass er den Lohn solcher Schandtaten genießen konnte. In Pitts Augen war es der reine Wahnsinn.

Geduckt rannte er im Schutz der Reben zwischen den Weinstöcken hindurch und sank bei jedem Schritt tief in den weichen Boden ein. Das Schnellfeuergewehr der überwältigten Viper hatte er nicht mitgenommen. Erstens schoss er selten mit Gewehren, und zweitens war ihm leichtes Marschgepäck lieber, daher hatte er nur seinen alten 45er Colt und zwei Reservemagazine dabei. Es war ein warmer, schwüler Sommertag, sodass er unter der Skimaske rasch ins Schwitzen geriet. Doch er nahm sie nicht ab, da sie zur üblichen Uniform der Vipern gehörte und er keinerlei Verdacht erregen wollte.

Er rannte rund hundert Meter weit, bis es unweit des Hauses keine Weinstöcke mehr gab. Von der Vorderseite des Gebäudes trennte ihn nur noch ein schmaler, tadellos gemähter Rasenstreifen. Er war außer Sichtweite der Vipern, die die Scheune und die Rückseite des Hauses bewachten; aber um ein fünfzehn Meter breites Stück offenen Geländes zu überwinden, ohne dass ihn jemand aus dem Haus bemerkte, bräuchte er eine Tarnkappe. Mit Anschleichen war es jedenfalls nicht getan. Er musterte die Fenster und bemerkte, dass sich dahinter jemand bewegte, ein weiterer Hinweis darauf, dass er sofort gesehen werden konnte, sobald er den Schutz der Weinstöcke verließ.

Fünfzehn Meter lagen zwischen ihm und der ersten Säule auf der vorderen Veranda des Hauses, ein fünfzehn Meter breites Stück Rasen in hellem Sonnenschein. Er schob sich am Rand des Weinbergs entlang, bis er halbwegs durch die Vorhänge an den Fenstern gedeckt war. Wenn er plötzlich losrannte, könnte es drinnen irgendjemandem auffallen, deshalb bewegte er sich ganz langsam, als er den Rasen überquerte, und hielt ständig Ausschau nach dem

Posten hinter dem Haus. Schritt für Schritt rückte er vor wie eine Katze, die einen Vogel beschleicht.

Fünf Holzstufen führten auf die von Säulen gesäumte Veranda. Langsam und leise stieg Pitt hinauf, ständig auf ein lautes Knacken gefasst, das glücklicherweise ausblieb. Keine fünf Sekunden später drückte er sich, rund einen halben Meter von dem großen Erkerfenster im Wohnzimmer entfernt, mit dem Rücken an die Wand. Dann legte er sich flach hin und robbte vorsichtig unter dem Fenster hindurch zur anderen Seite, wo er wieder aufstand und zur Haustür ging. Langsam drehte er den Knauf um und schob sie einen Spalt weit auf. Er überzeugte sich davon, dass sich niemand im Vorraum aufhielt, und schlüpfte dann wie ein Schatten ins Haus.

Es gab keine Tür zum Wohnzimmer. Ein offener Torbogen führte hinein, neben dem ein Tonkübel mit einer kleinen tropischen Pflanze stand. Pitt benutzte sie als Deckung und spähte ins Wohnzimmer – lange und eingehend, um sich einzuprägen, wie die Beteiligten im Raum verteilt waren.

Josh Thomas, dem das Blut aus mehreren schmalen Schnitten auf der Stirn sowie an Ohren und Nase sickerte, saß vornübergesunken und an einen Sessel gefesselt mitten im Zimmer. Er erkannte Omo Kanai, den Piloten der Fokker. Er hockte auf einem schweren Ledersofa, lehnte sich lässig an die Armstütze und rauchte seelenruhig eine Zigarre. Zwei der schwarz gekleideten Vipern standen, die Waffe im Anschlag, zu beiden Seiten des Kamins. Ein weiterer stand hinter Thomas, hatte ein Messer in der Hand, das er unmittelbar über dessen Auge hielt. Die fünfte Viper war ein Riese, der mit einer Hand Kellys Haare gepackt hatte und sie hochhielt, sodass ihre Füße ein paar Zentimeter über dem Teppichboden zappelten. Kein Schrei drang aus ihrem Mund, nur gequältes Stöhnen.

Pitt zog sich kurz hinter den Torbogen zurück und fragte sich, ob Giordino ihn auf einem der Monitore beobachtete. Wenn er noch eine Weile am Leben bleiben wollte, war nicht daran zu denken, dass er mit einem kecken »Okay, ihr Strolche, geht zur Hölle« einfach hineinplatzte. Die Männer da drin schossen ihn kurzerhand über den Haufen, wenn er sich auf so eine Narretei einließ. Die hatten ihr blutiges Handwerk in jahrelanger Ausbildung gelernt und reagierten im Bruchteil einer Sekunde, ohne lange hin und her zu überlegen. Töten war für diese Männer so selbstverständlich wie das Zähneputzen. Pitt wiederum musste sich regelrecht zwingen, auf einen anderen Menschen zu schießen. Zwar hatte auch er schon in Notwehr getötet, doch er war alles andere als ein kaltblütiger Killer. Für einen Kampf auf Leben und Tod musste er sich wappnen, seine Entscheidung rechtfertigen, sich einreden, dass es um die Rettung von Josh Thomas und Kelly Egan ging. Aber das musste er erst einmal schaffen. Und die Aussichten standen nicht allzu gut, wie man es auch drehte und wendete.

Zwar war er im Vorteil, weil er sie überraschen konnte und vermutlich nicht sofort auffiel, wenn er in der schwarzen Vipern-Kleidung in den Raum trat, doch er kam zu dem Entschluss, dass er zwei, drei Sekunden mehr herausschinden konnte, wenn er in Deckung blieb und zwischen den Ästen der Tropenpflanze hindurchschoss. Während die da drin noch nicht wussten, woher die Schüsse kamen, konnte er sich die gefährlichsten Gegner der Reihe nach vornehmen.

Im nächsten Moment verwarf er die Idee. Möglicherweise konnte er zwei, drei Männer erwischen, doch ehe er auch die anderen erledigte, hatten die ihn garantiert mit Kugeln durchlöchert. Außerdem bestand die Gefahr, dass Kelly oder Thomas von einer verirrten Kugel getroffen wurden. Nein, dachte er, es gibt nur eine Möglichkeit. Du musst Zeit gewinnen, bis das Sondereinsatzkommando anrückt. Er legte seinen Colt hinter einer Blumenvase auf den Tisch, trat unauffällig in das Zimmer und blieb leise stehen.

Zunächst achtete niemand auf Pitt. Aller Augen waren auf Kelly gerichtet, der vor Schmerz die Tränen in die Augen schossen, während sie mit Darfur kämpfte. Pitt konnte es nicht mehr mit ansehen, ohne zumindest den Versuch zu unternehmen, der Quälerei ein Ende zu bereiten. Seiner Schätzung nach dauerte es noch etwa fünf Minuten, bis das Einsatzkommando eintraf, aber er durfte Kelly und Thomas nicht weiter leiden lassen.

»Sag dem Fetten, er soll Kelly loslassen«, sagte er seelenruhig zu Kanai.

Kanai wandte sich zu Pitt um und zog verdutzt die Augenbrauen hoch. »Was hast du gesagt?«

»Ich habe gesagt, du sollst deinem Gorilla sagen, dass er seine schmierigen Finger von dem Mädchen lassen soll.« Dann zog er die Skimaske herunter.

Sämtliche Vipern im Raum erkannten sofort, dass Pitt nicht zu ihnen gehörte, und legten die Waffen auf ihn an.

»*Sie!*«, murmelte Kanai ungläubig. »Wartet!«, rief er dann. »Tötet ihn nicht. Noch nicht.«

Kelly verdrängte ihren Schmerz einen Moment lang und starrte ihn verdutzt und fassungslos an. »Nein, nein, Sie hätten nicht herkommen dürfen!«, stieß sie zwischen zusammengebissenen Zähnen aus.

»Sie sind gleich ein toter Mann, Kanai«, sagte Pitt ungerührt, »wenn er sie nicht sofort loslässt.«

Kanai warf Pitt einen belustigten Blick zu. »Ach, wirklich? Und wer will mich töten? Sie etwa?«

»Jeden Moment müsste ein Sondereinsatzkommando der Polizei hier eintreffen. Die Straße ist der einzige Weg nach draußen. Ihr sitzt in der Falle.«

»Verzeihen Sie mir bitte, Mister Pitt, aber ich glaube Ihnen kein Wort.« Dann nickte er dem Riesen kurz zu. »Setz die junge Frau ab, Darfur.« Anschließend wandte er sich wieder an Pitt. »Haben Sie einen meiner Männer getötet?«

»Nein«, sagte Pitt. »Ich habe Ihren Freund im Wachraum lediglich bewusstlos geschlagen und mir seine Klamotten ausgeborgt.«

»Ich habe noch eine Rechnung mit Ihnen zu begleichen, Mister Pitt. Oder sind Sie etwa anderer Meinung?«

»Ehrlich gesagt, bin ich der Meinung, dass man mir einen Orden verleihen sollte, weil ich euch die miesen Touren vermasselt habe. Sie und Ihre Freunde gehören in die Ursuppe, aus der ihr entsprungen seid.«

»Sie werden eines langsamen und qualvollen Todes sterben.«

Damit war es heraus. Kanai hatte nicht vor, Pitt kurzerhand umzubringen. Er hatte sich vorgenommen, ihn bitter büßen zu lassen. Pitt wurde augenblicklich klar, dass er schwer in der Klemme steckte. Was mochte sich Giordino denken, wenn er den Auftritt über Monitor verfolgte? Die Polizei rückte an, das wusste er genau. Aber wann? Er musste auf Zeit spielen, solange er konnte.

»Habe ich euch bei irgendwas unterbrochen, als ich hier einfach reingeplatzt bin?«, fragte er unverdrossen.

Kanai warf ihm einen forschenden Blick zu. »Ich hatte mit Miss Egan und Mister Thomas gerade ein freundschaftliches Gespräch über die Arbeit von Dr. Egan geführt.«

»Ging's etwa schon wieder um die alte Leier von wegen der Ölformel?«, erwiderte Pitt abschätzig. »Warum lassen Sie sich nicht endlich was einfallen, Kanai? Anscheinend weiß weit und breit jeder über die Formel Bescheid, außer Ihnen und Ihren Freunden von der Cerberus Corporation.«

Kanai zog einen Moment die Brauen hoch. »Sie sind gut informiert.«

Pitt zuckte die Achseln. »Man muss die Trommelzeichen nur zu deuten wissen.«

Kelly war unterdessen bei Thomas. Sie nahm ihm den Knebel ab und wischte mit ihrem Pulli das Blut von seinem Gesicht, sodass einen Moment lang ihr Büstenhalter zu sehen war. Thomas blickte mit stumpfen Augen zu ihr auf, murmelte ihr ein paar Dankesworte zu. Darfur, der hinter Pitt stand, sah aus wie ein Kojote, der das Kaninchen in der Grube gestellt hat.

»Vielleicht können Sie sich diesbezüglich ja noch als nützlich erweisen«, sagte Kanai zu ihm. Dann wandte er sich an Kelly. »Nun denn, Miss Egan, würden Sie jetzt bitte so freundlich sein und mir die Ölformel übergeben. Sonst zerschieße ich diesem Mann hier erst die Knie, dann die Ellbogen und anschließend die Ohren.«

Entsetzt blickte Kelly zu Pitt auf. Diesen Schlag verkraftete sie nicht mehr. Jetzt, da Kanai nicht nur Thomas sondern auch Pitt in seiner Gewalt hatte, verlor sie allen Mut und brach zusammen. »Die Formel ist in Vaters Bibliothek versteckt.«

»Wo?«, herrschte Kanai sie an. »Wir haben bereits alles durchsucht.«

Sie setzte zu einer Antwort an, doch Pitt fiel ihr ins Wort. »Verraten Sie's nicht. Dran glauben müssen wir sowieso, aber wir sollten der Mörderbande von der Cerberus Corporation nicht noch zu neuen Reichtümern verhelfen.«

»Das genügt«, blaffte Kanai. Er zog eine Automatik aus seinem Schulterholster und richtete sie auf Pitts linkes Knie. »Miss Egan muss anscheinend überzeugt werden.«

Darfur trat einen Schritt vor und baute sich vor Pitt auf. »Es wäre mir eine große Ehre, Chef, wenn ich mir diesen Hundesohn vornehmen dürfte.«

Kanai blickte den hünenhaften Mann an und lächelte. »Ich lasse dir gern den Vortritt. Ich habe nie an deiner Überzeugungskraft gezweifelt, alter Freund. Er gehört dir.«

Als Darfur sich umdrehte und sein Gewehr an einen Stuhl lehnte, keilte Pitt, der eben noch den Ängstlichen markiert hatte, blitzschnell aus und rammte ihm das Knie in den Unterleib. Er wollte ihn mit einem Schlag ausschalten, zumindest vorübergehend aus dem Verkehr ziehen, doch er traf ihn nicht richtig, erwischte ihn an der Leiste und nicht zwischen den Beinen.

Trotzdem war Darfur völlig überrascht, krümmte sich laut aufkeuchend vornüber. Doch nur einen Moment, dann fing er sich wieder und hieb Pitt die ineinander verschränkten Hände wie einen Schmiedehammer an die Brust, trieb ihm mit diesem Schlag die Luft aus der Lunge und schleuderte ihn quer über einen Tisch. Pitt war noch nie in seinem Leben so hart getroffen worden. Mühsam rappelte er sich auf die Knie, rang um Atem. Noch ein, zwei solche Treffer, dann würde er das Leichenschauhaus von innen kennen lernen. Er war sich aber auch darüber im Klaren, dass er mit bloßer Körperkraft, mit Fäusten und Füßen, nicht gegen den Riesen ankam. Er brauchte eine Waffe, irgendeine Waffe. Er packte den Kaffeetisch, riss ihn hoch und schlug ihn Darfur auf den Kopf. Das Holz zersplitterte, doch der Kerl musste einen Schädel aus Eisen haben. Einen Moment lang schien er die Augen zu verdrehen, hin und her zu schwanken. Pitt dachte, er ginge gleich zu Boden, und wollte sich bereits auf Kanais Waffe stürzen. Doch Darfur schüttelte sich kurz, rieb sich den Schädel, fasste ihn wieder ins Visier und griff von neuem an.

Pitt kämpfte um sein Leben, aber er stand auf verlorenem Posten. Wenn zwei Gegner gleich gut sind, so lautet eine alte Boxerregel, hat der Kleinere gegen den Großen keine Chance. Jedenfalls nicht in einem fairen Kampf. Pitt suchte verzweifelt nach irgendetwas, das er werfen konnte. Er bekam eine schwere Keramikvase zu fassen, die auf einem Beistelltisch stand, und schleuderte sie mit aller Kraft. Sie prallte von Darfurs rechter Schulter ab wie ein Felsbrocken von einem Panzer. Pitt warf das Telefon nach ihm, dann eine weitere Vase und schließlich die Uhr, die auf dem Kaminsims stand. Er hätte genauso gut mit Tennisbällen um sich werfen können. Darfur zeigte nicht die geringste Reaktion.

Pitt sah den kalten, starren Blick, mit dem ihn der Riese musterte, und erkannte, dass er jetzt Ernst machen wollte. Im nächsten Moment hechtete Darfur quer durchs Zimmer wie ein Abwehrspieler, der den gegnerischen Quarterback ausschalten will. Doch Pitt, wendig wie eh und je, wich ihm kurzerhand aus, sodass er an ihm vorbeiflog und mit voller Wucht gegen das Klavier prallte. Pitt stürmte sofort hin, packte den Klavierhocker und wollte ihn Darfur ins Gesicht schlagen. Er kam nicht dazu.

Kelly hatte Kanai beide Arme um den Hals geschlungen, doch er schüttelte sie ab wie ein lästiges Tier und zog Pitt den Kolben seiner Pistole über den Hinterkopf. Der Schlag streckte ihn nicht nieder, war aber so schmerzhaft, dass Pitt in die Knie ging und einen Moment lang die Besinnung verlor. Dann kam er langsam wieder zu sich, und wie durch dunkle Wolken nahm er Kellys Schreie wahr. Als er die Augen wieder öffnen konnte, sah er, dass Kanai mit ihr rangelte und ihren Arm weit nach hinten bog. Offenbar hatte Kelly versucht, ihm die Waffe zu entwinden, als er auf den ungleichen Kampf zwischen Pitt und Darfur geachtet hatte.

Plötzlich nahm Pitt wahr, dass er von Darfur auf die Beine gezerrt wurde, der ihm die Arme um die Brust schlang, die Hände verschränkte und zudrückte. Langsam, aber unwiderruflich wurde ihm die Luft aus der Lunge gepresst, als umschlinge ihn eine Boa constrictor. Sein Mund stand offen, doch er brachte nicht einmal ein Keuchen zustande. Wieder wurde ihm schwarz vor Augen, und diesmal hatte er keinerlei Hoffnung, dass er das Licht des Tages noch einmal erblicken würde. Er spürte, dass seine Rippen jeden

Moment brechen konnten, und war kurz davor, aufzugeben und sich mit dem Tod abzufinden, damit er von seinen Qualen erlöst wurde, als der Druck plötzlich nachließ und sich die Arme von seiner Brust lösten.

Wie im Traum sah er Giordino ins Zimmer kommen, sah, wie er Kanai von hinten einen Nierenhaken verpasste. Kanai krümmte sich vor Schmerz, ließ die Waffe fallen und gab Kellys Arm frei.

Die anderen Vipern standen wie erstarrt da, hatten ihre Gewehre jetzt auf Giordino gerichtet und warteten darauf, dass Kanai ihnen den Befehl zum Schießen gab.

Darfur warf dem Eindringling einen kurzen, besorgten Blick zu, sah dann aber, dass Giordino keine Schusswaffe hatte und mehr als einen Kopf kleiner war als er, und zog eine verächtliche Miene. »Überlasst ihn mir«, sagte er voll hämischer Vorfreude.

Im gleichen Moment ließ er Pitt auf den Teppich sinken, trat zwei Schritt vor, schlang die Arme um Giordino, riss ihn vom Boden und stemmte ihn hoch, bis ihre Gesichter nur mehr Zentimeter voneinander entfernt waren. Darfur hatte den Mund zu einem höhnischen Grinsen verzogen, während Giordino ihn mit ausdrucksloser Miene anschaute, ohne die geringste Angst zu zeigen.

Als Darfur ihn oberhalb der Taille gepackt und in den Klammergriff genommen hatte, hatte Giordino die Arme hochgerissen, sodass er die Hände frei hatte, die er jetzt über den Kopf des Riesen ausgestreckt hatte. Darfur achtete nicht darauf, sondern bot seine ganze gewaltige Kraft auf, um dem kleinen Italiener die Luft aus dem Leib zu drücken.

Pitt, der nach wie vor benommen war und sich vor Schmerz kaum rühren konnte, kroch keuchend und japsend quer durch das Zimmer. Kelly sprang auf Darfurs Rücken, schlang ihm die Hände ums Gesicht, hielt ihm die Augen zu, kämpfte mit ihm und riss seinen Kopf hin und her. Mühelos und mit einer Hand befreite sich Darfur und stieß sie weg, sodass sie wie eine Schaufensterpuppe aufs Sofa geschleudert wurde, und wollte Giordino wieder in die Mangel nehmen.

Doch Giordino brauchte keine Hilfe. Er ließ die Arme sinken und legte die Hände um Darfurs Kehle. Mit einem Mal wurde dem

Riesen klar, dass er derjenige war, der dem Tod ins Auge blickte. Das eben noch höhnisch grinsende Gesicht verzerrte sich vor Angst, als ihm die Luft abgeschnürt wurde, und einen Moment lang drosch er verzweifelt mit den Fäusten auf Giordinos Brust ein und versuchte, die Finger aufzubiegen, die sich mit stählernem Griff um seine Kehle geschlossen hatten. Doch Giordino ließ nicht locker. Er dachte nicht daran, nachzugeben. Unerbittlich wie eine Bulldogge hielt er sich an Darfur fest, als der sich wie ein Wahnsinniger im Wohnzimmer hin und her warf.

Plötzlich gab Darfur ein grässliches Röcheln von sich, erschlaffte, stürzte wie ein gefällter Baum zu Boden und riss Giordino, der obenauf blieb, mit sich. Im gleichen Moment kamen draußen auf der mit Kies bestreuten Auffahrt etliche Streifenwagen und Kleinbusse des Sondereinsatzkommandos schlitternd zum Stehen. Uniformierte Männer mit schweren Waffen schwärmten rund um das Haus aus, und durch die Fenster drangen die Rotorengeräusche nahender Hubschrauber.

»Hinten raus!«, schrie Kanai seinen Männern zu. Er packte Kelly um die Taille und wollte sie aus dem Zimmer zerren.

»Wenn Sie ihr etwas zuleide tun«, sagte Pitt mit eiskalter Stimme, »schieße ich Sie in Stücke.«

Er sah, wie Kanai kurz überlegte, seine Chancen abwägte, wenn er mit einer sich sträubenden Gefangenen zu fliehen versuchte.

»Keine Sorge«, erwiderte Kanai hämisch und schleuderte sie quer durch das Zimmer zu Pitt. »Sie können sie vorerst haben. Das heißt, bis wir uns wieder begegnen, und das werden wir gewiss.«

Pitt versuchte, ihn zu verfolgen, doch er war nicht in der Verfassung für einen Wettlauf. Torkelnd blieb er stehen, lehnte sich an eine Anrichte und wartete, dass die Spinnweben vor seinen Augen verschwanden und der Schmerz nachließ. Eine Minute später kehrte er ins Wohnzimmer zurück, wo Giordino die Seile zerschnitt, mit denen Thomas gefesselt war, während Kelly mit einem Tuch, das sie mit Jack-Daniel's-Whiskey getränkt hatte, die Wunden im Gesicht des Wissenschaftlers abtupfte.

Pitt warf einen Blick auf Darfur. »Ist er tot.«

Giordino schüttelte den Kopf. »Nicht ganz. Ich dachte, ich lass ihn lieber am Leben. Vielleicht kann man ihn dazu überreden, dass er der Polizei und dem FBI erzählt, was er weiß.«

»Du hast's ein bisschen sehr spannend gemacht, nicht wahr?«, sagte Pitt mit einem verkniffenen Grinsen.

Giordino schaute ihn an und zuckte die Schultern. »Ich bin sofort losgezogen, als ich gesehen habe, wie du in die Mangel genommen wurdest. Aber ich musste mich erst um den Posten vor der Scheune kümmern.«

»Ich danke dir trotzdem«, sagte Pitt. »Wenn du nicht gewesen wärst, würde ich nicht mehr hier stehen.«

»Ja, wird aber allmählich ein bisschen eintönig, wenn ich ständig eingreifen muss.«

Giordino musste immer das letzte Wort haben. Pitt ging zu Thomas und half ihm auf die Beine. »Wie geht es Ihnen, mein Guter?«

Thomas lächelte tapfer. »Ein paar Nähte, dann bin ich wieder so gut wie neu.«

Kelly warf Pitt einen kurzen Blick zu, als er den Arm um sie legte. »Sie sind eine tapfere kleine Frau«, sagte er.

»Ist er entkommen?«

»Kanai? Ich fürchte, ja, es sei denn, die Deputy-Sheriffs haben ihn erwischt.«

»Den nicht«, sagte sie beklommen. »Den kriegen sie nicht. Er wird wiederkommen und sich rächen. Seine Bosse bei Cerberus werden keine Ruhe geben, bis sie Papas Formel haben.«

Pitt blickte aus dem Fenster, als sehe er etwas in weiter Ferne, hinter dem Horizont. Leise ergriff er schließlich das Wort, betonte jede einzelne Silbe. »Ich habe das merkwürdige Gefühl, dass die Ölformel nicht das Einzige ist, hinter dem sie her sind.«

35

Es war später Nachmittag. Darfur und die beiden Vipern, die Pitt und Giordino überwältigt hatten, waren in Handschellen gelegt, in den Streifenwagen der Sheriff-Dienststelle weggebracht und wegen

Mordes an Egans Wachmännern festgenommen worden. Kelly und Thomas machten gegenüber den Ermittlern von der Mordkommission ihre Aussage; danach waren Pitt und Giordino an der Reihe. Kelly hatte Recht gehabt, als sie behauptet hatte, die Deputys würden Omo Kanai nicht erwischen. Pitt verfolgte die Spur des Killers bis zu den hohen Klippen über dem Hudson, wo er ein Seil entdeckte, das hinab zum Fluss führte.

»Sie müssen mit einem bereitstehenden Boot entkommen sein«, stellte Giordino fest.

Pitt stand mit seinem Freund in einer Gartenlaube am Rande der Klippen und starrte hinunter aufs Wasser. Dann blickte er über den Fluss hinweg auf die grünen Hügel und Wälder. Vereinzelte Dörfer lagen entlang des Ufers in diesem zum Staat New York gehörenden Teil des Hudson Valley, das durch Washington Irving berühmt geworden war. »Schon erstaunlich, dass Kanai an alles denkt, sämtliche Möglichkeiten in Betracht zieht.«

»Meinst du, die Vipern reden, wenn sie verhört werden?«

»Im Grund genommen kommt es gar nicht darauf an«, erwiderte Pitt bedächtig. »Vermutlich sind die Vipern in kleinen Zellen organisiert, die alle unter dem Befehl von Kanai stehen, ohne dass die eine etwas von der anderen weiß. Die gehen davon aus, dass er ihr oberster Dienstherr ist. Von denen hat garantiert keiner eine Ahnung, dass ihre eigentlichen Bosse in der Chefetage der Cerberus Corporation sitzen.«

»Ich gehe jede Wette ein, dass die zu schlau sind, um eine Spur zu hinterlassen, die zu ihnen führt.«

Pitt nickte. »Die Strafverfolgungsbehörden der Regierung werden jedenfalls keinerlei Beweise finden, um sie zu überführen. Wenn sie jemals bestraft werden, dann mit Sicherheit nicht von Rechts wegen.«

Kelly kam aus dem Haus und lief quer über den Rasen zu der Laube. »Seid ihr hungrig?«

»Ich bin immer hungrig«, erwiderte Giordino lächelnd.

»Ich habe uns ein leichtes Abendessen zubereitet, während Josh die Drinks gemixt hat. Er machte Margaritas, die es in sich haben.«

»Meine Liebe« – Pitt schlang ihr den Arm um die Taille –, »Sie haben soeben das Zauberwort gesprochen.«

Dr. Elmore Egans Geschmack in Sachen Innenausstattung als abwechslungsreich zu bezeichnen, wäre die reinste Untertreibung gewesen. Das Wohnzimmer war im frühen Kolonialstil eingerichtet, die Küche war offensichtlich von einem High-Tech-Ingenieur ausgestattet worden, der mehr Wert auf absonderliche Geräte legte als auf das Zubereiten einer anständigen Mahlzeit, und das Esszimmer mit den aus schwerer Eiche gezimmerten Tischen und Stühlen, die mit kunstvollen geschnitzten Mustern und Ornamenten verziert waren, sah aus, als stammte es von einem Wikingerhof.

Während Pitt, Giordino und Thomas an ihren Margaritas nippten, die einen Toten hätten zum Leben erwecken können, tischte Kelly einen Tunfischauflauf mit Kohlsalat auf. Trotz der furchtbaren Ereignisse, die sich an diesem Tag zugetragen hatten, ließen sie es sich schmecken.

Hinterher zogen sie sich ins Wohnzimmer zurück und stellten die umgestürzten Möbel wieder auf, während Thomas jedem ein Glas mit vierzig Jahre altem Portwein eingoss.

Pitt wandte sich an Kelly. »Sie haben zu Kanai gesagt, die Formel Ihres Vaters wäre in der Bibliothek versteckt.«

Sie warf Thomas einen kurzen Blick zu, so als wollte sie ihn um Erlaubnis bitten. Er lächelte leicht und nickte dann. »Papas Formel steckt in einem Aktenordner, der in ein Geheimfach auf der Rückseite der Tür passt.«

Giordino ließ den Portwein in seinem Glas langsam kreisen. »Darauf wäre ich nicht gekommen. In einer Tür hätte ich nie und nimmer danach gesucht.«

»Ihr Papa war ein schlauer Mann.«

»Und Josh ist ein tapferer Mann«, sagte Giordino voller Hochachtung. »Er hat Kanai nichts verraten, obwohl sie ihn scheußlich zugerichtet haben.«

Thomas schüttelte den Kopf. »Glauben Sie mir, wenn Dirk nicht in dem Moment ins Zimmer gekommen wäre, hätte ich verraten, wo die Formel versteckt ist, um Kelly weitere Qualen zu ersparen.«

»Mag sein«, sagte Pitt. »Aber Kelly haben sie sich erst vorgenommen, als sie einsahen, dass sie es nicht aus Ihnen rausprügeln können.«

»Sie könnten zurückkommen, vielleicht schon heute Nacht«, sagte Kelly beklommen.

»Nein«, beruhigte Pitt sie. »Kanai muss erst ein neues Team aufstellen. So schnell versucht er's nicht noch mal.«

»Wir sollten trotzdem alle Sicherheitsvorkehrungen treffen«, sagte Thomas ernst. »Kelly muss aus dem Haus weg und sich irgendwo verstecken.«

»Einverstanden«, sagte Pitt. »Kanai geht höchstwahrscheinlich davon aus, dass Sie die Formel irgendwo anders verbergen. Aber finden kann er sie nach wie vor nur durch Sie beide.«

»Ich könnte doch mit Ihnen und Al nach Washington kommen«, sagte Kelly mit verschmitztem Blick. »Bei Ihnen wäre ich in Sicherheit.«

»Ich weiß noch nicht genau, ob wir nach Washington zurückkehren.« Pitt stellte sein leeres Glas ab. »Könnten Sie uns bitte Dr. Egans Labor zeigen?«

»Da gibt's nicht viel zu sehen«, sagte Thomas. Er führte sie zur Scheune, in der drei Arbeitstische aufgebaut waren, auf denen die üblichen Apparaturen und Laborgeräte standen. »Sehr spannend sieht das nicht aus, aber hier haben wir die Formel für Slick sechsundsechzig gefunden.«

Pitt ging in dem Raum herum. »Nicht unbedingt das, was ich erwartet hatte.«

Thomas warf ihm einen eigenartigen Blick zu. »Ich kann Ihnen nicht ganz folgen.«

»Hier kann Dr. Egan auf keinen Fall seine magnetohydrodynamischen Maschinen konstruiert haben«, erwiderte Pitt entschieden.

»Wie kommen Sie darauf?«, fragte Thomas vorsichtig.

»Das hier ist ein chemisches Labor, mehr nicht. Dr. Egan war ein genialer Techniker. Ich sehe aber nirgendwo ein Reißbrett oder einen Computer, an dem sich dreidimensionale Planzeichnungen erstellen ließen, keinerlei Geräte oder Maschinen, mit denen man

Arbeitsmodelle bauen kann. Tut mir Leid, aber hier kann garantiert kein großer Erfinder gesessen und eine völlig neue Antriebstechnologie entwickelt haben.« Pitt hielt inne und schaute sowohl Kelly als auch Thomas an, die auf den fleckigen Holzboden starrten. »Mir ist bloß nicht klar, warum ihr beide mich austricksen wollt.«

»Kelly und ich wollen nichts vor Ihnen verbergen, Mister Pitt«, sagte Thomas mit ernstem Tonfall. »Aber wir wissen nicht, wo Elmore seine Forschungen durchgeführt hat. Er war ein feiner Kerl und ein guter Freund, aber seine Geheimniskrämerei grenzte manchmal geradezu an Besessenheit. Elmore verschwand mitunter tage-, manchmal auch wochenlang in einem geheimen Forschungslabor, ohne dass außer ihm jemand wusste, wo sich das befand. Kelly und ich versuchten mehrmals, ihm zu folgen, aber irgendwie bemerkte er es immer und schüttelte uns ab. Manchmal kam es mir fast so vor, als könnte er sich einfach in Luft auflösen.«

»Glauben Sie, das geheime Labor befindet sich hier auf der Farm?«, fragte Pitt.

»Wir wissen es nicht«, erwiderte Kelly. »Josh und ich haben überall danach gesucht, wenn wir wussten, dass Papa auf Geschäfts- oder Forschungsreise war, aber wir haben nie auch nur den geringsten Hinweis darauf gefunden.«

»Woran hat Dr. Egan geforscht, bevor er ums Leben kam?«

Thomas zuckte die Schultern. »Ich habe keine Ahnung. Er wollte mich nicht ins Vertrauen ziehen. Er sagte nur, dass er damit die ganze Wissenschaft und Technik revolutionieren könnte.«

»Sie waren doch sein bester Freund«, sagte Giordino. »Schon komisch, dass er sich nicht einmal Ihnen anvertraut hat.«

»Sie hätten Elmore kennen müssen. Manchmal hatte man das Gefühl, man hätte es mit zwei verschiedenen Menschen zu tun. Eben noch war er der etwas zerstreute, aber liebenswerte Vater und Freund, und im nächsten Moment benahm er sich wie ein unter Verfolgungswahn leidendes Technikgenie, das niemandem traute, nicht einmal den Menschen, die ihm am Nächsten standen.«

»Hat er sich auch mal ein bisschen Freizeit gegönnt?«, fragte Pitt.

Josh und Kelly schauten einander an.

»Er hat sich leidenschaftlich gern mit Wikingerforschung beschäftigt«, sagte Thomas.

»Außerdem war er ein großer Verehrer von Jules Verne«, fügte Kelly hinzu. »Er hat seine Bücher ein ums andere Mal gelesen.«

Pitt deutete auf die Laborgeräte. »Davon ist hier aber nicht das Geringste zu sehen.«

Kelly lachte. »Wir haben Ihnen seine Bibliothek noch nicht gezeigt.«

»Die möchte ich sehen.«

»Sie befindet sich in einem anderen Gebäude hinter dem Haus, mit Blick über den Fluss. Papa hat es vor fast zwanzig Jahren bauen lassen. Es war sein eigentliches Zuhause, sein Zufluchtsort, in dem er von den Strapazen der Arbeit ausspannen konnte.«

Das Gebäude, in dem sich Egans Arbeitszimmer befand, war aus Feldsteinen gebaut und allem Anschein nach einer Mühle aus dem achtzehnten Jahrhundert nachempfunden. Das mit Efeu überwucherte Gemäuer wurde von einem Schieferdach gekrönt, in das mehrere große Oberlichter eingelassen waren – das einzige Zugeständnis an modernen Komfort. Mit einem großen, altmodischen Schlüssel schloss Thomas die dicke Eichentür auf.

Das Innere der Bibliothek sah genauso aus, wie Pitt es sich vorgestellt hatte. Die in Reih und Glied stehenden Bücherregale aus feinstem Mahagoni und die getäfelten Wände kündeten von Lebensart und gutem Geschmack. Die schweren Sessel und die Couch waren mit Leder gepolstert, und der nach wie vor mit Forschungsunterlagen übersäte Schreibtisch mit dem Rolltop-Aufsatz war aus Rosenholz. Die ganze Ausstattung wirkte anheimelnd und gemütlich. Egan muss sich in dieser Bibliothek sehr wohl gefühlt haben, dachte Pitt. Es war ein idealer Ort, um seine Forschungen durchzuführen.

Er ging an den Bücherregalen entlang, die vom Boden bis zur Decke reichten. Eine auf Rollen gelagerte und oben in eine Laufschiene eingehängte Leiter ließ sich nach Belieben hin und her schieben, sodass Egan auch die obersten Regalbretter erreichen konnte. An der einzigen freien Wand hingen Gemälde von Wikingerschiffen. Auf einem Tisch unterhalb der Bilder stand ein fast anderthalb Meter langes Modell eines Unterseebootes. Pitt schätzte, dass es etwa im Maßstab 1:50 gebaut war. Als Ingenieur für Meerestechnologie musterte er das Modell genau und stellte fest, dass hier jemand hervorragende Arbeit geleistet hatte. Das Boot war hinten und vorn abgerundet, hatte Bullaugen auf beiden Seiten und einen Turm, der sich ein Stück hinter dem Bug befand. Die Schraubenblätter waren nicht gekrümmt und in sich gewölbt, wie es heutzutage allgemein üblich war, sondern wirkten eher wie Paddel.

Pitt hatte noch nie ein Boot gesehen, das dem hier ähnelte. Das einzig Vergleichbare, das ihm dazu einfiel, war ein von den Südstaaten während des Bürgerkriegs gebautes Unterseeboot, mit dessen Planskizze er sich einst befasst hatte.

Nautilus, stand auf dem Messingschild am Sockel des Modells. *70 Meter lang, 8 Meter breit. 1863 vom Stapel gelaufen.*

»Ein prachtvolles Modell«, sagte Pitt. »Kapitän Nemos Unterseeboot, nicht wahr? Aus *Zwanzigtausend Meilen unter dem Meer*?«

»Papa hat es anhand einer Zeichnung im Buch entworfen und von einem meisterhaften Modellbauer namens Fred Torneau bauen lassen.«

»Klasse Arbeit«, stellte Giordino bewundernd fest.

Pitt setzte seinen Rundgang fort und musterte die Titel der in den Regalen stehenden Bücher. Die meisten behandelten das Zeitalter der Wikinger von 793 bis 1450 nach Christus. Eine ganze Reihe von Bänden bezog sich auf die Runenschrift, die von germanischen und nordischen Völkern vom dritten bis zum dreizehnten Jahrhundert verwendet wurde.

Kelly bemerkte Pitts Interesse an den Büchern, ging zu ihm und fasste ihn am Arm. »Papa wurde ein regelrechter Fachmann im Übersetzen der Schriftzeichen, die man auf Runensteinen fand.«

»Hat er etwa geglaubt, die Wikinger wären so weit nach Süden gekommen?«

Sie nickte. »Er war davon überzeugt. Als ich klein war, schleppte er mich und meine Mutter in einem alten Campingwagen quer durch den halben Mittelwesten und untersuchte und skizzierte jeden Runenstein, den er finden konnte.«

»Allzu viele dürften es nicht gewesen sein«, sagte Giordino.

»Er hat über fünfunddreißig Steine mit alten Runenzeichen gefunden und für seine Unterlagen aufgezeichnet.« Sie hielt inne und deutete auf ein ganzes Regal voller Ordner und Notizbücher. »Dort steht alles drin.«

»Hatte er jemals vor, seine Erkenntnisse zu veröffentlichen?«, fragte Giordino.

»Soweit ich weiß, nicht. Zumal er vor etwa zehn Jahren von einem Tag auf den anderen jedes Interesse an der Erforschung der Wikinger verlor.«

»Von einer Leidenschaft zur nächsten«, sagte Thomas. »Nach den Wikingern hat sich Elmore auf Jules Verne gestürzt.« Er deutete auf einen ganzen Bücherschrank. »Er hat jedes Buch und jede Geschichte gesammelt, die Verne je geschrieben hat.«

Pitt zog eines der Bücher aus dem Regal und schlug es auf. Es war in Leder gebunden. Auf Rücken und Einband stand in goldenen Lettern *Die geheimnisvolle Insel.* Zahlreiche Zeilen waren dick unterstrichen. Er stellte es wieder ins Regal und trat einen Schritt zurück. »Ich sehe nirgendwo Ordner oder Notizbücher über Verne. Offenbar hat Dr. Egan die Werke zwar gelesen, aber keinerlei Anmerkungen dazu geschrieben.«

Thomas wirkte mit einem Mal erschöpft. Langsam ließ er sich auf einen Ledersessel sinken. »Elmores Begeisterung für Verne und die Wikinger sind mir ein Rätsel. Er war nicht der Mann, der sich nur zum Vergnügen derart in ein Thema vertieft hat. Ich habe nie erlebt, dass er sich ohne einen bestimmten Grund irgendwelches Fachwissen aneignete.«

Pitt blickte zu Kelly. »Hat er Ihnen je erklärt, warum ihn die Wikinger so beschäftigten.«

»Ihm ging es weniger um Brauchtum und Geschichte, als vielmehr um die Runeninschriften.«

Giordino zog eines von Egans Notizbüchern über die Wikinger aus dem Regal und schlug es auf. Er kniff die Augen zusammen, während er darin herumblätterte, und wirkte zusehends verdutzter. Er nahm sich ein zweites Notizbuch vor, dann ein drittes. Danach blickte er völlig verwirrt auf und reichte die Notizbücher an die anderen weiter, die neben ihm standen. »Sieht so aus, als ob Dr. Egan noch viel geheimnisvoller war, als einer von euch ahnt.«

Sie schlugen sie auf, schauten einander dann fragend und mit verständnisloser Miene an.

Sämtliche Blätter in den Notizbüchern waren leer.

»Das verstehe ich nicht«, sagte Kelly, die völlig fassungslos wirkte.

»Ich ebenso wenig«, versetzte Thomas.

Kelly schlug zwei weitere Notizbücher auf und stellte fest, dass sie ebenfalls leer waren. »Ich kann mich noch deutlich an die Familienausflüge in die tiefsten Wälder erinnern, wo wir dann Runensteine gesucht haben. Wenn wir einen gefunden hatten, hat er die Runenzeichen mit Talkumpuder hervorgehoben und anschließend fotografiert. Abends haben wir dann irgendwo in der Nähe gezeltet, und er hat die Inschriften übersetzt. Manchmal bin ich ihm auf die Nerven gegangen, und er hat mich weggescheucht, während er in seinen Notizbüchern herumgekritzelt hat. Ich habe mit eigenen Augen gesehen, wie er sich Aufzeichnungen gemacht hat.«

»Aber nicht in diesen Büchern«, sagte Pitt. »Hier wurde weder ein Blatt rausgerissen noch eines beschrieben. Ihr Vater muss seine eigentlichen Notizbücher irgendwo anders versteckt haben.«

»Die verstauben bestimmt in dem verschollenen Labor, von dem du vorhin gesprochen hast«, sagte Giordino, dessen Hochachtung vor Elmore Egan ein gehöriges Stück nachgelassen hatte.

Kellys bezauberndes Gesicht war rot angelaufen, sie wirkte bestürzt, und ihre saphirblauen Augen schienen irgendetwas zu suchen, das nicht da war. »Wieso hat Papa so etwas getan? Solange ich mich erinnern kann, war er immer ein aufrechter und ehrlicher Mann, der niemandem etwas antun konnte.«

»Er muss einen guten Grund gehabt haben«, sagte Thomas, der sie trösten wollte.

Pitt schaute sie mitfühlend an. »Es ist schon spät. Heute finden wir des Rätsels Lösung sowieso nicht mehr. Ich schlage vor, dass wir alle eine Nacht darüber schlafen, dann fällt uns vielleicht morgen früh die eine oder andere Antwort ein.«

Keiner hatte etwas dagegen einzuwenden. Alle waren todmüde.

Alle bis auf Pitt. Er verließ die Bibliothek als Letzter. Tat so, als schließe er die Tür ab, bevor er Thomas den Schlüssel reichte. Später, als alle schliefen, kehrte er leise zur Bibliothek zurück und trat durch die unverschlossene Tür. Dann schaltete er das Licht ein und schaute Egans Fachbücher über Runensteine durch. Und allmählich zeichnete sich eine Spur ab, die sich zu einer Geschichte fügte.

Um vier Uhr morgens hatte er alles gefunden, wonach er gesucht hatte. Manches war ihm noch unklar. Aber der Nebel hatte sich zumindest so weit gelichtet, dass er halbwegs erkennen konnte, wohin die Reise ging. Glücklich und zufrieden schlief er auf dem bequemen Ledersessel ein, umgeben vom anheimelnden Duft alter Bücher.

36

Giordino kümmerte sich zu ihrer aller Überraschung um das Frühstück. Hinterher rief Pitt, der hundemüde war und kaum die Augen aufbekam, pflichtschuldigst Sandecker an und teilte ihm die neuesten Nachrichten mit. Der Admiral hatte über den Stand der Ermittlungen gegen die Cerberus Corporation wenig zu berichten, erwähnte aber beiläufig, dass Yeager nicht begreifen könnte, wie Pitt es geschafft habe, Egans Lederkoffer hinter seinem Rücken mit Öl zu füllen. Pitt konnte es ebenso wenig begreifen, und er hatte auch keine Ahnung, wer oder was dahinter steckte.

Giordino schloss sich Thomas an, der ein bisschen im Labor arbeiten wollte, während Pitt und Kelly in die Bibliothek zurückkehrten. Kelly bemerkte die Bücher und die Papiere, die sich auf dem Schreibtisch türmten. »Sieht fast so aus, als wäre heute Nacht eine Fee am Werk gewesen.«

Pitt schaute sie an. »Glauben Sie mir, es war keine Fee.«

»Jetzt verstehe ich auch, weshalb Sie aussehen, als hätten Sie gestern durchgemacht«, sagte sie lächelnd. Sie kam zu ihm und gab ihm einen leichten Kuss auf die Wange. »Ich dachte, Sie besuchen vielleicht mich, statt sich in Papas Bibliothek zu schleichen.«

»Erst die Arbeit, dann das Vergnügen«, wollte Pitt gerade sagen, ließ es dann aber lieber sein. »Ich kann mich keiner Minne hingeben, wenn ich mit meinen Gedanken ganz woanders bin.«

»Tausend Jahre in der Vergangenheit«, sagte sie mit einem Blick auf die Bücher über die Wikinger, die aufgeschlagen auf dem Schreibtisch lagen. »Wonach haben Sie gesucht.«

»Sie haben doch gesagt, Ihr Papa ist im ganzen Land herumgefahren und hat fünfunddreißig Runensteininschriften übersetzt.«

»Vielleicht auch ein, zwei mehr oder weniger. Ich weiß es nicht mehr genau.«

»Wissen Sie noch, wo das war?«

Sie dachte nach, neigte den Kopf zur einen, dann zur anderen Seite, sodass sich ihre langen, honigbraunen Haare auf den Schultern ringelten. Schließlich hob sie die Hände. »Etwa fünf, sechs Stellen fallen mir wieder ein, aber die sind so abgelegen, dass ich keine Ahnung habe, wie man auch nur in die Nähe kommt.«

»Das ist auch nicht nötig.«

»Worauf wollen Sie hinaus?«, bohrte sie nach.

»Wir begeben uns auf eine Expedition, folgen den Spuren Ihres Vaters zu den Runensteinen und lassen sie uns übersetzen.«

»Und aus welchem Grund?«

»Weil ich so ein Gefühl im Bauch habe«, erwiderte Pitt. »Ihr Vater ist nicht aus lauter Jux und Tollerei quer durchs ganze Land gezogen und hat Wikingerinschriften gesucht, um seine Übersetzungen anschließend zu verstecken oder zu vernichten. Er hat sich etwas davon versprochen. Er hatte ein bestimmtes Ziel vor Augen. Ich glaube, dass es irgendetwas mit seinen Experimenten zu tun hatte.«

Zweifelnd verzog sie den Mund. »Schon möglich, aber ich weiß nicht, was Sie sich davon versprechen.«

Pitt grinste sie an. »Ein Versuch kann doch nichts schaden.«

»Papa hat keinerlei Hinweis darauf hinterlassen, wo sich die Runensteine befinden. Wie wollen Sie dorthin kommen?«

Er beugte sich über den Schreibtisch, ergriff ein Buch und reichte es ihr. Der Titel lautete *Botschaften der alten Wikinger*, verfasst von Dr. Marlys Kaiser. »Die gute Frau hat ein Standardwerk über insgesamt mehr als achtzig Runensteine in ganz Nordamerika verfasst, samt Übersetzung der Inschriften. Ihre gesammelten Werke stehen hier in der Bibliothek Ihres Papas. Ich glaube, ein Besuch bei Dr. Kaiser könnte sich lohnen.«

»Achtzig Run-« Sie stockte, dachte kurz nach. »Aber Papa hat nur fünfunddreißig untersucht. Wieso hat er aufgehört, ohne sich die übrigen fünfundvierzig anderen vorzunehmen?«

»Weil es ihm nur um die Inschriften ging, die etwas mit einem bestimmten Projekt zu tun hatten, das er seinerzeit verfolgt hat.«

Ihre blauen Augen funkelten kurz auf, als sie die Neugier packte. »Warum hat Papa keinerlei Aufzeichnungen über die Inschriften hinterlassen, die er übersetzt hat?«

»Ich hoffe, dass uns Dr. Kaiser darauf die entsprechenden Antworten geben kann«, sagte er und drückte ihr die Hand.

»Wann brechen wir auf?«, fragte sie aufgeregt.

»Heute Nachmittag, sobald die neuen Wachmänner rund um die Farm in Stellung sind.«

»Wo wohnt Dr. Kaiser?«

»In einer kleinen Stadt namens Monticello. Sie liegt etwa sechzig Meilen nordwestlich von Minneapolis.«

»Ich bin noch nie in Minnesota gewesen.«

»Dort gibt's um diese Jahreszeit jede Menge Ungeziefer.«

Kelly betrachtete die zahllosen Bücher über Wikinger, die die Regale in der Bibliothek ihres Vaters füllten. »Ich frage mich, ob Dr. Kaiser Papa kannte.«

»Es könnte gut sein, dass er sich bei ihr Rat geholt hat«, sagte Pitt. »Am Sonntag um diese Zeit wissen wir mehr.«

»Das sind ja noch vier Tage.« Sie blickte ihn fragend an. »Was hält uns auf?«

Er führte sie aus der Bibliothek und schloss die Tür. »Zunächst muss ich fünf, sechs Anrufe erledigen. Anschließend fliegen wir nach Washington. Ich muss dort ein paar Leute sprechen, auf deren fachlichen Rat ich angewiesen bin. Ich möchte so viel in Erfahrung bringen, wie nur irgend möglich, bevor wir uns nach den Runensteinen erkundigen.«

Als der NUMA-Jet diesmal auf dem Langley Field landete, wurde Pitt von der Kongressabgeordneten Loren Smith in Empfang genommen. Sobald er auf das Vorfeld trat, umarmte sie ihn, schlang die Finger in seine welligen schwarzen Haare, zog seinen Kopf herab und küsste ihn.

»Hallo, Seemann«, sagte sie mit lockendem Ton, als sie ihn wieder losgelassen hatte. »Mein Streuner ist wieder daheim.«

Kelly blieb unwillkürlich unter der Tür der Maschine stehen und sah von oben zu, wie Pitt und Loren einander in die Augen schauten. Sie erkannte sofort, dass die beiden nicht nur eine lockere Freundschaft verband, und mit einem Mal packte sie die Eifersucht. Loren war eine ausgesprochen schöne Frau. Sie war eine begeisterte Reiterin, auf einer Ranch im bergigen Westen von Colorado aufgewachsen, und wirkte entsprechend frisch und kerngesund. Eines Tages hatte sie als Kongressabgeordnete kandidiert und prompt die Wahl gewonnen. Mittlerweile saß sie in ihrer sechsten Legislaturperiode im Parlament.

Loren war der schwülen Hitze wegen, die in Washington herrschte, eher leger gekleidet, sah aber hinreißend aus in ihren braunen Shorts, der gelben Bluse und den goldenen Sandalen. Mit ihren hohen Wangenknochen, den violetten Augen und den zimtroten Haaren hätte sie durchaus ein Model sein können statt einer Volksvertreterin. Seit nunmehr zehn Jahren hatten sie und Pitt eine eher wechselhafte Beziehung – von innig und intim bis zu mehr oder weniger platonisch und wieder anders herum. Einmal hatten sie ernsthaft überlegt, ob sie heiraten sollten, aber da sie beide ganz und gar in ihrem Beruf aufgingen, hatten sie sich nicht einigen können.

Kelly kam zu ihnen, und die beiden Frauen schätzten einander augenblicklich ab. Pitt machte sie miteinander bekannt, doch als Mann bemerkte er nicht, dass sich hier Revierkämpfe anbahnten.

»Kelly Egan, darf ich Ihnen die Kongressabgeordnete Loren Smith vorstellen.«

»Es ist mir eine Ehre, Miss Smith«, sagte Kelly mit leicht verkniffenem Lächeln.

»Loren, bitte«, erwiderte sie liebenswürdig. »Die Ehre ist ganz meinerseits. Ich kannte Ihren Vater. Mein herzliches Beileid. Er war ein großartiger Mann.«

Kellys Gesicht strahlte auf. »Sie kannten Papa?«

»Er sagte vor meinem Untersuchungsausschuss über Preisabsprachen in der Erdölindustrie aus. Außerdem haben wir uns mehrmals privat getroffen und uns über Fragen zur nationalen Sicherheit unterhalten.«

»Ich wusste zwar, dass Papa gelegentlich nach Washington fuhr, aber er hat mir nie erzählt, dass er sich dort mit Kongressmitgliedern trifft. Ich dachte immer, es ging um Gespräche im Wirtschafts- und Verkehrsministerium.«

In diesem Augenblick stieg Giordino aus der Maschine, schloss Loren in die Arme und tauschte mit ihr Küsschen auf beide Wangen aus. »So hinreißend wie eh und je«, sagte er, während er zu ihr aufblickte. Immerhin war sie fast zehn Zentimeter größer als er.

»Wie geht's meinem Lieblingsrömer?«

»Der schlägt sich nach wie vor mit den Barbaren rum. Und dir?«

»Ich kämpfe nach wie vor wider die Philister in unser aller Hauptstadt.«

»Irgendwann sollten wir mal tauschen.«

Loren lachte. »Ich glaube nicht, dass ich damit besser bedient bin.«

Sie gab Pitt erneut einen innigen Kuss. »Immer wenn ich denke, du bist endgültig in die ewigen Jagdgründe eingegangen, kreuzt du wieder auf.«

»Mit welchem Auto bist du gekommen?«, fragte Pitt, der davon ausging, dass sie ihn wie immer mit einem seiner Sammlerstücke abholte.

Sie deutete mit dem Kopf zu einem eleganten, dunkelgrünen 1938er Packard mit lang geschwungenen Kotflügeln und zwei abgedeckten Reservereifen auf beiden Seiten der Motorhaube. Mit der wunderbaren Linienführung der von Earle C. Anthony – fünf Jahrzehnte lang einer der bekanntesten Packard-Händler – gefertigten Spezialkarosserie war er der Inbegriff des klassischen Automobils. Dieser spezielle Wagen war ein so genanntes Town Car aus der Baureihe 1607 mit einem Radstand von knapp über 3500 Millimetern und einem wunderbar leisen V12-Motor mit einem Hubraum von 7756 Kubikzentimetern, den Pitt leicht auffrisiert hatte, sodass er rund 200 PS leistete.

Ein derart prachtvolles Auto besitzt eine geradezu erotische Ausstrahlung. Kelly jedenfalls strich mit den Fingern über die Kühlerfigur, einen verchromten Kormoran, und ihre Augen funkelten ehrfürchtig, als sie dieses Meisterwerk der Ingenieurskunst berührte. Sie wusste, dass auch ihr Vater von einem derartig herrlichen Auto begeistert gewesen wäre. »Es ist schlichtweg wunderschön«, sagte sie. »Aber das wird ihm bei weitem nicht gerecht.«

»Möchten Sie es fahren?«, fragte Loren und warf Pitt einen herrischen Blick zu. »Dirk hat bestimmt nichts dagegen.«

Pitt, der einsah, dass ihm kaum eine andere Wahl blieb, fand sich wohl oder übel damit ab. Er half Giordino, das Gepäck in den Kofferraum zu laden, und setzte sich dann mit Loren in den Fond. Giordino nahm auf dem offenen Vordersitz neben Kelly Platz, die sich an dem großen Lenkrad vorkam wie im siebten Himmel.

Loren kurbelte die Trennscheibe zwischen dem Vordersitz und dem Fond hoch und schaute Pitt herausfordernd an. »Wohnt sie bei dir?«

»Du kommst doch nur auf schlechte Gedanken«, antwortete Pitt lachend. »Eigentlich hatte ich gehofft, dass sie bei dir unterkommen könnte.«

»Das sieht dem Dirk Pitt, den ich mal gekannt habe, gar nicht ähnlich.«

»Tut mir Leid, wenn ich dich enttäusche, aber sie schwebt in Lebensgefahr, und in deinem Stadthaus ist sie besser aufgehoben. Die Cerberus Corporation wird von Wahnsinnigen geleitet, die vor nichts zurückschrecken, um die Formel für das Superöl in die Hände zu kriegen, das ihr Vater erfunden hat. Vermutlich haben sie meinen Hangar bereits aufgespürt, daher halte ich es für klüger, wenn sie sich nicht in meiner Nähe aufhält.«

Loren ergriff seine Hände. »Was würden die Frauen auf dieser Welt bloß ohne dich machen?«

»Macht es dir was aus, Kelly unter deine Fittiche zu nehmen?«

Loren lächelte. »Ein bisschen weibliche Gesellschaft könnte ich zur Abwechslung ganz gut gebrauchen.« Dann verschwand das Lächeln. »Mal ernsthaft, ich hatte keine Ahnung, dass du mit Cerberus aneinander geraten bist.«

»Das FBI und die CIA haben Stillschweigen über die Ermittlungen bewahrt.«

»Das kann man wohl sagen. Bislang ist nichts zu den Medien durchgedrungen. Weißt du noch mehr, was ich nicht weiß?«

»Die NUMA hat eindeutig nachgewiesen, dass der Brand und der Untergang der *Emerald Dolphin* ebenso vorsätzlich herbeigeführt wurden wie die Explosion auf der *Golden Marlin*. Wir sind davon überzeugt, dass die Cerberus Corporation und ihre geheime Sicherheitstruppe, die Vipern, hinter den Katastrophen stecken.«

Sie blickte Pitt unverwandt an. »Bist du dir dessen hundertprozentig sicher?«

»Al und ich stecken von Anfang an bis über beide Ohren in der Sache drin.«

Sie ließ sich in die tiefen Lederpolster sinken und starrte eine Zeit lang aus dem Fenster. Dann wandte sie sich wieder an ihn. »Ich leite zufällig den Untersuchungsausschuss, der die unfairen Geschäftspraktiken der Cerberus Corporation unter die Lupe nimmt. Wir glauben, dass die Geschäftsleitung versucht, den Großteil aller Öl- und Erdgasvorkommen in den USA in ihren Besitz zu bringen, um sich eine Monopolstellung in ganz Nordamerika zu schaffen.«

»Wozu?«, fragte Pitt. »Fast neunzig Prozent unseres Öls stammen von ausländischen Produzenten. Es ist doch kein Geheimnis, dass die amerikanischen Förderer nicht konkurrenzfähig sind, was die Kosten pro Barrel angeht.«

»Stimmt«, bestätigte Loren, »wir können es uns nicht leisten, so viel Öl zu fördern, wie wir im Inland brauchen. Gleichzeitig ist das ein gefährliches Spiel, da die ausländischen Produzenten die Fördermenge nach Belieben senken und damit die Preise in die Höhe treiben könnten, sodass es von heute auf morgen in jedem Land der Welt zu ernsten Versorgungsengpässen kommen könnte. Verschlimmert wird die Situation zudem noch dadurch, dass sämtliche in den USA eingelagerten Ölvorräte praktisch aufgebraucht sind. Die einheimischen Produzenten sind nur zu gern bereit, ihre Förderrechte und Ölfelder an die Cerberus Corporation zu verkaufen und sich nur noch auf das Raffinieren von Rohöl zu verlegen, das aus dem Ausland geliefert wird. Es dauert aber eine ganze Weile, bis das geförderte und gebunkerte Rohöl auf Supertankern in unsere Lager und schließlich zu den Raffinerien gelangt. Wenn dieser ständige Zustrom auch nur einmal versiegt, weil die Fördermengen gesenkt werden, können drei bis fünf Monate vergehen, bis die Versorgung wieder in vollem Umfang funktioniert.«

»Was du hier ansprichst, liefe auf eine Wirtschaftskatastrophe von verheerenden Ausmaßen hinaus.«

Loren kniff die Lippen zusammen. »Die Treibstoffpreise schießen nach oben. Die Fluggesellschaften müssen ihre Preise deutlich anheben. Die Benzinkosten würden explodieren. Die Inflationsrate wird sich vervierfachen. Könnte sein, dass die Ölpreise auf bis zu achtzig Dollar pro Barrel steigen.«

»Ich kann mir nicht vorstellen, dass ich mehr als einen Dollar für einen Liter Sprit bezahlen soll.«

»Wir müssen uns darauf gefasst machen.«

»Aber schadet das nicht auch den ausländischen Produzenten?«, fragte Pitt.

»Nein, denn deren Förderkosten sinken, während sich der Profit nahezu verdreifacht. Zudem ist man bei der OPEC ohnehin ungehalten darüber, wie der Westen im Lauf der Jahre die Erzeugerländer gegeneinander ausgespielt hat. Die werden sich künftig stur stellen und nicht auf unsere Bitten um höhere Fördermengen zu niedrigeren Preisen eingehen. Und um unsere Drohungen scheren sie sich auch nicht.«

Pitt blickte aus dem Fenster und betrachtete die kleinen Boote, die auf dem Potomac segelten. »Womit wir wieder bei Cerberus wären. Was versprechen die sich davon? Wenn sie es auf ein Monopol beim einheimischen Rohöl abgesehen haben, warum übernehmen sie dann nicht auch die Raffinerien?«

Loren hob die Hände. »Durchaus möglich, dass sie insgeheim bereits Verkaufsverhandlungen mit den Besitzern führen. Wenn ich an deren Stelle wäre, würde ich sämtliche Möglichkeiten in Betracht ziehen.«

»Sie müssen irgendetwas vorhaben, und zwar irgendwas Großes, sonst würden nicht derart viele Leichen ihren Weg pflastern.«

Auf Giordinos Anweisung hin bog Kelly von der Straße ab, fuhr durch ein Tor an einer abgelegenen Ecke des Ronald Reagan International Airport und lenkte den alten Packard einen unbefestigten Weg entlang, der vor Pitts altem Flugzeughangar endete. Pitt kurbelte die Trennscheibe herunter und wandte sich an Giordino.

»Ich schlage vor, dass du die beiden Mädels bei Lorens Stadthaus absetzt, zu dir fährst und dich frisch machst. Anschließend holst du uns gegen sieben ab. Ich reserviere uns derweil einen Tisch fürs Abendessen.«

»Klingt wunderbar«, sagte Kelly. Sie drehte sich um und lächelte Loren an. »Ich hoffe, ich bereite Ihnen keine Unannehmlichkeiten.«

»Ganz und gar nicht«, erwiderte Loren liebenswürdig. »Ich habe ein Gästezimmer, in dem Sie gern unterkommen können.«

Dann wandte sich Kelly mit leuchtenden Augen an Pitt. »Ich liebe dieses Auto einfach.«

»Verfallen Sie ihm nicht zu sehr«, sagte er und grinste sie an. »Ich will es wiederhaben.«

Als der Packard leise auf dem Weg davonrollte, gab Pitt den Zifferncode in seine Fernbedienung ein, trat in den Hangar, ließ sein Gepäck fallen und blickte auf seine Doxa-Uhr. Halb drei. Er griff durch das offene Fenster eines NUMA-Jeeps, holte das Handy heraus und machte einen Anruf.

Eine tiefe, melodiöse Stimme mit markantem Tonfall meldete sich. »Ich bin da.«

»St. Julien.«

»Dirk!«, brüllte St. Julien Perlmutter, ein großartiger Erzähler, Feinschmecker und anerkannter Marinehistoriker. »Ich hatte gehofft, dass du dich meldest. Schön, dich mal wieder zu hören. Man hat mir berichtet, dass du auf der *Golden Marlin* warst.«

»Stimmt.«

»Mein Glückwunsch zur Rettung im letzten Moment.«

»St. Julien, hättest du vielleicht ein bisschen Zeit für eine kleine Recherche?«

»Für mein Lieblingspatenkind habe ich immer Zeit.«

»Darf ich vorbeikommen?«

»Ja, na klar. Ich möchte einen sechzig Jahre alten Portwein probieren, den ich mir unlängst aus Portugal habe kommen lassen. Ich hoffe doch, du leistest mir dabei Gesellschaft.«

»Ich bin in einer Viertelstunde da.«

37

Pitt fuhr eine von Bäumen und noblen, rund hundert Jahre alten Häusern gesäumte Straße in Georgetown entlang und bog in eine Auffahrt ein. Sie führte an einem wuchtigen Ziegelhaus vorbei, dessen Mauern mit Efeu überwuchert waren, und endete neben einer geräumigen Remise, die vor einem überdachten Innenhof stand. Hier, wo einst die hohen Herrschaften ihre Kutschen und später ihre Automobile untergestellt hatten, hatte sich der jetzige Besitzer eine große Wohnung mit zwei Kellergeschossen eingerichtet, in denen sich die umfangreichste Bibliothek über Seefahrt und Marinegeschichte sowie die Erkundung und Erforschung der Meere befand, die je ein Mensch zusammengetragen hatte.

Pitt stellte den Jeep ab, ging zur Tür und betätigte den schweren Bronzetürklopfer, der ein altes Segelschiff darstellte. Er hatte kaum zugeschlagen, als bereits die Tür aufgerissen wurde. Ein mächtiger Mann, gut dreieinhalb Zentner schwer, der einen burgunderroten Seidenpyjama mit Paisleymuster und einen dazu passenden Hausmantel trug, füllte die Tür aus. Trotz des gewaltigen Leibesumfangs wirkte er weder weich noch wabbelig, sondern eher kräftig gebaut, zumal er sich erstaunlich behände bewegte. Das üppig wallende Haar war grau, desgleichen der Bart unter der rosarötlichen Knollennase und den tiefblauen Augen.

»Dirk!«, rief er. Er schloss ihn in die Arme, zerdrückte ihn fast und trat dann einen Schritt zurück. »Tritt ein, tritt ein. Kommt mir fast so vor, als hätten wir uns in letzter Zeit viel zu selten gesehen.«

»Ich muss zugeben, dass ich mich manchmal nach deinen Kochkünsten gesehnt habe.«

Pitt folgte St. Julien Perlmutter durch etliche hohe Räume und Flure, in denen sich vom Boden bis zur Decke zahllose Bücher über Schiffe und Seefahrtsgeschichte stapelten. Es war eine gewaltige Bibliothek, auf die viele Universitäten und Museen scharf waren, doch Perlmutter wollte nicht einen Band hergeben, solange er unter den Lebenden weilte. Erst danach wollte er seinen Nachlass dem Würdigsten vermachen. Er führte Pitt in die geräumige Küche voller Gläser, Töpfe, Pfannen und Geschirr, mit dem man vermutlich zehn Restaurants hätte ausstatten können, und winkte ihn zu einem Stuhl neben einem ausklappbaren Tisch, auf dem ein kleines Kompassgehäuse stand.

»Nimm Platz. Ich mache schnell den edlen Port auf, den ich für besondere Anlässe aufgehoben habe.«

»Mein Besuch fällt wohl kaum unter die besonderen Anlässe«, erwiderte Pitt lächelnd.

»Für mich ist es schon ein besonderer Anlass, wenn ich nicht allein trinken muss«, erwiderte Perlmutter glucksend. Er war ein stets gut gelaunter Mann, der gern lachte und immer für einen Spaß zu haben war. Er zog den Korken und goss den tiefroten Port in zwei Gläser und reichte Pitt eines. »Was hältst du davon?«

Pitt kostete den Port, ließ ihn langsam über die Zunge rollen und pfiff dann beifällig. »Der schmeckt wie Nektar und Ambrosia.«

»Eine der größten Freuden des Daseins.« Perlmutter trank sein Glas aus und goss sich nach. »Du hast angedeutet, dass du einen Rechercheauftrag für mich hast.«

»Hast du schon mal was von Dr. Elmore Egan gehört?«

Perlmutter starrte Pitt einen Moment lang durchdringend an. »Selbstverständlich. Der Mann war ein Genie. Und mit seinen magnetohydrodynamischen Maschinen, die so leistungsfähig und obendrein noch kostengünstig sind, hat er ein Wunderwerk der Technik vollbracht. Ein Jammer, dass ausgerechnet er, der kurz vor seinem größten Triumph stand, beim Brand der *Emerald Dolphin* ums Leben kam. Was soll die Frage?«

Pitt lehnte sich zurück, genehmigte sich ein zweites Glas Port und erzählte die ganze Geschichte aus seiner Sicht, angefangen vom

Brand auf der *Emerald Dolphin* bis zu dem Kampf in Egans Haus hoch über dem Hudson.

»Und was habe ich damit zu tun?«, fragte Perlmutter.

»Dr. Egan hat Jules Verne über alles verehrt, vor allem sein Buch *Zwanzigtausend Meilen unter dem Meer*. Ich dachte mir, wenn jemand über Kapitän Nemo und sein Unterseeboot, diese *Nautilus*, Bescheid weiß, dann bist du das.«

Perlmutter lehnte sich zurück und blickte zu der Stuckdecke in seiner Küche auf. »Da es sich bei dem fraglichen Werk um einen Roman handelt, habe ich mich nicht näher damit beschäftigt. Ist eine ganze Weile her, dass ich es zum letzten Mal gelesen habe. Aber meiner Meinung nach war Verne entweder seiner Zeit weit voraus, oder aber er hatte ein gutes Gespür für künftige technologische Entwicklungen, denn die *Nautilus* war für das Jahr 1866 sehr fortschrittlich.«

»Konnte damals irgendjemand, irgendein Land ein Unterseeboot bauen, das auch nur halbwegs so ausgereift war wie die *Nautilus*?«, fragte Pitt.

»Das Einzige, das sich meines Wissens nach vor achtzehnhundertneunzig als einsatzfähig erwies, war die *H.L. Hunley*, ein Unterseeboot der Konföderation.«

»Ich kann mich dunkel erinnern«, sagte Pitt. »Im Jahr 1864 versenkte sie vor Charleston, South Carolina, die unter der Flagge der Union fahrende Korvette *Housatonic* und war damit das erste U-Boot der Kriegsgeschichte, das ein feindliches Schiff versenkt hatte.«

Perlmutter nickte. »Ja, und es dauerte fast fünfzig Jahre, bis es wieder dazu kam, bis zum August 1914, als die *U-21* in der Nordsee die *HMS Pathfinder* versenkte. Die *Hunley* lag hundertsechsunddreißig Jahre lang am Meeresgrund, im Schlick begraben, bis man sie entdeckte, hob und in einem Konservierungstank der Öffentlichkeit zugänglich machte. Als man sie vom Schlick befreit und die Überreste der Besatzung geborgen hatte, konnte man sie erstmals näher untersuchen und stellte dabei fest, dass sie weitaus ausgefeilter war, als man vermutet hatte. Sie war stromlinienförmig gebaut, hatte einen primitiven Schnorchel, der per Blasebalg betätigt wurde, mit Pumpen versehene Ballasttanks, Tauchruder und einen nahtlos vernieteten Rumpf. Wobei es sich bei Letzterem um ein Konstruktionsprinzip handelt, bei dem man bislang davon ausging, dass es erstmals Mitte der dreißiger Jahre von Howard Hughes für den Flugzeugbau angewandt worden war. Offenbar hatte man auf der *Hunley* sogar elektromagnetische Maschinen erprobt. Doch damit war man damals technisch doch noch überfordert, sodass die acht Mann Besatzung eine Kurbelwelle bedienen mussten, um die Schraube in Bewegung zu setzen. Danach tat sich eine Zeit lang gar nichts, bis John Holland und Simon Lake mit Tauchfahrzeugen experimentierten und Unterseeboote entwarfen, die dann prompt von einigen Ländern übernommen wurden, unter anderem von den Vereinigten Staaten und von Deutschland. Neben Kapitän Nemos *Nautilus* allerdings hätten diese Versuchsfahrzeuge reichlich ungeschlacht ausgesehen.«

Perlmutter atmete tief durch und wollte gerade zur Portweinflasche greifen, als er plötzlich strahlte. »Mir ist da gerade etwas eingefallen«, sagte er und stand trotz seiner Leibesfülle leichtfüßig auf. Er verschwand eine Zeit lang und kehrte dann mit einem Buch zurück. »Eine Abschrift des offiziellen Untersuchungsberichts bezüglich des Untergangs der Fregatte *USS Kearsarge*.«

»Das Schiff, das den berühmt-berüchtigten konföderierten Kaperfahrer *Alabama* versenkt hat?«

»Ganz recht«, erwiderte Perlmutter. »Ich hatte völlig vergessen, welch sonderbare Umstände seinerzeit dazu führten, dass sie 1894 auf dem vor Venezuela gelegenen Roncador-Riff auflief.«

»Sonderbare Umstände?«, fragte Pitt.

»Ja. Nach Aussage ihres Kommandanten, Captain Leigh Hunt, wurde sie von einem Unterseeboot angegriffen, das wie ein Wal aussah. Sie verfolgten das fremde Schiff, doch es versank im Wasser, rammte die *Kearsarge* und riss ein riesiges Loch in ihren Rumpf. Sie schleppten sich mit knapper Not bis zum Roncador-Riff, wo sie auf Grund gesetzt wurde. Anschließend schlug die Besatzung auf dem Riff ihr Lager auf, bis sie gerettet wurde.«

»Klingt fast so, als ob sich der Captain an den Rumvorräten vergriffen hat«, versetzte Pitt scherzhaft.

»Nein, er war stocknüchtern«, erwiderte Perlmutter. »Und außerdem bestätigte die gesamte Besatzung seine Geschichte. Alle haben sie das Gleiche erzählt. Sie berichteten von einem großen, stählernen Monster, dem keine der von der *Kearsarge* abgefeuerten Kanonenkugeln etwas anhaben konnte – sie prallten einfach ab. Außerdem wiesen sie einmütig darauf hin, dass sich auf seinem Rücken ein pyramidenförmiger Höcker mit Bullaugen befunden habe. Captain Hunt versicherte hoch und heilig, dass er einen Mann gesehen hätte, der ihn durch eines der Bullaugen anschaute, einen Mann mit Bart.«

»Wie groß war dieses Monster ihrer Meinung nach?«

»Es war zigarrenförmig und lief hinten und vorn spitz zu, insofern war sich die Besatzung einig, nicht aber, was die Größe angeht. Wie nicht anders zu erwarten, waren einige der Meinung, es wäre mindestens hundert Meter lang und gut acht Meter breit gewesen, andere wiederum meinten, es wäre etwa höchstens halb so groß gewesen.«

»Vermutlich also irgendwo dazwischen«, sagte Pitt nachdenklich. »Um die siebzig Meter lang und rund siebeneinhalb Meter breit. Im Jahr 1894 dürfte das ein ernst zu nehmender Gegner gewesen sein.«

»Apropos, da fällt mir ein, dass die *Kearsarge* nicht das einzige Schiff war, das nach Aussage von Augenzeugen angeblich von einem Seeungeheuer versenkt wurde.«

»Wie wär's mit der *Essex*, dem Walfangschiff aus Nantucket, das angeblich von einem Wal gerammt und versenkt wurde?«, meinte Pitt.

»Dabei«, erwiderte Perlmutter streng, »handelte es sich tatsächlich um einen Wal. Ich denke eher an ein anderes Schiff der US-Navy, die *Abraham Lincoln*, die ebenfalls von einer Begegnung mit einem Unterwasserfahrzeug berichtete, das sie rammte und ihr Ruder beschädigte.«

»Wann soll das gewesen sein?«

»Im Jahr 1866.«

»Zwanzig Jahre früher.«

Perlmutter betrachtete die Portweinflasche, die zu zwei Dritteln leer war. »Seinerzeit sind viele Schiffe unter mysteriösen Umständen verschwunden. Zumeist britische Kriegsschiffe.«

Pitt stellte sein Glas auf den Tisch, lehnte aber ab, als Perlmutter ihm nachgießen wollte. »Ich kann mir einfach nicht vorstellen, dass ein hypermodernes U-Boot, das seiner Zeit technisch um Jahrzehnte voraus war, von Privatleuten gebaut wurde.«

»Die *Hunley* wurde ebenfalls von privater Hand finanziert«, belehrte ihn Perlmutter. »Genau genommen war sie bereits das dritte Boot, das Horace Hunley und seine Ingenieure bauten. Eines ausgefeilter als das andere.«

»Mir will nicht recht einleuchten, dass dieses mysteriöse Monster nicht von einer Industrienation entworfen und gebaut wurde«, sagte Pitt, der nach wie vor skeptisch war.

»Wer weiß?«, erwiderte Perlmutter mit einem Schulterzucken. »Vielleicht hat Jules Verne von einem solchen Boot gehört und sich die Geschichte von Kapitän Nemo und seiner *Nautilus* dazu ausgedacht.«

»Schon sonderbar, dass so ein Boot, falls es tatsächlich existiert hat, fast dreißig Jahre lang rund um die Welt gefahren sein soll, ohne dass man es öfter sah, ohne dass irgendwann ein Besatzungsmitglied desertiert ist und die ganze Geschichte erzählt hat. Und wieso gibt es nicht mehr Berichte von Überlebenden, wenn es tatsächlich die Meere befuhr und allerlei Schiffe rammte und versenkte?«

»Keine Ahnung«, sagte Perlmutter bedächtig. »Ich weiß nur das, was ich in den Annalen der Seefahrtsgeschichte finden kann. Was nicht heißen muss, dass es in irgendwelchen Archiven irgendwo auf der Welt nicht noch mehr Berichte gibt, die von den Forschern noch nicht ausgewertet wurden.«

»Was ist mit Verne?«, erkundigte sich Pitt. »Es muss doch irgendwo ein Museum geben, ein Haus, in dem er einst wohnte, beziehungsweise Verwandte, die seine Papiere, seine Rechercheunterlagen und Briefe aufbewahrt haben.«

»So ist es. Gelehrte, die sich mit Verne befassen, gibt es überall. Aber Dr. Paul Hereoux, der Präsident der Jules-Verne-Gesellschaft in Amiens, Frankreich, wo Verne von 1872 bis zu seinem Tod im

Jahr 1905 wohnte, gilt als der Fachmann schlechthin, was das Leben des Autors angeht.«

»Können wir uns mit ihm in Verbindung setzen?«

»Ich weiß noch etwas Besseres«, erwiderte Perlmutter. »Ich wollte ohnehin in ein paar Tagen nach Paris reisen, um in den dortigen Archiven nach Unterlagen über die *Bonhomme Richard* zu suchen, dem Schiff von John Paul Jones. Ich werde einen Abstecher nach Amiens unternehmen und mit Dr. Hereoux persönlich sprechen.«

»Mehr kann ich nicht erwarten«, sagte Pitt und stand auf. »Ich muss weiter und mich schleunigst frisch machen. Ich bin mit Al, Loren und Dr. Egans Tochter Kelly zum Essen verabredet.«

»Bestelle ihnen meine besten Wünsche.«

Noch ehe Pitt aus der Haustür war, öffnete Perlmutter eine weitere Flasche alten Portwein.

38

Sobald er wieder in seinem Apartment im ersten Stock des Hangars war, rief Pitt Admiral Sandecker an. Anschließend duschte er, rasierte sich und zog eine legere Hose und ein Strickhemd an. Als er die Hupe des Packard hörte, schlüpfte er in ein leichtes Sportsakko und trat aus dem Hangar. Er rutschte auf den Ledersitz auf der Beifahrerseite und nickte Giordino kurz zu, der ähnlich gekleidet war wie er, nur dass er seine Jacke wegen der Wärme und der Luftfeuchtigkeit von gut fünfundneunzig Prozent, die an diesem Abend in Washington herrschte, über die Lehne gehängt hatte.

»Alles klar?«, fragte Giordino.

Pitt nickte. »Der Admiral hat eine kleine Überraschung vorbereitet, falls es Schwierigkeiten geben sollte.«

»Bist du bewaffnet?«

Pitt schlug sein Sakko zurück und zeigte ihm seinen alten Colt, der in einem Schulterholster steckte. »Und du?«

Giordino drehte sich herum, sodass die halbautomatische 40er

Ruger P94 zum Vorschein kam, die er unter dem Arm trug. »Wollen wir hoffen, dass wir zu vorsichtig waren.«

Ohne ein weiteres Wort trat Giordino die Kupplung durch, ergriff den Onyxknauf des langen, geschwungenen Schaltknüppels, legte den ersten Gang ein, ließ die Kupplung langsam kommen und trat auf das Gaspedal. Geschmeidig rollte der schwere Packard auf den Fahrweg zum Tor des Flughafens.

Ein paar Minuten später hielt Giordino vor Lorens Stadthaus in Alexandria. Pitt ging zur Haustür und klingelte. Zwei Minuten später kamen die beiden Frauen heraus. Loren, die ein Baumwolloberteil mit Rollkragenansatz und Seitenschlitzen sowie einen bis knapp über die Knöchel fallenden, glatten Rock trug, sah atemberaubend aus. Kelly trug ein besticktes Kostüm aus weichem Rayonkrepp mit einer Rüschenborde, in dem sie sehr weiblich wirkte.

Nachdem sie alle im Packard Platz genommen hatten, wobei Kelly wieder vorn neben Giordino saß, drehte der sich um und fragte Pitt: »Wohin geht's?«

»Fahr auf der Telegraph Road zu der Kleinstadt Rose Hill. Dort gibt es ein Restaurant namens Knox Inn. Die servieren typische, bodenständige amerikanische Gerichte nach Hausmacherart, die einfach himmlisch schmecken.«

»Nach dieser Werbung«, sagte Loren, »kann man nur hoffen, dass die Küche den Erwartungen entspricht.«

»Bodenständige Gerichte nach Hausmacherart klingt großartig«, rief Kelly aufgeräumt. »Ich bin schon völlig ausgehungert.«

Auf der Fahrt zu der Gaststätte unterhielten sie sich zumeist über Belanglosigkeiten. Sie gingen mit keinem Wort auf ihre jüngsten Erlebnisse ein und kamen auch nicht auf die Cerberus Corporation zu sprechen. Die Frauen redeten hauptsächlich über die Städte und Länder, die sie auf ihren Reisen besucht hatten, während Pitt und Giordino nachdenklich und schweigend dasaßen, auf die vorbeifahrenden Autos achteten und den Blick auf die Straße voraus gerichtet hatten, falls es zu unvorhergesehenen Schwierigkeiten kommen sollte.

Die Insassen der anderen Fahrzeuge starrten auf den alten Packard, der im Schein der untergehenden Sonne über den Highway rollte wie eine ehrwürdige alte Witwe, die auf dem Weg zu einem Pflanzerball ist. Er war nicht annähernd so schnell wie ein modernes Auto, aber Pitt wusste, dass der drei Tonnen schwere Wagen allenfalls von einem großen Laster von der Straße gedrängt werden konnte. Außerdem war er gebaut wie ein Panzer. Das wuchtige Chassis und die ausladende Karosserie boten den Insassen im Falle eines Zusammenstoßes ausreichend Schutz.

Giordino bog auf den Parkplatz des Lokals ein, und die Frauen stiegen unter den wachsamen Blicken der beiden Männer aus. Pitt und Giordino schauten sich auf dem Parkplatz rund um das Restaurant um, bemerkten aber nichts Verdächtiges. Dann betraten sie das Lokal, das bereits seit 1772 als Postkutschenstation gedient hatte, und wurden vom Oberkellner augenblicklich zu einem Tisch unter einer ausladenden Eiche im Innenhof geleitet.

»Was die Getränke angeht«, sagte Pitt, »empfehle ich, dass wir auf Cocktails und Wein verzichten und uns lieber ein erstklassiges Bier aus der hauseigenen Brauerei bringen lassen.«

Allmählich wurden Pitt und Giordino gelöster, und die Zeit verging wie im Flug, als Giordino sein ganzes Repertoire abgefeimter Witze zum Besten gab, bis sich die Frauen vor Lachen den Bauch hielten. Pitt, der alle schon mindestens fünfzig Mal gehört hatte, grinste nur höflich. Er betrachtete die Mauern des Innenhofes und musterte fortwährend die anderen Gäste, bemerkte aber nichts Außergewöhnliches.

Sie bestellten sich eine gemischte Platte mit gegrilltem Schwein und Hühnchen, Grütze mit Shrimps und Krabbenfleisch, Krautsalat nach Südstaatenart und geröstete Maiskolben. Als sie das Hauptgericht hinter sich hatten und gerade zum Key Lime Pie übergehen wollten, straffte sich Pitt. Ein Mann mit braun gebranntem Gesicht und rötlichbraunen Haaren, flankiert von zwei Gestalten mit unbewegter Miene, die aber genauso gut Schilder mit der Aufschrift *Bewaffnete Killer* hätten tragen können, näherte sich ihrem Tisch. Der Neuankömmling trug einen teuren Maßanzug und feste Schuhe britischer Machart, keine leichten italienischen. Seine blassblauen Augen waren unverwandt auf Pitt gerichtet, während er zwischen den Tischen auf dem Innenhof hindurchging.

Er bewegte sich anmutig, doch mit einer Arroganz, als gehörte ihm die halbe Welt.

Bei Pitt schrillten sofort sämtliche Alarmglocken. Er stupste Giordino mit dem Fuß an und machte eine kurze Handbewegung, die der stämmige Italiener augenblicklich erkannte.

Der Mann kam direkt auf ihren Tisch zu und blieb stehen. Er schaute von einem zum anderen, als wollte er sich ihre Gesichter für alle Zukunft einprägen. Dann verweilte sein Blick auf Pitt. »Wir sind uns noch nie begegnet, Mister Pitt, aber mein Name ist Curtis Merlin Zale.«

Niemand am Tisch kannte Zale, doch der Name war ihnen nur zu vertraut. Sie reagierten unterschiedlich, als sie das sagenumwobene Monster in Menschengestalt leibhaftig vor sich sahen. Kelly hielt den Atem an und riss die Augen auf. Loren musterte ihn teils neugierig, teils belustigt, während Giordino vor allem auf die beiden Leibwächter achtete. Pitt betrachtete Zale trotz der eiskalten Wut, die er im Bauch hatte, mit ungerührter Miene. Beim Anblick dieses Mannes, der seine barbarische Grausamkeit offensichtlich genoss, wurde ihm allenfalls übel. Er machte keinerlei Anstalten, aufzustehen.

Zale verbeugte sich kurz und zackig vor den beiden Frauen. »Miss Egan, meine liebe Kongressabgeordnete, schön, dass wir uns endlich kennen lernen.« Dann wandte er sich an Pitt und Giordino. »Meine Herren, Sie sind ungewöhnlich starrsinnig. Ihr Einmischen hat meinem Unternehmen erhebliche Ungelegenheiten bereitet.«

»Ihr Ruf als habgieriger Psychopath eilt Ihnen voraus«, sagte Pitt mit ätzendem Unterton.

Die beiden Bodyguards traten einen Schritt vor, doch Zale winkte sie zurück. »Ich hatte gehofft, wir könnten vielleicht zu unser aller Wohl ein vernünftiges Gespräch miteinander führen«, erwiderte er ohne jede Gehässigkeit.

Der Typ ist aalglatt, dachte Pitt, glatt und glitschig wie ein Schmierseifenvertreter. »Ich wüsste nicht, was wir miteinander zu tun haben sollten. Sie lassen Männer, Frauen und Kinder ermorden. Al und ich sind ganz normale, gesetzestreue Bürger, die Ihnen bei

Ihrem aberwitzigen Vorhaben, sich ein Monopol auf inländisches Öl zu verschaffen, in die Quere geraten sind.«

»Dazu wird es nicht kommen«, sagte Loren.

Falls Zale überrascht darüber war, dass Pitt und Loren über seine Pläne Bescheid wussten, ließ er es sich nicht anmerken. »Ihnen ist doch sicher klar, dass die mir zur Verfügung stehenden Mittel die Ihren bei weitem überschreiten. Inzwischen sollte das selbst Ihnen deutlich geworden sein.«

»Sie täuschen sich, wenn Sie meinen, Sie wären stärker als die amerikanische Regierung«, entgegnete Loren. »Der Kongress wird Ihnen Einhalt gebieten, bevor Sie auch nur einen Ihrer Pläne umsetzen können. Morgen in aller Frühe werde ich eine umfassende Untersuchung von Seiten des Kongresses bezüglich Ihrer Verwicklung in die Unglücksfälle auf der *Emerald Dolphin* und der *Golden Marlin* beantragen.«

Zale bedachte sie mit einem gönnerhaften Lächeln. »Halten Sie das wirklich für klug? Kein Politiker ist gegen einen Skandal gefeit … oder einen Unfall.«

Loren sprang so abrupt auf, dass ihr Stuhl umkippte. »Wollen Sie mir etwa drohen?«, zischte sie.

Zale wich keinen Schritt zurück und lächelte unverwandt weiter. »O nein, meine liebe Kongressabgeordnete Smith, ich weise nur auf die Möglichkeiten hin. Wenn Sie es darauf anlegen, die Cerberus Corporation zu zerschlagen, sollten Sie sich auch auf die Konsequenzen gefasst machen.«

Loren war außer sich. Sie konnte nicht fassen, dass man ihr, einer gewählten Volksvertreterin, mit ehrenrührigen Unterstellungen oder gar dem Tod drohte. Langsam setzte sie sich hin, nachdem Pitt ihren Stuhl wieder aufgestellt hatte, und starrte Zale wütend an. Pitt hingegen saß wortlos da, fast so, als genieße er die Auseinandersetzung.

»Sie sind ja wahnsinnig!«, herrschte Loren Zale an.

»Im Grunde genommen bin ich durchaus bei Sinnen. Ich weiß immer ganz genau, wo ich stehe. Glauben Sie ja nicht, meine liebe Kongressabgeordnete, dass Sie sich auf die Unterstützung Ihrer Parlamentskollegen verlassen können. Ich habe im Kapitol mehr Freunde als Sie.«

»Zweifellos alle bestochen und durch Erpressung gefügig gemacht«, warf Pitt ein.

Lorens Augen funkelten. »Ja, und wenn herauskommt, wen Sie wie hoch geschmiert haben, wird man Ihnen mehr Vergehen zur Last legen als seinerzeit John Gotti.«

Zale nickte kurz und herrisch. »Das glaube ich nicht.«

»Ich gebe Mister Zale völlig Recht«, sagte Pitt lässig. »Er wird sich niemals vor Gericht verantworten müssen.«

»Sie sind intelligenter, als ich Ihnen zugetraut hätte«, sagte Zale.

»Nein«, fuhr Pitt fort und rang sich ein knappes, spöttisches Lächeln ab. »Sie werden niemals wegen Ihrer Verbrechen verurteilt werden, weil Sie nämlich vorher sterben. Kein Mensch hat den Tod mehr verdient als Sie, Zale, und Ihre Mörderbande, dieses Viperngezücht.«

Pitts leuchtend grüne Augen funkelten so kalt, dass Zale zum ersten Mal eine leichte Unsicherheit zeigte. »Dafür werde ich schon Sorge tragen, Mister Pitt. Sie hingegen scheinen zu gut Bescheid zu wissen, als dass Sie noch viel älter werden dürften.« Seine Stimme klang schneidend und frostig wie ein Eisberg.

»Glauben Sie von mir aus ruhig, dass man Ihnen von Rechts wegen nichts anhaben kann, aber für Leute, die es mit dem Gesetz nicht so genau nehmen, sind Sie ein leichtes Ziel. Man hat bereits eine Truppe aufgestellt, die mindestens genauso tödlich ist wie Ihre Vipern und die Sie aus dem Verkehr ziehen soll, Zale. Jetzt sind Sie dran, jetzt müssen Sie aufpassen.«

Damit hatte Zale nicht gerechnet. Einen Moment lang fragte er sich, ob Pitt und Giordino womöglich mehr waren als nur Ingenieure für Meerestechnologie in Diensten der NUMA. Zunächst dachte er, Pitt wollte lediglich bluffen. Doch dann sah er dessen Miene, den furchtlosen Blick, die kalte Wut, mit der er ihn musterte. Er beschloss, den Kampf mit gleichen Mitteln aufzunehmen.

»Da ich nun weiß, wie der Stand der Dinge ist, werde ich Sie mit Ihrem Dessert allein lassen. Aber meine Freunde werden hier bleiben.«

»Was soll das heißen?«, fragte Kelly ängstlich.

»Das heißt, dass uns seine Helfershelfer über den Haufen schießen sollen, sobald er sicher in seiner Limousine sitzt und sich auf dem Highway davongemacht hat.«

»Hier, vor allen Leuten?«, fragte Giordino. »Und ohne Masken? Ihr Gespür für große Auftritte lässt ziemlich zu wünschen übrig.«

Zales blassblaue Augen zuckten kurz. Pitt wiederum musterte ihn mit undurchdringlichem Blick, während Giordino gelassen dasaß und die Hände im Schoß liegen hatte, dann den Kellner rief und einen Rémy Martin bestellte. Nur die Frauen wirkten nervös und angespannt.

Zale hatte einen Moment lang die Haltung verloren. Normalerweise war er derjenige, der stets Herr der Lage war, doch diese Männer reagierten nicht so, wie er erwartet hatte. Die beiden hatten keine Angst vor dem Tod. Er, der für gewöhnlich so entschlossen war, wusste nicht weiter – eine Erfahrung, die ihm ganz und gar nicht gefiel.

»Da wir nun wissen, wie der Feind aussieht«, sagte Pitt mit tonloser, fast unheimlich klingender Stimme, »schlage ich vor, dass Sie das Lokal verlassen, solange Sie noch gehen können. Und denken Sie nicht mal daran, Miss Egan oder sonst jemandem, der hier am Tisch sitzt, etwas anzutun.«

Es klang weder anmaßend noch drohend, lediglich wie eine schlichte Feststellung.

Zale hielt seinen zunehmenden Unmut gut im Zaum. »Obwohl ich Ihre Störmanöver ablehne, hatte ich doch Hochachtung vor Ihnen, denn Sie waren würdige Gegner. Doch jetzt erkenne ich, dass Sie Narren sind, dümmer, als ich mir jemals hätte vorstellen können.«

»Was soll das heißen?«, grummelte Giordino giftig, während er Zale über seinen Cognacschwenker hinweg betrachtete.

Zales Blick wirkte mit einem Mal tückisch, lauernd wie bei einem Reptil. Er sah sich kurz um, schaute zu den Gästen an den anderen Tischen, doch anscheinend achtete niemand auf das Gespräch, das an dem Tisch in der hinteren Ecke stattfand. Zale nickte den beiden Bodyguards zu und wandte sich zum Gehen.

»Leben Sie wohl, meine Damen und Herren. Ein Jammer, dass sie so vorzeitig aus dem Leben scheiden werden.«

»Bevor Sie abhauen«, sagte Pitt, »sollten Sie lieber Ihre Freunde mitnehmen, sonst schicken wir sie Ihnen in einem Krankenwagen hinterher.«

Zale drehte sich um und starrte Pitt an, während seine Männer vortraten und unter ihre Anzugjacken griffen. Wie auf Kommando richteten Pitt und Giordino die Waffen auf sie, die sie unter ihren Servietten im Schoss liegen hatten.

»Auf Wiedersehen, Mister Zale«, murmelte Giordino mit einem verkniffenen Lächeln. »Beim nächsten Mal ...« Er ließ den Satz verklingen.

Die beiden Killer blickten einander unsicher an. Ein einfacher, sauberer Mord, so wie sie es vorgehabt hatten, war das nicht. Auch wenn sie die Weisheit nicht mit Löffeln gefressen hatten, war ihnen doch klar, dass sie tot waren, ehe sie ihre Waffen ziehen konnten.

»Ich entschuldige mich dafür, dass ich Sie als Narren bezeichnet habe«, sagte Zale und breitete beschwichtigend die Hände aus. »Wie es scheint, sind Sie bestens gerüstet zum Essen gekommen.«

»Al und ich waren bei den Pfadfindern«, sagte Pitt. »Wir sind allzeit bereit.« Dann kehrte er Zale lässig den Rücken zu und stieß mit seiner Gabel in das Zitronengebäck. »Ich kann nur hoffen, dass Sie das nächste Mal, wenn wir uns wiedersehen, auf einen Tisch geschnallt sind und die Todesspritze bekommen.«

»Ich habe Sie gewarnt«, zischte Zale, der seine Züge wieder im Griff hatte, aber vor Zorn rot angelaufen war. Er wandte sich ab und ging mit weit ausholenden Schritten durch den Innenhof und das Restaurant zum Parkplatz, wo er in einen schwarzen Mercedes stieg. Seine beiden gedungenen Killer liefen an etlichen anderen Autos vorbei, stiegen dann in einen Lincoln Navigator und warteten.

Loren beugte sich vor und ergriff Pitts Hand. »Wie kannst du dabei nur so ruhig bleiben? Der ist ja gruselig.«

»Der Mann ist die Boshaftigkeit in Person«, flüsterte Kelly mit ängstlichem Blick.

»Zale hat sein Blatt aufgedeckt, obwohl er es nicht hätte tun müssen«, sagte Pitt. »Ich frage mich bloß, warum.«

Loren starrte zum Eingang des Innenhofs, als rechnete sie damit, dass Zales Männer jeden Moment zurückkehrten. »Ja, warum sollte sich ein Mann in seiner Position mit dem gemeinen Pöbel einlassen?«

»Aus Neugier«, schlug Giordino vor. »Vielleicht wollte er die Leute, die seine Pläne zunichte gemacht haben, unbedingt mit eigenen Augen sehen.«

»Der Key Lime Pie ist ausgezeichnet«, rief Pitt.

»Ich kann nicht mehr«, murmelte Kelly.

»Man darf doch so was Gutes nicht verkommen lassen«, sagte Giordino und vertilgte Kellys Dessert.

Nach dem Kaffee und dem Espresso bezahlte Pitt. Anschließend stellte sich Giordino auf einen Stuhl und spähte über die Mauer des Innenhofs hinweg auf den Parkplatz, achtete aber darauf, dass sein Kopf hinter einer Efeuranke verborgen blieb. »Hekyll und Jekyll sitzen in einem schweren Geländewagen unter einem Baum.«

»Wir sollten die Polizei rufen«, sagte Loren.

Pitt grinste. »Wir haben schon für alles gesorgt.« Er zog ein Handy aus seiner Jackentasche, gab eine Nummer ein, sagte nicht mehr als vier Worte und stellte es wieder ab. Dann lächelte er Loren und Kelly zu. »Die Mädchen warten am Eingang, während Al den Wagen holt.«

Loren riss Pitt die Schlüssel des Packard aus der Hand. »Für Al könnte es da draußen heikel werden. Lass lieber mich den Wagen holen. Auf eine hilflose Frau schießen die nicht so schnell.«

»Darauf würde ich mich an deiner Stelle nicht verlassen.« Pitt wollte zunächst ablehnen, doch insgeheim wusste er, dass sie Recht hatte. Zales Männer waren zwar Killer, aber dämlich waren sie nicht. Auf eine Frau allein würden sie nicht schießen; die wollten sie alle vier vors Visier kriegen. Er nickte. »Okay, aber duck dich, wenn du zwischen den Autos durchgehst. Unsere Freunde sind auf der entgegengesetzten Seite des Parkplatzes. Wenn sie ihr Auto anlassen und losfahren, ehe du den Zündschlüssel umgedreht hast, kommen Al und ich dir zu Hilfe.«

Loren und Pitt waren oft gemeinsam gelaufen. Sie war schnell. Im Sprint schlug er sie auf hundert Meter um knapp zwei Schrittlängen. Sie duckte sich und verschwand wie ein Geist in der Nacht, war in knapp einer Minute beim Packard. Da sie sich mit alten Autos bestens auskannte, hatte sie im Nu den Zündschlüssel ins Schloss gesteckt und drückte im gleichen Moment auf den Anlasser. Der schwere V12-Motor sprang sofort an. Sie legte den Gang ein und gab eine Idee zu viel Gas, sodass die großen Reifen auf dem Kies durchdrehten. Schlitternd hielt sie vor dem Restaurant an und rutschte auf die Beifahrerseite, als Pitt, Giordino und Kelly in den Wagen sprangen.

Pitt trat das Gaspedal durch, woraufhin sich der Wagen leise surrend in Bewegung setzte und allmählich beschleunigte, als er den V12 auf Touren brachte und langsam hochschaltete. Für Kavalierstarts mit durchdrehenden Reifen war dieser Wagen denkbar ungeeignet. Seinen Konstrukteuren war es um schiere Eleganz gegangen, um die hohe Kunst des lautlosen Dahingleitens, nicht um Renntauglichkeit. Erst nach gut einer Viertelmeile hatte Pitt ihn auf knapp hundertdreißig Stundenkilometer hochgejagt.

Die Straße war schnurgerade, sodass er einen Blick in den Rückspiegel werfen konnte und gerade noch sah, wie sich die Lichter auf dem schwarzen Lack des Navigators spiegelten, als er vom Parkplatz des Restaurants fuhr. Danach versank die Landstraße wieder in tiefe Dunkelheit. Offenbar hatte der Navigator mit ausgeschalteten Scheinwerfern die Verfolgung aufgenommen.

»Sie sind hinter uns her«, sagte er so beiläufig wie ein Busfahrer, der die Fahrgäste darum bittet, von der Tür zurückzutreten.

Es war eine einsame Straße, auf der ihnen nur ein, zwei Autos entgegenkamen. Das dichte Unterholz und die Bäume zu beiden Seiten des Banketts wirkten düster und abweisend. Nur jemand, der vor Angst von Sinnen war, würde hier anhalten und sich da drin verstecken wollen. Ein-, zweimal warf Pitt einen kurzen Blick zu Loren. Ihre Augen leuchteten im Schein der Armaturen, und ein sinnliches Lächeln spielte um ihren Mund. Sie genoss diese Verfolgungsjagd offensichtlich.

Der Navigator schloss rasch zu dem alten Packard auf. Knapp fünf Meilen nach dem Restaurant hing er nur mehr hundert Meter hinter dessen Heck. Er war kaum zu sehen, es sei denn, er wurde von den Scheinwerfern entgegenkommender Autos erfasst, die ihn anblinkten, um den Fahrer darauf aufmerksam zu machen, dass er ohne Licht fuhr.

»Legt euch auf den Boden«, sagte Pitt. »Sie setzen sich jeden Moment neben uns.«

Die Frauen taten, wie ihnen befohlen. Giordino ging nur in die Hocke und richtete die halbautomatische Ruger durch das Rückfenster auf den näher kommenden Navigator. Pitt holte gerade die letzten Pferdestärken aus dem alten V12-Motor heraus, als vor ihnen eine Kurve auftauchte. Der Fahrer des Navigator scherte ohne Rücksicht auf den entgegenkommenden Verkehr aus und schloss allmählich zu ihnen auf. Kaum dreißig Sekunden später riss Pitt den Packard in die Kurve und zog ihn mit quietschenden Reifen quer driftend über das Bankett.

Sobald er wieder auf gerader Strecke war, warf er einen Blick in den Rückspiegel und sah gerade noch, wie zwei schwere Chevrolette Avalanches mit bemannten Maschinengewehren auf der Ladefläche unmittelbar vor dem Navigator wie Gespenster aus dem Unterholz stießen und ihm unverhofft den Weg abschnitten.

Der Fahrer des Navigator, der auf so etwas nicht gefasst war, riss das Lenkrad herum, verlor prompt die Herrschaft über den schweren Geländewagen, der quer über die Fahrbahn schlitterte, auf dem Bankett landete, wo er umkippte, sich dreimal überschlug und inmitten einer Staubwolke unter den herabsegelnden Blättern und dem altem Laub im Unterholz liegen blieb. Im nächsten Moment sprangen Männer in Kampfanzügen, schwer bewaffnet und mit Nachtsichtgeräten ausgerüstet, aus den Avalanches und umstellten den auf dem Dach liegenden Navigator.

Pitt ging vom Gas, bis der Packard nur mehr die erlaubten achtzig Stundenkilometer fuhr. »Die Jagd ist vorüber«, sagte er. »Alle können sich wieder zurücklehnen und tief durchatmen.«

»Was war denn das?«, fragte Loren, die durch das Rückfenster auf die Scheinwerfer starrte, die sich über der Straße kreuzten, und auf die Staubwolke, die sich allmählich setzte.

»Admiral Sandecker hat ein paar Freunde angerufen, die Zales gedungenen Killern eine kleine Überraschung bereitet haben.«

»Das war aber auf den allerletzten Drücker«, grummelte Giordino.

»Wir mussten uns bis zu einer Stelle durchschlagen, an der zwei Feldwege einmünden, damit sie unmittelbar hinter uns von beiden Seiten auf die Fahrbahn stoßen und unseren Verfolgern unverhofft den Weg abschneiden konnten.«

»Ich muss gestehen, dass mir einen Moment lang mulmig zumute war«, sagte Loren, während sie zu Pitt rutschte und seinen Arm ergriff.

»Das war knapper, als mir lieb ist.«

»Ihr Mistkerle«, fauchte sie Pitt und Giordino an. »Ihr habt uns nicht verraten, dass uns die Marines raushauen.«

»Was für eine großartige Nacht«, rief Kelly, während sie in tiefen Zügen die Luft einatmete, die über die Windschutzscheibe hinweg in den Wagen strich. »Ich hätte mir ja gleich denken können, dass ihr die Sache im Griff habt.«

»Ich bring euch jetzt heim«, sagte Pitt, während er auf die Lichter der Stadt zusteuerte. »Morgen geht's wieder auf große Fahrt.«

»Wo willst du denn jetzt schon wieder hin?«, fragte Loren.

»Während du deinen Untersuchungsausschuss aufstellst, der sich mit den schmutzigen Geschäften der Cerberus Corporation befassen soll, ziehen Al, Kelly und ich nach Minnesota weiter und schauen uns alte Runensteine an.«

»Was versprichst du dir davon.«

»Die Lösung eines Rätsels«, erwiderte Pitt bedächtig. »Einen Schlüssel, der uns womöglich mehr als nur eine Tür öffnen könnte.«

39

Marlys Kaiser trat aus der Küchentür auf die Veranda, als sie das Knattern eines Hubschraubers hörte, der sich ihrer in der Nähe von Monticello, Minnesota, gelegenen Farm näherte. Sie wohnte in einem Farmhaus, wie es typisch für den Mittleren Westen der

USA war – ein Fachwerkbau mit Holzverschalung, einem Kamin, der aus dem Wohnzimmer im Erdgeschoss durch das darüber liegende Schlafzimmer aufragte, und spitzem Giebeldach. Etwas abseits, durch ein breites Rasenstück vom Farmhaus getrennt, stand eine hervorragend erhaltene, alte Scheune. Das Anwesen war einst eine Milchfarm gewesen, doch jetzt hatte Marlys Kaiser in der Scheune ihr Büro eingerichtet, und die rund hundertzwanzig Hektar Land wurden von einem Pächter bestellt, der Weizen, Mais und Sonnenblumen anbaute und auf dem Markt verkaufte. Hinter der Farm fiel das Land zum leicht abschüssigen Ufer des Bertram Lake ab. Das blaugrüne Gewässer war von Bäumen umgeben, und an den seichten Stellen am Rand wucherten Seerosen. Der Bertram war bei Anglern ausgesprochen beliebt. Manche fuhren eigens aus Minneapolis hierher, weil hier regelmäßig Sonnen- und Klumpfische, Hechte und Barsche eingesetzt wurden. Außerdem gab es viele Welse, die allerdings erst nach Sonnenuntergang bissen.

Marlys schirmte die Augen gegen die tief im Osten stehende Frühmorgensonne ab, als ein türkisfarbener Hubschrauber, auf dessen Seite in großen schwarzen Buchstaben der Schriftzug NUMA prangte, über die Scheune kurvte und einen Moment lang über dem Hof schwebte, bevor die Räder des Fahrwerks im Gras einsanken. Das Heulen der beiden Turbinen erstarb, und die Rotorblätter drehten langsam aus und kamen schließlich zum Stillstand. Dann ging eine Tür auf und eine Leiter, die fast bis zum Boden reichte, wurde ausgeklappt.

Marlys trat einen Schritt vor, als eine junge Frau mit hellbraunen, in der Sonne schimmernden Haaren ausstieg, gefolgt von einem kleinen, stämmigen Mann mit schwarzem Lockenhaar, der wie ein Italiener wirkte. Danach kam ein großer Mann mit dunklen, welligen Haaren und einem markanten Gesicht, das zu einem breiten Lächeln verzogen war. Er lief quer über den Hof auf sie zu und strahlte eine Offenheit und Geradlinigkeit aus, die sie an ihren verstorbenen Mann erinnerte. Als er näher kam, stellte sie fest, dass er leuchtend grüne Augen hatte, wie sie in ihrem ganzen Leben noch keine gesehen hatte.

»Mrs. Kaiser?«, sagte er. »Mein Name ist Dirk Pitt. Ich habe gestern Abend mit Ihnen gesprochen und Sie gefragt, ob wir von Washington hierher fliegen und uns mit Ihnen treffen können.«

»Ich habe Sie nicht so früh erwartet.«

»Wir sind noch gestern Abend mit einer Düsenmaschine zu einer NUMA-Forschungsstation in Duluth am Oberen See geflogen. Dort haben wir uns einen Helikopter besorgt und uns auf den Weg nach Monticello gemacht.«

»Wie ich sehe, haben Sie mühelos hierher gefunden.«

»Ihre Wegbeschreibung war auf den Punkt genau.« Pitt wandte sich um und stellte Al und Kelly vor.

Marlys schloss Kelly wie eine Mutter in die Arme. »Elmore Egans Tochter. Wie aufregend. Ich freue mich sehr, Sie kennen zu lernen. Ihr Vater und ich waren gute Freunde.«

»Ich weiß«, sagte Kelly lächelnd. »Er hat oft von Ihnen erzählt.«

Sie blickte vom einen zum anderen. »Haben Sie schon gefrühstückt?«

»Wir haben nichts mehr gegessen, seit wir aus Washington aufgebrochen sind«, antwortete Pitt wahrheitsgemäß.

»In zwanzig Minuten habe ich Eier mit Speck und Pfannkuchen für euch fertig«, erwiderte Marlys. »Macht doch unterdessen einen kleinen Spaziergang und schaut euch die Felder und den See an.«

»Bewirtschaften Sie die Farm allein?«, fragte Kelly.

»O nein, meine Liebe. Ich habe das Land an einen Nachbarn verpachtet. Er bestellt die Felder, verkauft die Ernteerträge zu den üblichen Marktpreisen, die heutzutage viel zu niedrig sind, und tritt mir einen bestimmten Prozentsatz vom Erlös ab.«

»Dem breiten Scheunentor, dem Heuboden darüber und dem Weidezaun auf der anderen Straßenseite nach zu schließen, haben Sie früher Milchkühe gehalten.«

»Sie sind sehr aufmerksam, Mister Pitt. Mein Mann war fast sein ganzes Leben lang Milchfarmer. Sie müssen sich ein bisschen damit auskennen.«

»Ich habe einen Sommer auf der Farm meines Onkels in Iowa verbracht. Ich wusste sogar, in welcher Reihenfolge man die Finger bewegen muss, damit die Milch in den Eimer spritzt, aber ich bin nie auf den Dreh gekommen, wie man sie rauskriegt.«

Marlys lachte. »Ich rufe euch, wenn der Kaffee fertig ist.«

Pitt, Giordino und Kelly gingen an den Feldern entlang und dann hinunter zu einem Bootssteg, wo sie sich eines der Boote ausliehen, die Marlys an Angler vermietete. Pitt setzte sich an die Riemen und ruderte sie auf den See hinaus. Sie kehrten gerade zurück, als Marlys von der Veranda aus rief.

»Das ist sehr freundlich von Ihnen, Mrs. Kaiser«, sagte Kelly, als sie an dem Tisch in der anheimelnden Bauernküche Platz nahmen.

»Marlys. Betrachten Sie mich bitte als alte Freundin der Familie.«

Während des Essens plauderten sie über dieses und jenes, vom Wetter über das Angeln im See bis zu den schwierigen wirtschaftlichen Bedingungen, von denen die Farmer im ganzen Land betroffen waren. Erst nachdem das Geschirr weggeräumt war, das Giordino fachkundig in der Spülmaschine verstauen half, kamen sie auf die Runensteine zu sprechen.

»Vater hat nie erklärt, weshalb er sich so für die Inschriften auf den Runensteinen interessierte«, sagte Kelly. »Mutter und ich haben ihn auf seinen Reisen immer begleitet, aber uns ging es mehr um den Spaß, um das Campen in freier Natur und die Wanderungen als um die Suche nach alten Steinen mit Schriftzeichen.«

»Dr. Egans Bibliothek steht voller Bücher über die Wikinger, aber wir fanden keinerlei Notizen oder Aufzeichnungen von ihm«, fügte Pitt hinzu.

»Nordmänner, Mister Pitt«, berichtigte ihn Marlys. »Wikinger ist nur eine Bezeichnung für die wilden, furchtlosen Krieger, die sich als Seeräuber betätigten. Mehrere Jahrhunderte später hätte man sie vermutlich Piraten oder Korsaren genannt. Das Zeitalter der Wikinger brach an, als sie im Jahr 793 das Kloster Lindisfarne in England überfielen. Wie Gespenster kamen sie aus dem Norden und verwüsteten und plünderten die englische und die schottische Küste, bis Wilhelm der Eroberer, dessen Vorfahren ebenfalls Nordmänner oder Normannen waren, die Schlacht von Hastings gewann und König von England wurde. Ab dem Jahr 800 tauchten Wikingerflotten in ganz Europa und im Mittelmeer auf. Ihre Blütezeit währte nur kurz, und im dreizehnten Jahrhundert schwand ihre Macht schon wieder. Ihre Zeit war endgültig abgelaufen, als 1450 die letzten Nordmänner schließlich Grönland verließen.«

»Irgendeine Ahnung, weshalb man im Mittleren Westen so viele normannische Runensteine gefunden hat?«, erkundigte sich Giordino.

»In den nordischen Sagas, vor allem in den isländischen, wird von einem Seefahrervolk und Bewohnern von Island und Grönland berichtet, die zwischen dem Jahr 1000 und 1015 Kolonien an der Nordostküste der heutigen Vereinigten Staaten gründen wollten. Wir müssen davon ausgehen, dass sie zu Erkundungsfahrten bis tief in das Herz des Kontinents aufbrachen.«

»Aber der einzige wirkliche Beweis dafür, dass sie nach Nordamerika kamen, ist doch ihre Siedlung bei L'Anse aux Meadows in Neufundland«, sagte Pitt.

»Wenn sie nach Frankreich, Russland, England, Irland und bis an die entlegensten Gestade des Mittelmeeres segelten und sich dort niederließen«, entgegnete Marlys, »ist zu vermuten, dass sie ohne weiteres auch über den St.-Lorenz-Strom oder entlang der Küste von Florida, durch den Golf von Mexiko und den Mississippi aufwärts ins amerikanische Binnenland vorgedrungen sein könnten. Über die Flüsse und Wasserwege konnten sie weite Gebiete des Landes erkunden.«

»Worauf die Steine mit den Runenzeichen hindeuten, die sie hinterließen«, warf Giordino ein.

»Nicht nur die der Nordmänner«, sagte Marlys. »Zahlreiche Völker aus der Alten Welt kamen lange vor Leif Eriksson und Christoph Kolumbus nach Amerika. Alte Seefahrer aus etlichen Kulturkreisen segelten über den Atlantischen Ozean und erkundeten unsere Küsten. Wir haben Steine mit ägyptischen Hieroglyphen, zyprischer Schrift, nubischen Buchstaben und Zahlen, punisch-karthagischen Zeichen und iberischem Ogham gefunden. Weit über hundert Steine, die mit dem Ogham-Alphabet beschriftet waren, das hauptsächlich von den Kelten in Schottland, Irland und auf der Iberischen Halbinsel verwendet wurde, hat man entdeckt und übersetzt. Das ganze Land ist regelrecht übersät mit Steinen, in die Schriftzeichen eingehauen sind, deren Herkunft erst noch festgestellt werden muss. Möglicherweise sind bereits vor viertausend Jahren alte Völker durch unser Heimatland gezogen.« Sie legte eine bedeutungsvolle Pause ein. »Und die Inschriften machen nur die eine Hälfte der Funde aus.«

Kelly starrte sie ungläubig an. »Es gibt noch mehr?«

»Die Petroglyphen«, schlug Pitt vor.

»Die Petroglyphen«, wiederholte Mary nickend. »Es gibt Hunderte von Beispielen, die erfasst wurden. In Stein gehauene Abbildungen von Schiffen, Tieren, Göttern und Göttinnen, bärtigen Männern, die genauso aussehen wie alte Griechen, Köpfen, die fast identisch mit denen sind, wie sie zur klassischen Zeit rund um das Mittelmeer entstanden. Fliegende Vögel waren anscheinend besonders beliebt, desgleichen Pferde und Boote. Es gibt sogar Petroglyphen, auf denen Tiere dargestellt sind, die es in Amerika nicht gab, zum Beispiel Nashörner, Elefanten und Löwen. Zahlreiche Abbildungen haben offenbar eine astronomische Bedeutung, stellen sie doch Himmelskörper und Sternbilder in einer Position dar, wie sie sich dem Betrachter vor Tausenden von Jahren präsentiert haben dürften.«

»Wie ich Ihnen bereits am Telefon erklärte«, sagte Pitt, »wollen wir herausfinden, weshalb sich Kellys Vater vor allem für eine Reihe von Runensteinen interessierte, die er vor fünfzehn Jahren entdeckte und untersuchte.«

Marlys blickte einen Moment lang konzentriert zur Decke und dachte nach. »Dr. Egans Untersuchungen bezogen sich auf eine Reihe von fünfunddreißig Runensteinen, deren Inschriften von einer Gruppe Nordmänner berichteten, die um das Jahr 1035 nach Christus den Mittleren Westen erkundeten. Soweit ich mich entsinne, war er geradezu versessen auf diese Inschriften, weil er hoffte, sie würden ihn zu einer Höhle führen. Aber wo? Davon habe ich keine Ahnung.«

»Haben Sie irgendwelche Aufzeichnungen darüber?«

Marlys faltete die Hände. »Heute ist Ihr Glückstag. Kommen Sie mit rüber zu meinem Büro in der Scheune. Dort habe ich sie aufbewahrt.«

Die einst für Milchvieh gebaute Scheune war zu einem riesigen Büro umgebaut worden. Der Zwischenboden, auf dem man früher das Heu gelagert hatte, war entfernt worden, sodass man freien Blick zu dem hohen Dach hatte. Die Hälfte des Raums wurde von langen Reihen von Bücherregalen eingenommen. In der Mitte stand ein großer viereckiger Tisch, aus dem eine Sitznische gesägt worden war, in der Mary an ihren beiden Computern arbeitete. Fotos, Aktenordner, Bücher und abgeheftete Berichte türmten sich darauf. Hinter dem Schreibtisch war ein breiter Monitor angebracht, in den Regalen darunter lagerten Videobänder und Disketten. Der alte Bretterboden war abgeschmirgelt, wies aber hier und da noch die Kerben und Abdrücke der Hufe der Rinder auf, die zum Melken hereingetrieben worden waren. Durch eine Tür konnte man ein Labor erkennen, dessen Wände und Boden mit einer Art weißem Staub überzogen waren.

Auf der einen Seite des Raumes lagerten zahlreiche Artefakte, Keramikschüsseln, die wie Töpfe geformt waren, Menschenköpfe und -körper sowie Tiere. Einige der Menschengestalten wirkten auf Grund der sonderbaren Haltung, die sie einnahmen, geradezu komisch, fast so, als verrenkten sie sich. Mindestens hundert weitere, auf Anhieb nicht erkennbare Artefakte waren in einer großen Glasvitrine aufbewahrt. Pitt hatten es vor allem mehrere steinerne Masken angetan, die denen ähnelten, die er in den Museen von Athen, Griechenland, gesehen hatte. Die konnten nie und nimmer von Indianern angefertigt worden sein, die ein Mitglied ihres Stammes hatten darstellen wollen. Auf den Steinbildnissen waren Männer mit lockigen Bärten zu sehen – sehr sonderbar, wenn man bedachte, dass die Ureinwohner von Nord-, Mittel- und Südamerika das Glück hatten, sich so gut wie nie rasieren zu müssen.

»Die wurden alle in den Vereinigten Staaten gefunden?«, fragte Pitt.

»In sämtlichen Bundesstaaten, von Colorado über Oklahoma bis nach Georgia.«

»Und die Artefakte?«

»Hauptsächlich Werkzeuge, dazu ein paar alte Münzen und Waffen.«

»Sie haben hier eine erstaunliche Sammlung zusammengetragen.«

»Alles, was Sie hier sehen, fällt einer Universität oder einem Museum zu, wenn ich einmal abtrete.«

»Schon erstaunlich, wenn man bedenkt, dass so viele alte Völker hier durchgezogen sind«, sagte Kelly beinahe ehrfürchtig.

»Unsere Vorfahren waren genauso neugierig wie wir und wollten wissen, was hinter dem Horizont liegt.« Marlys deutete auf die Sessel und das Sofa, während sie in den Bücherregalen suchte. »Macht es euch bequem, bis ich die Aufzeichnungen der Inschriften herausgesucht habe, für die sich Ihr Vater interessiert hat.« Knapp eine Minute später hatte sie das Gesuchte gefunden, zog zwei dicke, mit Metallbügeln zusammengehaltene Aktenordner heraus und trug sie zum Schreibtisch. Der eine enthielt über hundert Fotos, der andere war prallvoll mit Papieren.

Sie nahm ein Foto von einem großen, mit einer Inschrift versehenen Stein heraus, neben dem sie stand, damit sich der Betrachter eine Vorstellung von den Größenverhältnissen machen konnte. »Das ist der Bertram-Stein, 1933 von einem Jäger auf der anderen Seite des Sees entdeckt.« Anschließend ging sie zu einem hohen Schrank und holte irgendetwas heraus, das wie erstarrter weißer Gips wirkte. »Normalerweise fotografiere ich die Steine, nachdem ich die Zeichen mit Talkumpuder oder Kalk hervorgehoben habe. Aber wenn möglich, bestreiche ich sie mit mehreren Schichten flüssiger Latexmasse. Wenn die getrocknet ist, bringe ich sie in mein Labor und gieße sie mit flüssigem Gips aus. Sobald der getrocknet ist, stelle ich eine Matritze davon her, auf der ich sämtliche Bilder oder Inschriften herausarbeite. Selbst an den erodierten Stellen tauchen dann mitunter Zeichen oder Symbole auf, die mit bloßem Auge nicht mehr zu erkennen waren.«

Pitt betrachtete die verästelten Zeichen. »Ein paar Buchstaben ähneln dem heutigen Alphabet.«

»Die Inschrift setzt sich aus dem alten germanischen Futhark-Alphabet und dem späteren skandinavischen Futhark zusammen. Bei Ersterem benutzte man vierundzwanzig Runen beziehungsweise Buchstaben, beim zweiten sechzehn. Die Ursprünge der Runenschrift gerieten im Laufe der Jahrhunderte in Vergessenheit. Sie weist gewisse Ähnlichkeiten mit dem altgriechischen oder lateinischen Alphabet auf, aber die meisten Gelehrten gehen davon aus, dass sie im ersten nachchristlichen Jahrhundert bei Germanenstämmen entstand, die sich in ihrer Sprache schriftlich artikulieren wollten. Im dritten Jahrhundert hatte sie sich bis in die nordischen Länder verbreitet.«

»Woher wollen Sie wissen, dass die Inschrift auf dem Stein nicht gefälscht ist?« Die Frage kam von Giordino, der von Haus aus skeptisch war.

»Aus mehreren Gründen«, erwiderte Marlys liebenswürdig. »Erstens haben Kriminalisten und Fälschungsexperten der Polizei etliche Steine untersucht und übereinstimmend festgestellt, dass sie von ein und derselben Hand behauen wurden. Sämtliche typischen Kennzeichen stimmen überein. Zweitens: Wer sollte Tausende von Meilen im ganzen Land herumfahren, um Runeninschriften über eine Normannenexpedition, die nie stattfand, in Stein zu meißeln? Aus welchem Grund? Zumal sie, falls sie gefälscht sind, von jemandem stammen müssten, der bestens über Sprache und Schrift Bescheid wusste, wie moderne Runenexperten feststellten, die keinerlei Fehler im Text erkennen konnten. Und drittens wurde der Bertram-Stein nach Auskunft hiesiger Historiker von einem Stamm der Ojibwa entdeckt, die den ersten Siedlern um das Jahr 1820 davon erzählten. Danach berichteten französische Trapper davon. Es scheint mir doch sehr unwahrscheinlich, dass jemand anders die Steine behauen haben soll, und zwar lange, bevor diese Gegend besiedelt wurde. Und viertens lässt sich das Alter eines Steins, da die übliche Radio-Karbon-Methode nur bei organischen Stoffen angewandt werden kann, lediglich anhand der Erosion bestimmen. Auf Grund des Verwitterungsgrades der Inschriften und der Härte des Steins lässt sich ungefähr feststellen, wann die Runen gemeißelt wurden. Und den Spuren nach zu urteilen, die Wind, Regen und Schnee auf dem Fels hinterlassen haben, dürfte er zwischen 1000 und 1150 nach Christus entstanden sein, was durchaus nachvollziehbar wäre.«

»Hat man in der Umgebung dieser Steine irgendwelche Artefakte gefunden?«, hakte Giordino nach.

»Davon ist über die Jahrhunderte hinweg nichts erhalten geblieben.«

»Das ist nicht ungewöhnlich«, sagte Pitt. »Selbst entlang Coronados Marschroute, auf der er von Mexiko bis Kansas gezogen ist, hat man kaum Hinterlassenschaften gefunden.«

»Jetzt kommt die Millionenfrage«, sagte Giordino zu Marlys. »Was steht auf dem Stein?«

Marlys holte eine CD heraus und schob sie in ihren Computer. Im nächsten Moment tauchten die Buchstaben, die mit Hilfe einer Latexfolie und eines Gipsabdrucks herausgearbeitet worden waren, klar und deutlich auf dem Bildschirm auf. Es waren vier Zeilen mit fast hundertvierzig Zeichen.

»Den genauen Wortlaut werden wir nie herausbekommen«, sagte sie. »Aber sechs Runenspezialisten, von hier und aus Skandinavien, sind der Ansicht, dass die Inschrift folgendermaßen lautet...

Magnus Sigvatson zog hier im Jahr 1035 durch und nahm das Land diesseits des Flusses für seinen Bruder Bjarne Sigvatson, den Führer unseres Stammes, in Besitz. Helgan Siggtrygg von Skrälingar ermordet.

»*Skrälingar* kann man mit Barbaren oder Heiden übersetzen, volkstümlich vielleicht mit Tropf oder Schuft. Wir müssen davon ausgehen, dass dieser Siggtrygg bei einer Auseinandersetzung mit einheimischen Indianern ums Leben kam, den Vorfahren der Sioux und Ojibwa.«

»Magnus Sigvatson.« Pitt sprach den Namen leise aus, betonte jede Silbe. »Der Bruder von Bjarne.«

Marlys seufzte versonnen. »Es gibt eine Saga, in der ein Bjarne Sigvatson erwähnt wird, der mit mehreren Schiffen voller Kolonisten von Grönland aus gen Westen gefahren ist. In späteren Sagas heißt es, Sigvatson und seine Begleiter seien von der See verschlungen und nie wieder gesehen worden.«

»Und die anderen vierunddreißig Steine«, sagte Pitt. »Was verraten uns die?«

»Die meisten davon sind anscheinend Grenzsteine. Magnus war ziemlich ehrgeizig. Er nahm ein gutes Viertel der Fläche der heutigen Vereinigten Staaten für seinen Bruder Bjarne und dessen Stamm in Besitz.« Sie hielt inne und rief eine weitere, auf einem Gipsabguss herausgearbeitete Inschrift auf ihrem Monitor ab. »Auf der hier steht…

Magnus Sigvatson ging hier an Land.«

»Wo hat man diesen Stein gefunden?«, erkundigte sich Giordino.

»Auf Bark Point, das ragt in die Siskiwit Bay hinein.«

Pitt und Giordini warfen sich einen belustigten Blick zu. »Der Name sagt uns nicht viel«, erwiderte Pitt.

Marlys lachte. »Entschuldigung. Die Siskiwit Bay ist eine Bucht am Oberen See, in Wisconsin.«

»Und dort hat man Runensteine gefunden?«, fragte Kelly.

»Diese Nordmänner waren ziemlich mitteilsam, wenn man bedenkt, dass bisher vermutlich nur ein Viertel aller Runensteine, die sie behauen haben, gefunden und übersetzt wurde. Der Erste und bislang auch der Letzte wurden am Crown Point an der Südspitze des Lake Champlain entdeckt.« Sie hielt inne und schaute Pitt mit einem verschmitzten Grinsen an. »Das ist im Staat New York.«

Pitt lächelte höflich zurück. »Ich weiß.«

»Danach«, fuhr Marlys fort, »hinterließen sie drei weitere Steine an verschiedenen Stellen entlang der Großen Seen, was darauf hindeutet, dass sie auf dem Wasserweg nach Norden zum St.-Lorenz-Strom gefahren sind. Danach stießen sie über die Großen Seen vor, bis sie an der Siskiwit Bay an Land gingen. Von dort aus haben sie meiner Meinung nach ihre Boote von einem Gewässer bis zum anderen über Land geschleift, bis sie auf den Mississippi stießen, auf dem sie ihre Fahrt gen Süden antraten.«

»Aber der Bertram Lake liegt nicht am Fluss«, meldete sich Kelly zu Wort.

»Nein, aber er ist nur zwei Meilen weit entfernt. Ich nehme an, dass die Normannen gelegentlich an Land gingen und kurze Vorstöße ins Landesinnere unternahmen, bevor sie flussabwärts weiterfuhren.«

»Wie weit sind sie gekommen?«, fragte Giordino.

»Man hat Steininschriften in Iowa gefunden, in Missouri, offenbar entlang eines Wanderweges, der sie allmählich weiter bis nach Arkansas und Kansas führte. Der am weitesten im Westen gelegene Stein wurde von einer Gruppe Pfadfinder in der Nähe von Sterling, Colorado, entdeckt. Anschließend, so nehmen wir an, sind sie wieder zum Mississippi marschiert, wo sie ihre Boote zurückgelassen hatten. Am Westufer des Flusses, unmittelbar gegenüber von Memphis, wurde ein Stein gefunden, dessen Inschrift besagte …

Boote bleiben unter Obhut von Olafson und Tyggvanson hier.«

Sie fuhr fort: »Von dort aus müssen sie den Ohio und den Allegheny hinaufgefahren sein, bis sie zum Erie-See gelangten, und dann auf dem gleichen Weg, auf dem sie gekommen waren, zum Lake Champlain zurückgekehrt sein.«

Kelly blickte sie verständnislos an. »Mir ist nicht ganz klar, was Sie mit dem ersten und letzten Stein meinen.«

»Soweit wir feststellen konnten, handelt es sich bei dem Runenstein am Lake Champlain um die erste Inschrift, die sie hinterließen, vermutlich zu Beginn ihrer Erkundungsfahrt. Wahrscheinlich gibt es noch andere, aber bislang hat man sie nicht gefunden. Als sie fast ein Jahr später zurückkehrten, hinterließen sie auf einem zweiten Stein eine weitere Inschrift.«

»Könnten wir die sehen?«, fragte Pitt.

Marlys gab einen Befehl ein, woraufhin ein großer Stein auf dem Monitor erschien. Dem Mann nach zu schätzen, der auf ihm saß, musste der Stein gut und gern drei Meter hoch sein. Er stand in einer tiefen Bodenrinne.

Über dem zehn Zeilen langen Runenschrifttext war ein Wikingerschiff mitsamt Segeln, Rudern und den an der Bordwand aufgehängten Schilden aus dem Stein gehauen. »Das ist ein harter Brocken«, sagte Marlys. »Bisher konnten sich die Schriftsachverständigen, die den Stein untersuchten, noch nicht darüber einig werden, was die Nachricht zu bedeuten hat. Aber die vorliegenden Übersetzungen weichen nicht allzu sehr voneinander ab.« Dann trug sie den Text vor.

»Nach sechs Tagen Fahrt fjordaufwärts fern von unseren Familien und der Siedlung rasten Magnus Sigvatson und seine 100 Mannen hier und nehmen sämtliches Land in Sichtweite des Wassers für ihren Stammesführer und meinen Bruder Bjarne Sigvatson und unsere Kinder in Besitz.

Das Land ist viel größer, als wir ahnten. Größer noch als unser geliebtes Heimatland. Wir sind gut verpflegt, und unsere Schiffe sind ausgebessert und in gutem Zustand. Viele Monate lang werden wir nicht mehr hierher zurückkommen. Möge Odin uns vor den Skrälingar schützen.«

Sie fuhr fort: »Ich muss Sie darauf hinweisen, dass die Übersetzungen sehr ungenau sind und möglicherweise nicht die ursprüngliche Bedeutung wiedergeben. Die zweite Inschrift, die nach der Rückkehr entstand, lautet…

Vierzehn Monate nach dem Aufbruch von unseren Familien sind wir nur noch wenige Tage von dem Fjord und der Höhle am Fuß der hohen Klippen entfernt, auf denen unsere Häuser stehen. Fünfundneunzig sind wir noch von hundert Mann. Gelobt sei Odin, der uns beschützt hat. Das Land, das ich im Namen meines Bruders in Besitz nahm, ist weit größer, als wir erahnten. Wir haben das Paradies gefunden. Magnus Sigvatson.

Dazu ist noch das Datum angegeben: 1036.«

»Sechs Tage lang fjordabwärts«, wiederholte Pitt versonnen. »Das deutet darauf hin, dass die Nordmänner eine Siedlung im Gebiet der heutigen Vereinigten Staaten hatten.«

»Hat man diesen Ort entdeckt?«, fragte Giordino.

Marlys schüttelte den Kopf. »Bislang haben die Archäologen

südlich von Neufundland noch nicht das Geringste gefunden.« »Da fragt man sich doch, warum das alles so spurlos verschwunden ist.«

»In alten Indianersagen ist von großen Schlachten mit wilden Männern aus dem Osten die Rede, denen wallendes Haar am Kinn wucherte und die schimmernde Schädel hatten.«

Kelly blickte verdutzt auf. »Schimmernde Schädel?«

»Helme«, sagte Pitt lächelnd. »Die meinen offenbar die Helme, die die Wikinger im Kampf trugen.«

»Trotzdem ist es sonderbar, dass die Archäologen bislang noch auf keine Fundstätte gestoßen sind«, sagte Kelly.

Pitt schaute sie an. »Ihr Vater kannte eine.«

»Wie kommen Sie denn darauf?«

»Warum hätte er sonst so versessen hinter diesen Runensteinen her sein sollen? Meiner Meinung nach hat Ihr Vater nach der Höhle gesucht, die in der letzten Inschrift erwähnt wurde. Und offenbar hat er sie gefunden, weil er seine Nachforschungen vom einen Tag zum andern abgebrochen hat.«

»Aber ohne die Aufzeichnungen und Unterlagen«, wandte Giordino ein, »haben wir nicht den geringsten Anhaltspunkt. Wir tappen sozusagen im Dunkeln und wissen nicht mal, wo wir ansetzen sollen.«

Pitt wandte sich an Marlys. »Haben Sie nichts von Dr. Egan vorliegen, das uns einen Hinweis darauf geben könnte, welche Informationen er zusammentrug?«

»Er hielt nicht viel von Schriftverkehr oder gar E-mail. Genau genommen besitze ich nicht ein Blatt Papier, das seine Unterschrift trägt. Unser beiderseitiger Meinungsaustausch erfolgte ausschließlich per Telefon.«

»Das wundert mich nicht«, murmelte Kelly vor sich hin.

»Und das zu Recht«, sagte Giordino, »wenn man seine Scherereien mit Cerberus bedenkt.«

Pitt blickte versonnen vor sich hin, ohne etwas wahrzunehmen. Dann wandte er sich an Kelly. »Sie und Josh sagten doch, Sie hätten die ganze Farm nach dem geheimen Labor Ihres Vaters abgesucht, wären aber nicht weitergekommen.«

Kelly nickte. »Ganz recht. Wir haben jeden Quadratzentimeter abgesucht, das ganze Grundstück und die beiden links und rechts angrenzenden dazu. Wir haben nichts gefunden.«

»Was ist mit den Klippen über dem Fluss?«

»Dort haben wir zuallererst gesucht. Wir haben sogar die Jungs vom hiesigen Bergsteigerverein kommen lassen, damit sie die Felsen in Augenschein nehmen. Sie haben weder eine Höhle noch einen Pfad oder eine Treppe gefunden, die nach unten führen.«

»Diese Höhle wird nur auf diesem einen Stein erwähnt. Warum ist er dann kreuz und quer durchs Land gefahren und hat nach weiteren Inschriften gesucht, die nicht mehr das Geringste dazu hergaben?«

»Das konnte er nicht wissen, als er sich auf die Suche begab«, wandte Pitt ein. »Vermutlich hoffte er, durch die anderen Steine weitere Hinweise zu erhalten. Doch die Mühe war vergebens, so dass er wieder von vorn anfangen musste, beim ersten Stein.«

»Wonach hat er überhaupt gesucht?«, wollte Giordino von Kelly wissen.

Sie schüttelte den Kopf. »Ich habe keine Ahnung. Er hat meiner Mutter und mir nie erzählt, worum es bei seinen Nachforschungen ging.«

»Um die Höhle am Fuß der hohen Klippen«, sagte Pitt.

»Meinst du wirklich, dass er danach gesucht hat?«

»Ganz bestimmt«, sagte Pitt im Brustton der Überzeugung.

»Meinst du, er hat sie gefunden?«

»Bestimmt«, wiederholte Pitt.

»Aber dort gibt es keine Höhle«, wandte Kelly ein.

»Man muss nur an der richtigen Stelle suchen. Und wenn wir sie ebenfalls finden, wird sich die Tür zu einer Kammer voller Geheimnisse auftun, darunter auch das letzte Projekt Ihres Vaters.«

»Vielleicht sollten Sie bei Ihrer Suche neue Wege beschreiten«, sagte Marlys.

»Was wollen Sie damit vorschlagen?«, fragte Pitt.

»Ich glaube, es könnte ganz hilfreich sein, wenn Sie sich an Dr. Jerry Wednesday wenden.«

»Und der ist…?«

»Der führende Fachmann für alte Indianerstämme im Stromtal

des Hudson. Er sollte Ihnen Genaueres über deren Kontakte mit den Nordmännern mitteilen können.«

»Wo können wir ihn erreichen?«

»Am Marymount College in Tarrytown, New York. Dr. Wednesday ist Professor für Ethnologie und Kulturgeschichte.«

»Ich kenne das Marymount«, sagte Kelly. »Ein katholisches College für Frauen, gegenüber von Papas Farm auf der anderen Seite des Flusses gelegen.«

Pitt schaute Giordino an. »Was meinst du?«

»Wenn man nach alten Schätzen sucht, kann man nie genug recherchieren.«

»Das sage ich auch immer.«

»Ich dachte, ich hätte es irgendwo anders gehört.«

Pitt drehte sich um und schüttelte Marlys die Hand. »Ich danke Ihnen, Marlys. Vielen Dank für die Gastfreundschaft und die Unterstützung.«

»Keine Ursache. Sie haben mir ein paar Klatschgeschichten für die Nachbarn geliefert.«

Sie stand da, schirmte die Augen vor der Sonne ab und sah zu, wie der NUMA-Hubschrauber in den wolkenlosen Himmel aufstieg und nach Nordosten, in Richtung Duluth, davonflog. Ihre Gedanken schweiften zu Dr. Elmore Egan. Er war ein echter Exzentriker gewesen, ein Sonderling, aber liebenswert, soweit sie sich entsann. Sie hoffte inständig, dass sie ihnen eine Richtung vorgegeben hatte, in der sie fündig wurden, und dass Dr. Wednesday ihnen den letzten entscheidenden Hinweis liefern konnte.

40

Unauffällige, staubige Allradfahrzeuge, Jeeps, Durangos und ein Chevrolet Suburban fuhren über die Privatstraße zu dem am Tohono Lake gelegenen Wochenendhaus der Cerberus Corporation. Keiner der Geländewagen war neu, keiner jünger als acht Jahre, alle waren eigens ausgesucht, damit sie inmitten der Autos, die die Einheimischen hier auf dem Land fuhren, nicht auffielen. Niemand schenkte den Insassen, die wie Angler gekleidet waren, auch nur die geringste Beachtung, als sie durch die umliegenden Ortschaften kamen.

Im Abstand von fünfzehn Minuten trafen sie ein und begaben sich in das Wochenendhaus, schleppten Kisten mit Angelzubehör, Ruten und Rollen hinein, ohne den Bootssteg oder die dort vertäuten Boote auch nur eines Blickes zu würdigen. Sie kamen auch nicht wieder heraus und machten keinerlei Anstalten, die Köder aufzuziehen und die Ruten auszuwerfen. Sie hatten etwas anderes vor, etwas, das weit wichtiger war als Einsamkeit und gute Fischgründe.

Sie trafen sich auch nicht in der großen Halle mit dem großen, aus moosigen Feldsteinen gemauerten Kamin und der hohen Balkendecke. Niemand machte es sich auf den Sesseln und Sofas gemütlich, inmitten der Navajo-Teppiche, der Sättel, Zaumzeuge und Waffen des Westens, der Gemälde und Bronzeskulpturen von Charles Russell und Frederic Remington. Sie versammelten sich vielmehr in einem Kellerraum unter dem Gebäude, einem Raum mit einer massiven Stahltür, hinter der sich ein Fluchttunnel mehr als zweihundert Meter tief in den Wald hineinzog. Von dort aus führte ein rund achthundert Meter langer Pfad zu einem freien Feld, auf dem man binnen kürzester Zeit von Hubschraubern abgeholt werden konnte. Die Straße und der Grund und Boden rund um das Haus waren mit Alarmanlagen und allerlei Kameras und Bewegungsmeldern gesichert. Das ganze Anwesen sollte so unauffällig wie möglich wirken, aber trotzdem hatte man alle nur erdenklichen Vorkehrungen getroffen, dass es weder von Bundes- oder Staatsbehörden noch von der hiesigen Polizei überwacht werden konnte.

Sechs Männer und zwei Frauen saßen in dem verschwenderisch ausgestatteten Kellerraum um einen runden Konferenztisch aus Pinienholz. Curtis Merlin Zale, die neunte Person, hatte ihnen gegenüber Platz genommen. Er teilte etliche in Leder gebundene Ordner aus, lehnte sich zurück und wartete, bis die anderen den Inhalt gelesen hatten.

»Prägen Sie sich alles ein, was Sie zu lesen bekommen«, riet er ihnen. »Wenn wir morgen Abend aufbrechen, werden sämtliche Unterlagen und Notizen vernichtet.«

Strengste Geheimhaltung war das A und O bei dieser Sitzung, bei der es um die künftige strategische Planung des Cerberus-Imperiums ging. Die Männer und Frauen, die am Tisch saßen, leiteten die größten Erdölunternehmen der nördlichen Hemisphäre, und sie hatten sich hier versammelt, um ihr gemeinsames Vorgehen für die kommenden Monate abzusprechen. Nach Meinung der Börsianer, der Beamten im Wirtschaftsministerium und der Reporter des *Wall Street Journal* war jeder dieser Ölgiganten darauf bedacht, die Geschicke seiner Firma selbst zu lenken, Herr im eigenen Haus zu bleiben. Nur die hier Anwesenden wussten, dass sie hinter den Kulissen längst mit Curtis Merlin Zale und der Cerberus Corporation verbündet waren, dass ein Marktmonopol entstanden war, wie es noch nie eines gegeben hatte, und bei dem nichts dem Zufall überlassen wurde.

Die Ölbosse hatten auf Grund ihrer heimlichen Verbindung mit Cerberus Milliardengewinne gemacht, aber keiner von ihnen wollte wegen illegaler Geschäftspraktiken hinter Gitter gehen. Alle waren sich darüber im Klaren, dass sie gegen das Kartellrecht verstießen, dass man ihnen nach einer eingehenden Untersuchung von Seiten des Justizministeriums vorwerfen könnte, sie hätten eine Markt beherrschende Stellung angestrebt, wie es sie seit Rockefeller und seiner Standard Oil nicht mehr gegeben hatte. Doch sie hatten die entsprechenden Vorkehrungen getroffen, damit eine derartige Untersuchung gar nicht erst eingeleitet wurde. Gefahr drohte ihnen nur aus den eigenen Reihen – falls einer absprang und die Justizbehörden über die kriminellen Machenschaften des Kartells aufklärte. Andererseits aber wusste jeder, dass auf Verrat der Tod stand, dass der Verräter und seine sämtlichen Angehörigen binnen kurzer Zeit spurlos verschwinden oder bei Unfällen ums Leben kommen würden. Dass es kein Entrinnen gab.

Und außerdem lockte trotz aller Risiken ein geradezu kosmischer Gewinn. Diese Leute konnten sich ohne weiteres vorstellen, dass sie auf Grund ihrer Absprachen letztlich hunderte von Milliarden, wenn nicht Billionen Dollar verdienen konnten. Doch es ging ihnen nicht nur ums Geld, sondern auch um Macht, und die ließ sich ihrer Meinung nach nur daran ermessen, inwieweit man

Einfluss auf die Regierung der Vereinigten Staaten nehmen konnte, auf den Senat und den Beamtenapparat.

»Sie kennen ja alle die Prognosen«, sagte Zale zum Auftakt der Besprechung. »Wobei ich hinzufügen möchte, dass es sich keineswegs um beschönigte Zahlen handelt. Zwischen 1975 und 2000 nahm die Weltbevölkerung um fünfzig Prozent zu. Dementsprechend stieg der Bedarf an Rohöl. Etwa um das Jahr 2010 wird der Höhepunkt der Ölförderung erreicht sein. Bis dahin sind es nur mehr sieben Jahre. Danach geht es stetig bergab, sodass um 2050 nur noch ein Bruchteil der heutigen Fördermengen zur Verfügung steht.«

Rick Sherman, der sechsundvierzig Jahre alte Chef der Zenna Oil, der aussah wie der Mathematiklehrer einer Mittelschule, aber eine der größten Ölfirmen des Landes leitete, musterte Zale durch die dicken Gläser seiner randlosen Brille. »Die Statistiken hinken hinterher. Das Öl wird schon jetzt immer knapper. Der Bedarf übersteigt die weltweite Fördermenge, und mit der wird es steil bergab gehen.«

»Wenn die Aussichten bezüglich der Förderung düster sind, sehe ich für die Weltwirtschaft sehr schwarz«, sagte Jesus Morales, Chef der CalTex Oil Company. »Der daraus resultierende Schock wird lähmend und von Dauer sein. Die Preise werden in ungeahnte Höhen schießen, es wird zu einer Hyperinflation kommen, vielleicht sogar zu Rationierungsmaßnahmen. Mich schaudert beim bloßen Gedanken daran, wie sich künftig die Transportkosten entwickeln werden.«

»Ganz meine Meinung.« Sally Morse putzte die Gläser ihrer Lesebrille und las Zales Bericht. Die Chefin von Yukon Oil, Kanadas größtem Ölproduzenten, hatte sich vor fünf Jahren widerwillig und als letztes Mitglied dem geheimen Kartell angeschlossen, doch jetzt kamen ihr allmählich Bedenken. »Große Vorkommen wird man künftig nicht mehr finden. Seit 1980 ist man trotz gegenteiliger Voraussagen von Seiten der Geologen auf keine neuen Felder mehr gestoßen, die mehr als zehn Millionen Barrel abwerfen. Die eintausenddreihundertundelf großen Ölfelder, von denen wir wissen, enthalten vierundneunzig Prozent aller bekannten Ölvorkommen der Welt. Wenn diese Felder erschöpft sind, werden die Öl- und Gaspreise steil nach oben gehen.«

»Die schlechte Nachricht lautet«, sagte Zale, »dass auf jedes neue Barrel, das bei Erkundungen gefunden wird, zehn kommen, die wir verbrauchen.«

»Und die Situation wird noch schlimmer werden«, fügte Morales hinzu.

Zale nickte. »Genau aus diesem Grund haben wir unser Bündnis begründet. Da die industrielle Entwicklung in China und Indien nach immer mehr Öl verlangt, wird die Konkurrenz zwischen ihnen, Europa und den Vereinigten Staaten sehr schnell zu einem knallhart ausgetragenen Kampf um Preise und Marktanteile ausarten.«

»Und alles zum Nutzen der OPEC«, sagte Sherman. »Da der Bedarf weltweit rapide zunimmt, werden die in der OPEC zusammengeschlossenen Förderländer zusehen, dass sie auch noch den letzten Cent pro Barrel herauspressen können.«

»Und doch kommt uns die ganze Situation zugute«, sagte Zale zuversichtlich. »Wenn wir unsere Ressourcen, unsere Ölfelder und Raffinerien in Nordamerika, zusammenlegen, können wir die Bedingungen und die Preise diktieren. Außerdem können wir durch Bohrungen in Gegenden, zu denen uns die Regierung bislang den Zugang verwehrt hat, unsere Fördermenge verdoppeln. Mit unseren neu gebauten Pipelines werden wir das Öl auf dem Landweg zum Verbraucher bringen, ohne auf den kostspieligen Einsatz von Tankern angewiesen zu sein. Wenn die von uns ausgearbeitete Strategie plangemäß funktioniert, wird es nördlich von Mexiko nur noch amerikanisches und kanadisches Öl geben. Das heißt, um es in simplen Zahlen auszudrücken, dass sechsundneunzig Prozent des Einkommens zu unserem Nutzen und zur Steigerung unserer jeweiligen Gewinnspannen aufgewendet werden müssen.«

»Die OPEC wird dem aber nicht einfach tatenlos zusehen.« Gunnar Machowsky war ein alter Ölmann, der einst auf einem Bohrturm angefangen hatte und fünf Mal bei Probebohrungen gescheitert war, ehe er mitten in Nevada auf ein riesiges Vorkommen gestoßen war. Er war ein schwergewichtiger Mann mit einem mächtigen Bauch und einem weißen Haarkranz um den ansonsten kahlen Schädel. Als alleiniger Inhaber von Gunnar Oil war er berüchtigt dafür, dass er seine Firma mit straffer Hand führte und stets darauf achtete, dass sie einen stattlichen Profit abwarf. »Ihr könnt euch darauf verlassen, dass die uns beim Preis pro Barrel Öl in jedem Fall unterbieten.«

Zale grinste. »Daran besteht nicht der geringste Zweifel. Wir würden alle bankrott gehen, wenn wir mit deren Preisen mithalten wollten. Aber wir gedenken bei der amerikanischen Bevölkerung so viel Unmut über Öleinfuhren zu schüren, dass die gewählten Volksvertreter auf das öffentliche Aufbegehren eingehen und ein Embargo auf ausländisches Öl verhängen müssen.«

»Wie viele Abgeordnete und Senatoren haben wir denn in der Tasche?«, fragte Guy Kruse, der Direktor von Eureka Offshore Oil Ventures, ein stets gelassen wirkender, leise sprechender Brillenträger.

Zale wandte sich an Sandra Delage, die Verwaltungschefin des Kartells. Ihr nüchternes, aber dennoch attraktives Äußeres täuschte. Sie war aschblond und hatte samtblaue Augen, doch ihr messerscharfer, blitzschneller Verstand und ihr Organisationstalent wurden von allen, die am Tisch saßen, bewundert und geachtet. Sie zog einen Moment lang ihr großes Notizbuch zu Rate, dann blickte sie auf. »Laut dem Stand von gestern können wir uns darauf verlassen, dass neununddreißig Senatoren und einhundertzehn Abgeordnete für uns stimmen werden.«

Kruse lächelte. »Sieht so aus, als ob unsere Geldspenden mehr bewirkt haben, als wir uns erhofften.«

»Meiner Meinung nach kann man durchaus sagen, dass auch das Weiße Haus auf Ihre Ratschläge eingehen wird«, fügte Delage hinzu.

»Damit bleiben nur noch die Umweltschützer und diejenigen Mitglieder von Senat und Kongress übrig, die unbedingt die Biber retten wollen«, warf Machowsky knurrig ein.

Zale beugte sich über den Tisch und wedelte mit dem Stift, den er in der Hand hatte. »Ihre Einwände werden in der allgemeinen öffentlichen Empörung untergehen, wenn das Öl knapp wird und die Preise auch im Inland anziehen. Wir haben bereits genügend Fürsprecher, die verlangen, dass wir trotz aller Proteste von Seiten der Umweltschützer von Alaska bis Florida neue Ölfelder erschließen sollen. Der amerikanischen und kanadischen Regierung wird gar nichts anderes übrig bleiben, als uns weitere umfangreiche Erkundungen und Probebohrungen in Gegenden zu gestatten, in denen nach Ansicht der Geologen mit reichen Vorkommen zu rechnen ist.«

»Wobei man nicht vergessen darf, dass sich die Regierung ihr eigenes Grab geschaufelt hat, als sie anfing, die so genannte Strategische Erdölreserve freizugeben. Seither hat man sie noch fünf weitere Male angezapft, sodass der Treibstoffbedarf des Landes nur für drei weitere Wochen gestillt werden kann.«

Machowsky zog eine missmutige Miene. »Die ganze Sache war doch ein einziger Witz von Seiten der Politik. Unsere Raffinerien liefen bereits mit höchster Leistungsfähigkeit. Man hat damit nichts weiter bewirkt, als bei der leichtgläubigen breiten Masse den Eindruck zu erwecken, dass ihnen die Regierung einen Gefallen tut.«

Sally Morse nickte. »Es kommt mir fast so vor, als ob man uns unwissentlich entgegengekommen ist.«

Sam Riley, der Vorstandsvorsitzende von Pioneer Oil, einer Firma, die über große Vorkommen im gesamten Mittleren Westen verfügte, ergriff zum ersten Mal das Wort. »Wir hätten das nicht besser planen können, selbst wenn wir Einfluss auf die künftige Entwicklung gehabt hätten.«

»Ja«, sagte Zale. »Es war eine Mischung aus Glück und Voraussagen, die auf den Punkt genau zutrafen.« Er wandte sich an Dan Goodman von Diversified Oil Resources. »Wie lautet der jüngste Bericht über unsere Ölschiefer-Unternehmungen im westlichen Colorado?«

Goodman, ein ehemaliger General der US-Army, der einst für die Treibstoffversorgung der Truppe verantwortlich gewesen war, war gut zehn Jahre älter als alle anderen am Tisch. Obwohl er weit über zwei Zentner auf die Waage brachte, war er körperlich nach wie vor fit und hatte trotz seiner mürrischen Art durchaus Sinn für Humor. »Da uns in Sachen Ölschiefernutzung ein entscheidender technologischer Durchbruch gelungen ist, werden in einer Woche die ersten Fördermaßnahmen anlaufen. Sämtliche Anlagen und Geräte zum Abbau des Schiefers und der anschließenden Ölgewinnung wurden gründlich erprobt und sind in einwandfreiem Zustand. Ich kann Ihnen ruhigen Gewissens mitteilen, dass wir nun über gewaltige Mengen an Öl und Kohlenwasserstoff, aber auch an festen Brennstoffen verfügen, die die vorhandenen Kohlevorkommen womöglich übertreffen. Unseren Schätzungen zufolge können wir aus jeder Tonne Gestein rund einhundertachtzig Liter Öl gewinnen.«

»Wie groß sind Ihrer Meinung nach die Vorkommen?«, fragte Kruse.

»Zwei Billionen Barrel.«

Zale schaute Goodman an. »Sagen Sie das noch mal.«

»Wir können aus dem Ölschiefer etwa zwei Billionen Barrel Öl gewinnen, und das ist eine eher konservative Schätzung.«

»Guter Gott«, murmelte Sherman. »Das liegt ja weit unter den Schätzungen, die in den Berichten der für die Energieversorgung zuständigen Bundesbehörden veröffentlicht wurden.«

»Die waren frisiert«, sagte Goodman mit einem verschmitzten Augenzwinkern.

Riley lachte. »Wenn Sie Ihre Förderkosten auf unter fünfzig Dollar pro Barrel senken können, drängen Sie uns alle aus dem Geschäft.«

»So weit sind wir noch nicht. Im Moment rechnen wir mit einem Kostenaufwand von rund sechzig Dollar pro Barrel.«

Morales lehnte sich weit zurück und verschränkte die Hände hinter dem Kopf. »Nun müssen wir nur noch die diversen Pipelines fertig stellen, bevor wir unser Unternehmen in Gang setzen können.«

Zale ging nicht gleich darauf ein. Er nickte vielmehr Sandra Delage zu, die eine Fernbedienung betätigte, woraufhin sich ein großer Bildschirm von der Decke herabsenkte. Im nächsten Moment tauchte dort eine Karte von Alaska, Kanada und den südlich davon liegenden, achtundvierzig Staaten der USA auf dem Schirm auf. Eine Reihe schwarzer Linien führte von den Ölfeldern über die Landes- und Staatsgrenzen hinweg zu den Raffinerien und von dort aus zu den großen Städten. »Meine Damen und Herren, unser Ölbeförderungssystem. Eine unterirdische Pipeline mit einer Gesamtlänge von siebenunddreißigtausend Meilen. Bis Ende des Monats wird auch die Verbindung mit den Feldern von Sam Rileys Pioneer Oil in Nebraska, Wyoming und Kansas und den beiden Dakotas fertig gestellt und betriebsbereit sein.«

»Die Rohrleitung unterirdisch zu verlegen war ein genialer Schachzug«, sagte Riley. »Damit haben wir die Einwände der Umweltschützer elegant umgangen.«

»Unsere Bautrupps haben rund um die Uhr gearbeitet und pro Tag etwa zehn Meilen Rohre verlegt. Vor allem auch dank der von der Cerberus Corporation entwickelten Erdaushub- und Vortriebsmaschinen.«

»Eine großartige Idee«, sagte Jesus Morales. »Man pachtet von den Eisenbahngesellschaften das Wegerecht und verlegt die Rohrleitungen entlang der Gleise.«

»Ich räume gern ein, dass wir dadurch Milliarden von Dollar an Gerichtskosten gespart haben, von den Auseinandersetzungen mit privaten und öffentlichen Grundbesitzern gar nicht zu sprechen«, erwiderte Zale. »Außerdem können wir dadurch unser Öl auf direktem Weg in jede große Stadt in unser beider Länder pumpen, ohne uns an die strengen Auflagen der Regierung halten zu müssen.«

»Es ist das reinste Wunder, dass wir so weit gekommen sind, ohne dass sich das Justizministerium eingeschaltet hat«, sagte Sally Morse.

»Wir haben unsere Spuren gut verwischt«, erwiderte Zale. »Unsere Maulwürfe im Justizministerium sorgen dafür, dass sämtliche Hinweise und Nachfragen von Seiten des FBI und anderer Ermittlungsbehörden stillschweigend verlegt oder zur künftigen Überprüfung zu den Akten genommen werden.«

Guy Kruse wandte sich an Zale. »Soweit ich weiß, soll sich demnächst ein Untersuchungsausschuss des Kongresses unter Leitung der Abgeordneten Loren Smith mit Ihnen und Cerberus befassen.«

»Smiths Ermittlungen werden zu nichts führen«, erklärte Zale im Brustton der Überzeugung.

»Wieso sind Sie sich da so sicher?«, fragte Sally Morse. »Loren Smith ist eine der Abgeordneten, die eindeutig nicht auf unserer Seite stehen.«

Zale musterte sie mit kaltem Blick. »Wir werden uns dieser Sache schon annehmen.«

»So wie der *Emerald Dolphin* und der *Golden Marlin*?«, murmelte Machowsky spöttisch.

»Das Ziel rechtfertigt die Mittel«, sagte Zale. »Und letzten Endes ist es uns durch diese Katastrophen gelungen, Elmore Egans Maschinen in Misskredit zu bringen. Sämtliche Reedereien haben ihre Aufträge zum Bau von magnetohydrodynamischen Maschinen storniert. Und da Egan tot ist, dürfte es nur noch ein paar Tage dauern, bis wir die Formel für sein Superöl besitzen. Und sobald wir es herstellen können, werden unter unserer Regie auch seine Maschinen gebaut und zu unser aller Gewinn vermarktet werden. Wie Sie sehen, kümmern wir uns um jeden Aspekt des Treibstoffgeschäfts.«

»Können Sie uns versichern, dass es zu keinen weiteren Einmischungen von Seiten der NUMA kommen wird?«, fragte Sherman.

»Eine vorübergehende Sache. Unsere wirtschaftlichen Angelegenheiten gehen die nichts an.«

»Ihr Forschungsschiff mitsamt der Mannschaft zu kapern, war nicht gerade klug«, sagte Riley.

»Ein Vorkommnis, das leider zu unseren Ungunsten ausgegangen ist. Doch das ist ausgestanden. Keinerlei Spuren führen zu Cerberus.«

Dan Goodman hob die Hand. »Ich jedenfalls kann Ihnen nur Beifall dafür zollen, dass es Ihnen gelungen ist, den Unmut der breiten Öffentlichkeit in den Vereinigten Staaten über die Einfuhr von ausländischem Öl zu erregen. Durch die Unfälle der Supertanker, die Ihre Vipern-Gruppe vor Fort Lauderdale, Newport Beach, Boston und Vancouver verursachte und bei denen viele Millionen Liter Öl austraten und dicht bevölkerte Landstriche und beliebte Urlaubsgebiete verschmutzten, wird der allgemeine Ruf nach Unabhängigkeit von auswärtigem Öl immer lauter.«

»Gegen diese geplanten Havarien, die sich alle innerhalb von neun Monaten ereigneten, nahm sich die Ölpest, die von der *Exxon Valdez* in Alaska verursacht wurde, geradezu bescheiden aus«, pflichtete Morales bei.

Zale zuckte die Schultern. »Es musste leider sein. Je länger es dauert, bis der Schmutz beseitigt ist, desto lauter wird der Ruf nach heimischem Öl.«

»Aber wir haben vor lauter Streben nach Marktbeherrschung und Monopol nicht dem Teufel unsere Seele verkauft?«, fragte Sally Morse.

»Das Wort *Monopol* hat einen unangenehmen Beigeschmack«, sagte Zale. »Ich persönlich ziehe den Begriff *gemeinsamer Markt* vor.«

Morse stützte den Kopf auf die Hände. »Wenn ich an die Menschen denke, an die Vögel, die Fische und all die anderen Tiere, die sterben mussten, damit wir unser Ziel erreichen, wird mir übel.«

»Dies ist wahrlich nicht der richtige Zeitpunkt für Gewissensbisse«, ermahnte Zale sie. »Wir befinden uns in einem Wirtschaftskrieg. Selbst wenn dazu weder Generäle noch Admirale, keine Tanks, Unterseeboote oder Atombomber nötig sein mögen, können wir ihn doch nur gewinnen, wenn wir den allgemeinen Bedarf an Treibstoff befriedigen. Bald, sehr bald schon werden wir eine Marktposition einnehmen, die es uns erlaubt, jedem Menschen, der nördlich der mexikanischen Grenze lebt, vorzuschreiben, welchen Treibstoff er kaufen soll, wann er ihn kaufen soll und was er dafür bezahlen muss. Wir werden niemandem gegenüber Rechenschaft ablegen müssen. Wenn der Zeitpunkt gekommen ist, werden wir alle Mühen darauf verwenden, die bisherige Regierungsform durch einen nach unternehmerischen Gesichtspunkten organisierten Staat zu ersetzen. Wir dürfen jetzt nicht nachgeben, Sally.«

»Eine Welt ohne Politiker«, murmelte Guy Kruse versonnen. »Fast zu schön, um wahr zu sein.«

»Im ganzen Land kündigen sich bereits Massenproteste gegen die Einfuhr von ausländischem Öl an«, sagte Sherman. »Noch ein Zwischenfall, dann gerät die Öffentlichkeit außer Rand und Band.«

Zale verzog das Gesicht zu einem füchsischen Grinsen. »Ich bin

Ihnen bereits einen Schritt voraus, Rick. Ein derartiger Zwischenfall wird sich in genau drei Tagen zutragen.«

»Ein weiteres Tankerunglück?«

»Weitaus schlimmer.«

»Was kann denn noch schlimmer sein?«, fragte Morales.

»Ein Tankerunglück mit anschließender Explosion«, antwortete Zale.

»Vor der Küste?«

Zale schüttelte den Kopf. »In einem der meist befahrenen Hafen der Welt.«

Eine Zeit lang herrschte Stille, bis sich alle über die ganze Tragweite dieser Aussage klar geworden waren. Dann wandte sich Sandra Delage an Zale und fragte leise: »Darf ich?«

Er nickte ihr wortlos zu.

»Am kommenden Sonnabend, etwa um sechzehn Uhr dreißig nachmittags, wird die *Pacific Chimera*, mit einer Länge von vierhundertneunzig Metern und einer Breite von siebzig Metern der größte Öltanker der Welt, in den Hafen von San Francisco einlaufen. Er wird die Point San Pedro Mooring ansteuern, wo er normalerweise anlegen und seine Fracht löschen sollte. Doch er wird nicht dort Halt machen. Er wird mit voller Fahrt Kurs in Richtung Innenstadt nehmen und beim Ferry Building's World Trade Center auflaufen. Unseren Schätzungen zufolge dürfte er sich etwa zwei Häuserblocks weit in den City-Bereich pflügen, ehe er zum Stillstand kommt. Danach werden Sprengladungen gezündet werden, woraufhin die *Pazific Chimera* mitsamt den sechshundertzwanzigtausend Tonnen Öl, die sie geladen hat, in einer gewaltigen Explosion in die Luft fliegen und die ganze Hafengegend von San Francisco verwüsten wird.«

»Oh, mein Gott«, murmelte Sally Morse, die mit einem Mal blass geworden war. »Wie viele Menschenleben wird das kosten?«

»Das könnte in die Tausende gehen, da es während des Berufsverkehrs stattfindet«, antwortete Kruse kaltschnäuzig.

»Was spielt denn das für eine Rolle?«, fragte Zale so desinteressiert wie ein Pathologe, der eine Leiche in den Kühlschrank schiebt. »In sinnlosen Kriegen sind viel mehr Menschen zu Tode gekommen. Diese Sache dient unseren Zwecken, und wir werden letztlich die Nutznießer sein.« Danach stand er auf. »Ich glaube, für heute haben wir genug besprochen. Morgen früh werden wir fortfahren und unsere Vorgehensweise gegenüber unseren beiden Regierungen absprechen und die Planungen für das kommende Jahr festlegen.«

Daraufhin erhoben sich die mächtigsten Ölmogule der beiden Länder, folgten Zale zu den Aufzügen und fuhren mit ihm nach oben in den Speisesaal, wo die Cocktails warteten.

Nur Sally Morse von Yukon Oil blieb wie gelähmt zurück, hatte all das Grauen vor Augen, das tausende unschuldiger Männer, Frauen und Kinder in San Francisco ereilen sollte. Während sie allein dasaß, traf sie eine Entscheidung, die sie, wie sie wohl wusste, das Leben kosten konnte. Doch ihr Entschluss stand fest, als sie den Raum verließ.

Der Pilot erwartete sie am Fuße der Einstiegstreppe, als der Fahrer, der sie nach dem Ende der Konferenz mit dem Jeep zum Flugplatz brachte, vor ihrem firmeneigenen Lockheed Jetstar anhielt. »Bereit für den Flug nach Anchorage, Miss Morse?«

»Mir ist etwas dazwischengekommen. Ich muss zu einer weiteren Konferenz nach Washington.«

»Ich lege rasch den neuen Flugplan fest«, sagte der Pilot. »In ein paar Minuten sollten wir startbereit sein.«

Als Sally sich in einen tiefen Ledersessel hinter einem Schreibtisch sinken ließ, auf dem ein Computer, etliche Telefone und ein Faxgerät standen, begriff sie, dass sie sich in eine Lage begeben hatte, in der sie weder ein noch aus wusste. Noch nie hatte sie eine Entscheidung treffen müssen, bei der es um Menschenleben ging. Sie war eine intelligente Frau, die nach dem Tod ihres Mannes ohne weiteres die Geschäfte von Yukon Oil geleitet hatte – aber mit so etwas hatte sie keinerlei Erfahrung. Sie wollte gerade zum Telefon greifen, als ihr klar wurde, dass Zales Helfershelfer ihr Gespräch höchstwahrscheinlich abhörten.

Sie ließ sich von ihrer Flugbegleiterin einen Martini bringen, nach dem sie neuen Mut fasste, ihre Schuhe abstreifte und sich überlegte, wie sie die finsteren Machenschaften eines Curtis Merlin Zale hintertreiben könnte.

Der Pilot von Zales privater Boeing 727 saß im Cockpit und las eine Illustrierte, während er auf seinen Chef wartete. Er blickte kurz auf und sah gelangweilt zu, wie der Firmenjet der Yukon Oil zur Startbahn rollte und steil in den mit dichten weißen Wolken übersäten Himmel aufstieg. Dann legte sich die Maschine in die Kurve und drehte in Richtung Süden ab.

Komisch, dachte er. Eigentlich müsste der Pilot nach Norden fliegen, wenn er nach Alaska will. Er verließ das Cockpit, ging nach hinten in die Passagierkabine und blieb vor einem Mann stehen, der mit übergeschlagenen Beinen dasaß und das *Wall Street Journal* las. »Entschuldigen Sie, Sir, aber ich dachte, ich sollte Ihnen lieber Bescheid sagen, dass der Jet der Yukon Oil nicht mit Kurs auf Alaska abgeflogen ist, sondern nach Süden, in Richtung Washington.«

Omo Kanai legte die Zeitschrift beiseite und lächelte. »Besten Dank für Ihre Aufmerksamkeit. Das ist eine sehr interessante Nachricht.«

41

Tarrytown, im Westchester County im Staat New York gelegen, ist eines der malerischen Städtchen im historischen Hudson Valley. Die im Kolonialstil gebauten Häuser entlang der von Bäumen gesäumten Straßen beherbergen allerlei Antiquitätengeschäfte, gemütliche kleine Restaurants und Läden, in denen einheimisches Kunstgewerbe angeboten werden. Im eigentlichen Wohngebiet findet man prachtvolle alte Herrenhäuser mit Türmen und Erkern, die auf gepflegten, mit Mauern umgebenen Grundstücken stehen. Das Wahrzeichen der Stadt ist Sleepy Hollow, eine Schlucht, die durch Washington Irvings klassische Erzählung »Die Sage von Sleepy Hollow« berühmt wurde.

Pitt saß auf dem Rücksitz eines Mietwagens und döste vor sich hin, während Giordino fuhr und Kelly vom Beifahrersitz aus die Sehenswürdigkeiten der kleinen Stadt bewunderte. Giordino steuerte den Wagen durch die engen Kurven einer schmalen Straße zu dem rund zehn Hektar großen Campus des Marymount College, das hoch über dem Hudson mit Blick auf den Fluss und die Tappan Zee Bridge lag.

Das 1907 von einem katholischen Lehrorden namens The Religious of the Sacred Heart of Mary gegründete Marymount College war die erste von zahlreichen Marymount-Schulen, die es heute rund um die Welt gibt. Die Gründerin, Mutter Joseph Butler, hatte es sich zur Lebensaufgabe gemacht, Unterrichtsstätten zu schaffen, in denen Frauen eine Ausbildung erhielten, die sie zu Berufen in leitender und verantwortlicher Stellung in aller Herren Länder befähigte. Marymount, ein in freier Trägerschaft geführtes, allgemein bildendes College in bester katholischer Tradition, war eine der angesehensten Lehranstalten für Frauen in den Vereinigten Staaten.

Die streng wirkenden Gebäude des College waren überwiegend aus braunen Ziegeln gebaut. Giordino konnte sich einen Blick auf die vielen attraktiven Mädchen nicht verkneifen, die von einer Vorlesung zur anderen eilten, als er auf die Hauptstraße des Campusgeländes bog. Er fuhr an der Butler Hall vorbei, einem mächtigen, mit einem Kreuz gekrönten Kuppelbau, und hielt auf einem Parkplatz vor der Gerard Hall, in deren Erdgeschoss und erstem Stock die Büros des Lehrkörpers untergebracht waren.

Sie stiegen die Treppe zur Gerard Hall hinauf, traten durch die Doppeltür und gingen zum Informationsschalter. Eine junge, blonde Studentin, die etwa Anfang zwanzig war, blickte auf und lächelte, als Pitt sich an sie wandte.

»Wohin möchten Sie denn?«, fragte sie freundlich.

»Zur anthropologischen Fakultät. Dem Büro von Dr. Jerry Wednesday.«

»Gehen Sie die linke Treppe hinauf. Halten Sie sich dann rechts. Die anthropologische Fakultät befindet sich hinter der Tür am Ende des Ganges.«

»Vielen Dank.«

»Wenn ich all diese hinreißenden jungen Dinger sehe, möchte ich am liebsten auch wieder die Schulbank drücken«, sagte Giordino, als sie auf der Treppe an einer Schar Mädchen vorbeikamen.

»Pech gehabt«, erwiderte Pitt. »Das ist ein reines Mädchencollege. Männer haben keinen Zutritt.«

»Vielleicht könnte ich unterrichten.«

»Du würdest innerhalb eine Woche wegen unsittlichen Betragens rausfliegen.«

Eine weitere junge Studentin, die in der anthropologischen Fakultät arbeitete, führte sie in Dr. Wednesdays Büro. Der Mann, der gerade ein Buch aus einem überladenen Regal ziehen wollte, drehte sich um und lächelte, als die drei Fremden in seine voll gestopfte, leicht muffig riechende Gelehrtenstube eindrangen. Dr. Jerry Wednesday war nicht größer als Giordino, aber viel schmächtiger. Er hatte weder ein Tweedsakko mit Lederflicken auf den Ellbogen an, noch rauchte er Pfeife. Stattdessen trug er ein Sweatshirt, Levi's und Wanderstiefel. Sein schmales Gesicht war glatt rasiert, und dem schütter werdenden Haar über der Stirn nach zu schließen, war er etwa Ende vierzig. Die Augen waren dunkelgrau, und auf die ebenmäßigen weißen Zähne, die er beim Lächeln zeigte, wäre jeder Kieferorthopäde stolz gewesen.

»Einer von Ihnen muss der Mann sein, der mich angerufen hat«, sagte er.

»Ich habe angerufen«, antwortete Pitt. »Das sind Kelly Egan und Al Giordino, und ich bin Dirk Pitt.«

»Wollen Sie nicht Platz nehmen? Sie haben mich zu einer günstigen Zeit erwischt. Ich habe in den nächsten zwei Stunden keinen Unterricht.« Dann blickte er zu Kelly. »War Dr. Elmore Egan vielleicht zufällig Ihr Vater?«

»So ist es«, antwortete Kelly.

»Ich war sehr betroffen, als ich von seinem Tod hörte«, sagte Dr. Wednesday ernst. »Ich habe ihn kennen gelernt und mit ihm korrespondiert. Er forschte nach einer Wikinger-Schar, die seiner Meinung nach im... im Jahr 1035 war es, glaube ich, durch diese Gegend zog.«

»Ja, Papa hat sich sehr für die Runensteine interessiert, die sie hinterließen.«

»Wir kommen gerade von Marlys Kaiser in Minnesota«, sagte Pitt. »Sie war es, die vorgeschlagen hat, dass wir uns an Sie wenden sollten.«

»Eine großartige Frau.« Wednesday setzte sich hinter einen mit allerlei Büchern und Papieren übersäten Schreibtisch. »Ich nehme an, Marlys hat auch erwähnt, dass Dr. Egan der Meinung war, die Wikinger, die in dieser Gegend siedelten, wären von den Indianern im Tal des Hudson massakriert worden.«

Kelly nickte. »Sie ließ es anklingen.«

Wednesday kramte in einer offenen Schreibtischschublade herum und holte einen Stapel zerknitterter Papiere heraus. »Über die Indianer, die einstmals entlang des Hudson lebten, ist nur wenig bekannt. Die ersten Aufzeichnungen, in denen die hier ansässigen Eingeborenen beschrieben wurden, stammen von Giovanni da Verrazano und wurden 1524 verfasst. Im Laufe seiner ausgedehnten Reise, die ihn die ganze Ostküste entlangführte, lief er in eine Bucht ein, in der sich heute New York befindet, ging dort vor Anker und erkundete zwei Wochen lang das Inland, ehe er nach Neufundland weiterfuhr und von dort aus nach Frankreich zurückkehrte.«

Wednesday hielt inne und zog seine Notizen zu Rate. »Nach Verrazanos Beschreibung hatten die amerikanischen Ureinwohner scharf geschnittene Gesichter, lange schwarze Haare und schwarze Augen. Sie kleideten sich in Fuchsfelle und Hirschhäute und trugen kupferne Schmuckgegenstände. Er merkte an, dass sie Kanus aus ausgehöhlten und zurechtgehauenen Bäumen fuhren und in Rund- oder Langhäusern wohnten, die sie aus halbierten Stämmen bauten und mit langen Gräsern und Zweigen deckten. Von diesem frühesten Bericht aus Verrazanos Feder einmal abgesehen, haben die alten Indianer wenig hinterlassen, das die Archäologen entdecken, untersuchen und auswerten könnten. Im Großen und Ganzen können wir nur mutmaßen, wie diese Ureinwohner gelebt haben.«

»Die Geschichte der amerikanischen Indianer beginnt also mit dem Jahr 1524«, sagte Giordino.

»Was die Aufzeichnungen angeht, ja. Der nächste große Seefahrer, der einen Bericht hinterließ, war Henry Hudson. Das war im Jahr 1609. Er lief in den Naturhafen ein und fuhr den Fluss hinauf, der nach ihm benannt wurde. Erstaunlicherweise kam er bis nach Cohoes, das etwa zehn Meilen oberhalb von Albany liegt, wo er von Wasserfällen aufgehalten wurde. Seiner Beschreibung nach waren die Indianer am Unterlauf des Flusses kräftig und kriegerisch, während die weiter oben lebenden freundlich und höflich waren.«

»Was für Waffen hatten sie?«

»Bogen und Pfeile mit scharfen Steinspitzen, die mit Pech am Schaft befestigt wurden. Außerdem schnitzten sie Keulen und stellten Beile her, die mit großen Feuersteinklingen besetzt waren.«

»Wovon haben sie sich ernährt?«, fragte Kelly.

»Von Wild sowie von allerlei Fischen und Wassergetier, das es in Hülle und Fülle gab, in erster Linie Störe, Lachse und Austern. Sie bestellten große Felder mit Mais, den sie zum Kochen und Backen benutzten, sowie mit Kürbissen, Sonnenblumen und Bohnen. Außerdem bauten sie Tabak an, den sie in Kupferpfeifen rauchten. Kupfer gab es im ganzen Norden und rund um die Großen Seen im Überfluss, und es war das einzige Metall, das die Indianer bearbeiten konnten. Sie kannten zwar auch Eisen, konnten aber nichts damit anfangen.«

»Sie hatten also ein recht angenehmes Leben?«

»Hudson fand keinerlei Hinweise auf Hungersnöte oder Nahrungsmangel unter den Indianern«, antwortete Wednesday. Dann lächelte er leicht. »Interessanterweise berichtete keiner dieser Forscher, dass er irgendwo Skalpe, Gefangene oder Sklaven gesehen hat. Wir müssen davon ausgehen, dass diese widerwärtigen Bräuche von Fremden eingeführt wurden, die übers Meer kamen.«

Pitt verschränkte nachdenklich die Hände. »Hat einer dieser Forscher irgendetwas erwähnt, das auf frühere Kontakte mit Europäern hindeuten könnte?«

»Hudson und anderen fielen ein paar Sachen auf. Zum einen schienen die Indianer beim Anblick der Fremden nicht weiter erstaunt zu sein, so wie man es erwarten würde, wenn sie die sonderbaren Schiffe und die weißhäutigen Männer mit blonden oder roten Haaren zum ersten Mal gesehen hätten. Ein Mann aus Verrazanos Trupp berichtete von Indianern, die Schmuckstücke aus Eisen trugen, die wie alte, rostige Messer aussahen. Ein weiterer behauptete, er habe eine eiserne Axt gesehen, die an der Wand einer indianischen Behausung hing. Außerdem gab es Gerüchte, wonach ein Mitglied der Besatzung ein rundliches eisernes Gefäß gefunden habe, das als Schale benutzt wurde.«

»Ein Wikingerhelm«, warf Giordino ein.

Wednesday lächelte nachsichtig und fuhr fort. »Erst als sich die Holländer im Tal des Hudson niederließen, wo sie an der Stelle des heutigen Albany ein Fort errichteten, und die Sprachen der einzelnen Stämme erlernten, erfuhr man von den Sagen aus längst vergangener Zeit.«

»Worum ging es in diesen Sagen?«

»Zwischen Mythologie und tatsächlichen Begebenheiten zu unterscheiden, ist sehr schwierig«, erwiderte Wednesday. »Die Geschichten, die in mündlicher Überlieferung über die Jahrhunderte weitergegeben wurden, ergingen sich natürlich nur in Andeutungen, lieferten aber keinerlei klare Hinweise. In einer war von wilden, bärtigen Männern mit weißer Haut und harten, silbernen Schädeln die Rede, die aus der Ferne kamen und im Tal eine Siedlung anlegten. Als ein paar von ihnen längere Zeit weg waren –«

»Magnus Sigvatson und seine hundert Männer, die aufbrachen, um den Westen zu erkunden«, unterbrach ihn Kelly.

»Ja, ich kenne die Runensteine und ihre Inschriften, die Ihr Vater entdeckt hat«, erwiderte Wednesday, ohne sich aus der Ruhe bringen zu lassen. »Als die Indianer, so heißt es in der Geschichte weiter, die Diebstahl nicht als Verbrechen betrachteten, das Vieh entwendeten und schlachteten, das die Neuankömmlinge in ihren Booten übers Meer gebracht hatten, sei es zu Vergeltungsmaßnahmen gekommen. Die wilden Männern mit den haarigen Gesichtern, wie sie genannt wurden, holten sich ihr Vieh zurück und schlugen den Dieben die Hände ab. Unglücklicherweise war einer der Diebe der Sohn eines Häuptlings. Der aufgebrachte Häuptling sammelte die anderen Stämme im Tal um sich. Einer dieser Stämme waren die Munsee Lenape oder Delaware, die mit den Algonkin verwandt waren. Mit vereinten Kräften griffen sie die Siedlung der Fremden an, zerstörten sie und schlachteten sämtliche Bewohner ab. In einer anderen Version wird angedeutet, dass ein paar Frauen und Kinder als Sklaven verschleppt wurden, doch dieser Brauch kam eigentlich erst viel später auf.«

»Magnus und seine Männer müssen außer sich gewesen sein, als sie bei ihrer Rückkehr feststellten, dass ihre Freunde und Angehörigen tot waren.«

Wednesday nickte. »Wir können nur Vermutungen anstellen. Aber jetzt waren sie am Zug. In der Sage wird eine große Schlacht mit wilden Männern beschrieben, die schimmernde Schädel hatten und über tausend Indianer töteten, bevor auch sie bis zum letzten Mann aufgerieben wurden.«

»Keine angenehme Geschichte«, murmelte Kelly.

Wednesday hielt abwehrend die Hände hoch. »Wer kann schon sagen, ob sie wahr ist oder nicht?«

»Kommt mir komisch vor, dass man noch keinerlei Spuren von dieser Siedlung entdeckt hat«, stellte Pitt fest.

»In der Sage heißt es weiter, dass die Indianer, die verständlicherweise vor Wut rasten, auch noch die letzten Überreste der Siedlung verbrannten und nichts übrig ließen, das Archäologen ein paar Jahrhunderte später hätten untersuchen können.«

»Gab es irgendwelche Anspielungen auf eine Höhle?«

»Die einzige Erwähnung, von der ich weiß, befindet sich auf einem der Runensteine, die Dr. Egan entdeckt hat.«

Pitt schaute Wednesday wortlos an und wartete gespannt.

Wednesday fuhr wie aufs Stichwort fort. »Es gibt allerdings ein paar Ungereimtheiten. So kam es zum Beispiel etwa ab dem Jahr 1000 nach Christus im Hudson Valley zu einschneidenden Veränderungen, was die Lebensgewohnheiten anging. Die Eingeborenen betrieben mit einem Mal Landwirtschaft und zogen ihr eigenes Gemüse. Man lebte nicht mehr nur von der Jagd, dem Fischfang und dem Sammeln von Pilzen, Nüssen und Beeren, sondern baute auch Feldfrüchte an. Etwa um diese Zeit begann man zudem, die Dörfer mit Hilfe von Felsbrocken, senkrecht in den Boden gerammten Pfählen und Erdwällen zu befestigten. Außerdem baute man ovale

Langhäuser mit Schlafkojen, die in die Wände eingelassen waren, was die Indianer zuvor nicht getan hatten.«

»Sie wollen damit also andeuten, dass ihnen die Wikinger gezeigt haben, wie man Ackerbau treibt und feste Häuser baut. Und nach der großen Schlacht haben die Indianer Befestigungsanlagen gebaut, falls die Fremdlinge ein weiteres Mal zum Großangriff anrücken sollten.«

»Ich bin Wissenschaftler, Mister Pitt«, sagte Wednesday. »Ich will damit überhaupt nichts andeuten. Was ich Ihnen erzählt habe, sind nichts als Mutmaßungen und Überlieferungen. Solange man keine handfesten Beweise findet, die aussagekräftiger sind als die Inschriften auf den Runensteinen, deren Echtheit übrigens von den meisten Archäologen bezweifelt wird, dürfen wir diese Geschichten nur als Märchen und Sagen betrachten, als Mythologie, mehr nicht.«

»Ich glaube, mein Vater hat die Spuren einer Wikingersiedlung gefunden«, sagte Kelly leise. »Aber er starb, bevor er mit seiner Entdeckung an die Öffentlichkeit gehen konnte, und wir können seine Aufzeichnungen und Tagebücher nirgendwo finden.«

»Ich hoffe inständig, dass es Ihnen noch gelingt«, erwiderte Wednesday ernst. »Ich würde herzlich gern glauben, dass das Hudson Valley bereits sechshundert Jahre vor den Spaniern und den Holländern von fremden Seefahrern erkundet und besiedelt wurde. Könnte ganz lustig sein, wenn man die Geschichtsbücher umschreiben muss.«

Pitt stand auf, beugte sich über den Schreibtisch und schüttelte Dr. Wednesday die Hand. »Vielen Dank, Doktor, dass Sie sich Zeit für uns genommen haben.«

»Keine Ursache, es war mir ein Vergnügen.« Er lächelte Kelly zu. »Sagen Sie mir bitte Bescheid, wenn Sie auf irgendetwas stoßen.«

»Eine Frage hätte ich noch.«

»Ja?«

»Sind jemals irgendwelche Werkzeuge oder Geräte der alten Wikinger aufgetaucht, abgesehen von denen, die in den Berichten der alten Forscher erwähnt werden?«

Wednesday dachte einen Moment lang nach. »In diesem Zusammenhang fällt mir ein, dass ein Farmer in den zwanziger Jahren des neunzehnten Jahrhunderts berichtete, er hätte ein altes, rostiges Kettenhemd gefunden. Aber ich weiß nicht, was daraus wurde, beziehungsweise, ob es je ein Wissenschaftler untersucht hat.«

»Nochmals vielen Dank.«

Sie verabschiedeten sich, verließen Wednesdays Büro und begaben sich zum Parkplatz. Schwarze Wolken ballten sich am Himmel zusammen, und es sah so aus, als könnte es jede Minute zu regnen beginnen. Sie rannten zu ihrem Wagen und stiegen schnell ein, als auch schon die ersten Tropfen fielen. Ihre Stimmung war eher gedämpft, als Giordino den Zündschlüssel ins Schloss steckte und den Motor anließ.

»Papa hat die Siedlung gefunden«, sagte Kelly überzeugt. »Ich weiß es.«

»Mir ist bloß nicht ganz klar«, sagte Giordino, »was für ein Zusammenhang zwischen einer Siedlung und einer Höhle bestehen soll. Wo keine Höhle ist, so seh ich die Sache, da gibt's auch keine Siedlung.«

»Selbst wenn sämtliche Spuren der Siedlung vernichtet wurden, gehe ich jede Wette ein, dass es eine Höhle gab und dass sie noch vorhanden ist«, sagte Pitt.

»Wenn wir nur wüssten, wo«, meinte Kelly bedrückt. »Josh und ich haben nirgendwo eine gefunden.«

»Vielleicht haben die Indianer den Eingang zugeschüttet«, wandte Giordino ein.

Kelly starrte aus dem Fenster und betrachtete verträumt die Bäume, die rund um den Parkplatz standen. »Dann finden wir sie nie.«

»Ich schlage vor, dass wir vom Fluss aus danach suchen, am Fuß der Klippen«, erwiderte Pitt voller Zuversicht. »Mit dem Side-Scan-Sonar kann man eine unter Wasser liegende Felsgrotte erkennen. Wenn wir uns bei der NUMA ein Boot mit dem entsprechenden Gerät beschaffen, können wir übermorgen anfangen.«

Giordino legte den Gang ein und wollte gerade vom Parkplatz stoßen, als sein Handy summte. »Giordino.« Eine kurze Pause, dann: »Einen Moment, Admiral. Er sitzt hinter mir.« Er reichte Pitt das Telefon. »Sandecker ist dran.«

»Ja, Admiral«, sagte Pitt. Dann verstummte er und hörte die nächsten drei Minuten lang schweigend und ohne eine Erwiderung zu. »Ja, Sir«, sagte er schließlich. »Wir sind schon unterwegs.« Er gab Giordino das Telefon zurück. »Wir sollen uns so schnell wie möglich in Washington einfinden.«

»Irgendwelche Schwierigkeiten?«

»Eher ein Notfall.«

»Hat er gesagt, worum es geht?«, fragte Kelly.

»Allem Anschein nach wollen Curtis Merlin Zale und seine Kumpane bei Cerberus eine Katastrophe auslösen, die weitaus schlimmer ist als die auf der *Emerald Dolphin*.«

VIERTER TEIL

Täuschungsmanöver

DIE MONGOL INVADER
Flüssiggastanker

DIE CORAL WANDERER
Luxus-Unterseeboot

8. August 2001
Washington, D.C.

42

Die Kongressabgeordnete Loren Smith kam sich vor, als wäre sie an ein wildes Pferd gebunden und würde durch die Wüste geschleift. Obwohl in der Vorladung ausdrücklich das persönliche Erscheinen der Direktoren der Cerberus Corporation vor dem Untersuchungsausschuss des Kongresses, der sich mit illegalen Geschäftspraktiken befasste, angeordnet worden war, ließ sich keiner von ihnen blicken. Stattdessen wurden sie von einem Heer von Firmenanwälten vertreten, die das ganze Verfahren nur vernebeln und verzögern wollten.

»Verwirrungs- und Hinhaltetaktik«, murmelte sie vor sich hin, als sie die Anhörung mit einem Hammerschlag auf den nächsten Morgen vertagte. »Schlimmere Schleimer als die, die wir heute erlebt haben, gibt es nicht.«

Ungehalten und enttäuscht saß sie an ihrem Pult, als der Kongressabgeordnete Leonard Sturgis, ein Demokrat aus North Dakota, zu ihr kam und ihr die Hand auf die Schulter legte.

»Lassen Sie sich nicht entmutigen, Loren.«

»Ich kann nicht behaupten, dass Sie heute eine große Hilfe waren«, sagte sie scharf. »Sie waren mit allem einverstanden, was die uns vorgesetzt haben, obwohl Sie genau wussten, dass es nichts als Lügen und Tatsachenverdrehungen waren.«

»Sie können aber nicht bestreiten, das sich alles, was sie aussagten, im Rahmen des Gesetzes bewegte.«

»Ich will Curtis Merlin Zale vor diesem Ausschuss sehen, dazu seine sämtlichen Direktoren. Nicht einen Haufen von Winkeladvokaten, die ständig alles abwiegeln und verschleiern.«

»Ich bin davon überzeugt, dass Mister Zale zur rechten Zeit erscheinen wird«, sagte Sturgis. »Ich glaube, Sie werden feststellen, dass er ein durchaus vernünftiger Mann ist.«

Loren bedachte Sturgis mit einem vernichtenden Blick. »Zale hat mich neulich auf sehr unhöfliche Art beim Abendessen gestört. Meiner Ansicht nach ist er ein bodenloser Lump.«

Sturgis runzelte die Stirn, was äußerst ungewöhnlich war, denn normalerweise lächelte er fast immer. Im Kongress galt er als der große Friedensstifter. Sein wettergegerbtes Gesicht verriet, dass er den Großteil seines Lebens auf einer Farm zugebracht hatte. Tatsächlich bewirtschafteten seine Brüder nach wie vor den Heimstättenhof der Familie in Buffalo, North Dakota, und er wurde seit Jahren immer wieder gewählt, weil er sich unentwegt für die Belange der Farmer und der Landwirtschaft einsetzte. Die einzige Schwäche, die er in Lorens Augen hatte, war seine enge Beziehung zu Curtis Merlin Zale.

»Sie sind Zale begegnet?«, fragte er aufrichtig überrascht.

»Ihr angeblich so vernünftiger Mann hat mir mit dem Tod gedroht, falls ich das Untersuchungsverfahren nicht einstelle.«

»Das scheint mir undenkbar.«

»Glauben Sie's ruhig!«, erwiderte Loren giftig. »Ich gebe Ihnen einen guten Rat, Leo. Halten Sie sich von Cerberus fern. Die werden zu Fall kommen, und zwar gewaltig, und Zale wird sich glücklich schätzen dürfen, wenn er nicht in der Todeszelle landet.«

Sturgis betrachtete sie, als sie sich abwandte und sich in ihrem tadellos sitzenden, beigen Tweedkostüm, um dessen Taille sie einen Wildledergürtel geschlungen hatte, energischen Schrittes entfernte. Sie trug einen ledernen Aktenkoffer, der genauso gefärbt war wie ihr Kostüm. Es war ihr Markenzeichen.

Loren kehrte nicht in ihr Büro zurück. Da es bereits später Nachmittag war, ging sie auf direktem Weg in das unterirdische Parkhaus des Abgeordnetengebäudes. In Gedanken beschäftigte sie sich einmal mehr mit den Ereignissen des Tages, während sie ihren Wagen durch den allmählich dünner werdenden Berufsverkehr steuerte. Fünfundvierzig Minuten später war sie bei ihrem Stadthaus in Alexandria. Als sie anhielt und mittels Fernbedienung ihr Garagentor öffnete, trat eine Frau aus dem Schatten und näherte sich der Fahrerseite des Wagens. Loren wandte sich zu ihr um und ließ das Fenster herunter.

»Kongressabgeordnete Smith? Entschuldigen Sie die Störung, aber wir müssen dringend miteinander reden.«

»Wer sind Sie?«

»Ich heiße Sally Morse und bin Vorstandsvorsitzende von Yukon Oil.«

Loren musterte die Frau, die lediglich eine Jeanshose und einen hellblauen Baumwollpulli trug. Ihr aufrechter, ehrlicher Blick gefiel Loren auf Anhieb. »Gehen Sie in die Garage.«

Loren stellte den Wagen ab und schloss das Garagentor. »Kommen Sie bitte mit ins Haus.« Sie führte sie in das ultramodern eingerichtete Wohnzimmer, dessen Mobiliar nur aus Designerstücken bestand, die eigens für sie entworfen worden waren. »Nehmen Sie bitte Platz. Möchten Sie einen Kaffee?«

»Danke, aber etwas Stärkeres wäre mir lieber.«

»Welches Gift darf's denn sein?«, fragte Loren, während sie einen Barschrank öffnete, in dessen Glastüren ein exotisches Blütenmuster geätzt war.

»Scotch mit Eis?«

»Sehr gern.«

Loren goss einen Schuss Cutty Sark über die Eiswürfel und reichte Sally das Glas. Dann öffnete sie ein Coors-Bier und setzte sich ihr gegenüber an den Couchtisch. »Nun, Ms. Morse, wieso kommen Sie zu mir?«

»Weil Sie einen Untersuchungsausschuss des Kongresses leiten, der sich mit dem Cerberus-Konzern und seinem Einfluss auf den Ölmarkt befasst.«

Lorens Herz schlug einen Takt schneller, doch sie zwang sich dazu, ruhig zu bleiben. »Darf ich annehmen, dass Sie über Informationen verfügen, die Sie mir anvertrauen möchten?«

Sally trank einen kräftigen Schluck Scotch, verzog das Gesicht und atmete tief durch. »Ich hoffe, Sie sind sich über eines im Klaren. Von diesem Moment an befinde ich mich in höchster Lebensgefahr. Mein Besitz wird wahrscheinlich zugrunde gerichtet werden, man wird meinen Ruf ruinieren und mich um meine Stellung bringen, die ich mir in langer, harter Arbeit erworben habe.«

Loren drängte Sally nicht. »Sie sind eine sehr tapfere Frau«, sagte sie geduldig.

Sally schüttelte bekümmert den Kopf. »Eigentlich nicht. Ich habe nur das Glück, dass ich keine Angehörigen habe, die Curtis Merlin Zale ermorden oder bedrohen könnte, wie es seine Helfershelfer bei so vielen anderen getan haben.«

Lorens Blut geriet in Wallung. Die bloße Erwähnung von Zales Namen traf sie wie ein Blitzschlag.

»Sind Sie in seine kriminellen Machenschaften eingeweiht?«, erkundigte sie sich vorsichtig.

»Seit dem Zeitpunkt, als er mich angeworben und mit den Vorständen anderer großer Ölfirmen ein Kartell gebildet hat.«

»Von einem Kartell wusste ich nichts.« Loren hatte allmählich das Gefühl, dass sie auf eine Goldader gestoßen war.

»O ja, so ist es aber«, sagte Sally. »Zale wollte ein geheimes Bündnis unserer Unternehmen schmieden, das dafür sorgen sollte, dass unser Land nicht mehr von ausländischem Öl abhängig ist. Zuerst hielt ich das für ein ehrenwertes Anliegen. Doch dann wurde mir klar, dass er nicht nur die Öllieferungen der OPEC unterbinden will, sondern dass seine Pläne weit darüber hinaus gehen.«

»Welches Ziel verfolgt er letztendlich?«

»Mächtiger als die Regierung der Vereinigten Staaten zu werden. Seinen Willen einem Land aufzwingen zu können, das so von günstigen Ölpreisen und ausreichender Versorgung abhängig ist, dass man ihm für seine Bemühungen Beifall zollen wird, ohne zu wissen, dass er uns eines Tages den Teppich unter den Füßen wegzieht, sobald er das absolute Monopol besitzt und kein ausländisches Öl mehr eingeführt werden darf.«

»Das halte ich für unmöglich«, erwiderte Loren, die die ganze Tragweite dessen, was Sally soeben gesagt hatte, noch nicht fassen konnte. »Wie soll er ein Monopol erringen, solange er über keine neuen reichen Ölfelder in Nordamerika verfügt?«

»Indem er dafür sorgt, dass in den Vereinigten Staaten und Kanada sämtliche Beschränkungen in Bezug auf Probebohrungen und Ölförderung auf regierungseigenem Land aufgehoben werden. Indem er sämtliche Einwände von Seiten der Umweltschützer aus dem Weg räumt. Indem er Schmiergelder zahlt, bis er ganz Washington in der Hand hat. Vor allem aber, indem er die breite Masse der Bevölkerung zu Protestaktionen und Unruhen gegen ausländische Ölimporte aufwiegelt.«

»Unmöglich!«, erwiderte Loren. »So viel Macht auf Kosten eines ganzen Volkes kann kein Mensch erringen.«

»Die Protestaktionen haben bereits begonnen«, erwiderte Sally düster. »Die ersten Unruhen werden nicht mehr lange auf sich warten lassen. Sie werden es einsehen, wenn ich Ihnen von der nächsten Katastrophe berichte, die er plant. Zurzeit kann ihn kaum etwas von seinem Ziel abbringen, ein absolutes Ölmonopol zu erringen.«

»Das ist unvorstellbar.«

Sally lächelte grimmig. »Nichts und niemand kann sich ihm in den Weg stellen, und er wird nicht zögern, alle nur erdenklichen Mittel einzusetzen, um seine Ziele zu erreichen, auch Massenmord. So abgedroschen es auch klingen mag, aber es ist leider nur zu wahr.«

»Wie auf der *Emerald Dolphin* und der *Golden Marlin*.«

Sally starrte Loren verdutzt an. »Sie wissen, dass er in – diese Katastrophen verwickelt war?«

»Nachdem Sie mir erzählt haben, was Sie wissen, kann ich Ihnen getrost berichten, dass das FBI, das eng mit der NUMA zusammenarbeitet, eindeutige Beweise dafür gefunden hat, dass es sich bei diesen Katastrophen nicht um Unglücksfälle handelte, sondern dass sie von Mittelsmännern der Cerberus Corporation verursacht wurden, den so genannten Vipern. Unseren Erkenntnissen zufolge wollte man durch den Brand auf dem Kreuzfahrtschiff und den Untergang der *Golden Marlin* Dr. Elmore Egans magnetohydrodynamische Maschinen in Misskredit bringen. Zale wollte verhindern, dass sie in die Serienproduktion gehen, weil Egan darüber hinaus ein völlig neues Schmieröl erfunden hat, das praktisch jeden Reibungsverlust aufhebt. Wenn das auf den Markt käme, ginge der

Ölabsatz drastisch zurück und manch eine Raffinerie geriete in die roten Zahlen.«

»Ich hatte keine Ahnung, dass die Ermittler der Regierung über Zales geheime Söldner- und Killertruppe Bescheid wissen«, sagte Sally erstaunt.

»Hauptsache, Zale weiß es nicht.«

Niedergeschlagen breitete Sally die Hände aus. »Er weiß es.«

Loren blickte sie ungläubig an. »Wie das? Die Ermittlungen werden unter strengster Geheimhaltung durchgeführt.«

»Curtis Merlin Zale hat über fünf Milliarden Dollar ausgegeben und jeden in Washington gekauft, der ihm von Nutzen sein kann. Er hat über hundert Senatoren und Abgeordnete in der Tasche, dazu hohe Beamte in nahezu allen Regierungsbehörden, das Justizministerium eingeschlossen.«

»Können Sie Namen nennen?«, fragte Loren gespannt.

Sallys Miene wurde boshaft, geradezu gehässig. Sie holte eine Computer-Diskette aus ihrer Handtasche. »Da ist alles drauf. Zweihundertelf Namen. Ich kann Ihnen nicht sagen, wie viel sie wann bekommen haben. Aber man hat mir irrtümlich eine versiegelte Akte zugesandt, die eigentlich für Sandra Delage bestimmt war, die Verwalterin des Kartells. Nachdem ich mir Kopien gemacht hatte, habe ich sie wieder versiegelt und an Sandra geschickt. Glücklicherweise ahnte sie nicht, dass ich mittlerweile Bedenken wegen meiner Zusammenarbeit mit Cerberus und meiner Mitwirkung an Zales wahnwitzigem Plan hatte, und reagierte völlig arglos.«

»Können Sie mir ein paar Namen verraten?«

»Sagen wir einfach, die Vorsitzenden von Kongress und Repräsentantenhaus sowie drei hochrangige Mitarbeiter des Weißen Hauses.«

»Auch der Kongressabgeordnete Leonard Sturgis?«

»Er steht auf der Liste.«

»Das hatte ich befürchtet«, sagte Loren aufgebracht. »Und der Präsident?«

Sally schüttelte den Kopf. »Meines Wissens will er nichts mit Zale zu tun haben. Der Präsident mag seine Fehler haben, aber diesen Öltycoon durchschaut er so weit, um zu erkennen, dass der Mann zum Himmel stinkt.«

Loren und Sally redeten fast bis drei Uhr morgens miteinander. Loren war entsetzt, als Sally ihr von Zales Vorhaben berichtete, einen Supertanker im Hafen von San Francisco in die Luft zu jagen. Schließlich schob Loren die Diskette in ihren Computer und druckte den Inhalt aus, bis sie einen Stapel Papiere hatte, der etwa so stark wie ein dünneres Buchmanuskript war. Danach versteckten die Frauen die Diskette und die Ausdrucke in einem Safe, den Loren unter einem Geräteschrank in den Boden ihrer Garage hatte einbauen lassen.

»Sie können über Nacht hier bleiben, aber wir müssen einen sicheren Unterschlupf für Sie finden, solange die Ermittlungen noch im Gange sind. Sobald Zale herausfindet, dass Sie ihn und seine heimtückischen Unternehmungen verpfeifen wollen, wird er alle nur erdenklichen Anstrengungen unternehmen, um Sie zum Schweigen zu bringen.«

»Zum Schweigen bringen. Eine schöne Umschreibung für Mord.«

»Man hat bereits Kelly Egan gefoltert, Dr. Egans Tochter, um an die Formel für das Öl zu kommen.«

»Mit Erfolg?«

»Nein, sie wurde gerettet, bevor Zales Vipern irgendetwas in Erfahrung brachten.«

»Ich würde sie gern kennen lernen.«

»Das können Sie. Sie hat bei mir gewohnt, aber nachdem Zale uns neulich gemeinsam beim Abendessen angetroffen hat, musste ich sie ebenfalls woanders unterbringen.«

»Ich bin nur mit leichtem Gepäck angereist. Ich habe lediglich ein paar Kosmetika, Schmuck und zwei Garnituren frische Unterwäsche dabei.«

Loren musterte Sallys Figur und nickte. »Wir haben in etwa die gleiche Größe. Sie können sich in meiner Garderobe umsehen und sich so viel ausborgen, wie Sie wollen.«

»Ich werde heilfroh sein, wenn diese schmutzige Sache vorbei ist.«

»Ihnen ist aber doch klar, dass Sie vor den Vertretern des Justizministeriums wie auch vor meinem Untersuchungsausschuss werden aussagen müssen.«

»Ich akzeptiere die Folgen«, erwiderte Sally ernst.

Loren legte den Arm um sie. »Ich sage es noch mal. Sie sind eine sehr tapfere Frau.«

»Dies ist eine der wenigen Gelegenheiten in meinem Leben, in denen ich in guter Absicht handle, statt meinem Ehrgeiz nachzugeben.«

»Ich bewundere Sie«, sagte Loren offen und aufrichtig.

»Wo wollen Sie mich nach der heutigen Nacht verstecken?«

»Da Zale zu viele Maulwürfe im Justizministerium sitzen hat, halte ich es nicht für klug, Sie in einem der sicheren Häuser der Regierung unterzubringen.« Loren lächelte durchtrieben. »Aber ich habe einen Freund, der Sie in einem alten Flugzeughangar einquartieren kann, der besser gesichert ist als Fort Knox. Sein Name ist Dirk Pitt.«

»Kann man ihm trauen?«

Loren lachte. »Meine Liebe, wenn der alte griechische Philosoph Diogones noch immer mit seiner Laterne umherzöge und nach einem ehrlichen Menschen suchte, würde sein Weg an Dirks Tür enden.«

43

Als Kelly in Washington aus der Maschine stieg, wurde sie zu einem nicht gekennzeichneten Kleinbus geleitet, der sie zu einem sicheren Haus in Arlington brachte. Pitt und Giordino verabschiedeten sich, stiegen in einen Lincoln Navigator der NUMA und lehnten sich zurück, während der Fahrer den Wagen in Richtung Landover, Maryland, steuerte. Zwanzig Minuten später bogen sie in den Arena Drive ein und fuhren auf den weitläufigen Parkplatz des FedEx Field, des Football-Stadions, in dem die Washington Redskins ihre Heimspiele austragen. Die 1997 gebaute Arena fasst 80116 Zuschauer, die auf breiten, bequemen Sitzen Platz finden.

Die Restaurants hinter den beiden Endzonen bieten allerlei internationale und exotische Gerichte an. Mit zwei riesigen Videowänden, auf denen die besten Spielzüge in der Wiederholung gezeigt werden, und vier Anzeigentafeln werden die Fans stets auf dem Laufenden gehalten.

Der Navigator rollte in den VIP-Bereich des unterirdischen Parkhauses und hielt vor einer Tür, die von zwei Wachmännern gesichert wurde, die Kampfanzüge trugen und mit Schnellfeuergewehren bewaffnet waren. Sie hielten Pitt und Giordino auf, musterten ihre Gesichter und verglichen sie mit den Fotos, die ihnen die Sicherheitsabteilung der NUMA zur Verfügung gestellt hatte, ehe sie sie in einen langen Korridor tief unter den Stadiontribünen eintreten ließen.

»Die vierte Tür links, meine Herren«, wies sie einer der Posten an.

»Kommt dir das nicht ein bisschen übertrieben vor?«, fragte Giordino Pitt.

»Wie ich den Admiral kenne, muss er einen guten Grund dafür haben.«

Sie kamen zu besagter Tür, vor der ein weiterer bewaffneter Posten Wache stand. Er musterte sie einen Moment, riss dann die Tür auf und trat beiseite.

»Ich dachte, der Kalte Krieg wäre seit ein paar Jahren vorbei«, grummelte Giordino leise.

Sie waren nur mäßig überrascht, als sie feststellten, dass sie sich im Umkleideraum der Gästemannschaft befanden. Im Büro für die Teammanager saßen bereits etliche Leute, unter anderem Loren und Sally Morse sowie Admiral Sandecker, Rudi Gunn und Hiram Yeager als Vertreter der NUMA. Des Weiteren erkannte Pitt Admiral Amos Dover von der Küstenwache, Captain Warren Garnet von der Marineinfanterie und Commander Miles Jacobs, einen altgedienten Kämpfer von den Navy-SEALs. Er und Giordino hatten in der Vergangenheit bereits mit allen dreien zusammengearbeitet.

Der Einzige, den er nicht kannte, war ein großer, gut aussehender Mann, der so elegant und vornehm wirkte wie der Kapitän eines Kreuzfahrtschiffes. Die schwarze Klappe über dem linken Auge trug ein Übriges zu dem Eindruck bei, dass es sich um einen Seemann handelte. Pitt schätzte ihn auf etwa Ende fünfzig.

Pitt beschäftigte sich zunächst nicht weiter mit dem Fremden, während er seine Freunde und Kollegen von der NUMA begrüßte und den Männern vom Militär, die er von früheren Abenteuern her kannte, die Hand schüttelte. Dover, ein Bär von einem Mann, hatte mit Pitt beim Unternehmen *Pilottown* zusammengearbeitet. Garnet und Jacobs waren mit ihren Männern in der Antarktis in ein aussichtsloses Feuergefecht geraten, bis Pitt und Giordino im letzten Moment mit Admiral Byrds gewaltigem Snow Cruiser aufgetaucht waren. Erst nachdem er mit den anderen ein paar freundliche Worte gewechselt hatte, wandte sich Pitt wieder dem Mann mit der Augenklappe zu.

»Dirk«, sagte Sandecker, »ich möchte Ihnen Wes Rader vorstellen. Wes ist ein alter Kamerad von der Marine. Wir haben gemeinsam in der Ostsee gedient, wo wir die russischen U-Boote im Auge behielten, die in den Atlantik ausliefen. Wes ist stellvertretender Abteilungsleiter beim Justizministerium und wird sämtliche Aktionen von der rechtlichen Seite her koordinieren.«

Pitt gingen sofort etliche Fragen durch den Kopf, doch er beschloss, den passenden Zeitpunkt dafür abzuwarten. Wenn sie allein gewesen wären, hätte er Loren in die Arme geschlossen und ihr einen Kuss gegeben. Doch hier handelte es sich um eine dienstliche Angelegenheit, und außerdem war sie Mitglied des Kongresses, daher verbeugte er sich lediglich kurz und schüttelte ihr die Hand. »Schön, Sie zu sehen, meine liebe Kongressabgeordnete.«

»Ganz meinerseits«, erwiderte Loren mit spitzbübisch funkelndem Blick. Sie wandte sich an Sally. »Das ist der Mann, von dem ich Ihnen erzählt habe. Sally Morse, darf ich Sie mit Dirk Pitt bekannt machen.«

Sally blickte in Pitts leuchtend grüne Augen und erkannte wie alle Frauen, die ihm begegneten, dass sie es mit einem Mann zu tun hatte, auf den man sich verlassen konnte. »Ich habe schon viel von Ihnen gehört.«

Pitt warf Loren einen kurzen Seitenblick zu und lächelte. »Hoffentlich hat die betreffende Person nicht zu dick aufgetragen.«

»Wenn jetzt bitte alle Platz nehmen und es sich bequem machen möchten«, sagte Sandecker, »damit wir anfangen können.« Er setzte sich und holte eine seiner dicken Zigarren heraus, zündete sie aber aus Rücksicht auf die Frauen nicht an. Wahrscheinlich hätte er es getrost tun können, da den Frauen der Tabakduft vermutlich lieber gewesen wäre als der Schweißgeruch, der noch vom letzten Football-Spiel im Umkleideraum hing.

»Meine Damen und Herren, wie einige von Ihnen bereits wissen, ist Miss Morse Vorstandsvorsitzende der Yukon Oil Company. Sie wird uns von einer großen Gefahr für die nationale Sicherheit und die Bürger unseres Landes berichten, einer Bedrohung, die uns alle betrifft.« Er wandte sich an Sally. »Sie sind an der Reihe.«

»Entschuldige die Unterbrechung, mein lieber Admiral«, sagte Rader, »aber ich begreife nicht ganz, warum wir dieses Versteckspiel treiben. Eine Besprechung im Umkleideraum eines Football-Stadions scheint mir doch ein bisschen übertrieben.«

»Deine Frage wird beantwortet werden, sobald Miss Morse uns Bericht erstattet hat.« Er nickte Sally zu.

»Fangen Sie bitte an.«

In den nächsten zwei Stunden erzählte Sally in allen Einzelheiten von Curtis Merlin Zales Plan, ein Ölmonopol aufzubauen, das es ihm ermöglichte, der Regierung der Vereinigten Staaten Bedingungen zu stellen und gewaltige Gewinne einzustreichen.

Als sie geendet hatte, herrschte eine Zeit lang ungläubiges Schweigen. Schließlich ergriff Wes Rader das Wort. »Sind Sie sicher, dass das, was Sie uns soeben erzählt haben, zutrifft?«

»Jedes Wort«, erwiderte Sally entschieden.

Rader wandte sich an Sandecker. »Diese Gefahr ist für die hier Anwesenden ein paar Nummern zu groß. Wir müssen sofort andere Leute davon verständigen. Den Präsidenten, die Führer der Kongressparteien, den Generalstab, meinen Vorgesetzten im Justizministerium – und das ist nur der Anfang.«

»Das können wir nicht«, sagte Sandecker und teilte Listen mit den Namen von Kongressmitgliedern, Behördenvertretern, Leuten im Justizministerium und Mitarbeitern des Präsidenten aus dem Westflügel des Weißen Hauses aus. »Und zwar deswegen. Das ist der Grund für das Versteckspiel«, sagte er zu Rader. »All die Leute, deren Namen du hier vorliegen hast, sind von Cerberus und Curtis Merlin Zale gekauft.«

»Unmöglich«, sagte Rader, während er ungläubig die Namensliste überflog. »Dann müsste es doch Spuren geben, Unterlagen, Papiere, Überweisungen.«

»Die Gelder flossen über ausländische Tochterfirmen von Unternehmen, die sich im Besitz der Cerberus Corporation befinden«, antwortete Sally. »Sämtliche Schmiergelder und sonstige Zuwendungen lagern auf Konten in Steuerparadiesen oder bei Offshore-Banken. Das Justizministerium müsste jahrelang ermitteln, um sie alle aufzuspüren.«

»Aber wie ist das denn möglich? Wie kann denn ein einziger Mann den ganzen Regierungsapparat korrumpieren?«

Loren antwortete an Sallys Stelle. »Bei den Mitgliedern des Kongresses, die Zales Bestechungsangeboten nicht widerstehen konnten, handelt es sich nicht gerade um reiche Männer. Für eine Million Dollar hätten sie ihre Ideale und Werte vermutlich nicht hingegeben, aber bei zehn oder gar zwanzig Millionen konnten sie nicht nein sagen. Zumal diejenigen, die sich von Zale locken ließen, ja keine Ahnung hatten, wie weit er sein Netz gespannt hat. Dank Sally sind wir die Einzigen, vom engsten Führungszirkel von Cerberus einmal abgesehen, die wissen, wie viel Einfluss sich Zale bereits innerhalb der Regierung verschafft hat.«

»Vergessen Sie die Vertreter von Presse und Fernsehen nicht, die Zale an der Hand hat«, fügte Sally hinzu. »Das sind angesehene Leute, die Nachrichten in seinem Sinne beeinflussen können. Wenn sie nicht spuren, drohte er, sie bloßzustellen, und wenn ihre Glaubwürdigkeit dahin ist, sitzen sie in kürzester Zeit auf der Straße.«

Rader schüttelte den Kopf. »Ich kann trotzdem nicht glauben, dass ein Mann so etwas anzetteln kann, egal, wie reich er auch sein mag.«

»Doch Zale war nicht nur auf sich selbst angewiesen. Er wurde von den mächtigsten Ölbaronen der Vereinigten Staaten und Kanada unterstützt, und die Gelder stammen nicht nur von Cerberus.«

»Auch von Yukon Oil?«

»Auch von Yukon Oil«, erwiderte Sally ernst. »Ich habe ebenso gegen Recht und Gesetz verstoßen wie alle anderen, die sich von Zale einspannen ließen.«

»Das haben Sie mehr als wieder gutgemacht, als Sie zu uns gekommen sind«, sagte Loren und drückte Sally die Hand.

»Warum hat man mich hinzugezogen?«, fragte Rader. »Ich bin nur die Nummer drei im Justizministerium.«

»Wie du siehst, steht dein Name nicht auf der Liste«, antwortete Sandecker. »Wohl aber der deiner Vorgesetzten. Außerdem kenne ich dich und deine Frau seit vielen Jahren. Ich weiß, dass du ein ehrenwerter Mann bist, der sich nicht kaufen lässt.«

»Aber man ist bestimmt an Sie herangetreten«, sagte Loren.

Rader blickte zur Decke und dachte nach. Dann nickte er. »Vor zwei Jahren. Ich wollte gerade meinen Cockerspaniel ausführen, als unweit meines Hauses eine fremde Frau, ja, es war eine Frau, neben mir herging und mich ansprach.«

Sally lächelte. »Aschblonde Haare, blaue Augen, etwa eins fünfundsiebzig groß und achtundfünfzig Kilo schwer? Eine attraktive Frau, die offen und direkt ist?«

»Eine sehr genaue Beschreibung.«

»Ihr Name ist Sandra Delage. Sie ist Zales Verwaltungschefin.«

»Hat sie dir ein offenes Angebot gemacht?«, erkundigte sich Sandecker.

»Nicht direkt«, erwiderte Rader. »Soweit ich mich erinnern kann, hat sie sich eher in Andeutungen ergangen. Wollte wissen, was ich machen würde, wenn ich im Lotto gewänne. Ob mir mein Beruf Spaß macht, und ob die Arbeit, die ich leiste, auch entsprechend anerkannt wird. Wo ich am liebsten leben möchte, wenn ich mich nicht in Washington aufhalten müsste. Allem Anschein nach habe ich die Prüfung nicht bestanden. Sie ließ mich an der nächsten Kreuzung stehen und stieg in ein Auto, das neben ihr anhielt. Seitdem habe ich nie wieder ein Wort von ihr gehört.«

»Deshalb musst du die Sache ins Rollen bringen. Zale und seine Helfershelfer beim Cerberus-Kartell müssen an ihren Vorhaben gehindert und zur Rechenschaft gezogen werden«, sagte Sandecker. »Sonst droht uns ein politischer Skandal, der das ganze Land erschüttern kann.«

»Wo wollen wir anfangen?«, fragte Rader. »Selbst wenn Ms. Morses Liste stimmt, kann ich doch nicht einfach ins Büro des Justizministers gehen und ihn wegen Bestechlichkeit festnehmen.«

»Wenn Sie das tun«, sagte Loren, »sorgt Zales Mörderbande, dieses Viperngezücht, dafür, dass man Ihre Leiche im Potomac findet.«

Sandecker nickte Hiram Yeager zu, woraufhin dieser zwei große Pappkartons öffnete und eine Reihe gut zehn Zentimeter dicker, gebundener Aktenbündel verteilte. »Auf Grund von Ms. Morses Aussagen und anhand der Erkenntnisse, die wir durch den Einsatz unserer NUMA-Computer von den kriminellen Machenschaften in Zales Firmenimperium gewinnen konnten, haben wir sämtliche Anklagepunkte aufgelistet, die sich gegen ihn vorbringen lassen. Dazu so viele handfeste Beweise, dass man damit jeden halbwegs ehrlichen Volksvertreter überzeugen kann, was getan werden muss.« Er schaute Rader in die Augen. »Wes, Sie müssen im Justizministerium eine Sonderermittlungsgruppe zusammenstellen. Leute, auf die Sie sich hundertprozentig verlassen können. Die sich weder einschüchtern lassen, noch käuflich sind, so wie einst die Unbestechlichen, die Al Capone hinter Schloss und Riegel brachten. Niemand darf etwas verlauten lassen. Wenn Zale auch nur andeutungsweise davon erfährt, schickt er seine Todesschwadron aus.«

»Ich kann einfach nicht begreifen, dass so etwas in Amerika möglich ist.«

»In der Wirtschaft und in der Politik laufen hinter den Kulissen viele kriminelle Aktivitäten, von denen die Öffentlichkeit keine Ahnung hat«, sagte Loren.

Rader musterte mit besorgter Miene den dicken Ordner, der vor ihm auf dem Tisch lag. »Ich kann nur hoffen, dass ich mich an diesem Brocken nicht verhebe.«

»Ich werde Ihnen von Seiten des Kongresses jede Unterstützung zukommen lassen«, versprach ihm Loren.

»Zuallererst aber«, sagte Sandecker, während er eine Fernbedienung zur Hand nahm, ein paar Knöpfe drückte und einen Monitor von der Decke herabließ, auf dem die Bucht von San Francisco zu sehen war, »müssen wir verhindern, dass dieser Öltanker halb San Francisco vernichtet.« Er drehte sich um und wandte sich an Dover, Garnet und Jacobs, die bislang geschwiegen hatten. »Jetzt kommen Sie ins Spiel, meine Herren.«

»Die Küstenwache wird die *Pacific Chimera* anhalten, bevor sie in die Bucht einläuft«, entgegnete Dover kurz und knapp.

Sandecker nickte. »Wenn das so einfach wäre, Amos. Ich weiß, dass ihr Tausende von Schiffen anhaltet, die alles Mögliche befördern, ob Drogen, illegale Einwanderer oder Waffen. Aber einen der größten Supertanker der Welt könnt ihr weder mit einem Aufruf übers Megafon noch mit einem Schuss vor den Bug aufhalten.«

Lächelnd blickte Dover zu Garnet und Jacobs. »Haben wir deswegen die Navy-SEALs und die Marineinfanterie mit am Tisch sitzen?«

»Sie haben selbstverständlich den Oberbefehl über das ganze Unternehmen«, sagte Sandecker. »Aber wenn der Kapitän des Tankers Ihren Anordnungen keine Folge leistet und weiter Kurs auf die Bucht nimmt, bleiben uns nicht allzu viele Möglichkeiten offen. Das Schiff muss vor dem Golden Gate gestoppt werden, aber man kann es nicht einfach unter Beschuss nehmen, weil die Gefahr besteht, dass es zu einer gewaltigen Ölpest kommt. Bleibt letztlich nur ein Kommandotrupp, der per Helikopter auf dem Schiff abgesetzt wird und die Besatzung ausschaltet.«

»Wo ist die *Pacific Chimera* jetzt?«, fragte Dover.

Sandecker betätigte eine weitere Taste an der Fernbedienung, woraufhin auf der Karte am Bildschirm ein Seegebiet weiter westlich vom Golden Gate auftauchte. In graphischer Darstellung war ein kleines Schiff zu sehen, das Kurs auf die kalifornische Küste nahm. »Etwa neunhundert Meilen entfernt.«

»Damit bleiben uns nur noch knapp achtundvierzig Stunden.«

»Auch wir haben von dieser Sache erst heute früh erfahren, als uns Ms. Morse und die Kongressabgeordnete Smith davon in Kenntnis setzten.«

»Ich lasse die Kutter der Küstenwache unmittelbar innerhalb der Fünfzig-Meilen-Zone in Position gehen«, sagte Dover entschieden.

»Und ich sorge dafür, dass das Enterkommando zur Unterstützung rechtzeitig in der Luft ist«, versicherte ihm Jacobs.

»Meine SEALs sind ebenfalls in Bereitschaft. Notfalls entern wir das Schiff von See aus«, warf Garnet ein.

Dover warf ihm einen zweifelnden Blick zu. »Ihre Männer können einen Supertanker in voller Fahrt vom Wasser aus entern?«

»Wir haben das schon zigmal geübt«, erwiderte Garnet mit einem kaum merklichen Grinsen.

»*Das* will ich sehen«, sagte Dover.

»Nun denn, meine Damen und Herren«, sagte Sandecker leise. »Jedenfalls hat die NUMA ab jetzt nichts mehr mit dieser Sache zu schaffen. Wir sind jederzeit zur Hilfe bereit, wenn man uns darum bittet, und wir stellen auch sämtliche Beweise zur Verfügung, die wir im Zusammenhang mit dem Brand auf der *Emerald Dolphin* und ihrem anschließenden Untergang sowie der Beinahe-Katastrophe auf der *Golden Marlin* zusammengetragen haben. Aber wir sind eine Meeresforschungsbehörde, die keinerlei juristische oder polizeiliche Befugnisse hat. Jetzt sind Wes und Loren am Zug. Sie müssen ein vertrauenswürdiges Team aus zuverlässigen Leuten zusammenstellen und die ersten Schritte zu einer verdeckten Ermittlung in die Wege leiten.«

»Damit haben wir alle Hände voll zu tun«, sagte Loren zu Rader.

»Ja«, erwiderte Rader leise. »Einige Leute auf dieser Liste sind Freunde von mir. Ich werde ein ziemlich einsamer Mann sein, wenn die Sache vorbei ist.«

»Da sind sie nicht der Einzige«, sagte Loren mit einem trockenen Lächeln. »Auch ein paar Freunde von mir stehen auf dieser Liste.«

Dover schob seinen Stuhl zurück, stand auf und blickte auf Sandecker herab. »Ich halte Sie stündlich über den Fortgang unseres Einsatzes auf dem Laufenden.«

»Das wäre mir sehr recht, Amos. Vielen Dank.«

Einer nach dem anderen verließ den Umkleideraum. Pitt und Giordino sowie Rudi Gunn wurden allerdings von Sandecker zum Bleiben aufgefordert. Yeager legte Pitt die Hand auf die Schulter, als er ging, und bat ihn, hinterher in die NUMA-Zentrale zu kommen und ihn in seinem elektronischen Reich zu besuchen.

Sandecker lehnte sich zurück und zündete seine dicke Zigarre an. Er warf Giordino einen finsteren Blick zu und wartete darauf, dass auch er eine der eigens für ihn angefertigten Zigarren hervorzog, doch der schaute ihn lediglich mit einem gönnerhaften Lächeln an. »Sieht so aus, als ob ihr ab jetzt aus dem Spiel genommen seid.«

»Ich bin mir sicher, dass Rudi uns nicht allzu lange auf der Bank schmoren lässt«, sagte Pitt, während er von Sandecker zu Gunn blickte.

Gunn rückte seine Brille zurecht. »Wir schicken eine Expedition zu den French Frigate Shoals nordwestlich von Hawaii, wo wir das Korallensterben untersuchen und sein Ausmaß feststellen wollen. Wir möchten, dass Al dieses Forschungsunternehmen leitet.«

»Und ich?«, fragte Pitt.

»Ich hoffe, Sie haben Ihre Schlechtwetterausrüstung vom Atlantis-Projekt aufgehoben«, sagte Sandecker spöttisch. »Sie kehren in die Antarktis zurück und versuchen, mittels einer Probebohrung im Eis auf den großen See vorzustoßen, der sich nach Meinung der Wissenschaftler unter der Polkappe befindet.«

Einen Moment lang schien Pitt aufbegehren zu wollen. »Ich leiste Ihren Anweisungen selbstverständlich Folge, Admiral, und zwar ohne Widerspruch. Aber ich bitte in aller Form darum, dass man mir und Al fünf Tage Zeit gibt, um ein Geheimnis aufzuklären, das Dr. Elmore Egan uns hinterlassen hat.«

»Die Suche nach seinem geheimen Laboratorium?«

»Sie wissen Bescheid?«

»Ich habe meine Quellen.«

Kelly, dachte Pitt. Der alte Teufelskerl hatte wahrscheinlich den mitleidigen Onkel gemimt, der sie beschützte und Sorge dafür trug, dass ihr Zales Helfershelfer nichts antun konnten. Und sie hatte ihm vermutlich von ihrer Suche auf den Spuren der Nordmänner und dem Rätsel um die geheimnisvolle Höhle erzählt.

»Ich bin der festen Überzeugung, dass es dem Wohl unseres Landes dient, wenn wir herausfinden, woran Dr. Egan gearbeitet hat, als er starb – ehe Zale uns zuvorkommt.«

Sandecker wandte sich an Gunn. »Was meinen Sie, Rudi? Sollen wir die beiden Strolche fünf Tage lang nach einem Hirngespinst suchen lassen?«

Gunn betrachtete Pitt und Giordino über den Rand seiner Brille hinweg wie ein Fuchs, der zwei Kojoten mustert. »Ich glaube, wir können ausnahmsweise mal großzügig sein, Admiral. Es dürfte ohnehin mindestens fünf Tage dauern, bis die Forschungsschiffe, die ich für diese Projekte vorgesehen habe, ausgerüstet und verproviantiert sind.«

Sandecker stieß eine würzig duftende, blaue Qualmwolke aus. »Dann machen wir es so. Rudi teilt euch mit, wann und wo ihr euch an Bord der Forschungsschiffe zu melden habt.« Dann schlug er einen weniger barschen Ton an. »Ich wünsche euch viel Glück bei eurer Suche. Auch ich bin neugierig auf die Wunderdinge, an denen Egan gebastelt hat.«

Yeager saß vor seinem Keyboard auf dem Bürosessel, hatte die Beine ausgestreckt und unterhielt sich mit Max, als Pitt vom Football-Stadion aus zu ihm kam. »Du wolltest mich sprechen, Hiram?«

»Das kann man wohl sagen.« Yeager richtete sich auf und zog Egans Lederkoffer aus einem neben ihm stehenden Schrank. »Du kommst gerade rechtzeitig zum nächsten Akt.«

»Akt?«

»Noch drei Minuten.«

»Ich komme da nicht ganz mit.«

»Alle achtundvierzig Stunden, genau um ein Uhr fünfzehn nachmittags, wird dieser Koffer zum Zaubergefäß.«

»Er füllt sich mit Öl«, sagte Pitt zögernd.

»Genau.« Yeager öffnete den Koffer und strich mit der Hand über das leere Behältnis wie ein Zauberer. Dann schloss er ihn und ließ die Schlösser einrasten. »Kehren wir den alten Spruch um. Jetzt sehen Sie es noch nicht – jetzt aber schon«, sagte er. Vorsichtig öffnete er die Schnappriegel und hob den Deckel an. Der Koffer war bis knapp zwei Zentimeter unter den Rand mit Öl gefüllt.

»Ich weiß, dass du hier keine schwarze Magie treibst«, sagte Pitt.

»Immerhin ist mir und Al das Gleiche passiert, nachdem mir Kelly Egan den Koffer auf der *Deep Encounter* überlassen hat.«

»Es muss irgendein Trick oder eine Täuschung dahinterstecken«, sagte Yeager verwirrt.

»Das ist keine Täuschung«, sagte Pitt. »Das Zeug ist echt.« Er tunkte den Finger in das Öl und verrieb es zwischen Daumen und Zeigefinger. »Ich spüre keinerlei Reibungswiderstand. Meiner Meinung nach ist das Dr. Egans Superöl.«

»Dann lautet die Millionenfrage: Woher kommt es?«

»Hat Max vielleicht eine Ahnung?«, fragte Pitt und blickte zu der holographischen Gestalt auf der anderen Seite von Yeagers Schreibtisch.

»Tut mir Leid, Dirk, ich stehe ebenso vor einem Rätsel wie Sie«, sagte Max. »Ich habe ein paar Ideen, denen ich gern nachgehen würde, falls Hiram mich nicht abschaltet, wenn er heute Abend nach Hause geht.«

»Nur wenn du versprichst, dass du dich nicht in vertrauliche oder persönliche Dateien einklinkst.«

»Ich will versuchen, ein braves Mädchen zu sein.« Trotz ihres Versprechens schwang ein verschwörerischer Unterton in ihren Worten mit.

Yeager fand das ganz und gar nicht komisch. Max hatte ihn schon mehrmals in Verlegenheit gebracht, weil sie in fremde Netze eingedrungen war. Doch Pitt musste unwillkürlich lachen.

»Hast du es schon mal bereut, dass du Max nicht zum Mann gemacht hast?«

Yeager wirkte wie jemand, der mit Frack und Zylinder in die Gosse gefallen ist. »Du kannst dich glücklich schätzen«, sagte er müde. »Du bist allein stehend. Ich muss mich nicht nur mit Max rumschlagen, sondern habe auch noch eine Frau und zwei halbwüchsige Töchter zu Hause.«

»Auch wenn du dir dessen nicht bewusst bist, Hiram, aber du bist zu beneiden.«

»Du hast leicht reden. Du hast noch nie mit einer Frau zusammengelebt.«

»Nein«, sagte Pitt nicht ohne Wehmut. »Das habe ich nicht.«

44

Doch mit Pitts einsamem, ungestörtem Junggesellendasein sollte, ohne dass er bislang etwas davon ahnte, vorübergehend Schluss sein. Als er zu seinem Hangar kam, stellte er fest, dass Sandecker, dieser ausgefuchste alte Kerl, eine Wachmannschaft aufgeboten hatte, die auf dieser abgelegenen Ecke des Flughafens auf Streife ging. Zweifellos machte sich der Admiral Sorgen um seine Sicherheit. Er persönlich hielt es trotz Zales Drohungen nicht für notwendig, war aber trotzdem dankbar. Der eigentliche Grund dafür wurde ihm erst klar, als er den Hangar betrat und die Treppe zu seinem Apartment im ersten Stock hinaufstieg.

Bei der Musik, die aus seiner Stereoanlage drang, handelte es sich nicht um den von ihm bevorzugten modernen Jazz, sondern um irgendwelchen seichten Pop von einem Dudelsender. Dann nahm er den Kaffeegeruch wahr. Und er stellte fest, dass eine eindeutig weibliche Duftnote in der Luft hing. Er spähte in die Küche und sah Sally Morse, die in diversen Töpfen und Pfannen auf seinem Herd herumrührte. Sie war barfuß, trug ein dünnes Sommerkleid und kaum etwas darunter.

Wer hat dich eingeladen? Wer hat dir erlaubt, in meine Privatsphäre einzudringen und dich aufzuführen, als ob du hier daheim bist? Wer hat dich durch die Alarmanlagen gelotst? All diese Fragen und noch mehr gingen ihm durch den Kopf, doch er nahm sich zusammen, wie es sich für einen anständigen Ingenieur für Meerestechnologie gehörte, und sagte lediglich: »Hallo, was gibt es zu Abend?«

»Bœuf stroganoff«, antwortete Sally, drehte sich um und schenkte ihm ihr charmantestes Lächeln. »Mögen Sie das?«

»Eine meiner Leibspeisen.«

An seiner verdutzten Miene erkannte sie, dass er nicht mit ihr gerechnet hatte. »Die Kongressabgeordnete Smith meinte, ich wäre hier sicherer aufgehoben. Zumal Admiral Sandecker Wachposten rund um Ihren Hangar aufgestellt hat.«

Nachdem diese Frage geklärt war, öffnete Pitt einen Hängeschrank über seiner Bar und wollte sich einen Drink eingießen.

»Loren hat mir erzählt, dass Sie gern Tequila trinken, daher war ich so frei und habe Margaritas zubereitet. Ich hoffe, Sie haben nichts dagegen.«

Pitt trank seinen kostbaren Tequila zwar lieber pur auf Eis mit einem Schuss Limone und einem leichten Salzrand am Glas, aber gegen einen gut gemixten Margarita hatte er nichts einzuwenden. Ein billigerer Tequila eignete sich allerdings besser dafür. Seiner Meinung nach war es ein Verbrechen, einen erstklassigen Schnaps mit einer süßen Mixtur zu verwässern. Er warf einen trübsinnigen Blick auf seine halb leere Flasche hervorragenden Juan Julio Silver aus feinster blauer Agave. Nur aus Höflichkeit beglückwünschte er Sally zu dem Geschmack und ging in sein Schlafzimmer, um sich zu duschen und bequeme Shorts und ein T-Shirt anzuziehen.

Sein Schlafzimmer sah aus, als hätte eine Bombe eingeschlagen. Schuhe und diverse Frauenkleider lagen auf dem blank polierten Holzboden, auf der Kommode und den Nachtkästchen standen etliche Flaschen mit Nagellack und anderen Kosmetika. Warum lassen Frauen ihre Klamotten immer zu Boden fallen?, fragte er sich. Männer werfen ihre Sachen wenigstens über einen Stuhl. Er konnte kaum glauben, dass eine Frau ein derartiges Chaos anrichten konnte, bis er in seinem Badezimmer jemanden summen hörte.

Die Tür war nur angelehnt, daher schob er sie mit der Zehenspitze langsam und vorsichtig auf. Kelly, die ein Handtuch um den Leib geschlungen und ein kleineres um den Kopf gewickelt hatte, stand vor dem mit Dampf beschlagenen Spiegel und trug gerade Lidschatten auf. Sie sah Pitts verständnislosen Blick im Spiegel und schenkte ihm ein gewinnendes Lächeln.

»Willkommen daheim. Ich hoffe, Sally und ich haben Ihren Haushalt nicht zu sehr durcheinander gebracht.«

»Sollen Sie etwa auch hier bleiben?«, fragte er.

»Loren war der Meinung, hier wäre es sicherer als bei ihr. Und auf die sicheren Häuser der Regierung war kein Verlass, da Zale das Justizministerium unterwandert hat.«

»Tut mit Leid, dass ich nur ein Schlafzimmer in der Wohnung habe. Ich hoffe, Ihnen und Miss Morse macht es nichts aus, sich ein Bett zu teilen.«

»Es hat immerhin Übergröße«, sagte Kelly und wandte sich wieder ihrem Make-up zu, als lebten sie und Pitt bereits seit Jahren zusammen. »Uns stört das nicht.« Dann fügte sie hinzu: »Entschuldigung, möchten Sie vielleicht ins Badezimmer?«

»Kümmern Sie sich nicht um mich«, erwiderte Pitt. »Ich schnappe mir ein paar Klamotten und dusche mich unten im Gästebad.«

Sally trat aus der Küche. »Ich fürchte, wir kommen Ihnen ungelegen.«

»Ich werd's überleben«, sagte Pitt, während er ein paar Sachen in eine kleine Reisetasche warf. »Fühlt euch hier wie zu Hause.«

An Pitts spöttisch trockenem Tonfall erkannten Sally und Kelly, dass er nicht übermäßig erfreut über ihr Eindringen war. »Wir achten darauf, dass wir Ihnen nicht in die Quere kommen«, versprach Kelly.

»Versteht mich nicht falsch«, sagte Pitt, der ihr Unbehagen spürte. »Ihr seid nicht die Ersten, die hier wohnen und in meinem Bett schlafen. Ich mag Frauen und stehe auf ihr absonderliches Verhalten. Ich bin noch von der alten Schule, in der man die holde Weiblichkeit in hohen Ehren hält, also haltet mich nicht für einen ekelhaften alten Knacker.« Er hielt inne und grinste. »Genau genommen freue ich mich, dass ich zwei so hinreißende Wesen wie euch hier habe, die für mich kochen und mir den Haushalt führen.«

Dann verließ er das Badezimmer und stieg die Wendeltreppe hinunter ins Erdgeschoss.

Sally und Kelly schauten ihm schweigend hinterher, bis er verschwunden war. Dann blickten sie einander an und lachten laut los.

»Mein Gott«, platzte Sally heraus, »ist der echt?«

»Ich gebe dir mein Wort darauf«, sagte Kelly. »Er ist einfach großartig.«

Pitt schlug sein Lager in dem Pullman-Wagen der *Manhattan Limited* auf, der auf einem Gleis an der einen Wand des Hangars stand. Er war ein Erinnerungsstück an eine Suchaktion, die er vor etlichen Jahren am Hudson unternommen hatte, und diente ihm als Gästeunterkunft, wenn Besucher oder Freunde bei ihm abstiegen. Giordino nahm ihn häufig über Nacht in Anspruch, wenn er eine seiner zahlreichen Freundinnen beeindrucken wollte, denn gerade Frauen fanden einen romantischen Abend in dem luxuriösen alten Eisenbahnwagen ausgesprochen anregend.

Er war aus der Dusche getreten und rasierte sich gerade, als das Telefon in dem Pullman-Wagen klingelte. »Hallo«, sagte er lediglich, als er abnahm.

»Dirk!«, dröhnte St. Julien Perlmutters Stimme in Pitts Ohr. »Wie geht es dir, mein Junge?«

»Bestens, St. Julien. Wo steckst du?«

»In Amiens, Frankreich. Ich habe den ganzen Tag lang mit Gelehrten über Jules Verne gesprochen. Morgen bin ich mit Dr. Paul Hereoux verabredet, dem Präsidenten der Jules-Verne-Gesellschaft. Er war so zuvorkommend und hat mir die Erlaubnis erteilt, in den Archiven der Gesellschaft zu forschen, die sich in dem Haus befinden, in dem Jules Verne bis zu seinem Tod im Jahr 1905 wohnte und schrieb. Verne war ein erstaunlicher Mann, musst du wissen – ich hatte ja keine Ahnung. Ein wahrer Visionär. Er begründete natürlich das Genre des Science-Fiction-Romans, aber er nahm auch Flüge zum Mond vorweg, Tauchboote, die unter Wasser den Globus umrunden können, die Solarheizung, Fahrstühle und Rolltreppen, dreidimensionale Bilder – was du nur willst. Er hat es zuerst beschrieben. Außerdem sah er voraus, dass Asteroiden und Kometen die Erde treffen und ungeheure Verwüstungen anrichten könnten.«

»Hast du irgendetwas Neues über Kapitän Nemo und die *Nautilus* entdeckt?«

»Nichts, das über das hinausgeht, was Verne in *Zwanzigtausend Meilen unter dem Meer* und *Die geheimnisvolle Insel* schrieb.«

»Das war die Fortsetzung, stimmt's, in der beschrieben wird, was aus Nemo wurde, nachdem die *Nautilus* in einem riesigen Strudel vor der norwegischen Küste verloren ging.«

»Ja, *Zwanzigtausend Meilen* erschien 1869 als Fortsetzungsroman in einem Magazin. In *Die geheimnisvolle Insel* erzählte er 1875 die Vorgeschichte und Biographie von Nemo.«

»Soweit ich Dr. Egans Forschungen über Verne entnommen habe, schien er sich vor allem dafür interessiert zu haben, wie der

Autor auf die Idee mit Nemo und seinem Unterseeboot kam. Egan war offenbar der Meinung, dass Verne nicht nur eine großartige Fantasie hatte, aus der er schöpfen konnte. Ich glaube, Egan dachte, dass Verne die Geschichte um eine tatsächlich existierende Person aufgebaut hat.«

»In ein, zwei Tagen weiß ich mehr«, sagte Perlmutter. »Aber versprich dir nicht zu viel. Jules Vernes Erzählungen, so genial sie auch sein mögen, sind frei erfunden. Kapitän Nemo mag eine der großartigsten Heldenfiguren der Weltliteratur sein, aber genau genommen war er nichts anderes als ein Vorläufer des wahnsinnigen Wissenschaftlers, der Rache nimmt für Missetaten, die ihm einst widerfahren sind. Das edle Genie auf Abwegen sozusagen.«

»Dennoch kommt es mir unglaublich vor«, beharrte Pitt, »dass Verne von ganz allein ein technisches Wunderwerk wie die *Nautilus* von Anfang bis Ende nur erfunden haben soll. Wenn er kein Leonardo da Vinci seines Zeitalters war, muss er technische Berater gehabt haben, deren Wissen weit über das hinausging, was um das Jahr 1869 bekannt war.«

»Etwa vom echten Kapitän Nemo?«, fragte Perlmutter spöttisch.

»Oder von irgendeinem anderen technischen Genie«, antwortete Pitt ernst.

»Wahres Genie weißt du doch gar nicht zu schätzen«, erwiderte Perlmutter. »Möglicherweise erfahre ich im Archiv Näheres, aber meine Ersparnisse würde ich nicht darauf verwetten.«

»Es ist viele Jahre her, dass ich die Bücher gelesen habe«, sagte Pitt. »Aber in *Zwanzigtausend Meilen unter dem Meer* ist Nemo ein ausgesprochen rätselhafter Mann. Soweit ich mich entsinne, gewährt Verne dem Leser erst kurz vor dem Ende von *Die geheimnisvolle Insel* einen genaueren Einblick in sein Leben.«

»Kapitel siebzehn«, erwiderte Perlmutter. »Kapitän Nemo wurde als Sohn eines Radschas in Indien geboren. Prinz Dakkar, wie er genannt wurde, war ein außerordentlich begabtes und intelligentes Kind. Verne schildert ihn als gut aussehend, sehr reich und voller Hass auf die Briten, die sein Vaterland unterworfen hatten. Mit zunehmendem Alter wurde sein ganzes Trachten und Streben zusehends von seinen Rachegelüsten bestimmt, vor allem, nachdem er als einer der Rädelsführer am Sepoy-Aufstand und den damit verbundenen kriegerischen Auseinandersetzungen teilgenommen hatte. Die Briten übten Vergeltung, brachten seinen Vater, seine Mutter, seine Frau und die beiden Kinder in ihre Gewalt und ermordeten sie.

In den darauf folgenden Jahren erging er sich einerseits in tiefer Trauer über den Verlust seiner Angehörigen wie auch den Niedergang seines Landes, vertiefte sich aber zugleich in die Wissenschaften und vor allem die Schiffstechnik. Er nutzte seinen Reichtum dazu, auf einer abgelegenen, unbewohnten Insel im Pazifischen Ozean eine Werft zu bauen, auf der er die *Nautilus* konstruierte. Lange bevor Tesla und Edison ihre ersten Generatoren bauten, beschrieb Verne, wie Nemo sich den elektrischen Strom zunutze machte. Die Maschinen, die das Unterseeboot antrieben, hatten eine unbegrenzte Lebensdauer, ohne dass man nachtanken oder sie aufladen musste.«

»Da fragt man sich doch, ob Verne sich nicht auch Dr. Egans magnetohydrodynamischen Antrieb ausgedacht hat.«

»Nachdem sein Unterwasserfahrzeug fertig gestellt war«, fuhr Perlmutter fort, »scharte er eine ihm treu ergebene Besatzung um sich und tauchte in die Tiefen des Meeres ab. Im Jahr 1867 nahm er dann drei Schiffbrüchige von einer Fregatte der amerikanischen Marine an Bord, die er angegriffen hatte. Sie zeichneten die Geschichte von seinem heimlichen Dasein auf und reisten mit ihm unter Wasser rund um die Welt. Diese Schiffbrüchigen – ein Professor, sein Diener und ein kanadischer Fischer – konnten entkommen, als die *Nautilus* vor den Lofoten in den Mahlstrom geriet und Nemo verschwand. Im Alter von sechzig Jahren, als seine Besatzung längst tot ist, liegt er inmitten von Korallen auf dem Meeresgrund. Nemo lebt allein in der *Nautilus* und verbringt die letzten Jahre seines Lebens in einer Höhle unter einem Vulkan auf der Insel Lincoln. Nachdem er einer Reihe von entflohenen Kriegsgefangenen der Konföderation, die es mit einem Ballon auf die Insel verschlagen hat, im Kampf gegen Piraten beisteht und ihnen hilft, das Eiland zu verlassen und nach Hause zu segeln, stirbt er eines natürlichen Todes. Anschließend bricht der Vulkan aus, woraufhin Lincoln im Meer versinkt und Nemo samt seiner *Nautilus* in der Tiefe begräbt, wo er für immer ruht. So jedenfalls steht es im Roman.«

»Aber ist es wirklich nur ein Roman?«, fragte Pitt versonnen. »Oder beruht er auf einer wahren Geschichte.«

»Mir kannst du jedenfalls nicht weismachen, dass Nemo mehr als nur ein Produkt von Vernes Fantasie war«, sagte Perlmutter ruhig, aber im Brustton der Überzeugung.

Pitt schwieg einen Moment. Er machte sich nichts vor, wusste, dass er hinter Hirngespinsten her war. »Wenn ich nur wüsste, was Dr. Egan über die Wikinger und Kapitän Nemo herausgefunden hat«, sagte er schließlich.

Perlmutter seufzte ergeben. »Ich vermag beim besten Willen keinen Zusammenhang zwischen diesen beiden Themen erkennen.«

»Egan war von beidem fasziniert. Ich habe das Gefühl, dass beides irgendetwas miteinander zu tun hat.«

»Ich bezweifle, dass er beim einen wie auch beim anderen irgendetwas entdeckt hat, das zuvor unbekannt war. Mit Sicherheit nichts Weltbewegendes.«

»St. Julien, du bist ein alter Zyniker.«

»Ich bin Historiker, was wiederum heißt, dass ich etwas, das ich nicht belegen kann, weder kommentiere noch veröffentliche.«

»Dann wünsche ich dir viel Spaß in den staubigen alten Archiven«, erwiderte Pitt spöttisch.

»Nichts bringt mein Blut so in Wallung wie alte, abgelegte Logbücher und Ladebriefe, in denen ich womöglich auf völlig neue historische Erkenntnisse stoße. Von einem köstlichen Wein natürlich einmal abgesehen, und einem Schlemmermahl von einem wahrhaft guten Koch selbstverständlich auch.«

»Selbstverständlich«, sagte Pitt und lächelte vor sich hin, als er sich Perlmutters mächtigen Leib vorstellte, der das Ergebnis seiner übermäßigen Lust auf Essen und Trinken war.

»Ich melde mich, wenn ich auf etwas Interessantes stoße.«

»Danke.« Pitt hatte kaum aufgelegt, als Sally Morse vom Balkon aus herunterrief, dass das Essen fertig sei. Er meldete sich lautstark zurück, blieb aber noch eine Zeit lang in dem Pullman-Wagen sitzen.

Jetzt, da man ihn von allen weiteren Einsätzen gegen Curtis Merlin Zale, dessen mörderische Vipern-Truppe und das Kartell um die Cerberus Corporation zurückgepfiffen hatte, kam er sich ein bisschen verloren vor und wusste nicht recht, was er mit sich anfangen sollte. Außen vor zu bleiben und dem Geschehen ohnmächtig zuzuschauen, war nicht seine Art. Aber er wusste auch nicht weiter und wünschte sich, er hätte vorher schon einen anderen Weg eingeschlagen, einen, den er womöglich übersehen hatte.

45

Der Firmensitz der Cerberus Corporation in Washington befand sich in einem stattlichen Herrenhaus, das 1910 für einen wohlhabenden Senator aus Kalifornien gebaut worden war. Das auf einem rund vier Hektar großen, von einer mit Wein umrankten Ziegelmauer umgebenen Grundstück am Rande von Bethesda stehende Gebäude beherbergte nicht etwa spartanische Büros für die Ingenieure, Forscher und Geologen des Konzerns. Hier saßen auf vier Etagen und in prunkvoll eingerichteten Bürosuiten die Anwälte, die politischen Berater und die Lobbyisten des Unternehmens sowie ehemalige, aber nach wie vor einflussreiche Senatoren und Kongressabgeordnete, die allesamt das Ihre dazu beitrugen, dass die Cerberus Corporation die Regierung der Vereinigten Staaten immer fester in den Griff bekam.

Um ein Uhr morgens hielt ein Kleinbus, auf dem der Firmenname eines Elektroinstallateurs prangte, vor dem Tor und durfte prompt passieren. Das Anwesen wurde gut bewacht. Zwei Männer waren am Tor zur Zufahrt postiert, zwei weitere waren mit scharfen Hunden auf dem Grundstück unterwegs. Der Kleinbus hielt auf einem Abstellplatz unweit der Haustür. Ein großer, dunkelhäutiger Mann, der einen langen Pappkarton mit einer Reihe von Neonröhren trug, ging auf das Portal zu. Er meldete sich bei dem Wachmann an, der am Schreibtisch im Foyer saß, fuhr mit dem Aufzug in den dritten Stock und trat hinaus auf den mit kostbaren, von Hand gewebten, persischen Teppichen belegten Teakholzboden. Im Vorzimmer des großen Büros, das sich am anderen Ende des Gangs befand, saß keine Sekretärin. Sie war vor einer Stunde nach Hause gegangen. Er ging an ihrem verlassenen Schreibtisch vorbei und trat in ein großes Büro, dessen Tür offen stand.

Curtis Merlin Zale saß in einem wuchtigen, ledernen Bürosessel und studierte die Berichte über die seismischen Versuchssprengungen, mit denen seine Geologen nach bislang noch nicht entdeckten Öl- und Gasfeldern in Idaho suchten. Er blickte nicht auf, als der Elektriker eintrat. Dieser baute allerdings keine Neonröhren ein, sondern setzte sich kurzerhand auf den Stuhl, der vor dem Schreibtisch stand. Erst jetzt schaute Zale zu den finster funkelnden Augen von Omo Kanai auf.

»Hat sich Ihr Misstrauen bestätigt?«, fragte Kanai.

Zale lächelte selbstgefällig. »Der Fisch hat den Köder nichts ahnend geschluckt.«

»Darf ich fragen, um wen es sich handelt?«

»Sally Morse von Yukon Oil. Mir kamen die ersten Zweifel an ihrer Zuverlässigkeit, als sie gewisse Fragen bezüglich dieses Tankerunglücks im Hafen von San Francisco stellte.«

»Meinen Sie, sie hat sich an die Behörden gewandt?«, fragte Kanai.

»Ich bin davon überzeugt. Ihre Maschine ist nicht nach Alaska zurückgekehrt. Sie flog vielmehr nach Washington.«

»Eine Unruhestifterin könnte uns in der Hauptstadt gefährlich werden.«

Zale schüttelte den Kopf. »Sie hat keinerlei Belege. Kann nichts beweisen. Hier steht Wort gegen Wort. Und sie hat nicht die geringste Ahnung, dass sie uns einen großen Dienst erwiesen hat, als sie die Seiten wechselte.«

»Wenn sie vor dem Untersuchungsausschuss des Kongresses aussagt…«, sagte Kanai, ohne den Satz zu Ende zu bringen.

»Wenn Sie Ihre Hausaufgaben ordentlich machen, fällt sie einem Unfall zum Opfer, bevor sie vorgeladen wird.«

»Wurde sie in einem sicheren Haus der Regierung untergebracht?«

»Unsere Informanten im Justizministerium teilen mit, dass sie über ihren derzeitigen Aufenthaltsort nicht Bescheid wissen.«

»Irgendeine Ahnung, wo sie stecken könnte?«

Zale zuckte die Schultern. »Im Moment nicht. Sie muss irgendwo privat untergekommen sein.«

»Dann dürfte sie nicht so leicht zu finden sein«, sagte Kanai.

»Ich werde sie schon aufspüren«, erwiderte Zale zuversichtlich. »Ich habe über hundert Leute auf sie angesetzt. Die müssten sie binnen weniger Stunden finden.«

»Wann soll sie vor dem Ausschuss aussagen?«

»Erst in vier Tagen.«

Kanai wirkte sichtlich zufrieden.

»Ich gehe davon aus, dass alles bestens vorbereitet ist«, sagte Zale. »Es darf zu keinerlei unvorhergesehenen Zwischenfällen kommen, zu keiner Panne.«

»Ihr Plan ist großartig, und das Unternehmen ist bis ins kleinste Detail durchdacht. Ich wüsste nicht, was dabei schief gehen sollte.«

»Ist Ihr Vipern-Team an Bord?«

»Alle Mann, außer mir. Ein Helikopter steht bereit, der mich zu dem Tanker bringen wird, wenn er genau hundert Meilen vor der Küste ist.« Kanai warf einen Blick auf seine Uhr. »Wenn ich die letzten Vorbereitungen in die Wege leiten soll, muss ich jetzt aufbrechen.«

»Das Militär kann den Tanker nicht aufhalten?«, fragte Zale gespannt.

»Wenn sie es versuchen, werden sie ihr blaues Wunder erleben.«

Sie standen auf und schüttelten einander die Hand. »Viel Glück, Omo. Wenn wir uns das nächste Mal begegnen, wird die Regierung der Vereinigten Staaten nach anderer Leute Pfeife tanzen müssen.«

»Und wo werden Sie sein, wenn morgen das Inferno losbricht?«

Ein scharfes Grinsen umspielte Zales Mund. »Ich werde vor dem Ausschuss der Kongressabgeordneten Smith aussagen.«

»Meinen Sie, die weiß irgendetwas über Ihre Pläne, was die einheimischen Ölvorkommen angeht?«

»Sally Morse hat ihr unser Vorhaben zweifellos verraten.« Zale wandte sich ab und schaute aus dem Fenster auf die blinkenden Lichter und die von Scheinwerfern angestrahlten Baudenkmäler der Hauptstadt. »Aber morgen um diese Zeit spielt das keine Rolle mehr. Dann wird der allgemeine Unmut über ausländische Öl- und Gasimporte überkochen, das ganze Land erfassen und jeglichen Widerstand, den es bislang noch gegen Cerberus geben mag, hinwegfegen.«

Als Loren von ihrem Büro im Congressional Office Building in den Sitzungssaal ging, starrte sie erstaunt auf den Tisch, der für die vom Untersuchungsausschuss vorgeladenen Zeugen reserviert waren. Dort erwarteten sie weder die zahlreichen Firmenanwälte der Cerberus Corporation noch die Direktoren oder leitenden Angestellten.

Curtis Merlin Zale saß allein am Tisch.

Er hatte weder Papiere noch Notizen vor sich liegen. Kein Aktenkoffer stand neben ihm am Boden. Er saß locker und entspannt da, trug einen hervorragend geschnittenen Anzug und lächelte den Ausschussmitgliedern zu, als sie an ihren etwas erhöht stehenden Schreibtischen im Sitzungssaal Platz nahmen. Sein Blick wanderte zu Loren, als sie sich setzte und einen Stapel Papiere auf ihre Schreibtischplatte legte. Sie ertappte ihn dabei, wie er sie anschaute, und fühlte sich mit einem Mal beschmutzt. Trotz seines attraktiven Äußeren und seiner tadellosen Kleidung fand sie ihn abstoßend wie eine Giftschlange, die sich auf einem Felsen sonnt.

Sie blickte zu den anderen Ausschussmitgliedern, um festzustellen, ob alle auf ihren Stühlen saßen und bereit waren, das Verfahren zu eröffnen. Dann wechselte sie einen Blick mit dem Kongressabgeordneten Leonard Sturgis, der ihr höflich zunickte. Doch seine Miene wirkte angespannt, als argwöhnte er, dass er Zale eine Reihe unbequemer Fragen stellen müsste.

Loren sprach ein paar einleitende Worte zur Eröffnung des Verfahrens und dankte Zale für sein Erscheinen. »Sie sind sich selbstverständlich darüber im Klaren, dass Sie das Recht haben, einen Anwalt hinzuzuziehen«, erklärte sie ihm.

»Ja«, erwiderte er ruhig, »aber da auch mir an einer gedeihlichen Zusammenarbeit und einer umfassenden Aufklärung gelegen ist, bin ich bereit, alle Ihre Fragen vorbehaltlos zu beantworten.«

Loren warf einen Blick zu der großen Wanduhr im Sitzungsraum. Es war zehn Minuten nach neun. »Das Verfahren könnte aber fast den ganzen Tag dauern«, teilte sie ihm mit.

»Ich stehe zu Ihrer Verfügung, egal, wie lange es dauert«, erwiderte Zale ungerührt.

Loren wandte sich an die Kongressabgeordnete Lorraine Hope aus Texas. »Liebe Kollegin, würden Sie bitte mit der Befragung beginnen?«

Lorraine Hope, eine stämmige schwarze Frau aus Galveston an der texanischen Golfküste, nickte und eröffnete das Verfahren. Loren wusste, dass Hopes Name nicht auf der Liste der von Cerberus gekauften Politiker stand, doch sie wusste nicht genau, welche Ansichten Hope gegenüber dem Unternehmen vertrat. Bislang waren ihre Nachfragen durchaus angemessen und allem Anschein nach unparteiisch gewesen. Doch das sollte sich jetzt, da sie es mit Zale persönlich zu tun hatte, rasch ändern.

»Mister Zale, sind Sie der Meinung, dass es für die Vereinigten Staaten besser wäre, wenn sie ihren Ölbedarf aus der heimischen Förderung decken würden und nicht auf ausländisches Rohöl aus dem Mittleren Osten und Lateinamerika angewiesen wären?«

Mein Gott, dachte Loren, sie spielt ihm genau in die Hände.

»Unsere Abhängigkeit von ausländischem Öl«, setzte Zale an, »geht zu Lasten unserer Wirtschaft. Seit fünfzig Jahren sind wir auf die Gnade der OPEC angewiesen, die mit den Marktpreisen Jo-Jo gespielt hat. Trickreich und tückisch, wie sie sind, haben sie den Preis das eine Mal um zwei Dollar pro Barrel Öl angehoben, um ihn dann wieder um einen Dollar zu senken. Danach stieg er erneut um zwei Dollar und wurde wieder um einen gesenkt, aber langsam und stetig stieg der Preis immer mehr an, sodass wir heute fast sechzig Dollar für jedes Barrel Öl bezahlen müssen, das wir importieren. Die Benzinpreise sind unerhört. Sowohl die Spediteure als auch die selbstständigen Fahrer mit eigenen Lastwagen werden in den Ruin getrieben. Die Preise für Flugtickets haben wegen der hohen Kosten für Flugbenzin gewaltig angezogen. Diesem Wahnsinn, an dem letzten Endes das ganze Land zugrunde gehen wird, können wir nur Einhalt gebieten, wenn wir unsere eigenen Felder erschließen und nicht mehr von Ölimporten abhängig sind.«

»Gibt es denn genügend einheimische Vorkommen, um den Inlandsbedarf zu decken, und wenn ja, wie lange?«, fragte Lorraine Hope.

»In der Tat«, erwiderte Zale forsch. »Auf dem amerikanischen und kanadischen Festland gibt es mehr als genug Öl. Wenn man die Offshore-Vorkommen dazurechnet, kann man den Eigenbedarf in Nordamerika für die nächsten fünfzig Jahre decken. Außerdem kann ich Ihnen nunmehr bekannt geben, dass wir innerhalb des nächsten Jahres in der Lage sein werden, die riesigen Ölschiefervorkommen in Colorado, Wyoming und Montana zu Rohöl zu verarbeiten. Allein dadurch werden wir nie wieder auf ausländisches Öl angewiesen sein. Und anschließend, etwa um die Mitte dieses Jahrhunderts, wird man technologisch so weit sein, dass man sich alternative Energiequellen zunutze machen kann.«

»Wollen Sie damit sagen, dass es von Seiten der Umweltschützer keine Bedenken gegen das Erschließen neuer Ölfelder geben sollte?«, fragte Loren.

»Die Einwände der Umweltschützer sind übertrieben«, entgegnet Zale. »Durch Ölbohrtürme oder Pipelines sind nur wenige Tiere zu Tode gekommen, wenn überhaupt welche. Die Wanderwege lassen sich ändern, wenn man die entsprechenden Fachleute aus Forstverwaltung und Naturschutzbehörden damit betraut. Durch die Bohrungen werden weder der Boden noch die Luft verschmutzt. Vor allem aber können wir, wenn wir kein ausländisches Öl mehr einführen, künftig Unglücksfälle, wie wir sie mit der *Exxon Valdez* und anderen Schiffen erlebt haben, verhindern und dafür Sorge tragen, dass es zu keiner weiteren Ölpest kommt. Wenn wir nicht mehr auf Tanker angewiesen sind, die das Öl in die Vereinigten Staaten transportieren, ist diese Gefahr aus der Welt geschafft.«

»Ihre Argumente sind sehr überzeugend«, sagte der Kongressabgeordnete Sturgis. »Ich für meinen Teil kann Ihre Darlegungen nur unterstreichen. Ich war seit jeher dagegen, dass wir uns von ausländischen Ölkartellen erpressen lassen. Wenn amerikanische

Ölfirmen den landesweiten Treibstoffbedarf auch ohne Auslandsimporte decken können, dann ist mir das umso lieber.«

»Was ist mit den Unternehmen, die bislang das Öl aus aller Herren Länder in unsere Häfen transportieren und unsere Raffinerien versorgen?«, wollte Loren wissen. »Wenn ihre Lieferungen in die Vereinigten Staaten unterbunden werden, werden sie höchstwahrscheinlich Pleite gehen.«

Zale wirkte völlig unbeeindruckt. »Dann müssen sie ihre Ware eben in anderen Ländern absetzen.«

Allerlei weitere Fragen wurden gestellt und umgehend beantwortet. Zale ließ sich, wie Loren einsehen musste, weder einschüchtern noch in die Enge treiben. Er wusste genau, dass er drei der fünf Mitglieder des Ausschusses zur Untersuchung unlauterer Geschäftspraktiken in der Hand hatte, und fühlte sich als Herr der Lage. Von dem einen oder anderen verstohlenen Blick auf seine Armbanduhr einmal abgesehen, wirkte er völlig unbeeindruckt.

Loren blickte mindestens ebenso oft auf die Uhr an der gegenüber liegenden Wand. Immer wieder schweiften ihre Gedanken ab, und sie fragte sich fortwährend, ob die Küstenwache und die Special Forces die Katastrophe verhindern konnten, von der San Francisco bedroht war. Vor allem aber wurmte es sie, dass sie Zale nicht zur Rede stellen, ihm nicht vorhalten konnte, was sie wusste, ihn nicht zu früh des versuchten Massenmordes bezichtigen durfte.

46

Endlos rollten von draußen die Wellen an. Sie hatten keine weißen Kappen und waren so niedrig, dass die See wie ein frisch gepflügtes Feld voller Ackerfurchen wirkte. Eine sonderbare Stille lag über dem Meer. Der leichte Nebel, der über dem Wasser hing, dämpfte jedes Geräusch, verdeckte aber kaum die letzten Sterne, die am westlichen Horizont untergingen. Im Osten schimmerte der Lichtschein von San Francisco wie eine wattige Wolke über der Stadt.

Eine Stunde vor Anbruch der Morgendämmerung hielt die

Huron, ein Kutter der Küstenwache, mit voller Fahrt auf den Supertanker *Pacific Trojan* zu und fing ihn zwanzig Meilen westlich des Golden Gate ab. Zwei Helikopter der Küstenwache kreisten über dem riesigen Schiff, begleitet von einem Goshawk, dem neuesten Hubschrauber der Marineinfanterie, in dem Captain Garnet und sein dreißig Mann starker Aufklärungstrupp saßen. Ein schnelles, gepanzertes Patrouillenboot der Army hängte sich an das Heck des Tankers. An Bord befanden sich Commander Miles Jacobs und seine Navy-SEALs, die sich bereithielten, um im richtigen Moment Greifhaken, an denen Strickleitern befestigt waren, auf das Deck des mächtigen Schiffes zu schießen.

Admiral Amos Dover, der den Oberbefehl über das Entermanöver innehatte, stand da und hatte das Fernglas an die Augen gedrückt. »Ein schwerer Brocken. So lang wie fünf Fußballplätze hintereinander und noch ein paar Meter dazu.«

»Einer der neuen Mammuttanker«, stellte Captain Buck Compton, der Kommandant des Kutters, fest. Compton, der seit dreiundzwanzig Jahren bei der Küstenwache war, hatte rund um die Welt Dienst getan, mit den von ihm befehligten Kuttern waghalsige Rettungsaktionen bei stürmischer See unternommen und manch ein Schiff angehalten, das illegale Einwanderer oder Rauschgift an Bord hatte. »Kaum zu glauben, dass zwei Drittel seiner Masse unter der Wasserlinie liegen. Laut Werftangaben kann er über sechshunderttausend Tonnen Öl befördern.«

»Wenn die Fracht hochgeht, möchte ich mindestens zehn Meilen weit weg sein.«

»Lieber hier als in der Bucht von San Francisco.«

»Der Kapitän macht aber keinerlei Anstalten, sich heimlich in die Bucht zu schleichen«, sagte Dover leise. »Er hat von vorn bis achtern volle Festbeleuchtung. Fast so, als wollte er sich ankündigen.« Er senkte das Glas. »Sonderbar, fast schon verdächtig, dass er so auf sich aufmerksam macht.«

Compton, der den Tanker nach wie vor musterte, sah, wie die Möwen aufs Wasser hinabstießen, das um den riesigen Rumpf strömte, als der Schiffskoch einen Eimer Abfälle ins Meer kippte. »Mir gefällt das ganz und gar nicht«, sagte er tonlos.

Dover wandte sich an den Funker, der mit einem Walkie-Talkie, das an die Lautsprecheranlage auf der Brücke angeschlossen war, in der Nähe stand. »Setzen Sie sich mit den Hubschraubern in Verbindung und fragen Sie, ob sie irgendwelches feindselige Verhalten erkennen können.«

Der Funker tat, wie ihm befohlen, und wartete, bis sich eine Stimme über Lautsprecher meldete. »Admiral Dover, hier Lieutenant Hooker in Chase One. Bis auf den Schiffskoch und ein Besatzungsmitglied, das allem Anschein nach die Rohranschlüsse überprüft, ist niemand an Deck zu sehen.«

»Was ist mit dem Ruderhaus?«, fragte Dover.

Die Nachricht wurde durchgegeben, und kurz darauf kam die Antwort. »Die Brückennock ist verlassen. Und durch das Brückenfenster kann ich lediglich zwei Offiziere auf Wachstation erkennen.«

»Teilen Sie Captain Garnet und Commander Jacobs Ihre Beobachtungen mit, und sagen Sie ihnen, sie sollen sich bereithalten, wenn ich den Tanker anrufe.«

»Die Besatzung besteht aus fünfzehn Offizieren und dreißig Matrosen«, sagte Compton, der die vorliegenden Computerdaten über den Tanker ablas. »Er fährt unter britischer Flagge. Das heißt, dass der Teufel los ist, wenn wir ohne die entsprechende Erlaubnis ein im Ausland registriertes Schiff entern.«

»Darum soll sich Washington kümmern. Wir haben den ausdrücklichen Befehl, ihn zu entern.«

»Meinetwegen, wenn wir zwei dabei aus dem Schneider sind.«

»Sie haben den Vortritt, Buck.«

Compton ließ sich das Funkgerät geben. »An den Kapitän der *Pacific Trojan*. Hier spricht der Kommandant des Küstenwach-Kutters *Huron*. Wie ist Ihr Bestimmungsort?«

Der Kommandant des Supertankers, der sich im Ruderhaus aufhielt, während sein Schiff sich der amerikanischen Küste näherte, antwortete unverzüglich. »Hier spricht Kapitän Don Walsh. Wir laufen die Offshore-Pumpenstation bei Point San Pedro an.«

»Die Antwort war zu erwarten«, murmelte Dover. »Sagen Sie ihm, er soll beidrehen und die Maschinen stoppen.«

Compton nickte. »Kapitän Walsh, hier spricht Captain Compton. Drehen Sie bitte bei, und stoppen Sie die Maschinen, damit wir an Bord gehen und Ihr Schiff untersuchen können.«

»Muss das denn sein?«, fragte Walsh. »Das kostet die Reederei jede Menge Zeit und Geld und wirft unseren ganzen Terminplan über den Haufen.«

»Leisten Sie dem Befehl bitte Folge«, erwiderte Compton mit bestimmtem Ton.

»Er liegt tief im Wasser«, merkte Dover an. »Die Tanks müssen randvoll sein.«

Kapitän Walsh meldete sich nicht zurück, doch nach etwa einer Minute sahen Dover und Compton, wie das von den Schrauben des Tankers aufgewühlte Kielwasser abriss. Der Bug warf noch immer eine weiß gischtende Welle auf, aber beide Männer wussten, dass ein derart riesiges Schiff noch fast anderthalb Kilometer weiterlief, ehe es zum Stillstand kam.

»Geben Sie Commander Jacobs und Captain Garnet den Befehl, mit ihren Männern das Schiff zu entern.«

Compton schaute Dover an. »Wollen Sie kein Enterkommando der *Huron* an Bord schicken?«

»Die sind besser gerüstet als unsere Jungs, falls da droben jemand Widerstand leistet«, antwortete Dover.

Compton gab den Befehl weiter, woraufhin sie beide zusahen, wie der Pilot den Hubschrauber der Marineinfanterie um das Heck des Supertankers zog und haarscharf über die Aufbauten, den Radarmast und den Schornstein hinwegflog. Dann schwebte er eine Zeit lang über dem Schiff, während Garnet Ausschau hielt, ob sich da unten irgendwelche Feindseligkeiten anbahnten. Nachdem er sich davon überzeugt hatte, dass auf dem Oberdeck keine Gefahr drohte, wandte er sich an den Piloten und deutete nach unten, auf eine freie Stelle unmittelbar vor den Aufbauten.

Drunten auf dem Wasser hatte Jacobs' Patrouillenboot unterdessen zum Heck des Tankers aufgeschlossen und war längsseits gegangen. Kaum waren die mit Luftdruckschleudern abgeschossenen Greifhaken oben am Schanzkleid verankert, kletterten die SEALs die Strickleitern hinauf, schwärmten auf dem Schiff aus und rückten mit Waffen im Anschlag auf die Aufbauten vor. Sie stießen lediglich auf einen erschrockenen Matrosen, doch ansonsten regte sich nichts.

Ein paar von Jacobs' Männern entdeckten die Fahrräder, mit denen die Besatzung auf dem Schiff herumfuhr, schwangen sich in die Sättel, fuhren das riesige Deck entlang und suchten zwischen den Rohrleitungen und den Tanks nach Sprengkörpern. Garnet teilte seine Männer auf, schickte den einen Trupp hinunter in den Maschinenraum und drang mit dem anderen in die Heckaufbauten ein, wo er die Besatzungsmitglieder zusammentrieb, und arbeitete sich zum Ruderhaus vor. Als er die Brücke betrat, stürmte ihm Kapitän Walsh mit entrüsteter Miene entgegen.

»Was hat das zu bedeuten?«, herrschte er ihn an. »Ihr seid nicht von der Küstenwache.«

Garnet ging nicht darauf ein. Er nahm sein Funkgerät zur Hand. »Admiral Dover, hier Team Eins. Die Mannschaftsunterkünfte und das Ruderhaus sind gesichert.«

»Commander Jacobs?«, fragte Dover nach. »Erbitte Meldung von Team Zwo.«

»Wir haben noch allerhand vor uns«, meldete sich Jacobs zurück. »Aber bislang haben wir in der unmittelbaren Umgebung der Tanks keine Sprengkörper gefunden.«

Dover wandte sich an Compton. »Ich setze über.«

Ein Boot wurde zu Wasser gelassen, das Admiral Dover zu dem Supertanker brachte, wo Garnets Männer unterdessen das Lotsenreep ausgelegt hatten. Er kletterte an Deck und stieg die fünf Treppen zur Brücke hinauf, wo er auf einen wutentbrannten Walsh stieß.

Der Kapitän der *Pacific Trojan* wirkte einen Moment lang überrascht, als er einen Admiral der Küstenwache vor sich stehen sah. »Ich will endlich wissen, was, in drei Teufels Namen, hier eigentlich vor sich geht«, herrschte er Dover an.

»Wir haben einen Hinweis erhalten, dass dieses Schiff Sprengstoff geladen hat«, erwiderte Dover. »Deshalb müssen wir die übliche Routineuntersuchung vornehmen.«

»Sprengstoff!«, fuhr Walsh ihn an. »Sind Sie von Sinnen? Das ist ein Öltanker. Niemand, der auch nur halbwegs bei Verstand ist, bringt Sprengstoff an Bord eines Tankers.«

»Genau das wollen wir ja feststellen«, erwiderte Dover ruhig.

»Dieser Hinweis ist lächerlich. Woher haben Sie den?«

»Aus der Führungsmannschaft von Cerberus Oil.«

»Was haben wir denn mit Cerberus Oil zu tun? Die *Pazific Trojan* gehört der Berwick Shipping Company in Großbritannien. Wir befördern für zahlreiche ausländische Kunden Öl und andere petrochemische Produkte rund um die Welt.«

»Von wem stammt das Öl, das Sie geladen haben?«, fragte Dover.

»Auf dieser Fahrt sind wir im Auftrag der Zandak Oil aus Indonesien unterwegs.«

»Seit wann befördert Berwick für Zandak Öl?«

»Seit über zwanzig Jahren.«

»Hier Team Eins«, meldete sich Garnet über Funk bei Dover.

»Hier Admiral Dover. Ich höre.«

»Wir haben weder im Maschinenraum noch in den Heckaufbauten Sprengkörper gefunden.«

»Okay«, sagte Dover. »Gehen Sie Commander Jacobs zur Hand. Die Strecke, die er absuchen muss, ist weitaus größer.«

Eine Stunde verging. Kapitän Walsh wurde zusehends ungehaltener und schritt schließlich wutentbrannt die Brücke auf und ab, wusste er doch, dass jede Minute, die sein Schiff aufgehalten wurde, die Reederei viele tausend Dollar kostete.

Captain Compton ließ sich von der *Huron* aus übersetzen und begab sich auf die Brücke des Tankers. »Ich habe es da drüben nicht mehr ausgehalten«, sagte er lächelnd. »Ich hoffe, Sie nehmen es mir nicht übel. Aber ich wollte sehen, wie es läuft.«

»Nicht gut«, erwiderte Dover unwirsch. »Bislang haben wir keinerlei Sprengkörper oder Zünder gefunden. Der Kapitän und seine Besatzung machen nicht den Eindruck, als ob sie sich auf einem Selbstmordeinsatz befinden. Ich habe allmählich den Verdacht, dass man uns reingelegt hat.«

Zwanzig Minuten später meldete sich Jacobs. »Das Schiff ist sauber, Admiral. Wir haben nirgendwo eine Spur von Sprengstoff gefunden.«

»Da haben Sie's!«, brüllte Walsh. »Ich hab's Ihnen gleich gesagt. Ihr müsst doch von Sinnen sein.«

Dover machte keinerlei Anstalten, den aufgebrachten Tankerkapitän zu beruhigen. Allmählich kamen ihm Zweifel, was Sally Morses Glaubwürdigkeit anging. Aber zugleich war er auch zutiefst erleichtert, nachdem er festgestellt hatte, dass auf diesem Schiff niemand die Absicht hatte, halb San Francisco in Schutt und Asche zu legen.

»Tut mir Leid, dass wir Sie unnötig aufhalten mussten«, sagte er an Walsh gewandt. »Aber Sie sind uns gleich los.«

»Sie können sich darauf verlassen, dass meine Regierung schärfsten Protest gegen dieses Vorgehen einlegen wird«, erwiderte Walsh wütend. »Sie hatten nicht das geringste Recht, mein Schiff anzuhalten und aufzubringen.«

»Ich bitte Sie hiermit offiziell und in aller Form um Entschuldigung für alle Ungelegenheiten, die wir Ihnen bereitet haben«, erwiderte Dover. Dann wandte er sich an Compton, als sie gemeinsam die Brücke verließen. »Ich möchte nicht wissen, was für Gesichter die Leute in Washington machen, wenn ich ihnen mitteile, dass man sie zum Narren gehalten hat.«

47

Pitt saß an seinem Schreibtisch in der NUMA-Zentrale und wollte noch ein paar letzte Dienstsachen erledigen, bevor er zu Dr. Elmore Egans Farm flog, als Admiral Sandecker an Zerri Pochinsky, seiner Sekretärin, vorbeistürmte und unverhofft in sein Büro trat. Pitt blickte verdutzt auf. Wenn der Admiral Angelegenheiten der NUMA besprechen wollte, bestand er fast immer darauf, dass sein Leiter für Spezialprojekte ihn in *seinem* Büro aufsuchte. Sandecker war offensichtlich zutiefst beunruhigt. Die Lippen unter dem roten Knebelbart wirkten verkniffen, die blauen Augen, die sonst so herrisch wirkten, flackerten unruhig.

»Zale hat uns in die Irre geführt«, knurrte Sandecker, bevor Pitt etwas sagen konnte.

»Wie bitte?«, erwiderte Pitt verdutzt.

»Auf der *Pacific Trojan* wurde nichts gefunden. Admiral Dover hat sich gerade gemeldet. Es waren keine Sprengkörper an Bord. Das Schiff war sauber. Der Kapitän und seine Besatzung hatten nichts mit einem angeblich geplanten Anschlag auf das Hafengebiet von San Francisco zu tun. Wir wurden entweder hinters Licht geführt, oder Sally Morse leidet unter Hirngespinsten.«

»Ich vertraue Sally. Ich glaube eher, dass man uns getäuscht hat.«

»Aus welchem Grund?«

Pitt wirkte einen Moment lang nachdenklich, ehe er antwortete. »Zale ist gerissen wie ein Schakal. Könnte sein, dass er Sally eine falsche Geschichte aufgetischt hat, weil er wusste, dass sie abspringt und die Regierung verständigt. Vielleicht hat er auf den alten Zaubertrick zurückgegriffen – man fuchtelt mit der einen Hand in der Luft herum, lenkt das Publikum ab, und mit der anderen wird derweil der Zylinder gelüpft.« Er schaute Sandecker an. »Ich glaube, er hat noch etwas in der Hinterhand. Eine andere Katastrophe womöglich.«

»Na schön«, sagte Sandecker, »ich schließe mich Ihrer Meinung an. Aber wohin führt uns das?«

»Ich verlasse mich darauf, dass Hiram Yeager und Max eine Antwort dazu einfällt«, erwiderte Pitt, während er aufstand, eilig hinter seinem Schreibtisch hervorkam und zur Tür stürmte.

Yeager las gerade die Kontoauszüge ausländischer Banken durch, in deren Computer Max eingedrungen war, wobei er auf illegale Spenden und Schmiergeldzahlungen an fast tausend Politiker und Bedienstete der US-Regierung gestoßen war. Die Summe sämtlicher Überweisungen war geradezu astronomisch.

»Bist du sicher, dass die Zahlen stimmen, Max?«, fragte Yeager, der den Betrag kaum fassen konnte. »Sie kommen mir ziemlich aberwitzig vor.«

Die holographische Gestalt zuckte die Schultern. »Ich habe getan, was ich konnte. Vermutlich gibt es noch mindestens fünfzig weitere Konten, die ich noch nicht aufgespürt habe. Wieso fragst du? Bist du überrascht über die Summen?«

»Für dich mögen einundzwanzig Milliarden, zweihundert Millionen Dollar nicht viel Geld sein, aber für einen Not leidenden Computerspezialisten ist das dicke Kohle.«

»Ich würde dich kaum als Not leidend bezeichnen.«

Pitt, dem Sandecker auf dem Fuß folgte, stürmte in Yeagers Büro, als würde er von einem Wasserbüffel gejagt. »Hiram, der Admiral und ich brauchen dich und Max. Ihr müsst so schnell wie möglich ein paar neue Erkundigungen für uns einholen.«

Yeager blickte auf und sah die ernsten Mienen, die sowohl Pitt als auch Sandecker aufgesetzt hatten. »Max und ich stehen euch zur Verfügung. Wonach sollen wir denn suchen?«

»Stellt fest, welche Hochseeschiffe in den nächsten zehn Stunden einen großen amerikanischen Hafen anlaufen, und nehmt euch dabei vor allem die Supertanker vor.«

Yeager nickte und wandte sich an Max. »Hast du das gehört?«

Max schenkte ihm ein bezauberndes Lächeln. »Ich melde mich in sechzig Sekunden zurück.«

»Sie hat mich bislang noch nie im Stich gelassen«, sagte Yeager mit einem wissenden Grinsen.

Während Max sich langsam in Luft auflöste, reichte Yeager Sandecker die Ergebnisse der jüngsten Nachforschungen. »Das wär's vorerst. Ist noch nicht ganz vollständig. Aber immerhin konnten wir einen Großteil der Leute in Erfahrung bringen, fünfundneunzig Prozent, um genau zu sein, die von Curtis Marlin Zale und seinen Helfershelfern bestochen wurden. Hier sind die Namen, die Konten bei Offshore-Banken und die Höhe der Einlagen.«

Sandecker las die Zahlen und blickte erstaunt auf. »Kein Wunder, dass Zale so viele hohe Regierungsvertreter in der Tasche hat. Die Summen, die er gezahlt hat, würden den gesamten Etat der NUMA für die nächsten hundert Jahre decken.«

»Konnten die Küstenwache und die Special Forces den Tanker abfangen, bevor er in die Bucht von San Francisco eingelaufen ist?«, fragte Yeager, der nicht ganz auf dem Laufenden war.

»Zale hat uns zum Narren gehalten«, sagte Sandecker unwirsch. »Das Schiff war zwar voller Öl, aber es hatte keinen Sprengstoff an Bord. Nachdem man ihn durchsucht und nichts gefunden hatte, durfte es seine Fahrt fortsetzen und die vorgesehene Anlegestelle im Süden der Bucht anlaufen.«

Yeager wandte sich an Pitt. »Meinst du, es war ein Täuschungsmanöver?«

»Ich glaube, Zale hatte das so geplant. Mich hat von Anfang an der mächtige Tiefgang gestört, den ein voll beladener Tanker von der Größe der *Pacific Trojan* hat. Die Bucht rund um San Francisco ist zu seicht, als dass sie ein Tanker dieser Größe befahren könnte. Er würde weit vor der Küste auf Grund laufen.«

»Du hältst es also für möglich, dass Zale einen weiteren Tanker in der Hinterhand hat, der eine andere Hafenstadt anläuft«, vermutete Yeager.

Sie verstummten, als Max wieder in ihrer vollendet weiblichen Gestalt auf dem kleinen Podium erschien. »Ich glaube, ich habe erfahren, was die Herren wissen möchten.«

»Haben Sie sämtliche Supertanker überprüft, die einheimische Häfen anlaufen?«, fragte Sandecker gespannt.

»Es gibt etliche große Rohöltanker, die demnächst in einer ganzen Reihe von Häfen einlaufen, aber nur einen so genannten Mammuttanker, der von Saudi-Arabien nach Louisiana unterwegs ist. Doch die Anlagestelle ist hundert Meilen von der nächsten großen Stadt entfernt. Ein weiterer nimmt derzeit Kurs auf eine Offshore-Pumpenstation vor New Jersey, wird aber erst morgen dort erwartet, und schließlich gibt es noch einen dritten mit Zielhafen Long Beach, Kalifornien, aber der ist noch zwei Tage auf See. Das ist alles. Sieht so aus, als ob Ihr Freund Zale doch keinen anderen Supertanker in petto hat.«

»Dann war also der ganze Aufwand umsonst«, murmelte Sandecker. »Zale hatte überhaupt nicht vor, San Francisco oder eine andere Hafenstadt zu verwüsten.«

»Sieht ganz so aus«, sagte Pitt zerknirscht. »Aber wozu dann das Täuschungsmanöver? Was will er damit erreichen?«

»Vielleicht wollte er uns nur auf die Probe stellen.«

»Das sieht ihm aber nicht ähnlich.«

»Ein Irrtum ist ausgeschlossen?«, fragte Yeager Max.

»Ich habe mich in die Dateien sämtlicher Hafenbehörden von achtundvierzig Bundesstaaten eingeklinkt.«

Sandecker schüttelte müde den Kopf und schickte sich an, das Büro zu verlassen. »Ich nehme an, damit ist die Sache erledigt.«

»Haben die Herren schon mal einen anderen Schiffstyp in Betracht gezogen?«, fragte Max.

Pitt schaute sie gespannt an. »Worauf wollen Sie hinaus.«

»Ich habe mir meinerseits ein paar Gedanken gemacht. Ein Flüssiggastanker könnte weit mehr Schaden anrichten als ein mit Rohöl beladener Supertanker.«

Die Mitteilung traf Pitt wie ein Hammerschlag. »Ein Flüssiggastanker!«

»In den vierziger Jahren des letzten Jahrhunderts ist in Japan einer hochgegangen. Die Sprengkraft war ungeheuerlich, fast so verheerend wie die Atombombe, die auf Hiroshima fiel«, klärte Max sie auf. »Es gab über tausend Todesopfer.«

»Hast du überprüft, ob irgendeiner in den nächsten Stunden einen Hafen in den Vereinigten Staaten anläuft?«, fragte Yeager.

Max tat so, als ziehe sie eine Schnute. »Du scheinst meiner weiblichen Intuition nicht allzu viel zuzutrauen. Selbstverständlich habe ich alle ankommenden Flüssiggastanker überprüft.«

»*Und?*«, hakte Yeager nach.

»Die *Mongol Invader*, aus Kuweit kommend, soll planmäßig um zehn Uhr dreißig in New York anlegen.«

»Vormittags oder abends?«, fragte Sandecker.

»Vormittags.«

Der Admiral blickte auf seine Uhr. »Die können wir streichen. Sie müsste vor zwanzig Minuten angelegt haben.«

»Keineswegs«, erwiderte Max. »Sie wurde durch einen Generatorenschaden aufgehalten und musste ihre Fahrt unterbrechen, bis die notwendigen Reparaturen erledigt waren. Sie hat sich um fünf Stunden verspätet.«

Pitt und Sandecker wechselten einen betroffenen Blick.

»So muss es Zale geplant haben«, sagte Pitt. »Er lockt uns mit der *Pacific Trojan* an die Westküste und schlägt mit der *Mongol Invader* im Osten zu, in New York.«

Sandecker hämmerte mit der Faust auf den Tisch. »Er hat uns eingelullt und ausgetrickst wie unmündige Kinder.«

»Ihr habt nicht mehr viel Zeit, wenn ihr sie aufhalten wollt, bevor sie in die Lower Bay einläuft und Kurs auf die Narrows nimmt«, bemerkte Max.

»Wie sieht die *Mongol Invader* aus?«, fragte Yeager Max.

Auf einem großen Computermonitor tauchte das Abbild eines Schiffes aus. Es sah aus, als stammte es aus einem utopischen Comic-Heft. Der Rumpf mit den hohen Heckaufbauten, unter denen sich der Maschinenraum befand, erinnerte an einen Supertanker, doch damit erschöpfte sich jede Ähnlichkeit. Sie hatte kein weites, flaches Deck, sondern war mit acht gigantischen, kugelförmigen Tanks bestückt, die aus dem Schiffskörper aufragten.

Max trug die technischen Daten des Schiffes vor. »Sie ist der größte Flüssiggastanker, der je gebaut wurde. Die Gesamtlänge beträgt fünfhundertsiebenundsechzig Meter, die Breite einhundertzehn Meter. Die Besatzung besteht aus nur acht Offizieren und fünfzehn Matrosen. Diese geringe Zahl genügt, da sie fast gänzlich automatisiert ist. Ihre Verbundmaschinen mit doppeltem Reduktionsgetriebe treiben jede der beiden Schrauben mit sechzigtausend Pferdestärken an. Das Registerland ist Argentinien.«

»Wem gehört sie?«, fragte Yeager.

»Ich habe ihre Herkunft verfolgt und bin auf eine Spur gestoßen, die über eine Reihe von Briefkastenfirmen direkt zur Cerberus Corporation führt.«

Yeager grinste. »Tja, ich habe mir doch gleich gedacht, dass du auf die stößt.«

»Flüssiggastanker haben einen weitaus geringeren Tiefgang als Öltanker, weil Gas erheblich leichter ist als Öl«, sagte Sandecker. »Sie könnte durchaus den Hudson hinauffahren, dann kehrtmachen, das südliche Manhattan ansteuern, zwischen den Kais hindurchstoßen, ohne aufzulaufen, und dann die Hafenbefestigung rammen.«

»Nach Aussage von Sally Morse sollte die *Pacific Trojan* in Höhe des World Trade Terminal in San Francisco auf Land stoßen«, wandte Yeager ein. »Können wir annehmen, dass Zale sich verplaudert hat und das World Trade Center in New York meinte?«

»Genau dort würde ich in Manhattan zuschlagen, wenn ich den größtmöglichen Schaden anrichten wollte«, pflichtete Sandecker ihm bei.

»Wie viel Gas hat sie geladen?«, fragte Pitt Max.

»Zweihundertelftausendneunhundertneunundsechzig Kubikmeter.«

»Sehr schlimm«, murmelte Yeager.

»Und was für Gas?«

»Propan.«

»Noch schlimmer«, stöhnte Yeager.

»Es könnte einen gewaltigen Feuerball geben«, erklärte Max. »In den siebziger Jahren des vorigen Jahrhunderts ist in Kingman, Arizona, ein Eisenbahnwaggon explodiert. Er enthielt rund siebenunddreißigtausend Liter Propan, und der Feuerball erstreckte sich über fast zweihundert Meter. Aus fünf Litern Flüssigpropan entstehen rund eintausenddreihundert Liter Gas. Wenn man bedenkt, dass ein Kubikmeter Flüssiggas etwa einhundertzweiundzwanzig Kubikmeter gasförmiges Propan ergibt und das Ganze mit zweihundertzwölftausend multipliziert, kann man von einem Feuerball mit einem Durchmesser von fast drei Kilometern ausgehen.«

»Was für Gebäudeschäden sind zu erwarten?«, erkundigte sich Sandecker bei Max.

»Schwere«, antwortete Max. »Große Gebäude wie das World Trade Center dürften stehen bleiben, aber im Innern würde alles verwüstet. Die meisten anderen Gebäude rund um den Explosionsherd dürften zerstört werden. Über die Anzahl der Todesopfer möchte ich lieber nicht nachdenken.«

»Und alles nur, weil dieser wahnsinnig gewordene Zale und sein Cerberus-Kartell die amerikanische Bevölkerung gegen ausländische Ölimporte aufwiegeln wollen«, murmelte Pitt aufgebracht.

»Wir müssen dieses Schiff aufhalten!«, sagte Sandecker hart. »Diesmal dürfen wir uns keinen Fehler erlauben.«

»Im Gegensatz zur *Pacific Trojan* wird uns die Besatzung dieses Schiffes aber nicht an Bord lassen«, sagte Pitt bedächtig. »Ich wette ein Monatsgehalt, dass Omo Kanai seine Vipern auf dem Schiff eingesetzt hat. Bei so einem Unternehmen verlässt sich Zale nie und nimmer auf Amateure.«

Sandecker warf erneut einen Blick auf seine Uhr. »Wir haben noch viereinhalb Stunden Zeit, bis sie vor Manhattan in den Hudson einläuft. Ich berichte Admiral Dover, was wir herausgefunden haben, und sorge dafür, dass er sämtliche Einheiten der Küstenwache im Bereich New York in Alarmbereitschaft versetzen und zum Abfangen auslaufen lässt.«

»Sie sollten auch die New Yorker Antiterror-Einheit verständigen«, schlug Max vor. »Die sind eigens für solche Fälle ausgebildet und üben das ständig.«

»Vielen Dank, Max«, sagte Sandecker, der sich allmählich für Yeagers Computergeschöpf erwärmte. Bisher war er immer der Meinung gewesen, Max belaste nur den Etat der NUMA, doch inzwischen war ihm klar geworden, dass sie jeden Cent wert war. »Ich werde dafür sorgen.«

»Ich lass Al anrollen. Wenn wir die *Aquarius* nehmen, den neuen Kippflügel-Jet der NUMA, sollten wir in einer Stunde am NUMA-Kai in New York sein.«

»Was gedenken Sie zu unternehmen, wenn Sie dort sind?«, erkundigte sich Max neugierig.

Pitt schaute sie an, als hätte sie Dan Martino gefragt, ob er einen Football werfen könnte. »Verhindern, dass die *Mongol Invader* halb Manhattan zerstört. Was sonst?«

48

Jeder, der schon einmal einen Blick auf einen Flüssiggastanker geworfen hat, dürfte seinen Augen kaum getraut haben, kann man sich doch nur schwer vorstellen, dass ein derart absonderlich aussehendes Schiff die Meere befährt. Die *Mongol Invader* mit ihren acht Kugeltanks, die aus dem Rumpf aufragten, war der größte Flüssiggastanker, der je gebaut worden war, und sie sah nicht so aus, als gehörte sie aufs Wasser, als sie durch die unruhige See pflügte und auf die Hafeneinfahrt von New York zuhielt. Mit ihrem lehmbraunen Anstrich und den schmucklosen, rein zweckmäßigen Aufbauten dürfte sie eines der hässlichsten Schiffe auf weiter See sein.

Die Ingenieure, die sie entworfen hatten, wollten ein Schiff konstruieren, das acht riesige, gut isolierte Kugeltanks aus Aluminium tragen konnte, die derzeit mit flüssigem Propan gefüllt waren, das auf minus 165 Grad abgekühlt sein sollte. Doch während der Anfahrt aus Kuweit war die Temperatur allmählich höher gestellt worden, sodass sie jetzt nur mehr sechs Grad unter dem gefährlichen Temperaturbereich lag.

Die *Mongol Invader*, diese schwimmende Bombe, die das ganze südliche Manhattan verwüsten konnte, wurde von ihren beiden großen Bronzeschrauben mit fünfundzwanzig Knoten durch die unruhige See getrieben, sodass der Bug mit dem mächtigen Bulbsteven scheinbar mühelos das Wasser verdrängte. Möwenschwärme flogen sie an und umkreisten sie, verhielten sich aber sonderbar ruhig und drehten bald wieder ab, so als spürten sie, dass sie etwas Bedrohliches ausstrahlte.

Anders als bei der *Pacific Trojan* war nirgendwo ein Besatzungsmitglied zu sehen, das die Tanks überprüfte, weder an Deck noch auf dem langen Steg über den hoch aufragenden Kuppeln. Sie hatten ihre Gefechtsstationen eingenommen und hielten sich bedeckt. Nur fünfzehn Mann waren es, die sich auf dem ganzen Schiff verteilt hatten. Vier waren im Ruderhaus und sorgten dafür, dass das Schiff auf Kurs blieb. Fünf waren unten im Maschinenraum beschäftigt, während sich die übrigen sechs Männer mit tragbaren Raketenwerfern bereithielten, mit denen sie selbst den größten Kutter der Küstenwache versenken und jedes angreifende Flugzeug abschießen konnten. Die Vipern wussten sehr wohl, dass sie wachsam sein mussten und sich keine Nachlässigkeit erlauben durften. Doch sie waren auch davon überzeugt, dass sie jedes Enterkommando der Special Forces mühelos zurückschlagen konnten – immerhin hatten die meisten von ihnen früher diesen Einheiten angehört. Sie waren mehr als zuversichtlich, dass niemand sie aufhalten konnte, bevor das Schiff die Außenbezirke der Stadt erreichte – und wenn sie erst einmal unter der Verrazano Narrows Bridge hindurch waren, spielte es keine Rolle mehr, ob der Kommandant des Abfangunternehmens das Risiko einging und einen riesigen Feuerball auslöste.

Omo Kanai beugte sich über die Reling der Steuerbordbrückennock und musterte die dunkel dräuenden Wolken, die am bedeckten Himmel dahintrieben. Er ging davon aus, dass man bei der Streitmacht, die gegen ihn aufgeboten wurde, der Meinung war, er und seine fünfzehn Männer, bei denen es sich nicht etwa um fanatische Terroristen handelte, sondern lediglich um gut bezahlte Söldner, dächten nicht daran, für ihren Auftraggeber Selbstmord zu begehen. Das hier war kein James-Bond-Film. Er lächelte vor sich hin. Nur die Männer an Bord wussten, dass unten am Rumpf, rund dreißig Meter vor dem Ruderblatt und den Zwillingsschrauben, ein Unterseeboot angekoppelt war. Sobald das Schiff Kurs auf die Küste von Manhattan nahm, würden er und seine Vipern in das U-Boot steigen und sich in tiefere Gewässer absetzen, um dem Feuerball zu entgehen.

Er begab sich wieder auf die Brücke, verschränkte die Arme und warf noch einmal einen Blick auf den Kurs, den er auf der Karte abgesteckt hatte, verfolgte die rote Linie, die erst am Rockaway Point, dann am Norton Point vorbei und unter der Verrazano Bridge hindurchführte, die Brooklyn und Staten Island miteinander verband. Von dort aus verlief sie nach Norden in die Upper Bay und dann an der Freiheitsstatue und an Ellis Island vorbei. Unmittelbar hinter dem Battery Park knickte die rote Linie nach rechts ab und endete in Höhe des World Trade Center.

Omo Kanai straffte die muskulösen Schultern, glaubte, die ganze Kraft und Masse des mächtigen Schiffes direkt zu spüren. Die *Mongol Invader* war nicht aufzuhalten und würde sich auch nicht aufhalten lassen, bevor sie ihren Bestimmungsort erreichte. Noch in tausend Jahren würde man seiner gedenken, sich daran erinnern, dass er es gewesen war, dem der verheerendste Anschlag gelungen war, den die Vereinigten Staaten jemals hatten einstecken müssen.

Kanai blickte durch die breite Glasfront nach vorn und betrachtete die Autos, die auf der Brücke über dem Wasser dahinfuhren.

Wie bunte Insekten wirkten sie im Schein der Lichter, die sich auf dem Lack spiegelten. Er warf einen Blick auf das Instrumentenbrett und stellte fest, dass ein strammer Wind mit zwanzig Knoten aus Südost blies. Umso besser, dachte er, dann breitet sich der Feuerball noch weiter aus.

An die zigtausend Opfer, die dabei jämmerlich verbrennen mussten, verschwendete er keinen Gedanken. Kanai kannte keinerlei Gefühle. Selbst der Tod konnte ihn nicht schrecken, denn er war jederzeit bereit, ihm entgegenzutreten, wenn er an der Reihe war.

Harmon Kerry, sein Stellvertreter, ein knallhart wirkender Typ, dessen Arme von oben bis unten tätowiert waren, kam auf die Brücke. Er griff zu einem Fernglas und richtete es auf einen Frachter, der an Backbord an ihnen vorbeilief und Kurs auf die offene See nahm. »Bald ist es so weit«, sagte er und konnte seine Vorfreude kaum verbergen. »Dann werden die Amerikaner eine unangenehme Überraschung erleben.«

»Von wegen Überraschung«, murmelte Kanai. »Denen dürfte inzwischen klar geworden sein, dass sie mit der *Pacific Trojan* auf eine falsche Fährte gelockt wurden.«

»Meinst du, die wissen über unser Unternehmen Bescheid?«

»Zale hat bislang noch keinen fehlerfreien Plan vorgelegt«, erwiderte Kanai mit tonloser Stimme. »Immer wieder kam es zu unerwarteten Zwischenfällen und unvorhersehbaren Ereignissen. Was wir bislang erreicht haben, kann sich sehen lassen. Aber irgendjemand, vielleicht auch mehrere Leute bei der Regierung der Vereinigten Staaten, haben inzwischen vermutlich eins und eins zusammengezählt. Für die fünf Stunden, die wir durch den Generatorenschaden aufgehalten wurden, werden wir noch teuer bezahlen müssen. Statt kurz vor der Morgendämmerung im Schutz der Dunkelheit einzulaufen, zur gleichen Zeit, als die *Pacific Trojan* geentert wurde, müssen wir nun damit rechnen, dass sie alles gegen uns aufbieten werden, was ihnen zur Verfügung steht. Und du kannst dich darauf verlassen, dass sie diesmal besser vorbereitet sind.«

»Ich freue mich schon darauf, die rauchenden Trümmer der zusammengeschmolzenen Freiheitsstatue zu sehen«, sagte Kerry mit einem teuflischen Grinsen.

»Noch vierzig Minuten bis zur Brücke«, meldete der Rudergänger, der an der Steuerkonsole stand.

Kanai starrte auf die langsam näher kommende Meerenge. »Wenn sie uns nicht bald aufhalten, werden sie nicht mehr dazu kommen.«

Keine fünfzehn Minuten, nachdem Sandecker Alarm geschlagen hatte, war Admiral Dover in einem Kampfjet der Navy von der an der Westküste gelegenen Alameda Naval Air Station aus nach New York geflogen. Der Pilot hatte um dringende Landeerlaubnis gebeten und war zwischen den Passagiermaschinen auf dem John F. Kennedy International Airport ausgerollt. Von dort aus wurde der Admiral von einem Hubschrauber der New Yorker Polizei zum Stützpunkt der Küstenwache in Sandy Hook gebracht, wo zwei schnelle, dreißig Meter lange Patrouillenkutter der Küstenwache auf sein Eintreffen warteten, um dann sofort auszulaufen und die *Mongol Invader* abzufangen.

Er ballte ein ums andere Mal die Fäuste, wirkte besorgt und verzweifelt, als er in den Konferenzraum des Stützpunktes trat. Er musste sich förmlich dazu zwingen, die Ruhe zu bewahren und nachzudenken. Er durfte sich durch Zales Täuschungsmanöver nicht beirren lassen, durfte sich keine Vorwürfe machen, weil er etwas übersehen hatte, das im Nachhinein so offensichtlich zu sein schien. Sandecker könnte sich nach wie vor irren. Bislang lag kein handfester Grund für ein weiteres Abfangunternehmen vor, beruhte alles nur auf Mutmaßungen, doch er war entschlossen, sich die *Mongol Invader* vorzunehmen. Falls sich herausstellen sollte, dass es sich um einen weiteren falschen Alarm handelte – sei's drum. Sie würden weitersuchen, bis sie das richtige Schiff fanden.

Dover nickte den zehn Männern und zwei Frauen, die sich in dem Raum drängten, schweigend zu und begab sich zum Kopfende des Konferenztisches. Er verlor keine Zeit mit Förmlichkeiten. »Sind die Luftpatrouillen der Polizei schon über das Schiff geflogen?«

Ein Captain der Polizei, der an der einen Wand stand, nickte.

»Wir haben in diesem Moment einen Hubschrauber in Position. Er meldet, dass der Tanker mit voller Fahrt den Hafen anläuft.«

Dover seufzte erleichtert auf, allerdings nur einen Moment lang. Wenn es sich tatsächlich um das Schiff handelte, das die Südspitze von Manhattan verwüsten sollte, musste es aufgehalten werden. »Meine Damen und Herren, Sie alle sind von Admiral Sandecker in Washington per Telefon und Fax verständigt worden und wissen, was Sie zu erwarten haben. Wenn wir das Schiff nicht zu einer Kursänderung bewegen können, muss es versenkt werden.«

Ein neben Dover sitzender Kommandant der Küstenwache ergriff das Wort. »Sir, wenn wir die Tanks unter Beschuss nehmen, könnte es zu einer gewaltigen Explosion kommen. Es ist durchaus denkbar, dass sämtliche Boote, die das Schiff abfangen sollen, aber auch die Patrouillenhubschrauber der Polizei von dem Feuerball erfasst werden.«

»Lieber ein paar hundert Mann als eine Million«, erwiderte Dover kurz angebunden. »Aber schießen Sie unter keinen Umständen vor die Heckaufbauten. Wenn sich die Besatzung weigert, beizudrehen, bleibt mir nichts anderes übrig, als Kampfflieger der US-Navy anzufordern und das Schiff mit Luft-Boden-Raketen vernichten zu lassen. In diesem Fall werden alle rechtzeitig gewarnt, sodass sie sich mit Ihren Schiffen so weit wie möglich von der *Mongol Invader* entfernen können, bevor es zu einer Explosion kommt.«

»Wie stehen die Chancen, sie zu entern, die Besatzung zu überwältigen und die Sprengkörper zu entschärfen?«, fragte einer der Polizeivertreter.

»Nicht gut, wenn sie nicht anhält und mit voller Fahrt in den Hafen einläuft. Leider wurden die Militäreinheiten, die wir in San Francisco dabei hatten, in ihre Stützpunkte zurückbeordert, als wir feststellten, dass wir das falsche Schiff erwischt hatten. Wir hatten bislang keine Zeit, sie neu zu formieren oder rechtzeitig Ersatz einzufliegen. Ich weiß sehr wohl, dass die New Yorker Antiterror-Einheit für derartige Notfälle ausgebildet ist, aber ich möchte sie noch nicht einsetzen, solange wir uns nicht sicher sind, ob die Besatzung Widerstand leistet.« Er hielt inne und ließ den Blick über die Gesichter der Männer und Frauen im Konferenzraum schweifen. »Falls Sie es noch nicht wissen sollten – Propangas erzeugt beim Verbrennen Temperaturen von bis zu eintausendneunhundert Grad Celsius.«

Einer der beiden anwesenden Löschbootkapitäne aus dem New Yorker Hafen hob die Hand. »Admiral, ich möchte hinzufügen, dass die Ladung des Tankers auf keinen Fall in Brand geraten darf. Wenn zweihunderttausend Kubikmeter Propangas explodieren, könnte ein Feuerball mit einem Durchmesser von rund drei Kilometern entstehen.«

»Ein Grund mehr, den Tanker aufzuhalten, bevor er irgendwo in die Nähe der Stadt kommt«, erwiderte Dover kurz. »Noch irgendwelche Fragen?« Niemand meldete sich zu Wort. »Dann schlage ich vor, dass wir das Unternehmen angehen. Die Zeit wird knapp.«

Dover verließ die Besprechung, ging sofort zum Kai und begab sich an Bord des Kutters *William Shea*. Mit einem Mal wurde ihm mulmig zumute. Die Zeit war viel zu knapp, um Manhattan zu evakuieren, falls die *Mongol Invader* niemanden an Bord ließ und es den Kampffliegern der Navy nicht gelingen sollte, sie kurz vor ihrem Ziel auf den Meeresgrund zu schicken. Zudem waren die Straßen und die Bürogebäude um diese Tageszeit voller Angestellter. Wenn der Flüssiggastanker explodierte, gab es eine Unmenge von Todesopfern, von den sonstigen Schäden ganz zu schweigen.

Er musste kurz an Sandeckers Worte denken, der ihm gegenüber erwähnt hatte, dass Dirk Pitt und Al Giordino doch an dem Abfangunternehmen teilnehmen wollten. Doch Dover hatte sie bislang nicht gesehen. Er fragte sich, was sie aufgehalten haben könnte, sodass sie an der Einsatzbesprechung nicht teilnehmen konnten. Doch darauf kam es jetzt nicht mehr an. Dover bezweifelte, dass sie bei dem Unternehmen eine entscheidende Rolle hätten spielen können.

Die ersten zaghaften Sonnenstrahlen drangen durch die Wolken, als die *William Shea* und ihr Schwesterschiff, die *Timothy Firme*, ablegten und Kurs auf die *Mongol Invader* mit ihrer tödlichen Propangasladung nahmen.

49

»So ein U-Boot habe ich noch nie gesehen«, sagte Giordino, während er ein schnittiges Schiff betrachtete, das eher an eine Jacht erinnerte als an ein Unterseeboot.

Pitt stand am Kai der Sheepshead Bay im Süden von Brooklyn und bewunderte das fünfundzwanzig Meter lange Wasserfahrzeug, das von außen eher wie ein elegantes Powerboot wirkte. Giordino hatte Recht – über der Wasserlinie sah es aus wie jede andere kostspielige Jacht. Unter Wasser allerdings unterschied sie sich deutlich davon, soweit man das erkennen konnte. Die runden Bullaugen, die im vorderen Teil des Rumpfes zu beiden Seiten in die Bordwand eingelassen waren, sahen so ähnlich aus wie die der *Golden Marlin*, waren allerdings kleiner.

Die *Coral Wanderer*, auf der elf Passagiere und Besatzungsmitglieder in komfortablen Kajüten untergebracht werden konnten, war der größte Typ der vom Meridian Shipyard in Massachusetts gebauten Ocean-Diver-Serie. Sie hatte eine Wasserverdrängung von vierhundert Tonnen, konnte bis zu einer Tiefe von dreihundertsechzig Metern tauchen und hatte eine Reichweite von zweihundert Seemeilen.

Kapitän Jimmy Flett stieg die Treppe zum Kai herab und kam mit ausgestreckter Hand auf Pitt zu. Er war klein und stämmig und hatte ein rotes Gesicht, das von seiner langjährigen Vorliebe für Scotch-Whisky herrührte, doch seine blauen Augen waren klar und strahlend geblieben. Die Haut an seinen Armen und Händen war nicht so braun, wie man es von einem Mann erwartet hätte, der viele Fahrten durch warme, in der Sonne gleißende Gewässer unternommen hatte. Aber Flett hatte den Großteil seines Lebens auf der Nordsee zugebracht und wirkte eher wie ein kerniger, wettergegerbter Fischer, der ungeachtet der stürmischen See mit seinem Fang zurückkehrte. Er hatte schon mehr als genug harte Schläge einstecken müssen und diese bislang alle überstanden.

Er drückte Pitts Hand fast zu Brei. »Dirk, wie lange ist es her, seit wir zum letzten Mal gemeinsam auf einem Schiff waren und einen Scotch getrunken haben?«

»Auf der *Arvor Drei* war das. 1988.«

»Die Suche nach der *Bonhomme Richard*«, sagte Flett mit erstaunlich sanftem Tonfall. »Soweit ich mich entsinne, haben wir sie nicht gefunden.«

»Nein, aber wir sind auf einen russischen Spionage-Trawler gestoßen, der in einem Sturm untergegangen war.«

»Ich kann mich noch gut daran erinnern. Die britische Navy hat uns befohlen, ihn schleunigst wieder zu vergessen. Ich war immer davon überzeugt, dass sie ein paar Stunden, nachdem wir ihnen die Position durchgegeben hatten, zu ihm runtergetaucht sind.«

Pitt wandte sich an Giordino. »Al, darf ich dir Jimmy Flett vorstellen. Ein guter Freund aus alten Zeiten.«

»Freut mich, Sie kennen zu lernen«, sagte Giordino. »Dirk hat oft von Ihnen erzählt.«

»Nichts Gutes, will ich doch hoffen.« Jimmy lachte, als er Giordinos Hand quetschte und den gleichen Druck zurückbekam.

»Du lässt es also ruhiger angehen und bist Skipper eines Luxusbootes geworden«, sagte Pitt, während er mit dem Kopf auf die Unterwasserjacht deutete.

»Ich bin ein Seemann, der lieber über Wasser bleibt. Alles, was darunter ist, interessiert mich nicht im Geringsten.«

»Warum machst du's dann?«

»Der Job ist leicht, und die Bezahlung ist gut. Ich werde allmählich älter und kann nicht mehr so wie früher Wind und Wetter trotzen.«

»Hast du mit deinen Vorgesetzten abgeklärt, dass wir sie benutzen dürfen?«, fragte Pitt.

»Sie waren nicht gerade begeistert von der Idee. Sie wird immer noch erprobt und ist noch nicht zugelassen. Sobald sie sämtlichen Vorschriften entspricht, soll ich mit ihr nach Monte Carlo fahren, wo ihre neuen Eigner sie auf Chartertour für reiche Europäer schicken wollen.«

»Es handelt sich um eine äußerst kitzlige Sache.«

Flett schaute in Pitts grüne Augen. »Was hast du denn mit ihr vor? Du hast am Telefon lediglich gesagt, dass die NUMA sie chartern will.«

»Wir haben vor, sie als Torpedoboot einzusetzen.«

Flett starrte Pitt an, als ob er nicht recht bei Trost wäre. »Aha«, murmelte er leise, »als Torpedoboot. Und welches Schiff willst du versenken?«

»Einen Flüssiggastanker.«

Jetzt war Flett klar, dass Pitt eindeutig fantasierte. »Und wenn ich deine Bitte ablehne?«

»Dann bist du schuld daran, wenn mehr als fünfhunderttausend Menschen ums Leben kommen.«

Flett verstand sofort, worum es ging. »Dieser Tanker – soll der von Terroristen in die Luft gejagt werden?«

»Terroristen sind es streng genommen nicht. Aber ein Haufen Krimineller, die das Schiff in der Nähe des World Trade Center auflaufen und anschließend das Gas in Flammen aufgehen lassen wollen.«

Daraufhin gab es kein Zögern mehr, keine weiteren Fragen, keine Einwände. »Die *Wanderer* hat aber keine Torpedorohre«, sagte Flett lediglich. »Fällt dir dazu was ein?«

»Hast du schon mal was von der *Hunley* gehört, einem U-Boot der Konföderierten?«

»Ja.«

»Wir greifen auf das historische Vorbild zurück«, sagte Pitt mit einem selbstsicheren Lächeln, während Giordino ihre Sachen aus einem am Kai geparkten Kleinbus auslud.

Zwanzig Minuten später hatten die drei Männer ein langes Rohr montiert, das als Sparre für die Stangentorpedos dienen sollte und knapp zehn Meter über den Bug des Bootes hinausragte. Zwei weitere Rohre wurden unterhalb der aufragenden Kabine an Deck vertäut. Ohne eine weitere Minute zu verlieren, begaben sie sich an Bord, während Flett die schweren Turbodieselmaschinen anwarf. Nachdem er sich zunächst am Bug zu schaffen gemacht hatte, befestigte Giordino die mit Magneten versehenen Sprengkörper an den Spitzen der beiden zusätzlichen Stangen. Die erste, die er bereits angebracht hatte, enthielt fünfzig Kilo Plastiksprengstoff und war mit einem Unterwasserzünder versehen.

Flett übernahm das Ruder, als Pitt und Giordino die Leinen an Bug und Heck lösten. Aus der Konsole, vor der der alte Kapitän stand, ragten etliche Hebel, mit denen die Seitenflügel für Überwasser- und Tauchfahrt eingestellt und die Strahlruder betätigt wurden, dazu die Gasregler.

Kurz darauf stieß die *Coral Wanderer* mit Dreiviertelgas quer durch die Sheepshead Bay aufs offene Meer hinaus und nahm Kurs auf die Verrazano Bridge. Vor der *Wanderer* waren bereits die beiden Kutter der Küstenwache und eine Vielzahl kleinerer Boote auf dem Wasser ausgeschwärmt. Am Himmel entdeckten sie zudem zwei Hubschrauber der Küstenwache sowie zwei weitere von der New Yorker Polizei, die wie Geier über dem riesigen, scheußlich aussehenden Schiff mit seinem schmutzfarbenen Anstrich kreisten.

Flett schob die beiden Gasregler bis zum Anschlag vor, und der Bug des Bootes hob sich aus dem Wasser. Er hielt sich dicht an der Küste, während er durch die Bucht stieß, umrundete Norton Point und steuerte dann schräg auf den Flüssiggasdampfer zu. »Wie schnell läuft sie?«, fragte Pitt Fletcher.

»Fünfundvierzig Knoten. Fünfundzwanzig unter Wasser.«

»Du musst jeden Knoten rausholen, wenn wir auf Tauchfahrt gehen. Die *Mongol Invader* läuft ebenfalls fünfundzwanzig Knoten.«

»Ist das der Name des Schiffs?«, fragte Fleet, während er die gewaltigen Kugeltanks betrachtete, die aus dem riesigen Schiff aufragten. »*Mongol Invader*?«

»Irgendwie passt das«, erwiderte Pitt bissig.

»Wir müssten neben ihr sein, bevor sie unter der Brücke durch ist.«

»Wenn sie erst mal in den Narrows ist, dürfte es schwer werden, sie aus der Luft zu versenken, ohne dass halb Brooklyn und Staten Island verwüstet werden.«

»Hoffentlich funktioniert dein *Hunley*-Plan, falls New Yorks stolze Helden versagen sollten.«

Pitt deutete durch die Windschutzscheibe auf die Flotte vor ihnen. »Die Verfolger schließen auf.«

An Bord der *William Shea* funkte Admiral Dover unterdessen den Flüssiggastanker *Mongol Invader* an. »Hier spricht die US-Küstenwache. Drehen Sie sofort bei, und stoppen Sie die Maschinen.«

Die Spannung auf der Brücke des Kutters wuchs immer mehr, als niemand antwortete. Dover preite den Tanker erneut an, dann ein drittes Mal, aber niemand meldete sich. Die *Invader* hielt weiter Kurs auf den Hafen von New York, und nichts deutete darauf hin, dass sie ihre Geschwindigkeit verringerte. Sowohl der Kapitän als auch die Besatzungsmitglieder, die sich auf der Brücke des Kutters aufhielten, schauten den Admiral an und warteten auf seinen Angriffsbefehl.

Plötzlich meldete sich eine ruhige Stimme über die Brückenlautsprecher. »An die Küstenwache, hier spricht der Kapitän der *Mongol Invader*. Ich werde die Maschinen nicht stoppen. Und ich weise Sie darauf hin, dass jeder Angriffsversuch auf mein Schiff unabsehbare Folgen nach sich ziehen wird.«

Nun, da die Ungewissheit vorbei war, wich mit einem Mal alle Anspannung. Jetzt gab es keinen Zweifel mehr. Dieser grauenhafte Anschlag sollte tatsächlich stattfinden. Dover hätte den Kapitän des Flüssiggastankers in ein Gespräch verwickeln können, doch die Zeit arbeitete gegen ihn. Mit Hinhaltetaktik konnte er jetzt nichts mehr erreichen. Er gab den Hubschraubern den Befehl, ihre Antiterror-Teams auf dem offenen Deck vor den Tanks abzusetzen. Gleichzeitig wies er die Kutter an, mit bemannten Geschützen längsseits zu gehen.

Er blickte durch das Fernglas auf die Brücke des unheimlich wirkenden Schiffes, das weiter auf die Narrows zuhielt, und fragte sich, was ihrem Kapitän durch den Kopf gehen mochte. Er musste wahnsinnig sein. Kein normaler Mensch konnte nur des Geldes wegen eine halbe Stadt mit einer Million Einwohner verwüsten. Zumal diese Männer weder religiöse Fanatiker noch politische Terroristen waren.

Dover konnte sich einfach nicht vorstellen, wie ein Mensch so kaltblütig sein konnte. Gott sei Dank ist die See ruhig, dachte er, als die Helikopter über dem Tanker schwebten und sich zur Landung anschickten und die Kutter mit voller Fahrt auf Parallelkurs zu dem großen Schiff gingen.

Die beiden orangeroten Dolphin-Helikopter der Küstenwache gingen hinter dem Heck des Flüssiggastankers in Position, und der erste blauschwarze Jayhawk-Hubschrauber der Polizei flog tief über den Bug an. Der Pilot gab Gas, betätigte gleichzeitig den Blattverstellhebel und passte sich der Geschwindigkeit des riesigen Schiffes an, während er eine Zeit lang über dem Bug schwebte, das Deck nach Luken, Ventilatoren oder Ankerspillen absuchte, die ihm bei der Landung in die Quere kommen könnten. Ein hoher Funk- und Radarmast stand zwischen Bugspitze und dem ersten Tank. Nachdem sich der Pilot davon überzeugt hatte, dass er genügend Platz zum Landen hatte, zog er den Helikopter herunter, bis er nur noch fünf Meter über dem Bug hing. Weiter kam er nicht.

Dover stand stocksteif da und starrte erschrocken durch sein Fernglas, als sich eine kleine Rakete, die von der Spitze des ersten Tanks aus abgefeuert worden war, in den Hubschrauber bohrte und ihn auseinander riss wie eine Blechbüchse. Einen Moment lang hing er in Flammen gehüllt am Himmel, dann stürzte er ins Wasser und mit ihm die Antiterror-Einheit der Polizei. Innerhalb weniger Sekunden trieben nur noch ein paar vereinzelte Trümmer auf dem Meer, über denen sich eine Rauchwolke zum aufklarenden Himmel kräuselte.

50

Kanai stand auf der Brücke und verfolgte mit ungerührter Miene, wie die *Mongol Invader* über die letzten Überreste des Polizeihubschraubers hinwegpflügte. Auf die zwölf Männer, die binnen zehn Sekunden ums Leben gekommen waren, verschwendete er keinen Gedanken. Für ihn war dieser Hubschrauberangriff lediglich ein Ärgernis, das man sich vom Hals schaffen musste.

Auch die Kutter der Küstenwache und die Löschboote rund um sein Schiff konnten Kanai nicht entmutigen. Er war sich seiner

Sache sicher, wusste genau, dass niemand das Wagnis eingehen und ihn unter Beschuss nehmen würde – es sei denn, der Kommandant dieser Flotte war verrückt oder von allen guten Geistern verlassen. Wenn auch nur ein verirrtes Geschoss einen der Tanks traf und das Gas entzündete, verglühten sämtliche Schiffe und Flugzeuge im Umkreis von anderthalb Kilometern, die Autos samt ihrer Insassen inbegriffen, die hoch oben über die Brücke fuhren.

Er blickte zu der riesigen Hängebrücke hinauf, eine der längsten der Welt. Das Schiff war inzwischen so nahe davor, dass er fast den Verkehrslärm hören konnte. Zufrieden sah er zu, wie die anderen Hubschrauber abdrehten, nachdem ihren Piloten klar geworden war, dass sie dem Raketenbeschuss wehrlos ausgesetzt waren. Kanai hielt Ausschau nach den beiden Kuttern der Küstenwache mit ihren weißen Rümpfen und Deckaufbauten, auf denen das Emblem der Küstenwache prangte, die schrägen, orangefarbenen Querbalken und die Initialen CG mit den schmalen blauen Streifen im Hintergrund. Die beiden Kutter näherten sich dem Flüssiggastanker von zwei Seiten. Ihre Absicht war klar, doch die Geschütze, mit denen sie bestückt waren, sahen nicht so aus, als könnten sie der *Invader* schweren Schaden zufügen.

Jetzt bist du an der Reihe, dachte er und musste unwillkürlich grinsen. Doch ehe er seinen Vipern befehlen konnte, ihre Raketen auf die Kutter abzuschießen, eröffneten beide mit den 25-Millimeter Bushmaster-Geschützen an ihrem Bug gleichzeitig das Feuer. Aber die doppelläufigen MGs sahen nicht so aus, als wären sie dieser Aufgabe gewachsen, wirkten viel zu winzig, um einem derart riesigen Schiff Schaden zuzufügen.

Der Kutter an Steuerbord feuerte mit panzerbrechenden Geschossen auf die nur knapp einen Zentimeter starken Stahlwände von Brücke und Ruderhaus, während der andere, der an Backbord aufschloss, mit beiden Rohren auf den Rumpf hielt, die dicken Stahlplatten zu durchdringen versuchte, die den Maschinenraum schützten. Aber beide Geschützmannschaften achteten darauf, dass sie keinen der riesigen, mit tödlichem Propangas gefüllten Tanks trafen.

Kanai warf sich zu Boden, als die 25-Millimeter-Geschosse auf der Brücke einschlugen, die Fenster zertrümmerten und den Fahr- und Kommandostand zerfetzten. Der Rudergänger war auf der Stelle tot. Ein weiterer Mann aus seinem Vipern-Team wurde bei dem unverhofften Angriff tödlich verwundet. Trotz des Kugelhagels griff Kanai nach oben, bis er den Hörer der Bordsprechanlage zu fassen bekam. »Feuert sofort Boden-Boden-Raketen ab!«, rief er.

Er lag auf dem Deck und blickte durch die zertrümmerten Fenster nach oben. Die *Invader* war nur noch knapp eine Meile von der Brücke entfernt. Außerdem stellte er fest, dass der Bug leicht nach Steuerbord ausscherte. Der Fahr- und Kommandostand war mit ausgezackten Löchern übersät, die Computersteuerung in Stücke geschossen, sodass das Ruder nicht mehr betätigt werden konnte.

Er rief unten im Maschinenraum an. »Bitte um Schadensmeldung.«

Einer der Vipern, der einst Chefmaschinist auf Marineschiffen gewesen war, die bei Geheimaufträgen eingesetzt wurden, meldete sich mit ruhigem, bedächtigem Tonfall. »Das MG-Feuer hat den Backbordgenerator lahm gelegt, aber die Maschinen sind unversehrt. Einer meiner Männer ist tot, ein weiterer schwer verletzt. Die Geschosse schlagen wie Hagelkörner durch die Schotten, aber sie haben keine Kraft mehr, wenn sie die Maschinen treffen, sodass sie nur minimalen Schaden anrichten.«

Kanai sah, dass der Tanker allmählich aus der Fahrrinne scherte und auf eine Boje zuhielt. »Der Fahr- und Kommandostand auf der Brücke ist zerschossen. Steuern Sie das Schiff von unten aus. Bringen Sie es wieder auf drei-fünf-fünf Grad nach Backbord, sonst stoßen wir gegen einen der Brückenpfeiler. Halten Sie den Kurs, bis ich Ihnen einen anderen Befehl erteile.«

Er kroch hinaus auf die Brückennock, spähte nach unten und sah, wie sich einer der Vipern über die Steuerbordreling beugte und aus nächster Nähe Raketen auf den Bug der *Timothy Firme* abfeuerte. Die erste Rakete durchschlug das dünne Deck und den Rumpf und explodierte im Wasser. Die andere ging an einem Schott hoch, schleuderte einen Hagel aus Splittern und zerfetztem Stahl übers Deck und mähte die Bedienungsmannschaft des 25-Millimeter-

Bushmaster nieder. Wie brennendes Laub flogen die Trümmer der Maschinenkanone in den Himmel.

Dann zerriss auf der anderen Seite des Schiffes ein lauter Donnerschlag die Luft, als sich eine weitere Rakete in den Schornstein der *William Shea* bohrte. Sie schlug ein wie ein gewaltiger Hammer, drückte das Schiff um zehn Grad zur Seite und schleuderte eine Wolke aus Trümmern und dichtem schwarzem Qualm auf. Doch das 25-Millimeter-Bushmaster am Bug feuerte unentwegt weiter und deckte den Rumpf um den Maschinenraum der *Mongol Invader* mit seinen Geschossen ein.

Eine zweite Rakete schlug auf der *Timothy Firme* ein. Ihr Rumpf erbebte, und Flammen schlugen aus dem Heck. Im nächsten Moment bohrte sich eine weitere Rakete in die Aufbauten unterhalb des Ruderhauses, schleuderte Stahlsplitter über den ganzen vorderen Teil des Schiffes und streckte die Hälfte der Offiziere auf der Brücke nieder. Die Kutter der Küstenwache waren nicht so stark gepanzert wie Marineschiffe und erlitten entsprechend schwere Schäden. Das Schiff verlor Fahrt, fiel qualmend und an zwei Stellen brennend hinter dem Flüssiggastanker zurück und trieb hilflos im Wasser. Weitere schwere Treffer und Explosionen erschütterten die beiden Kutter der Küstenwache, aus denen Rauch und Flammen schlugen.

Kanai hatte einen taktischen Vorteil errungen.

Er war zufrieden mit dem Verlauf des Kampfes, der bislang zu seinen Gunsten ausgegangen war. Er warf einen Blick nach achtern und sah die beiden übel zugerichteten, beinahe zu Wracks zerschossenen Kutter der Küstenwache hilflos davontreiben. Um die brauchte er sich keine Sorgen mehr zu machen.

Aber obwohl auch die Hubschrauber der Polizei zurückgeschlagen worden waren, wusste er, dass der Angriff noch nicht beendet war. Die *Mongol Invader* kam der Verrazano Bridge zwar immer näher, aber Kanai war davon überzeugt, dass der Kommandant des Abfangunternehmens Kampfjets des Militärs anfordern würde, bevor das Schiff unter der Brücke hindurchfuhr, wo es relativ sicher war.

Dover suchte seinen Körper nach Wunden ab. Er blutete seitlich am Kopf und an der Schulter, wo ihn Splitter getroffen hatten. Dann tastete er nach seinem Ohr und stellte fest, dass es nur noch an einem Fetzen Fleisch hing. Eher aus Wut als aus Schmerz riss er es ab und steckte es in die Hosentasche, überzeugt davon, dass es ein Chirurg später wieder annähen konnte. Er bahnte sich einen Weg durch das zerschossene Ruderhaus. Überall lagen Tote und Verwundete am Boden. Das sind alles junge Männer, die so etwas nicht verdient haben, dachte er. Zumal sie sich nicht im Krieg mit einer fremden Macht befanden, die den Vereinigten Staaten feindlich gesonnen war. Das hier war eine Schlacht um internationale Wirtschaftsinteressen. Er begriff nicht, was dieses sinnlose Gemetzel sollte.

Die Kutter waren machtlos gegen das konzentrierte Feuer von mindestens vier tragbaren, von der Schulter aus abgefeuerten Lenkraketenwerfern gewesen. Er spürte, wie das Schiff an Tempo verlor, zusehends langsamer wurde. Offenbar war es unterhalb der Wasserlinie schwer beschädigt, denn es begann zu sinken.

Er konnte zwar nicht einschätzen, wie es der *Timothy Firme* auf der anderen Seite der *Mongol Invader* ergangen war, doch da er das Schlimmste befürchtete, befahl Admiral Dover dem einzigen Offizier, der sich dort noch auf den Beinen hielt, die nächstgelegene Küste anzusteuern und sie auf Grund zu setzen. Der Kampf der Küstenwache gegen das Albtraumschiff war vorüber.

Jetzt wird das letzte Blatt ausgespielt, dachte Dover grimmig. Er griff zum Funkgerät und forderte die drei F-16C-Kampfflugzeuge der Nationalgarde an, die eine Meile weiter draußen über der See kreisten. Er duckte sich instinktiv, als eine vom Flüssiggastanker abgefeuerte Rakete vor der Brücke vorbeizischte und hundert Meter weiter ins Wasser schlug. Dann ging er in die Hocke, und spähte über die Reling hinweg nach oben.

Er änderte die Funkfrequenz und sagte langsam und deutlich: »Blue Flight, Blue Flight, hier spricht Red Fleet. Greifen Sie den Flüssiggastanker an, wenn Sie mich hören und verstehen. Ich wiederhole, greifen Sie das Schiff an. Aber passen Sie um Himmels willen auf, dass Sie nicht die Propangastanks treffen.«

»Verstanden, Red Fleet«, meldete sich der Führer. »Wir werden unser Feuer auf die Heckaufbauten konzentrieren.«

»Versuchen Sie den Maschinenraum unterhalb des Schornsteins zu treffen«, befahl Dover. »Unternehmen Sie alles Erforderliche, um das Schiff aufzuhalten, und halten Sie es schnell auf, ohne das Gas zu entzünden.«

»Habe verstanden, Red Fleet. Setzen jetzt zum Angriff an.«

Der Flugführer der Blue Flights schickte die beiden Männer los, die ihn links und rechts flankierten, einer fünfhundert Meter hinter dem anderen, während er über dem Einsatzgebiet kreiste, um den Angriff zu beobachten und notfalls selbst einzugreifen, falls sie ihr Ziel verfehlten. Er befürchtete, dass seine Piloten ihr Ziel aus lauter Vorsicht zu weit achtern erfassen könnten, so weit wie möglich von den Tanks entfernt, und das Schiff unter Umständen überhaupt nicht trafen. Wie sich herausstellen sollte, drohte eine ganz andere Gefahr.

Der erste Pilot legte seine Maschine in die Kurve, drehte eine Rolle und setzte zu einem fast senkrechten Sturzflug an. Während er mit seinem Kampfjet pfeilgerade auf den Maschinenraum zuhielt, erfasste er mit dem Sucher des Raketenleitsystems sein Ziel, das allmählich vom Qualm der brennenden Kutter verdeckt wurde. Doch einen Sekundenbruchteil, bevor er den Feuerknopf betätigen konnte, traf eine vom Tanker abgeschossene Boden-Luft-Rakete die F-16 und verwandelte sie in einen riesigen Feuerball, der mit einem lauten Donnerschlag zerplatzte. Einen Moment lang schien die zerfetzte und brennende Maschine, die keinerlei Ähnlichkeit mehr mit einem schnittigen Düsenjäger hatte, in der Luft zu hängen, dann zerbarst sie in tausend Trümmer, die aufs Meer regneten.

»Abbrechen!«, schrie der Flugführer dem Piloten der zweiten Maschine zu.

»Zu spät!«, meldete er sich. »Habe Ziel er –«

Weiter kam er nicht. Er hatte keine Zeit für ein Ausweichmanöver, kam nicht mehr dazu, die Maschine aus dem Sturzflug hochzuziehen, konnte nicht mehr reagieren. Eine weitere Rakete stieg von dem Werfer auf, und im nächsten Moment zerplatzte sein Flugzeug in einem zweiten Feuerball, der ebenfalls einen Moment lang in der

Luft zu hängen schien, bevor er keine hundert Meter vom nassen Grab der ersten F-16 entfernt ins Meer stürzte.

Der Staffelführer war wie erstarrt, konnte nicht glauben, was er soeben hatte mit ansehen müssen. Zwei seiner besten Freunde, Piloten der Nationalgarde, die einem Notruf Folge geleistet hatten, beide im Privatleben Geschäftsleute und Familienväter, waren innerhalb von wenigen Sekunden verbrannt und lagen jetzt inmitten der Trümmer ihrer Maschinen auf dem Grund der Hafeneinfahrt von New York. Wie betäubt vor Entsetzen, gelähmt vor Schreck, drehte er ab und kehrte zum Flugplatz der Nationalgarde auf Long Island zurück.

Fassungslos verfolgte Dover den Abschuss der beiden Flugzeuge. Er begriff sofort, was das bedeutete. Alle Mann an Bord der Kutter, der Rettungsboote und der Helikopter wussten es. Der Verlust der beiden Piloten war grauenhaft, aber nachdem sie den Flüssiggastanker nicht hatten aufhalten können, bevor er in die Upper Bay und den Hafen einlief, drohte nun die große Katastrophe.

Dover richtete sich auf, als eines der kleinen, nur zehn Meter langen Rettungsboote der Küstenwache plötzlich mit voller Fahrt durchs Wasser pflügte und direkt auf das Heck der *Mongol Invader* zuhielt. Die Besatzungsmitglieder, die ihre Schwimmwesten umklammerten, sprangen über Bord, während der Skipper des Boots eisern am Ruder stand und geradewegs, ohne vom Kurs abzuweichen, auf das riesige Schiff zusteuerte.

Selbstmord, dachte Dover ungläubig. Der reine Selbstmord, aber möge Gott ihm beistehen.

Gewehrfeuer hallte von der *Invader* herüber. Das Rettungsboot wurde mit Kugeln eingedeckt, die wie ein Schwarm wilder Hornissen um den jungen Mann am Ruder pfiffen. Rund um den dünnen Glasfiberrumpf spritzte das Wasser auf. Er sah, wie sich der Skipper mit einer Hand die Gischt von den Augen wischte, während er mit der anderen das Ruder festhielt. Steif flatterte der kleine rotweiß-blaue Wimpel in der Morgenbrise.

Die Autofahrer auf der Brücke hatten angehalten, nachdem sie gesehen hatten, wie die beiden Kampfjets abgestürzt waren, standen jetzt in dichten Trauben am Brückengeländer und verfolgten das Drama, das sich unter ihnen abspielte. Auch die Männer in den verbliebenen drei Hubschraubern ließen das Rettungsboot nicht aus den Augen, starrten wie alle anderen schweigend auf den Kommandanten, als wollten sie ihn dazu drängen, rechtzeitig über Bord zu springen.

»Eine wahrhaftige Heldentat«, murmelte Dover vor sich hin. »Das reicht!«, brüllte er, obwohl er wusste, dass der Mann ihn nicht hören konnte. »Verlass das Boot!«

Doch es sollte nicht sein. In dem Moment, als es so aussah, als wollte der Skipper aus dem Cockpit springen, wurde er von etlichen Kugeln in die Brust getroffen und rückwärts aufs Arbeitsdeck geschleudert. Tausende Menschen sahen wie gebannt zu, als das Boot mit schrillem Motorengeheul und wild wirbelnder Schraube das Backbordruder des Flüssiggastankers rammte.

Es gab keine Explosion, weder Rauch noch Flammen. Das kleine Boot wurde einfach zertrümmert, als es das mächtige stählerne Ruderblatt rammte. Nur eine leichte Staubwolke und ein paar auf dem Wasser treibende Überreste kündeten von der Kollision. Das riesige Schiff indessen setzte seine Fahrt fort wie ein Elefant, der von einer Mücke gestochen wurde.

Dover reckte sich, ohne darauf zu achten, dass ihm das Blut, das aus einer Splitterwunde am Knöchel stammte, aus dem Schuh quoll. Er betrachtete den mächtigen Flüssiggastanker, der unbehelligt weiterfuhr. Sein Bug war schon beinahe unter der Brücke.

»Lieber Gott, er darf uns nicht entkommen«, murmelte er verbittert, voller Angst und Wut vor sich hin. »Wehe uns allen, wenn er erst unter der Brücke ist.«

Er hatte die Worte kaum ausgesprochen, als es unter Wasser eine Explosion gab, unmittelbar unter dem Heck der *Mongol Invader*. Ungläubig starrte er auf den Bug des riesigen Schiffes, das unversehens nach Backbord ausscherte und von der Brücke abdrehte. Zunächst schwang es ganz langsam herum, dann immer schneller.

51

»Der Flüssiggastanker sieht aus wie acht schwangere Frauen, die nebeneinander auf der Sonnenbank liegen«, sagte Jimmy Flett, während er am Ruder stand und zur *Mongol Invader* aufschloss.

»Ein Hubschrauber, zwei Kutter und zwei F-16, alles innerhalb von zwanzig Minuten zu Schrott und Asche zerschossen«, grummelte Giordino, während er die ringsum treibenden Trümmer betrachtete, die von den Bugwellen der kleinen Boote über die ganze Bucht verteilt wurden. »Die ist ja nicht nur hässlich, sondern auch noch brandgefährlich.«

»Jetzt können sie sie nicht mehr aufhalten«, sagte Pitt, der ein starkes Fernglas auf das riesige Schiff gerichtet hatte, das unverwandt Kurs auf Manhattan hielt, seiner Bestimmung entgegenfuhr – einer Katastrophe von albtraumhaftem Ausmaß.

»Sie ist jetzt etwa tausend Meter vor der Brücke«, schätzte Flett. »Wir kommen gerade rechtzeitig, um ihr den Weg abzuschneiden, unterzutauchen und uns die Schrauben und die Ruder vorzunehmen.«

Giordinos Ansicht nach war das eine schwierige Aktion. »Wir haben nur eine Chance, und wenn wir die verpassen und erst beidrehen müssen, holen wir sie nie mehr ein. Sie ist zu schnell. Selbst wenn wir auftauchen, mit voller Fahrt vorbeipreschen und uns vor sie setzen, ist sie unter der Brücke durch, ehe wir zum nächsten Unterwasserangriff kommen.«

Pitt schaute ihn an und grinste. »Dann müssen wir es eben auf Anhieb hinkriegen, nicht wahr?«

Die *Coral Wanderer* glitt über die Wellen wie ein glatt geschliffener Kieselstein, der von einem Profi-Pitcher geworfen wurde. Pitt richtete das Glas auf die brennenden Kutter. Die *William Shea* schleppte sich zur Küste von Brooklyn, die *Timothy Firme* hatte Schlagseite und lag mit dem Heck tief im Wasser. Die kleineren Rettungsboote der Küstenwache schlossen gerade zu ihnen auf und setzten Hilfsmannschaften über. Zudem gingen die Löschboote längsseits und richteten ihre Wasserstrahlen auf die Brandherde.

Diesmal hat der Bär den Hunden eine mächtige Abreibung verpasst, dachte er. Er bedauerte zutiefst, dass sie nicht früher eingreifen und dieses Werk der Zerstörung hatten verhindern können.

Er hatte den Selbstsicheren gespielt, als er Giordino gut zugeredet hatte, doch insgeheim trieb ihn die Angst um, dass sie versagen könnten. Zugleich aber war er fest entschlossen, die *Mongol Invader* aufzuhalten und daran zu hindern, in die Upper Bay einzulaufen, auch wenn er dabei ihrer aller Leben aufs Spiel setzen musste, seines wie auch Giordinos und Fletts.

Jetzt gab es kein Zurück mehr, kein Zögern und kein Zaudern. Er war inzwischen davon überzeugt, dass Omo Kanai an Bord des Tankers war. Mit dem hatte er noch eine Rechnung offen, und beim bloßen Gedanken daran packte ihn die Wut.

Er musterte das von zahllosen Geschossen zerfetzte Ruderhaus der *Invader*, sah aber keine Menschenseele. Der Rumpf unter den Heckaufbauten war mit Löchern übersät, aber sie waren klein und der Schaden allem Anschein nach nur gering.

Es kam ihm wie eine halbe Ewigkeit vor, bis die *Coral Wanderer* zu dem Flüssiggastanker aufgeschlossen hatte. Als sie zweihundert Meter steuerbord voraus waren, nahm Flett das Gas zurück und schaltete die Pumpen der Ballasttanks ein. Ehe sich Pitt versah, tauchte das Luxus-U-Boot glatt und geschmeidig unter. Sobald sie unter Wasser waren, gab Flett wieder Vollgas und jagte die *Coral Wanderer*, bis sie mehr Tempo machte, als sie laut Werftangaben eigentlich machen durfte. Ab sofort konnten sie sich keinen Fehler mehr erlauben.

Giordino blieb bei Flett auf der Brücke, während Pitt in die Kabine hinunterstieg und zu den großen Bullaugen vorn am Bug ging. Nachdem er es sich auf einer Wildledercouch bequem gemacht hatte, griff er zu einem in der Armlehne eingelassenen Telefon.

»Steht die Verbindung?«, fragte er.

»Wir hören dich über Lautsprecher«, antwortete Giordino.

Flett las die Peildaten ab. »Noch hundertfünfzig Meter.«

»Ich habe kaum zehn Meter Sicht«, meldete Pitt. »Behaltet das Radar im Auge.«

»Wir haben ein Computerbild von dem Schiff vorliegen«, sagte

Giordino. »Ich sag dir Bescheid, wo und wann wir auf den Rumpf stoßen.«

Quälend lang zogen sich die nächsten drei Minuten hin, während Flett ein ums andere Mal die Entfernungsangaben ablas. »Noch hundert Meter«, teilte er Pitt mit. »Allmählich zeichnet sich ihr Schatten über uns im Wasser ab.«

Pitt konnte bereits das Stampfen der Motoren hören und den Sog des Wassers spüren, das unter dem Kiel der *Mongol Invader* hindurchströmte. Sehen konnte er allerdings so gut wie nichts, so angestrengt er auch in das grüne Dämmerlicht hinausstarrte. Erst im letzten Moment bemerkte er den weißen Schaum, der am Rumpf vorbeistrich. Dann tauchten knapp zehn Meter vor und etwa drei Meter über ihm die schweren Stahlplatten auf.

»Wir sind dran!«, rief Pitt.

Flett ließ die Schrauben sofort rückwärts laufen und brachte die *Wanderer* zum Stehen, bevor sie die *Invader* rammte.

»Geh drei Meter tiefer, Jimmy.«

»Drei Meter, wird gemacht«, bestätigte Flett und brachte die *Coral Wanderer* auf einen Kurs, der sie von Steuerbord aus genau unter den Rumpf der *Mongol Invader* führte.

Pitt war unheimlich zumute, als er vorn auf seinem Beobachtungsposten saß und den mächtigen Schiffskörper musterte, der über dem U-Boot vorbeiglitt. Ein mechanisches Monster, dachte er, ein Ungeheuer von Menschenhand. Die Schraubengeräusche, die er zunächst nur als schwaches Pochen in der Ferne wahrgenommen hatte, wurden jetzt rasch lauter, klangen bald wie Mähdrescher. Dann fiel ihm etwas auf, etwas Längliches, das unmittelbar neben dem Kiel aus dem Rumpf ragte. Doch im nächsten Moment geriet es außer Sicht.

Pitt musste für Flett Ausschau halten, ihn leiten und lotsen. Nur er konnte ihm rechtzeitig Bescheid geben, wenn die riesigen Bronzeschrauben in Sicht kamen. Doch auch er konnte in dem verwirbelten Wasser, das der mit voller Fahrt laufende Tanker verdrängte, kaum etwas erkennen. Er ging weiter nach vorn, legte sich auf den Teppichboden, sodass sein Gesicht nur knapp zwei Zentimeter von dem Bullauge entfernt war, und versuchte, durch den Schaum und das grüne Zwielicht die mit einem Magnet versehene, geballte Ladung an der Spitze der aus dem Bug der *Wanderer* ragenden Stange zu erkennen. Doch das aufgewühlte Wasser nahm ihm jede Sicht.

»Bereit, Jimmy?«

»Sag mir Bescheid«, erwiderte Flett ruhig.

»Du müsstest die Steuerbordschraube knapp drei Sekunden später als ich hier sehen.«

Danach sagte keiner ein Wort, während die Spannung immer mehr stieg. Pitts Knöchel waren weiß, so fest hielt er den Hörer des Telefons. Dann teilte sich der grüne Vorhang in einem Schwall weißer Blasen. »Jetzt!«, brüllte Pitt.

Flett reagierte blitzschnell, schob die Gasregler nach vorn, bis er den leichten Ruck vorn am Bug spürte, legte dann den Rückwärtsgang ein und betete, dass sein Timing auf die Sekunde genau stimmte.

Pitt konnte nur ohnmächtig zusehen, wie die magnetische Ladung auf die Stahlplatten des Rumpfes traf und im letzten Moment haftete, ehe Flett mit voller Fahrt zurückstieß. Die mächtige Schraube tauchte vor ihm auf wie eine außer Rand und Band geratene Windmühle und verquirlte das Wasser in der Bucht zu funkelndem Schaum.

Giordino und Flett starrten ebenso argwöhnisch wie gespannt von der Brücke aus nach vorn, als die riesigen Blätter wirbelnd auf sie zukamen. Einen Moment lang waren sie davon überzeugt, dass sie nicht mehr rechtzeitig wegkämen, dass das Luxusboot in tausend Stücke zerfetzt werden würde und sie ebenfalls. Doch in letzter Sekunde brüllten die Diesel der *Coral Wanderer* auf, und ihre Schrauben liefen mit voller Kraft. Sie stieß zurück, als die Schrauben des Flüssiggastankers mit ihren fünfzehn Metern Durchmesser keinen halben Meter vor dem Backbordbullauge durch das Wasser peitschten und die Unterseejacht durchschüttelten wie einen Baum, der von einem Tornado erfasst wird.

Pitt, der am Boden lag und sich mit erhobenen Armen am Handlauf der Wendeltreppe festhielt, konnte lediglich den Mahlstrom des aufgewühlten Wassers sehen, begleitet vom Ohren betäubenden Hämmern der wirbelnden Blätter. Knapp dreißig Sekunden später hörte das Rütteln und Schütteln auf, als die Jacht in das ruhigere Kielwasser der *Mongol Invader* geriet und das Stampfen der Schrauben leiser wurde.

»Jetzt bist du dran, Al«, sagte Pitt, während er sich aufrappelte.

»Meinst du, wir sind weit genug weg?«

»Wenn das Boot den Wasserdruck in dreihundert Meter Tiefe aushält, steht es auch eine Explosion in hundert Metern Entfernung durch.«

Giordino hielt eine kleine schwarze Fernbedienung in beiden Händen und drückte auf einen Knopf. Ein lauter Knall ertönte, der durch das Wasser noch verstärkt wurde. Anschließend wurde die *Coral Wanderer* von der Druckwelle erfasst, die wie ein acht Meter hoher Brecher über sie hinwegfegte. Dann war alles vorbei, und das Wasser beruhigte sich wieder.

Pitt stieg die Wendeltreppe hinauf und reckte den Kopf ins Cockpit. »Bring sie hoch, Jimmy. Mal sehen, ob wir was ausgerichtet haben.« Er blickte zu Giordino. »Sobald wir auftauchen, bringen wir die nächste Ladung an.«

Admiral Dover hatte keine Ahnung, was der dumpfe Knall unter Wasser zu bedeuten hatte, doch er war zunächst einmal erleichtert, als er sah, dass die *Mongol Invader* aus der Fahrrinne ausscherte und in weitem Bogen kehrtmachte. Dass Pitt und Giordino dahintersteckten, konnte er nicht wissen. Alle Mann an Bord der *William Shea* waren so beschäftigt gewesen, dass sie das ungewöhnliche Boot nicht bemerkt hatten, bevor es abtauchte und unmittelbar vor der Steuerbordschraube der *Mongol Invader* eine mit einem Magnet bestückte, geballte Sprengladung angebracht hatte. Die Explosion hatte unmittelbar unter dem Wellentunnel ein zweieinhalb Meter großes Loch in den Rumpf gerissen und die Schraubenwelle zerfetzt. Zudem hatte sich das Ruderblatt, dessen Aufhängung bereits bei dem ebenso heldenhaften wie selbstmörderischen Angriff des Skippers der Küstenwache beschädigt worden war, in einem Winkel von fünfundvierzig Grad nach Backbord verklemmt.

Die Schraube, die nur mehr am Wellenbock hing, kippte schräg nach unten, woraufhin die schweren Turbinen im Maschinenraum in kürzester Zeit mit dreifacher Drehzahl liefen und außer Rand und Band gerieten, ehe der Chefmaschinist sie abstellen konnte.

Da die Backbordschraube nach wie vor mit voller Kraft lief, während die andere schwer beschädigt war, wurde das Schiff langsam, aber stetig herumgezogen, zunächst auf Staten Island zu und dann weiter, bis der Bug wieder zur offenen See hinauswies.

Das Schlimmste ist überstanden, dachte Dover. Es sei denn, der Wahnsinnige, der das Kommando über den Flüssiggastanker hat, sprengt ihn trotzdem in die Luft, weil er weiß, dass er nach wie vor Milliardenschäden verursachen und zig Menschen in den Tod reißen kann.

Dover hatte sich bereits für das scheinbar Unvermeidliche gewappnet, nachdem er den Kampf verloren hatte, doch jetzt, da plötzlich ein Wunder geschehen war, betete er, dass sich die Katastrophe noch verhindern lassen möge.

Wenn Admiral Dover überrascht war, als der riesige Tanker plötzlich seinen Kurs änderte, so war Omo Kanai völlig fassungslos. Obwohl er die Explosion tief unter dem Heck der *Mongol Invader* gehört und gespürt hatte, hatte er sich keine Sorgen gemacht, da er davon ausging, dass es im Umkreis von zwanzig Meilen kein Schiff oder Flugzeug gab, das einen Angriff wagen würde. Doch als das Schiff unverhofft kehrtmachte, rief er im Maschinenraum an.

»Gehen Sie wieder auf Kurs! Sehen Sie nicht, dass wir abdrehen?«

»Wir haben die Steuerschraube durch eine Explosion verloren«, erwiderte der Chefmaschinist mit hörbar besorgtem Ton. »Bevor ich die Backbordmaschine abstellen konnte, hat uns deren Schraube herumgezogen.«

»Gleichen Sie es mit dem Ruder aus!«, befahl Kanai.

»Unmöglich. Irgendwas hat das Ruder vorher schon beschädigt, Wrackteile möglicherweise, sodass es jetzt klemmt. Was ebenfalls zu diesem unfreiwilligen Wendemanöver beiträgt.«

»Was soll das heißen?«, wollte Kanai wissen, der zum ersten Mal die Beherrschung verlor.

Die Antwort erfolgte ruhig und tonlos. »Dass wir entweder im

Kreis fahren oder liegen bleiben und treiben. Jedenfalls kommen wir nicht mehr weiter.«

Es war aus und vorbei, doch Kanai dachte nicht daran, sich geschlagen zu geben. »Wir sind zu nah vor dem Ziel, um aufzugeben. Sobald wir unter der Brücke sind, kann uns niemand mehr aufhalten.«

»Und ich sage Ihnen, dass mit einem auf fünfundvierzig Grad nach Backbord verklemmten Ruderblatt und einer gebrochenen Schraubenwelle an Steuerbord nichts mehr geht. Je früher wir von diesem Gaspott runterkommen, desto besser.«

Kanai sah ein, dass jeder weitere Streit mit seinem Chefmaschinisten fruchtlos war. Er starrte zu der großen Brücke hinauf, konnte fast senkrecht zu den Zugbändern und Stahltrossen aufblicken, als sie achtern zurückfielen. Nur vierzig, fünfzig Meter hatten ihn vom Erfolg getrennt, bevor die *Mongol Invader* durch die rätselhafte Explosion vom Kurs abgekommen war. Er war dem Ziel so nahe gekommen, hatte allen Widrigkeiten getrotzt – er konnte noch immer nicht fassen, dass er im letzten Moment um seinen großen Triumph gebracht worden war.

Er ließ den Blick über das Wasser schweifen. In diesem Moment bemerkte er ein Boot, offenbar eine private Jacht, die im Kielwasser der *Invader* fuhr. Irgendwie sieht sie sonderbar aus, dachte er. Kanai wollte sich abwenden, doch dann begriff er mit einem Mal, was los war, und starrte voller Wut auf die Jacht, die plötzlich unter die Wogen glitt.

»Okay, Jimmy«, sagte Pitt zum Skipper der Unterwasser-Jacht. »Wir haben sie zum Wenden gebracht. Jetzt schicken wir diese großen Gasballons auf den Meeresboden.«

»Ich hoffe nur, dass diese Teufel die Sprengladungen nicht zünden«, sagte Flett, während er die Regler bediente, die *Coral Wanderer* auf zehn Meter Tiefe brachte und zum nächsten Angriff auf den Flüssiggastanker ansetzte. Der alte Seemann zögerte keinen Moment, ließ sich nicht die geringsten Bedenken anmerken. Er machte eher den Eindruck, als ob er sich seit Ewigkeiten wieder einmal richtig freute.

Wie ein Fisch glitt die *Wanderer* unter Wasser dahin. Jetzt, da es so aussah, als ob sein kostbares Boot nicht beschädigt werden würde, fühlte sich Flett wieder wohler. Er richtete den Blick auf den Radarschirm und das GPS-Peilgerät und steuerte direkten Kurs auf die *Invader*.

»Wo willst du sie erwischen?«, fragte er Pitt.

»An Backbord unter dem Maschinenraum im Heck. Aber wir müssen aufpassen, dass wir keine Explosion unter einem der Tanks auslösen. Wenn wir die Ladung zu weit vorn anbringen, könnte das ganze Schiff hochgehen und im Umkreis von zwei Meilen alle mit in den Tod reißen.«

»Und unsere dritte und letzte Ladung?«

»An der gleichen Stelle an Steuerbord. Wenn wir ihr zwei große Lecks am Heck reißen können, müsste sie ziemlich schnell untergehen, da sie nur wenig Tiefgang hat.«

Giordino wirkte mit einem Mal seltsam zufrieden. »Da wir uns jetzt nicht mehr mit den Schrauben herumplagen müssen, sollte dieser Angriff ein Kinderspiel sein – verglichen mit dem letzten.«

»Man soll den Tag nicht vor dem Abend loben«, erwiderte Pitt, wie schon bei anderen Gelegenheiten. »Noch können wir uns nicht auf die faule Haut legen.«

52

»John Milton hat geschrieben: ›Am glücklichsten ist der, der weiß, wann er aufstehen und nach Hause gehen muss‹«, zitierte Jimmy Flett, als eine von der *Mongol Invader* abgefeuerte Rakete knapp am Ruderhaus vorbeizischte und keine dreißig Meter hinter ihnen beim Aufprall auf dem Wasser explodierte. »Vielleicht hätten wir seinen Rat annehmen sollen.«

»Jetzt sind sie uns auf die Schliche gekommen«, sagte Pitt.

»Die müssen richtig sauer sein, nachdem sie entdeckt haben, dass wir diejenigen sind, die ihr Schiff kaputtgemacht haben«, warf Giordino ein.

»Sie sieht aus, als ob sie reglos im Wasser liegt.«

»Ob die Ratten das sinkende Schiff verlassen?«, sagte Giordino, als das Wasser an der Brückenverglasung höher stieg. »Ich sehe jedenfalls nirgendwo Boote, die sie zu Wasser lassen.«

Sobald das Kabinendach ins Wasser tauchte und die *Coral Wanderer* außer Sicht war, gab Flett Vollgas und steuerte scharf nach Steuerbord. Keinen Moment zu früh. Ein lauter Schlag erschütterte das Luxus-Unterseeboot, als eine weitere Rakete aufs Wasser prallte und genau an der Stelle explodierte, an der sie sich unmittelbar vor Fletts Ausweichmanöver befunden hatten.

Er ging wieder auf geraden Kurs und steuerte das Boot direkt zur Backbordseite des beschädigten Flüssiggastankers. Eine weitere Rakete ging hoch, lag aber daneben. Die Vipern hatten die Chance verpasst, ihre Gegner zu vernichten. Die *Wanderer* war unter Wasser und konnte von den Männern auf dem Schiff nicht mehr gesehen werden. Und die leichte Schaumspur, die ihre Schrauben aufwirbelten, hatte sich größtenteils aufgelöst, bevor sie die Wasseroberfläche erreichte.

Pitt kehrte zu seinem Beobachtungsposten am Bugbullauge zurück und übernahm wieder den Ausguck. Da das Schiff angehalten hatte, würde dieser Vorstoß nicht so gefährlich sein wie der erste Angriff. Die Vipern müssen doch allmählich zusehen, dass sie wegkommen, dachte er. Aber womit? Boote ließen sie jedenfalls nicht zu Wasser. Und wegschwimmen konnten sie nicht. Dann fiel ihm etwas ein, etwas, das er vorhin gesehen hatte.

Doch jetzt war nicht der Zeitpunkt, sich darüber Gedanken zu machen. Er musste sich mit aller Macht konzentrieren, die Augen offen halten, um Flett noch mal Bescheid zu geben … und dann tauchte der riesige Rumpf vor dem Bullauge auf. Diesmal war es einfach. Flett schloss nicht wie zuvor mit voller Fahrt auf. Sie näherten sich einem liegengebliebenen Schiff und mussten keinen Schrauben ausweichen.

Ein, zwei Minuten vergingen, dann füllte der Rumpf das Bullauge aus. »Wir sind dran, Jimmy.«

Vorsichtig nahm Flett das Gas zurück und steuerte parallel zum Rumpf, zeigte sein ganzes seemännisches Können, als er das U-Boot bis auf knapp zwei Meter heranbrachte. Denn beschleunigte er wieder, als sie sich dem Teil des Hecks näherten, in dem sich der Maschinenraum befand.

Gespannt musterte Giordino den Bildschirm des computergesteuerten Unterwasserradars. Langsam hob er die Hand, dann winkte er. »Noch zehn Meter.«

Flett drehte gehorsam bei und setzte die Strahlruder ein, bis der Bug mitsamt dem Stangentorpedo auf die Rumpfplatten unter dem Maschinenraum wies.

Mit einem leisen Klicken traf die mit einem Magnet versehene Sprengladung auf den Rumpf, und das Luxus-Unterseeboot setzte rasch zurück. Als sie in sicherem Abstand waren, grinste Giordino. »Noch einen mit Gefühl.« Dann drückte er auf den Zündknopf. Wieder ertönte ein dumpfer Knall, und die Druckwelle fegte über die *Wanderer* hinweg.

»Das war ein tödlicher Schlag«, sagte Flett. »Der hochbrisante Sprengstoff, den ihr mitgebracht habt, dürfte größere Löcher reißen als jeder Torpedo der Marine.«

Pitt kam von unten auf die Brücke. »Jimmy, ich nehme doch an, dass du eine Rettungsschleuse hast.«

Fleet nickte. »Selbstverständlich. Die müssen laut internationalem Seerecht sämtliche Unterseeboote haben, die Passagiere befördern.«

»Hast du auch Tauchausrüstung an Bord?«

»Jawohl«, bestätigte Flett. »Ich habe vier Anzüge und die entsprechenden Geräte, falls Passagiere vom Boot aus tauchen wollen, wenn es im Charterdienst fährt.«

Pitt schaute zu Giordino. »Al, was dagegen, wenn wir ein bisschen nass werden?«

»Ich wollte gerade das Gleiche vorschlagen«, sagte Giordino, als ob er sich darauf freute. »Wir sollten den Stangentorpedo lieber unter Wasser nachladen, statt zu riskieren, dass wir uns eine Rakete einfangen.«

Sie plagten sich nicht lange mit den Trockentauchanzügen ab. Sie durften keine Zeit verlieren, und die paar Minuten, die sie brauchten, um den dritten Torpedo an der Stange anzubringen, konnten sie ihrer Meinung nach trotz des kalten Wassers auch in Badehosen aushalten. Sie stiegen durch die Luftschleuse aus, die groß genug für zwei Personen war, befestigten die Sprengladung und waren in knapp sieben Minuten wieder an Bord, wenn auch etwas steif von dem allenfalls achtzehn Grad warmen Wasser.

Kaum waren sie wieder in der Luftschleuse, als Flett mit der *Coral Wanderer* zur letzten Attacke ansetzte. Noch ehe Pitt und Giordino auf die Brücke kamen, hatte er die Ladung am Rumpf angebracht und setzte zurück.

Pitt legte ihm die Hand auf die Schulter. »Gute Arbeit, Jimmy.«

Flett lächelte. »Ich mach keine halben Sachen.«

Giordino frottierte sich ab und setzte sich in Badehosen auf einen Stuhl. Noch bevor er sich anzog, griff er zur Fernbedienung. Auf Fletts Befehl hin betätigte er den kleinen Schalter, zündete die Ladung und sprengte ein weiteres großes Loch ins Heck der *Mongol Invader*.

»Wollen wir auftauchen und uns unser Werk mal anschauen?«, fragte Flett Pitt.

»Noch nicht. Ich möchte erst noch was erkunden.«

Der Boden des Ruderhauses erbebte, als die zweite Ladung ein weiteres Loch in den Rumpf des Tankers riss. Sie schien genau unter Kanais Füßen hochzugehen und erschütterte die gesamten Heckaufbauten. Die Zuschauer an Land, auf den Booten und der Brücke hatten den Eindruck, als hebe sich der Bug allmählich aus dem Wasser.

Nach der ersten Detonation hatte Kanai gemeint, sie könnten vielleicht doch noch durchkommen, wenn sie den Tanker wieder irgendwie in die Fahrrinne brachten. Doch das war reines Wunschdenken. Die nächste Explosion besiegelte das Schicksal des Schiffes. Die *Mongol Invader* ging unter, sie versank im rund sechzig Meter tiefen Wasser der Lower Bay. Er setzte sich auf den Kapitänsstuhl und wischte das Blut ab, das ihm von der Stirn, wo eine Glasscherbe des Brückenfensters die Haut bis auf den Knochen aufgerissen hatte, in die Augen lief.

Ein paar Minuten zuvor hatte das Stampfen der Maschinen aufgehört. Er fragte sich unwillkürlich, ob sich der Chefmaschinist und seine Männer noch rechtzeitig hatten absetzen können, bevor Tonnen von Wasser in den Maschinenraum eingebrochen waren. Er blickte sich auf der Brücke um, die aussah, als wäre eine Horde Wandalen darüber hergefallen. Er drückte sich ein Handtuch an die Stirn, ging zu einem Wandschrank, öffnete die Tür und blickte benommen auf ein Schaltpult. Er stellte die Zeitschaltung auf zwanzig Minuten ein, ohne auch nur daran zu denken, dass das Schiff bereits gesunken sein könnte, ehe die Sprengladungen unter den riesigen Propangastanks hochgingen. Dann legte er den Zündschalter um.

Harmon Kerry kam von der Außentreppe auf die Brücke. Er blutete aus gut einem Dutzend Wunden, die er gar nicht wahrzunehmen schien. Doch seine Augen waren glasig, und er keuchte, als hätte er sich völlig verausgabt. Mühsam atmend hielt er sich am Fahr- und Kommandostand fest.

»Bist du zu Fuß heraufgekommen?«, fragte Kanai verwundert, als ob er das Chaos rundum nicht bemerkte.

»Der Fahrstuhl hat nicht funktioniert«, krächzte Kerry. »Ich musste zehn Treppen hochsteigen. Ein Zugkabel war unmittelbar an der Winde zerschossen, aber ich hab's repariert. Ich glaube, wenn wir's langsam angehen lassen, hält es, bis wir unten sind.«

»Eigentlich hättest du dich sofort zum Fluchtboot begeben sollen.«

»Ich verlasse das Schiff nicht ohne dich.«

»Ich danke dir für deine Treue.«

»Hast du die Sprengladungen scharf gemacht?«

»In zwanzig Minuten gehen sie hoch.«

»Wir können froh sein, wenn wir bis dahin in sicherer Entfernung sind«, sagte Kerry, als er Kanais verkniffene Miene sah. Er wirkte wie jemand, der beim Pokern über den Tisch gezogen wurde. »Wir sollten uns lieber ranhalten.«

Mit einem Mal sackte das Schiff durch, und das Deck kippte nach hinten. »Sind alle Mann klar?«, fragte Kanai.

»Soweit ich weiß, haben sie alle ihren Posten verlassen und sich zum U-Boot begeben.«

»Hier können wir nichts mehr ausrichten.«

Kanai warf einen letzten Blick auf die Männer, die rundum am Boden lagen. Einer der Verwundeten atmete noch, aber seiner Meinung nach war er so gut wie tot. Er stieg über ihn hinweg und begab sich zum Fahrstuhl. Ehe er hineinging, drehte er sich ein letztes Mal um und warf einen Blick auf die Schalttafel mit dem Zeitzünder. Auf die roten Ziffern der Digitalanzeige, an der die Sekunden bis zur Explosion abliefen. Wenigstens ist das Unternehmen nicht völlig fehlgeschlagen, dachte er. Ein bisschen Sachschaden und etliche Tote sind besser als gar nichts.

Kerry drückte den untersten Knopf, nachdem sich die Aufzugtüren geschlossen hatten, und hoffte, dass alles gut ging. Die Kabine ruckelte und bebte, fuhr aber langsam nach unten, bis sie in der Bilge, unmittelbar über dem Kiel, zum Stehen kam.

Als sie die offene Einstiegsluke des Fluchtbootes erreichten, dessen Turm durch einen wasserdicht verschlossenen Stutzen in den Rumpf ragte, wateten sie bereits bis zu den Knien durch das eindringende Wasser und mussten sich vornüberbeugen, um auf dem schräg zum Heck abfallenden Boden voranzukommen.

Der Chefmaschinist, schweißbedeckt und voller Ölflecken, erwartete sie. »Macht schnell, sonst sitzt das U-Boot fest. Das Schiff geht unter, und zwar ziemlich flott.«

Kanai stieg als Letzter ein und kletterte in die Kabine hinab. Sechs Männer, drei davon verwundet, saßen sich dort unten gegenüber – das war alles, was von seinem Vipern-Team übrig geblieben war.

Nachdem er die Luke verschlossen hatte, begab sich Kanai ins Cockpit, begleitet vom Chefmaschinisten, der den Sitz neben ihm einnahm und den Batteriestrom einschaltete.

Über ihnen ächzten und knirschten die Stahlschotten und Rumpfplatten der *Mongol Invader* unter der Last, als der Bug immer höher aufragte. Jeden Moment konnte sie mit dem Heck voran auf den Meeresgrund sinken.

Kanai wollte gerade die Motoren anstellen, als er einen letzten Blick durch die wulstige Glasscheibe nach vorn warf und ein sonderbares Boot sah, das im trüben Wasser vor ihm auftauchte.

Erst dachte er, es wäre eine sinkende Jacht, die womöglich im Eifer des Gefechts getroffen worden war. Doch dann wurde ihm klar, dass es sich um das gleiche Boot handelte, das er vorhin gesehen hatte. Als es näher kam, konnte er eine lange Stange erkennen, die aus dem Bug ragte und schräg nach oben, auf den Rumpf des Tankers wies. Viel zu spät erkannte er, was das geheimnisvolle U-Boot vorhatte.

Es stieß kurzerhand zu, rammte den eisernen Sporn, den es am Bug trug, in die Aufhängung, mit der das Fluchtboot am Rumpf des Tankers verankert war, verbog die Bolzen und verklemmte den Ausklinkmechanismus. Kanais Gesicht erstarrte, als trüge er eine Totenmaske aus Gips. Hektisch riss er an den Hebeln und versuchte, das Boot auszuklinken. Doch nichts geschah. Die Bolzen, mit denen es unter dem Rumpf verankert war, ließen sich nicht lösen.

»Warum kommen wir nicht weg?«, schrie der Chefmaschinist in hellem Entsetzen. »Guter Gott, Mann, mach schnell, sonst sinkt das Schiff auf uns.«

Während er fieberhaft und mit aller Kraft am Ausklinkhebel riss, starrte Kanai in das grüne Wasser hinaus, auf das U-Boot, das unmittelbar unter der geschwungenen Rumpfwand verharrte. Und zu seinem Entsetzen stellte er fest, dass er den Mann kannte, der hinter dem Bullauge am Bug des Bootes saß. Da das Wasser durch die Sichtscheibe wie ein Vergrößerungsglas wirkte, konnte er die grünen Augen erkennen, die schwarzen Haare und das teuflische Grinsen.

»Pitt!«, japste er.

Pitt starrte ebenso grimmig wie gespannt zurück. Ein lautes Grollen ertönte, als das Heck des sinkenden Flüssiggastankers in spitzem Winkel auf den Grund stieß und eine riesige Schlammwolke aufwirbelte. Langsam senkte sich auch der übrige Rumpf herab, bis das Fluchtboot nur mehr eine Armeslänge über dem Schlick hing und unter der gewaltigen Last immer tiefer gedrückt wurde.

Das Entsetzen, das Kanai eben noch ins Gesicht geschrieben stand, schlug in blanke Wut um. Er drohte Pitt mit der Faust, als der mächtige Rumpf das Fluchtboot in den Schlick am Meeresgrund trieb. Pitt musste noch etwas loswerden, bevor es zu spät war. Er verzog den Mund zu einem breiten Lächeln, zeigte seine sämtlichen Zähne und winkte zum Abschied, als Flett mit der *Coral Wanderer* zurücksetzte, damit nicht auch sie unter das riesige Schiff geriet.

Dann verschwand das Fluchtboot mit den übrig gebliebenen Vipern in einer Wolke aus aufgewirbeltem Schlamm und wurde für alle Ewigkeiten unter dem Wrack der *Mongol Invader* begraben.

Kanai, der eines grausigen Todes in tiefster Finsternis starb, sollte nie erfahren, dass die Sprengladungen unter den gewaltigen Propangastanks nicht explodierten. Er wurde zermalmt, ohne zu ahnen, dass eines der Geschosse aus dem 25-Millimeter-Buggeschütz des Kutters *Timothy Firme* beim Einschlag ins Ruderhaus das Kabel durchtrennt hatte, das zu den Zündern führte.

Der heldenhafte Kampf der Küstenwache war nicht vergebens gewesen.

FÜNFTER TEIL

Der Kreis schließt sich

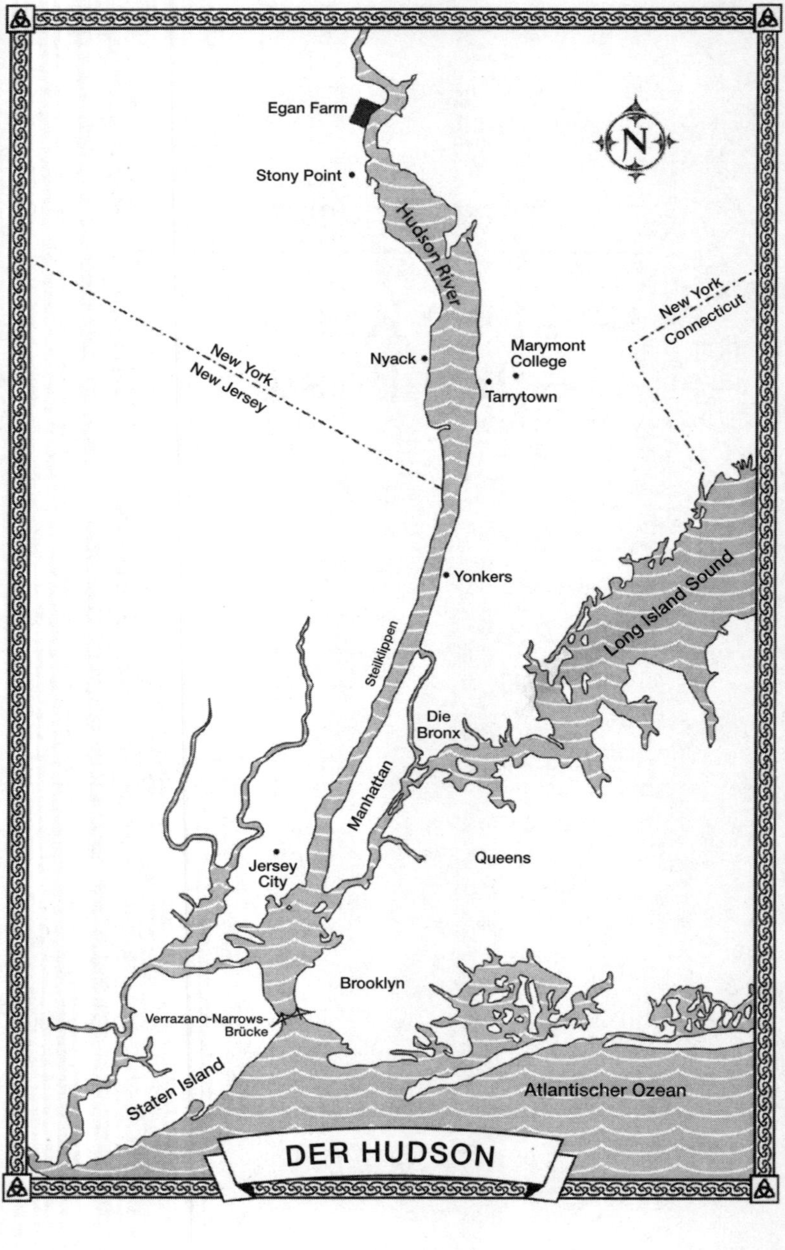

Egan Farm
Stony Point
Hudson River
New York
Connecticut
New York
New Jersey
Nyack
Marymont College
Tarrytown
Yonkers
Long Island Sound
Steilklippen
Die Bronx
Manhattan
Jersey City
Queens
Brooklyn
Verrazano-Narrows-Brücke
Staten Island
Atlantischer Ozean
DER HUDSON

12 August, 2001
Amiens, Frankreich

53

Der silbergrüne Rolls-Royce rollte lautlos und anmutig durch die nördlich von Paris im Tal der Somme gelegene Stadt Amiens. Lange bevor sich die Römer in dieser Gegend niederließen, hatte es hier bereits eine Ortschaft gegeben. Im Laufe der Jahrhunderte waren in und um diese Stadt immer wieder Schlachten ausgetragen worden – zwischen gallischen Kelten und römischen Legionen, während der napoleonischen Kriege sowie im Ersten und Zweiten Weltkrieg, als sie von den Deutschen besetzt wurde.

Der Rolls-Royce fuhr an der prachtvollen Kathedrale von Amiens vorbei, deren Bau 1220 begonnen und fünfzig Jahre später fertig gestellt worden war. Eine große Fensterrosette zierte das Westwerk des sowohl im romanischen als auch im gotischen Stil errichteten Gotteshauses mit seinen drei Portalen, den kunstvollen Bogenfenstern und Galerien und den beiden Türmen. Dann setzte der Wagen seine Fahrt entlang der Somme fort, wo Bauern Obst und Gemüse von kleinen Flussbooten aus verkauften.

St. Julien Perlmutter reiste nicht mit dem stinkenden Pöbel, wie er das gemeine Volk zu nennen pflegte. Er verabscheute Flugzeuge und Flughäfen und zog es vor, mit dem Schiff auf Reisen zu gehen und seinen 1955er Rolls-Royce Silver Dawn samt seinem Chauffeur Hugo Mulholland mitzunehmen.

Als sie die Altstadt von Amiens hinter sich ließen, bog Mulholland auf eine schmale Landstraße ab, auf der er etwa eine Meile weit fuhr, bevor er vor einem eisernen Tor anhielt, das von einer hohen, mit Weinranken überwucherten Steinmauer flankiert wurde. Er drückte auf die Taste einer Sprechanlage und meldete sich. Niemand antwortete ihm, doch das Tor schwang langsam auf. Hugo folgte einer mit Kies bestreuten Auffahrt, die in weitem Bogen zum Portal eines großen französischen Landhauses führte.

Er stieg aus und hielt die Tür auf, als sich Perlmutter in all seiner Leibesfülle vom Rücksitz wuchtete und mit schwingendem Stock die Stufen zur Haustür hinaufstieg. Kurz nachdem er an der Klingelkette gezogen hatte, öffnete ein großer, dünner Mann mit einem schmalen, sympathischen Gesicht und einer dichten, nach hinten gekämmten, weißen Haarmähne die Tür, in deren Glasscheiben Segelschiffe eingeätzt waren. Er blickte Perlmutter mit sanften blauen Augen an und verbeugte sich elegant, als er ihm die Hand zum Gruß bot.

»Monsieur Perlmutter, ich bin Paul Hereoux.«

»Doktor Hereoux«, sagte Perlmutter und umschlang Hereoux' schmale Hand mit seiner großen, fleischigen Pranke. »Es ist mir eine große Ehre, endlich den hoch geschätzten Präsidenten der Jules-Verne-Gesellschaft kennen lernen zu dürfen.«

»Ich fühle mich geehrt, dass ich einen so berühmten Historiker in Monsieur Vernes Haus empfangen darf.«

»Und was für ein zauberhaftes Haus.«

Hereoux geleitete Perlmutter durch einen langen Flur in eine große Bibliothek, die mehr als zehntausend Bücher enthielt. »Hier steht alles, was Jules Verne geschrieben hat und was bis zu seinem Tod über ihn geschrieben wurde. Alle späteren Werke über ihn sind in einem anderen Raum untergebracht.«

Perlmutter tat so, als wäre er beeindruckt. Obwohl es sich um eine riesige Bibliothek handelte, war sie doch nur knapp ein Drittel so groß wie Perlmutters Bücher- und Schriftensammlung zur Seefahrtsgeschichte. Er ging zu einem Regal, das Aktenhefter mit Manuskripten enthielt, fasste aber nichts an.

»Seine unveröffentlichten Materialien?«

»Sie sind ziemlich scharfsinnig. Ja, das sind die Manuskripte, die er entweder nie veröffentlichte oder nicht für veröffentlichungswert hielt.« Hereoux deutete zu einer wuchtigen, dick gepolsterten Couch vor einem Fenster, hinter dem sich ein üppig grüner Garten erstreckte. »Wollen Sie nicht Platz nehmen? Darf ich Ihnen einen Kaffee oder einen Tee bringen lassen?«

»Ein Kaffee wäre bestens.«

Hereoux gab die Anweisungen per Sprechanlage durch und ließ sich dann gegenüber von Perlmutter nieder. »Nun denn, St. Julien. Darf ich Sie mit Vornamen ansprechen?«

»Aber bitte doch. Zwar sind wir uns erst vor ein paar Minuten zum ersten Mal persönlich begegnet, aber wir kennen einander bereits seit langem.«

»Sagen Sie mir, womit ich Ihnen bei Ihren Nachforschungen behilflich sein kann.«

Perlmutter ließ den Stock kreisen, den er vor seinen gespreizten Knien auf den Boden gestützt hatte. »Ich würde mich gern in Vernes Recherchematerial über Kapitän Nemo und die *Nautilus* vertiefen.«

»Sie meinen natürlich *Zwanzigtausend Meilen unter dem Meer*.«

»Nein, Kapitän Nemo und sein Unterseeboot.«

»Nemo und sein Unterseeboot waren Vernes größte Erfindungen.«

»Angenommen, es waren keine bloßen Erfindungen?«

Hereoux schaute ihn an. »Ich fürchte, das verstehe ich nicht.«

»Ein Freund von mir ist der Meinung, dass Nemo nicht nur Vernes Fantasie entsprang. Er vermutet, dass er auf ein lebendes Vorbild zurückgriff.«

Hereoux' Miene blieb unverändert, doch Perlmutter glaubte, ein leichtes Zucken um die blauen Augen zu bemerken. »Ich fürchte, was diese Vermutung angeht, kann ich Ihnen nicht weiterhelfen.«

»Können Sie nicht, oder wollen Sie nicht?«, fragte Perlmutter. Diese Frage grenzte an eine Beleidigung, doch er brachte sie von einem gönnerhaften Lächeln begleitet vor.

Hereoux wirkte einen Moment lang ungehalten. »Sie sind nicht der Einzige, der sich mit einem derart abwegigen Vorschlag an uns gewandt hat.«

»Abwegig? Ja, aber nichtsdestotrotz spannend.«

»Womit kann ich Ihnen behilflich sein, mein alter Freund?«

»Gestatten Sie mir, in diesem Archiv Nachforschungen anzustellen.«

Hereoux lehnte sich zurück, als hätte er vier Asse in die Hand bekommen. »Bitte sehr, fühlen Sie sich in dieser Bibliothek wie zu Hause.«

»Noch eine Bitte. Darf mein Chauffeur mir zur Hand gehen? Ich kann keine Leiter mehr hinaufsteigen, um an die Bücher in den oberen Regalen zu gelangen.«

»Natürlich. Ich bin davon überzeugt, dass er zuverlässig ist. Aber Sie müssen die Verantwortung für jegliche Unannehmlichkeiten übernehmen.«

Eine schöne Ausdrucksweise für Beschädigung oder Diebstahl von Büchern und Manuskripten, dachte Perlmutter. »Das versteht sich von selbst, Paul. Ich verspreche Ihnen, dass wir sehr vorsichtig sein werden.«

»Dann überlasse ich Sie Ihrer Arbeit. Falls Sie irgendwelche Fragen haben, erreichen Sie mich oben in meinem Büro.«

»Eine Frage habe ich.«

»Ja?«

»Wer hat die Bücher in die Regale eingeordnet?«

Hereoux lächelte. »Oh, Monsieur Verne. Sämtliche Bücher, Manuskripte und Ordner stehen genau so, wie er sie bei seinem Tod hinterließ. Natürlich kommen viele Menschen zu Forschungszwecken hierher, so wie Sie, aber ich weise jeden ausdrücklich darauf hin, dass sämtliche Materialien genau dorthin zurückgestellt werden müssen, wo man sie entnommen hat.«

»Höchst interessant«, sagte Perlmutter. »Seit sechsundneunzig Jahren steht alles an Ort und Stelle. Das gilt es zu bedenken.«

Sobald Hereoux die Tür geschlossen hatte, wandte sich Mulholland mit nachdenklich forschendem Blick an Perlmutter. »Haben Sie seine Reaktion bemerkt, als Sie anklingen ließen, dass es Nemo und die *Nautilus* tatsächlich gegeben haben könnte?«

»Ja, Doktor Hereoux wirkte etwas aus der Fassung gebracht. Ich frage mich nur, was er verbirgt, wenn überhaupt.«

Hugo Mulholland, Perlmutters Chauffeur, war ein mürrischer Bursche mit traurigen Augen. »Haben Sie sich schon überlegt, wo Sie anfangen wollen?«, fragte er. »Sie sitzen schon seit einer Stunde da und starren die Bücher an, ohne eines aus dem Regal zu ziehen.«

»Geduld, Hugo«, erwiderte Perlmutter leise. »Das, wonach wir suchen, befindet sich an einer nicht auf Anhieb ins Auge fallenden Stelle, sonst hätten es andere Rechercheure längst entdeckt.«

»Nach dem zu schließen, was ich über Verne gelesen habe, muss er ein ziemlich schwieriger Mann gewesen sein.«

»Nicht schwierig, und auch nicht unbedingt genial. Aber er hatte eine großartige Fantasie. Er war der Begründer des Science-Fiction-Romans, müssen Sie wissen. Er hat ihn erfunden.«

»Was ist mit H.G. Wells?«

»Er hat *Die Zeitmaschine* erst dreißig Jahre nach Vernes *Fünf Wochen im Ballon* geschrieben.« Perlmutter rutschte ein Stück vor und musterte weiter die Bücherregale. Für einen Mann seines Alters hatte er hervorragende Augen. Von der Couch aus konnte er fast jeden Titel auf den Buchrücken lesen, es sei denn, sie waren zu verblichen oder in zu kleiner Schrift gesetzt. Er ließ den Blick nicht lange auf den Büchern oder unveröffentlichten Manuskripten verweilen. Ihn interessierten eher die zahlreichen Notizbücher.

»Sie meinen also, Verne hatte ein Vorbild, auf das er sich in *Zwanzigtausend Meilen unter dem Meer* bezog«, sagte Mulholland und goss sich eine Tasse Kaffee aus der Kanne ein, die Hereoux kurz zuvor persönlich in die Bibliothek gebracht hatte.

»Verne liebte das Meer. Er wuchs in Nantes auf, einer Hafenstadt, lief von zu Hause weg und heuerte auf einem kleinen Segelschiff an, doch sein Vater holte ihn im nächsten Hafen auf einem Dampfer ein und brachte ihn nach Hause. Sein Bruder Paul war bei der französischen Marine, und auch Verne war ein begeisterter Segler. Als er als Schriftsteller Erfolg hatte, kaufte er mehrere Jachten und ging auf sämtlichen Meeren rund um Europa auf Törn. In jungen Jahren berichtete er über eine Reise, die er auf einem der größten Ozeandampfer seiner Zeit unternommen hatte, der *Great Eastern*. Irgendwie lässt mich das Gefühl nicht los, dass auf dieser Fahrt etwas vorgefallen ist, das Verne auf die Idee brachte, *Zwanzigtausend Meilen* zu schreiben.«

»Aber woher hatte Nemo, falls es ihn tatsächlich gegeben haben sollte, Mitte des neunzehnten Jahrhunderts das technische Wissen, um ein Unterseeboot zu bauen, das seiner Zeit um hundert Jahre voraus war?«

»Genau das möchte ich herausfinden. Irgendwie wusste Dr. Elmore Egan darüber Bescheid. Aber woher er es wusste, ist mir ein Rätsel.«

»Weiß man, was aus Kapitän Nemo wurde?«, erkundigte sich Mulholland.

»Verne schrieb sechs Jahre nach *Zwanzigtausend Meilen* ein Buch mit dem Titel *Die geheimnisvolle Insel*. Darin wird eine Gruppe von Kriegsgefangenen der Südstaaten bei ihrer Flucht mit einem Ballon auf eine einsame Vulkaninsel verschlagen, wo sie von Piraten behelligt werden. Ein geheimnisvoller, unsichtbarer Wohltäter hinterlegt Proviant und Vorräte für die neuen Siedler. Außerdem tötet er die Piraten, die ihre Siedlung angreifen. Gegen Ende des Buches stoßen die Siedler auf eine Höhle, die zu einer überfluteten Grotte im Herzen des Vulkans führt. Dort finden sie die *Nautilus* und Nemo, der im Sterben liegt. Er weist sie darauf hin, dass der Vulkan jeden Moment ausbrechen kann. Sie entkommen rechtzeitig, doch die Insel versinkt im Meer und begräbt Kapitän Nemo und seine großartige Erfindung für alle Ewigkeit unter sich.«

»Sonderbar, dass Verne sich so lange Zeit ließ, bis er die Fortsetzung schrieb.«

Perlmutter zuckte die Schultern. »Wer weiß schon, was er sich dabei dachte. Es sei denn, er hat erst einige Jahre später die Nachricht vom Tod des echten Nemo erhalten.«

Hugo drehte sich einmal im Kreis herum und blickte auf die zigtausend Bücher. »Und welche Nadel, die wir in diesem Heuhaufen suchen, ist der Schlüssel zu dem Geheimnis?«

»Die Bücher können wir ausklammern. Alles, was veröffentlicht wurde, war für jedermann frei zugänglich. Und auch die Manuskripte können wir übergehen. Die sind zweifellos bereits von allerlei Sammlern zusammengetragen und durchforstet worden. Was uns zu den Notizbüchern führt. Aber auch die wurden allesamt schon von Verne-Forschern eingehend gelesen und ausgewertet.«

»Und wohin führt uns das?«, fragte Mulholland.

»Dorthin, wo noch kein anderer gesucht hat«, sagte Perlmutter versonnen.

»Und das wäre …?«

»Jules Verne war nicht der Mann, der ein Geheimnis an einem leicht aufzufindenden Ort versteckt hätte. Wie die meisten guten Schriftsteller war er nicht nur einfallsreich, sondern auch durchtrieben. Wo würden Sie etwas in einer Bibliothek verstecken, das in den nächsten hundert Jahren niemand finden soll, mein alter Freund?«

»Klingt meiner Meinung nach so, als ob wir damit jedes beschriebene oder bedruckte Blatt Papier ausgeklammert haben.«

»Genau!«, rief Perlmutter lauthals. »Ein Versteck, das nichts mit den Büchern oder den Bücherregalen zu tun hat.«

»Zum Beispiel ein Geheimfach im Kamin«, sagte Mulholland, während er die Steine um den Sims musterte. »Das wäre auch auf Dauer ein sicheres Versteck.«

»Sie unterschätzen Verne. Er hatte eine außergewöhnliche Fantasie. Geheimfächer im Kamin waren seinerzeit der letzte Schrei in Kriminalgeschichten.«

»In einem Möbelstück oder einem Bild an der Wand?«

»Möbelstücke und Bilder sind nicht auf Dauer sicher. Sie können entfernt oder ausgetauscht werden. Denken Sie an etwas Unveränderliches.«

Mulholland dachte einen Moment lang nach. Dann strahlte sein sonst so mürrisch wirkendes Gesicht kurz auf, und er blickte nach unten. »Der Fußboden!«

»Rollen Sie die Läufer auf und werfen Sie sie aufs Sofa«, wies Perlmutter ihn an. »Untersuchen Sie die Kanten der Dielen. Achten Sie auf schmale Ritzen zwischen den Brettern, die darauf hindeuten, dass sie schon einmal aufgestemmt wurden.«

Mulholland kroch fast eine halbe Stunde lang auf allen vieren herum und überprüfte jede Bodendiele. Dann blickte er plötzlich auf, grinste und holte einen Centime aus seiner Hosentasche. Er schob ihn zwischen zwei Bretter und hebelte dann das eine hoch.

»Eureka!«, rief er aufgeregt.

Perlmutter war so begeistert, dass er sich trotz seiner Leibesfülle zu Boden warf, auf die Seite wälzte und in den Hohlraum unter dem Brett schaute, in dem ein Lederbeutel lag. Er ergriff ihn mit Daumen und Zeigefinger und hob ihn vorsichtig heraus. Dann rappelte er sich unter Mulhollands tatkräftiger Hilfe auf und ließ sich wieder in die Couch sinken.

Geradezu ehrfürchtig knotete er die schwarze Samtkordel auf, die um den Beutel gebunden war. Dann entnahm er ihm ein Notizbuch, das nicht größer war als eine Postkarte, aber fast zehn Zentimeter dick. Er blies den Staub von den Lettern, die in den ledernen Einband gepunzt waren, las sie laut vor und übersetzte sie gleichzeitig ins Englische.

»*Nachforschungen über einen genialen Erfinder – Captain Cameron Amherst.*«

Langsam und bedächtig las Perlmutter die Worte, die da in gestochener Handschrift, knapp einen halben Zentimeter hoch, standen. Er, der sechs Sprachen beherrschte, hatte keinerlei Mühe, Vernes Bericht über die Abenteuer eines genialen britischen Wissenschaftlers namens Cameron Amherst zu verstehen.

Doch noch während er sich den Text zu Gemüte führte, versuchte er fortwährend, sich diesen außergewöhnlichen Mann vorzustellen, den Verne gekannt und dessen Leben er aufgezeichnet hatte. Zwei Stunden später schloss er das Notizbuch, ließ sich zurücksinken und wirkte so verzückt, als hätte seine Liebste soeben seinen Heiratsantrag angenommen.

»Irgendwas Interessantes gefunden?«, fragte Hugo Mulholland gespannt. »Irgendetwas, das sonst keiner weiß?«

»Haben Sie die Kordel gesehen, die um den Beutel gebunden war?«

Mulholland nickte. »Die war allenfalls zehn, zwölf Jahre alt. Wenn Verne tatsächlich der Letzte war, der den Beutel in der Hand hatte, wäre sie längst zerfallen.«

»Was wiederum zu der Schlussfolgerung führt, dass Dr. Hereoux seit langem über Vernes Geheimnis Bescheid weiß.«

»Um welches Geheimnis handelt es sich?«

Perlmutter starrte etliche Sekunden lang ins Leere. »Pitt hatte

Recht«, sagte er schließlich leise und versonnen, so als sei er in Gedanken weit weg.

Dann schloss er die Augen, seufzte einmal tief auf und döste prompt ein.

54

Nachdem er dem Untersuchungsausschuss des Kongresses acht Stunden lang Rede und Antwort gestanden hatte, blickte Curtis Merlin Zale immer öfter auf seine Armbanduhr und rutschte nervös auf dem Stuhl herum. Er war nicht mehr der selbstsichere, über alles erhabene Mann, der Loren Smith und den Mitgliedern des von ihr geleiteten Ausschusses noch ein paar Stunden zuvor gegenübergetreten war. Selbst das süffisante Grinsen war ihm vergangen – angespannt und mit verkniffenem Mund saß er jetzt da.

Vor Stunden schon hätte sich Omo Kanai bei ihm melden, hätte sich die Nachricht von einer gewaltigen Katastrophe in New York im Sitzungssaal herumsprechen müssen.

Der Kongressabgeordnete William August aus Oklahoma war gerade dabei, Zale über die von den Raffinerien der Ölfirma geforderten Preiserhöhungen zu befragen, als Sandra Delage, die ein maßgeschneidertes Kostüm trug, sich Zale von hinten näherte und ein Blatt Papier auf seinen Tisch legte. Er entschuldigte sich kurz, bevor er August antwortete, und überflog den Text, der auf dem Blatt stand. Er riss plötzlich die Augen auf und blickte zu Delage empor. Die zog ein grimmiges Gesicht. Er legte die Hand über sein Mikrofon und stellte ihr ein paar kurze Fragen, die sie so leise beantwortete, dass niemand rundum etwas verstand. Dann drehte sie sich um und verließ den Saal.

Zale ließ sich durch Niederlagen nicht so leicht erschüttern, doch in diesem Moment wirkte er wie Napoleon nach Waterloo. »Entschuldigen Sie«, murmelte er an August gewandt, »könnten Sie die Frage wiederholen?«

Loren war müde. Der Nachmittag ging allmählich in den frühen

Abend über. Doch sie dachte nicht daran, Zale zu entlassen, noch nicht. Ihre Assistenten hatten ihr mitgeteilt, dass man die *Pacific Trojan* aufgebracht, aber keine Sprengsätze an Bord gefunden hatte. Aber erst zwei Stunden später hatte sie von dem Einsatz gegen die *Mongol Invader* erfahren. Seit zwei Uhr nachmittags hatte sie nichts mehr von Pitt oder Sandecker gehört, sodass sie in den vergangenen vier Stunden ständig gegen eine unterschwellige Angst ankämpfen musste.

Schlimmer noch als ihre Sorge war die kalte Wut auf Zale, der alle ihre Fragen entschieden und mit wohl überlegten Antworten konterte, ohne zu zögern oder sich auf Gedächtnislücken zu berufen. Den Reportern, die über die Sitzung berichteten, musste es so vorkommen, als wäre er Herr der Lage und steuerte den Verlauf des Verfahrens nach seinem Gutdünken.

Doch Loren wusste, dass auch Zale allmählich müde wurde, und sie zwang sich zur Geduld. Wie eine Löwin, die auf ihre Beute lauert, wartete sie den rechten Zeitpunkt ab, an dem sie zuschlagen und die vernichtenden Erkenntnisse offenbaren wollte, die Sally Morse ihr geliefert hatte. Sie zog die Papiere mit den Fragen und Anschuldigungen, die sie vorbereitet hatte, aus ihrem Aktenkoffer und wartete geduldig ab, bis der Kongressabgeordnete August seine Vernehmung beendet hatte.

In diesem Moment bemerkte sie, dass das Publikum plötzlich an ihr vorbeiblickte. Ringsum fingen die Leute an zu tuscheln. Dann spürte sie eine Hand auf ihrer Schulter. Sie drehte sich um und glaubte, ihren Augen nicht zu trauen, als sie zu Dirk Pitt aufblickte. Er trug schmutzige Jeans und ein zerknittertes T-Shirt und wirkte erschöpft, so als hätte er gerade einen Berg bestiegen. Seine Haare waren zerzaust, und ein stoppeliger Dreitagebart spross auf seinen Wangen. Ein Wachmann hatte ihn am Arm gepackt und wollte ihn aus dem Sitzungssaal zerren, doch er zog ihn einfach mit sich wie einen starrsinnigen Bernhardiner.

»Dirk!«, flüsterte sie. »Was machst du hier?«

Er schaute sie nicht an, als er antwortete, sondern wandte sich vielmehr mit süffisantem Grinsen an Zale und ergriff mit fester Stimme das Wort, sodass man ihn über ihr Mikrofon im ganzen Saal hören konnte. »Wir haben den Flüssiggastanker aufgehalten, bevor er im Hafen von New York hochgehen konnte. Das Schiff liegt jetzt am Meeresgrund. Teilen Sie Mister Zale bitte mit, dass sein gesamtes Vipern-Team mit dem Schiff untergegangen ist, sodass Miss Sally Morse, Vorstandsvorsitzende der Yukon Oil, jetzt beruhigt vor Ihrem Untersuchungsausschuss aussagen kann, ohne Vergeltungsmaßnahmen befürchten zu müssen.«

Dann strich Pitt mit einer kurzen Handbewegung, sodass es fast wie ein Versehen wirkte, über Lorens rotbraune Haare und verließ den Saal.

Loren hatte das Gefühl, als wäre eine tonnenschwere Last von ihrer Schulter genommen. »Meine Damen und Herren«, sagte sie, »da es bereits spät am Tag ist, möchte ich, wenn es keine Einwände gibt, die Sitzung bis morgen früh um neun Uhr vertagen. Ich werde dann eine Zeugin aufrufen, die uns mit ihrer Aussage über Mister Zales kriminelle Machenschaften –«

»Ziemlich starke Worte, meinen Sie nicht?«, unterbrach sie der Kongressabgeordnete Sturgis. »Bislang habe ich weder etwas gehört noch gesehen, das auf irgendwelche kriminellen Machenschaften hindeutet.«

»Warten Sie bis morgen«, sagte Loren ruhig, während sie Sturgis mit triumphierendem Blick anschaute, »wenn Ms. Morse die Namen all der Leute in Washington wie auch im übrigen Land preisgeben wird, die von Mister Curtis Merlin Zale Bestechungsgelder angenommen haben. Ich versichere Ihnen, dass das ganze Ausmaß dieser Korruption und Mauscheleien, die Höhe der Summen, die auf Bankkonten in Steuerparadiesen geflossen sind, die Regierung in ihren Grundfesten erschüttern und einen öffentlichen Skandal auslösen wird, wie es noch keinen gegeben hat.«

»Was hat diese Sally Morse denn mit Mister Zale zu tun?«, fragte Sturgis, der immer noch nicht begriffen hatte, dass er sich auf sehr dünnem Eis bewegte.

»Sie war Mitglied im innersten Führungszirkel von Cerberus. Sie bewahrte Aufzeichnungen über alle Besprechungen, Schmiergeldzahlungen und kriminellen Machenschaften auf. Auf ihrer Liste stehen viele Namen, die Ihnen bekannt vorkommen werden.«

Das Eis brach, und ein Spalt tat sich auf, in den Sturgis prompt stürzte. Er stand auf und verließ ohne ein weiteres Wort den Saal, als Loren die Sitzung mit einem Hammerschlag bis zum folgenden Morgen vertagte.

Im Zuschauerraum war der Teufel los. Fernseh- und Zeitungsreporter bedrängten Zale und stürmten hinter Loren her, aber Pitt erwartete sie an der Tür und lotste sie durch die lärmende Meute der Pressevertreter, die ihr Fragen zuriefen und den Weg versperren wollten. Er schlang ihr den Arm um die Taille und steuerte sie durch das Getümmel nach draußen, die Treppe des Capitols hinab und zu einem Wagen der NUMA, der mit offenen Türen am Straßenrand stand. Giordino erwartete sie bereits.

Curtis Merlin Zale, der von Journalisten und blitzenden Kameras umlagert wurde, saß an seinem Tisch und sah aus, als sei er mit einem Albtraum geschlagen, aus dem es keinen Ausweg gab.

Schließlich stand er auf und kämpfte sich durch das Getümmel. Mit Hilfe des Sicherheitsdienstes des Capitols gelangte er schließlich zu seiner Limousine. Sein Chauffeur fuhr ihn zu dem Herrenhaus, in dem der Firmensitz der Cerberus Corporation in Washington untergebracht war, und blickte ihm hinterher, als Zale wie ein alter Mann durch das Foyer ging und in den Aufzug zu seinem luxuriösen Büro trat.

Kein Mensch war so sehr von der Außenwelt abgeschnitten. Er hatte weder Freunde noch Angehörige. Omo Kanai, vermutlich der einzige Mann, auf den Zale sich verlassen konnte, war tot. Zale war allein auf der Welt, auf der sein Name jedermann vertraut war.

Während er an seinem Schreibtisch saß und aus dem Fenster in den Innenhof hinabblickte, dachte er über seine Zukunft nach und stellte fest, dass sie mehr als düster aussah. Aller Wahrscheinlichkeit nach würde er in einer Bundesstrafanstalt landen, selbst wenn er noch so lange um seine Freiheit kämpfte. Wenn sich die Mitglieder des Cerberus-Kartells gegen ihn wandten, um ihre eigene Haut zu retten, standen selbst die besten und teuersten Anwälte im ganzen Land auf verlorenem Posten. Ihre Aussage allein würde dafür sorgen, dass man ihn hinrichtete.

Man würde ihn mit einer Flut von Anzeigen und Verfahren überziehen, straf- wie zivilrechtlichen, und ihn um sein Vermögen bringen. Seine getreuen Vipern gab es nicht mehr. Sie lagen tief im Schlick der Hafeneinfahrt von New York und standen ihm nicht mehr zur Verfügung, um all jene zu beseitigen, die gegen ihn aussagen wollten.

Für ihn gab es weder ein Entrinnen noch einen Unterschlupf, nirgendwo auf der Welt. Ein Mann mit seinem Bekanntheitsgrad konnte von den Ermittlern mühelos aufgespürt werden, egal, ob er in die Sahara flüchtete oder auf eine einsame Insel mitten im Meer.

Die Menschen, die seiner Gier zum Opfer gefallen waren, suchten ihn nun heim, nicht als Geister oder Schreckgespenster, sondern in Gestalt ganz gewöhnlicher Leute, die an ihm vorüberzogen, als würden sie von einem Projektor auf eine Leinwand geworfen. Letzten Endes hatte er sein großes Spiel verloren. Er sah keinen Ausweg mehr. Die Entscheidung fiel ihm nicht schwer.

Er stand auf und ging zu einer Bar, nahm eine Flasche mit teurem, fünfzig Jahre altem Whisky heraus, goss sich einen Schluck ein und nippte daran, als er zu seinem Schreibtisch zurückkehrte. Dann öffnete er eine Schublade an der Seite. Er holte ein Kästchen heraus, das wie eine alte Schnupftabakdose aussah. Zwei Pillen befanden sich darin, die er für den Fall aufbewahrt hatte, dass er durch einen Unfall behindert werden oder an einer unheilbaren Krankheit dahinsiechen sollte. Er trank einen letzten Schluck Whisky, schob sich die Pillen unter die Zunge und lehnte sich in den schweren, mit Leder gepolsterten Bürosessel zurück.

Auf Curtis Merlin Zales Schreibtisch lagen keinerlei Papiere, als man ihn am nächsten Morgen tot auffand. Er hinterließ keinen Abschiedsbrief, weder ein Wort der Reue noch ein Eingeständnis seiner Schuld.

55

Giordino hielt mit dem Wagen vor dem NUMA-Gebäude. Pitt trat auf den Gehsteig, drehte sich dann um und beugte sich durchs Fenster. »Es wird nicht lange dauern, bis die Reporter und die Fernsehteams scharenweise dein Haus in Alexandria belagern«, sagte er zu Loren. »Ich halte es für besser, wenn Al dich zum Hangar bringt, zumindest für heute Nacht. Du kannst dich bei den anderen Mädels einquartieren, bis du morgen früh wieder zur Sitzung musst. Bis dahin können deine Leute einen Trupp Personenschützer für dich organisieren.«

Sie beugte sich hinaus und küsste ihn kurz auf den Mund. »Vielen Dank«, sagte sie leise.

Er lächelte und winkte, als Giordino losfuhr und sich in den Verkehr einfädelte.

Pitt begab sich sofort in Sandeckers Büro, wo er den Admiral und Rudi Gunn antraf, die bereits auf ihn warteten. Sandecker war wieder bester Dinge und paffte zufrieden eine seiner dicken, eigens für ihn gedrehten Zigarren. Er kam auf Pitt zu und schüttelte ihm energisch die Hand. »Gute Arbeit, gute Arbeit«, wiederholte er. »Eine großartige Idee, diese Stangentorpedos mit Unterwassersprengstoff und einer magnetischen Ummantelung einzusetzen. Sie haben dem Schiff das halbe Heck weggerissen, ohne die Propantanks zu gefährden.«

»Wir haben Glück gehabt, dass es funktioniert hat«, erwiderte Pitt bescheiden.

Gunn schüttelte Pitt ebenfalls die Hand. »Du hast uns ein ganz schönes Chaos hinterlassen.«

»Es hätte schlimmer kommen können.«

»Wir handeln bereits die Aufträge mit den Bergungsunternehmen aus, die das Schiff heben sollen. Wir wollen die übrige Schifffahrt nicht gefährden«, sagte Gunn.

»Was ist mit dem Propan?«

»Die Kuppeln der Tanks liegen nur zehn Meter unter dem Wasserspiegel. Taucher sollten ohne Schwierigkeiten Schläuche anschließen können, mit denen man es abpumpen und auf andere Tanker verteilen kann.

Die Küstenwache hat bereits rund um das Wrack Bojen ausgelegt und ein Leuchtschiff in Position gebracht, um sämtliche ein- und auslaufenden Schiffe zu warnen«, fügte Gunn hinzu.

Sandecker begab sich wieder hinter seinen Schreibtisch und blies eine riesige blaue Qualmwolke zur Decke. »Wie ist Lorens Sitzung verlaufen?«

»Nicht gut für Merlin Curtis Zale.«

Der Admiral wirkte noch eine Idee zufriedener. »Darf ich dem entnehmen, dass sich die Gefängnistüren hinter ihm schließen werden?«

Pitt verzog den Mund zu einem leichten Grinsen. »Ich glaube, dass Curtis Merlin Zale, nachdem er vor Gericht gestellt und verurteilt worden ist, den Rest seiner Tage in der Todeszelle zubringen wird.«

Gunn nickte. »Ein gerechtes Ende für einen Mann, der um des Geldes und der Macht willen hunderte unschuldiger Menschen ermordet hat.«

»Das dürfte nicht das letzte Mal gewesen sein, dass wir jemandem wie Zale begegnen«, sagte Pitt düster. »Es ist nur eine Frage der Zeit, bis der nächste Psychopath daherkommt.«

»Sie sollten jetzt lieber nach Hause gehen und sich ausruhen«, sagte Sandecker gnädig. »Anschließend nehmen Sie sich für Ihre Nachforschungen über Elmore Egan ein paar Tage frei.«

»Was mich daran erinnert«, sagte Gunn, »dass Hiram Yeager dich sprechen möchte.«

Pitt ging hinunter in die Rechnerabteilung der NUMA, wo Yeager in einem kleinen Lagerraum saß und auf Egans Lederkoffer starrte. Er blickte auf, als Pitt eintraf, hob die Hand und deutete auf den offenen Koffer.

»Grade rechtzeitig. In dreißig Sekunden müsste er sich mit Öl füllen.«

»Hast du etwa einen Zeitplan?«, fragte Pitt.

»Die Füllung erfolgt in regelmäßigem Abstand. Und zwar genau alle achtundvierzig Stunden.«

»Irgendeine Ahnung, warum es alle achtundvierzig Stunden passiert?«

»Max arbeitet daran«, antwortete Yeager und schloss die schwere Stahltür, die aussah, als stammte sie von einem Banktresor. »Deshalb wollte ich dich in dem Lagerraum sprechen. Es ist ein abgeschotteter Bereich, von Stahlwänden umgeben, ein Schutzraum für wichtige Daten, falls es zu einem Brand kommen sollte. Nichts kann diese Wände durchdringen, weder Radiowellen noch Mikrowellen, weder Schall noch Licht.«

»Und er füllt sich trotzdem mit Öl?«

»Pass einfach auf.« Yeager blickte auf seine Uhr und zählte mit dem Zeigefinger die Sekunden ab. »Jetzt!«, rief er.

Vor Pitts Augen füllte sich Egans Lederkoffer mit Öl, als werde es von unsichtbarer Hand hineingegossen. »Es muss irgendein Trick sein.«

»Kein Trick«, sagte Yeager und schlug den Deckel zu.

»Aber was dann?«

»Max und ich haben endlich die Lösung gefunden. Egans Koffer ist ein Empfänger.«

»Ich begreife überhaupt nichts«, erwiderte Pitt verständnislos.

Yeager öffnete die schwere Stahltür und ging zu seinem ausgefuchsten Computernetzwerk. Max stand auf ihrem Podest und lächelte ihnen entgegen. »Hallo, Dirk. Sie haben mir gefehlt.«

Pitt lachte. »Ich hätte gern Blumen mitgebracht, aber Sie können sie ja nicht halten.«

»Ich finde es gar nicht komisch, substanzlos im Raum zu stehen, lassen Sie sich das gesagt sein.«

»Max«, sagte Yeager, »erzähl Pitt, was wir über Dr. Egans Lederkoffer herausgefunden haben.«

»In knapp einer Stunde hatte ich des Rätsels Lösung, nachdem ich meine Schaltkreise auf das Problem angesetzt hatte.« Max warf Pitt einen Blick zu, als hätte sie etwas für ihn übrig. »Hat Hiram Ihnen erzählt, dass der Koffer ein Empfänger ist.«

»Ja, aber was für ein Empfänger?«

»Für Quanten-Teleportation.«

Pitt starrte Max an. »Das ist unmöglich. Teleportation ist nach dem derzeitigen Stand der physikalischen Erkenntnisse nicht machbar.«

»Das dachten Hiram und ich auch, als wir mit unserer Untersuchung begannen. Aber es ist so. Das Öl, das in dem Koffer auftaucht, befindet sich irgendwo in einer Kammer, in der sämtliche Atome und Moleküle erfasst und vermessen werden. Daraufhin wird das Öl in ein so genanntes Quantenstadium umgewandelt, sodass es an einen Empfänger versandt und dort wieder in seinen ursprünglichen Zustand zurückversetzt wird, und zwar mit genau der gleichen Anzahl der gemessenen Atome und Moleküle und anhand der in der Sendekammer erfassten Struktur. Ich habe den Vorgang natürlich sehr vereinfacht dargestellt. Aber ich kann mir immer noch nicht erklären, wie das Öl durch feste Körper verschickt werden kann, und zwar mit Lichtgeschwindigkeit. Ich kann nur hoffen, dass ich die Lösung im Lauf der Zeit finden werde.«

»Wissen Sie, was Sie da sagen?«, fragte Pitt ungläubig.

»Sehr wohl sogar«, sagte Max selbstbewusst. »Aber versprechen Sie sich nicht zu viel, auch wenn es sich um eine unglaubliche wissenschaftliche Erkenntnis handelt. Selbst in ferner Zukunft wird es nicht möglich sein, Menschen zu teleportieren. Auch wenn man jemanden über Tausende von Meilen hinweg senden, empfangen und wieder in seine ursprüngliche Gestalt zurückversetzen könnte, ließen sich sein Verstand und Bewusstsein, das Wissen und die Erfahrungen, die er sich im Laufe seines Lebens angeeignet hat, nicht übermitteln. Sein Verstand und sein Bewusstsein entsprächen dem eines neugeborenen Kindes. Öl hingegen besteht aus Kohlenwasserstoffen und anderen Mineralien. Verglichen mit einem Menschen, ist die Molekularstruktur weitaus weniger kompliziert.«

Pitt setzte sich hin und versuchte sich einen Reim darauf zu machen. »Es kommt mir einfach aberwitzig vor, dass Dr. Egan einen revolutionären Antrieb erfunden und fast zur gleichen Zeit einen funktionierenden Teleporter konstruiert haben soll.«

»Der Mann war ein Genie«, sagte Max. »Und seine Leistung ist umso ungeheurer, wenn man bedenkt, dass er sie ohne Heerscharen von Helfern oder ein großes, vom Staat gefördertes Forschungslaboratorium vollbracht hat.«

»Das stimmt«, sagte Pitt. »Er hat alles allein entwickelt, in einem geheimen Labor… aber wo sich das befindet, müssen wir erst noch rauskriegen.«

»Ich hoffe, ihr findet es«, sagte Yeager. »Egans Entdeckungen eröffnen uns geradezu Schwindel erregende Möglichkeiten. Sämtliche Stoffe mit einer relativ einfachen Molekularstruktur, wie zum Beispiel Öl, Kohle, Eisen oder Kupfer sowie eine Vielzahl von Mineralien, könnten von einem Ort zum anderen befördert werden, ohne dass man dazu Schiffe, Züge oder Lastwagen braucht. Sein Teleporter kann das ganze Transportwesen auf dieser Welt verändern.«

Pitt dachte einen Moment lang über die ungeheuren Möglichkeiten nach, die sich daraus ergaben, bevor er sich wieder an Max wandte. »Sagen Sie mal, Max, haben Sie durch Dr. Egans Koffer genügend Daten vorliegen, um einen Teleporter nachzubauen?«

Betrübt schüttelte Max ihr ätherisches Haupt. »Nein, so Leid es mir tut. Nicht annähernd, dazu habe ich nicht genügend Input erhalten. Ich hatte zwar Dr. Egans Empfänger vorliegen, doch der wesentliche Bestandteil dieses Systems ist der Sender. Selbst wenn ich mich jahrelang damit beschäftigen würde, fiele mir keine Lösung ein.«

Yeager legte Pitt die Hand auf die Schulter. »Ich wünschte, Max und ich hätten dich noch etwas genauer ins Bild setzen können.«

»Ihr beide habt hervorragende Arbeit geleistet, und ich danke euch dafür«, sagte Pitt. »Jetzt bin ich an der Reihe.«

Bevor er sich auf den Weg zum Hangar begab, schaute Pitt in seinem Büro vorbei, um seinen Schreibtisch aufzuräumen, die Post durchzusehen und etliche Rückrufe zu erledigen. Nach etwa einer Stunde stellte er fest, dass er sich kaum noch wach halten konnte, und beschloss, Feierabend zu machen. In diesem Augenblick klingelte das Telefon.

»Hallo.«

»Dirk!«, dröhnte St. Julien Perlmutters Stimme aus dem Hörer. »Ich bin ja so froh, dass ich dich erreiche.«

»St. Julien. Wo bist du?«

»In Amiens, Frankreich. Dr. Hereoux war so freundlich und hat mir erlaubt, über Nacht in Jules Vernes Haus zu bleiben und das Notizbuch durchzusehen, das Hugo und ich in einem Versteck fanden, in dem Jules Verne es vor fast hundert Jahren hinterlegt hat.«

»Hat sich daraus irgendwas Aufschlussreiches ergeben?«, fragte Pitt, der mit einem Mal hellhörig wurde.

»Du warst auf der richtigen Fährte. Kapitän Nemo gab es tatsächlich, allerdings hieß er Cameron Amherst. Er war Captain bei der Royal Navy.«

»Also kein indischer Prinz namens Dakkar?«

»Nein«, erwiderte Perlmutter. »Offenbar hasste Verne die Briten und gab Cameron deshalb einen indischen Namen und die entsprechende Herkunft.«

»Und wo kam er wirklich her?«

»Amherst stammte aus einer reichen schottischen Reederfamilie. Er meldete sich zur Royal Navy, diente sich rasch hoch und wurde mit neunundzwanzig Jahren Captain. Er ist 1830 geboren, war von klein auf hochintelligent, ein Wunderkind, und wurde zum technischen Genie. Ständig erfand er irgendwelche neuen Antriebsmethoden und allerlei andere Verbesserungen. Leider war er ein bisschen zu hitzköpfig. Als die alten Grauwale in der Admiralität seine Vorschläge nicht einmal prüfen wollten, wandte er sich an die Presse und bezeichnete sie als ahnungslose Ignoranten, die Angst vor der Zukunft hätten. Daraufhin wurde er wegen Insubordination unehrenhaft aus der Navy entlassen.«

»So ähnlich wie Billy Mitchell achtzig Jahre später.«

»Ein guter Vergleich.« Perlmutter fuhr fort. »Verne lernte Amherst bei einer Atlantiküberfahrt auf dem Passagierdampfer *Great Eastern* kennen. Amherst war es wohl, der Verne unterwegs von seinem Wunsch berichtete, ein Unterseeboot zu bauen, das in sämtliche Meerestiefen vordringen konnte. Er skizzierte in Vernes Notizbuch seine Entwürfe und beschrieb in allen Einzelheiten den revolutionären Antrieb, den er für sein Unterseeboot konstruiert hatte. Dass Verne Feuer und Flamme war, versteht sich wohl von selbst. Vier Jahre lang korrespondierte er ständig mit Amherst. Dann riss der Briefwechsel mit einem Mal ab. Verne wandte sich seinen utopischen Geschichten zu, wurde berühmt und dachte nicht mehr an Amherst.

Verne liebte die See, wie du weißt, und er besaß mehrere Jachten, mit denen er rund um Europa segelte. Auf einem dieser Törns tauchte vor der dänischen Küste ein walähnliches Unterwasserfahrzeug auf und ging neben Vernes Segelboot längsseits. Verne und sein Sohn Michel, der ihn begleitete, waren mehr als erstaunt, als sich Captain Amherst aus der Turmluke reckte, sie anpreite und den Schriftsteller einlud, an Bord zu kommen. Verne überließ seinem Sohn die Jacht und begab sich in Amhersts höchst erstaunliches Unterseeboot.«

»Dann gab es die *Nautilus* also tatsächlich?«

Perlmutter nickte geradezu ehrfürchtig in den Hörer. »Verne erfuhr, dass Amherst in einer großen, unter Wasser stehenden Grotte unter den Klippen, auf denen sich das Anwesen seiner Familie befand, heimlich ein Unterseeboot gebaut hatte. Als es fertig gestellt war und alle Probefahrten erfolgreich überstanden hatte, suchte er sich seine Besatzung aus – alles erfahrene Seeleute, alle ledig und ohne familiäre Bande. Anschließend befuhr er dreißig Jahre lang die Meere.«

»Wie lange war Verne an Bord?«, fragte Pitt.

»Verne trug seinem Sohn auf, mit der Jacht den nächsten Hafen anzulaufen und dort in einem Hotel auf ihn zu warten. Er fühlte sich geschmeichelt, weil sein alter Freund ihm die Ehre erwies. Er blieb fast zwei Wochen lang an Bord der *Nautilus*, wie Amhersts Boot tatsächlich hieß.«

»Also keine zwei Jahre, so wie im Roman?«

»Verne hatte trotzdem reichlich Zeit, sich das Boot haargenau anzusehen, so wie er es später in seinem Buch wiedergab, wobei er sich hier und da ein paar künstlerische Freiheiten herausgenommen hat. Ein paar Jahre später schrieb er *Zwanzigtausend Meilen unter dem Meer*.«

»Was ist aus Amherst geworden?«

»In Vernes Notizbuch befindet sich eine Eintragung, derzufolge ihn im Jahr 1895 ein geheimnisvoller Bote aufsuchte und ihm einen Brief von Amherst aushändigte. Der Großteil seiner Besatzung sei gestorben, teilte ihm der Captain mit. Er selbst wollte in seine schottische Heimat zurückkehren, doch das Haus, in dem er aufgewachsen war, war abgebrannt, und seine letzten Verwandten waren in den Flammen umgekommen. Zudem musste er feststellen, dass die Grotte unter den Klippen, in denen er die *Nautilus* gebaut hatte, eingebrochen war, sodass er dort keine Zuflucht mehr fand.«

»Und so fuhr er zur geheimnisvollen Insel.«

»Nein«, entgegnete Perlmutter, »das hat sich Verne ausgedacht, damit die letzte Ruhestätte von Amherst und der *Nautilus* nie gefunden wird. Jedenfalls nicht in absehbarer Zeit. In dem Brief heißt es weiter, dass Amherst im Tal des Hudson, im amerikanischen Bundesstaat New York, eine ähnliche Unterwassergrotte gefunden habe, die ihm und der *Nautilus* als Grabstatt dienen sollte.«

Pitt richtete sich auf, konnte sich nicht mehr bezähmen. »Am Hudson River?«, rief er begeistert.

»So steht es jedenfalls in dem Notizbuch.«

»St. Julien.«

»Ja.«

»Ich möchte dich am liebsten erdrücken.«

Perlmutter kicherte laut los. »Mein lieber Junge, bei meiner Leibesfülle schaffst du das nicht mal annähernd.«

56

Der Frühnebel hing über dem blauen Wasser des Flusses, so wie vor fast eintausend Jahren, als die Nordmänner hier angekommen waren. Die Sicht lag bei unter hundert Metern, und die zahlreichen Segel- und Motorboote, die sich an schönen Sommertagen für gewöhnlich auf dem Fluss tummelten, lagen noch an den Stegen vertäut. Sanft und weich, wie die Hand einer jungen Frau, fühlte sich der Nebel an, der sich um das kleine Boot schmiegte, das unterhalb der Felsenklippen am Ufer entlangfuhr. Es war weder ein schnittiges Boot, noch ragten an Bug und Heck kunstvoll geschnitzte Drachenhäupter auf, so wie einst vor vielen Jahrhunderten. Es war ein acht Meter langes Arbeitsboot der NUMA, praktisch, zuverlässig und eigens für Forschungs- und Vermessungsarbeiten in Ufernähe konstruiert.

Es lief mit genau vier Knoten Fahrt, während es den langen, schmalen gelben Sensor hinter sich herzog, der an das Aufzeichnungsgerät des Side-Scan-Sonars angeschlossen war. Giordino starrte gespannt auf den farbigen 3-D-Bildschirm, auf dem der Grund des Flusses und die unter Wasser liegenden Felsen am Fuß der Klippen zu sehen waren. Einen Strand gab es hier nicht, nur einen schmalen Streifen aus Sand und Steinen, der im Wasser sofort steil abfiel.

Kelly stand am Ruder, blickte mit ihren saphirblauen Augen fortwährend nach links, zum Ufer, und dann wieder nach vorn, während sie vorsichtig steuerte und auf Unterwasserfelsen achtete, die den Boden des Bootes aufschlitzen könnten. Das kleine Boot schien nur dahinzukriechen. Der Gashebel des schweren, 250 PS starken Yamaha-Außenbordmotors am Heck stand nur einen Strich über Leerlauf.

Sie hatte nur schlichtes Make-up aufgelegt und ihre honigbraunen Haare hinten zu einem langen Zopf geflochten, auf dem sich die Dunsttropfen wie glitzernde Perlen niederschlugen. Zu ihren kurzen weißen Shorts trug sie einen meerschaumgrünen ärmellosen Pulli und darüber eine leichte Baumwolljacke. Ihre wohlgeformten Füße steckten in offenen Sandalen, deren Farbe zum Pulli passte. Sie hatte die langen, ebenmäßigen Beine leicht gespreizt, um festen Stand zu haben, falls sie unverhofft ins Kielwasser eines Bootes gerieten, das im Nebel an ihnen vorbeifuhr.

So konzentriert Giordino auch auf das Sonargerät achtete, ab und zu konnte er sich einen kurzen Blick auf Kellys strammes Hinterteil nicht verkneifen. Pitt hatte die Gelegenheit nicht. Er lag gemütlich in einem Liegestuhl, den er am Bug des Vermessungsbootes aufgestellt hatte. Angeberei und Eindruck schinden lagen ihm nicht, daher nahm er auf solchen Unternehmungen oft seinen Lieblingsliegestuhl und eine dicke Polstermatte mit, weil er nicht einsah, dass er stundenlang herumstehen sollte. Er griff nach unten, nahm eine Tasse mit breitem, standfestem Fuß und trank einen

Schluck schwarzen Kaffee. Dann setzte er das Weitwinkelfernglas wieder an, durch dessen Okulare er auch aus Nahdistanz jede Einzelheit erkennen konnte, und musterte die Klippen.

Von den senkrecht aufragenden Felssäulen aus blankem Vulkangestein einmal abgesehen, war das Steilufer mit Büschen und Bäumen überwuchert. Es war ein typischer Grabenbruch, entstanden im Jura, dem Zeitalter der Saurier, als sich infolge vulkanischer Tätigkeit das Newark-Becken absenkte und die rotbraunen Sandstein- und Schiefertonschichten zutage traten, die man einst für die vornehmen Stadtvillen und die Brownstone-Häuser in New York abgebaut hatte. Doch es waren vor allem die hohen Klippen aus wind- und wetterfestem Basalt, die den eigentlichen Reiz dieser Landschaft ausmachten.

»Noch etwa zweihundert Meter, dann sind wir genau unter Papas Farm«, gab Kelly bekannt.

»Irgendwas entdeckt, Al?«, rief Pitt über die heruntergeklappte Windschutzscheibe hinweg.

»Felsen und Schlick«, antwortete Giordino kurz angebunden. »Schlick und Felsen.«

»Achte auf alles, was auf einen Felssturz hindeutet.«

»Meinst du, der Eingang der Höhle ist von Mutter Natur verschüttet worden?«

»Ich tippe eher auf Menschenhand.«

»Wenn Cameron mit seinem Boot in die Klippen reingekommen ist, muss es einen Zugang unter Wasser geben.«

»Fragt sich nur, ob er noch vorhanden ist«, sagte Pitt, ohne das Glas zu senken.

»Sie meinen, irgendein Sporttaucher wäre sonst längst darauf gestoßen?«, sagte Kelly.

»Höchstens durch Zufall. Hier in der Gegend gibt es keine Wracks, die einen Taucher locken, und wer mit der Harpune auf Fischjagd gehen will, sucht sich eine bessere Stelle aus.«

»Noch hundert Meter!«, rief Kelly.

Pitt richtete das Glas nach oben, zur Spitze der rund hundert Meter hohen Klippen, und sah die Dächer von Egans Haus und Bibliothek über der Kante aufragen. Erwartungsvoll beugte er sich vor und musterte die Felswände. »Da drüben ist ein Steinschlag niedergegangen«, sagte er und deutete auf einen Haufen verstreuter Felsbrocken, die offenbar von der steilen Klippe zu Tal gestürzt waren.

Giordino warf einen kurzen Blick durch das Seitenfenster zu der Stelle und wandte sich dann rasch wieder dem Bild am Side-Scan-Sonar zu. »Noch nichts«, meldete er.

»Steuern Sie fünf Meter weiter vom Ufer weg«, befahl Pitt Kelly. »Dadurch kann das Sonar den unter Wasser liegenden Teil der Uferböschung aus einem günstigeren Winkel erfassen.«

Kelly warf einen Blick auf die Anzeige des Echolots. »Der Grund fällt steil ab und ist dann zur Flussmitte hin leicht abschüssig.«

»Noch nichts«, sagte Giordino leise. »Die Felsen sind offenbar fest verkeilt.«

»Ich sehe etwas«, sagte Pitt fast beiläufig.

Giordino blickte auf. »Als da wäre?«

»Spuren im Fels, die aussehen, als stammten sie von Menschenhand.«

Kelly blickte zu der Klippe auf. »Inschriften etwa?«

»Nein«, erwiderte Pitt. »Sie sehen eher wie Meißelspuren aus.«

»Das Sonar zeigt weder eine Grotte noch einen Höhleneingang«, meldete Giordino.

Pitt kam um die Kabine herum und sprang aufs Arbeitsdeck. »Wir holen den Sensor ein und gehen mit dem Boot dicht am Ufer vor Anker.«

»Meinst du, wir sollten tauchen, bevor wir einen Anhaltspunkt gefunden haben?«, fragte Giordino.

Pitt lehnte sich zurück und schaute an der steilen Klippe empor. »Wir sind genau unter Dr. Egans Bibliothek. Wenn es eine Grotte gibt, muss sie hier in der Nähe sein. Wir finden sie leichter, wenn wir uns unter Wasser umsehen.«

Kelly zog das Boot gekonnt in eine scharfe Kurve und nahm das Gas weg, während Pitt den Sensor einholte und den Anker auswarf. Dann setzte sie langsam in die Strömung zurück, bis die Flunken fest im Grund saßen. Anschließend stellte sie den Motor ab und schüttelte sich die Wassertropfen von ihrem Zopf. »Ist der Parkplatz genehm?«, erkundigte sie sich mit schelmischem Lächeln.

»Bestens«, lobte Pitt sie.

»Darf ich auch mitkommen? Ich habe auf den Bahamas meinen Tauchschein gemacht.«

»Lassen Sie erst uns ran. Wenn wir etwas finden, winke ich Ihnen.«

Selbst im Sommer betrug die Wassertemperatur des Hudson nur frische achtzehn Grad. Pitt entschied sich für einen sieben Millimeter starken Trockentauchanzug mit Knie- und Ellbogenpolstern. Er schnallte sich einen leichten Bleigurt um die Taille, um den Auftrieb des Tauchanzugs auszugleichen. Dann zog er ein paar Handschuhe und seine Flossen an, stülpte die Kopfhaube über und rieb die Innenseite seiner Tauchbrille mit Speichel ein, bevor er den Gummiriemen über den Kopf streifte und sie mit herunterhängendem Schnorchel auf die Stirn schob. Er legte keine Tarierweste an, da er allenfalls drei Meter tief tauchen und sich zwischen den Felsen lieber frei und ungehindert bewegen wollte. »Wir tauchen erst ohne Gerät und sehen uns den Grund an, bevor wir die Flaschen benutzen.«

Giordino nickte schweigend und brachte die Trittleiter am Heck aus. Statt sich rückwärts über Bord fallen zu lassen, kletterte er drei Sprossen hinab und glitt ins Wasser. Pitt schwang die Beine über die Bordwand und ließ sich fast geräuschlos ins Wasser gleiten.

Im Umkreis von rund zehn Metern war das Wasser glasklar, bis es sich allmählich trübte und durch die Schlieren winziger Algen grün verfärbte. Außerdem war es schneidend kalt. Pitt war ein Warmblüter und zog Wassertemperaturen um die siebenundzwanzig Grad vor. Wenn Gott gewollt hätte, dass es der Mensch den Fischen gleichtut, dachte er, hätte er uns eine Körpertemperatur von sechzehn Grad gegeben statt der üblichen siebenunddreißig Grad.

Pitt atmete ein paarmal ein und aus, rollte sich dann vornüber, zog die Beine an, nutzte ihr Gewicht und stieß sich mühelos unter Wasser. Die großen, schroffen Felsbrocken lagen herum wie schlecht zueinander passende Teile eines Puzzles. Einige waren etliche Tonnen schwer, andere kaum größer als eine Kinderkarre. Er überzeugte sich davon, dass die Ankerflunken fest im sandigen Grund saßen, bevor er wieder auftauchte und Luft holte.

Die Strömung zerrte an Pitt und Giordino, sodass sie sich mit den Händen an den Felsen festhalten und sich über das schlammige Gestein ziehen mussten, wobei sie heilfroh waren, dass sie in weiser Voraussicht Handschuhe angezogen hatten, die ihre Fingerspitzen vor den scharfen Kanten schützten. Bald schon wurde ihnen klar, dass sie nicht in der richtigen Gegend waren, denn hier fiel der Grund zu flach zur Flussmitte hin ab.

Sie tauchten auf, holten Luft und beschlossen, sich zu trennen. Pitt wollte weiter oben suchen, während Giordino das felsige Ufer flussabwärts erkunden sollte. Pitt blickte auf, um sich anhand der Gebäude oben auf der Klippe zu orientieren. Mit knapper Not konnte er die Schornsteinspitze des Hauses erkennen. Rund dreißig Meter schwamm er parallel zu Egans Anwesen gegen die Strömung.

Der Nebel löste sich langsam auf, und die Sonne funkelte auf dem Wasser und warf schimmernde Lichtsprenkel auf die glitschigen Felsen. Pitt sah ein paar Fische, kaum größer als sein kleiner Finger. Neugierig flitzten sie um ihn herum, ohne die geringste Scheu, als wüssten sie, dass diese merkwürdige, unbeholfene Gestalt viel zu langsam war, um sie zu fangen. Mit gemächlichen Flossenschlägen bewegte er sich vorwärts, ließ sich im Wasser treiben und atmete langsam durch den Schnorchel, während er den zerklüfteten Grund absuchte, der unter ihm vorbeiglitt.

Dann schwamm er plötzlich über ein Stück Boden, auf dem kein einziger Fels lag. Glatt und eben wie eine Schneise zog sich eine Rinne durch das Geröll und fiel dann rund zehn Meter tief ab. Er schwamm zur anderen Seite, wo er wieder auf die rundum verstreuten Felsbrocken stieß, und kehrte zurück. Etwa zwölf Meter breit, schätzte er. Die Rinne führte zum Ufer, dorthin, wo ein Teil der Felswand ins Wasser gestürzt war. Er atmete kurz ein, hielt die Luft an, tauchte hinab und suchte nach einer Öffnung in dem schroffen und schartigen Geröll. Die Felsblöcke, die übereinander lagen, wirkten kalt und düster und hatten etwas Diabolisches an sich, fast so, als ob sie ein Geheimnis bargen, das sie nicht preisgeben wollten.

Wasserpflanzen wogten wie die langen Finger einer Tänzerin in der Strömung. Er stieß auf eine Felsleiste, die nicht überwuchert war, und bemerkte sonderbare Zeichen, die offenbar mit einem Meißel in das harte Gestein gehauen waren. Sein Herz schlug zwei Takte schneller, als er die groben Umrisse eines Hundes erkannte. Als seine Lunge brannte, stieg er auf und holte Luft. Dann tauchte er wieder hinab, bewegte sich mit den Flossen voran und zog sich gelegentlich mit den Händen um die Felsen herum.

Er sah einen gut fünfundzwanzig Zentimeter langen Schwarzbarsch, der unter einem überhängenden Steinblock hervorschwamm. Als er Pitts Schatten bemerkte, verschwand er sofort wieder. Pitt stieß schräg hinab und verfolgte ihn unter der Felsleiste hindurch. Ein dunkler Tunnel tauchte im Gestein auf, und die Haut seines Nackens kribbelte. Noch einmal stieg er auf und holte Luft, dann drang er vorsichtig durch die Öffnung ein. Sobald er im Inneren war, wo ihn das gleißende Licht nicht mehr blendete, stellte er fest, dass sich die Höhle rund drei Meter vor ihm allmählich erweiterte. Weiter wollte er nicht vorstoßen. Nachdem er seine letzte Atemluft verbraucht hatte, tauchte er wieder auf.

Al war bereits zurück ins Boot geklettert, nachdem er nichts entdeckt hatte. Kelly saß oben auf der Kabine, ließ die Füße auf das Vorderdeck herunterbaumeln und blickte in Pitts Richtung. Er winkte mit beiden Armen und brüllte.

»Ich habe einen Eingang gefunden!«

Kelly und Giordino brauchten keine extra Einladung. Knapp drei Minuten später kraulten sie gegen die Strömung zu ihm. Wortlos und ohne das Mundstück seines Schnorchels herauszunehmen, winkte er ihnen zu, dass sie ihm folgen sollten. Sie hielten kurz inne und atmeten durch, dann folgten Giordino und Kelly Pitt durch die Geröllmassen.

Ihre Flossen streiften gelegentlich den Fels, als sie durch den engen Eingangsstollen schwammen, und wirbelten durchscheinende grüne Algenwolken auf. Dann, als Kelly bereits befürchtete, ihr könnte jede Sekunde die Lunge platzen, wölbten sich die Höhlenwände nach allen Seiten aus. Sie ergriff Pitts linken Knöchel, nutzte seinen Schwung und stieß sich nach oben.

Sie tauchten gleichzeitig auf, spien die Mundstücke ihrer Schnorchel aus, schoben die Tauchbrillen hoch und stellten fest, dass sie sich in einer riesigen Kaverne befanden, deren Decke gut fünfzig Meter über ihnen aufragte. Verdutzt sahen sie sich um, ohne zu begreifen, was sie entdeckt hatten.

Pitt blickte voller Staunen auf einen Schlangenkopf, der mit gefletschten Zähnen auf ihn herabstarrte.

57

Die anmutig geschwungene Schlange mit dem kunstvoll geschnitzten, offenen Maul starrte blicklos auf das Wasser, das in die Grotte floss, als hielte sie Ausschau nach einem fernen Gestade. Auf einem riesigen Felssockel, knapp anderthalb Meter über dem Wasser, lagen nebeneinander sechs offene hölzerne Boote, die durch Holzböcke aufrecht und auf ebenem Kiel gehalten wurden. Der Schlangenkopf ragte am Vorsteven des größten Bootes auf, das dem Rand des Sockels am nächsten stand.

Es war wie alle anderen ganz und gar aus Eichenholz gebaut und über achtzehn Meter lang. Die Sonnenstrahlen, die sich auf dem Wasser spiegelten und in die Höhle fielen, warfen dünne Lichtstreifen auf die elegant geschnittenen Rümpfe. Vom Wasser aus konnten die drei Taucher die Kiele erkennen und die breiten, ebenmäßig geschwungenen Schiffsbäuche mit ihren in typischer Klinkerbauweise überlappenden Planken, die noch immer von rostigen Nägeln zusammengehalten wurden. Unter den Aufhängungen, an denen einst die Schilde angebracht waren, ragten noch immer die Riemen aus kleinen, runden Pforten. Sie wirkten, als würden sie von Geisterhand gehalten, schwebten über dem Wasser und warteten nur auf den Befehl zum Rudern. Pitt, Giordino und Kelly konnten kaum fassen, dass derart anmutige und schnittige Schiffe vor rund tausend Jahren entworfen und gebaut worden waren.

»Das sind Wikingerschiffe«, murmelte Kelly voller Ehrfurcht.

»Sie waren die ganze Zeit über hier, ohne dass irgendjemand etwas davon wusste.«

»Ihr Vater wusste es«, sagte Pitt. »Er wusste aufgrund der Inschriften, dass sich die Wikinger auf den Klippen über dem Hudson niedergelassen hatten. Und dadurch entdeckte er auch den Gang, der von oben in die Grotte hinabführt.«

»Sie sind gut erhalten«, stellte Giordino fest, während er einen bewundernden Blick auf die Wikingerschiffe warf. »Trotz der Feuchtigkeit sehe ich kaum eine Spur von Fäulnis.«

Pitt deutete auf die aufrecht stehenden Masten, an denen noch die aufgerollten, aus grober Wolle gewebten, rotweißen Segel hingen, dann auf die gewölbte Decke der Grotte. »Sie haben sie aufgerichtet gelassen, weil die Höhle so hoch ist.«

»Sie sehen aus, als müsste man sie nur zu Wasser lassen, die Segel setzen und losfahren«, wisperte Kelly atemlos vor Staunen.

»Schauen wir sie uns mal näher an«, sagte Pitt.

Nachdem sie ihre Flossen, die Tauchbrillen und die Bleigurte abgelegt hatten, stiegen sie über eine aus dem Gestein gehauene Treppe auf den Felssockel und liefen die Rampen empor, die vom Boden aus zur Bordwand des größten Schiffes führten. Sie waren stabil gebaut und offensichtlich von Dr. Egan angebracht worden.

Trotz des schummrigen Lichts, das in der Grotte herrschte, konnten sie etliche Gegenstände erkennen, die auf den Bodenplanken lagen. Unter anderem etwas, das aussah wie ein in Grabtücher gehüllter Leichnam. Zu beiden Seiten befanden sich kleinere, ebenfalls in Tücher eingeschlagene Bündel. Rund um die Leichen war in heillosem Durcheinander, so als hätte jemand kurzerhand eine Truhe ausgekippt, ein wahrer Schatz verstreut. Vergoldete Heiligenfiguren lagen dort herum, ein Stapel prachtvoller Handschriften in Kirchenlatein, Reliquienbehälter voller Münzen und silberne Kelche, alles höchstwahrscheinlich bei Raubzügen aus Klöstern in England und Irland gestohlen. In kunstvoll geschnitzten Holzkästen türmten sich Bernsteinketten, Gold- und Silberbroschen, fein gearbeitete Kolliers und Armbänder aus Silber und Bronze. Dazu Bronzegeschirr, Weihrauchfässer aus dem Orient, allerlei Möbel, Brokatstoffe und Leinen sowie ein herrlich geschnitzter Schlitten, auf dem sich einst der Anführer im Winter durch den Schnee hatte ziehen lassen.

»Meiner Meinung nach ist das Bjarne Sigvatson«, sagte Pitt.

Bedrückt blickte Kelly auf die beiden kleineren Bündel. »Das sind vermutlich seine Kinder.«

»Der muss ja ein toller Krieger gewesen sein, wenn er so viele Reichtümer angehäuft hat«, grummelte Giordinio, der wie gebannt auf die Schätze blickte.

»Soweit ich Papas Notizbüchern entnehmen konnte«, sagte Kelly, »wurden bedeutende Anführer, die eines ruhmreichen Todes starben, mit ihren sämtlichen Habseligkeiten und Besitztümern, wozu auch Pferde, andere Tiere und Sklaven gehörten, auf die Reise nach Walhall geschickt. Außerdem sollte er seine Streitaxt, sein Schwert und seinen Schild bei sich haben. Ich sehe aber nichts davon.«

»Die Bestattung ist ziemlich schlampig durchgeführt worden«, pflichtete ihr Giordino bei.

Pitt deutete zur Rampe. »Werfen wir einen Blick in die anderen Boote.«

Zu Kellys Entsetzen lagen in den benachbarten Booten lauter Knochen, vermischt mit zerbrochenen und zertrümmerten Haushaltsartikeln. Nur wenige Skelette waren vollständig. Die meisten sahen aus, als wären sie in Stücke gehackt worden.

Pitt kniete sich hin und musterte einen Schädel mit einem gezackten Loch oben auf der Hirnschale. »Hier muss ein furchtbares Massaker stattgefunden haben.«

»Vielleicht haben sie miteinander gekämpft.«

»Das glaube ich nicht«, sagte Giordino. Er zog einen Pfeil heraus, der zwischen den Rippenbögen eines weiteren Knochenhaufens steckte, und hielt ihn hoch. »Demnach waren es Indianer.«

»In den Sagas wird angedeutet, dass Sigvatson und seine Leute von Grönland aus fortsegelten und man nie wieder etwas von ihnen hörte«, sagte Pitt, während er sich ein Gesicht zu dem Schädel vorzustellen versuchte. »Außerdem wird dadurch auch die von Dr. Wednesday erzählte Sage glaubwürdiger, wonach Indianer sämtliche Wikinger in der Siedlung abgeschlachtet haben.«

»Das hier beweist, dass es keine Legende war«, sagte Giordino leise.

Kelly blickte zu Pitt. »Die Siedlung der Nordmänner …«

»Befand sich auf der Farm Ihres Vaters«, brachte er den Satz zu Ende. »Er hat Artefakte gefunden und kam dadurch auf die Idee, Nachforschungen anzustellen.«

Kelly rang verzweifelt die Hände. »Aber wieso hat er es geheim gehalten? Wieso hat er keine Archäologen hinzugezogen, um nach den Überresten zu graben? Wieso hat er nicht aller Welt gezeigt, dass die Wikinger dort landeten, wo sich heute der Staat New York befindet, und eine Kolonie gründeten?«

»Ihr Vater war ein intelligenter Mann«, sagte Giordino. »Er muss einen guten Grund für die Geheimniskrämerei gehabt haben. Meiner Meinung nach wollte er nicht, dass Heerscharen von Archäologen und Journalisten in sein Privatleben eindringen, während er seine Experimente durchführte.«

Eine halbe Stunde später schlenderte Pitt auf dem Felssockel umher, während Kelly und Giordino die übrigen Boote untersuchten – im schummrigen Licht, das in der Höhle herrschte, kein leichtes Unterfangen. Im Halbdunkel entdeckte er eine in die Felsen gehauene Treppe, die zu einem Stollen hinaufführte. Als er sich am Geländer an der Wand festhielt und die ersten vier Stufen hochstieg, stieß er mit den Fingerspitzen auf etwas, das sich wie ein Lichtschalter anfühlte. Er betastete ihn vorsichtig und stellte fest, dass sich der Wirbel im Uhrzeigersinn bewegen ließ. Neugierig drehte er ihn um, bis es klickte.

Plötzlich wurde die ganze Grotte von hellen, fluoreszierenden Neonlampen ausgeleuchtet, die in die Felswände eingelassen waren.

»Klasse«, stieß Kelly verdutzt aus. »Jetzt sehen wir endlich, was wir hier treiben.«

Pitt ging zu dem Boot, das sie und Giordino gerade durchsuchten. »Ich weiß noch einen weiteren Grund, weshalb Ihr Vater diesen Ort geheim halten wollte«, sagte er langsam und bedächtig.

Kelly wirkte nur mäßig interessiert, aber Giordino starrte ihn an. Er kannte Pitt schon viel zu lange und wusste genau, wenn er mit einer Entdeckung herausrückte. Dann sah er, wohin Pitts Blick gerichtet war, drehte sich um und schaute in die gleiche Richtung.

An einem Anleger auf der anderen Seite der Grotte war ein langes Boot vertäut, dessen rundlicher Rumpf von einer dünnen Rostschicht überzogen war. Ein paar Meter hinter dem Bug ragte ein kleiner Turm auf. In der schummrigen Kaverne war das Boot nicht zu sehen gewesen, bis Pitt das Licht eingeschaltet hatte.

»Was, in Gottes Namen, ist das?«, murmelte Kelly.

»Das«, sagte Pitt triumphierend, »ist die *Nautilus*.«

Als sie auf dem Kai standen, der einst von Dr. Elmore Egan gebaut worden war, und das sagenhafte, in einem utopischen Roman beschriebene Unterseeboot betrachteten, waren sie nicht minder ergriffen und fasziniert als beim Anblick der Wikingerschiffe. Als wäre ein Traum wahr geworden, so kamen sie sich vor, als sie plötzlich auf dieses Wunderwerk der Ingenieurskunst aus dem neunzehnten Jahrhundert stießen, das jeder für eine Ausgeburt der Fantasie gehalten hatte.

Am unteren Ende des Kais, unmittelbar am Rande des Felssockels, ragte ein Haufen übereinander getürmter Steine in Form eines Sarkophags auf. Ein Holzschild mit eingeschnitzten Lettern teilte mit, dass sich hier die letzte Ruhestätte des Schöpfers dieses Unterseebootes befand:

Hier ruhen die sterblichen Überreste von
Captain Cameron Amherst.
Als Kapitän Nemo berühmt und unsterblich geworden
durch die Schriften von Jules Verne.
Mögen jene, die eines Tages sein Grab entdecken,
ihm mit der Ehrerbietung und dem Respekt begegnen,
die ihm gebühren.

»Meine Hochachtung vor Ihrem Vater wird immer größer«, sagte Pitt zu Kelly. »Er war ein beneidenswerter Mann.«

»Ich bin sehr stolz auf ihn. Zumal ich jetzt weiß, dass Papa dieses Denkmal eigenhändig errichtet hat.«

Giordino, der zurückgeblieben war und einen Seitenstollen erkundet hatte, kam zu ihnen. »Ich habe die Lösung des Rätsels gefunden, das mir keine Ruhe gelassen hat.«

Pitt schaute ihn an. »Welches Rätsel?«

»Woher Dr. Egan den Strom bezieht, falls er irgendwo ein geheimes Labor haben sollte. In einer Nebenkammer habe ich die Lösung gefunden. Dort stehen drei tragbare Generatoren, die an so viele Batterien angeschlossen sind, dass man damit eine Kleinstadt versorgen kann.« Er deutete auf eine Reihe von Stromkabeln, die sich am Kai entlangzogen und zur Turmluke des Unterseebootes führten. »Jede Wette, dass er sich da drin sein Labor eingerichtet hat.«

»Jetzt, wo ich sie aus der Nähe sehe«, sagte Kelly, »kommt mir die *Nautilus* viel größer vor, als ich sie mir vorgestellt habe.«

»Und so wie in Disneyland sieht sie auch nicht aus«, meinte Giordino versonnen. »Der Rumpf ist schlicht und schnörkellos.«

Pitt nickte. Das Boot ragte nur knapp einen Meter aus dem Wasser, sodass man die Umrisse des Rumpfes nur andeutungsweise erahnen konnte. »Meiner Schätzung nach müsste sie etwa fünfundsiebzig Meter lang und fünfzehn Meter breit sein, also größer, als Verne sie geschildert hat. Sie hat fast die gleichen Ausmaße wie das erste in moderner Tropfenform gebaute U-Boot der US-Navy, das 1953 vom Stapel lief.«

»Die *Albacore*«, erwiderte Giordino. »Ich hab sie vor etwa zehn Jahren den York runterfahren sehen. Du hast Recht. Sie ähneln einander.«

Giordino ging zu einem Schaltkasten neben einer am Kai ausgelegten Laufplanke, die in Höhe der Turms zum Deck des Unterseebootes führte. Er drückte zwei Knöpfe. Das Innere des Bootes wurde augenblicklich in Licht getaucht, das durch eine Reihe kleiner Bullaugen entlang der Oberseite und ein paar größere, die unter Wasser zu sehen waren, nach draußen fiel.

Pitt wandte sich an Kelly und deutete zu der offenen Turmluke hinab. »Ladys first.«

Sie legte die Hand auf die Brust, als müsste sie ihr rasendes Herz beruhigen. Sie wollte unbedingt sehen, wo ihr Vater all die Jahre über gearbeitet hatte, wollte das berühmte Boot von innen sehen, doch der erste Schritt fiel ihr schwer. Es kam ihr so vor, als betrete sie ein Geisterhaus. Schließlich bot sie ihre ganze Willenskraft auf, stieg durch die Luke und kletterte die Leiter hinab.

Der Einstiegsraum war klein. Kelly wartete, bis Pitt und Giordino zu ihr gestoßen waren. Vor ihnen befand sich eine Tür, die aussah, als gehörte sie eher in ein Herrenhaus als in ein Unterseeboot. Pitt drehte den Knauf um, öffnete sie und trat über die Schwelle.

Schweigend gingen sie durch einen prunkvoll eingerichteten, rund viereinhalb Meter langen Speisesaal, in dessen Mitte ein großer Teakholztisch für zehn Personen stand, dessen Beine herrlich geschnitzte Delfine darstellten. Am anderen Ende befand sich eine weitere Tür, die in eine Bibliothek führte, deren Regale nach Pitts Schätzung mehr als fünftausend Bücher enthielten. Er musterte die Titel. Auf der einen Seite standen wissenschaftliche und technische Werke. Die gegenüberliegenden Regale waren voller Originalausgaben der Klassiker. Er zog ein Buch heraus, das von Jules Verne geschrieben worden war, und schlug es auf. Auf dem Titelblatt stand eine von Verne verfasste Widmung an »den größten Geist des Universums«. Er schob es vorsichtig wieder an Ort und Stelle zurück und setzte seinen Erkundungsgang fort.

Der nächste Raum war ziemlich groß, gut und gern zehn Meter lang. Dieser Bereich, davon war Pitt überzeugt, musste der große Salon sein, der laut Vernes Schilderung zahllose Kunstschätze und kostbare Artefakte barg, die Cameron bei seinen Tauchfahrten zusammengetragen hatte. Doch der Salon war weder ein Museum noch eine Galerie, jedenfalls jetzt nicht mehr. Elmore Egan hatte ihn zu einer Werkstatt und einem chemischen Laboratorium umfunktioniert. Der rund dreieinhalb Meter breite Raum enthielt etliche Arbeitstische und Abstellflächen, auf denen eine Unzahl chemischer Apparaturen standen, einen geräumigen Werkstattbereich mit allerlei schwerem Gerät, darunter eine Bohrmaschine und eine Drehbank sowie drei Computerstationen mit einer Reihe von Druckern und Scannern. Von der einstigen Ausstattung war nur noch die Orgel vorhanden, die vermutlich zu schwer war, als dass Egan sie von der Stelle hatte bewegen können. Das Instrument mit seinem wunderbar lackierten Holz und den Messingpfeifen, auf dem Amherst einst die Werke großer Komponisten gespielt hatte, war ein Meisterwerk der Instrumentenbaukunst.

Kelly ging zu einem mit allerlei chemischen Apparaturen bedeckten Arbeitstisch, berührte liebevoll die Reagenzgläser und Kolben, die in wildem Durcheinander herumlagen, sortierte sie und verstaute sie ordentlich in den Gestellen und auf den Regalen. Sie blieb im Labor zurück und nahm die Atmosphäre dieses Raumes in sich auf, in dem ihr Vater allgegenwärtig war, während Pitt und Giordino weiterzogen, durch einen langen Korridor und ein wasserdichtes Schott gingen, bevor sie die nächste Abteilung betraten. Diesen Bereich der *Nautilus*, der Captain Amherst einst als Privatkabine gedient hatte, hatte Egan als Konstruktionsbüro und Denkstube genutzt. Pläne, Blaupausen und Entwürfe sowie Hunderte von Notizbüchern stapelten sich auf jedem Zentimeter Boden rund um einen großen Zeichentisch, an dem Egan seine Erfindungen ausgetüftelt hatte.

»Hier also hat einst ein großer Mann gewohnt, und ein anderer großer Mann hat hier seine Werke geschaffen«, bemerkte Giordino versonnen.

»Los, weiter geht's«, sagte Pitt. »Ich will sehen, wo er seine Teleporter-Kammer aufgebaut hat.«

Sie gingen durch ein weiteres wasserdichtes Schott und kamen in einem Raum, der einst die Sauerstofftanks des Unterseebootes enthalten hatte. Egan hatte sie ausgebaut, um Platz für seine Teleportationsinstrumente und -geräte zu schaffen. Zwei Paneele mit allerlei Schaltern und Skalen befanden sich hier, ein Schreibtisch mit einem Computer und eine geschlossene Kammer, die den Sender enthielt.

Pitt lächelte, als er das 250-Liter-Fass mit der Aufschrift Super Slick sah, das in der Kammer stand. Es war an einen Zeitschalter und eine Reihe von Röhren angeschlossen, die ihrerseits mit einem runden Gefäß am Boden verbunden waren. »Jetzt wissen wir, woher das Öl stammt, mit dem Egans Lederkoffer immer wieder aufgefüllt wird.«

»Ich frage mich, wie das Ganze funktioniert«, sagte Giordino, während er die Sendestation musterte.

»Das müssen schlauere Leute als ich rauskriegen.«

»Schon erstaunlich, dass es tatsächlich funktioniert.«

»Das sieht zwar alles ziemlich primitiv und einfach aus, aber du stehst vor einer wissenschaftlichen Errungenschaft, die das gesamte Transportwesen für immer verändern wird.«

Pitt trat zu dem Instrumentenbrett, auf dem der Zeitschalter angebracht war. Er sah, dass er auf achtundvierzig Stunden eingestellt war. Dann stellte er ihn zehn Stunden zurück.

»Was machst du da?«, fragte Giordino neugierig.

Pitt verzog die Mundwinkel zu einem durchtriebenen Grinsen. »Ich schicke Hiram Yeager und Max eine Nachricht.«

Nachdem sie so weit wie möglich zum Bug vorgedrungen waren, kehrten Pitt und Giordino in den großen Salon zurück. Kelly saß auf einem Stuhl und sah aus, als sei sie nicht ganz bei sich.

Pitt drückte ihr zärtlich die Schulter. »Wir gehen jetzt zum Maschinenraum. Wollen Sie mitkommen?«

Sie schmiegte sich an seine Hand. »Habt ihr irgendwas Interessantes gefunden?«

»Den Teleporter-Raum Ihres Vaters.«

»Dann hat er also tatsächlich einen Apparat erfunden und konstruiert, mit dem man feste Gegenstände von einem Ort zum andern senden kann?«

»So ist es.«

Voller Begeisterung stand sie auf und folgte den beiden Männern, als sie nach achtern gingen.

Nachdem sie den Speisesaal und den Einstiegsraum hinter sich gelassen hatten, kamen sie durch eine Kombüse, bei deren Anblick Kelly schauderte. Die Arbeitsplatten waren mit Lebensmittelverpackungen übersät, grüner Schimmel wucherte auf dem schmutzigen Geschirr und den Küchengeräten in der Spüle, und in der einen Ecke waren große Körbe gestapelt, in denen sich Plastikbeutel voller Müll und Abfälle befanden.

»Ihr Vater hatte viele Vorzüge«, stellte Pitt fest, »aber ordentlich war er nicht.«

»Er hatte andere Sachen im Kopf«, erwiderte Kelly in liebevollem Ton. »Ein Jammer, dass er mich nicht ins Vertrauen gezogen hat. Ich hätte ihm als Sekretärin und Haushälterin dienen können.«

Sie traten durch den nächsten Durchgang und kamen in die Mannschaftsunterkünfte. Was sie hier sahen, verschlug ihnen endgültig die Sprache.

Hier hatte Egan die Schätze verstaut, die einst den großen Salon und die Bibliothek geziert hatten. Allein die Gemälde hätten zwei Räume des Metropolitan Museum of Art gefüllt. Bilder von Leonardo da Vinci, Tizian, Raffael, Rembrandt, Vermeer, Rubens und gut dreißig weiteren großen Künstlern waren reihenweise aneinander gestapelt. In Kammern und Einzelkabinen standen antike Skulpturen aus Marmor und Bronze. Dazu kamen die Schätze, die Amherst aus alten Schiffswracks geborgen hatte: haufenweise Gold- und Silberbarren, Kisten, die bis zum Rand voll mit Münzen und Edelsteinen waren. Der Wert dieser Sammlung überstieg jedes Vorstellungsvermögen, ließ sich nicht einmal annähernd schätzen.

»Ich komme mir vor wie Ali Baba, nachdem er die Schatzhöhle der vierzig Räuber entdeckt hat«, sagte Pitt mit leiser Stimme.

Kelly war nicht minder erstaunt. »Ich hätte mir niemals träumen lassen, dass es so etwas gibt.«

Giordino ergriff eine Hand voll Goldmünzen und ließ sie durch die Finger rinnen. »Falls es jemals Fragen gegeben haben sollte, womit Egan seine Experimente finanziert hat – das hier beantwortet alles.«

Fast eine Stunde lang durchsuchten sie den gewaltigen Schatz, ehe sie ihre Besichtigungstour fortsetzten. Nachdem sie durch ein weiteres wasserdichtes Schott gegangen waren, fanden sie sich im Maschinenraum wieder. Das hier war die größte Abteilung des gesamten Schiffes, gut achtzehn Meter lang und sechs Meter breit.

Dieser Wirrwarr aus Rohren, Tanks und sonderbar aussehenden Geräten, bei denen es sich, soweit Pitt und Giordino das erkennen konnten, um Generatoren zur Stromerzeugung handelte, musste der Albtraum eines jeden Installateurs sein. Eine mächtige Getriebeanlage mit ineinander greifenden, stählernen Zahnrädern beherrschte den hinteren Teil des Raumes. Kelly, die von den Maschinen nicht annähernd so fasziniert war wie die Männer und unterdessen herumschlenderte, kam zu einem hohen Stehpult, auf dem ein großes, in Leder gebundenes Buch lag. Sie schlug es auf und betrachtete die braune Tinte und die altmodische, verschnörkelte Handschrift. Allem Anschein nach war es das Logbuch des Chefmaschinisten. Der letzte Eintrag stammte vom 10. Juni 1901.

> *Habe die Maschinen zum letzten Mal abgestellt. Werde die Generatoren laufen lassen, damit ich bis zu meinem Ableben Elektrizität habe. Die* Nautilus, *die mir vierzig Jahre lang treue Dienste geleistet hat, wird mir nun als Grabstätte dienen. Dies ist mein letzter Eintrag.*

Unterzeichnet war der Text mit Cameron Amherst.

Inzwischen erkundeten Pitt und Giordino die mächtige Maschine mit ihren eindeutig aus dem neunzehnten Jahrhundert stammenden, wuchtigen Armaturen in funkelnden Messinggehäusen, den gusseisernen Ventilen und anderen Bauteilen, deren Funktion sie nicht kannten.

Pitt kroch unter die große Maschine, schlüpfte dann außen herum und untersuchte sie von allen Seiten. Schließlich stand er auf und kratzte sich das stoppelige Kinn. »Ich habe mir schon Hunderte von Schiffsmaschinen angesehen, unter anderem auch alte Dampfmaschinen, aber so eine Anlage ist mir noch nicht mal annähernd untergekommen.«

Giordino, der die Firmenplaketten musterte, die an den diversen Bauteilen der Maschine vernietet waren, sagte: »Das Triebwerk stammt nicht von einem Hersteller. Amherst hat die einzelnen Teile von diesem Ding bei mindestens dreißig verschiedenen Schiffsmaschinenbauern in ganz Europa und Amerika in Auftrag gegeben und hinterher mit seiner Mannschaft zusammenmontiert.«

»Nur so konnte er den Bau der *Nautilus* geheim halten.«

»Was hältst du von dieser Konstruktion?«

»Ich kann allenfalls raten. Aber meiner Meinung nach handelt es sich um eine Mischung aus Stromaggregat und dem primitiven Vorläufer einer magnetohydrodynamischen Maschine.«

»Amherst ist also schon vor hundertfünfzig Jahren auf diese Idee gekommen, bevor sie vor kurzem wieder entdeckt wurde.«

»Er hatte nicht die technischen Möglichkeiten, um Meerwasser über einen durch flüssiges Helium auf den absoluten Nullpunkt abgekühlten Magneten strömen zu lassen – Helium, zum Beispiel, konnte erst sechzig Jahre später industriell hergestellt werden –, daher benutzte er eine Art Natrium-Konverter. Der brachte zwar nicht annähernd die gleiche Leistung, doch für seine Zwecke genügte er. Amherst musste das durch elektrische Energie ausgleichen, und er verließ sich darauf, dass er genügend Strom erzeugen konnte, um die Schraube auf die entsprechende Drehzahl zu bringen.«

»Dann könnte es doch gut sein, dass Egan Amhersts Maschine als Grundlage für seine eigenen Konstruktionen benutzt hat.«

»Er hat sich sicher davon anregen lassen.«

»Eine fantastische Arbeit«, sagte Giordino anerkennend, als ihm klar wurde, welch geniale Erfindung diese Maschine darstellte. »Vor allem, wenn man bedenkt, dass sie die *Nautilus* vierzig Jahre lang bei ihren Fahrten in sämtliche Tiefen der Weltmeere angetrieben hat.«

Kelly, die das Maschinenraumlogbuch in der Hand hielt, kam auf sie zu. Sie wirkte, als sehe sie Gespenster. »Falls wir hier drin fertig sein sollten, möchte ich gern den Gang suchen, den Papa entdeckt haben muss, um ungesehen vom Haus aus hierher zu gelangen.«

Pitt nickte und warf Giordino einen kurzen Blick zu. »Wir sollten uns beim Admiral melden und ihm mitteilen, was wir hier gefunden haben.«

»Der will das bestimmt wissen«, pflichtete Giordino bei.

Sie brauchten nur fünf Minuten, um den Gang emporzusteigen, der nach oben auf die Klippen führte. Pitt hatte ein sonderbares Gefühl, wusste er doch, dass die Wikinger tausend Jahre zuvor den gleichen Weg gegangen waren. Er glaubte fast, sie zu spüren und ihre Stimmen hören zu können.

Josh Thomas saß in Egans Bibliothek und las eine Fachzeitschrift, als er plötzlich vor Schreck erstarrte. Mit einem Mal hob sich der

Teppich mitten im Zimmer, wie von Geisterhand bewegt, und flog dann beiseite. Eine darunter liegende Falltür wurde aufgestoßen, und Pitts Kopf tauchte aus dem Schacht auf.

»Entschuldigen Sie die Störung«, sagte Pitt mit einem fröhlichen Grinsen. »Aber wir sind zufällig vorbeigekommen.«

SECHSTER TEIL

Geister der Vergangenheit

16. August 2001
Washington, D.C.

58

Pitt schwang sich aus dem Bett, schlüpfte in einen Morgenmantel und holte sich eine Tasse Kaffee, den Sally Morse gekocht hatte. Am liebsten wäre er den ganzen Morgen im Bett geblieben, aber Sally und Kelly wollten heute abreisen. Nachdem sie vor Lorens Untersuchungsausschuss ausgesagt und beim Justizministerium eine eidesstattliche Erklärung abgegeben hatte, war Sally vom Präsidenten empfangen worden, der sich herzlich bei ihr bedankt hatte. Anschließend hatte man ihr mitgeteilt, dass sie nach Hause fliegen dürfe, um ihren Pflichten als Vorstandsvorsitzende von Yukon Oil nachzukommen, bis man sie für weitere Aussagen benötigte.

Als Pitt sich schlaftrunken und mit verquollenen Augen in die Küche schleppte, summte Sally fröhlich vor sich hin und räumte die Spülmaschine aus. »Ich hätte nie gedacht, dass ich so was mal sage, aber Sie und Kelly werden mir fehlen, wenn Sie mir nicht mehr ins Gehege kommen.«

Sally lachte auf. »Aber nur deswegen, weil dann niemand mehr da ist, der für Sie kocht, das Geschirr wegräumt, Ihr Bett macht und Ihre Wäsche wäscht.«

»Ich kann nicht leugnen, dass ich es genossen habe.«

Sie sah ausgesprochen schick aus in dem hellgrauen Schalkragenpulli aus Seide und Wolle und der braunen Mikrofaserjeans. Die aschblonden Haare fielen ihr offen und ungebändigt über die Schultern. »Sie sollten sich eine tüchtige Frau suchen, die für Sie sorgt.«

»Loren ist die Einzige, die mich haben will, aber sie ist zu sehr mit ihrer Politik eingespannt.« Pitt setzte sich an den Frühstückstisch, den er aus einem alten Dampfschiff in den Großen Seen geborgen hatte, und trank einen Schluck Kaffee. »Und was ist mit Ihnen? Zu sehr mit der Leitung einer Ölfirma beschäftigt, um einen anständigen Mann zu finden?«

»Nein«, sagte sie zögernd, »ich bin Witwe. Mein Mann und ich haben Yukon Oil gemeinsam aufgebaut. Als er bei einem Flugzeugabsturz ums Leben kam, habe ich die Leitung der Firma übernommen. Seither benehmen sich die meisten Männer in meiner Gegenwart, als würde ich beißen.«

»Das ist der Preis, den eine Frau in leitender Stellung bezahlen muss. Aber keine Sorge. Noch ehe das Jahr vorüber ist, werden Sie das große Glück finden.«

»Ich wusste gar nicht, dass Sie in die Zukunft blicken können«, sagte sie verschmitzt.

»Der große Dirk Pitt sieht alles und weiß alles, und ich sehe einen großen, dunkelhaarigen, gut aussehenden Mann von gleichem Rang und Reichtum, der Sie nach Tahiti entführt.«

»Ich kann's kaum erwarten.«

Kelly, die einen tief ausgeschnittenen, elfenbeinfarbenen Strickpulli ohne Ärmel und dazu blaue Baumwollshorts trug, kam in die Küche gefegt. »Ich bedaure es fast, dass ich dieses Museum männlicher Narreteien verlassen muss«, scherzte sie.

»Sie kriegen meine Erklärung dazu per Post«, erwiderte Pitt mürrisch. »Was mich daran erinnert, dass ich lieber meine Handtücher nachzählen sollte, bevor ihr Mädels hier auscheckt.«

»Sally sei Dank«, sagte Kelly, während sie den Reißverschluss ihrer Reisetasche zuzog. »Sie war so freundlich und hat mir angeboten, mich mit ihrem Privatjet zu einem Flugplatz in der Nähe von Papas Farm zu bringen.«

»Bist du bereit?«, fragte Sally.

»Was haben Sie vor?«, fragte Pitt und stand auf.

»Ich werde eine Stiftung in Papas Namen gründen. Anschließend will ich die Gemälde und die anderen Kunstschätze einer Reihe ausgesuchter Museen überlassen.«

»Gut so«, warf Sally ein.

»Und das Gold und Silber?«

»Ein Teil davon wird für den Aufbau und die Finanzierung des Elmore-Egan-Instituts benutzt, einem Laboratorium unter Leitung von Josh Thomas, der die besten jungen Wissenschaftler des Landes um sich scharen will. Der Rest geht größtenteils an wohltätige Organisationen. Und natürlich dürfen auch Sie und Al mit Ihrem Anteil rechnen.«

Pitt schüttelte den Kopf und winkte ab. »Für mich bitte nichts. Ich bin versorgt. Al würde möglicherweise einen neuen Ferrari annehmen, aber mir wär's lieber, wenn Sie alles, was Sie für uns vorgesehen haben, einem besseren Verwendungszweck zuführen.«

»Allmählich verstehe ich, was Loren über Sie gesagt hat«, erwiderte Sally sichtlich beeindruckt.

»Ach, und was war das?«

»Dass Sie ein ehrenwerter Mann sind.«

»Manchmal, so wie jetzt, zum Beispiel, kann ich mich selber nicht ausstehen.«

Pitt trug ihr Gepäck nach unten, wo eine Limousine wartete, die sie zu einem nahe gelegenen Privatflugplatz brachte, auf dem Sallys Maschine bereitstand.

Sally trat zu Pitt, umarmte ihn und küsste ihn auf die Wange. »Auf Wiedersehen, Dirk Pitt. Es war mir eine große Freude, Sie kennen zu lernen.«

»Wiedersehen, Sally. Ich hoffe, Sie finden den Kerl, der da draußen auf Sie wartet.«

Kelly küsste ihn auf den Mund. »Wann werde ich Sie wieder sehen?«

»In nächster Zeit nicht. Admiral Sandecker wird dafür sorgen, dass ich erst mal eingespannt bin und nicht so schnell wieder in Scherereien gerate.«

Er stand einen Moment lang da und winkte, bis die Limousine abbog und zum Tor des Flughafens fuhr. Dann schloss er langsam die Hangartür, ging hinauf in seine Wohnung und legte sich wieder ins Bett.

Als Loren vorbeikam, um das Wochenende mit Pitt zu verbringen, war er über den Motor eines grünen 1938er Packard gebeugt.

Sie hatte einen weiteren Sitzungstag hinter sich, bei dem es einmal mehr um den von Zale ausgelösten Skandal ging, der inzwischen die ganze Regierung lahm gelegt hatte, und wirkte dementsprechend abgespannt. Trotzdem sah sie hinreißend aus in ihrem eng anliegenden Kostüm. »Hi, Großer. Was treibst du da?«

»Diese alten Vergaser wurden für verbleites Benzin gebaut. Das neue bleifreie Zeug ist mit allerlei Chemikalien versetzt, die sie inwendig regelrecht zerfressen. Jedes Mal, wenn ich die alten Autos fahre, muss ich hinterher die Vergaser reinigen, sonst verkleben sie.«

»Was möchtest du denn zu Abend essen?«

»Bist du sicher, dass du nicht irgendwo essen gehen willst?«

»Die Presse ist völlig außer sich wegen des Skandals. Für die bin ich nach wie vor Freiwild. Die Frau, die mir die Haare macht, hat mich mit dem Pickup ihres Mannes hierhergefahren, während ich am Boden kauerte.«

»Sei froh, dass du so begehrt bist.«

Loren zog eine säuerliche Miene. »Wie wär's mit Pasta mit Spinat und Prosciutto?«

»Abgemacht.«

Sie rief ihn eine Stunde später, als das Essen fertig war. Nachdem er sich gewaschen hatte, trat er in die Küche und stellte fest, dass Loren nichts als eine seidene Smokingjacke trug, die er von ihr zu Weihnachten geschenkt bekommen hatte, aber nie trug, weil er behauptete, er sähe damit aus wie ein falscher Gigolo. Er blickte in den Topf, in dem die Pasta kochte.

»Die Nudeln riechen aber lecker.«

»Das sollten sie auch. Ich habe eine halbe Flasche Chardonnay reingekippt.«

»Dann brauchen wir vorher keinen Aperitif.«

Sie genossen ihr zwangloses Mahl, warfen sich gelegentlich spöttische Bemerkungen oder auch kleine Sticheleien zu, wie es üblich ist, wenn zwei Menschen, die beide gleichermaßen schlau und pfiffig sind, beisammensitzen. Pitt und Loren widersprachen der alten Grundregel, wonach sich Gegensätze anziehen. Was ihre Vorlieben und Abneigungen anging, waren sie sich so einig, wie es zwei Menschen nur sein konnten.

»Wann sind deine Ausschusssitzungen vorüber?«, fragte er.

»Am Dienstag ist der letzte Tag. Danach ist das Justizministerium am Zug. Meine Aufgabe ist erledigt.«

»Du hast Glück gehabt, dass Sally sich an dich gewandt hat.«

Loren nickte, während sie ein Glas Chardonnay hochhielt. »Wenn sie nicht gewesen wäre, würde Zale immer noch sein mörderisches Unwesen treiben. Mit seinem Selbstmord hat er uns eine Menge Ärger erspart.«

»Wie gedenkt man beim Justizministerium mit seinen Helfershelfern zu verfahren?«

»Die Mitglieder des Cerberus-Kartells werden sich vor Gericht verantworten müssen. Sämtliche Mitarbeiter des Justizministeriums leisten derzeit Überstunden, um die Anklagen gegen Tausende von Bürokraten und gewählte Volksvertreter vorzubereiten, von denen man weiß, dass sie Bestechungsgelder entgegengenommen haben. Die Folgen dieses Skandals werden noch lange nachwirken.«

»Wollen wir hoffen, dass andere, die für Geld ebenfalls zu jeder Irrsinnstat bereit sind, davon abgeschreckt werden.«

»Derzeit ist eine Sonderkommission im Einsatz, die sämtliche schwarzen Konten in Steuerparadiesen und Offshore-Fonds überprüft, die Hiram Yeager für uns aufgelistet hat.«

Pitt betrachtete den Wein, den er im Glas kreisen ließ. »Und wie machen wir jetzt weiter?«

Sie strich mit den Fingerspitzen über seine Hand. »Wir machen weiter wie bisher.«

»Du im Kongress, und ich auf hoher See«, sagte er bedächtig.

Sie warf ihm einen versonnenen Blick aus ihren violetten Augen zu. »Ich glaube, so war das geplant.«

»Da geht sie dahin, meine Hoffnung, mal Großvater zu werden.«

Sie zog ihre Hand weg. »Es war nicht leicht, ständig mit einem Geist konkurrieren zu müssen.«

»Summer?« Er sprach den Namen aus, als sehe er jemanden in weiter Ferne.

»Du bist nie über ihren Tod hinweggekommen.«

»Einmal dachte ich, ich hätte es geschafft.«

»Bei Maeve.«

»Als Summer im Meer verschwand und Maeve in meinen Armen starb, hatte ich nur noch eine große Leere in mir.« Er schüttelte den Kopf, als könnte er dadurch die Erinnerungen loswerden. »Ich bin sentimentaler, als mir gut tut.« Er ging um den Tisch herum und gab ihr einen leichten Kuss auf den Mund. »Ich bin mit einer wunderbaren, zauberhaften Frau befreundet und weiß das nicht so zu würdigen, wie es sich gehört.«

In diesem Moment ertönte Pitts Türsummer. Er zog die Augenbrauen hoch, wandte sich um und blickte auf den Monitor seiner Videoüberwachungsanlage, deren Kameras draußen unauffällig angebracht waren. Zwei junge Leute, ein Mann und eine Frau, waren auf dem Bildschirm zu sehen. Sie standen vor der Tür und hatten allerlei Koffer und Taschen bei sich.

»Sieht so aus, als ob die hier bleiben wollen«, sagte Loren spöttisch.

»Ich frage mich bloß, was das für Leute sind.«

Loren ergriff Pitts Hand, bevor er auf den Knopf der Gegensprechanlage drücken konnte. »Ich habe meine Handtasche drunten auf dem Kotflügel des Packard liegen lassen. Ich laufe rasch runter, hole sie und wimmle die beiden ab.«

»Was die sich wohl denken, wenn sie dich in diesem Aufzug sehen?«, sagte er und deutete auf die Smokingjacke, die kaum ihren Hintern bedeckte.

»Dann beuge ich mich eben nur kurz durch die Tür.«

Pitt setzte sich wieder und aß die Pasta auf. Er wollte gerade den letzten Schluck Wein trinken, als sich Loren über die Gegensprechanlage meldete.

»Dirk, ich glaube, du solltest lieber runterkommen.«

Ihr Tonfall kam ihm irgendwie merkwürdig vor, so als wollte sie nicht recht mit der Sprache heraus. Er stieg die Wendeltreppe hinab und ging an seinen kostbaren Autos vorbei zum Eingang des Hangars. Loren, die sich hinter der halb offenen Tür versteckte, redete mit dem jungen Paar.

Die beiden wirkten wie Anfang zwanzig. Der Mann strahlte etwas Besonderes aus. Er hatte wellige schwarze Haare und war gut zweieinhalb Zentimeter größer als Pitt, hatte aber fast die gleiche Statur. Und seine Augen funkelten leuchtend grün. Pitt warf einen Blick zu Loren, die das junge Paar wie gebannt anstarrte. Er musterte den jungen Mann genauer und erstarrte. Es war, als blickte er in einen Zauberspiegel, der ihm sein eigenes Gesicht vorhielt, als er noch fünfundzwanzig Jahre jünger gewesen war.

Er riss seinen Blick von dem Mann los und wandte sich der Frau zu, und mit einem Mal hatte er ein sonderbares Gefühl im Bauch, ein eigenartiges Kribbeln, und sein Herz schlug einen Takt schneller. Sie sah ziemlich gut aus, war groß und schlank und hatte flammendrote Haare. Mit perlgrauen Augen blickte sie Pitt an. Mit einem Mal wurden ihm die Knie weich, und er musste sich am Türrahmen festhalten, als wieder all die Erinnerungen auf ihn einstürzten.

»Mister Pitt«, sagte der junge Mann mit tiefer Stimme. Es war eine Feststellung, keine Frage.

»Der bin ich.«

Loren erschauderte, als der junge Mann lächelte. Es war das gleiche Lächeln, das sie schon so oft bei Pitt gesehen hatte.

»Meine Schwester und ich haben lange gewartet, bevor wir Sie aufgesucht haben. Genau genommen dreiundzwanzig Jahre.«

»Und womit kann ich Ihnen dienen, nachdem Sie mich nun gefunden haben?«, fragte Pitt zögerlich, so als hätte er Angst vor der Antwort.

»Mutter hatte Recht. Wir sehen uns ähnlich.«

»Ihre Mutter?«

»Sie hieß Summer Moran. Frederick Moran war unser Großvater.«

Pitt hatte das Gefühl, als schließe sich eine Schraubzwinge um seine Brust. Er brachte kaum noch ein Wort heraus. »Sie und ihr Vater sind vor vielen Jahren bei einem Seebeben vor Hawaii ums Leben gekommen.«

Die junge Frau schüttelte den Kopf. »Mutter überlebte, aber sie war lebensgefährlich verletzt. Beine und Arme waren zerquetscht, ihr Gesicht schwer entstellt. Sie konnte nie wieder gehen und war ihr Leben lang ans Bett gefesselt.«

»Das kann ich, nein, das will ich nicht glauben.« Seine Worte klangen dumpf, so als hätte er eine Maske vor dem Gesicht. »Ich habe sie im Meer verloren, als sie zurückgeschwommen ist, um ihren Vater zu retten.«

»Glauben Sie mir, Sir«, sagte die junge Frau, »es stimmt. Meine Mutter wurde durch herabstürzende Felsen schwer verletzt, aber die Männer meines Großvaters retteten sie und brachten sie nach oben, wo sie von einem Fischerboot aufgenommen wurde. Sie wurde auf schnellstem Wege in ein Krankenhaus in Honolulu gebracht, wo sie fast einen Monat lang zwischen Leben und Tod schwebte. Da sie die meiste Zeit bewusstlos war, konnte sie den Ärzten und Schwestern nicht einmal mitteilen, wer sie war. Erst über ein Jahr später, als sie so weit genesen war, dass man sie entlassen konnte, kehrte sie ins Haus ihrer Familie auf der Insel Kauai zurück, wo sie bis zu ihrem Tod wohnte. Glücklicherweise hatte ihr Großvater ein ansehnliches Vermögen hinterlassen, sodass sie sich das entsprechende Personal und die Krankenschwestern leisten konnte, die sie bis an ihr Lebensende hingebungsvoll pflegten.«

»Sind Sie und Ihr Bruder geboren, bevor sie verletzt wurde?«, fragte Loren, während sie die Smokingjacke um ihren Leib raffte.

Die Frau schüttelte den Kopf. »Sie hat uns neun Monate nach ihrem Unfall im Krankenhaus zur Welt gebracht, genauer gesagt, eine Woche vorher.«

»Sind Sie etwa Zwillinge?«, fragte Loren verwundert, weil sich die beiden kaum ähnelten.

Die junge Frau lächelte. »Wir sind Geschwister. Dass sich zweieiige Zwillinge nicht ähnlich sehen, ist nichts Ungewöhnliches. Mein Bruder sieht aus wie sein Vater. Ich bin nach meiner Mutter geraten.«

»Und warum hat sie sich nie bei mir gemeldet?«, fragte Pitt betroffen.

»Unsere Mutter war davon überzeugt, dass Sie sofort zu ihr geeilt wären, wenn Sie Bescheid gewusst hätten. Sie wollte aber nicht, dass Sie sie in diesem jämmerlichen Zustand sehen, entstellt, wie sie war. Sie sollten sie so in Erinnerung behalten, wie sie einst gewesen war.«

Pitt war hin und her gerissen zwischen Verständnislosigkeit und Schuldbewusstsein. »Herrgott, wenn ich das bloß gewusst hätte.« Mit einem Mal hatte er wieder all die Bilder aus Hawaii vor Augen. Summer war eine großartige, eine atemberaubende Frau gewesen, von der er nach wie vor träumte.

»Du kannst doch nichts dafür«, sagte Loren und fasste ihn am Arm. »Sie hat bestimmt gewusst, warum sie es vor dir geheim halten will.«

»Lebt sie noch?«, herrschte er die beiden an. »Wo ist sie? Ich will es wissen.«

»Unsere Mutter ist vor einem Monat gestorben«, antwortete der junge Mann. »Sie war gesundheitlich sehr angegriffen. Wir haben sie auf einem Berg mit Blick aufs Meer begraben. Sie hat sich am Ende nur noch durchgeschleppt, wollte aber unbedingt noch miterleben, wie meine Schwester und ich das College abschließen. Erst danach hat sie uns von Ihnen erzählt. Sie wollte, dass wir uns kennen lernen. Es war ihr letzter Wunsch.«

»Und warum wollte sie das?«, fragte Pitt, obwohl er die Antwort bereits zu kennen glaubte.

»Ich wurde nach meiner Mutter genannt«, erwiderte die junge Frau. »Ich heiße ebenfalls Summer.«

Der Mann lächelte. »Mich hat sie nach meinem Vater genannt. Ich heiße Dirk Pitt.«

Summer hatte ihm einen Sohn und eine Tochter geboren und sie groß gezogen. Es zerriss ihm schier das Herz, als er sich darüber klar wurde, was das bedeutete. Er war am Boden zerstört, zugleich aber auch voller Freude.

Pitt raffte sich auf, trat einen Schritt vor und schloss die beiden in die Arme. »Ich bitte um Entschuldigung, aber wenn man unversehens erfährt, dass man zwei erwachsene Kinder hat, die zudem so großartig aussehen wie ihr beide, darf man vielleicht einen Moment lang außer Fassung geraten.«

»Du kannst dir gar nicht vorstellen, wie froh wir sind, dass wir dich endlich kennen lernen, Vater«, sagte Summer, als wollte sie jeden Moment losschluchzen.

Dann kamen allen die Tränen. Die beiden Kinder weinten unverhohlen. Loren schlug sich die Hände vors Gesicht. Aber auch Pitt stiegen die Tränen in die Augen.

Er nahm die beiden an der Hand und zog sie in den Hangar. Dann trat er zurück und lächelte. »Mir wär's lieber, wenn ihr mich Dad nennt. Wir halten hier nicht allzu viel von Förmlichkeiten, und jetzt, da ihr zu mir gekommen seid, schon gar nicht.«

»Du hast also nichts dagegen, wenn wir hier bleiben?«

»Hat das Kapitol eine Kuppel?« Er half ihnen beim Gepäck und führte sie hinein. Dann deutete er auf den großen Pullman-Wagen, auf dessen Seite in goldenen Lettern die Aufschrift MANHATTAN LIMITED prangte. »Vier elegante Schlafwagenabteile stehen euch zur Auswahl. Sobald ihr euch eingerichtet habt, kommt ihr nach oben. Wir haben eine Menge nachzuholen.«

»Wo seid ihr aufs College gegangen?«, fragte Loren.

»Summer hat ihren Magister am Scripps Institute of Oceanography erworben. Ich habe einen Abschluss in Meerestechnologie am New York Maritime College gemacht.«

»Ich nehme an, eure Mutter hatte etwas mit der Wahl eurer Studienfächer zu tun«, sagte Pitt.

»Ja«, erwiderte Summer. »Sie hat uns dazu ermutigt, uns mit Meeresforschung zu befassen.«

»Eine kluge Frau, eure Mutter.« Pitt wusste ganz genau, dass Summer ihre Kinder darauf vorbereitet hatte, dass sie irgendwann mit ihrem Vater zusammenarbeiten konnten.

Die beiden jungen Leute blieben stehen und starrten verdutzt auf die Oldtimer-Sammlung im Hangar. »Sind das alles deine?«, fragte Summer.

»Momentan ja.« Pitt lachte. »Aber ich gehe davon aus, dass sie eines Tages euch beiden gehören.«

Dirk blickte staunend auf einen großen, orangebraunen Wagen. »Ist das ein Duesenberg?«, fragte er leise.

»Kennst du dich mit alten Autos aus?«

»Ich habe schon als kleiner Junge alte Autos geliebt. Mein erster Wagen war ein 1940er Ford-Kabriolett.«

»Der Apfel fällt nicht weit vom Stamm«, sagte Loren, während sie sich die Tränen abwischte.

Jetzt war Pitt erst recht von seinem soeben aufgetauchten Sprössling angetan. »Schon mal einen Duesenberg gefahren?«

»O nein, noch nie.«

Pitt legte den Arm um seinen Sohn. »Das kommt noch, mein Junge«, sagte er stolz, »das kommt noch.«